李瑾 著

论语释义

作家出版社

目　录

导　言

　　我一直觉得，《论语》可能暗含了某种"命运"关系，首章《学而篇》开宗明义谈"学"，末章《尧曰篇》以"君子"概括总结，是不是意味着"学"是《论语》之始之根，目的是为"君子"？首章首则以"人不知而不愠"，对应末章末则"不知言，无以知人也"，是不是意味着君子首先从"己"出发，然后及"人"的？上述感觉在写作《论语释义》过程中十分强烈，以至于认为这种对应里包藏了孔子的失败。

　　孔子之世，天下无道，民不聊生。当此关节，夫子把败乱的根源归结于人，特别是上位者，认为天下无道的主因在于上位者为政不以德、为国不以礼，且由于名不正，言不顺，导致"民无所措手足"。他的逻辑是，"上好礼，则民莫敢不敬；上好义，则民莫敢不服；上好信，则民莫敢不用情"，一旦邦国有道，远人莫不归附。孔子要做的，就是将上位者培养成文质彬彬的君子，在他看来，"政者，正也。子帅以正，孰敢不正？"上位者只要"无为""恭己"，做个君子，就可以德化民，此所谓"为政以德，譬如北辰，居其所而众星共之"。不过，君子并非只是针对上位者，而是包括整个社会中的所有个体，当然，孔子似乎也注意到这种要求过于空泛，故而将君子限定为精英群体，常常拿君子和小人对比说事。

　　如何做君子，或者说怎么培养君子，孔子的方案只有一个字，这就是"学"，亦即通过"学"确立人之为人和人之为政：人之为人的最高境界乃"志士仁人，无求生以害仁，有杀身以成仁"，人之为政的最高境界乃"修己以安百姓，尧舜其犹病诸"。需要指出的是，儒学是一种秩序／

关系学，孔子孜孜以求的是如何处理人与国家、人与人、人与自己的秩序／关系问题。其中，人与自己的关系处于整个问题的核心。这一点至关重要。面对失道失礼失乐之天下，孔子救时救世救人的出发点是反求诸己，通过回答"何为己"这样的终极性问题，解决何为人、何为政／国这样的社会性问题，亦即通过"为己"实现"为人"，通过"克己"实现"一匡天下"。

孔子之道，不外修身，这点确切无疑，但"修身"二字恐流于迂阔。若自他的思想体系中拈出一个统摄性词语，非"学"字不可。《论语》中出现"学"的有四十二则，计六十五次，出现次数比在《易经》《尚书》《诗经》中合计起来多三倍。邢昺说："学者，觉也"。毛奇龄说："学者，道术之总名。"李光地说："学字，先儒兼知行言。"上述讨论恐怕并没有抓住孔子思想的精髓或落脚点。在孔子这里，"学"并非没有目的，其价值指向是为"君子"，按照梁启超的说法："孔子所谓学，只是教人养成人格。什么是人格？孔子用一个抽象的名来表示它，叫作'仁'；用一个具体的名来表示它，叫作'君子'。"《论语》是以人为中心的，人是开始，也是目的；人是器用，也是价值。孔子将"礼乐崩坏"根源于人，他的治理之道也在于成人，即通过内向求己之"学"，成人、为君子，达到入世的目的。不得不说，"学"为"君子"是《论语》的主体指向，邢昺讨论《学而篇》时即曰："此章劝人学为君子也。"在中国文化脉络谱系上，孔子第一个将"学"和人统一起来，没有孔子，孟子的"学问之道无他，求其放心而已矣"，尸子的"学不倦，所以治己也。教不厌，所以治人也"，荀子的"学恶乎始？恶乎终？曰：其数则始乎诵经，终乎读礼；其义则始乎为士，终乎为圣人"，恐怕都难以获得"立人"的价值指向。在孔子心中，学即人，人即学，"学"是区别于他者的核心之德，也是自我完善的必然途径。故而陈来指出："'好学'是孔子思想的一个具有核心意义、基础性的概念。"一句话，"学"是《论语》阐释的核心概念和中心思想，孔子将它推高到前所未有的地位，正由于孔子，"学"成为千百年来志士仁人的一种超越性价值追求，可以不仕不贾，但"学"却不可须臾离之。

按照个人统计，《论语》中出现"君子"一词的有八十六则，计一百零八次，和"仁"出现的次数相同，但值得注意的是，其在《易经》《诗经》中分别出现了一百二十七次、一百八十六次。不过,《论语》中的"君子"和前经典的用法并不一样,出现了明显的语义迁移。孔子之前,划分君子的依据是人所处的社会地位特别是政治地位,到了夫子这里,则是道德标准,故而"不患无位,患所以立"。上述迁移首先来自对"天"以"德"授命的认知,亦即政治观念的变更促进了"君子"含义的革新。周代商后,"德"成为"天命"归之的依据,在有识之士看来,只有"终日乾乾","君子"才能不失位。当"德"成为新的人才评价标准,君子不再是血统或地位的象征,而是一个拥有崭新德行精神的阶层和群体,进而提炼为一种规范性、理想化的人格要求。不得不指出,赋予"君子"新义是孔子顺应时代变化而进行的伟大创造,而《论语》则是第一部将君子平民化、精神化的经典作品。《论语》之后,《孟子》(七十七次)、《荀子》(二百八十五次)、《韩非子》(三十四次)中的"君子"已成为一种对成人的普遍规定。钱穆说,"孔子之教重在学。孔子之教人以学,重在学为人之道"。经过孔子发明,"学"就是"君子","君子"就是"学","学"乃中国文化繁衍不息、士人君子日用不辍的"道"。

　　《论语》中,君子是人格完美的典范,当"学"的目的在于让自己为"君子",即成为个体的真正主人时,"学"不再只是认知性行为和求欲性活动,而是一种价值性行为和道德性活动。需要补充的是,"君子"一词蕴含着修己和治世两个层面,一方面修己为了心性,这是质;一方面修己为了治世,这是文。就"为心性"而言,孔子眼里的君子是安贫乐道的自得之士,他曾说:"饭疏食,饮水,曲肱而枕之,乐亦在其中矣。不义而富且贵,于我如浮云。"又说:"贤哉,回也!一箪食,一瓢饮,在陋巷,人不堪其忧,回也不改其乐。"这种自得之乐被周敦颐称为"孔颜乐处",突显的是君子的道德修养功夫。此一层面修己,根本的内涵是"仁者不忧"的破小我、成大我的生命境界,是"志于道,据于德,依于仁,游于艺"的超越日常生活的内心和谐追求。就"为治世"而言,孔子眼里的君子是"无求生以害仁,有杀身以成仁"的有志之士。《荀子·王制》中的一句话可作为总纲,其云:"故天地生君子,君子理天地;君子者,天地之参也,万物之总也,民之父母也。"在孔子眼里,管仲虽小德有亏,但其能匡天下,便可以"如其仁",也就是说,利天下者方为君子。

这种家国情怀、使命意识和担当精神，是君子人格建构的重要内容。"为心性"和"为治世"是可以和谐地统一在君子身上的，这就是所谓的"达退之道"。

有一句话值得特别留意，即"子绝四：毋意，毋必，毋固，毋我"。在孔子这里，"我"始终是人生最大的问题和难题，为君子的关键是树我又去我，即通过修己以成人，树立起大我，将"我"与人区别开来，又要去掉小我、私我。邢昺对此有精当的理解，认为这句话"论孔子绝去四事，与常人异也。毋，不也。我，身也。常人师心徇惑，自任己意。孔子以道为度，故不任意"。孔子的"去我"并非无我，而是将"我"放在一个德性的场域中，而且这个"我"是需要不断学而习的，体现在"温故而知新"之日日新的过程中。正基于此，孔子始终把自己当作"学"的化身。孔子在世时，屡"遭遇"了对自己的神化问题。太牢以为孔子是圣人，子贡则直接认为是天生的。孔子没有顺水推舟地自认，或沾沾自喜地默认，而是实事求是地认为，自己不过一个学习者，通过坚持不懈地学习，获得了各种技能。孔子的伟大之处在于不回避自己的低贱出身，也不以大师或圣人自居，这既是"学"的正确态度，也是"学"的结果。孔子为何强调"吾少也贱，故多能鄙事"？无非是想提醒世人，通过自己的不断学习，可以成人、成君子，也正因为这一点，他获得了培养、辅佐上位者并教导他们"立己"为君子的"师者"资格。

需要指出的是，"圣人"和"仁人"虽然一直是孔子的榜样，但他从不以之自居，即便君子，他也认为自己不够格。他说："若圣与仁，则吾岂敢？为之不厌，诲人不倦，则可谓云尔已矣。""为之不厌"是指自己致力于修为"圣人"和"仁人"；"诲人不倦"是指劝导别人致力于修为"圣人"和"仁人"，但说归说，孔子追求的始终还是修己、为己。同时，孔子不认为自己是"生而知之者"的天才，而自认是次一等的，即"学而知之者"。孔子始终强调自己"学"者的身份，把"学"视为构建自己、区别他人的"德"。他说："盖有不知而作之者，我无是也。多闻，择其善者而从之，多见而识之，知之次也。"这里，孔子将"学"具体化，也就是多听，多看。孔子是一个实践主义者，也是一个经验主义者，既反对凭空胡作，也反对巧言玄谈，生活中多听、多看，比较、反复，始终被孔子当作"知"的来源。

　　孔子指出："知之者不如好之者，好之者不如乐之者。"即"学"的三种境界是"知之""好之""乐之"。这里也可以看出，孔子将情感愉悦、内在感悟视为"学"的无上境域。他心目中，"乐"始终是一种德。唯有"乐"，"己"才能成人，为君子，才能"与天地参"。不过，"乐"非是无根之木，亦非"顿悟"，而是建立在不断内向之上的精神状态和生活方式，这也是个体"学"而"知天命"的结果。一句话，只有当把"学"当作乐事，才是真"学"，才有真"得"。因此，当"学"与"乐"一体，生命才能呈现出一种自性之境。我们都知道，上文提到的"孔颜乐处"是一种不为物困的内在之乐，即将"心"作为安身立命的精神家园。孔子本人"少也贱"，其弟子大都是贫困出身，且，孔子本人的学说不见用于当世，疾疾于自我流放之途而状若丧家之犬。孔颜之徒没有宗教性归附，靠什么超越感官之欲，如何实现心灵的精神搁置，何处获取自得其乐的慰藉？答案只有一个，求于己或自己处，唯有通过内向才能解决精神世界与现实世界的冲突。"孔颜乐处"是脱离了世俗性或功利性的"乐"，直接将一众追随者从物质匮乏的境地，经由"天命"切换至君子乃或圣人之境，获得了傲视富贵的德性资本，且千百年来不能/不愿自拔。说到底，这的确是统摄在"德"下的精神胜利法，不过，由于其有"学"支撑，使得茫茫之追随者觉得此际人生有了崇高意义。

　　《论语》中，孔子提出了"多见""多闻""多问""多识""学而时习之""温故而知新"等观点，总结看来，他赋予"学"三个不同的面向，一曰习，二曰问，三曰思，完整意义上的"学"是这三个面向的融会贯通。这点，为学者不可不察。要注意的是，"思"和"悟"在孔子这里是一个层面的意思。孔子说："温故而知新，可以为师矣。"钱穆说孔子讲的是"新故合一，教学合一"。孔子这里，"学"是"为师"的充分条件，对学过的东西"如切如磋，如琢如磨"，就可以教人了。孔子认为，"学"最重要的是能举一反三，也就能"悟"。孔子之教之学，最重"悟"，和子夏谈诗，孔子就由衷地感叹："起予者商也！"不过，孔子之"悟"，非是凭空顿生，而是建立在"学而时习之"的基础上。而且，无论《礼记·檀弓》记载的孔子观礼，还是《论语·八佾》记载的"入太庙，每事问"，都表明客观现实始终是孔子"学"的本源。孔子曾曰:"十室之邑,必有忠信如丘者焉,不如丘之好学也。"《论语》中,"好学"一词在八则中出现了十六次,由此可见"好学"在孔子心目中或孔子学体系中的地位。孔子及弟子论学,纯知识性的训练虽不可或缺,但德行修养始终居于核心地位。钱穆说:"孔门之学,主要在何以修心,何以为人,此为学的。"一定意义上,"学"始终是孔子的生存、生活方式,或者说是孔子本人的代名词。所谓"必有忠信如丘者焉,不如丘之好学"意味着孔子将"学"视为一种少数性行为,一种超越忠、信的德,甚至超越仁,孔子说:"好仁不好学,其蔽也愚;好知不好学,其蔽也荡;好信不好学,其蔽也贼;好直不好学,其蔽也绞;好勇不好学,其蔽也乱;好刚不好学,其蔽也狂。"可见,"学"是诸德之德。尤要指出的是,他唯一承认的个人优点就是好学,因为"学"即君子本身,是生发一切的本。孔子这种"自负",也是发乎本心。除了孔子,谁还会如此名副其实?

但是,现实的残酷是孔子始料未及的,由于礼乐崩坏,无论有地位的君子,还是有德位的君子,都是少而又少。他一直企图寻找这样的君子,鲁国没有,"孔子行";卫国没有,"明日遂行";他也一直试图这样地培养君子,樊迟请学稼、请学为圃,孔子批评他说"小人哉"。《论语》中,孔子称其为君子的,和"如其仁"的一样稀少,当代仅蘧伯玉、子产、子贱、南宫适四人,甚至谦虚地评价自己不是君子,"躬行君子,则吾未之有得"。这再一次印证了《论语》中心旨意在于入世,在于培养君子。这个意义上说,孔子学即为君子学,孔子儒即君子儒。这里不得不再次指出,春秋时期,"学"的唯一目的就是"仕",特别于寒门之人而言,学成要么主动货与诸侯家,要么等着"贾"来"沽",以求得"谷"。故此,孔子才说不入仕是不易得的。

《论语》首章首则"三不"昂扬、快乐,似生命之始;末章末则"三不"深沉、压抑,似生命之终。这种由对"学"的追逐到对命的妥协,也是孔子一生境况的真实写照。当然,孔子功业上虽是失败的,最终证明是"不可为"的,但他"知其不可而为之"的精神却成全了自己,因为孔子在发挥主动性、发掘主体性上证明并实现了人的"最大化",即在人作为"人"这个层面上,最大限度地张扬了这个独特物种的存在价值。故而，孔子的失败是一个思想者的失败、一种君子式的失败，这种挫折的价值在于，其激发出来的正能量必定潜存于中华民族"文化－心理"结构中成为精神和灵魂的基因。

"未见君子，忧心忡忡"，出自《诗经·召南·草虫》和《诗经·小雅·出车》，以男女心中之情借喻夫子内心深处对君子的追慕，是符合他"君子多乎哉？不多也"之喟叹的。只是学无止境，人之成人亦无止境，"未见君子"之忧，恐怕至今仍然困扰着我们。

古往今来，《论语》注释多如牛毛，虽得失不一，却都具参考价值。一千个读者眼里甚至会有上万部《论语》，"仰之弥高，钻之弥坚。瞻之在前，忽焉在后"，你以为走近了它，却永远抓不住，这就是经典的迷人之处。这些年来，通读诸种解读，收获颇多，意犹未尽之处更是不少，便有了释义之念。本书，一则采百家长，保证注译精准；二则考据其时，确使义理合文；三则材料互证，绝不主观臆断。自然，先秦典籍、出土文献和考古发现，是必须征引的参考材料。阐释时本书立足孔子"学"和"入世"这两个基点，试图挖掘《论语》的新内蕴。

本书包括两大部分，一是正文，一是附录。附录将《论语》人物单独摘录出来介绍，避免正文臃肿，同时，梳理孔子和《论语》的"年谱"，考证其事，观察演变，并把一些关键词作数学式统计，大体了解词语变迁。正文中，除每章前有提要，每则分注、释、引、解四个部分。注针对关键字词和句子进行解析；释是翻译；引则征注家相近、相反观点以备参考，引包括两段，一段是针对注中需要进一步说明的，一段是对理解整则有启发性的；解是个人挥发。注、释、引、解中若有不需多言的，则合并。要注意的是，君子、小人、学、道、德、礼、仁等一些至今沿用的关键观念，如无必要，保持原词，不一一注译。

除文内已标出的参阅典籍外，尚引用了许多和《论语》相关的资料，因体例关系，不一一对应，特兹录如下：何晏《论语集解》、王肃《论语注》、皇侃《论语义疏》、韩愈李翱《论语笔解》、邢昺《论语注疏》、郑汝谐《论语意原》、朱熹《四书章句集注》、蔡节《论语集说》、张栻《南轩论语解》、黎靖德《朱子语类》、陈天祥《四书辨疑》、金履祥《论语集注考证》、蔡清《论语蒙引》、王夫之《论语稗疏》、毛奇龄《论语稽求篇》《四书改错》、李光地《读论语札记》、惠栋《论语古义》、牛运震《论语随笔》、朱亦栋《论语札记》、江声《论语俟质》、程大中《四书逸笺》、崔述《考信录》、刘台拱《论语骈枝》、焦循《论语补疏》、阮元《论语注疏校勘记》、王引之《经传释词》、刘逢禄《论语述何》、黄式三《论语后案》、俞樾《群经评议》、陈浚《论语话解》、宦懋庸《论语稽》、王闿运《论语注》、康有为《论语注》、潘维城《论语古注集笺》、章太炎《广论语骈枝》、李炳南《论语讲要》、钱穆《论语新解》、方骥龄《论语新诠》、杨树达《论语疏证》、赵纪彬《论语新探》、杨伯峻《论语译注》、王熙元《论语通释》、蔡尚思《孔子思想体系》、乔一凡《论语通义》、钱逊《论语浅解》、南怀瑾《论语别裁》、金良年《论语译注》、李泽厚《论语今读》、蒋沛昌《论语今释》、萧民元《论语辨惑》、程石泉《论语读训》、金池《〈论语〉新译》、杨润根《发现论语》、李炳南《论语讲要》、黄怀信《论语新校释》、金知明《论语精读》、王孺童《孺童讲论语》、李零《丧家狗》、何新《论语新解》、李君明《论语引读》、刘维业《论语指要》、杨朝明《论语诠解》、黄克剑《〈论语〉解读》、孙钦善《论语本解》、袁庆德《论语通释》、高尚榘《论语歧解辑录》、李竞恒《论语新劄》、李瑾《纸别裁》，等等。特别需要指出的是，马国翰辑《论语古注》搜罗诸多佚作，贡献巨大，本书所引包咸、马融、郑玄、王弼等多家资料，均出于此。

　　动手注解前，已断断续续做了十几年准备功夫，且抽出一年时间，专门将《论语》整文背诵了。《论语》虽词语浅显，奈何时过境迁，迷惑甚多。今若有不合之处，敬请指正。

2018 年 3 月 15 日于京城虎变堂

2020 年 2 月 27 日修改

2021 年 6 月 21 日又改

2022 年 3 月 18 日再改

学而第一

　　本章凡十六则，其中，子曰八则；有子曰三则，子与子贡、子禽与子贡对曰各一则；曾子曰两则，子夏曰一则。

　　本章谈"学"四则，论"君子"三则，讲"孝"三则，言"仁"二则，说"礼"二则。内容虽涉及"犯上""为人谋""道国""事君""闻政""父之道""先王之道"等政治性论题各一则，但没有上位者出现。

　　《论语》是以人为中心的，人是开始，也是目的；人是器用，也是价值。孔子将"礼乐崩坏"根源于人，他的治理之道是内向求己，通过"学"，成人、为君子，进而入世。"学"为"君子"是《论语》的主体指向，邢昺即曰："此章劝人学为君子也。"《论语》中出现"学"的有四十二则，计六十五次；出现"君子"的八十六则，计一百零八次。本章开宗明义谈"学"，与末章以"君子"贯之始终，意味着"学"是《论语》之始之根，目的是为"君子"，为君子是《论语》之道之本。本章又以首则"人不知而不愠"（1.1），对应末章末则"不知言，无以知人也"（20.3），意味着君子是从己出发，然后及人的。《论语》中的德目，始终是"学"得的，且是对君子而非对庶人提出的，这也是"恕"的根本含义。

　　需要明确的是，"学"乃为己之学，非为人之学。

1.1　子①曰："学②而时③习④之，不亦⑤说⑥乎？有朋⑦自远方来，不亦乐乎？人不知而不愠⑧，不亦君子⑨乎？"

【注】

"有朋"，《齐论》《古论》中作"朋友"。

①子：古时男女尊称，此处指孔子，与"先生"同义。《论语》中以孔子弟子身份称"子"的，有曾参、有若、闵子骞、冉有四人，始终称"子"的唯曾参一人。另，《论语》中女性称"子"的有南子、吴孟子。②学：学习，动词，《说文·教部》："学，觉悟也。"此处"学"是统称，代表一种生活状态和人生态度，包含行动和精神两个层面，不仅仅局限于某类技能、知识或"道"。③时：经常。④习：温习、复习，《说文·习部》："习，数飞也。"古时，"习"尚没有"实习"或"实践"的意思。此处指通过不断地温习，举一反三，悟得新知。即孔子所说的："温故而知新。"（2.11）⑤亦：语气助词。⑥说：通"悦"，愉快。⑦朋：朋友，《说文·人部》："朋，辅也。"《说文·又部》："友，同志为友。"《论语》中出现"友"或"朋友"的有十八则，计二十七次，尤其是子路"愿车马衣轻裘与朋友共"（5.26）、曾子"君子以文会友，以友辅仁"（12.24）、孔子"益者三友，损者三友"（16.4）最契合此处朋友之意。⑧愠（yùn）：生气，《说文·心部》："愠，怒也。"⑨君子：人格完美的人。"君子"是《论语》中的核心词语，每个情景中意义并不完全一致，不能从道德或身份层面出发，贸然解释为有修养或有地位的人，但却是人格完美的典范。和"小人"对比出现时，意义更为含混，通常代表处在两种不同境界的人。

【译】

孔子说："学了并且经常温习，不是很快乐吗？朋友从远方来，不是很愉快吗？人家不理解你而你又不会因此生气，不是很君子吗？"

【引】

②邢昺：学者，觉也。朱熹：学之为言效也。毛奇龄：学有虚字，有实字。如学礼，学诗，学射、御，此虚字也。若志于学，可与共学，念终始典于学，则实字矣。此开卷一字，自实有所指而言。……学者，道术之总名。李光地：学字，先儒兼知行言。刘逢禄：学谓删定六经。

③王肃：时者，学者以时诵习也。皇侃：时是日中之时也。朱熹：既学而又时时习之也。杨伯峻：在一定的时候或者在适当的时候。孙钦善：按时。
④王肃：诵习。朱熹：学之不已，如鸟数飞也。阮元：诵之行之。杨树达：学而时习，即温故也。杨伯峻：实习。孙钦善：复习。⑦包咸：同门曰朋。朱熹：朋，同类也。

邢昺：云"凡人有所不知，君子不怒"者，其说有二：一云古之学者为己，己得先王之道，含章内映，而他人不见不知，而我不怒也。一云君子易事，不求备于一人，故为教诲之道，若有人钝根不能知解者，君子恕之而不愠怒也。朱熹：君子，成德之名。尹氏曰，"学在己，知不知在人，何愠之有。"程子曰，"虽乐于及人，不见是而无闷，乃所谓君子。"愚谓及人而乐者顺而易，不知而不愠者逆而难，故惟成德者能之。然德之所以成，亦曰学之正、习之熟、说之深，而不已焉耳。

【解】

孔子赋予了"学"和"君子"全新的内涵。孔子认为，"学"不再只是认知性行为和求欲性活动，而是一种价值性行为和道德性活动。"学"的目的是"为己""成人"，即通过"学"认识和成全自己，使自己成为个体的真正主人。孔子自己也不是"生而知之者"（7.20），"学"正是自己把自己同他人区分开来，并使自己成为一个"君子"的枢要。"君子"一词在先秦典籍诸如《易经》（一百二十七次）、《诗经》（一百八十六次）、《尚书》（八次）便是中心词语，虽然意思多样，但主要是指有贵族身份或政治地位的人。正是孔子赋予"君子"以德性意义，实现了"君子"由"有位之人"向"有德之人"的转变。也就是说，在孔子这里，"君子"成为一个理想、完美人格的代名词。

《论语》之后，《孟子》（七十七次）、《荀子》（二百八十五次）、《韩非子》（三十四次）中的"君子"一词，成为一种对成人的普遍性要求。这种转变，来自"天"以"德"授命，"德"成为"天命"归之的依据，只有"终日乾乾"（《周易·乾卦》），"君子"才能不失位。春秋时期，陪臣执国命，"天命"不归，"君子"失位，士阶层崛起，"君子"便成为一种规范性、理想化的人格要求。本则三句话中的"乐""悦""不愠"是君子精神本体的外现。"不愠"亦是"乐"或"悦",郭店楚简《语丛二》:"愠生于性,忧生于愠。"不愠,即"君子不忧不惧"(12.4),这三个字或词规定了"君子"的精神、尊严和价值。钱穆说:"孔子之教重在学。孔子之教人以学,重在学为人之道,"自孔子发明"学"以后,"学"便成为中国文化繁衍不息、士人君子日用不辍的"道"。《论语》中,唯有"学"而"悦"才是"道",才是规定"成人"进而为"君子"的"本"。孔子以后,"学"就是"君子","君子"就是"学"。

不过,君子是修己而治世的,非纯粹为心性,《荀子·王制》云:"天地者,生之始也;礼义者,治之始也;君子者,礼义之始也。为之,贯之,积重之,致好之者,君子之始也。故天地生君子,君子理天地;君子者,天地之参也,万物之总也,民之父母也。无君子则天地不理,礼义无统,上无君师,下无父子,夫是之谓至乱。"这是学为君子的正解。

1.2 有子①曰:"其为人也孝弟②,而好犯上③者,鲜④矣;不好犯上,而好作乱者,未之有也⑤。君子务本⑥,本立而道⑦生。孝弟也者,其为仁⑧之本与⑨!"

【注】

①参见附录一1—2。②孝弟(tì):对待父母和兄长的尊重态度,《说文·老部》:"孝,善事父母者。从老省,从子。子承老也。""弟"同"悌",《说文·老部》:"韦束之次弟也。"③上:尊长。"上"与"作乱"呼应,即地位或辈分较己尊贵者。④鲜(xiǎn):少,《论语》中"鲜"都是"少"的意思。⑤未之有也:是从来没有过的,即"未有之也"。古汉语语法,否定句中的动词和代词宾语一般会位置互换。⑥本:根基,《说文·木部》:"本,木下曰本。"⑦道:本指道路,此处可引申为规则、法则。《说文·辵部》:"道,所行道也。"钱穆说:"所谓道,即人道,其本则在人心。"⑧仁:仁德,仁义,"仁"是一个完整的德性概念,可不译。⑨与:同"欤",文言句末语气助词,表疑问、感叹、反诘等语气。

【译】

孝敬父母、尊重兄长却喜欢冒犯尊长的，少见啊；不喜欢冒犯尊长却喜欢制造乱端的，从来没有过啊。君子致力于根基，根基立起来了，道就会随之而生。孝敬父母、尊重兄长，这是仁的根基呀。

【引】

③何晏：上，谓凡在己上者。邢昺：皇氏、熊氏以为上谓君亲，犯谓犯颜谏争。今按注云"上，谓凡在己上者"，则皇氏、熊氏违背注意，其义恐非也。杨伯峻：上级。孙钦善：长上。⑦孙钦善：道理，法则。

朱熹：或问，"孝弟为仁之本，此是由孝弟可以至仁否？"曰，"非也。谓行仁自孝弟始，孝弟是仁之一事。谓之行仁之本则可，谓是仁之本则不可。盖仁是性也，孝弟是用也，性中只有个仁、义、礼、智四者而已，曷尝有孝弟来。然仁主于爱，爱莫大于爱亲，故曰孝弟也者，其为仁之本与。"

【解】

以往，我们在谈论"仁"时只注重德的、伦理的一面，却忽视了用的、秩序／关系的一面，这两个方面是密不可分的。需要特别指出的是，某种意义上，儒学是一种秩序／关系学，孔子孜孜以求的是如何处理人与国家、人与人、人与自己的秩序／关系问题。其中，人与自己的关系处于整个问题的核心。面对天下无道、礼乐崩坏，孔子不是求人而是反求诸己，通过回答何为己这样的终极性问题，解决何为人、何为政／国这样的社会性问题，亦即通过"为己"实现"为人"，通过"克己"实现"一匡天下"（14.17）。对人、对邦国的爱和责任首先来源于对己的爱和责任，"仁"虽是爱人，却由自己心生，即"为仁由己，而由人乎哉？"（12.1）。《论语》中，孔子屡屡强调"修己""求诸己""子帅以正""内自省""内自讼"。在他看来，只有通过"修、求、正、省、讼"，才能渐进实现"以敬""安人""安百姓"（14.42），最终实现"中""和"的"东周"——孔子心目中的君子政、理想国。"仁"的秩序性在于，由"由己""修己"开始，"立人""达人"，然后使民"受其赐"（14.17）。"仁"的普遍性和超越性不是空的，不是抽象的，而是建立在"孝弟"这个"本"之上，由血缘之爱（人与自己）推到朋友之信（人与人）、君臣之礼（人与社会），因为仁不是别的，而是"爱人"（12.22），即"推己及人"。就此而言，"成己"即"为人"，"为人"即"为仁"，"成己"也好，"为仁"也罢，说到底是一个自我觉醒和自我实现的过程。孔子的视域中，"君子"就是"仁"的化身，"君子去仁，恶乎成名？君子无终食之间违仁，造次必于是，颠沛必于是"（4.5），事实上，"仁"虽然不是抽象的，但却是一种理想德目，他所推举的仁者为数极少，不是微子、箕子、比干这样的"三仁"（18.1），就是可以"如其仁"的管仲（14.16），他们的共同特点就是尽心与国、与民，是"爱人"之大者，归结到一点，"仁"是基于"孝"而"修己"进而"爱人"的一种伦理秩序／关系。

1.3 子曰："巧言令色①，鲜矣仁！"

【注】

①巧言：花言巧语。令色：面目伪善。令：美好的、善的，《诗经·大雅·卷阿》"令闻令望"和《左传·成公十年》"忠为令德，非其人犹不可，况不令乎"中的"令"，皆为此意，此处引申为伪善。"色取仁而行违"（12.20）、"巧言乱德"（15.27），也是这个意思。

【译】

孔子说："花言巧语，面目伪善，仁是很少的。"

【引】

①包咸曰：巧言，好其言语；令色，善其颜色。皆欲令人说之，少能有仁也。

邢昺：仁者必直言正色。朱熹：好其言，善其色，致饰于外，务以悦人，则人欲肆而本心之德亡矣。

【解】

孔子眼中的"仁"极具形式感，他是从一个人的外在表现推知内在德性的，"爱人"的是"仁"，"刚毅木讷"的近"仁"，"言讱"的是"仁者"，君子内在和外在是高度统一的，即"文质彬彬，然后君子"（6.18）。这意味着，"仁"是一种伦理秩序/关系，"和"是极致，外在的"伪"反映的是内在的"伪"，"巧言令色"意味着心不诚、意不正，故而"左丘明耻之，丘亦耻之"（5.25）。《四书辨疑》指出："盖巧言，甘美悦人之言；令色，喜狎悦人之色。""巧言令色"不仅说明践行"仁"之难，更说明"修己"之难。言和色都是有一定尺度的，"不以礼节之"（1.12），"敬"便为不敬，"信"便为不信，"学"便为不学，故而才有下则曾子"吾日三省吾身"之言。尤为重要的是，"言"是一种政治，"巧言令色"非只关乎个人之德，而是彰显了"邦"之"道"，"邦有道，危言危行；邦无道，危行言孙"（14.3），"巧言令色"者云集，根本上体现了人与社会的秩序/关系出了问题。孔子对这种伪君子的形象极度鄙夷和厌恶，曾三次斥责"巧言令色"，究其根本恐怕在于对"无道"之"邦"的痛心。那么，如何为"仁"？孔子的答案并不复杂，"极高明而道中庸"（《中庸》），即从小到大，从外而内，从身到心，不过，这是一种主体自觉，而非外在强制。就本则而言，外在的"色"和"言"正了，内心的"仁"便生了、来了。形体都不正，人怎么会仁？这就是孔子的逻辑。事实上，最简单、最细微的也往往最困难、最复杂，因此，诸子百家也好，各种宗教也罢，都强调"修身"，推崇细微之处见精神。当然，这并不意味着"身"超越"心"是第一位的、主导性的，而是两者互为因果，"欲正其身者，先正其心"（《大学》），孟子"求放心"便是从内在找根据。叙述到此，"仁"和"礼"便统一起来了。

1.4 曾子①曰："吾日三②省③吾身：为人谋而不忠乎④？与朋友交而不信乎？传不习⑤乎？"

【注】

①参见附录一1—4。②三：多次，反复。"三"为数量词，古语中通常

泛指多次或多数。不过，《论语》中的"三"等数量词也颇多实指，需根据情况具体分析。③省（xǐng）：反思，内省。④乎：语气词，表示疑问或反诘。⑤习：温习，复习，与"学而时习之"（1.1）中的"习"同义。

【译】

曾子说："我每天反复对自己进行反省：替人做事是不是没有尽心尽力啊？和朋友来往是不是没有坦诚相待啊？老师讲授的知识是不是没有经常温习啊？"

【引】

②杨伯峻："三省"的"三"表示多次的意思，……如果这"三"字是指以下三件事而言，依《论语》的句法应该这样说："吾日省者三。"孙钦善：这里的"三"字具体指下面提到的三件事。

朱熹：曾子以此三者日省其身，有则改之，无则加勉，其自治诚切如此，可谓得为学之本矣。

【解】

"省"是君子的一种"自治"。儒学近禅，或曰"内圣"的一面就在于"省"，孔子"内省"、孟子"存心"、程颐"诚敬"、王阳明"致良知"，一脉相承。"省"是君子之道，曾子"三省"是孔子"九思"的节略版。孔子推崇"修、求、正、省、讼"，目的是"为仁"，也就是培养有道德心、立功心的"君子"。"为仁"最根本的途径是内向，前文已讲过，即通过"内求"发现本心。内省的标准是"礼"，所谓"非礼勿视，非礼勿听，非礼勿言，非礼勿动"（12.1）即是。

需要注意的是，孔子的"省"不单纯是"悟"，而是"学"，曾子反思的为人谋、与朋交、传而习，就是"君子"这一道德主体的"学"，通过"学"，实现自我道德世界的完满性，进而将个人与社会勾连起来。这意味着，君子的"省"建立在现实基础特别是社会关系范畴之上。

1.5 子曰:"道^①千乘^②之国,敬^③事^④而信,节用^⑤而爱人^⑥,使民^⑦以时^⑧。"

【注】

①道(dǎo):动词,同导,引导之意,引申为治理、管理。②千乘(shèng):一千辆兵车。一乘是四匹马拉的兵车。兵车类似于现代的重武器装备,是国家实力的象征。春秋中期以前,拥有一千辆兵车的是超级大国。到了中晚期,只能算中等国家了。故而子路说:"千乘之国,摄乎大国之间。"(11.26)③敬:严肃谨慎,《说文·苟部》:"敬,肃也。"④事:政务、公务,《说文·史部》:"事,职也。"⑤用:费用、资财。《周礼·天官·宰夫》:"乘其财用出入。"《战国策·齐策四》:"给其食用。"⑥⑦人、民:此处人和民非是阶级性或阶层性概念,前者指全体国民,后者指从事农业劳动的百姓。⑧时:农时,适合从事耕收的时节。《孟子·梁惠王上》:"不违农时,谷不可胜食也。"

【译】

孔子说:"治理一千辆兵车的国家,对待政务要严肃谨慎且讲究信用,要节约财政且关爱国民,要根据农时御使百姓。"

【引】

①马融:道,谓为之政教。包咸:道,治也。孙钦善:同导,治理。⑥⑦刘宝楠:"人"指"民"言,避下句"民"字,故言"人"耳。杨伯峻:古代"人"字有广狭两义。广义的"人"指一切人群;狭义的"人"只指士大夫以上各阶层的人。

邢昺:《司马法》"兵车一乘,甲士三人,步卒七十二人",计千乘有七万五千人,则是六军矣。《周礼·大司马序官》"凡制军,万有二千五百人为军。王六军,大国三军,次国二军,小国一军",《鲁颂·閟宫》云"公车千乘",《明堂位》云"封周公于曲阜,地方七百里,革车千乘"及《坊记》与此文,皆与《周礼》不合者,礼,天子六军,出自六乡。万二千五百家为乡,万二千五百人为军。《地官·小司徒》云"凡起徒役，无过家一人"。是家出一人，乡为一军，此则出军之常也。天子六军，既出六乡，则诸侯三军，出自三乡。《闷宫》云"公徒三万"者，谓乡之所出，非千乘之众也。千乘者，自谓计地出兵，非彼三军之车也。二者不同，故数不相合。所以必有二法者，圣王治国，安不忘危，故今所在皆有出军之制。若从王伯之命，则依国之大小，出三军、二军、一军也。若其前敌不服，用兵未已，则尽其境内皆使从军，故复有此计地出军之法。但乡之出军是正，故家出一人；计地所出则非常，故成出一车。以其非常，故优之也。

【解】

"敬""信"是君子德目，"爱人"是"仁"，"使民以时"是"礼"，朱熹曾说："礼，时为大。有圣人者作，必将因今之礼而裁酌其中，取其简易易晓而可行。"孔子提倡的"政"，是君子政，居上位者须是"君子"，邦国才可能"有道"，这是他论政的一以贯之之义。孔子虽然事事要求求诸己，但绝不是为了导向纯粹心性或道德心，即为成君子而成君子，而是为了行君子政。也就是说，敬、仁、礼最终借助于人性或人格塑造，而成为为"政"的精神内核——这才是大爱，才是真正的君子。

"内向"是为政之始。

1.6 子曰："弟子①，入②则孝，出③则悌，谨④而信，泛爱众，而亲仁⑤。行⑥有余力⑦，则以学文⑧。"

【注】

①弟子：后生，年幼的男子，《周易·师卦》："长子帅师，弟子舆尸。"《仪礼·乡射礼》："司射降自西阶阶前西面，命弟子纳射器。"《仪礼·特牲馈食礼》："弟子，后生也。"《论语》中弟子有两种用法，除此外，还指学生。如哀公问："弟子孰为好学？"（6.3）公西华曰："正唯弟子不能学也。"（7.34）②③入、出：入指在家，即在父母面前时；出指在外，即离开父母在兄长面前时。《礼记·内则》："由命士以上，父子皆异

宫。"古代称受有爵命的士为命士，此处的弟子不可能指命士，而是孔子以命士的标准要求后生小子。④谨：言语慎重，《说文·言部》："谨，慎也。从言堇声。"⑤仁：仁人，以仁代指同一类人。"爱众"与"亲仁"相呼应，即爱大众，但要亲近那些仁人。⑥行：躬行。即实践上述品行或美德。⑦余力：多余的心力。儒家强调富余的时间用来学或仕。子夏曰："仕而优则学，学而优则仕。"（19.13）⑧文：治国理政的知识和技能。《左传·昭公二十八年》："心能制义曰度，德正应和曰莫，照临四方曰明，勤施无私曰类，教诲不倦曰长，赏庆刑威曰君，慈和遍服曰顺，择善而从之曰比，经纬天地曰文。"《逸周书·谥法解》："经纬天地曰文，道德博闻曰文，学勤好问曰文，慈惠爱民曰文，愍民惠礼曰文，锡民爵位曰文。"

【译】

孔子说："后生子弟在父母面前时要孝敬，离开父母在兄长面前时要尊重，说话谨慎且言而有信，博爱大众且亲近仁人。如果践行这些美德时还有多余的心力，那就学习治国理政的知识和技能。"

【引】

②③皇侃：父母在闺门之内，故云入也；兄长比之疏也，故云出也。刘宝楠：入谓由所居宫至父母所也，……是出谓就傅，居小学、大学时也。杨伯峻：入是"入父宫"，出是"出己宫"。⑧马融：文者，古之遗风也。皇侃：宜学先王遗文，五经六籍是也。刘宝楠：凡文皆古人所遗。毛子水：指书本言。杨伯峻：文献。孙钦善：文化技能。

【解】

通观《论语》会发现，孔子不讲大道理，都是从小而实处入手；也不讲虚远的，而是从人心处入手。本则简单，还是由己及人，由近及远，由内而外。仔细推敲，孔子的"学"固然重视"文"，但更重视"行"和内在。比如，孝悌既是仁，也是礼，作为"为仁"的根本，孝悌也是"学"而得的，这种"学"更倾向于日常的行，即通过不间断践行而成为一个君子。

这个意义上，孔子眼中的"文"是小道，是"技"。

1.7 子夏①曰："贤贤②易③色④；事父母，能竭其力；事君，能致⑤其身；与朋友交，言而有信。虽曰未学⑥，吾必谓之学矣。"

【注】

①参见附录一1—7。②贤贤：崇尚贤人。第一个"贤"为动词，崇尚、推崇，以之为贤（贵）之意；第二个"贤"为名词，贤人之意。"贤贤"同上则之"亲仁"，《荀子·非十二子》："贵贤，仁也。"③易：警惕，畏惧，同"惕"，朱骏声《说文通训定声》："易，叚借又为惕。"蔡侯编镈铭："有虔不易。""易"与"贤"相呼应，一推崇、亲近，一警惕、远离，不可当替代、交换或轻视讲。④色：容貌，即"令色"之色，引申为面目伪善之人。马王堆汉墓帛书《五行》："同之闻也，独不色然于君子道，故谓之不聪。同之见也，独不色贤人，故谓之不明。闻君子道而不色然，而不知其天之道也，谓之不圣。见贤人而不色然，不知其所以为之，故谓之不智。"⑤致：捐躯，《说文·夊部》："致，送诣也。"《周易·象下传》："君子以致命遂志。"⑥学：学习，同"学而时习之"（1.1）之"学"。

【译】

子夏说："崇尚、亲近贤人，警惕、远离面目伪善之人；侍奉父母，能尽心尽力；服务君主，能以命相许；和朋友交往，能说话算数。即便什么没有学过，我也一定说他学过了。"

【引】

②③④孔安国：言以好色之心好贤则善也。皇侃：言若欲尊重此贤人，则当改易其平常之色，更起庄敬之容也。邢昺：易，改也。色，女人也。人多好色之心不好贤者，能改易好色之心以好贤。刘宝楠：夫妻为人伦之始，故此文叙于父母、事君之前。杨伯峻：奴隶社会、封建社会把夫妻间关系看得极重，认为是"人伦之始"和"王化之基"，这里开始便谈到它，

是不足为奇的。孙钦善：下面三句都是"贤贤易色"的具体表现。李泽厚：重视德行代替重视容貌。

朱熹：四者皆人伦之大者，而行之必尽其诚，学求如是而已。故子夏言有能如是之人，苟非生质之美，必其务学之至。

【解】

本则子夏之言和上则孔子之言一个意思，即君子之"学"重在行而不在文，重在德而不在言，尽管文和言都在孔门四科。按今天的意思来讲，即便是个文盲，只要做到子夏说的四点，就是君子，就是"饱学"之士，这里，强调的还是德性和践行。某种意义上，儒家是行动派，而不是纯粹讲纸上功夫，只做个"寻章摘句老雕虫"。此外，本则涉及父母、君臣、朋友三伦，父母一伦置于最前，并非没有逻辑。按郭店楚简《六德》："为父绝君，不为君绝父；为昆弟绝妻，不为妻绝昆弟；为宗族杀朋友，不为朋友杀宗族。"这说明，"父"是"君"的起点且高于或统摄"君"的，因父子血缘，性天生；君子义务，"习"而已。如有学者言，古时以小共同体本体为特征的族群"封建"体制下，孝高于忠、家高于国、父重于君的观念很突出。不过，这和《礼记·曾子问》观点明显相左："曾子问曰：'大夫、士有私丧，可以除之矣，而有君服焉，其除之也如之何？'孔子曰：'有君丧服于身，不敢私服，又何除焉！于是乎有过时而弗除也。君之丧服除而后殷祭，礼也。'"明显有儒学法家化的意蕴。据此亦可知，《礼记》后出，此处乃托孔言事。

1.8 子曰："君子不重①，则不威，学则不固②；主③忠信；无友不如己者；过则勿惮改。"

【注】

①重：端庄，严肃，严明，《说文·重部》："重，厚也。"《韩非子·五蠹》："重罚不用。"《柳河东集》："存之欲其重。"②固：巩固，牢固，坚固，《说文·口部》："固，四塞也。"《小尔雅·广诂》："固，久也。"《诗经·小

雅·天保》:"亦孔之固。"《左传·成公十六年》:"脩陈固列。"③主:注重。子张问崇德辨惑。子曰:"主忠信,徙义,崇德也。"(12.10)

【译】

孔子说:"君子,不端庄就没有威望,(否则)即便是学了,也不牢固;注重忠和信两种品德;没有不如自己的朋友;犯了过错就不怕改正。"

【引】

③郑玄:主,亲也。皇侃:云"主忠信"者,言君子既须威重,又忠信为心,百行之主也。刘宝楠:"主"训"亲"者,引申之义。俞樾:"主"与"友"对。杨伯峻:要以忠和信两种道德为主。孙钦善:恪守忠信诚实。

朱熹:程子曰,"君子自修之道当如是也。"游氏曰,"君子之道,以威重为质,而学以成之。学之道,必以忠信为主,而以胜己者辅之。然或吝于改过,则终无以入德,而贤者亦未必乐告以善道,故以过勿惮改终焉。"

【解】

本则谈"君子"与"学"关系,强调的仍然是践行。需要特别强调的是,孔子谈"学"或论"君子",都是直指人心,内心的庄重和严肃,是"学"的基础,若不然,即便学了也是伪君子、假道学。"无友不如己者"注家多解,往往替孔子辩护,其实大可不必。人际交往中,攀援道德、财富、地位高于己者,是人之常情,区别在于动机和目的。何况孔子强调"里仁为美"(4.1),推崇"见贤思齐"(4.17),注重"以友辅仁"(12.24),主张结交道德学问强于己者,即"贤贤",而不是财富或政治地位比自己高的人,非要攀高枝。和臭棋篓子下棋,越下越臭。如此,"不如己者"越少越好。

1.9 曾子曰:"慎①终②追远③,民德归厚④矣。"

【注】

①慎：慎重，《说文·心部》："慎，谨也。"《尔雅》："慎，诚也。"《国语·周语》："慎，德之守也。"②终：死亡。可以参看后世一些说法，如陶渊明《桃花源记》："未果，寻病终。"韩愈《朱文公校昌黎先生集》："终吾身而已。"③远：祖先，《说文·辵部》："远，辽也。"《公羊传·庄公四年》："远祖者，几世乎？九世矣。"由辽远、长久，引申为祖先、远祖。④厚：敦厚，淳朴，贾谊《过秦论》："宽厚而爱人。"《史记·高祖本纪》："周勃重厚少文，然安刘氏者必勃也。"

【译】

曾子说："慎重对待父母的逝世，真诚追念历代的祖先，民风就会日渐淳朴。"

【引】

孔安国：慎重者，丧尽其哀。追远者，祭尽其尽。邢昺：终，谓父母之丧也。远，谓亲终即葬，日月已远也。朱熹：慎终者，丧尽其礼。追远者，祭尽其诚。

【解】

本则谈"孝治"问题。钱穆说："孔门以教孝道达人类之仁心。"慈和孝是人类最原始、最基本的情感表达，这种心理意识的理性化便是社会秩序。曾子是"孝治"观念的集大成者，其难能可贵之处是强调"慎终""追远"的以上率下，这便是教化或风化。《论语》中，孝悌之道向两个维度延伸，一是由家及国，一是由上而下，前者将国视为扩大化了的家，后者将下视为扩大化了的上，起维系作用的是发于本心的爱。可以说，政治的情感性或血缘性是中国传统文化的禀赋。由是，丧或祭不再是一种仪式化的情感表达，而是如荀子在《礼论》中所言，"其在君子，以为人道也"，即如钱穆说的，"从人类心情深处立教"。孔子曾曰："生，事之以礼；死，葬之以礼，祭之以礼。"（2.5）"礼"从来不是冷冰冰的、外在的规范，而是情感化的仪式。经由情感统摄，仁和礼融合为人性的一体两面，而不可截然区隔。

1.10 子禽①问于子贡②曰："夫子③至于是邦④也，必闻⑤其政，求之与？抑与之与？"子贡曰："夫子温、良、恭、俭、让以得之。夫子之求之也，其诸⑥异乎人之求之与？"

【注】

①参见附录一1—10—1。②参见附录一1—10—2。③夫子：先生或老师。"夫子"是古代对男子的尊称，《周易·恒卦》："恒其德，贞，妇人吉，夫子凶。"也以此称呼长者或老师，《墨子·公输》："夫子何命焉为？"《孟子·梁惠王上》："愿夫子辅吾志，明以教我。"《论语》中称孔子为"夫子"时，都可译为先生或老师。④邦：国，《说文·邑部》："邦，国也。"《周礼·天官·大宰》："大宰之职，掌建邦之六典。"⑤闻：听取，《说文解字注》："知声也。往曰听。来曰闻。"⑥其诸：表示猜测的语气词，《公羊传·宣公十五年》："上变古易常，应是而有天灾，其诸则宜于此焉变矣。"

【译】

子禽问子贡："先生每到一个国家，必会听取这个国家的政事汇报，是求来的，还是别人主动告诉的？"子贡说："先生是靠自身的温、良、恭、俭、让而得来的，这和别人求来的不一样吧？"

【引】

⑤郑玄：亢（子禽——引者注）怪孔子所至之邦必与闻其国政。李零：闻是双重含义，他要打听的事，既可以是听来的，也可以是问来的。

朱熹：言夫子未尝求之，但其德容如是，故时君敬信，自以其政就而问之耳，非若他人必求之而后得也。……学者所当潜心而勉学也。

【解】

本则的着重点不在于提出了君子的五德目：温、良、恭、俭、让，而在于标出了君子从政的理想模式，即通过"学而习"，不断"修、求、正、省、讼"，培养理想人格，以"待贾者"，最终兼济天下。这种君子从政模式既不同于"通经致用"，亦不同于科举与政，更不同于专事心性，其强调的还是求诸己，在德上"如切如磋，如琢如磨"，然后待人来求，而不是主动求之。当然，这种内求的目标还是"闻政"，诸葛亮躬耕南阳便是印证。由是，君子"闻政"是消极式的主动，这是其尊严和价值所在。

1.11 子曰："父在，观其①志；父没，观其行②；三年③无改于父之道④，可谓孝矣。"

【注】

①其：指代儿子。②行（xìng）：作为，朱熹认为："行，去声。"此处从朱说。③三年：此处系实指，即三年守孝期，《尚书·周书》："其在高宗……作其即位，乃或亮阴，三年不言。"《宪问第十四》："子张曰：'《书》云："高宗谅阴，三年不言。"何谓也？'子曰：'何必高宗，古之人皆然。'"（14.40）④道：政，即政道，也就是政治理念和制度安排。

【译】

孔子说："父亲在世时，要观察儿子的志向；父亲逝世后，要观察儿子的作为。如果较长一段时间没有改变父亲的政道，可以说是孝的了。"

【引】

③皇侃：子若在三年之内不改父风政，此即是孝也。杨伯峻：古人这种数字，有时不要看得太机械。它经常只表示一种很长的期间。④宋翔凤：道，治也。陈浚：须是在三年守孝期内所有家中大小事务。杨伯峻：更多时候是积极意义上的名词，表示善的好的东西。这里应该这样看，所以译为"合理部分"。孙钦善：指政道，包括制度和措施。

【解】

本则见解歧异，要探究曾子之言的真实意蕴，恐怕需要旁证。《子张第十九》载曾子曰："吾闻诸夫子：孟庄子之孝也，其他可能也；其不改父之臣与父之政，是难能也。"（19.18）两则俱为曾子语，大意相同，恐只是版本不同罢了。孟庄子父孟献子，曾为鲁相，仕宣公、成公、襄公三朝。献子善蓄士，以至于赵简子说："鲁孟献子有斗臣五人。我无一，何也？"（《国语·晋语九》）孟献子重礼，据《春秋左传·成公十三年》，献子曾说："礼，身之干也。敬，身之基也。"孔子对其颇多美誉，据《礼记·檀弓》："孟献子禫，县而不乐，比御而不入。夫子曰：'献子加于人一等矣！'"献子卒，庄子继位，史迹不可多得。由上可见，献子尚士重礼，这两种美德被庄子继承下来，便为"不改父之臣与父之政"，是君子政上的一以贯之和"萧规曹随"，既非钱穆所说"若非道，何待三年"之疑，也非李泽厚所说"保持本氏族的生存经验"。孔子曾强调："政者，正也。"（12.17）君子政犹如今日所说"善政"，枢要所在就是"正"，为之以德，其道可继之而不需改易。君子继"善"不更，维持国祚不衰、家运不坠，自然是最高的德，最大的孝。

1.12 有子曰："礼①之用②，和③为贵。先王④之道，斯为美；小大由⑤之。有所不行。知和而和，不以礼节⑥之，亦不可行也。"

【注】

①礼：礼义，《说文·示部》："礼，覆也。"《说文解字注》："引伸之凡所依皆曰覆。"此处，礼指礼义，而非礼仪，即非制度化的仪典，而是伦理关系原则，明白这点极为重要。②用：实施、施行。③和：和谐，《说文·口部》："和，相应也。"《广雅》："和，谐也。"④先王：历代圣王。⑤由：遵循，顺随。"谁能出不由户？何莫由斯道也？"（6.17）⑥节：节制。

【译】

有子说："礼的施行，要以和谐为贵。历代先王的政道，就好在这个地方；大事小事都遵循这一规律。当然也有行不通的。为了和谐而和谐，不用礼加以节制，也是不行的。"

【引】

③皇侃：和即乐也，变乐为和即乐功也。朱熹：和者，从容不迫之意。杨树达：和，今言适合，言恰当，言恰到好处。孙钦善：和，和谐，调和。

朱熹：范氏曰，"凡礼之体主于敬，而其用则以和为贵。敬者，礼之所以立也；和者，乐之所由生也。若有子可谓达礼乐之本矣。"愚谓严而泰，和而节，此理之自然，礼之全体也。毫厘有差，则失其中正，而各倚于一偏，其不可行均矣。

【解】

此则"中庸"之意留待后说。从统计看，《尚书》重"德"，孔子重"仁"，孟子重"义"，荀子重"礼"，具体可参阅附录四。不过，《论语》或孔子的核心思想观念，不能单纯以字词出现次数为依据，人文是一种学科，而非科学，价值阐释重于数据统计。孔子在《论语》中明确提出"为国以礼"（11.26），这意味着，礼而非仁是孔子治国理政的核心理念。不过，孔子眼中的礼到底是什么，需要认真考究。据《左传》，孔子三十四岁时即昭公二十五年间，子大叔和赵简子有一次对话：

简子问揖让周旋之礼焉。对曰："是仪也，非礼也。"简子曰："敢问何谓礼？"对曰："吉也闻诸先大夫子产曰：'夫礼，天之经也，地之义也，民之行也。'天地之经，而民实则之。则天之明，因地之性，生其六气，用其五行。气为五味，发为五色，章为五声，淫则昏乱，民失其性。是故为礼以奉之：为六畜、五牲、三牺，以奉五味；为九文、六采、五章，以奉五色；为九歌、八风、七音、六律，以奉五声；为君臣、上下，以则地义；为夫妇、外内，以经二物；为父子、兄弟、姑姊、甥舅、昏媾、姻亚，以象天明，为政事、庸力、行务，以从四时；为刑罚、威狱，使民畏忌，以类其震曜杀戮；为温慈、惠和，以效天之生殖长育。民有好、恶、喜、怒、哀、乐，生于六气。是故审则宜类，以制六志。哀有哭泣，乐有歌舞，喜有施舍，怒有战斗；喜生于好，怒生于恶。是故审行信令，祸福赏罚，以制死生。生，好物也；死，恶物也；好物，乐也；恶物，哀也。哀乐不失，乃能协于天地之性，是以长久。"简子曰："甚哉，礼之大也！"对曰："礼，上下之纪，天地之经纬也，民之所以生也，是以先王尚之。故人之能自曲直以赴礼者，谓之成人。大，不亦宜乎？"

这一对话的核心在于，子大叔提出了礼（礼义）和仪（礼仪）的不同。概而言之，礼义"则天之明，因地之性"，类似于自然法；礼仪则是具体的规章制度，类似于门类法。《论语》中，孔子包括本则有子倡导的"礼"都是礼义，而非礼仪，即是礼治，而非礼制。也就是说，在春秋末期社会激烈转型，宗法政治渐渐解体，一些邦国开始"铸刑书"的情况下，孔子奉行或恢复的是"礼义"/"礼乐"这样的先王之道。基于此背景，也就理解了"礼之用"为什么"和为贵"。孔子眼中，"礼"是协调万物，使之各安其位的最高律令，统一、和谐是主调，区分也是为了和谐。这和《荀子·乐论》所云"礼别异"的理念完全不同，到了荀子这里，"礼"就成了区别、差异的工具，统一则是为了区分。

理解这点非常重要，因其贯穿了《论语》关于"礼"论的整个脉络。

1.13 有子曰："信近于义，言可复①也。恭近于礼，远②耻辱也。因③不失其亲，亦可宗④也。"

【注】

①复：履行、实践，《左传·僖公九年》："吾与先君言矣，不可以贰。能欲复言而爱身乎？虽无益也，将焉辟之？"《国语·楚语下》："周而不淑，复言而不谋身，展也。"《资治通鉴·秦始皇二十五年》："夫其膝行蒲伏，非恭也；复言重诺，非信也。"②远（yuàn）：远离，逃避，朱熹："近、远，节去声。"③因：依靠，凭借，《说文·口部》："因，就也。"《诗经·鄘风·载驰》："谁因谁极。"《韩非子·五蠹》："论世之事，因为之备。"④宗：归往，归附，此处即投靠之意。《尚书·禹贡》："江汉朝宗于海。"《史记·伯夷列传》："天下宗周，而伯夷、叔齐耻之，义不食周粟。"

【译】

有子说："信用越接近于义，所说的话就越能履行。恭敬越接近于礼，就越能远离耻辱。依靠的人越不会失去亲人（的拥护），也就越值得归附。"

【引】

①何晏：复，犹覆也。皇侃：复，犹验也。朱熹：践言也。程树德："复"训反复，汉唐以来旧说如是，从无"践言"之训。杨伯峻：这"复言"都是实践诺言之义。孙钦善：因循，实践。③孔安国：因，亲也。言所亲不失其亲，亦可宗敬。韩愈：因训亲，非也。朱熹：因，犹依也。程树德：愚谓"因"训为亲，乃"姻"之省文。杨伯峻：依靠，凭借。孙钦善：因，亲。④朱熹：宗，犹主也。陈浚：宗是常久依靠。杨伯峻：宗，主，可靠。孙钦善：宗，尊。

朱熹：言约信而合其宜，则言必可践矣。致恭而中其节，则能远耻辱矣。所依者不失其可亲之人，则亦可以宗而主之矣。此言人之言行交际，皆当谨之于始而虑其所终，不然，则因仍苟且之间，将有不胜其自失之悔者矣。

【解】

此则讲君子之行要合乎礼。信、恭和因都是有标准的，各自对应义、礼和亲。需要说的是"义"，"义"即礼，为"仪"的古字，《说文·我部》："义，己之威仪也。从我羊。"李泽厚以为，义是巫术礼仪中正确无误的规矩。在有子看来，不合礼的言辞不能说，否则无法履诺；不合礼的恭敬不能为，否则招惹耻辱；不合礼的人不能投靠，否则会被遗弃。也就是说，"礼"要成为君子为人处世的基本规范。

补充一句，本章有子三则，曾子两则，意旨都比较宏大，估计在整理过程中，二子门人起了主导作用。

1.14 子曰："君子食无①求饱②，居无求安，敏于事而慎于言，就有道③而正④焉，可谓好学也已。"

【注】

①无：不，同"勿"。②饱：满足，《说文·食部》："饱，厌也。"《广雅》："饱，满也。"③有道：有道之人。④正：匡正，纠正，《说文·正部》："正，是也。"《国语·晋语》："以正晋国。"《左传·隐公十一年》："政以治民，刑以正邪。"

【译】

孔子说："君子饮食不追求满足，居住不追求安逸，做事勤勉，言语谨慎，跟着有道之人来校正自己，这样可以说是好学的了。"

【引】

③刘宝楠：此言家贫者，食无求饱为君子也。

邢昺：言学者之志，乐道忘饥，故不暇求其安饱也。

【解】

孔子明确提出"学"即"君子"，"君子"即"学"，本则中，"君子"和"学"可互训。而且，孔子只字不提"文"，这意味着，"学"有超越性，是君子应具备的内心安、行为勉、言辞慎并通过效法德者不断匡正自己的一种禀赋。显然，"道"并非"性"，即非天生的，而是可以通过"好学"获得的。孔子所云"食无求饱，居无求安"，即克制物欲、塑造己德，显然将"君子"之"学"内在化，达到"人不堪其忧，回也不改其乐"（6.11）的超凡入贤的精神之境。孔子将"学"视为"君子"的终生事业，不可厌，也不可倦，子贡和孔子的对话对本则是最完美的诠释。据《孔子家语·困誓》：

子贡问于孔子曰："赐倦于学，困于道矣，愿息而事君，可乎？"孔子曰："《诗》云：'温恭朝夕，执事有恪。'事君之难也，焉可息哉！"曰："然则赐愿息而事亲。"孔子曰："《诗》云：'孝子不匮，永锡尔类。'事亲之难也，焉可以息哉！"曰："然则赐请息于妻子。"孔子曰："《诗》

云：'刑于寡妻，至于兄弟，以御于家邦。'妻子之难也，焉可以息哉！"
曰："然则赐愿息于朋友。"孔子曰："《诗》云：'朋友攸摄，摄以威仪。'
朋友之难也，焉可以息哉！"曰："然则赐愿息于耕矣。"孔子曰："《诗》
云：'昼尔于茅，宵尔索绹，亟其乘屋，其始播百谷。'耕之难也，焉可以
息哉！"曰："然则赐将无所息者也？"孔子曰："有焉。自望其广，则睪
如也；视其高，则填如也；察其从，则鬲如也。则知其所息矣。"子贡曰：
"大哉乎死也！君子息焉，小人休焉。大哉乎死也！"

　　孔子的意思是，君子生命不止，学而不息。

**1.15　子贡曰："贫而无①谄，富而无骄，何如？"子曰："可也。未
若贫而乐，富而好礼者也。"子贡曰："《诗》云'如切如磋，如琢如
磨'②，其斯之谓与？"子曰："赐也，始可与言《诗》已矣，告诸往③
而知来④者。"**

【注】

　　①无：没有。②如切如磋，如琢如磨："切"指用刀把骨头切制成器
物，"磋"指把象牙锉磨成器物，"琢"指把玉石雕琢成器物，"磨"指把
石头打磨成器物。这四个动词是加工玉器、骨器、石器的工艺，比喻君
子致力于学养、人格的磨炼提升。此句出自《诗经·卫风·淇奥》："瞻
彼淇奥，绿竹猗猗。有匪君子，如切如磋，如琢如磨。"③④往、来：可
以译为一个方面、另一个方面，由时间上的过去和未来延伸出来的意义。
《论语》中，很多相对的词语并非实指，而是表示两个不同的层次或方
面，比如君子、小人。此处类似于举一反三之意，子曰："不愤不启，不
悱不发。举一隅不以三隅反，则不复也。"（7.8）

【译】

　　子贡说："贫穷却没有媚心，富裕却没有傲心，怎么样？"孔子说：
"可以。但不如贫穷却有乐道之心，富裕却有好礼之心。"子贡说："《诗
经》说'就像加工玉器、骨器、石器一样，切开、锉磨、雕琢、打磨'，

是这个意思吗？"孔子说："赐啊，现在可以和你讨论《诗经》了，告诉你一个方面，你就知道另一方面了。"

【引】

③④邢昺：谓告之往以贫而乐道、富而好礼，则知来者切磋琢磨。朱熹：往者，其所已言者。来者，其所未言者。刘宝楠："往来"犹前后也。杨伯峻："往"，过去的事，这里譬为已知的事。"来者"，未来的事，这里譬为未知的事。孙钦善：往，过去。来，未来。往、来泛指事物的两个方面。

朱熹：此章问答，其浅深高下，固不待辨说而明矣。然不切则磋无所施，不琢则磨无所措。故学者虽不可安于小成，而不求造道之极致；亦不可骛于虚远，而不察切己之实病也。

【解】

皇侃以为"乐"后有"道"，谬，如《礼记·孔子间居》："子云：贫而好乐，富而好礼，众而以宁者，天下其几矣。"《孟子·梁惠王下》："孟子曰：'王之好乐甚，则齐国其庶几乎！'"孔子眼里，"贫而乐，富而好礼"是君子之行，反之，则为小人，《礼记·坊记》便说："小人贫斯约，富斯骄，约思盗，骄思乱。"本则值得注意的是，孔子肯定了贫和富两种生活状态，既不否定贫，也不仇视富，但前提是贫要懂乐，富要知礼。孔子和子贡谈的，是君子"修、求、正、省、讼"问题。子贡引《诗》，说的就是"求诸己""修己"，故而孔子非常高兴，认为这个学生举一反三，孺子可教。不过，富而无骄或富而好礼都容易，贫而乐就难了，孔子曾说："贫而无怨难，富而无骄易。"（14.10）故而才肯定"一箪食，一瓢饮，在陋巷"而"不改其乐"的颜渊之贤。

1.16 子曰："不患人之不己知①，患不知人也。"

【注】

①不己知：不理解自己。古汉语语法，否定句中的动词和代词宾语一般会位置互换。如"不好犯上，而好作乱者，未之有也"（1.2）。

【译】

孔子说："不担心别人不理解自己，担心自己不理解别人。"

【引】

①王肃：但患己之无能知也。皇侃：世人多言己有才而不为人所知，故孔子解抑之也。朱熹：尹氏曰，"君子求在我者，故不患人之不己知。不知人，则是非正邪或不能辨，故以为患也。"刘宝楠：人不己知，即无所失，无所患也。己不知人，则于人之贤者不能亲之用之，人之不贤者不能远之退之，所失甚巨，故当患。

【解】

"不患人之不己知"和"人不知而不愠"异曲同工，本章首尾呼应，强调的是君子在为人处世时要以"人"作为"己"。孔子"患不知人"恐怕是有潜台词的，自己"知人"，才能让别人知己，也就是说，"知"是双向的，通过"他"才能更好地发现"我"，亦即"我是谁"建立在"他是谁"的基础上。

为政第二

　　本章凡二十四则，子曰十四则；子与子张对曰两则，与子游、子夏、子贡、樊迟孟懿子对曰各一则；与孟武伯、哀公、季康子对曰各一则；与无名氏对曰一则。

　　本章讲"孝"五则，论"君子"三则，谈"学"二则，言"德"二则，说"礼"二则。《论语》出现"孝"的有十三则，以本章最为集中。除了"孝"以外，"政"也是一个核心词语，其中直接论"政"三则，间接论政"三则"。另，孔子评价颜回、训导子路、评论《诗》各一则，并从"十五有志于学"谈起，给自己写了一篇精神自传。

　　本章开宗明义点题德政，孔子主张为政以德，其实就是主张君子政。君子政有四个维度，学是基础，孝是根本，礼是纲纪，仁是魂魄，当然，这只是笼统而言，学、孝、礼、仁都有超越的一面。孔子眼里，孝、礼、仁包括德，它们之间相互支撑、包含，某种意义上甚至相互替代，而且，不是天赋之，是可以在"修、求、正、省、讼"的过程中"学"得的，这点不可不察。

2.1 子曰："为政①以德②，譬如北辰③，居其所而众星共④之。"

【注】

　　定州简本"政"为"正"，"譬"为"辟"。"正"和"政"通，"辟"

借为"譬"。

①政:《论语》中的"政",有政治、政令、政事的不同,须视不同情境加以区分,鉴于该词沿用至今,如无特殊情况,不译。②德:"德"在《论语》中和仁、义、恭、信、礼、道等概念差不多,比较笼统,无法明确界定,亦需要据情境区分,如无特殊情况,不译。③北辰:北极星,《尔雅·释天》:"北极谓之北辰。"至汉代,特别是纬书中,北斗代替北极。北斗动,而北极不移,龚鹏程《儒学新思》:"北斗地位之所以日趋重要,是由于汉儒的政治观强调君王施政的主动性。"④共:动词,环绕、怀抱,同"拱",傅玄《明君》:"众星拱北辰。"

【译】

孔子说:"用德理政,就像北极星一样,稳居在自己的位置上,其他星星都紧紧环绕着它。"

【引】

①②郑玄:德者无为。皇侃:德者,得也,言人君为政当得万物之性,故云以德也。邢昺:德者,得也。物得以生,谓之德。淳德不散,无为化清,则政善也。朱熹:德之为言得也,得于心而不失也。为政以德,则无为而天下归之。

【解】

"德"和"礼"同属于普世性价值追求的范畴,某种意义上,类似于近世以来的意识形态或不成文宪法。不过,春秋中晚期,"礼"裂为"礼义"和"礼仪",且越来越成为一套可操作性的行为规范。尽管"德"和"礼"经常并用,如《左传·僖公七年》:"管仲言于齐侯曰:'臣闻之,招携以礼,怀远以德,德礼不易,无人不怀。'"但孔子使用这两个概念时,指涉的对象还是有分别的,他突出强调"为政以德""为国以礼"。孔子这里,"德"和"礼"虽然并为价值依据,但前者倾向于一种宏观的精神原则,而后者倾向于一种柔性的秩序要求。

通常而言,周取殷而代之不仅是朝代更替,更是一场思想革命,即

"德"对"天"的胜利,据《尚书·周书》:"太保乃作《旅獒》,用训于王。曰:'呜呼!明王慎德,西夷咸宾。无有远迩,毕献方物,惟服食器用。王乃昭德之致于异姓之邦,无替厥服;分宝玉于伯叔之国,时庸展亲。人不易物,惟德其物!德盛不狎侮。狎侮君子,罔以尽人心;狎侮小人,罔以尽其力。不役耳目,百度惟贞。玩人丧德,玩物丧志。志以道宁,言以道接。不作无益害有益,功乃成;不贵异物贱用物,民乃足。犬马非其土性不畜,珍禽奇兽不育于国,不宝远物,则远人格;所宝惟贤,则迩人安。呜呼!夙夜罔或不勤,不矜细行,终累大德。为山九仞,功亏一篑。允迪兹,生民保厥居,惟乃世王。'"

春秋时期,"德"已成为世俗的理性共识,《国语·晋语六》:"天道无亲,唯德是授。"《左传·僖公五年》:"鬼神非人实亲,惟德是依。故《周书》曰:'皇天无亲,惟德是辅。'……如是,则非德民不和,神不享矣。神所凭依,将在德矣。"不仅"德"发展出仁、义、忠、孝、智、勇、信、勤、俭、惠、敏、顺、慈、敬等目,而且成为"礼"的准则,《左传·僖公二十七年》:"礼乐,德之则也。"不过,更多的时候是两者处于同等重要的位置,《左传·隐公十一年》:"恕而行之,德之则也,礼之经也。"

孔子一直把"政"视为人,是人的延伸和扩展,"德"则如钱穆所说,"实为一切人事之枢机"。本则最重要的问题在于,"德"是如何和"北辰"关联在一起的。孔子时代,"天"虽然还是人敬畏的对象,天象和人事彼此还有对应关系,但"天道远,人道迩"已逐渐成为共识。不过,就孔子而言,其虽然在公共和私人领域中"去神秘化",但对祭祀却高度推崇,只是这种推崇不再是一种宗教信仰,而是一种功能信仰,特别是经由占卜学和星象学的变迁,阴阳和吉凶分离,一整套不依赖于神的秩序,被建构出来。据《左传·僖公十五年》:

晋献公筮嫁伯姬于秦,史苏占之曰:"不吉。其繇曰:'士刲羊,亦无衁也。女承筐,亦无贶也。西邻责言,不可偿也。《归妹》之《睽》,犹无相也。'《震》之《离》,亦《离》之《震》,为雷为火。为嬴败姬,车说其輹,火焚其旗,不利行师,败于宗丘。《归妹》《睽》孤,寇张之弧,侄其从姑,六年其逋,逃归其国,而弃其家,明年其死于高梁之虚。"及惠公在秦,曰:"先君若从史苏之占,吾不及此夫。"韩简侍,曰:"龟,像也；筮，数也。物生而后有象，像而后有滋，滋而后有数。先君之败德，乃可数乎？史苏是占，勿从何益？《诗》曰：'下民之孽，匪降自天，僔沓背憎，职竞由人。'"

这里，人的因素或者说人本身的价值凸显出来，吉凶决定于"德"，而非"筮"。如此，孔子将"为政以德"与"北辰"联系起来，总体倾向上还是一种比喻，而非道德天、自然天的警戒或影射。这种比喻的前提是，"天"已经不是神，"星象"也与吉凶无关，人成为宇宙的中心，"德"则是这个中心的法则。如同众星围绕北辰运转一样，人事受"德"这个普遍法则的支配。孔子所暗喻的，是要求上位者"修、求、正、省、讼"，即修德、求德，以此实现君子政这样的"模范式"治理。

2.2 子曰："《诗》三百①，一言以蔽②之，曰：'思无邪。'③"

【注】

①三百：概数，《诗经》实有三百零五篇。这句话很重要，意味着孔子时代《诗经》篇目已经固定，是否定于孔子之手，证据不足。②蔽：概括，《广雅》："蔽，障也，隐也。"③思无邪：真诚，纯正，语出《诗经·鲁颂·驷》："驷驷牡马，在坰之野。薄言驷者！有驈有皇，有骊有黄，以车祛祛。思无邪，思马斯徂！""思"无实际意义，是语气助词。一些注家将"思"解释为"思想"，不取。"无邪"便是就《诗经》的思想感情而言，"思"再解释为"思想"，画蛇添足。

【译】

孔子说："《诗经》三百篇，一句话概括，真诚。"

【引】

③包咸：思无邪，归于政也。皇侃：《诗》虽三百篇之多，六义之广，而唯用思无邪之一言以当三百篇之理也。犹如为政，其事乃多，而终归于以德不动也。朱熹：程子曰，"'思无邪'者，诚也。"刘宝楠：惟三百

篇仍有淫诗，而曰"思无邪"，破难自圆其说。杨伯峻：孔子引用它却当思想讲，自是断章取义。李零：它是表愿望，不是指《诗》三百的想法如何。孙钦善：经过孔子故意加以曲解，横生出……"美刺说"。

【解】

孔子及其弟子谈《诗经》十三次，其中引用《诗经》的有四则，涉及孔子、子贡、子夏、曾子各一则。春秋时期，《诗经》成为上层社会一种基本的交往"工具"，自国君至大夫似乎人人是诗人，不引《诗经》不张口，即到了"不学《诗》，无以言"（16.13）的境地。按有学者的说法："习诗诵诗是士以上基层的最重要的通识教育科目。"《左传》记录了《诗经》被征引的具体情况，估计达两百条左右。关于《诗经》的作用，孔子概括得很全面，即"可以兴，可以观，可以群，可以怨。迩之事父，远之事君；多识于鸟兽草木之名"（17.9）。可以说，春秋时期是一个"《诗经》信仰"时期，这种信仰突出地证明了当时的文化自觉和人文精神的崛起，也证明了《诗经》经过反复强调和征引，在传播中被构建成为一种伦理性的规训工具。钱穆说："孔门论学，主要在人心。"《诗经》本于性，形于外，又返于心，孔子强调《诗经》"思无邪"，便是对这种经典化教育文本"正人心"功能的最大肯定。

2.3 子曰："道①之以政②，齐③之以刑④，民免而无耻；道之以德，齐之以礼，有耻且格⑤。"

【注】

定州简本"耻"为"佴"，二字通，简帛常见。

①道：引导，同"导"，引申为治理。②政：政令。③齐：整饬、整治。④刑：刑罚。⑤格：来，至，引申为依附、归附。《说文解字注》："格，至也。"《礼记·缁衣》："夫民，教之以德，齐之以礼，则民有格心；教之以政，齐之以刑，则民有遁心。"

【译】

孔子说："用政令来治理，用刑法来整治，人民就会逃避惩罚而变得没有羞耻心；用道德来治理，用礼仪来整治，人民就会有羞耻心而前来依附。"

【引】

①皇侃：道，谓诱引也。朱熹：道，犹引导。⑤郑玄：格，来也。何晏：格，正也。朱熹：格，至也。一说格，正也。《书》曰："格其非心。"

邢昺：言君上化民，必以道德。民或未从化，则制礼以齐整，使民知有礼则安，失礼则耻。如此则民有愧耻而不犯礼，且能自修而归正也；朱熹：愚谓政者，为治之具。刑者，辅治之法。德礼则所以出治之本，而德又礼之本也。此其相为终始，虽不可以偏废，然政刑能使民远罪而已，德礼之效，则有以使民日迁善而不自知。故治民者不可徒恃其末，又当深探其本也。

【解】

孔子谈了两种治国理政方式，一种是重政令重刑律，可以归结为法治；一种是重德化重礼仪，可以归结为儒治。这两种方式日后裂为荀孟之别，但要注意的是，法治一脉是从"礼"开出去的，而这个"礼"不是"礼义"，而是"礼仪"，法家是儒家内部派生的产物。孔子谈治，首要的还是通过德和礼，培养"民"的是非心、伦理心、归附心，有了这种心，才会建立起良好的社会秩序。不过，孔子的潜意识中，"民"的这种心是上位者推己及人即德而化之的结果，似乎上位者天生就应具备这种"修、求、正、省、讼"且"施于人"的禀赋——让民"成人"是他们的责任和义务。由是，孔子心目中的理想政治除"安人""安百姓"外，尚包括"修己"和"成人"，这些都是"学"为"君子"转化而来的。

2.4 子曰："吾十有①五而志于学②，三十而立③，四十而不惑④，五十而知天命⑤，六十而耳顺⑥，七十而从心⑦所欲，不逾矩。"

【注】

定州简本"于"为"乎",汉石经、高丽本亦如此。

①有:同"又"。②十有五而志于学:郑玄注引《尚书传》曰:"年十五始入小学。"孔子说有志于学,表明的是一种主动学习的态度和行为。本则所提及数字,恐都是虚指。③立:立身,即以礼立身。"兴于《诗》,立于礼,成于乐。"(8.8)"不知礼,无以立也。"(20.3)④惑:困惑。⑤天命:上天的意志。孔子保留着商周以来的天命观,《论语》中屡屡提及,把知命作为成"君子"的一个重要方面。⑥耳顺:能听得进不同意见,亦即"人不知而不愠,不亦君子乎?"(1.1)。⑦从:随,一说同"纵"。

【译】

孔子说:"我十五岁时立志从学,三十岁时以礼立身,四十岁时明辨是非,五十岁时顺天应命,六十岁时善听人言,七十岁时随心所欲,却不出格。"

【引】

②朱熹:古者十五而入大学。此所谓学,即大学之道也。杨树达:《尚书大传》云"二十入大学",《大戴礼》《白虎通》则皆云"十五入大学",彼此互异者,十年、二十年举成数言之。八岁与十五,举实数言之。③何晏:有所成立也。皇侃:谓所学经业成立也。刘宝楠:诸解"立"为立于道,立于礼,皆统于学,学不外道与礼也。杨伯峻:"立"是站立的意思。⑥郑玄:闻其言,而知其微旨也。韩愈:"耳"当为"尔",犹言如此也。孙钦善:善于听取人言。

【解】

晚年自传。尚未盖棺,孔子便口述了自己一生的精神谱系。颇有意味的是,孔子不谈政治、理想和道德功名,而是在"不复梦见周公"(7.5)之际,着重梳理自己的精神成长脉络。孔子自述中,需要注意观察的是三个节点。十五志于学,是为"君子"的起点,其以此教人,也以此自况。钱穆说:"志孔子之所志,学孔子之所学,乃为读《论语》之最大宗旨。"五十知天命，便是为"君子"之时，孔子曾明确声示："不知命，无以为君子。"（20.3）钱穆指出："天命指人生一切当然之道义与职责。"故其称孔子此种学为"天命之学"。七十从心所欲，则是"优入圣域"，即通过"学而不倦"，实现了君子内心的自由，这种自由尽管是一种消极自由，但"己心"与"道义"内外合一，如钱穆所说："圣人之学，到此境界，斯其人格之崇高伟大拟于天。"对此则的理解，注家中唯钱穆最为到位，他将十五志于学后的五个阶段，视为孔子进学的阶梯。孔子的自传其实是不断"修、求、正、省、讼"而为"君子""优入圣域"的过程。这一个过程中，物质的、世俗的、技术的、外在的东西都不能惑人，由此实现了"乐"，实现了"君子"的天人一贯。

2.5 **孟懿子**①**问孝。子曰："无违。"**②**樊迟**③**御**④**，子告之曰："孟孙问孝于我，我对曰，无违。"樊迟曰："何谓也？"子曰："生，事之以礼；死，葬之以礼，祭之以礼。"**

【注】

①参见附录一2—5—1。②无违。无，不；违：背，反。联系下文，可知"无违"是不违背"礼"之意。③参见附录一2—5—2。④御：驾驶马车。

【译】

孟懿子问什么是孝，孔子说："不违背礼。"樊迟驾驶马车，孔子告诉他说："孟孙问我什么是孝，我回答说：'不违背礼。'"樊迟说："具体什么意思啊？"孔子说："父母活着时，要按礼对待他们；去世了，要按礼安葬他们、祭祀他们。"

【引】

朱熹：生事葬祭，事亲之始终具矣。礼，即理之节文也。人之事亲，自始至终，一于礼而不苟，其尊亲也至矣。是时三家僭礼，故夫子以是警之，然语意浑然，又若不专为三家发者，所以为圣人之言也。

【解】

孟僖子临终前，曾命两个孩子懿子和敬叔师事孔子，"学礼焉，以定其位"，"礼"是什么？就是"定"长幼尊卑之序的基本原则。对一个政治人物来说，三年不改（无违）父之道、父之臣，亦即承继父之善政，才算是孝。孟懿子担任宗主以后，支持季平子对抗昭公，既而抵制堕三都，和孔子礼治主张完全背离，显然违背了孟僖子命学礼之志，故曰不孝。至于孟懿子违礼是在孔子谈"孝"前后并非问题的关键。总之，事实证明了孔子之语。且，三家不仅用诸侯之礼，更有甚者以天子之礼，这种"僭越"是最大的"违"和不孝。

《左传·文公二年》曰："孝，礼之始也。"孔子心目中，孝和礼是等同的。"孝"之为秩序便是"礼治"，亦即"孝治"之于天下也。"孝"是穿越时空的，不仅含生，还包括死，并延至祭，所谓"慎终追远"（1.9）便是孝。故而，孝与礼，互为表里，内情外行，不可须臾而背离。一般而言，生事之，死葬之，是孝，还好理解，如何理解祭与孝的关系呢？《礼记》曾云："祭者，所以追养继孝也。"（《祭统》）"万物本乎天，人本乎祖，此所以配上帝也。效之祭也大，报本反始也。"（《郊特牲》）"祀乎明堂，所以教诸侯之孝也。"（《祭义》）祭的目的是不忘"生之本""而教生焉"，也就是发明孝心。

显然，事、葬、祭之礼不是外在的，而是内向的，都是一种自然情感的流露，"无违"最主要的是不违心，心不违，行亦不违，这就是孔子提倡的以"孝"为核心的"君子之教"。

2.6 孟武伯①问孝。子曰："父母唯其②疾之忧。"

【注】

①参见附录一2—6。②其：代词，指父母自己。

【译】

孟武伯问什么是孝。孔子说:"父母唯一担心的是自己会生病。"

【引】

②马融:言孝子不妄为非,唯有疾病然后使父母之忧耳。朱熹:言父母爱子之心,无所不至,惟恐其有疾病,常以为忧也。孙钦善:其代指儿子。李零:(马融)说法太绕。朱注也绕。他们说反了。

【解】

久病床前无孝子。作为老人,最担心的是自己老了特别是病中无依无靠,如今日社会保障之完备,尚不能支持老有所养,老有所依,何况古人。注家多解为父母担心子女病了,子女要善虑自己,免除担忧,这便是孝,过于弯弯绕了。子夏曾提出:"事父母,能竭其力。"(1.7)《礼记·曲礼上》亦云:"父母有疾,冠者不栉,行不翔,言不惰,琴瑟不御。"至《弟子规》,则演绎为"亲有疾,药先尝;昼夜侍,不离床"。

孔子此语,或告诫孟武伯要推己及人,人总有终老,要设身处地,将心比心。话说回来,即便今人,若能悟到个中道理,也不失为君子。

2.7 子游①**问孝。子曰:"今之孝者,是谓能养**②**。至于**③**犬马,皆能有养;不敬**④**,何以别乎?"**

【注】

①参见附录一2—7。②养(yàng):供养,养活。③至于:连词,即使,可译为"至于说到",此语至今通用。④不敬:不尊重父母。

【译】

子游问什么是孝,孔子说:"现在所谓的孝,是说能养活父母。至于说到犬马,也都能养活。如果不尊重父母,怎么和养活犬马区别开来?"

【引】

皇侃：此举能养无敬非孝之例也。朱熹：言人畜犬马，皆能有以养之，若能养其亲而敬不至，则与养犬马者何异也。李光地：如旧说犬马能养，则引喻失义，圣人恐不应作如是言。……盖言禽兽亦能相养，但无理耳。杨伯峻：犬马在事实上是不能够养活自己爹娘的，所以这说不可信。

【解】

孔子提倡君子之孝，这种孝包括"养"和更高层次的"敬"。"敬"在《论语》中出现了二十九次，也是一个中心德目，孝和礼都把"敬"作为核心要义。《说文·老部》："孝也，善事父母者。从老省，从子。子承老也。"《说文解字注》："孝者、畜也。顺于道。不逆于伦。是之谓畜。"《说文》对"孝"即"善事"的解释，暗含"养"和"敬"两个层面，前者是物质的，后者是精神的。《孝经·庶人章第六》："用天之道，分地之利，谨身节用，以养父母，此庶人之孝也。故自天子至于庶人，孝无终始，而患不及者，未之有也。"孟子批评的五种不孝行为中有三种是关于养的："惰其四支，不顾父母之养，一不孝也；博弈好饮酒，不顾父母之养，二不孝也；好货财，私妻子，不顾父母之养，三不孝也；从耳目之欲，以为父母戮，四不孝也；好勇斗狠，以危父母，五不孝也。"（《孟子·离娄下》）但只是"养"，如今日只是逢年过节行"电话孝""微信孝""朋友圈孝"，不能"常回家看看"，让父母没有衷心之乐，突显不出精神的愉悦，和"养犬马"怎么分别呢？孔子在此引入了"敬"。"敬"是周人发明的一个概念，《礼记·曲礼》："毋不敬何允。"注："在貌为恭，在心为敬。""敬"古亦作"憼"，意味着是一种发于本心的精神性活动。故而《孝经·纪孝行章》："子曰：'孝子之事亲也，居则致其敬，养则致其乐，病则致其忧，丧则致其哀，祭则致其严。五者备矣，然后能事亲。事亲者，居上不骄，为下不乱，在丑不争。居上而骄则亡，为下而乱则刑，在丑而争则兵。三者不除，虽日用三牲之养，犹为不孝也。'"古人尚且忧虑，至今日奉行技术主义、经济主义，恐"孝"之物质化、空心化难以避免。

2.8 子夏问孝。子曰:"色难①。有事,弟子②服其劳;有酒食,先生③馔④,曾⑤是以为孝乎?"

【注】

　　①色难:态度敬畏。色是容颜,引申为态度。《礼记·祭义》:"孝子之有深爱者必有和气,有和气者必有愉色,由愉色者必有婉容。"难,同"戁(nǎn)",《说文·心部》:"戁也,敬也。"②③弟子、先生:后生、长辈。④馔:动词,饮食、吃喝。⑤曾(zēng):竟然,难道。

【译】

　　子夏问什么是孝,孔子说:"态度敬畏。遇到事情,后生们代劳,有了美酒佳肴,长辈享用,难道就把这些当作是孝吗?"

【引】

　　①郑玄:言和颜悦色,是为难也。朱熹:谓事亲之际,惟色为难也。

　　邢昺:言为孝必须承顺父母颜色也。

【解】

　　子游曾曰:"子夏之门人小子,当洒扫、应对、进退,则可矣,抑末也。本之则无,如之何?"(19.12)这一说辞和孔子所说的"有事,弟子服其劳;有酒食,先生馔"一样,批评的都是表面功夫,是否都针对的是子夏,恐怕并不紧要。这里,孔子强调"孝"无非还是个"敬"字,"敬"动于中而形于外,则态度和悦;不"敬"动于中而形于外,则态度恶劣。态度如何,与心性有关。这两则不可小觑。孔子谈"孝"时,和后代诸子有明显区别,他不从逻辑学的角度谈冷冰冰的责任或义务,而是试图从"心"即人的真情实感出发,构建出"爱人"的"礼"和"别(别为分别,即长幼尊卑有序)人"的"仁"。也就是说,孔子注重激发"推己及人"之心,从正向、积极、情感的角度在"己"与"人"之间铺设一条双向的爱。这种从"己"出发的"孝",就是"修、求、正、省、讼"的君子之孝。

不过，表面功夫都没有，衷心如何，更不好说。

2.9 子曰："吾与回①言终日，不违②，如愚。退③而省其私④，亦足以发⑤，回也不愚。"

【注】

①回：颜回，即颜渊，参见附录一2—9。②违：背、反，这里引申为意见相左。③退：离开，辞去，指离开孔子居住或讲学的地方。④私：个人的、自己的，引申为颜回的言行。⑤发：扩展、张大。类似"人能弘道，非道弘人"（15.29）。

【译】

孔子说："我和颜回交流一整天，他从不提反对意见，像是很愚蠢的样子。等他走了，琢磨一下他的言行，却完全可以弘扬学习的内容，颜回一点儿也不愚蠢啊。"

【引】

③④⑤孔安国：察其退还而与二三子说释道义，发明大体，知其不愚也。皇侃：退，谓回听受已竟，退还其私房时也。朱熹：私，谓燕居独处。

【解】

钱穆说"孔子称其不愚，正是深赞其聪慧"，恐怕只说出了一个侧面。《论语》中，"愚"似乎是颜渊的标签，其"如愚"，"私"又"亦足以发"，恰恰是孔子所说的"欲讷于言而敏于行"（4.24）、"刚毅、木讷，近仁"（13.27）的君子形象。孔子眼里，最好学的弟子便是颜渊，其谦慎信实，且安贫乐道，正是学为君子的典范。

李泽厚言"愚"为神秘，近乎玄禅，不可取。

2.10 子曰:"视其所以①,观其所由②,察其所安③。人焉廋④哉?人焉廋哉?"

【注】

①以:原因,缘故,《史记·太史公自序》:"察其所以,皆失其本也。"②由:途径,办法,《管子·法禁篇》:"圣王之治民也,进则使无由得其所利,退则使无由避其所害,必使反乎安其位,乐其群,务其职,荣其名,而后止矣。"③安:定,《尔雅》:"安,定也。"《周书·谥法》:"好和不争,曰安。"④廋(sōu):隐藏,《玉篇》:"廋,隐匿也。"

【译】

孔子说:"省察他做事的原因缘故,观察他做事的方式方法,考察他安身立命的依据根据,这个人往哪里隐藏?这个人往哪里隐藏?"

【引】

①何晏:用也。朱熹:为也。杨伯峻:我把它解释为"与"。王孺童:指人的当前的动机。②朱熹:从也。杨伯峻:"由此行"的意思。③朱熹:所乐也。孙钦善:习。

邢昺:言知人之法,但观察其终始,则人安所隐匿其情哉?再言之者,深明情不可隐也。朱熹:程子曰,"在己者能知言穷理,则能以此察人如圣人也。"

【解】

孔子教人识人,善于通过动机、行为和内心这"三所法"推知一个人的根本。"三所法"归结起来其实就是两条:外察行,内察心。识人不易,任人更难,孟子说:"国君进贤,如不得已,将使卑逾尊,疏逾戚,可不慎与?左右皆曰贤,未可也;诸大夫皆曰贤,未可也;国人皆曰贤,然后察之;见贤焉,然后用之。"(《孟子·梁惠王下》)此"三所法"经子夏弟子李克演绎,则为"五所法":"居视其所亲,富视其所与,达视其所举,穷视其所不为,贫视其所不取。"(《史记·魏世家》)不过,察人者是君子，才能识得君子。否则上位者不以礼，恐下必甚焉。如《史记·太史公自序》记孔子所云："春秋之中，弑君三十六，亡国五十二，诸侯奔走，不得保其社稷者，不可胜数。察其所以，皆失其本已。"既然"皆失其本"，察、用皆不以道，覆亡就在所难免了。

2.11 子曰："温故而知新[①]，可以为师矣。"

【注】

①温故而知新："而"有多种解法，导致本则有多重意蕴。一、连词，表并列，即"温故"和"知新"；二、连词，表递进，即"温故"后"知新"；三、动词，如，好像，即"温故"如同"知新"。今从"递进"关系，同"学而时习之"（1.1）。"故"，一为已经学习过的知识，即旧知识；二为旧的文献典籍；三为过去的经验或历史。如指过去的经验或历史，知新就是指历史的预见性。今从"旧知识"。

【译】

孔子说："温习已学习过的，能从中获得新的收获，就可以做老师了。"

【引】

皇侃：此章明为师之难也。朱熹：言学能时习旧闻，而每有新得，则所学在我，而其应不穷，故可以为人师。

【解】

钱穆说本则讲的是"新故合一，教学合一"，李泽厚则说是重视历史经验，都有些扩大化了。这里，孔子是说"学"是"为师"的充分条件，对学过的东西"如切如磋，如琢如磨"（1.15），就可以教人了。他认为，"学"最重要的是能举一反三，也就能"悟"，教学生最重要的是启发学生"悟"。《论语》开篇讲"学而时习之"，为啥要"时习"？就是通过"温故"，"悟"而"知新"。"悟"即"修、求、正、省、讼"，不能"悟"不可为君子。但"悟"的前提是依据于现实，途径是"学""温"，而非凭空冥思。

2.12 子曰："君子不器①。"

【注】

　　①不器：不能只像一种器皿，延伸为不能只有一种用途、只通晓一种技艺。

【译】

　　孔子说："君子不能只像某一种器具。"

【引】

　　①包咸：器者各周其用，至于君子，无所不施也。皇侃：此章明君子之人不系守一业也。

【解】

　　"全才/通才"是"君子"的内在规定性。"志于道，据于德，依于仁"是安身立命之本，但"游于艺"才能完全成为君子（7.6）。孔子崇尚博学，"大哉孔子！博学而无所成名"（9.2），亦追求多能。当太宰评价"夫子圣者与？何其多能也？"时，孔子认为其"知我乎！"（9.6）"君子不器"主宰了传统中国的士人心智和文化灵魄。教育从不分门别类，士人也不以专才为志趣，而是希冀通过广博的知识积累，培养君子人格，其最终归宿是入世的，即齐家、治国、平天下。君子绝不可以成为"一器""小器"，而是要有大格局、大视野。当然，这种思路弊病不小，"半部《论语》治天下"可能是个美丽的传说或误会，根源在于通儒等同于通治国这种思想作祟，发展到极致是一张试卷或一场考试决定了一个人乃至一个国家的基本走向。故而君子多为思想家，惯于"寻章摘句"，做个"老雕虫"，而经济和科技却靡而不振。最终，"君子不器"沦为"君子小器"。

唯君子不器，即不以器限，若有若无，才能随物赋形，器道相合，这就是中庸的本意。中庸或不器者，乃文质彬彬、从心所欲不逾矩也。

2.13 子贡问君子。子曰："先行其言，而后从之。"

【注】

定州简本无"而后"二字。

【译】

子贡问什么是君子。孔子说："先践行自己要说的话，然后再说出来。"

【引】

皇侃：若言而不行，则为辞费，君子所耻也。

【解】

先行其言的意思是先践行自己要说的话，即行在言先。《大戴礼记·曾子立事》："微言而笃行之，行必先人，言必后人。"孔子认为，君子是个行动派、实干家，而不是演说家，夸夸其谈和巧言令色性质一样，是小人表现。行在言先比践诺还要困难，成为君子的前提是把行作为言，行到了，可言可不言。小人言在行先，甚至言而不行，这样，行就是"化性起伪"的关键一环。

《论语》中，出现"言"的有七十九则，计一百二十四次。

2.14 子曰："君子周①而不比②，小人比而不周。"

【注】

①周：忠信，《说文·口部》："周，密也。"《说文解字注》："按忠信

为周。谓忠信之人无不周密者。"《左传·哀公十六年》："周仁谓之信……复言，非信也。"②比（bì）：阿附，《说文解字注》："……阿党也。皆其所引伸。"

【译】

孔子说："君子忠信而不阿附，小人阿附而不忠信。"

【引】

①②朱熹：周，普遍也。比，偏党也。黄式三：密于善曰周，密于不善曰比。杨伯峻："周"是以当时所谓道义团结人，"比"则是以暂时共同利害互相勾结。

【解】

君子和小人在这里既不是政治身份上的，也不是道德意义上的，而是一种人格状态，君子的性格是完美、成熟的，而小人的是鄙陋、偏颇的。君子和小人的根本差别是如何对待公私问题。特别是处在类似于现代的"公共领域"中时，君子和小人的差别在于：君子"求诸己"而为他人，小人"求诸人"而为自己；君子在一起是因义，坐而论道，小人在一起因私，言不及义，好行小惠。

不过，需要指出的是，人格的完美与否将决定道德高下和政治地位，这点是孔子崇奉君子的目的所在。

2.15 子曰："学而不思则罔①，思而不学则殆②。"

【注】

①罔：迷惑，通"惘"，《楚辞·九辩》："罔流涕以聊虑兮，惟着意而得之。"②殆：懒惰、松懈，同"怠"。《论语》中还有两处"殆"字，一作危险讲，"今之从政者殆而！"（18.5）。另如《诗经·小雅·正月》："民今方殆，视民梦梦。"一作迷惑、疑惑讲，"多见阙殆，慎行其余，则寡

悔。"（2.18）另如《诗经·商颂·玄鸟》："受命不殆。"

【译】

孔子说："只学不思就会迷惑，只思不学就会松懈。"

【引】

①皇侃：言既不精思，至于行用乖僻，是诬罔圣人之道也。朱熹：不求诸心，故昏而无得；于省悟以为，"罔"作"忘"。②何晏：不学而思，终卒不得，徒使人精神疲殆。朱熹：不习其事，故危而不安。

【解】

学和思是一体两面。孟子"思则得之，不思则不得之"（《孟子·告子上》）可作第一句的注解，孔子"吾尝终日不食，终夜不寝，以思，无益，不如学也"（15.31）可作第二句的注解。

君子善学，边思边学才能"达"，不可死学，亦不可玄思。孔子在这里强调的是"学"要突出问题导向，即带着问题学，否则像没头的苍蝇，乱飞乱撞，"无益"（15.31）。

2.16 子曰："攻①乎异端②，斯害也已③。"

【注】

定州简本"攻"为"功"。

①攻：致力，从事，《说文·攴部》："攻，击也。"《说文解字注》："攻犹治也。此引伸之义。"古文中，"攻"常作攻击和攻治讲，前者如《吕氏春秋·上农》："农攻粟，工攻器，贾攻货。"后者如《左传·宣公二年》："攻灵公于桃园。"《论语》中四个"攻"字，除此处外，均作"攻击"讲。②异端：杂说。《后汉书·延笃传》："观夫仁孝之辩，纷然异端，互引典文，代取事据，可谓笃论矣。"③也已：中性语气词。《论语》中此例甚多，如"可谓好学也已"（1.14），"可谓仁之方也已"（6.30）。

【译】

孔子说："从事杂说，这是祸害啊。"

【引】

①何晏：攻，治也。皇侃：古人谓学为治。程树德：《论语》中凡用攻字均作攻伐解，……则何晏、朱子之说非也。②朱熹：异端，非圣人之道，而别为一端，如杨墨是也。杨伯峻：……所以译为"不正确的议论"。③程树德：已者，语词。不训为止。杨伯峻：已，我看作动词，止也。

【解】

在讨论这个问题时，以往注家往往忽视了孔子的一贯之道，即"正"或曰"无邪"。比如谈"礼"时，以为八佾舞于季氏之庭为非；谈"乐"时，以为《武》"尽美矣，未尽善也"；谈"《诗》"时，以为"思无邪"；谈"学"时，以为学稼为圃者乃小人。这在孔子阐释"正名"思想时表现得最为充分。《论语》最大的贡献在于提出了君子为学、行事、做人的一系列标准，符合这个标准的是"正"的，不符合这个标准的是"异端"。儒学极具宽容精神，中国历史上从未出现各种教义偏执或狂热，但"正（正名、正统）"的思想即道统意识却极为激烈，《左传·成公二年》中的一句话在某个意义上给出了答案："唯器与名，不可以假人，君之所司也。名以出信，信以守器，器以藏礼，礼以行义，义以生利，利以平民，政之大节也。"面对大是大非问题时，曾子给出的答案就是"临大节而不可夺也"（8.6）。故而，朱熹把异端视为"非圣人之道"，极具洞识。

2.17 子曰："由①！诲②女知之乎！知之为知之，不知为不知，是知③也。"

【注】

①由，仲由，即子路，参见附录一 2—17。②诲：教育，教导，此处

引申为告诉、告知。③知：智慧，同"智"，名词。本则中前五个"知"为动词，系"懂得""明白"之意。

【译】

孔子说："由！告诉你怎样才算是知道吧！知道就是知道，不知道就是不知道，这才是智慧啊。"

【引】

朱熹：子路好勇，盖有强其所不知以为知者，故夫子告之曰"我教女以知之之道"。

【解】

君子为学求知的正确态度就是老实。《论语》中，孔子推重"刚毅、木讷"，以为这样"近仁"（13.27），还极为喜欢"如愚"的颜渊。孔子对学生这么要求，对自己也是如此，他不仅坦陈"我非生而知之者"（7.20），还举例说明自己的无知："吾有知乎哉？无知也。有鄙夫问于我，空空如也。我叩其两端而竭焉。"（9.8）如果自己把自己视为"神"，则如"黔之驴"，终无法超脱。通常为学者、为政者最容易把自己封作"全能神"，不自视为"通天教主"难平己愤。后人无视孔子"君子道者三，我无能焉"（14.28）的肺腑之语，将其奉为"圣人"，以之为"日月"，刨除别有用心者，至少不是老实态度。荀子在《儒效》中曾说："知之曰知之，不知曰不知，内不自以诬，外不自以欺，以是尊贤畏法而不敢怠傲，是雅儒者也。"由荀子之语引申下去，这种老实的态度便不只是为学求知，则是做人问题了。孔子承认有限性的心态，正是人格完备的表现，即真君子。

2.18 子张①学干禄②。子曰："多闻阙③疑，慎言其余，则寡尤④。多见阙殆，慎行其余，则寡悔。言寡尤，行⑤寡悔，禄在其中矣。"

【注】

①参见附录一 2—18。②干禄：获取俸禄，意即求仕，从政。干，求；禄，俸。"干禄"亦作"求福"讲，《诗经·大雅·旱麓》："岂弟君子，干禄岂弟。"③阙：空缺，同"缺"。④尤：过失，《诗经·小雅·四月》："废为残贼，莫知其尤。"⑤行（xìng）：行为。

【译】

子张问从政的办法。孔子说："多听而存疑，谨慎地说出肯定的部分，就会减少过失；多看而存疑，谨慎地实施肯定的部分，就会减少懊悔。言语的过失少了，行为的懊悔少了，俸禄就在里面了。"

【引】

②郑玄：禄，禄位也。

朱熹：言此以救子张之失而进之也。刘宝楠："多闻""多见"，谓所学有闻有见也。

【解】

子张学干禄，孔子却谈言行，要义是要其"修、求、正、省、讼"，即通过修身而为君子。孔子一脉虽有人世之念，却绝不屈身或汲汲于仕途，而是主张通过"慎言""慎行"——克己复礼，以不求为求，实现"立人""达人""安人"的理想。本则中，阙疑阙殆是治学上的实事求是，慎言慎行是修身上的严谨踏实，孔子始终把"学"——"修、求、正、省、讼"——为"君子"作为人格提升的脉络。

2.19 哀公①问曰："何为则民服？"孔子对曰②："举直错③诸④枉，则民服；举枉错诸直，则民不服。"

【注】

①参见附录一 2—19。②对曰：回答说，《广韵》："对，答也。"《论语》

中当政者与地位较低之人问答,一般用"对"。如叶公问孔子于子路,子路不对(7.19)。③错:放置,同"措",《说文解字注》:"或借为措字。措者,置也。"④诸:之于。此处为代词兼介词,是"之于"的合音,《左传·僖公三十三年》:"穆公访诸蹇叔。"

【译】

哀公问:"怎么做才能让百姓顺服?"孔子回答说:"选拔正直的人置于邪恶不正的人之上,百姓就会顺服;选拔邪恶不正的人置于正直的人之上,百姓就不会顺服。"

【引】

④郑玄:诸,之也。朱熹:诸,众也。

朱熹:程子曰,"举错得义,则人心服。"谢氏曰,"好直而恶枉,天下之至情也。顺之则服,逆之则去,必然之理也。然或无道以照之,则以直为枉,以枉为直者多矣,是以君子大居敬而贵穷理也。"

【解】

君子政重德化。此则孔子讲的不只用人问题,而是强调为政者要修己之德,内正而身正,方可正人,即正君用正臣,就会得正民,否则适得其反。古文中,"德"又作"悳",《说文·心部》:"惪也,外得于人,内得于己也。从直从心。"这意味着,为政是一个修己正人的过程,而不是以强力正人,此是"为政以德"的枢机所在。

2.20 季康子[①]问:"使民敬、忠以[②]劝[③],如之何?"子曰:"临[④]之以庄,则敬;孝慈[⑤],则忠;举善而教不能,则劝。"

【注】

皇本"临"下有"民"字。

①参见附录一 2—20。②以:和,与,表示并列关系。③劝:勤勉,

《说文·力部》:"劝,勉也。"④临:面对。《尔雅》:"临,视也。"《墨子·尚贤下》:"临众发政而治民。"⑤慈:代指父母,《管子·形势解》:"慈者,父母之高行也。"

【译】

季康子问:"要使百姓恭敬、忠心和勤勉,怎么做?"孔子说:"(当政者)对待百姓庄重,就会恭敬;孝顺父母,就会忠诚;选拔贤人,教育无能者,就会勤勉。"

【引】

①邢昺:季康子,鲁执政之上卿也。时以僭滥,故民不敬、忠、劝勉,故问于孔子。

【解】

"为政以德"是一种伦理政治,是家庭关系在社会关系上的投射和扩大,其立论的基础是,国是放大了的家,家是缩小了的国,家庭中的一切规范都无条件适用于国家,这是政治化了的推己及人,即推家及国。伦理化政治模型中,上位者的角色是既父又子:作为父,要庄重;作为子,要孝敬。这种假设带来的示范效应是尊敬和忠诚。孔子始终坚信德化,即邦有无道的关键是上位者正与不正。今日看来,这种突出上位的责任政治固然会养成全能政治,但在以家庭为细胞的小农社会中并非没有可取之处。

2.21 或①谓孔子曰:"子奚②不为政?"子曰:"《书》③云:'孝乎惟孝,友于兄弟,施④于有⑤政。'是亦为政,奚其为为政?"

【注】

①或:有人。②奚:为什么。"奚"是文言疑问代词,相当于"胡""何"。③《书》:《尚书》,此三句出自伪《古文尚书·君陈》。④施:

转移、影响，《说文·口部》："施，旗儿。"《说文解字注》："毛传曰：'施，移也'。"⑤有：词缀，无实际意义，《荀子·议兵》："舜伐有苗，禹伐共工，汤伐有夏。"

【译】

有人对孔子说："先生为什么不从政？"孔子说："《尚书》说：'孝敬啊，要竭力孝敬父母，同时把这种情感用在友爱兄弟、从事政务上。'这就是从政，为什么非要出仕才算是从政呢？"

【引】

孔安国：言其有令德，善事父母，行已以恭。言善事父母者，必友于兄弟，能施有政。包咸：或人以为，居位乃是为政。朱熹：言君陈能孝于亲，友于兄弟，又能推广此心，以为一家之政。孔子引之，言如此，则是亦为政矣，何必居位乃为为政乎？盖孔子之不仕，有难以语或人者，故托此以告之，要之至理亦不外是。

【解】

孔子谈的并非个人是否从政问题，潜台词强调上位者要把"孝"作为"为人／为仁"的根本。"孝"之所以是最大的政治，原因还在于家庭关系就是公共规范。当然，据字面理解也是妥当的。一个邦国的民人不必人人干禄或为政，只要坚持为人孝敬，自会天下大治。君子政的要义不止要求上位者要成为君子，而是要求人人都是君子。和轴心时代哲学家亚里士多德"人是政治动物"的理念相比，孔子倾向于认为"人是君子"。

2.22 子曰："人而①无信，不知其可也。大车②无輗③，小车④无軏⑤，其何以行之哉？"

【注】

①而：连词，表示假设关系。②④大车、小车：牛车、马车。《释名·释

车》："小车，驾马轻小之车也。驾马宜轻，使之局小也。"何晏集解引包咸曰："大车，牛车。……小车，驷马车也。"③輗：古代大车车辕和横木衔接的活销。⑤軏：古代小车车辕和横木衔接的活销。

【译】

孔子说："人如果没有诚信，不知道能不能行。大车没有车辕和横木衔接的活销，小车没有车辕和横木衔接的活销，它们靠什么行走呢？"

【引】

皇侃：言人若无信，虽有他才，终为不可，故云不知其可也。刘宝楠：人有无常，仁、义、礼、智，皆须信以成之。

【解】

《说文·言部》："信，诚也。从人从言。""信"是古人的"身份证"，是立身之本、交友之道、齐家之基、治国之要，儒家视之为核心概念。前三者不必说了，"信"与治国的关系，《左传·僖公二十五年》讲得极为清晰："公曰：'信，国之宝也，民之所庇也。得原失信，何以庇之？所亡滋多。'"《说文解字》中，信与诚可以互训。首先把诚和信联结起来的是《逸周书》，云"成年不尝，信诚匡助，以辅殖财"，又云"父子之间观其孝慈，兄弟之间观其友和，君臣之间观其忠愚，乡党之间观其信诚"。诚和信皆从言，言为心声，故信与否，实为君子小人分野。孟子曰："诚者，天之道也；思诚者，人之道也。至诚而不动者，未之有也；不诚，未有能动者也。"（《孟子·离娄上》）这种区分并无实际意义，意义在于"信"是人伦，投射在社会关系上，则是普遍性、规范性的礼义。孔子极其关注君子之信，于政亦是如此。本则比喻极为生动形象，輗、軏部件虽小，但极为关键，车无之不能行，故而钱穆说："信者，贯通于心与心之间，既将双方之心紧密联系，而又使有活动之余地，正如车之輗、軏。"

2.23 子张问："十世①可知也？"子曰："殷因②于夏礼，所损益，可

知也；周因于殷礼，所损益，可知也。其或继周者，虽百世，可
知也。"

【注】

①十世：十代，按下文，此处指十代的礼。《说文·卅部》："世，
三十年为一世。"②因：沿袭，承袭，贾谊《过秦论》："因遗策。"

【译】

子张问："十代以后的礼可以推知吗？"孔子说："商代因袭夏代的礼，
增减的地方可得而知，周代因袭商代的礼，增减的地方可得而知。有继
承周礼的，即便是百代也可得而知。"

【引】

皇侃：子张见五帝三王文质变易，世代不同，故问。邢昺：此章明创
制革命、因沿损益之礼。朱熹：三纲五常，礼之大体，三代相继，皆因之
而不能变。孙钦善：这句是说周礼完美无缺，可传之百世。

【解】

本则讨论的其实是"革命"问题。在这里，孔子和子张没有谈"心性"
之学，而是谈"三世"之学。孔子的核心观点是，"礼"作为一种社会制
度，是讲传承的，无论采取哪种"革命"方式，朝代如何变易，一个新
的时代或国家都不是建立在废墟之上，而是植根于前代的土壤中，这种
"因"是渐进式的，是基于自发秩序的损益，不是毁灭性的"再造"。而
且，按照孔子的说法，这种"因"的最大便利，是可以考诸历史，把握
未来，即以一"礼"之承继，可通观人类社会进程。

此语显示了孔子的洞识：即便两千年后，差不多百代了，"皆行秦政
制"，也抹不掉古老中国的影子。

2.24 子曰："非其鬼①而祭之，谄②也。见义不为，无勇也。"

【注】

①鬼：人死之后的灵魂，这里引申为祖先。《说文·鬼部》："鬼，人所归为鬼。"②谄：献媚。

【译】

孔子说："不是自己的祖先却去祭祀，献媚。见到急需正义支援的事情却不去做，怯懦。"

【引】

①郑玄：人神曰鬼。非其祖考而祭之者，是谄求福。

【解】

《左传·僖公十年》曰："神不歆非类，民不祀非族。"祭祀有严格的等级限制，这是"礼"。"礼"如今日之宪法，遵循礼，是维系社会和人际关系的根本。《礼记·曲礼》云："天子祭天地，祭四方，祭山川，祭五祀，岁遍。诸侯方祀。祭山川，祭五祀，岁遍。大夫祭五祀，岁遍。士祭其先，凡祭，有其废之莫敢举也，有其举之莫敢废也。非其所祭而祭之，名曰淫祀。淫祀无福。天子以牺牛，诸侯以肥牛，大夫以索牛，士以羊豕。支子不祭，祭必告于宗子。"非其鬼而祭之，不但谄，且越礼。对这种越礼行为不制止，就是见义不为。孔子对弟子见"不义"而救者，屡屡批评，如3.6、16.1。

一般而言，这种不"礼"之祭，通常起于是非心，说到季氏旅于泰山，则是心起不臣。

八佾第三

本章凡二十六则，子曰十三则；子与冉有、子夏、子贡对曰三则；与林放、王孙贾、定公、哀公、鲁大师对曰五则；与无名氏对曰四则；孔子曰（评季氏不知礼）一则。

本章"礼"是核心词，有九则直接谈及，十一则间接谈及。另有三则谈"乐"、二则论"君子"、一则讲《诗》、一则言"仁"。《论语》中，出现"礼"字的有四十二则，以本章最为集中。

"礼"在孔子这里，不只是外在的，也是内在的。"礼"具有心性、神性，道德或价值约束远远大于仪式约束，等同于现在的不成文宪法。不过，孔子这里"礼"是外来的，即学得的，非天赋的，即"礼后乎"，这一点很关键。

礼乐崩坏，孔子不得不在礼的外部性上下功夫。

3.1 孔子谓①季氏②："八佾③舞于庭，是可忍④也，孰⑤不可忍也？"

【注】

①谓：评论，《说文·言部》："谓，报也。"《说文解字注》："谓者，论人论事得其实也。……亦有借为曰字者。"《论语》中，有"谓"和"谓……曰"两种句式，第二种是"对……说"之意，如子谓仲弓曰（6.6）。②季氏：季平子，《左传·昭公二十五年》："将禘襄公，万者

二八，其余万于季氏。"其时，季平子柄权。③八佾（yì）：古代乐舞，八人一行为一佾，天子八佾六十四人，诸侯六佾四十八人，大夫四佾三十二人，越级使用为僭越。④忍：残忍，《说文·心部》："忍，能也。"《说文解字注》："能耐本一字。俗殊其音。忍之义亦兼行止。敢于杀人谓之忍。俗所谓忍害也。敢于不杀人亦谓之忍。俗所谓忍耐也。"季平子僭越，削弱鲁室，逼走昭公，故曰残忍。⑤孰：什么。

【译】

孔子评论季氏时说："他用天子规格在自家庭院表演乐舞，这个都能残忍地干得出来，还有什么干不出来？"

【引】

④皇侃：忍，犹容耐也。黄式三：忍从心，取决绝义。决断以犯义，是为残忍。杨伯峻：一般人把它理解成"容忍""忍耐"，不好。⑤马融：孰，谁也。

朱熹：范氏曰，"乐舞之数，自上而下，降杀以两而已，故两之间，不可以毫发僭差也。孔子为政，先正礼乐，则季氏之罪不容诛矣。"谢氏曰，"君子于其所不当为不敢须臾处，不忍故也。而季氏忍此矣，则虽弑父与君，亦何所惮而不为乎？"

【解】

评论之事当发生在季平子主持鲁国国政之际。昭公二十五年（前517），昭公击季氏，师败，亡齐，季氏当政，僭天子礼。关于"礼"的重要性，子大叔说得极为洞彻："礼，上下之纪，天地之经纬也，民之所以生也，是以先王尚之。故人之能自曲直以赴礼者，谓之成人。"（《左传·昭公二十五年》）能自曲直者，才能称得上成人。成人是君子，有善恶是非之仁爱心，即如钱穆所说："礼本于人心之仁，非礼违礼之事，皆从人心之不仁来。"季氏明目张胆以天子之舞，不是不可忍受问题，而是其心不仁（残忍）问题。这里，必须要明确一件事，即孔子重礼，既非为上位者计，亦非为个人计，其每每批评国君、三桓便是明证，而是为了恢复邦之道（秩序），按今日之语是避免国、家、民陷入"丛林世界"
而不能自拔。

3.2 三家①者以《雍》②彻③。子曰："'相④维⑤辟公⑥，天子穆穆⑦'，
奚取⑧于三家之堂？"

【注】

　　①三家：仲孙、叔孙、季孙三家当政国卿，因同出自鲁桓公，又称
"三桓"。此处，家指卿大夫的封地治所。②《雍》：《诗经·周颂》之一
篇，是成王祭祀文王撤馔时的歌。③彻：通"撤"，《礼记·士冠礼》："彻
筵席。"《淮南子·原道》："解车休马，罢酒彻乐。"④相（xiàng）：辅助，
辅佐。⑤维：语气助词。⑥辟（bì）公：辟指诸侯，公指夏殷二王之后。
⑦穆穆：言行端庄。⑧取：悦耳，《说文·又部》："取，捕取也。从又从耳。
《周礼》：'获者取左耳。'"《说文解字注》："以说从耳之意。"

【译】

　　三家卿大夫祭祀祖先时唱着祭祀文王的《雍》诗撤掉祭品。孔子说：
"'诸侯和夏殷二王之后助祭，天子端庄严肃地主祭'，这诗在三家卿大
夫的厅堂里哪有一点儿悦耳的地方？"

【引】

　　朱熹：天子宗庙之祭，则歌《雍》以彻，是时三家僭而用之。

【解】

　　《雍》全文如下："有来雍雍，至止肃肃。相维辟公，天子穆穆。于荐
广牡，相予肆祀。假哉皇考，绥予孝子。宣哲维人，文武维后。燕及皇
天，克昌厥后。绥我眉寿，介以繁祉。既右烈考，亦右文母。"虽是首记
录武王祀文王的叙事诗，却描写了一个理想国 / 乌托邦。这个理想国是从
家扩展而来的，国君就是家长。理想国中，上位者即家长处于秩序的中

枢，"燕及皇天，克昌厥后。绥我眉寿，介以繁祉"是上位者施君子政的结果，不过，上位者施政非是凭借别的，而是以礼、以德。三家僭礼歌《雍》，是对整个秩序的破坏，且与《雍》描写的和谐的秩序和关系不协调，便成了闹剧。故而，孔子以为不悦耳、不可取。

3.3 子曰："人而^①不仁，如礼何^②? 人而不仁，如乐何？"

【注】

①而：如果，假如，连词，插在主谓语间表假设。与"人而无信"（2.22）句式相同。②如礼何：对待礼怎么样呢？"如……何"是一种疑问句式，即"把……怎么办""对……怎么样"。

【译】

孔子说："人如果不仁，能好好对待礼吗？人如果不仁，能好好对待乐吗？"

【引】

包咸：言人而不仁，必不能行礼乐也。皇侃：此章亦为季氏出也。季氏僭滥王者礼乐，其既不仁，则奈何此礼乐乎？

【解】

礼主敬，乐主和，敬、和都本于人心。李泽厚解本则时说得极为到位："外在形式的礼乐，都应以内在心理情感为真正的凭依。"孔子之"学"，核心是"为己"，目的是为"君子"，所谓"为己"，就是破心外执，求心自返，致力于本心的自家操存，最终归于仁，这样，才能正确地对待万物，对待礼乐。这个意义上，"为己"是立自家心，即立"仁"，"不逾矩"，而为"君子"。继孔子意者，认为立自家心是格物，是默坐澄心，此近佛道，走偏了。本章前两则，三家一乱礼，一乱乐，根子就在心乱而不仁，正如钱穆所说："失于仁而为礼，……为伪为僭，无所不至，宜为乱之首。"后代自此拈出"士先器识，而后文艺"，依据的就是这个道理。

3.4 林放①问礼之本。子曰："大哉②问！礼，与其奢也，宁③俭；丧，与其易④也，宁戚⑤。"

【注】

①参见附录一3—4。②哉：啊，表感叹，语气助词。③宁：宁可，宁愿。④易：和悦。⑤戚：哀伤。

【译】

林放问什么是礼的根本。孔子说："你问的问题意义大啊！礼节，与其奢侈，宁可节俭；丧事，没有戚容，自不如满怀哀伤。"

【引】

④郑玄：简也。朱熹：治也。杨树达：慢易也。杨伯峻：有把事情办妥的意思，……因此这里译作"仪文周到"。杨润根：变化。孙钦善：弛，铺张。

邢昺：奢与俭、易与戚等，俱不合礼，但礼不欲失于奢，宁失于俭；丧不欲失于易，宁失于戚。言礼之本意，礼失于奢不如俭，丧失于和易不如哀戚。朱熹：范氏曰，"夫祭与其敬不足而礼有余也，不若礼不足而敬有余也，丧与其哀不足而礼有余也，不若礼不足而哀有余也。礼失之奢，丧失之易，皆不能反本，而随其末故也。礼奢而备，不若俭而不备之愈也；丧易而文，不若戚而不文之愈也。俭者物之质，戚者心之诚，故为礼之本。"杨氏曰，"礼始诸饮食，故污尊而抔饮，为之簠、簋、笾、豆、罍、爵之饰，所以文之也，则其本俭而已。丧不可以径情而直行，为之衰麻哭踊之数，所以节之也，则其本戚而已。周衰，世方以文灭质，而林放独能问礼之本，故夫子大之，而告之以此。"

【解】

理解本则的关键是读懂"易"字，此词注释纷纭，莫衷一是。据上下文，"易"应与"戚"相反，即"和悦"。《楚辞·大招》："易中利心，以动作只。"王夫之云："易中，和易其中。"孔子对无有戚容之丧礼颇为反感。《礼记·檀弓上》："子路曰：'吾闻诸夫子：丧礼，与其哀不足而礼有余也，不若礼不足而哀有余也；祭礼，与其敬不足而礼有余也，不若礼不足而敬有余也。'"

孔子认为，礼不在外表而在内心，不在文而在质。钱穆说："礼本于人心之仁，而求所以表达者，始有礼。"奢侈和不哀，都是非礼的表现。朱熹云："礼贵得中，奢易则过于文，俭戚则不及而质，二者皆未合礼。然凡物之理，必先有质而后有文，则质乃礼之本也。""心"是一切外在形式的枢纽和统摄，非礼意味着心不正，即便表现得再充分，也是伪的。

3.5 子曰："夷狄①之有君，不如诸夏②之亡③也。"

【注】

①夷狄：夷、狄、戎、蛮指东北西南四个方位的部落国家，此处，夷狄泛指华夏以外各族。②诸夏：古代对中国的泛称，《左传·僖公二十一年》："以服事诸夏。"③亡：没有，同"无"。

【译】

孔子说："周边部落国家都有君主，不像华夏这个大国连个君主都没有。"

【引】

康有为：若乱世野蛮有君主之治法，不如平世文明无君主之治法。钱穆：《论语》言政治，必本之道之大，尊君亦所以尊道，断无视君位高出道之意。孙钦善：孔子慨叹中原各国多有僭越，致使君主地位动摇，形同虚设。

【解】

　　本则涉及"夷夏之辨"（亦称"华夷之辨""夷夏之防"）问题。先秦时期，中原华夏诸族为文明中心，由此生发以礼仪而非以种族分辨族群的观念。目前而言，"夏"最早出自西周共王时器《墙盘》铭文"上帝司夏尤保"，指周王室及其所封建诸侯国，孔颖达《春秋左传正义·定公十年》："中国有礼仪之大，故称夏；有服章之美，谓之华。""夷"据《国语·郑语》："是非王之支子母弟甥舅也，则皆蛮、荆、戎、狄之人也。非亲则顽，不可入也。"需要注意的是，"夷夏之辨"作为一种邦交理念，以礼仪非地理定远近亲疏，楚自称"蛮夷"，却被以诸夏视之；郑国本诸夏，却因失礼被视为夷狄。"夷夏之辨"是文化主义的，而非民族主义的，其虽有"以夏变夷"的设想，如孟子云："吾闻用夏变夷者，未闻变于夷者也。"（《孟子·滕文公上》）但这种"变"绝非采取暴力手段，中国历史上鲜有"夏"侵掠"夷"的案例，因此为"不仁""不德"，但"夷"侵掠"夏"，往往被王化德服。某种意义上，这是一种文化自觉与自信。不过，"夷夏之辨"在"夏"弱小时，往往沾染民族主义倾向，"夷"的落后被演绎为残暴，程颐即曰："礼一失则为夷狄，再失则为禽兽。圣人恐人之入夷狄也，故《春秋》之法极谨严，所以谨严者，华夷之辨尤切切也。"（《二程遗书》）这种"尤切切"基于宋屡遭边患的现实。《论语》中，孔子虽然视"夷"为落后，"微管仲，吾其被发左衽矣"（14.17），但也把"夷"视为世外桃源，故有以下对话：子欲居九夷。或曰："陋，如之何？"子曰："君子居之，何陋之有？"（9.14）而且，孔子对齐桓、管仲推崇有加，要义即在于君臣二人"九合诸侯，不以兵车"，"霸诸侯，一匡天下，民到于今受其赐"（14.17），以至于忽视了二人小节，认为齐桓"正而不谲"（14.15），而管仲"如其仁"（14.16）。孔子苦于"天下无道，则礼乐征伐自诸侯出"，"陪臣执国命"（16.2），故云"夷狄之有君，不如诸夏之亡也"，此为希冀圣王出的一种政治企图。

3.6 季氏旅①于泰山。子谓冉有②曰："女③弗能救④与？"对曰："不能。"子曰："呜呼！曾⑤谓泰山不如林放乎？"

【注】

①旅：祭，《周礼·天官·冢宰》："王大旅上帝，则张毡案，设皇邸。"②参见附录一 3—6。③女：你，同"汝"。④救：制止，纠正，《说文·攴部》："救，止也。"《礼记·学记》："知其心，然后能救其失。"⑤曾：乃、竟，副词。

【译】

季氏祭祀泰山。孔子对冉有说："你不能制止吗？"冉有回答说："不能。"孔子说："哎呀！泰山还不如林放懂礼吗？"

【引】

包咸：神不享非礼，林放尚知问礼，泰山之神反不如林放耶？欲污而祭之。朱熹：言神不享非礼，欲季氏知其无益而自止。

【解】

泰山向为五岳之尊，祭祀泰山，本应天子所为，班固在《白虎通义》中说得极为明白："王者受命，易姓而起，必升封泰山。何？教告之义也。始受命之时，改制应天，天下太平，物成封禅，以告太平也。"也就是说，祭祀泰山是宣告"革命"或继位合法性的一种重要手段，起源虽不能确考，但应极早，《尚书·舜典》便有记载："岁二月，东巡狩，至于岱宗，柴，望秩于山川。"关于在泰山封禅，《史记·封禅书》中有一则对话：

齐桓公既霸，会诸侯于葵丘，而欲封禅。管仲曰："古者封泰山禅梁父者七十二家，而夷吾所记者十有二焉。昔无怀氏封泰山，禅云云；虑羲封泰山，禅云云；神农封泰山，禅云云；炎帝封泰山，禅云云；黄帝封泰山，禅亭亭；颛顼封泰山，禅云云；帝幹封泰山，禅云云；尧封泰山，禅云云；舜封泰山，禅云云；禹封泰山，禅会稽；汤封泰山，禅云云；周成王封泰山，禅社首：皆受命然后得封禅。"桓公曰："寡人北伐山戎，过孤竹；西伐大夏，涉流沙，束马悬车，上卑耳之山；南伐至召陵，登熊耳山以望江汉。兵车之会三，而乘车之会六，九合诸侯，一匡天下，诸侯莫违我。昔三代受命，亦何以异乎？"于是管仲睹桓公不可穷以辞，因设之以事，曰："古之封禅，鄗上之黍，北里之禾，所以为盛；江淮之间，一茅三脊，所以为藉也。东海致比目之鱼，西海致比翼之鸟，然后物有不召而自至者十有五焉。今凤皇麒麟不来，嘉穀不生，而蓬蒿藜莠茂，鸱枭数至，而欲封禅，毋乃不可乎？"于是桓公乃止。

不过，据《礼记·王制》："天子祭天下名山大川。五岳视三公，四渎视诸侯。诸侯祭名山大川在其地者。"故泰山之祭，鲁国君亦可行之。

孔子之时，陪臣执国命，季氏非天子，亦非诸侯，其祭泰山是僭礼，故"仲尼讥之"。有意思的是，孔子批评季氏时，采用了拟人化手法，泰山难道不懂礼，你季氏祭了又有何用？孔子是君子，不能止；冉有是家臣，不能救，孔子只能发发牢骚。

孔子以后，以言为政这种"君子儒"是整个儒学用世的基本底调。

3.7 子曰："君子无所争。——必也射①乎！揖让而升，下而饮②。其争也君子。"

【注】

本则还有一种断句方式，子曰："君子无所争。——必也射乎！揖让而升下，而饮。其争也君子。"

①射：射箭，一种礼仪。射礼分为四种：大射、宾射、燕射、乡射。②饮：喝酒。

【译】

孔子说："君子没有什么可争的。（如果有，）必定是射箭了。相互作揖后登堂，（射完后）下堂喝酒。这种争不失为君子。"

【引】

皇侃：言君子恒谦卑自牧，退让明礼，故云无所争也。朱熹：然其争也，雍容揖逊乃如此，则其争也君子，而非若小人之争也。

【解】

《礼记·射义》：“射者，进退周还必中礼。内志正，外体直，然后持弓矢审固。持弓矢审固，然后可以言中，此可以观德行矣。射者，仁之道也。射求正诸己，己正而后发。发而不中，则不怨胜己者，反求诸己而已矣。”

君子之争，一是不以暴力，二是谦谦有礼，这是射礼的中心意旨。射就礼而言，既不存在竞争对手问题，也没有中不中问题，只有尊重和缓缓而行的儒雅礼节，这种“礼”是由内而外的“仁”，而不是由外而内强加的规范。本则，孔子再次强调为君子之道，通过学礼修己，培养人格。

“修、求、正、省、讼”这种内向功夫，始终主宰着孔子之学、之说、之道。

3.8 子夏问曰：“‘巧笑倩①兮，美目盼②兮，素③以为绚④兮。’何谓也？”子曰：“绘事后素。”曰：“礼后乎？”子曰：“起⑤予者商也！始可与言《诗》已矣。”

【注】

①倩：美好。倩还是古代男子的美称，《汉书·朱邑传》：“倩，士之美称。”②盼：黑白分明。③素：白色，本色。④绚：有文采的，色彩华丽的。⑤起：启发，《说文解字注》：“又引伸之为凡始事、凡兴作之称。”

【译】

子夏问道：“‘微笑的面容多么俏啊，分明的眼睛多么美啊，纯洁的丝织品上绘着彩纹啊。’这是什么意思？”孔子说：“先有纯洁的丝织品才能绘彩纹。”子夏说：“礼是后来才有的吗？”孔子说：“卜商启发了我啊，今后可以和你讨论《诗经》了。”

【引】

孔安国：孔子言绘事后素，子夏闻而解，知以素喻礼，故曰礼后乎！

郑玄：喻美女虽有倩盼气质，亦须礼以成之。朱熹：礼必以忠信为质，犹绘事必以粉素为先。

【解】

　　本则涉及一个核心性问题，"礼"从哪里来的，即"礼"处在什么次序上。孔子讲为国以礼，讲君子"立于礼"，把"礼"作为治国、修身的基本遵循，但对"礼"的来源一直没有讲清楚。这里则暗示"礼"是"后"来的，是一种衍生物。对话中，"绘事后素"意味着"礼"是一种"饰"，如荀子在《礼论》中所云："凡礼，事生，饰欢也；送死，饰哀也；祭祀，饰敬也；师旅，饰威也。是百王之所同，古今之所一也，未有知其所由来者也。"这种"饰"的底子是"素"的，白的，没有沾染的，即"礼"起于人的本性。但本性不会生礼，生自哪里呢？荀子说："礼起于何也？曰：人生而有欲，欲而不得，则不能无求。求而无度量分界，则不能不争；争则乱，乱则穷。先王恶其乱也，故制礼义以分之，以养人之欲，给人之求。使欲必不穷于物，物必不屈于欲。两者相持而长，是礼之所起也。"（《荀子·礼论》）《论语》中，孔子一再征引《诗经》，《诗经》是经典化了的文献（即狭义上的"学"），是"恶其乱也，故制礼义"而得的，里面深蕴治国、修身的大道，故君子"兴于《诗》"（8.8），"不学《诗》，无以言"（16.13），学《诗》的目的就是学礼。通过"学"，在没有沾染的本性上，建立起"礼"，由此"修己"，实现人礼合一，内性外砺合一，而为君子。此种"礼"方能成为"天下从之者治，不从者乱，从之者安，不从者危，从之者存，不从者亡"（《荀子·礼论》）的基础。至于荀子将礼外化，而与性情无涉，则是极端之而为"法"作铺衬。

3.9 子曰："夏礼吾能言，之杞①，不足征②也；殷礼吾能言，之宋③，不足征也。文献④不足故也。足，则吾能征之矣。"

【注】

　　①之杞：之，到；杞，国名，夏高后代所建，位于今河南杞县。②征：征引，《说文·支部》："征，召也。"《说文解字注》："征，成也。依文各解。

义则相通。"一般注者解为证明、验证，恐误。《左传·昭公五年》:"用牲，加书征之。"参考"十世可知也"（2.23）则可明确，目前的文献不足征引。③宋:国名，商汤后代所建，位于今河南商丘南。④文献:指典籍和通晓文化掌故的贤人，现仅指典籍资料。

【译】

孔子说:"夏代的礼我能说出来，但到了继承其衣钵的杞国，就发现不足以征引了；商代的礼我能说出来，但到了继承其衣钵的宋国，就发现不足以征引了。（为什么不足以征引呢？）是因为文献不够啊。如果足够的话，我就可以征引了。"

【引】

②包咸:成也。朱熹:证也。④郑玄:献，犹贤也。皇侃:文，文章也。朱熹:文，典籍也。献，贤也。康有为:"献"或作"仪"。

【解】

"兴灭国""继绝世"是中国文化独有的包容性基因，《尚书·大传》云:"古者诸侯始受封，必有采地。其后子孙虽有罪黜，其采地不黜，使子孙贤者守之世世，以祠其始受封之人，此之谓兴灭国，继绝世。"《史记·高祖本纪》:"十二月，高祖曰:秦始皇帝、楚隐王陈涉、魏安釐王、齐汤缪王、赵悼襄王，皆绝，无后，予守家各十家；秦皇帝二十家；魏公子无忌五家。"《汉书·高帝纪下》:"存亡定危，救败继绝，以安万民，功盛德厚。"这种"分封"类似于为前朝留一块文化"飞地"或政治自治区。不过，虽然孔子好古敏求，博学于文，懂夏商之礼，但最纯正的文化继承人"杞""宋"却与传统隔绝，以至于无法征引印证。

此则非表明孔子审慎的治学精神，而是哀叹文化之亡衰。

3.10 子曰:"禘①自既②灌③而往者，吾不欲观之矣。"

【注】

①禘：古代帝王或诸侯在祖庙中举行的祭祀大典。按《六月大簋》铭文："用禴（禘）于乃考。"此意味着，"禘"不是帝王的专利。《说文·示部》："禘，祭也。"《尔雅·释天》："禘，大祭也。汉儒说，禘有三。"禘有大禘，郊祭祭天；殷禘，宗庙五年之祭，与"祫"并为殷祭；时禘，宗庙四时祭之一，每兯夏季举行。②既：完成。③灌："祼"，以活人代受祭者，受祭者称"尸"，禘祭向其献酒九次，第一次曰"祼"，《周礼·春官·大宗伯》："以肆献祼享先王。"

【译】

孔子说："禘祭自完成第一次献酒，以后的环节，我就不想再看了。"

【引】

①郑玄：鲁礼，三年丧毕；而祫于大祖，明年春，禘于群庙。邢昺：禘者，五年大祭之名。③孔安国：灌者，酌郁鬯灌于太祖，以降神也。杨伯峻：本作"祼"，祭祀中的一个节目。古代祭祀，用活人以代受祭者，这活人便叫"尸"。尸一般用幼小的男女。第一次献酒给尸，使他（她）闻到"郁鬯"（一种配合香料煮成的酒）的香气，叫作"祼"。

【解】

本则注解纷纭，莫衷一是。一般都把"禘"理解为帝王的专利，《礼记·丧服小记》郑玄注：禘谓祭天。孔颖达疏：王，谓天子也。禘，谓郊天也。礼，唯天子得郊天，诸侯以下否。故云："礼，不王不禘。"现已辨明，这种理解是错误的。比较合理的理解是，夏商之礼虽能言之，但"文献不足"，恐怕目前通行的禘礼似是而非，不合原貌，"名不正，则言不顺"（13.3），与治国之"礼"的主重、严肃相去甚远，故孔子"不知"（3.11），且"不欲观"。

3.11 或问禘之说①。子曰："不知也，知其说者之于天下也，其如示

诸斯乎！"指其掌。

【注】

①说：理论，道理。

【译】

有人问禘祭的道理。孔子说："不知道。知道禘祭道理的人对于管理天下，就像把东西摆在这里吧。"指了指自己的手掌。

【引】

①朱熹：而不王不禘之法，又鲁之所当讳者，故以不知答之。杨伯峻：禘是天子之理，鲁国举行，在孔子看来，是完全不应该的。

【解】

孔子为政为人之道是"正也"（12.17），唯如此方可"正人"（13.13）。"正"体现在礼乐上，就是"雅言"，"《诗》《书》、执礼，皆雅言也"（7.18），"吾自卫反鲁，然后乐正"（9.15），"雅言"和"正"，体现在"礼"上就是纯正而"无邪"，以此"礼"之于天下，和把东西放在手掌上一样清晰简单，"以礼让为国乎，何有？"（4.13）礼本乎人心，而其时，天下颓乱无道，时移世易，人心坏，礼仪变，礼既不通，也不正，便不足取了。

3.12 祭①如在，祭神如神在。子曰："吾不与②祭，如不祭。"

【注】

①祭：祭人神，即鬼，也就是祖先。和祭神呼应。②与：参与、参加。

【译】

祭祀祖先，就像祖先在那里；祭祀神灵，就像神灵在那里。孔子说：

"我不亲自祭祀，如同没祭祀过一样。"

【引】

①皇侃：人子奉亲，事死如事生，是如在也。朱熹：愚谓此门人记孔子祭祀之诚意。

【解】

君子之祭，既敬且正。关于"正"，同上则辨析"礼"义，这里只说"敬"。"敬"是祭的核心，子张提出："祭思敬"（19.1），也就是说，祭要出于本心，而不是流于形式。荀子曰："哀夫！敬夫！事死如事生，事亡如事存，状乎无形，影然而成文。"（《荀子·礼论》）祭的目的，《礼记·祭义》说得非常清楚："君子反古复始，不忘其所由生也。是以致其敬、发其情，竭力从事以报其亲，不敢弗尽也。"因此，祭要亲往。《礼记·玉藻》："凡祭，容貌颜色，如见所祭者。"不过，《礼记·祭统》云："是故君子之祭也，必身亲莅之，有故则可使人也。"使人代祭，不诚不敬，恐不合孔子意。但另一句话，完美地阐释了祭与敬、礼之间的关系："夫祭者，非物自外至者也。自中出生于心也。心怵而奉之以礼，是故唯贤者能尽祭之义。"（《礼记·祭统》）祭除了敬，无他，如朱子在《家礼》中说："凡祭，主于尽爱敬之诚而已。"多说一句，远古祭礼，流传至今，都变了。现代人祭亲祭神，往往让人代祭代拜代烧香烧纸，已然与本心无关，在孔子看来，非君子所为。

3.13 王孙贾①问曰："'与其媚于奥②，宁媚于灶③'，何谓也？"子曰："不然。获罪于天，无所祷也。"

【注】

①参见附录一3—13。②奥：屋内位居西南角的神。西南角是主神的位置，也是屋内尊贵之所在，《礼记·曲礼》："凡为人子者，居不主奥，坐不中席，行不中道，立不中门。"③灶：灶神，即灶旁负责烹饪做饭的

神，五种常祭祀神之一。祭祀惯习中，灶神低于奥神。

【译】

王孙贾问道："'与其谄媚尊贵的奥神，不如谄媚低下的灶神'，此话怎讲？"孔子说："不对。得罪了上天，就没有可以祈祷的神了。"

【引】

②③孔安国：奥，内也，以喻近臣也。灶，以喻执政者也。皇侃：时孔子至卫，贾诵旧语，以感切孔子，欲令孔子求媚于己，如人之媚灶也。朱熹：喻自结于君，不如阿附权贵也。俞樾：媚奥媚灶皆媚人也，非媚神也。杨伯峻：又有人说，这不是王孙贾暗示孔子的话，而是请教孔子的话。奥指卫君，灶指南子、弥子瑕，位置虽低，却有权有势。

【解】

本则歧解甚多，姑且不论。其中，暗含的两个意思却是明晰的。一、奥神地位虽高，但其权力或者说对人的实际影响，不如灶神大。《礼记·郊特牲》云："灶者，老妇之祭也。"《白虎通·五祀》曰："灶者，火之主。人所以自养也。""县官不如现管"，"阎王好见，小鬼难缠"，说的就是这个意思，奥神与人的现世生活息息相关。二、讨好灶神或者奥神都是没有用的，万物主宰者的"天"才具有终极"审判权"。《尚书·盘庚上》云："先王有服，恪谨天命。"《尚书·商书》："有夏多罪，天命殛之。"这里，天是"审判"的天，可因果报应，一旦得罪，所有的祈祷、祭祀都无济于事。故上博楚简《鲁邦大旱》载："哀公谓孔子：'子不为我图之？'孔子答曰：'邦大旱，毋乃失诸刑与德乎？'"《论语》中，孔子赋予非人格化的"天"以人的情感，是视之为人间最后一道护身符，类似于后世的宪法以节制人之所行，规劝人"修、求、正、省、讼"为"君子"，劝为政以德，为国以礼。

本则可参看 6.28，王孙贾和子路都对孔子见南子提出质疑，只是一个旁敲侧击，一个直截了当。

3.14 子曰:"周监①于二代②,郁郁乎文③哉! 吾从④周。"

【注】

①监:同"鉴",借鉴,参考,根据。②二代:夏代和周代。③文:文华辞采,与"质"相对。④从:遵从、跟随,《说文解字注》:"以类相与曰从。"

【译】

孔子说:"周代的文化借鉴了夏商两代,多么兴盛灿烂啊! 我遵从周代。"

【引】

①邢昺:言周之礼文犹备也。朱熹:言其视二代之礼而损益之。

【解】

本则意义重大之处在于,孔子的理想国或乌托邦,倾向于文化上灿烂兴盛的"周",严格意义上来说,是合三代优点而成的混合物(见15.11),这点姑且留待后论。李泽厚的注解颇具洞见,孔子既非复古,也非革命,乃是积累进化论者,即如朱熹所言:"视二代之礼而损益之。"也就是说,周的"革命"并没有完全断裂传统,而是择其善者而从之,采取拿来主义的态度,创造性转化成自己的内在。钱穆的注解亦极具亮点,他说:"三代之礼,乃孔子博学好古之所得,乃孔子之温故。其曰'吾从周',则乃孔子之新知。"孔子对待"古"的态度,"好"是一个方面,最重要的是"述而不作",即不需完全推倒重来,是继承基础上的创新,创新前提下的继承,故而,"周"是"礼"的集大成者。在此基础上建立的"东周"(17.5),方是有道之天下。

3.15 子入太庙①,每事问。或曰:"孰谓鄹②人之子知礼乎? 入太庙,每事问。"子闻之,曰:"是礼也。"

【注】

①太庙：国君为祭祀其祖先而建的庙宇，《礼记·月令》："天子居名堂太庙。"②鄹（zōu）：地名，又作"陬"，《史记·孔子世家》："孔子生鲁昌平乡陬邑。"

【译】

孔子进了太庙，每件事都要询问一下。有人说："谁说鄹人叔梁纥的孩子懂礼啊？进了太庙，每件事都要询问一下。"孔子听到后说："这就是礼啊。"

【引】

①朱熹：此盖孔子始仕之时，……孔子自少以知礼闻，故或人因此而讥之。刘逢禄：每事问者，不斥言其僭，若为勿知而问之。

【解】

鲁是周公之子伯禽封地，国君入太庙祭祀周公，是正礼，非僭越。因此，注家比如俞樾以为孔子是故意讽刺国君，不可取。前面业已指出，祭祀也好，古礼也罢，讲究流传有序，既正且纯，今人为祭祀礼时，心不敬，意不诚，操作起来马马虎虎，不合处甚多，孔子认为这种"礼"其实是"非礼""越礼"。故而，仔细推究、考证一番，恰恰是内心诚而敬的一种外在表现。今日乡下，祭祀先人的三拜九叩之礼，唯老年人懂得，年轻人都囫囵了事。向懂礼者请教学习，这种行为是"礼"之大者。

3.16 子曰："射不主①皮②，为③力不同科④，古之道也。"

【注】

①主：注重。②皮：用布或兽皮做成的箭靶，故以皮指称箭靶。③为（wèi）：因为。④科：品级、等级。

【译】

孔子说："射礼不以穿透箭靶为主，因为每个人的力气是不一样的，这是老规矩。"

【引】

马融：射有五善，一曰和志，体和也；二曰和容，有容仪也；三曰主皮，能中质也；四曰和颂，和雅颂；五曰兴武，与舞同也。

【解】

《礼记·乡射礼》："礼射不主皮。"《孟子·公孙丑上》："仁者如射：射者正己而后发；发而不中，不怨胜己者，反求诸己而已矣。"孔子重礼，"尚德不尚力"，一向推许君子完善人格，不事暴力，故而就射这种"礼"而言，能不能穿透靶子，是自然力量的区别，并不重要；但怎么射，如何看待射，则是德性问题。

3.17 子贡欲去告朔①之饩②羊。子曰："赐也！尔爱其羊，我爱其礼。"

【注】

①告朔：天子每年冬把来年历书颁发给诸侯，叫"告朔"，《周礼·春官·大史》："颁告朔于邦国。"诸侯则在每月朔日（阴历初一）行告庙听政之礼。《左传·文公六年》："闰月不告朔，非礼也。"朱熹云："告朔之礼，古者天子常以季冬颁来岁十二月之朔于诸侯，诸侯受而藏之祖庙。月朔，则以特羊告庙，请而行之。"②饩（xì）：古代祭祀或馈赠用的活牲畜。

【译】

子贡想把每月初一告祭用的活羊免掉。孔子说："赐啊！你爱惜羊，我爱惜礼。"

【引】

包咸：羊存犹以识其礼，羊亡礼遂废。郑玄：牲生为饩。礼，人君每月告朔，于庙有祭，谓之朝享也。鲁自文公始不视朔。

【解】

孔子一向主张"礼，与其奢也，宁俭"（3.4），为什么不从子贡劝告，非要浪费一只羊呢？因为告朔是天子通过诸侯沟通万民的一种仪式，借此，还可以宣布统治的合法性与正当性。春秋末期，政不在周王室，诸侯不听命，"礼"的荒废，意味着"政"不举，故而这种沟天通地的仪式就贯彻不下去了，诸侯不但不临祖庙，亦不听政，只杀头羊了事，使告朔制度有名无实。如今子贡连羊也要去掉，就从根本上废除了告朔，仅存的一点儿遮羞布都没有了，故而孔子有此语。有意思的是，子贡素以"言语"著称，也是孔子最忠实的信徒之一，他为什么与孔子道德意见相左，建议去羊呢？这里只有一种解释，即"羊"之存在与否，已无关徒具形式的告朔之义，不如废除。

3.18 子曰："事君尽礼，人以为谄也。"

【译】

孔子说："服事君主完全按照成礼进行，人家还以为是在谄媚。"

【引】

孔安国：始事君者多无礼，故以为有礼者为谄也。

【解】

荀子说："礼有三本：天地者，生之本也；先祖者，类之本也；君师者，治之本也。无天地，恶生？无先祖，恶出？无君师，恶治？三者偏亡，焉无安人。故礼，上事天，下事地，尊先祖，而隆君师。是礼之三本也。""王者天太祖，诸侯不敢坏。"（《荀子·礼论》）春秋中晚期以来，天子失去神性——神性是与权力紧密相关的，周的分封制没有起到"封建亲戚，以蕃屏周"（《左传·僖公二十四年》）的作用，而是导致诸侯尾大难掉，进而将宗主分而食之，这便是"郡县制"兴起的根源——维系纲纪的"礼文"/"礼仪"徒具虚名，故而诸侯败坏，以至于对"君"保持必要的尊重，都被视为别有用心而成笑柄。孔子叹自身遭遇，人心不古，也是莫可奈何。

3.19 定公^①问："君使臣，臣事君，如之何？"孔子对曰："君使臣以礼，臣事君以忠。"

【注】

①参见附录一 3—19。

【译】

鲁定公问道："君主御使臣子，臣子服事君主，如何做？"孔子回答道："君主按照礼节御使臣子，臣子拿出忠介服事君主。"

【引】

皇侃：若臣无礼，则臣亦不忠也。朱熹：二者皆理之当然，各欲自尽而已。

【解】

孔子心目中的君臣关系是君子式的，亦即朋友式的，恐怕这也是古之道。郭店楚简《语丛一》："友君臣，无亲也。"又云："君臣、朋友，其择者也。"对君臣的朋友关系，孟子总结得最为全面："君之视臣如手足，则臣视君如腹心；君之视臣如犬马，则臣视君如国人；君之视臣如土芥，则臣视君如寇仇。"（《孟子·离娄下》）

对于臣道，荀子认为："君有过谋过事，将危国家、殒社稷之惧也，大臣父兄有能进言于君，用则可，不用则去，谓之谏；有能进言于君，用则可，不用则死，谓之争；有能比知同力，率群臣百吏而相与强君挢君，君虽不安，不能不听，遂以解国之大患，除国之大害，成于尊君安国，谓之辅；有能抗君之命，窃君之重，反君之事，以安国之危，除君之辱，功伐足以成国之大利，谓之拂。故谏、争、辅、拂之人，社稷之臣也，国君之宝也，明君所尊厚也，而暗主惑君以为己贼也。……传曰：'从道不从君。'此之谓也。"（《荀子·臣道篇》）

某种意义上，孔子是限制君权的，而非"君权至上"主义者，在他的潜意识中，道确实要高于君。他尊重君，前提是君为政以德，为国以礼，亦即君本身是个君子，但他绝不会死忠，作无原则无意义的臣服，《礼记·曲礼下》云："为人臣之礼，不显谏。三谏而不听，则逃之。"故而，孔子每每不得志，就疾疾途中，状若丧家之犬。用现在的话说，孔子是一个自我流放者，其舍"问阵"的卫灵公而去，是因为君与道及礼不合。若不然，孔子则完全可以做一个犬儒主义者，乘肥马，衣轻裘，或者"老婆孩子热炕头"，不必在流亡之路上奔波，且时时有"居九夷""浮于海"之念。

总结一句，孔子所说的"忠"是忠于职守而非忠于君主，亦即忠于自己的岗位和职分，如此才会"以道事君，不可则止"（11.24）——此乃君子式臣道，小人式臣道则是昧着良心愚忠于君主本人。

3.20 子曰："《关雎》①，乐而不淫②，哀而不伤。"

【注】

①《关雎》：《诗经》首篇，古学者认为孔子说的是乐部分。②淫：过度，无节制。《礼记·王制》："齐八政以防淫。"《尚书·大禹谟》："罔淫于乐。"

【译】

孔子说："《关雎》这一乐章，欢快却不过分，悲哀却不伤痛。"

【引】

孔安国：言其和也。

【解】

《关雎》一诗是描写男女恋爱的情歌。孔子言乐而不淫，是指男求得佳偶后快乐合礼；言哀而不伤，是指男求偶时彷徨合礼。总之，本性合乎中庸，如朱熹言："盖其忧虽深而不害于和，其乐虽盛而不失其正。"一方面，男欢女爱是人最基本的情感，所谓"饮食男女，人之大欲存焉"（《礼记·礼运》）；另一方面，夫妇是人伦中基础性一环，"君子之道，造端乎夫妇"，"人伦之道，莫大乎夫妇，故夫子（即孔子——引者注）殷勤深述其义，以崇人伦之始，而不系之于离也"（《中庸》）。情爱若正，合乎度，体现出中庸/中和之美，就可以如《毛诗序》所云："《风》之始也，所以风天下而正夫妇也。故用之乡人焉，用之邦国焉。"因此，孔子之教为"君子"，是通过"兴于《诗》"，《诗经》是入门之教科书。也就是说，为君子或为君子政，《诗经》所体现出来的"礼"及其蕴含的"中庸"之道，是最理想的典范。

3.21　哀公问社①于宰我②。宰我对曰："夏后氏以松，殷人以柏，周人以栗，曰，使民战栗。"子闻之，曰："成事不说，遂③事不谏，既往不咎。"

【注】

定州简本"社"为"主"。

①社：土神，此处指社主。古代祭祀土神，需立一个木制牌位，即主。《说文·示部》："社，地主也。从示土。《春秋传》曰：'共工之子句龙为社神。'周礼：二十五家为社，各树其土所宜之木。"祭祀土神之处，常用来杀人，估计与人祭这种原始活动遗存有关，不过，此种杀，已不只是祭祀，而是示众，包含公开行刑之义在里面。《尚书·甘誓》："弗用命，戮于社。"孔传："不用命奔北者，则戮之于社主前。"②参见附录一

3—21。③遂：成功，实现。

【译】

鲁哀公向宰我问关于社主的事情。宰我回答说："夏代用松，商代用柏，周代用栗，意思是让百姓害怕。"孔子说："已成事实的不说，已经完成的不劝，已经过去的不究。"

【引】

邢昺：云"凡建邦立社，各以其土所宜之木"者，以社者，五土之总神，故凡建邦立国，必立社也。夏都安邑，宜松；殷都亳，宜柏；周都丰镐，宜栗。是各以其土所宜木也。谓用其木以为社主。

【解】

哀公询问社主事宜，宰我说，夏用松，商用柏，周用栗，三种木材具有暗示性和象征意义，与国家治理所采取的恐怖手段、所形成的恐怖政治乃至国家本身发生对应、勾连关系。宰我的答复突出强调了"社"的血腥的一面，如朱熹所说："非立社之本意，又启时君杀伐之心。"这显然与孔子的君子政、仁爱心、礼义心相冲突。在这里，社不仅是祭祀场所和日常活动中心，而且成为一种乡土自治组织，是公共场域与公共组织的结合体，故常于此处理公共事务，比如杀人警示等等。孔子时代，公开杀人已被视为非人道的，据《左传·昭公十年》：

秋七月，平子伐莒，取郠，献俘，始用人于亳社。臧武仲在齐，闻之，曰："周公其不飨鲁祭乎！周公飨义，鲁无义。《诗》曰：'德音孔昭，视民不佻。'佻之谓甚矣，而一用之，将谁福哉？"

不过，宰我话一出口，朱熹认为"不可复救，故历言此以深责之，欲使谨其后也"。孔子理想的政治是君子政，杀人震慑不仁不礼，自然是其深恶痛绝的。宰我列言语科，哀公发问，其答不以先王之道，愣充机智，佞也，故孔子不喜。

当然，本则也可以看出，孔子有文饰前朝成分在，亦即在"述"先王之道时有意提炼了道/德的一面——孔子的史观是君子史观甚至圣王史观。

3.22 子曰:"管仲①之器②小哉!"或曰:"管仲俭乎?"曰:"管氏有三归③,官事不摄④,焉得俭?""然则管仲知礼乎?"曰:"邦君树⑤塞门,管氏亦树塞门。邦君为两君之好,有反坫⑥,管氏亦有反坫。管氏而知礼,孰不知礼?"

【注】

定州简本、汉石经"邦"为"国",是避刘邦讳。

①参见附录一3—22。②器:用具器物,《为政第二》:"君子不器。"③归:田产或曰采邑。《说文·止部》:"归,女嫁也。"按,管仲娶三家女与"俭"关联不大。据《晏子春秋·杂(下)》载,晏子因年老请"辞邑",齐景公参照桓公事"赏之以三归,泽及子孙"。这里的三归便是采邑。④摄:治理、理事。管仲以改革闻名,此处说其不理官事,估计是就晚年而言。⑤树:动词,树立。⑥坫(diàn):宴请嘉宾时放置空酒杯的土台,位于两楹之间,国君才有此设备。

【译】

孔子说:"管仲的用具器物原来这么小啊。"于是有人说:"管仲俭朴吗?"孔子说:"管仲有三处采邑,不理政事,怎么能说俭朴呢?"又问:"那么他懂礼吗?"孔子说:"国君宫廷门前竖了个照壁,管仲也竖了个照壁;国君为了接待邻国君主修筑了反坫,管仲也有反坫。管仲如果懂礼,谁不懂礼?"

【引】

②何晏:言其气量小也。③包咸:三归者,娶三姓女也。妇人谓嫁为归。朱熹:三归,台名。程树德:三归为三牲,"归"与"馈"通,义稍迂曲。杨伯峻:市租之常例之归公者也。蒋沛昌:以管仲有三处宅府为近似。⑥郑玄:反坫,反爵之坫,在两楹之间。人君别内外于门,树屏以蔽之。若与邻国为好会,其献酢之礼更酌,酌毕则各反爵于坫上。今管仲皆僭为之,如是,是不知礼。

董仲舒:其后矜功,振而自足,而不修德,……功未良成,而志已满矣。故曰：管仲之器小哉！此之谓也。自是日衰，九国叛矣。朱熹：愚谓孔子讥管仲之器小，其旨深矣。或人不知而疑其俭，故斥其奢以明其非俭。或又疑其知礼，故又斥其僭，以明其不知礼。盖虽不复明言小器之所以然，而其所以小者，于此亦可见矣。故程子曰，"奢而犯礼，其器之小可知。盖器大，则自知礼而无此失矣。"此言当深味也。苏氏曰，"自修身正家以及于国，则其本深，其及者远，是谓大器。扬雄所谓'大器犹规矩准绳'，先自治而后治人者是也。管仲三归反坫，桓公内嬖六人，而霸天下，其本固已浅矣。管仲死，桓公薨，天下不复宗齐。"杨氏曰，"夫子大管仲之功而小其器。盖非王佐之才，虽能合诸侯、正天下，其器不足称也。道学不明，而王霸之略混为一途。故闻管仲之器小，则疑其为俭，以不俭告之，则又疑其知礼。盖世方以诡遇为功，而不知为之范，则不悟其小宜矣。"

【解】

"管仲之器小哉"之感叹，当是孔子见到管仲遗物之后的第一反应，否则不会有后面的"俭乎"之问。管仲功勋卓著，在齐国享受世祀，据《左传·僖公十二年》："君子曰：'管氏之世祀也宜哉！让不忘其上。《诗》曰："恺悌君子，神所劳矣。"'"孔子看到的这些用具器物该是陈设在宗庙中供凭吊的。有意思的是后人对管仲是否知礼的意见并不统一，据《左传·僖公十二年》："王以上卿之礼飨管仲。管仲辞曰：'臣，贱有司也。有天子之二守国、高在，若节春秋来承王命，何以礼焉？陪臣敢辞。'王曰：'舅氏！余嘉乃勋！应乃懿德，谓督不忘。往践乃职，无逆朕命！'管仲卒受下卿之礼而还。"而据《礼记·礼器》："管仲镂簋、朱纮，山节、藻棁，君子以为滥矣。晏平仲祀其先人，豚肩不揜豆。浣衣濯冠以朝，君子以为隘矣。"孔子认为管仲"有三归""树塞门"，"是可忍孰不可忍"的僭越行为。而事实上，流传下来的管仲的用具器物却很小，和传说或想象中的不一样，故而感慨系之。这也说明，管仲作为一个历史人物是极其复杂的，评价起来难免见仁见智。但是，孔子认为管仲违礼的同时却能辩证地看待他，认为管仲是"仁"的（14.16），这里虽不能分出仁和礼孰大孰小，孰高孰低，但可以说明对一个人仁与否、礼与否的评价，是有不同的标准的，即便管仲功业卓著，造福于民，是仁，但个人私德是有亏欠的，违礼。这种将公德与私德、个人"善"与公共"善"区分对待的看法，恰恰是孔子思想的精髓所在。孔子曾说："唯仁者能好人，能恶人。"（4.3）从其对管仲的这种分辨性评价来看，孔子便是"爱人"之"仁者"。

3.23 子语鲁大师^①乐，曰："乐其可知也：始作，翕如^②也；从^③之，纯如^④也，皦如^⑤也，绎如^⑥也，以成。"

【注】

①大（tài）师：负责音乐的官长。②翕（xī）如：热烈状。③从：展开，同"纵"。④纯如：舒缓状。⑤皦（jiǎo）如：明快状。⑥绎如：绵连状。

【译】

孔子和鲁国太师谈音乐原理，说："音乐是可以把握的：刚开始演奏时，热烈；随着旋律展开，舒缓，明快，绵连，然后结束。"

【引】

③郑玄：纵之谓八音皆作。何晏：言五音既出，放纵尽其音声。方骥龄：有恣肆放纵不检束意。

【解】

大师是鲁国负责音乐的官长，孔子能在他面前谈音乐原理，一则说明自身的音乐素养就很深，据韩婴《韩诗外传》《史记·孔子世家》，其曾"击磬于卫""取瑟而歌""访乐于苌弘""学鼓琴于师襄子"。在孔子看来，音乐是成君子的关键一环，"礼也者，理也；乐也者，节也。君子无礼不动，无节不作。不能诗，于礼缪；不能乐，于礼素；薄于德，于礼虚"（《礼记·仲尼燕居》）。二则通过完整地描述一支曲子的旋律，揭示为乐之道。翕如是热烈，纯如是舒缓，皦如是明快，绎如是绵连，尽善尽美的音乐跌宕起伏，却又和谐纯正，这样才能引起人的共鸣，达成乐教之效。孔子憎恶"八佾舞于庭"（3.1），答颜渊如何"为邦"时恶郑声之淫，都是把音乐的"善"与"和"作为第一位的东西，作为君子政的一种基本原理。

3.24 仪封人①**请见，曰："君子之至于斯也，吾未尝不得见也。"从者见**②**之。出曰："二三子何患于丧**③**乎？天下之无道也久矣，天将以夫子为木铎**④**。"**

【注】

①仪封人：守卫仪地疆界的官吏。仪，地名。封，疆界。②见：同"现"。③丧：逃亡，流亡，《说文解字注》："亡也。亡部曰。亡、逃也。亡非死之谓。"④木铎：金口木舌的铜铃，古代施政教召集群众所用。此处指宣扬教化的人。

【译】

守卫仪地边界的官吏请孔子接见他，说道："经过这里的君子，我没有不见一面的。"随从的弟子让孔子接见了他。他辞别出来后说："你们何必忧虑流亡呢？天下无道很久了，上天把先生当作宣扬教化的人。"

【引】

①郑玄：封人，官名也。朱熹：封人，掌封疆之官，盖贤而隐于下位者也。④朱熹：木铎，金口木舌，施政教时所振，以警众者也。言乱极当治，天必将使夫子得位设教，不久失位也。封人一见夫子而遽以是称之，其所得于观感之间者深矣。

【解】

仪封人将孔子比作木铎，是对他人格及其行为的高度赞扬。其时，天下无道，孔子不得志，周游列国，常常乏粮，受困，但仪封人认为，这是孔子按照上天的指示，宣传大道，且正风纪。此处，天被视为人格化的，其能懂善恶，能辨是非，能明福祸，故降"木铎"之大任，这是一种至高无上的肯定和信任。有意思的是，此话出自一个小小的守卫之口，而非自上位者或贤人、弟子，这种道德、地位与见识的反差，恰恰是"无道"而人不居其位造成的。

3.25 子谓《韶》①:"尽美矣，又尽善②也。"谓《武》③:"尽美矣，未尽善也。"

【注】

①《韶》:虞舜时的乐曲。②善:好。此处应就《韶》的影响和风化而言。《国语·晋语》:"善，德之建也。"③《武》:武王时的乐曲名。

【译】

孔子评价《韶》时说:"美极了，而且好极了。"孔子评价《武》时说:"美极了，但却不够好。"

【引】

邢昺:《韶》，舜乐名。韶，绍也，德能绍尧，故乐名《韶》。言《韶》乐其声及舞极尽其美，揖让受禅，其圣德又尽善也。"谓《武》，尽美矣，未尽善也"者，《武》，周武王乐，以武得民心，故名乐曰《武》。言《武》乐音曲及舞容则尽极美矣，然以征伐取天下，不若揖让而得，故其德未尽善也。

【解】

本则钱穆解释最佳，其曰:"舜以文德受尧之禅，武王以兵力革商之命。……盖以兵力得天下，终非理想之最善者。"孔子屡屡推善尧舜禹，并对周推崇备至，声称"吾从周"(3.14)，但这里对武王却委婉批评，恐是源于武王以暴力代商的缘故。事实上，《尚书·武成》"会于牧野，罔有敌于我师，前徒倒戈，攻于后以北，血流漂杵”的描写，已暗含了对暴力革命的指责，至孟子则明确不尊周室。这种批评和不尊，表现出的是一种重“道”重“理”的观念和以“天”节“君”的意识。也就是说，孔子和更为激进的孟子都是“天道”“人道”至上而非“君道”至尊的客观主义的态度。《韶》和《武》今人不闻，未知意味如何，但其“德性”标签恐怕是孔子先入为主之见，或者是附加上去的，如此，方可行音乐之教化。

3.26 子曰：“居上不宽①，为礼不敬，临丧不哀，吾何以观之哉？”

【注】

①宽：宽厚。此处就为政而言，《左传·昭公二十年》：“仲尼曰：‘善哉！政宽则民慢，慢则纠之以猛。猛则民残，残则施之以宽。宽则济猛，猛则济宽，政由是和。’”

【译】

孔子说：“居于上位不宽厚，行礼使仪不恭敬，面对丧事不悲哀，我该拿什么来评价他呢？”

【引】

①方骥龄：疑本章“宽”字当作“完”字解。……“居上不宽”犹谓“居上不完”，谓居高位之官吏不知修治。

皇侃：此章讥当时失德之君也。邢昺：此章总言礼意。居上位者宽则得众，不宽则失于苛刻。凡为礼事在于庄敬，不敬则失于傲惰。亲临死丧当致其哀，不哀则失于和易。

【解】

荀子说：“礼者，人道之极也。”（《荀子·礼论》）不宽、不敬、不哀都是针对上位者而言的，邢昺认为：“凡此三失，皆非礼意。”也就是说，上位者三失，表现为"人道之极"颠覆颓乱，故天下无道，根源在于上位者不正。此外，不宽、不敬、不哀都是中心失正导致的，是内心祸乱的外在表现，绝非君子之行。礼固然可以学得，但本质上是本性外形的、内化外显的东西，失在外表，病则在心。孔子奉行"非礼勿视"（12.1），对于上位者三失，自然表示"何以观之哉"。

里仁第四

本章凡二十六则，子曰二十五则（其中一则含有曾子评语），子游曰一则，置于本章最后。

本章谈仁七次，集中在前七则，另论君子五则，说礼一则。值得注意的是，本章鲜明地提出"以礼让为国"。《论语》中，出现"仁"字的有六十则，以本章最为集中。

这种安排如不是巧合，就是有意为之，亦即本章极可能是子游一脉整理。本章前七则谈仁，中间五则谈君子，其余谈道、德、礼、义、利、孝、言行等不一而足，都是君子所具的禀赋。

本章意味着，君子便是仁人，仁首先是为己之学，爱人是仁的一种自然属性。

4.1 子曰："里①仁为美。择②不处③仁，焉得知④？"

【注】

本则与下则疑本为一则。

①里：居住，名词作动词，《说文·里部》："里，居也。"②择：居，处，通"宅"。③处（chǔ）：置身，存在，孟子说："居仁由义，大人之事备矣。"（《孟子·尽心上》）④知：同"智"。

【译】

孔子说："居住在仁的地方才是美好而快乐的，居住的地方如果没处在仁的境地，怎么算是聪明呢？"

【引】

朱熹：择里而不居于是焉，则失其是非之本心。

【解】

本则讲"共处"。这最需要辨析的一个词是"里"。《尚书大传》："八家为邻，三邻为朋，三朋为里。"据《论语·撰考文》："古者七十二家为里。"《公羊传·宣公十五年》："一里八十户。"《管子·度地》："百家为里。"《管子·小匡》："择其贤民，使为里君。""里"虽不能确切地指明户口多少，面积多大，但无疑是一种居民组织，类似于现在的自然村和村聚落，此等规模聚居区明显以血缘关系为主，并向地缘关系过渡，事实上，任何一个以本族本宗为主的村落，经过代际传递，地缘性都远远高于血缘性，所谓的血缘和共同的祖先虽不是想象，却成为一个符号和标签。

孔子的思想意识中，家是最小的血缘共同体，国是这个血缘共同体的投射、扩大和叠加，家国之间的逻辑如孟子在《孟子·离娄下》所说："人人亲其亲，长其长，而天下平。"事实上，这只是一个想象的乌托邦，血缘关系被地缘关系取代是不可逆转的潮流，恐怕孔子也认识到国绝不是家的机械性扩大，即基于血缘复制而忽视种种差异。因此，如何在一个非血缘性的共同体中共处和生存，是孔子这样的思想者必须面对的问题，他给出的答案就是"里仁"。"仁"是君子的核心德目之一，显然，"里仁"类似于奔向理想国。天下皆仁或人人皆仁是不现实的，故而孔子强调，"择不处仁"是不智的。"不智"的潜台词在于突出个体的主观能动性，即"处仁"是一个自我选择的过程，但不仁者又是不能安仁的，当然更无法辨别仁，唯一的办法就是通过自仁实现"里仁"。孔子从现实出发提出"里仁"固然是深刻的，同时也是轻浮的，深刻在于认识到了血缘关系解体后"共处"将面临巨大的困境，轻浮在于谁能提供这样的桃花源或乐土以及谁能理性地自我选择。

本则也可以看出，孔子学为君子是一个内向循环系统。也就是说，解决现实困境的所有方案，最后都导向自己。问题在于，当现实恶化亦即天下无道也久，"天生德于予"（7.23）成为一种自我安慰的口号或心理暗示时，向谁学，学什么，谁规定学的正义和德性，都是无法解决的问题。

孔子主张"性相近，习相远"（17.2），"里仁"便是使"习相近"于仁亦即"为仁由己"（12.1）的途径——习、里表明了个人的主动性。

4.2 子曰："不仁者不可以久处约^①，不可以长处乐。仁者安^②仁，知者利^③仁。"

【注】

①约：约束，束缚，《说文·糸部》："约，缠束也。"《论语》中，"约"字同种用法有"以约失之者鲜矣"（4.23），"约之以礼，亦可以弗畔矣夫！"（6.27）。②安：平静。③利：收获。

【译】

孔子说："不仁之人不可以长久地处在约束中，不可以长久地处在安乐里。仁德之人通过践行而心安于仁，聪慧之人通过践行而身益于仁。"

【引】

①皇侃：犹贫困也。

邢昺："仁者安仁"者，谓天性仁者，自然安而行之也。"知者利仁"者，知能照识前事，知仁为美，故利而行之也。朱熹：不仁之人，失其本心，久约必淫，久乐必淫。惟仁者则安其仁而无适不然，知者则利于仁而不易所守，盖虽深浅之不同，然皆非外物所能夺矣。

【解】

本则讲"自处"。儒家是入世的，着眼点是群己关系，这点固然正确，却忽视了根本的一面，即儒家更强调身心关系，其出发点是修己，入世是建立在修己基础之上的。本质上，儒学作为一种为己学、成人学、君子学，问题指向的都是"学""修"的主体——自己。孟子对此洞彻入骨，据《孟子·公孙丑上》："夫仁，天之尊爵也，人之安宅也。莫之御而不仁，是不智也。不仁不智，无礼无义，人役也。人役而耻为役，由弓人而耻为弓，矢人而耻为矢也。如耻之，莫如为仁。仁者如射，射者正己而后发，发而不中，不怨胜己者，反求诸己而已矣。"儒家自处，非是静坐默念，这一点，陆王理解偏了。就孔子而言，强调的是"正"，"正"即正己或修身，如《大学》云："自天子以至于庶人，一是皆以修身为本。"这种"正"，某种意义上是一种精神自治，亦即通过内求诸己，实现自我的建构。需注意的是，孔子是通过"学"而实现仁的。本则中"仁"，本体是静的，其既可以泰然处于"约"中，亦可以安然处于"乐"中，不仅如此，还可以主观能动地建设"仁"。这一"仁"，不是悟得，而是"克己复礼"的结果。说到这里，需要指出一点，就是孔子所说的"修己"之所以需借助于"学"这个渠道/手段，是因为君子的"内自省"或者说自我的认识不是内在自发的，而是由外而内进行的"自反"（《孟子·离娄下》）、"反身"（《孟子·尽心上》）的过程。某种意义上，儒学是一种身体学，身体是一个"刺激—反应"中转系统，通过"学"这种"刺激"生成"仁"。故而，儒家入世（安人、安百姓）或者如本则说的"安仁"，是一种人格反作用。

4.3 子曰："唯仁者能好人，能恶①人。"

【注】

①恶（wù）：厌恶。

【译】

孔子说："唯有仁德之人能够正确地喜欢人，正确地厌恶人。"

【引】

邢昺：唯有仁德者无私于物，故能审人之好恶也。朱熹：盖无私心，然后好恶当于理，程子所谓"得其公正"是也。

【解】

"人以类聚，物以群分。"仁者喜仁人，恶不仁之人，这个好理解，问题在于，一、这种分别心或分辨心是从哪里来的；二、和不仁之人能好能恶的区别在哪里。关于第一个问题，前面讲了，仁是"学"得的，是现实世界"刺激—反应"生成的，这种基于事实的价值图谱，在总结提炼过程中，是养仁的即存仁去不仁的，必然是客观的，必然对是非洞若观火；关于第二个问题，不仁之人多私欲，私欲不遮眼却蔽心，心不正不明，所好所恶必然主观，一切以个人利害为中心。故而，仁者是君子，不仁之人是小人，《论语》中君子、小人泾渭分明。

需补充的是，无论君子还是小人，对是非的价值判断都是情感的，但情感的方向却不一样，仁者爱人，不仁之人爱己；仁者求诸己，不仁之人求诸人，这是根本区别。

4.4 子曰："苟①志于仁矣，无恶②也。"

【注】

①苟：假如。②恶：不好的行为。

【译】

孔子说："假如有志于修仁，就不会有恶行。"

【引】

朱熹：其心诚在于仁，则必无为恶之事矣。杨氏曰，"苟志于仁，未必无过举也，然而为恶则无矣。"

【解】

孔子总共提出过三个"志于"，即志于道、志于仁、志于学。某种意义上，对君子而言，道、仁、学是同质同构的，而且都需要"行"，都为了入世。唯有入世，道、仁、学才能实现自己，才有意义。志于仁就是"修、求、正、省、讼"，就是养仁——存仁去不仁。"回也，其心三月不违仁，其余则日月至焉而已矣"（6.7），"君子无终食之间违仁"（4.5），都表明在不断"修、求、正、省、讼"的过程中，君子是主动的，持续的，非一朝一夕或断断续续的。不过，君子"志于仁"并非只是为了完善人格，而是"用"的，即为了"爱人"或者说"正人"。

儒家的所学所修，最终都指向现实。

4.5 子曰："富与贵，是人之所欲也。不以其道，得之不处也。贫与贱，是人之所恶也。不以其道，得之不去也。君子去仁，恶乎①成名？君子无终食之间违②仁，造次③必于是，颠沛④必于是。"

【注】

①恶（wū）乎：于何处。"恶"同"乌"，疑问词，如何，怎样。②违：离开，同"弃而违"（5.19）。③造次：匆忙、急迫。④颠沛：挫折、困顿。

【译】

孔子说："富足和尊贵，是每个人都想要的。但如不遵从仁，得到也不占有。贫困和卑贱，是每个人都厌恶的。但如不遵从仁，拥有也不去除。君子离开仁，如何成就自己的名声呢？君子一顿饭的时间都不能离开仁，紧迫的时候不能离开仁，挫折的时候不能离开仁。"

【引】

朱熹：不以其道得之，谓不当得而得之。然于富贵则不处，于贫贱则不去，君子之审富贵而安贫贱若此。刘宝楠：此君子是"仁者安仁"也。

【解】

　　本则谈君子是"仁"的生命体。孔子是从两个侧面说明自己论点的，一、君子在任何环境下都遵从"仁"，把"仁"作为处世的标准；二、君子在任何时间都不背离"仁"，把"仁"作为做人的理想。孔子并不否认"名"，但这个"名"必须符合"仁"，建立在"仁"的基础上，经得住"仁"的检验，方能成为君子。如果说"里仁为美"（4.1）偏重于强调君子的外部环境，这里则偏重于强调君子的内部环境，即"仁"是君子的灵魂，和君子是一体而密不可分的。

4.6 子曰："我未见好仁者，恶不仁者。好仁者，无以尚①之；恶不仁者，其为仁矣②，不使不仁者加乎③其身。有能一日④用其力于仁矣乎？我未见力不足者。盖⑤有之矣，我未之见也。"

【注】

　　①尚：超过，高于，动词，《广雅》："尚，上也。"②矣：语气助词，表示停顿。③乎：于。④一日：一天，非一旦、一段时间或某天之意。⑤盖：副词，大概，也许。

【译】

　　孔子说："我没有见过喜好仁的人和厌恶不仁的人。喜好仁的人，没有什么可超越的；厌恶不仁的人，他行使仁时不会让不仁的东西沾染在自己身上。有拿出一天时间尽力行仁的人吗？我没有见过是因为力量不够的。也许有这样的吧，我是没见过。"

【引】

　　孔安国：言人无能一日用其力修仁者耳？我未见欲为仁而力不足者。朱熹：言好仁恶不仁者，虽不可见，然或有人果能一旦奋然用力于仁，则我又未见其力有不足者。杨伯峻：有谁能在某一天使用他的力量于仁德呢？孙钦善：有肯一旦致力于仁德的人吧。

【解】

本则两个层次，孔子的意思极而言之，一是这个世界上没有仁人，一是没有志于仁的人。孔子很少这么绝对，他语气如此重，导致和《论语》其他地方有冲突，比如曾称赞颜渊"三月不违仁"（6.7），怎么解释呢？其实，很好理解。孔子对"仁"之不行痛彻心扉，下此断语，是因为在他看来，"仁"并不难，也不远，而在伦常日用之中，也就是说，生活时时处处皆是"仁"，行"仁"不存在力足不足的问题，而是心到不到的问题。"仁"就是"人"，"仁"本该是人的灵魂、身体的全部或一部分，行"仁"本是举手之劳，但偏偏没有人愿意做到、能够做到，这才造成孔子之叹。孔子讨论各种问题，从不玄远，没有宗教性、哲学性的因素，这点和宋明理学区别泾渭，都是从小处着手，从自己着眼。这符合儒学的"入世"性格。

4.7 子曰："人之过也，各于其党[①]。观过，斯知仁矣。"

【注】

①党：本义为朋党，《尚书·洪范》："无偏无党。"引申为类别，朱熹："党，类也。"

【译】

孔子说："人的过错，都有各自的类别。考察他的过错，就知道他有没有仁了。"

【引】

孔安国：小人不能为君子之行，非小人之过，当恕而勿责之。观过，使贤愚各当其所，则为仁矣。朱熹：程子曰，"人之过也，各于其类。君子常失于厚，小人常失于薄；君子过于爱，小人过于忍。"

【解】

观其外，知其内，通过一个人的过错、缺点可以推知他是一个什么样的人。

4.8　子曰："朝闻①道，夕死可矣。"

【注】

①闻：知晓，知道，《孟子·滕文公上》："陈相见孟子，道许行之言曰：'滕君则诚贤君也；虽然，未闻道也。'"《汉书·夏侯胜传》："胜、霸既久系，霸欲从胜受经，胜辞以罪死。霸曰：'朝闻道，夕死可矣。'胜贤其言，遂授之。系再更冬，讲论不怠。"

【译】

孔子说："早晨知晓了'道'，晚上死掉都是可以的。"

【引】

邢昺：此章疾世无道也。朱熹：道者，事物当然之理。

【解】

这是一句千古名言。由于缺乏具体的语境，虽然很难说清楚"道"到底指什么，但正是概念的模糊性赋予了认知魅力、想象空间和解释向度。本则虽短，但至少表明了这么几层含义：一、道是超越性的，也是内在性的，其统一在人的身上；二、道高于生死，人若不闻"道"，生死并无分别，若闻道，如朱熹说"则生顺死安，无复遗恨也"，或如钱穆说"夕死即不枉活"；三、道是难闻的，不是难在道的莫测高深，按孔子谈仁时的说法，是"力不足"（6.12），即人的主观能动性不足以闻道，更别说达道了。道的本原性被延伸为真理，在邦乱国变之际，"道"则成为君子孜孜以求、一以贯之的理想。

4.9 子曰:"士志于道,而耻恶①衣恶食者,未足与议②也。"

【注】

①恶:粗劣。②议:商议,讨论,《说文·言部》:"议,语也。"《广雅》:"议,谋也。"

【译】

孔子说:"一个追求真理的士人,如果以粗衣劣食为耻,就不值得和他计议了。"

【引】

邢昺:此章言人当乐道固穷也。朱熹:程子曰,"志于道而心役于外者,何足与议也。"

【解】

孔子提倡安贫乐道。弟子中,安贫乐道的典型人物一是"不改其乐"(6.11)的颜渊,一是"不耻者"(9.27)的子路。不过,颜渊自处时的"乐"和子路群处时的"不耻",都是超然的,难有高下之分。但在陈绝粮,子路不高兴(见15.2),似乎更显示出其洞悉人性,你无法要求所有人都遵循共同的伦理和道德。君子是具有使命感的人,正是这点,将他和一般人区别开来。儒学并不讲求宗教性信仰,但却强调对"道"的身心依归,即通过"修、求、正、省、讼",将心安于道,将道存于心,从而不役于外物。这意味着,"志于道"是一种灵魂性行为,其理想在于义,而非在于利。孔子从一个侧面也提醒世人,在追求某种理想时,是否"耻恶衣恶食者"乃判断能否同道而行的重要依据。

4.10 子曰:"君子之于天下也,无适①也,无莫②也,义之与比③。"

【注】

定州简本"君子之于天下也"为"君子于天下","适"为"讁"。

①适（dí）：敌（敵），惠栋：郑本"适"作"敵"。……郑《注》云：适读匹敌之敌。②莫：思慕，向往，通"慕"。③比（bì）：接近，靠近，《周礼·夏官·司马》："使小国事大国，大国比小国。"

【译】

孔子说："君子对于天下的人或事，没有敌意，没有向往，只和符合义的相接触。"

【引】

①②郑玄：无莫，无所贪慕也。韩愈：无适，无可也。无莫，无不可也。朱熹：适，专主也。《春秋》传曰"吾谁适从"是也。莫，不肯也。张居正：适是必行的意思，莫是必不行的意思。康有为：适，往也。莫，毋也。

【解】

固然可以将孔子的观念整理为"人是君子"，但这种普遍主义的倾向毕竟过于理想化了，"学为君子"才是务实的、精英主义的态度。也就是说，按照现在的观点，君子是区别于大众的精英，是"之于天下"的，既是"天下"的一部分，也与"天下"保持着一定距离。可以将本则理解为孔子强调"义"是君子对待或衡量天下的人、事的标准，但这显然过于浅陋了。这里，孔子赋予君子一种禀赋和气质，即对待万事万物要怀有一种"中庸"的态度，表现出宽容和理解，不绝对，不偏执，"无适也，无莫也"，其观念类似于"存在的即是合理的"，绝不非左即右，搞绝对主义那一套，否则，"攻乎异端，斯害也已"（2.16）。这恰恰也是儒学的"性"。不过，君子这种禀赋和气质不是"自性"的，而是"修、求、正、省、讼"来的，亦即主观德性是以客观上的"义"为依据的。

4.11 子曰："君子怀德，小人怀①土②；君子怀刑③，小人怀惠。"

【注】

①怀：心有存有，如《战国策·魏策》："怀怒未发。"②土：土地，《尔雅》："土，田也。"③刑：模范，型塑，通"型"。

【译】

孔子说："君子心里装着德，小人心里装着田；君子心里装着榜样，小人心里装着实惠。"

【引】

①皇侃：怀，安也。朱熹：怀，思念也。

皇侃：君子身之所安，安于有德之事。……小人不贵于德，唯安于乡土，不期厉害，是以安之不能迁也。邢昺：君子执德不移，是安于德也；小人安安而不能迁者，难于迁徙，是安于土也。朱熹：君子小人趣向不同，公私之间而已。

【解】

孔子在这里没有表现出褒贬亲鄙，只区分了君子、小人关注点的差异。《论语》一再强调的是一种人性或精神的"自治"和"自我型塑"，即人要通过"修、求、正、省、讼"，使己成为品格完善的君子，进而在此基础上实现"正人""安人"，这也是教化或风化的根本义。上述显然不是野人、鄙夫所关心的问题，小人的视野局限于自己的脚下，即使仰望星空，也丝毫改变不了自己躬耕稼穑的处境。孔子的视域中，君子、小人之别之所以不含褒贬，在于两种状态下的群体作为社会两端，共同构建了有道之邦国平衡稳固的秩序，即"均无贫，和无寡，安无倾"（16.1）。而且，君子和小人可以相互转化，各负其责，各安其位，却不截然对立，"治人""治于人"只是角色或分工的不同。孔子认为，邦无道的根本原因，不在于君子和小人之间的敌对矛盾，而是上位者为政不以德、为国不以礼，名不正，言不顺，导致"民无所措手足"（13.3）。否则，则如其所言"上好礼，则民莫敢不敬；上好义，则民莫敢不服；上好信，则民莫敢不用情"（13.4），邦国有道，远人来服。这便是《论语》中君子和小人之别的内蕴所在。

4.12 子曰:"放^①于利而行,多怨。"

【注】

①放(fǎng):依据,根据,《国语·周语下》:"宾之礼事,放上而动,咨也。"

【译】

孔子说:"依据私利行事,会招致很多怨恨。"

【引】

孔安国:每事依利而行,取怨之道。刘宝楠:在上位者宜知重义,不与民争利也。若在上位者放利而行,利壅于上,民困于下,……故民多怨之也。

【解】

本则没有限定主语,但明显不是指小人,"小人喻于利"(4.16),依利而行是其本性,这里针对的是君子尤其是上位者。孔子也谈利,在这个问题上,他是现实主义的但又不局限之。孔子眼中的利,一是"富与贵"这种物质性的私利,君子可求,但要符合"义","不以其道,得之不处也"(4.5),不可见利忘义、因利害义;二是"义"这种精神性的私利,更可求,不过,此私利是以公为私,如《大学》所言"仁者以财发身,不仁者以身发财。……此谓国不以利为利,以义为利也"。孔子虽言利,但公利和私利冲突上,君子应"义以为质""义以为上""见得思义""见利思义",把"义"作为处理"利"的准则。本则的核心要义,是提醒上位者不能放大自己的私利,私利不是不取,唯有"义然后取,人不厌其取"(14.13)。不过,"义"毕竟是精神性的,界限或者准绳在哪,不好把握,处理不好,就会陷入不"正"和"无道",导致"上下交相利"，甚至"远人不服而不能来也，邦分崩离析而不能守也，而谋动干戈于邦内"（16.1）。故而孟子警告说："为人臣者，怀利以事其君；为人子者，怀利以事其父；为人弟者，怀其利以事其兄；是君臣、父子、兄弟……怀利以相接，……终去仁义，……然而不亡者，未之有也。"（《孟子·告子下》）总而言之，孔子谈义利问题时，最终还是导向"修、求、正、省、讼"，"心"似乎成为成人、成君子的唯一秘诀和最终凭借。但"心"和"义"终究难以把握，其演绎为法家的外约束和心学的内约束，是逻辑惯性使然。

4.13 子曰："能以礼让为国乎，何有①？不能以礼让为国，如礼何？"

【注】

①何有：有什么困难。

【译】

孔子说："能够用礼让治理国家吗，这有什么困难呢？不能够用礼让治理国家，该如何对待礼呢？"

【引】

①皇侃：何有者，言不难也。

朱熹：言有礼之实以为国，则何难之有，不然，则其礼文虽具，亦且无如之何矣，而况于为国乎？

【解】

"以礼为国"即"为国以礼"，这里为什么要加个"让"字呢？理由很简单，"让"是"礼"的灵魂和核心，没有"让"，便没有"礼"，《左传·襄公十三年》："让，礼之主也。"《左传·昭公二年》："卑让，礼之宗也。"《左传·昭公十年》："让，德之主也。"儒家的视野中，存在着内部和外部两个世界，其中，内部世界即"心"是矛盾的主要方面。外部世界的和谐取决于每个人的克己复礼，"礼"是怎么来的，按荀子的说法，是"人生而有欲，……则不能不争。争则乱，乱则穷，先王恶其乱也，故制礼义以分之"（《荀子·礼论》）。也就是说，"礼"是为了止息"争"、提倡"让"而制作出来的。孔子的核心思想是学为君子，"学"什么？"礼"是其中极为重要的一个方面，通过学礼，内克私欲，外整仪容，让人成为文质彬彬的君子。每个人的内心世界和谐了，外部世界才能够和谐。孔子的理想国中，君子是"无所争"的，不仅日常生活中不争，比如射（3.7），政治生活也是不争的，泰伯"为国"三以天下让，"可谓至德也已矣"，故"民无得而称焉"（8.1）。"礼"和"让"勾连在一起，是为了突出"礼"的精神实质。孔子是个入世主义者，他深切地知道"礼""让"对于社会结构和社会秩序的重要意义。此处，还是外部问题向内求，通过"修、求、正、省、讼"，由外而内再由内而外，实现中和之道。

4.14 子曰："不患无位①，患所以立②。不患莫己知，求③为可知也。"

【注】

①位：位置，官位，《说文·人部》："列中庭之左右谓之位。"②立：立身，子曰："兴于《诗》，立于礼，成于乐。"（8.8）③求：谋求，寻求，《玉篇》："求，索也。"

【译】

孔子说："不担心没有爵位，担心不具备在这个位置上立身的礼仪。不担心没人了解自己，不断追求立身的礼仪，别人就了解了。"

【引】

包咸：求善道而学行之，则人知己。邢昺：此章劝学也。朱熹：所以立，谓所以立乎其位者。可知，谓可以见知之实。

【解】

钱穆说:"此章言君子求其在我。"孔子这两句话的意思依旧强调君子要内向,通过"修、求、正、省、讼",实现人格的完备,自然不患没有"贾者"(9.13)。

这意味着,"公"还是建立在"私"的基础之上。

4.15 子曰:"参乎! 吾道一以贯①之。"曾子曰:"唯②。"子出,门人问曰:"何谓也? "曾子曰:"夫子之道,忠恕③而已矣。"

【注】

①贯:贯通,《广雅·释言》:"贯,穿也。"②唯:答应的声音,《说文·口部》:"唯,诺也。"③忠恕:忠是尽心为人为事,即曾子说的"为人谋而不忠乎"(1.4);恕是将心比心,"其'恕'乎! 己所不欲,勿施于人"(15.24)。忠恕是"仁者爱人"的一体两面。

【译】

孔子说:"曾参啊! 我的思想里面贯穿着一个核心。"曾子说:"嗯。"孔子出去后,孔子的门人问:"什么意思? "曾子说:"老师的核心思想,就两个字: 忠和恕。"

【引】

③朱熹:尽己之谓忠,推己之谓恕。……程子曰,"以己及物,仁也;推己及物,恕也。"《中庸》:"忠恕违道不远,施诸己而不愿,亦乎施于人。"

【解】

本则是一个千古疑案,孔子说的"一以贯之"的"道"到底指什么,众说纷纭,却至今没有定论。不过,经典的迷人之处就在于没有成说,唯不可解才值得解,才给赋予"无限"和"新"提供了可能。无论如何,曾参和孔子之间存在着"意义"的鸿沟，是没有问题的。

朱熹曾云："尽己之谓忠，推己之谓恕。"前面业已指出，儒学是一种秩序／关系学。孔子强调"修、求、正、省、讼"，意味着君子在处理秩序／关系问题时，要一切从"己"或"心"出发，这样，人与自己的关系居于中心并由此推及人与人、人与家国的关系。"忠恕"二字便是由己推及人、推及家国的桥梁，恰如孟子所说的："古之人所以大过人者，无他焉，善推其所为而已矣。"（《孟子·梁惠王上》）在《中庸》里，"推"的逻辑被目为"君子之道"："所求乎子，以事父；所求乎臣，以事君；所求乎弟，以事兄；所求乎朋友，先施之。"在《大学》里，则被目为"君子有絜矩之道"："所恶于上，毋以使下；所恶于下，毋以事上；所恶于前，毋以先后；所恶于后，毋以从前；所恶于右，毋以交于左；所恶于左，毋以交于右。"由是，在"修、求、正、省、讼"基础上，经由"忠恕"，建立起人与人、人与家国之间的中和关系。总而言之，"忠恕"是一种"仁"，也就是普遍的爱，这种爱既是君子政、理想国的手段，也是目的。

4.16 子曰："君子喻①于义，小人喻于利。"

【注】

①喻：知道，明白，《孟子·告子下》："征于色，发于声，而后喻。"

【译】

孔子说："君子通晓义，小人明白利。"

【引】

朱熹：义者，天理之所宜。利者，人情之所欲。程子曰，"君子之于义，犹小人之于利也，唯其深喻，是以笃好。"

【解】

　　君子不是不谈"利"、不求"利"，孔子毫不避讳地说："富而可求也，虽执鞭之士，吾亦为之。"（7.12）但谈"利"、求"利"的前提是符合"义"，即孔子所云："不义而富且贵，于我如浮云。"（7.16）我们可以说，君子谈的"利"是大利，即公利；小人谈的"利"是小利，即私利。但公和私如何区分呢？要知道，没有私，则成全不了公，如孟子言："无野人，莫养君子。"（《孟子·滕文公下》）何况即便儒家所倡导的立德、立功、立言，本质上也是一种私利。区分的关键不在目的，而在结果，即"利"的导向或对象如何。比如，管仲虽小德有亏，但其能匡天下，孔子"如其仁"（14.16），故而利己者，是小人；利天下者，是君子，君子以利天下为义。此外，孔子这句话还暗含了一个重要观点，即小人和君子、利和义是可以相互转化的，小人转为君子的途径自然是"学"，君子并非天赋其性的，而是后天养成的，否则孔子谈"修、求、正、省、讼"便没有了逻辑基础，失去了意义；当然，若君子"德之不修，学之不讲，闻义不能徙，不善不能改"（7.3），君子亦可为小人。宋明理学强调"义利之辨乃人禽之别"，以绝对道德观分别君子和小人，是僵化而拒绝进化的，并不契合早期儒学的原义。

4.17　子曰："见贤思齐①焉，见不贤而内自省②也。"

【注】

　　①齐：整齐。②省：反省。

【译】

　　孔子说："见到贤人要想到向人家看齐；见到不贤之人内心要想到反省。"

【引】

　　朱熹：胡氏曰，"见人之善恶不同，而无不反诸身者，则不徒美人而甘自弃，不徒责人而忘自责也。"

【解】

"思""省"都是内向的，君子"修、求、正、省、讼"从正心开始，但其本源却根于外。本则虽短小，但意蕴深博：一、君子"修己"是一种主动性、随时性行为，不是被动的；二、君子通过比较贤与不贤确定"修、求、正、省、讼"的边界，找到"德"的方位；三、君子"修、求、正、省、讼"是一种"学"，经由外而正内。

由此也可以看出，诸德目都不是性而有之，但"学"却是一种禀赋。

4.18 子曰："事父母几①谏，见志②不从，又③敬不违，劳④而不怨。"

【注】

①几（jī）：轻微，引申为婉转，《说文·几部》："几，微也。殆也。"《尚书·皋陶谟》："一日二日万几。"②志：意愿，这里指子辈的意愿。③又：副词，表转折。④劳：忧愁，劳苦，《诗经·邶风·燕燕》："实劳我心。"

【译】

孔子说："侍奉父母时发现他们的过错要婉转地规劝，看到不遵从自己的意见，只能恭敬如初而不违拗，忧愁而不抱怨。"

【引】

①包咸：几者，微也。李炳南：人之过，在几微发动之时，易于改正，故危人子者，见父母之过于微起时，即当谏之。②包咸：见志，见父母志……钱穆：指子女自表己志。

【解】

天下之事，唯孝为大。儒家将孝视作为人之本，但就人伦或社会关系而言，孝则是为人之始，一切社会关系都是由父子关系推出来的。孔子这里，孝不但大于忠——这点被宋儒颠倒了，而且孝最重要的是不违，即便义也不能节制孝。除了本则之外，还有一些典籍也强调这点，《礼记·内则》："父母有过，下气怡色柔声以谏。谏若不入，起敬起孝，说则复谏，不说，与其得罪于乡党州闾，宁熟谏。父母怒不悦，而挞之流血，不敢疾怨，起敬起孝。"《礼记·曲礼下》："子之事亲也，三谏而不听，则号泣而随之。"但《孝经》意见却相左，其虽然主张孝乃"天之经也，地之义也，民之行也"，但却提出"故当不义，则子不可以不争于父"。这表明《孝经》晚出，不同于早期儒家的孝观念。

4.19 子曰："父母在，不远游，游必有方①。"

【注】

①方：方向，方位。

【译】

孔子说："父母活着时，不离家远行，出行一定要有明确的方位。"

【引】

①郑玄：方犹常也。朱熹：游必有方，如己告云之东，即不敢更适西，欲亲必知己之所在而无忧，召己则比至而无失也。南怀瑾：指方法的方，……这是孝子之道。"方"者应是方法，不是方向。

【解】

《礼记·曲礼上》云："夫为人子者，出必告，反必面，所游必有常，所习必有业。"孔子教人学，绝不空谈大道理，而是从细而微、易入手处着眼，启人心智。此处谈孝，孔子设置了一个具体情境，教为人子者，要体谅父母之牵挂心，唯心与心连，将心比心，才能培育或激发人类基本的情感——爱。父爱是慈，子爱是孝。要注意的是，这里，父母牵挂心与子"游必有方"是双向的，非单向的，是父子间的推己及人，唯有如此，父慈子孝才能成为人伦或社会关系的"本"。

话说得简单些就是，父母爱子女是天性，为人子者，要懂得、体贴和回报这种爱，简单而有效的做法就是，有啥事儿，言语一声。

4.20 子曰："三年无改于父之道，可谓孝矣。"

本则文字重出，见 1.11。

4.21 子曰："父母之年^①，不可不知也。一则以喜，一则以惧。"

【注】

①年：年龄，岁数，《列子·汤问》："年且九十。"

【译】

孔子说："父母亲的岁数，不可以不记在心里，一方面因为寿长了而高兴，一方面因为年老了而担忧。"

【引】

孔安国：见其寿考则喜，见其衰老则惧也。

【解】

时间是最为显著也最易忽略的东西，孔子对时间极为敏感，且始终怀有敬畏之情，他是第一位赋予时间以伦理意义的思想家。时间是不可逆的，但它在人身上始终朝两个不同的逻辑方向流动，一是成长，一是死亡，对这种矛盾的觉察构成了孔子"修、求、正、省、讼"的基点。孔子说"父母之年""一则以喜，一则以惧"，是将"孝"置于时间和情感的结合部，超出一定的时间范畴，"孝"这种情感将无所施与和寄托。

一方面，"孝"有时效性，须有时不我待之感；一方面，"孝"有实效性，莫等子欲养而亲不待。同时，时间在父母身上的流逝虽然伴随着子女的成长，但最终将全部以"丧失"这种形式投射在子女身上，这意味着，喜忧的对象既是父母，也是自己，人己相推最能触动、激发内心深处的情感。孔子从具体而微之处提出"孝"的问题，即子女是否能清晰地记住父母的年龄并对时间不复返抱以警觉，看似简单，其实是对人性的一种莫大的考验。

4.22 子曰："古者①言之不出，耻躬②之不逮③也。"

【注】

①古者：以前的人，司马迁《报任少卿书》："古者富贵而名磨灭，不可胜记。"②躬：自身，身体。③逮：及，到。

【译】

孔子说："以前的人不随便说话，恐怕自己因为实现不了而感到羞耻。"

【引】

皇侃：故子路不宿诺也。

【解】

君子重信，重诺。孔子极其强调言行之间的关系，因为君子小人之别就在于此。他认为，君子言行要一致，甚至要言在行后，行之前不能轻易言，否则，便是失信，沦为小人。言为心声，轻言之人和巧言之人一样，"鲜矣仁"（17.17）。孔子出此言，可能是当时拍着胸脯说话的时人太多，大言炎炎，却无结果，不若古人木讷，"近仁"（13.27）。

4.23 子曰："以约①失之者鲜矣。"

【注】

①约：约束。

【译】

孔子说："严格约束自己却犯错误的，很少啊。"

【引】

程树德：内束其心，外束其身，谨言慎行，审密周详，谦卑自牧，皆所谓约。

【解】

人是渴望自由的，即希望不被约束的，事实上，完全自由是不存在的。即便是君子，也要面对约束。思想史上较为著名的概念是消极自由和积极自由的对立，前者争取的是不让别人妨碍自己的自由，后者则以做自己的主人为要旨。显然，孔子并没有区分这两种概念之间的界限，但他的伟大之处在于提出了类似的问题，人究竟要不要约束，怎么约束。孔子认为，"以约失之者鲜矣"，这种"约"不仅仅是"约之以礼"（6.27），而且涉及"立"，就是"立于礼"（8.8），这意味着，把"约"只是看作"约束"或"束缚"是不得要领的。"约"和"立"同义，都是成人、成君子的基点。

孔子追求的自由看似是消极自由，即以各种"礼"规范自己的行为，使之符合"道""义"，但本质是自己支配自己，通过"修、求、正、省、讼"实现"从心所欲，不逾矩"（2.4）。在孔子这里，"心"始终是自由的，外在的理想国源于内在的君子心。不过，这也会导致一个问题，即会导出减少欲望、增加理性的思维模式，"存天理、灭人欲"的产生并非没有内在理路的支持。增加理性和增加自由并非是同向的，某种意义上还是此消彼长的，"省己"便是"治心"，为政以德、为国以礼，不过是"修己"在"平天下"上的投射，如此，逻辑上推导出笼罩一切的"父主义""君主义"是不可避免的。

4.24 子曰:"君子欲^①讷^②于言而敏^③于行。"

【注】

①欲:想要,希望,"无欲速,无见小利。欲速,则不达。"(13.17)"欲洁其身,而乱大伦。"(18.7)②讷(nè):言语迟钝,《说文·言部》:"讷,言难也。"③敏:迅速,灵活。

【译】

孔子说:"君子希望自己言语谨慎,行动利落。"

【引】

③皇侃:敏,疾速也。黄式三:近解训敏不惰,失之。黄克剑:勤勉。

【解】

君子是行动主义者,而不是言语主义者,孔子始终对"言"保持高度的警惕。"行优于言"是儒学的基本精神,"言行一致"尚在其次。惜乎后来之学者,言、文皆重于行,或述而又作,或袖手心性,而其行却不可观。

4.25 子曰:"德不孤^①,必有邻^②。"

【注】

①孤:单独,孤独。②邻:相连接的家户,《小尔雅》:"邻,近也。"

【译】

孔子说:"有德之人不会孤单,一定有志同道合的朋友。"

【引】

皇侃：言人有德者，此人非孤，然而必有善邻里故也。朱熹：德不孤立，必以类应。

【解】

孔子自解解人。君子"修、求、正、省、讼"作为一种精神信念和生活方式，实践起来并不容易，不仅会面临"患人之不己知"（14.30）之惑，还可能遭遇"绝粮"（15.2）之困。孔子的意思，"士志于道"，不会孤单，不仅"有朋自远方来"（1.1），"贾者"（9.13）也会来，"禄在其中矣"（15.32），只勤力为己即可，不必患得患失，即使有所忧患，也是忧道忧学而不忧困忧贫。

4.26 子游曰："事君数①，斯②辱矣；朋友数，斯疏矣。"

【注】

①数（shuò）：频繁，《礼记·祭义》："祭不欲数，数则烦，烦则不敬。祭不欲疏，疏则怠，怠则忘。"②斯：连词，则，就。

【译】

子游说："服侍君主过于频繁了，就会招致羞辱；和朋友交往过于频繁了，就会导致疏远。"

【引】

邢昺：此章明为君臣结交，当以礼渐进也。俞樾：数者，面数其过也。

【解】

君即友，友即君，是社会关系，父子则"纯以天合"，是家庭关系。孔子虽然把国视为家的扩大与投射，但亲疏还是有别的。事君事友要讲究适度，否则，"斯辱矣"，"斯疏矣"；事父事母则讲究尽心，"见志不从，又敬不违，劳而不怨"（4.18）。此外，事君事友和事父事母固然"礼以行之"（15.18），礼数也不等同。自此可以看出，孔子的"仁"（仁者爱人）和"礼"（恭近于礼）讲究差序，非完全一视同仁。孔子不主张君子事君死谏或庭争，不主张事友面折，把社会关系当作家庭关系，无非自取其辱。事君事友，保持距离至关重要。亲极反疏就是这个意思。

公冶长第五

　　本章凡二十八则（另有把一、二则合为一则成二十七则，或把一、二则合为一则、十则分为两则成二十八则者），子曰十五则；与子贡对曰四则，与子张、子路、孟武伯对曰各一则；与无名氏对曰两则；与颜渊、子路共对曰一则；漆雕开曰、子贡曰各一则，子路非对话体一则。

　　本章谈"仁"三则，论"君子"二则，讲"学"二则，但核心问题是"邦"之"有道""无道"问题，共三则论及。

　　本章以臧否人物为主。评论了弟子公冶长、南容、子贱、子贡、漆雕开、子路、公西华、颜回、宰予、申枨，这些都是孔子早期的弟子，晚期的一个都没有出现；评论了时人子产、晏婴、孔文子、臧文仲、令尹子文、陈文子、季文子、伯夷和叔齐、尾生高、左丘明。内容相对集中于德行与政事，可以看作"为政第二"章的一个补充或延伸。

　　要注意的是，孔子提出了君子如何面对"道不行"的难题：一、君子与邦分离（见5.2）；二、君子可以避世（见5.7）。不过，君子的避世不是隐居、彻底不问世事，而是择机而仕。

　　某种意义上，孔子在入世上固然是儒家的，处世上亦有道家的因素。

5.1　子谓公冶长①："可妻②也。虽③在缧绁④之中，非其罪也。"以其子妻之。

【注】

①参见附录一 5—1。②妻（qì）：以女嫁人。③虽：连词，即使，纵然。④缧绁（léi xiè）：古代捆绑犯人的黑色绳索，代指监狱。《史记·太史公自序》："七年，而太史公遭李陵之祸，幽于缧绁。"缧绁亦指仆从，《史记·管婴列传》："越石父贤，在缧绁中。"

【译】

孔子评价公冶长说："可以把闺女嫁给他。即使在监狱里，并非他的罪过。"把自己的闺女许给了他。

【引】

朱熹：夫有罪无罪，在我而已，岂以自外至者为荣辱哉？

【解】

孔子不以外在荣辱取人，实乃君子之风。以己女嫁缧绁之士，他看中的还是一个人内在的德。孔子主张"修、求、正、省、讼"，不是只以之教人，而是以之行己，身体力践。在对待公冶长时，将心比心，视为知音，这就是"恕"。难能可贵的是，孔子虽积极入世，赞许子弟求干禄，汲汲于用，但坚持"义以为质，礼以行之"（15.18），坚持"不义而富且贵，于我如浮云"（7.16）。这是孔子日常生活一以贯之之道，落在儿女婚姻大事上，既不攀援高枝，亦不讲究门当户对，而是以德择人，"里仁为美"（4.1），恰如钱穆言："孔门之教，重于所以为人。"结合下则，尤要指出的是，公冶长是囚犯，南宫适乱世能免罪，在为自己女儿和侄女择婿时，孔子也表现出了礼让之德，这种礼让是"克己""修己"而去私、"归仁"的结果。

此处不必学李零以包办婚姻指责孔子，古风如此，何必以今观往，苛责前人？

5.2 子谓南容①："邦有道，不废②；邦无道，免于刑戮。"以其兄③

之子妻之。

【注】

①参见附录一 5—2。②兄：孔子兄为孟皮。

【译】

孔子评论南容说："国家有道，他不会荒废；国家无道，他能免遭刑罚。"把兄长家的闺女嫁给了他。

【引】

②袁庆德：废黜、罢免。

皇侃：明南容之德也。若遭国君有道，则出仕官，不废己之才德也。若君无道，则危行言逊，免于刑戮。

【解】

"邦有道，不废；邦无道，免于刑戮。"孔子入世救时，却不提倡做烈士。《论语》中，孔子始终是一个自我流放者的形象，即流浪的君子，他不屈身事不义，也不死磕，而是一直疾疾于路上，寻找自己的理想国或桃花源。他"知其不可而为之"（14.38）的是"道"，而非"政"或"富与贵"，坚持过程中，又表现出了韧性和弹性，这也是孔子时而向往避世的根源所在。南容虽然在《论语》中只出现了三次，但每次都是一副谨小慎微的样子，也就是说，他能在乱世中保全自己，而这种保全又不失德，故而是可以信赖和托付的人，孔子才选择把自己的侄女嫁给他。

5.3 子谓子贱①："君子哉若②人！鲁无君子者，斯焉取斯？"

【注】

①参见附录一 5—3。②若：这个，这样，代词，用于近指。

【译】

孔子评价子贱:"这个人是君子啊!鲁国要是没有君子,他从哪里学来的这些品德?"

【引】

包咸:如鲁无君子,子贱安得取此行而学行之?朱熹:子贱盖能尊贤取友以成其德者。……因以见鲁之多贤也。

【解】

本则强调学成君子。"德不孤,必有邻。"(4.25)子贱能成为君子,是因为鲁国多君子,子贱之"德"是从他们身上来的。"取"意味着君子是可以学成的。子贱是孔子的弟子,其焉学,孔子也。

这算是孔子给自己打的"软广告"吧。

5.4 子贡问曰:"赐也何如?"子曰:"女,器也。"曰:"何器也?"曰:"瑚琏①也。"

【注】

①瑚琏(hú liǎn):瑚即簠,方形;琏即簋,圆形。故而,瑚琏是古代宗庙中用来盛放黍稷的一套祭器。《周礼·地官·舍人》:"凡祭祀共簠簋。"簋出现于西周早期,战国晚期消矢。

【译】

子贡问道:"我是一个什么样的人啊?"孔子说:"你啊,是一种器物。"子贡说:"什么器物啊?"孔子说:"宗庙中盛放黍稷的祭器——瑚琏。"

【引】

①包咸:瑚琏者,黍稷器也。夏曰瑚,殷曰琏,周曰簠簋,宗庙器之

贵者也。南怀瑾："瑚琏"是古代的玉器，……它是"高""贵""清"的
象征。杨润根：红珊瑚制作的链条。

【解】

钱穆说："读书有当会通说之者，有当仅就本文，不必牵引他说者。
如此章，孔子告子贡'汝器也'，便不当牵引君子不器章为说。"钱穆的
说法并非没有道理。据《左传·哀公十一年》："孔文子之将攻大叔也，
访于仲尼。仲尼曰：'胡簋之事，则尝学之矣。甲兵之事，未之闻也。'"
此记载表明，孔子视祭祀之礼乐重于甲兵，瑚琏是宗庙中的祭器，以之
许子贡，是一种很高的评价。参看附录一 1—10—2 可知，子贡是孔子逝
世后最忠实的信徒，《论语》提及子贡次数仅次于子路，此人不仅以"言
语"著称，能和孔子谈诗，且极富商业头脑，"赐不受命，而货殖焉，亿
则屡中"（11.19）。最重要的是，"赐也达，于从政乎何有？"（6.8）。曾
任鲁、卫之相，子贡这种"君子不器"的形象，恰恰和瑚琏能圆能方且
格调极高相类似。

以此则为孔子对子贡肯定中含有委婉批评，不确。

5.5 或曰："雍①也仁而不佞②。"子曰："焉用佞？御③人以口给④，屡憎于人。不知其仁，焉用佞？"

【注】

①参见附录一 5—5。②佞：善辩，有口才。③御：抵御，对付。④口
给：口才敏捷。给（jǐ），富裕，充足。

【译】

有人说："冉雍嘛，有仁德没口才。"孔子说："干吗要逞口舌之利？
拿能言善辩对付人，只能饱受憎恶。冉雍仁不仁不知道，但干吗要逞口
舌之利？"

【引】

②宦懋庸：春秋时以多能多闻为圣，以口才之美者为佞。③朱熹：当也，犹答应也。刘宝楠：《尔雅·释言》云"禁也"。

【解】

孔子对雍的评价是"不知其仁"，意味着这个弟子还没有达到"仁"。孔子一贯反对巧舌如簧者，"是故恶夫佞者"（11.25）、"恶利口之覆邦家者"（17.18）都表明了他的态度。

此则至今适用，夸夸其谈者，一般内心花里胡哨，不会给人留下好印象。

5.6 子使漆雕开①仕②。对曰："吾斯之未能信。"子说。

【注】

①参见附录一 5—6。《孔子家语·弟子解》说，漆雕开"习《尚书》，不乐仕"。②仕：做官。

【译】

孔子让漆雕开做官。漆雕开回答说："我对这个还没信心。"孔子很高兴。

【引】

孔安国：喜其志道深也。皇侃：答云言其学业未熟，未能究习，则不为民所信，未堪仕也。韩愈：子曰者，善其能忖己知时变也。朱熹：程子曰，"古人见道分明，故言如此。"康有为：（使仕）当是孔子为司寇时。

【解】

让漆雕开做官，回应说不自信，孔子为啥这么高兴呢？恐怕既不是因为漆雕开谦虚，也不是因为其担忧己学未成，而在于说辞中显现出的主体自觉。孔子推举"修、求、正、省、讼"功夫，这种内向之道最主要的是发明自己，"发明"即"修"，是成人、为君子的唯一途径。孔子听话听音，且观其行，漆雕开不自信，恰恰说明其在内向的过程中悟得孔子学的真谛，去妄归朴，不知足，懂谦让，已臻于成人和君子。

5.7 子曰："道不行，乘桴①浮于海。从我者，其由与？"子路闻之喜。子曰："由也，好勇过我，无所取材。"②

【注】

定州简本"桴"为"泡"。

①桴（fú）：竹木编成的小型浮排，大型浮排称"筏"。②由也，好勇过我，无所取材：除此外，还有两种断句方式：由也好勇过，我无所取材；由也好勇，过，我无所取材。"无所"结构，《论语》中还有例句，"刑罚不中，则民无所措手足"（13.3）。"所"译为"处所"，"地方"；"材"，通"才"，即"哉"。清华简《皇门》："毋作祖考羞才。"杨伯峻也认为同"哉"，这里不可作"木材"或"裁"解。

【译】

孔子说："道如果行不通，我就乘一个小排漂流海上，能跟着我的，可能只有仲由吧。"子路听了很开心。孔子说："仲由恃强好胜超过了我，不可取啊。"

【引】

②皇侃：言无所取桴材也。

皇侃：孔子本意托乘桴激时俗，而子路信之将行，既不达微旨。朱熹：程子曰，"浮海之叹，伤天下之无贤君也。"黄式三：此过海，谓至九夷也。李光地：闻从浮海而喜，可谓不屑于俗而勇于义，故夫子喜而赞之，无贬辞也。

【解】

孔子周游列国，欲居九夷，欲浮于海，都是因为"道不行"或"邦无道"。孔子虽积极入世，"知其不可而为之"（14.38），但总体上和上位者保持不合作的态度。即使合作，也是事之以礼，不合则去。将孔子定位为一个自我流放者，理由很简单也很明确，孔子既不肯折节事时政，又不肯学隐士遁世，且怀揣君子政、理想国而不肯弃，除四处寻找自己中意的"贾者"和乐土外，别无他途。自然，等待他的，只有"不复梦见周公"（7.5）式的幻灭。关于本则，钱穆所解最当，他认为，孔子之意"决非高蹈出尘，绝俗辞世"。也就是说，孔子每每欲遁，不过是一时感慨、感伤。其虽有"道家"之念，却无"道家"之行。这个话题，后面再补充。

有意思的是，孔子夸奖子路，又当头一棒。一般而言，孔子尚文，不赞成过猛，他曾表示"勇而无礼则乱"（8.2）、"勇者不必有仁"（14.4），还分别和南宫适、子路、子贡谈过"勇"的弊处："羿善射，奡荡舟，俱不得其死然。"（14.5）"君子有勇而无义为乱，小人有勇而无义为盗。"（17.23）"恶勇而不礼者，恶果敢而窒者。"（17.24）甚至还预测了子路的悲剧："若由也，不得其死然。"（11.13）钱穆认为孔子说子路"无所取材"是"戏笑婉转"，恐怕是一种误会。孔子感慨、感伤道不能行，戏言欲浮于海，子路不理解老师的心意而喜，孔子说他就知道"舞枪弄棒"，其实是对子路误会己意的否认，批评的成分恐怕更大一些。

交代些闲话。孔子文质彬彬，不出恶言，恐怕碰到不少刺儿头，子路也曾欺负孔子，"子路性鄙，好勇力，志伉直，冠雄鸡，佩豭豚，陵暴孔子。孔子设礼，稍诱子路，子路后儒服委质，因门人请为弟子"。不过，孔子也多亏了子路的"勇"，省去了不少是非，故孔子曰："自吾得由，恶言不闻于耳。"（《史记·仲尼弟子列传》）

5.8 孟武伯问："子路仁乎？"子曰："不知也。"又问。子曰："由也，千乘之国，可使治其赋①也，不知其仁也。""求也何如？"子曰："求也，千室②之邑③，百乘之家④，可使为之宰⑤也，不知其仁也。""赤⑥

也何如？”子曰：“赤也，束带^⑦立于朝，可使与宾客^⑧言也，不知其仁也。”

【注】

①赋：军赋或兵赋，指天子向臣属征发的兵役与军用品。《孟子·滕文公上》："请野九一而助，国中什一使自赋。"《汉书·食货志》："有赋有税。税谓公田什一及工商衡虞之入也。赋共车马甲兵士徒之役，充实府库赐予之用。"②室：一家一户，《诗经·邶风·北门》："室人交遍谪我。"③邑：居民区，小者十数家，大者如国，《说文·邑部》："邑，国也。"或指都城，《左传·庄公二十八年》："凡邑，有宗庙先君之主曰都，无曰邑。"孔颖达疏："小邑有宗庙，则虽小曰都，无乃为邑，为尊宗庙，故小邑与大都同名。"④家：卿大夫采邑。⑤宰：官吏通称，此处指邑或家的官长。⑥赤：公西赤，参见附录一5—8。⑦束带：整理衣带，即整理着装，《管子·弟子职》："夙兴夜寐，衣带必饰。"⑧宾客：客人的总称，《周礼·秋官·司仪》："诸侯、诸伯、诸子、诸男之相为宾也，……诸公之臣相为国客，是散文宾客通称，对称则宾尊而客卑，宾大而客小。"

【译】

孟武伯问："子路仁吗？"孔子说："不知道啊。"孟武伯又问了一遍。孔子说："仲由这个人，可以让他掌管一千辆兵车这样的国家的军事，但不知道他仁不仁。"孟武伯问："冉求怎么样？"孔子说："冉求这个人，可以让他做千户居民这样的大邑、百辆兵车这样的采邑的官长，但不知道他仁不仁。"孟武伯问："公西赤怎么样？"孔子说："公西赤这个人，站在朝堂上，穿戴整齐，可以让他用外交辞令接待宾客，但不知道他仁不仁。"

【引】

①朱熹：兵也。⑦皇侃：谓赤有容仪。程大中：古人无事则缓带，有事则束带。

孔安国：仁道至大，不可全名也。王闿运：武伯以臣子路，自矜故抑之，云"不知"。**方骥龄**：本章所谓仁，非仁心仁德与推己及人之仁，乃与人相处之仁。

【解】

孔子既善于因材施教，也善于因人施言。探求孔子的真实意图，不能只看他说了什么，更要看对谁说的。据附录一2—6，孟武伯是三桓之一，与哀公不合，致使其亡越，此乃大僭，"是可忍也，孰不可忍也"（3.1）？其向孔子问诸弟子仁否，孔子告诉他，治军备，宰采邑，懂外交，搞得再好，都不是仁。孔子的意思明显是说，陪臣执国命，权势再大，能力再强，也是不仁的。那么，仁是什么呢？"己欲立而立人，己欲达而达人"（6.30）是仁，"克己复礼"（12.1）是仁，"出门如见大宾，使民如承大祭。己所不欲，勿施于人"（12.2）是仁，"爱人"（12.22）是仁，"居处恭，执事敬，与人忠"（13.19）是仁。仁是一种生于心施于人的爱，不依赖于暴力，也与个人的才能无必然关系。

本则是借评价弟子讽谏，若只从字面理解，最容易引起误读。

5.9 子谓子贡曰："女与回也孰愈①？"对曰："赐也何敢望②回？回也闻一以知十，赐也闻一以知二。"子曰："弗如也；吾与女弗如也③。"

【注】

①愈：超越，胜过。②望：比较，通"方"，《礼记·表记》："以人望人，则贤者可知己矣。"③吾与女弗如也：我和你都不如他啊。与，连词，不作"赞同"讲，《左传·成公十三年》："吾与女同好弃恶。"《庄子·大宗师》："吾与女共之。"

【译】

孔子对子贡说："你和颜回谁更优秀一些？"子贡回答："我怎么敢和颜回相比？颜回听到一件事能推出十件事，我听到一件事只能推出两件事。"孔子说："不如啊，我和你都不如啊。"

【引】

　　③包咸：既然子贡弗如，复云吾与汝俱不如者，盖欲以慰子贡心也。朱熹：与，许也。黄式三：申包《注》者云"圣不自圣，自视为弗如也"。杨伯峻、孙钦善：与，赞同。

【解】

　　"闻一以知十"和"闻一以知二"都讲的是"悟"。宋明儒学拈出"悟"，并非没有道理，只是夸大了，走偏了。孔子之教之学，最重"悟"，和子夏谈诗，孔子就由衷地感叹："起予者商也！"（3.8）不过，孔子之"悟"，非是凭空顿生，而是建立在"学而时习之"的基础上，客观现实始终是孔子"学"的本源。此外，和其倡导的"当仁，不让于师"（15.36）一样，孔子"吾与女弗如也"之叹，足见其胸襟风度博雅，不似今人，学武大郎开店。

5.10　宰予昼寝。子曰："朽木不可雕也，粪①土之墙不可圬②也；于予与何诛③？"子曰："始吾于人也，听其言而信其行；今吾于人也，听其言而观其行。于予与改是。"

【注】

　　①粪：弃除，扫除，《荀子·强国》："堂上不粪，则郊草不芸。"②圬（wū）：抹墙的工具，此处为动词，饰墙。③诛：责备，责罚。

【译】

　　宰予大白天睡觉。孔子说："腐烂的木头不可雕啊，废弃的墙壁没法修啊，对于宰予还能说些什么呢？"孔子又说："对于人，我最初听了他的话就相信他会言行一致，现在听了他的话要观察他的行为。由于宰予，我改变了这样看人的态度。"

【引】

王肃：二者喻虽施功犹不成也。梁武帝：昼作画字。言其绘画寝室，故夫子叹朽木不可雕，粪土之墙不可圬。方骥龄：无非告诫宰予当言行一致也。乔一凡：鲁之季氏用天子礼而画寝，非诸侯与大夫所当为。宰予为季氏宰，或尝事其事，因谓宰予。而喻朽木不可雕，粪土之墙不可圬，恶季氏非礼而僭也。

【解】

据附录一 3—21，《论语》中涉及宰予的有五则，其中除了本则外，还有两则被孔子程度深浅不一地予以批评。前文业已指出，孔子对"言"之巧、之令极为警惕也极为反感，宰予虽为十哲之一，以"言语"著称，但"言"不符"行"、"言"过其"实"处甚多，其任临淄大夫时，因参与田常作乱被陈恒所杀，是否与其言不讷有关不可知，但此处孔子责骂、提点宰予却是没有疑问的。本则只能根据情形推断，宰予可能在孔子面前许下过要"敏于行"、勤勉、勤奋之类的诺言，结果大白天睡觉，被孔子碰个正着，说下了一段流传千古的名言。"听其言而信其行"和"听其言而观其行"可以视为两种察人的方式方法，一般而言，初识时偏向于前者，接触时间长了则偏向于后者。孔子观人、教人总强调行而非言，这点，在《大戴礼·五帝德》中有佐证："孔子曰：'吾欲以颜色取人，于灭明邪改之；吾欲以语言取人，于予邪改之。'"

5.11 子曰："吾未见刚①者。"或对曰："申枨②。"子曰："枨也欲，焉得刚？"

【注】

①刚：坚强，刚正不阿。②参见附录一 5—11。

【译】

孔子说："我没见过刚正不阿的人。"有人回答道："申枨啊。"孔子说：

"申枨欲念多，哪里会刚正不阿？"

【引】

①郑玄：刚谓志不屈挠。朱熹：坚强不屈之意，最人所难能者，故夫子叹其未见。李泽厚：此"刚"非血气之勇，乃内心力量与道德意志攸关。

【解】

"修、求、正、省、讼"而为君子的过程，就是养义心去利（欲）心的过程。现在我们通常讲，拿人家的手软，吃人家的嘴短，就是因为欲而不刚。多欲不仅害仁，也败事，是为人、为政的大忌，故而孔子说："见小利，则大事不成。"（13.17）"刚"在孔子这里，是"人不堪其忧，回也不改其乐"（6.11），到曾子这里，是"临大节而不可夺也"（8.6），至孟子这里，是"威武不能屈，贫贱不能移，富贵不能淫"的"浩然之气"（《孟子·滕文公下》）。一般而言，无私欲者，有大志，能成大事。当然，在旧制下，身居高位，无私欲往往会引起猜忌，故有能臣事君时，为求自保，不惜自污。

5.12 子贡曰："我不欲人之加①**诸我也，吾亦欲无加诸人。"子曰："赐也，非尔所及也。"**

【注】

①加：施加，强加，如"加之以师旅"（11.26）。

【译】

子贡说："我不愿意人家强加给我，我也不愿意强加给人家。"孔子说："赐啊，这不是你所能达到的境界。"

【引】

①孔安国：陵也。王闿运：加诸，增加谤言。杨伯峻：驾凌，凌辱。

孔安国：言不能止人使不加非义于己也。邢昺：此章明子贡之志。杨树达：行忠恕之道，于才质沉潜者为易，而子贡则高明之才也；故孔子因其自言而姑抑之，亦欲激之，使其自勉云尔。杨朝明：在孔子看来，"己所不欲，勿施于人"是一个人可以终身奉行的一贯之道，这是一种很高的道德境界，是子贡难以做到的。

【解】

本则讲"恕"。"恕"是"己所不欲，勿施于人"，将心比心，"恕"不是单向的，而是双向的，仅仅子贡单方面做到"吾亦欲无加诸人"，自然是君子之行，但这是没有用的，因为他人不讲"恕"，就会"加诸我"，当这种"加"伴随着赤裸裸的暴力时，"我不欲"就毫无意义。孔子评价说"非尔所及也"，恐怕是就推广"恕"而言。人人皆"恕"（"克己复礼"），天下大治。其时，礼乐不能守，邦分崩离析，天下沦为"丛林世界"，人人讲"恕"不可能，免除"加诸我"更不可能，"恕"终究是一个理想方案。

5.13 子贡曰："夫子之文章[①]，可得而闻也；夫子之言性[②]与天道[③]，不可得而闻也。"

【注】

①文章：古典文献。②性：本性，本质。③天道：自然规律。

【译】

子贡说："先生关于古典文献方面的学问，可以学到听到；先生关于性和天道方面的论述，却学不了听不懂。"

【引】

②③郑玄：性，谓人受血气而生，有贤愚吉凶。天道，七政变动之占也。何晏：性，人之所受以生者也。天道者，元亨日新之道也。皇侃：夫子之性与天地元亨之道合其德，故此处深远，非凡人所知。朱熹：性者，

人之所受之天理；天道者，天理自然之本体，其实一理也。蔡清：非中人以上者，不语之以上也。康有为：性者，人受天之神明，即知气灵魂也。天道者，鬼神死生，昼夜始终，变化之道。乔一凡：即如本经学而篇首章所言，谓之为学可，谓之为言性与天道，亦无不可也。李零：他讲天道，主要不是天，而是做官的运气；讲性命，不是身体，而是人性的本质和人性的改造。

【解】

"文章"同"行有余力，则以学文"（1.6）的"文"和"子以四教"（7.25）中的"文"，也就是古典文献。

"性"和"天道"何指，需要简单辨析一番。《论语》谈"性"两则，谈"天"（除"天子""天下"外）十七则。孔子讲的性是人的自然之性，不分善恶，《中庸》继之，也没有善恶。"天道"即"天命"，孔子对"天"却始终保持敬畏，尾章还特意标出"不知命，无以为君子也"（20.3）。孔子这里，自然之天、人格之天、义理之天统而有之。"夫子之言性与天道，不可得而闻也"，在《史记·孔子世家》中被改为"夫子言天道与性命，弗可得闻也已"，"性"被改易为"性命"，一字之增加，意味着"天道"和"性"都统一在"命"上。由是，"命"就成为源自天道、支配人道的法则。进一步意义可参看20.3。

孔子教人，重在悟得，通过悟，发明本心，然后将性与天命勾连起来。马王堆帛书《二三子问》《易传》等都涉及"性"与"天道"问题，相比较"文章"，偏于玄思，难懂不悟，故"不可得而闻也"。

5.14 子路有闻，未之能行，唯恐有闻①。

【注】

①有闻：听到什么道理。"有闻"是"闻道"，此处为固定结构，一般不带宾语，解从杨逢彬。《礼记·杂记下》："君子有三患：未之闻，患弗得闻也；既闻之，患弗得学也；既学之，患弗能行也。"

【译】

子路听到一件事，还没有去做，就担心听到另一件事。

【引】

①杨伯峻：有，同"又"。

孔安国：前所闻未能及得行，故恐后有闻不得并行也。皇侃：子路禀性果决，言无宿诺……恐行之不周，故唯恐有闻也。朱熹：范氏曰，"子路闻善，勇于必行，门人自以为弗及也，故著之。"

【解】

"好勇过我"（5.7）、"由也果"（6.8）、"由也喭"（11.18）、"野哉，由也"（13.3）等等，孔子对子路的评价画出了一幅性格莽撞、勇敢、果决的形象，反映到日常生活中，就是"无宿诺"（12.12）。这样一个人，天生就是行动派，且行事干一件是一件，日事日毕，不喜欢头绪纷乱，多事并进。某种意义上，也符合孔子行重于言、讷于言敏于行的理念。

本则只是给子路性格画像，不可过度解读。

5.15　子贡问曰："孔文子①何以谓之'文'也？"子曰："敏②而好学，不耻下问，是以谓之'文'也。"

【注】

①参见附录一 5—15。②敏：聪敏，反应快。

【译】

子贡问："孔文子为什么被谥为'文'呢？"孔子说："行为迅捷而且好学，不以向不如自己的人请教为耻，因此被谥为'文'啊。"

【引】

孔安国：敏者，识之疾也。下问，谓凡在己下者。俞樾：所谓下问者，必非以贵下贱之谓也，凡以能文于不能，以多问于寡，皆是。李君明：孔子首次将"学"与"问"联系起来。"敏"字有两层意思，一是反应迅速，二是勤于思考。孙钦善：敏，勤勉。

【解】

根据《逸周书·谥法解》，一个人是否可以谓之"文"，并不全然与德相关（见1.6），孔文子虽私德有亏，但其行"敏而好学，不耻下问"，当得起"文"的谥号。值得注意的是，思想史上第一次将"学"和"问"勾连起来的是孔子。《论语》中，孔子赋予"学"三个不同的面向，一曰习，二曰问，三曰思，完整意义上的"学"是这三个面向的融会贯通。这点，为学者不可不察。

5.16 子谓子产①："有君子之道四焉：其行己②也恭，其事上也敬，其养民也惠③，其使民也义④。"

【注】

①参见附录一 5—16。②行己：使己行，即"使个人外在表现如何"之意。③养民也惠："因民之所利而利之"（20.2）。一般译法强调"养"是教化或抚养，不准确，引申为治理较为妥帖。④使民也义：御使人民符合道义，应涵盖"使民以时"（1.5）。

【译】

孔子评论子产说："他有四个地方符合君子之道：个人举止谦逊有礼，服事长上端肃慎重，治民注重休养生息，御使人民符合道义。"

【引】

③皇侃：言其养民皆用恩惠也。朱熹：惠，爱利也。④皇侃：义，宜也，使民不夺农务，各得所宜也。朱熹：使民义，如都鄙有章、上下有服、田有封洫、庐井有伍之类。

杨朝明:"君子"首先要"修己",……最终追求是"安人""安百姓",即治国平天下。

【解】

本则是《论语》核心篇什之一,其重要性在于围绕如何行己、事上、治民、使民,提出了君子政也就是君子行政之道的四条法则。君子政的要义在于从己出发,由己推人。也就是说,行、事、养、使,是"修、求、正、省、讼"衍生出来的,亦即内向于己的结果,如此,方可"正人""安人""立人",四法则中,首重行己,"己"这个主体处于"道"的核心,"内自省"的"己"规定了政治或家国的禀赋,此意味着政和人之间、国和人之间是可以相互推及的。由是,自然而然地导出"事上敬,养民惠,使民义"。此外,四法则极重视"民",这是"仁者"君子的应有之义——"爱人"。依此看,君子政是善政,闪烁着人道主义的光辉。

5.17 子曰:"晏平仲①善与人交,久而敬之。"

【注】

①参见附录一 5—17。

【译】

晏平仲善于和人交往,交往长久,却始终保持尊重。

【引】

邢昺:言齐大夫晏平仲之德。凡人轻交易绝,平仲则久而愈敬,所以为善。

【解】

"恒"是君子的一种美德,《周易·系辞下传》:"恒,德之固也。"社会交往中,最难能可贵的是善始善终,始终如一。晏平仲"久而敬之",

意味着他在交友"言而有信"（1.7）等方面有恒。孔子对"恒"评价很高，他曾说："善人，吾不得而见之矣；得见有恒者，斯可矣。"（7.26）甚至在谈占卜时，引用《周易·恒卦》"不恒其德，或承之羞"，说明"人而无恒，不可以作巫医"（13.22）。自然，"恒"来自晏平仲"修、求、正、省、讼"上的内向功夫。"修、求、正、省、讼"非是孔子专利，并为其门人弟子继承之，郑子产、齐晏婴都是春秋时期内向的典范。

进一步说，将孔子视为儒学的创始人是值得商榷的。严格来说，儒家和《论语》中的核心词汇在孔子之前就已存在，孔子只是儒学的集大成者或者突出代表。附录一5—16、5—17表明，郑子产、晏平仲等即是具有儒家风范的代表人物。孔子的伟大之处在于"学"，即以"三人行，必有我师焉"的胸襟，以"择其善者而从之"（7.22）的态度，向先圣、时贤学习，赋予儒学及其相关德目新的灵魂和生命，使之成为为君子的一套伦理体系，并通过"修、求、正、省、讼"将"人"的主体性和主动性发掘出来。

5.18 子曰："臧文仲①居②蔡③，山④节⑤藻⑥棁⑦，何如其知也？"

【注】

①参见附录一5—18。②居：动词，使居住之意。③蔡：大龟，《左传·襄公二十三年》："臧武仲自邾使告臧贾，且致大蔡焉。"此龟为占卜用，《周礼·春官·龟人》："龟人掌六龟之属，各有名物。天龟曰灵属，地龟曰绎属，东龟曰果属，西龟曰雷属，南龟曰猎属，北龟曰若属，各以之方其色与其体辨之。凡取龟用秋时，攻龟用春时，各以其物，入于龟室。上春衅龟，祭祀先卜。"④山：山形的，名词作状语。⑤节：柱上斗拱。⑥藻：藻状的，名词作状语。⑦棁（zhuō）：梁上短柱。

【译】

孔子说："臧文仲让一只大龟住在房子里，柱上斗拱雕成山形，梁上短柱刻上藻饰，他的聪明怎么样呢？"

【引】

皇侃：礼，唯诸侯以上得畜大龟，以卜国之吉凶，大夫以下不得畜之。文仲是鲁大夫而畜龟，是僭人君礼也。

【解】

对于孔子而言，臧文仲是一个历史人物，其死后六十余年孔子才出生。根据史料，臧文仲是有儒风的。《国语·鲁语上》载：

鲁饥，臧文仲言于庄公曰："夫为四邻之援，结诸侯之信，重之以婚姻，申之以盟誓，固国之艰急是为。铸名器，藏宝财，固民之珍病是待。今国病矣，君盍以名器请籴于齐？"公曰："谁使？"对曰："国有饥馑，卿出告籴，古之制也。辰也备卿，辰请如齐。"公使往。从者曰："君不命吾子，吾子请之，其为选事乎？"文仲曰："贤者急病而让夷，居官者当事不避难，在位者恤民之患，是以国家无违。今我不如齐，非急病也。在上不恤下，居官而惰，非事君也。"文仲以鬯圭与玉如齐告籴，曰："天灾流行，戾于弊邑，饥馑荐降，民羸几卒，大惧乏周公、太公之命祀，职贡业事之不共而获戾。不腆先君之币器，敢告滞积，以纾执事，以救弊邑，使能共职。岂唯寡君与二三臣实受君赐，其周公、太公及百辟神祇实永飨而赖之！"齐人归其玉而予之籴。

而且，臧文仲为人懂礼，据《左传·文公十八年》："先大夫臧文仲教行父事君之礼，行父奉以周旋，弗敢失队。"行父即季孙行父，三桓之一。

不过，臧文仲虽公德不缺，恒私德却亏。"居蔡"是奢侈，"山节藻棁"是僭越。特别是后者，据《礼记·明堂位》："山节藻棁，复庙重檐，刮楹达乡，反坫出尊，崇坫康圭，疏屏；天子之庙饰也。"孔子说"何如其知也"，批评的就是僭越。问题在于，臧文仲奢侈、僭越，孔子为什么批评"何如其知也"，而管仲奢侈、僭越，孔子为什么赞扬"如其仁"呢？是奉行双重标准吗？非也。这是孔子对人物的评价讲求一分为二的、历史的、客观的标准，公是公，私是私，不以其一否定其一。孔子批评臧文仲，并没有彻底否定他；孔子肯定管仲，也没有视其为周公式的圣贤。

5.19 子张问曰:"令尹子文①三仕为令尹,无喜色;三已之,无愠色。旧令尹之政,必以告新令尹。何如?"子曰:"忠矣。"曰:"仁矣乎?"曰:"未知。焉得仁?""崔子②弑齐君③,陈文子④有马十乘,弃而违。至于他邦,则曰:'犹吾大夫崔子也。'违之。之一邦,则又曰:'犹吾大夫崔子也。'违之。何如?"子曰:"清矣。"曰:"仁矣乎?"曰:"未知。焉得仁?"

【注】

①参见附录一5—19—1。②崔子即崔杼,参见附录一5—19—2。③齐君即齐庄公,参见附录一5—19—3。④参见附录一5—19—4。

【译】

子张问道:"令尹子文三次担任令尹,没有喜色;三次被罢黜,没有怒色。自己担任令尹时的政策措施,一定会全部告诉继任者。这个人怎么样啊?"孔子说:"可说是尽职尽责了。"子张说:"称得上仁吗?"孔子说:"不知道。哪里算得上仁?"子张说:"崔杼弑齐庄公,陈文子舍弃四十匹马不要,离开齐国。到了另外一个国家,说:'和我们国家的大夫崔杼是一丘之貉啊。'便离开该国。到了另外一个国家,又说:'和我们国家的大夫崔杼是一丘之貉啊。'又离开该国。这个人怎么样啊?"孔子说:"清白啊。"子张说:"称得上仁吗?"孔子说:"不知道。哪里算得上仁?"

【引】

①孔安国:但闻其忠事,未知其仁也。④朱熹:文子洁身去乱,可谓清矣,然未知其心果见义理之当然,而能脱然无所累乎?

【解】

管仲以外,孔子极少称许政治人物"仁",为什么呢?前文业已说明,"仁"是一种生于心、施于人的爱,也就是说,"仁"的核心要义是"爱人",管仲私节有亏,甚至僭越,孔子不计德失而"如其仁",是因为其功业对苍生来说是大爱。对苍生有利者，孔子不吝溢美之词，子贡曰：

"如有博施于民而能济众，何如？可谓仁乎？"子曰："何事于仁，必也

圣乎！"（6.30）虽然孔子提出"居处恭，执事敬，与人忠"（13.19）也

是仁，但本则中，令尹子文与人忠，陈文子弃无道国，没有表现出"爱

人"的一面，也没有表现出"恭""敬"这种内向而成的德，故而孔子只

是肯定二人的行为，却不妄称其仁。

5.20 季文子^①三思而后行。子闻之，曰："再^②，斯可矣。"

【注】

①参见附录一 5—20。②再：副词，事情或行为重复，再次、两次之

意，《左传·庄公十年》："一鼓作气，再而衰，三而竭。"

【译】

季文子一件事考虑多次后才付诸实施。孔子听到后，说："考虑两次，

就可以了。"

【引】

①皇侃：孔子美之，言若如文子之贤，不假三思，唯再思，此则可

也。宦懋庸：文子凡平盖祸福利害之计太明，故其美恶两不相掩，皆三思

之病也。李泽厚：这大概是指某一具体事件，孔子可能嫌他过于慎重或不

免怯懦。就一般言，孔子总是强调慎重行事的。

【解】

孔子对一个人的评价，都是功能性评价，即根据性格特征提出相应

的批评或建议，以彰显或校正其不足，警醒他人。季文子性格谨小慎微，

惯于反复权衡得失利害，故而孔子认为不必过于累心，爱惜羽毛，而应

胆子大些，步子快些，多些担当。

此处三思非三省，即不是省己过，而是思己得，故而孔子非议。

5.21 子曰："宁武子①，邦有道，则知；邦无道，则愚。其知可及也，其愚不可及也。"

【注】

①参见附录一 5—21。

【译】

孔子说："宁武子，国家政治清明时，便聪明；国家政治昏暗时，便愚蠢。他的聪明，可以赶得上；他的愚蠢，却是赶不上的。"

【引】

①朱熹：按《春秋传》，武子仕卫，当文公、成公之时。文公有道，而武子无事可见，此其知之可及也。成公无道，至于失国，而武子周旋其间，尽心竭力，不避艰险。凡其所处，皆智巧之士所深避而不肯为者，而能卒保全其身以济其君，此其愚不可及也。

【解】

政治清明时，孔子赞成出仕，且按自己的心性活着；政治昏暗时，孔子赞成"不仕无义"（18.7），即便"仕"，也要装疯卖傻。这种权变，显示了"儒"有"道"之"心斋"的一面。不过，若依孔子的策略，逢"无道"，不仕。

"天下之无道也久矣"（3.24），孔子甘做一个自我流放者。

5.22 子在陈①，曰："归与！归与！吾党②之小子狂③简④，斐然⑤成章，不知所以裁⑥之。"

【注】

①陈：诸侯国名，在今河南淮阳一带。②党：古代地方户籍编制单位，五百家为一党，《周礼·地官·大司徒》：五族为党。③狂：纵情任性，不

知节制。④简：大，志向远大之意。⑤斐然：有文采的样子。⑥裁：安排取舍。

【译】

孔子在陈国，说："回去！回去！我们老家的孩子们纵情任性，志大才疏，理想远大，文采又斐然成章，但他们还不知道怎么安排取舍。"

【引】

朱熹：此孔子周游四方，道不行而思归之叹也。……但恐其过中失正，而或陷于异端耳，故欲归而裁之也。杨伯峻：《史记·孔子世家》作"吾不知所以裁之"。

【解】

"吾党小子""不知所以裁之"更像是一个政治隐喻，邦无道，正等着孔子这样的君子"裁"而"正"之。"归与！归与！"孔子的急切和喜悦不在于还乡，而在于以为可以一展宏图。定公十五年（前495），孔子第一次到陈国，据《史记·孔子世家》："（孔子）主于司城贞子家。岁余，吴王夫差伐陈，取三邑而去。赵鞅伐朝歌。楚围蔡，蔡迁于吴。吴败越王勾践会稽。"在陈国时，按《孟子·万章章句上》的说法，"是时孔子当厄，主司城贞子，为陈侯周臣"，在司城贞子举荐下，任职。孔子居陈三岁，会晋楚争彊，更伐陈，及吴侵陈，陈常被寇。因此，《史记·孔子世家》记述："孔子曰：'归与归与！吾党之小子狂简，进取不忘其初。'"哀公二年年初（前493），孔子离开陈国。哀公三年（前492），孔子在卫国，因灵公老迈，不见用。夏日，灵公薨，孙辄继位，是为出公。辄与其父即原太子蒯聩争位，纷乱不息，孔子回到陈国。据《左传·哀公三年》，时年夏五月，鲁国火灾，迫近桓、僖之庙，"孔子在陈，闻火，曰：'其桓、僖乎？'"《史记·孔子世家》记载，哀公三年，季桓子去世，死前，嘱其子季康子："我即死，若必相鲁；相鲁，必召孔子。"孔子见召，曰："归乎归乎！吾党之小子狂简，斐然成章，吾不知所以裁之。"事实上，此次回到故国，迎接他的只是一场空欢喜。孔子结束了地理上的流浪，却继续在自己心灵的地图上做一个自我流放的君子，直至终老。

5.23 子曰："伯夷、叔齐^①不念旧恶，怨^②是用^③希^④。"

【注】

①参见附录一 5—23。②怨：怨恨，嫌隙。③是用：因此。④希：少，同"稀"。

【译】

孔子说："伯夷、叔齐不记以前的嫌隙，内心的怨恨因此很少。"

【引】

蔡节：己不念则人不怨，此怨之所以稀也。方骥龄：孔子美其正直。钱逊："怨是用希"也有两种解释，一、指别人对伯夷、叔齐的怨恨很少；二、指伯夷、叔齐自己很少怨恨。

【解】

君子"不念旧恶"，与其说是宽恕别人，不如说是宽恕自己。宽恕是心灵的解放，不以别人的错误惩罚自己。

不念旧恶也是一种内向功夫。

5.24 子曰："孰谓微生高^①直^②？或乞醯^③焉，乞诸其邻而与之。"

【注】

①参见附录一 5—24。②直：爽快，正直。③醯（xī）：醋。

【译】

孔子说："谁说微生高正直啊？有人向他要醋，他却从邻居那里要了些给人。"

【引】

孔安国：乞之四邻，以应求者，用意委屈，非为直人。朱熹：夫子言此，讥其曲意殉物，掠美市恩，不得为直也。

【解】

《左传·襄公七年》："恤民之德，正直为正，正曲为直，参和为仁。"杜预注："正人曲。"孔颖达疏："能以己正，正人之曲，是谓直也。"微生高给人醋，是一种爱人之德，自然是值得赞许的，但这种德起于"伪"，如下则"匿怨而友其人"，微生高曲意而友其人，非真。意虽爱，但本不正，故而不可取，君子直，不是为了直而直，是为了正曲，即正人，己不直，焉能直人？孔子不赞成微生高，不是不支持"爱人"，而是否定并非出于"（本）性"的、自然的"爱"。而且，微生高此举还有沽名之嫌。总而言之，爱人之德本于、统摄于心性。

看来，在不具备条件的前提下，善于拒绝也是一种美德。这种拒绝对个人来说，是一种成全、一种宽恕。行出于本心，表里犹如一，才是君子。

5.25 子曰："巧言、令色、足恭①，左丘明②耻之，丘亦耻之。匿怨而友其人，左丘明耻之，丘亦耻之。"

【注】

①足恭：过分的恭敬。足，朱熹："过也。"孔子反对过分的恭敬，认为"恭而无礼则劳"（8.2）。②参见附录一5—25。

【译】

孔子说："花言巧语，满脸赔笑，卑躬屈膝，左丘明认为可耻，我也认为可耻。一肚子怨恨，表面上却对人十分友好，左丘明认为可耻，我也认为可耻。"

【引】

①朱熹：足，过也。杨逢彬：屈膝做出一副恭顺的样子。如"足躩如也"（10.4）、"足蹜蹜如有循"（10.5）。

【解】

巧言、令色、足恭、匿怨而友其人，都是"伪"，伪礼是非礼，非礼则心不正，故而不是君子所为。任何时候，孔子都耻于"伪"。即使邦无道，孔子宁可支持避世，也不支持"伪"。可以隐藏其内心真实的想法，但不可以"伪"，不可以不正，"邦有道，危言危行；邦无道，危行言孙"（14.3），此之谓也。不"伪"是孔子（君子）的信条，也是评价人的标准。

5.26 颜渊、季路侍①。子曰："盍②各言尔志？"子路曰："愿车马衣轻裘与朋友共③，蔽之而无憾。"颜渊曰："愿无伐④善，无施⑤劳。"子路曰："愿闻子之志。"子曰："老者安之，朋友信之，少者怀之。"

【注】

①侍：在尊长旁边陪着，或站或坐。②盍：何不。③愿车马衣轻裘与朋友共：刘宝楠认为"轻"字是后加的。④伐：夸耀，贾谊《新书·道术》："功遂自却谓之退，反退为伐。"⑤施：施布，显摆。

【译】

颜回、季路在孔子旁边陪着。孔子说："你们何不说说自己的志向？"子路说："愿把我的车马衣物和朋友共享，坏了也不遗憾。"颜渊说："愿不夸耀自己的好处，不显摆自己的功劳。"子路说："想听听您的志向。"孔子说："使老人安享晚年，使朋友信任有加，使后生深切怀念。"

【引】

    钱逊："施劳"有两种解释，一、夸耀自己的功劳；二、把劳苦的事加给别人。朱熹：程子曰，"先观二子之言，后观圣人之言，分明天地气象。凡看《论语》，非但理会文字，须要识得圣贤气象。"杨朝明：孔子描绘了一幅和谐有序的理想社会画卷，这与他的"大同"社会理想完全一致。

【解】

    本则是一篇散文诗，诗性来自人各安其境的"诗意栖居"。尽管欲望是无法满足的，但对于普通人而言，活着就是"和"，不受内扰；就是"乐"，不受外困，即每个人所处的社会大环境和内心这个小环境，不存在错位和反差。事实上，孔子说颜渊处于陋巷而不改其乐，是一种君子式的活着，这样的理想之境非一般人可以得到，除了"修、求、正、省、讼"，向内求，别无办法。但是，孔子师徒三人谈的侧重点不在"己"而在"人"，就是说，各人志向的重点和目的都是社会性的。子路的回答是利友，颜渊的回答是求己，唯有孔子的回答具有大格局，是使人"安""信""怀"。在和子路的另一次谈话中，孔子直言"修己以安百姓，尧舜其犹病诸"（14.42），也就是说，这点连尧舜都做不到。孔子回答的背后，其实描述了君子的宿命。因为，要实现"安""信""怀"，除了胸有信仰和爱，还要成为游戏规则的制定者——这才是政治的本质。否则，一切都是泡影。君子的宿命是悲剧式的，无论实现与否，都要接受时间和意义的判决。但唯有情怀是伟大的，因为君子要在"他者"那里获得活着的证据——而只有君子的获得是有爱的，这也是王道的本义所在和区别于霸道的地方。在这里，孔子所说的"老者安之，朋友信之，少者怀之"，是实施君子政、达成理想国的状态，即"大道之行也，天下为公"（《礼记·礼运》）的"大同"之境。君子政、理想国自然不可能实现，但正因为不能实现，才具有超越性价值。

5.27 子曰："已矣乎！吾未见能见其过而内自讼^①者也。"

【注】

①讼：责备，检讨。

【译】

孔子说："还是算了吧！我还没有见过能发现自己错误且自我检讨的人。"

【引】

包咸：言人有过，莫能自责。李泽厚：结合曾参所说"吾日三省吾身"，大概可勉强视作儒家的"忏悔意识"了。

【解】

将"内自讼"视为儒家的"忏悔意识"是一种误读。"内自讼"即内向求己，也就是"修、求、正、省、讼"。和"忏悔意识"自我救赎相对应，"讼己意识"是儒家的专利，目的是为君子。儒家只有一个现世世界，没有超验世界，因此不存在伦理的先验寄留和此岸、彼岸的紧张。儒家所面对的是现世问题，解决现世问题的理想模范是君子。故而，在孔子心目中，君子是成人的目标——至后世，则拔擢为圣人。韦伯《儒教与道教》即说："儒教理想人——君子的'优雅与尊严'表现为履行传统的责任义务。在任何生活状况下仪态得体、彬彬有礼，是核心之德，是自我完善的目标。"这意味着，如果儒家在现世世界中对自己有救赎的话，就是"内自讼"或"内自省"，进而塑造完美的人格。儒家推崇"讼己意识"，是因为道德责任或者说伦理责任是和君子勾连在一起的，道德责任被赋为君子的"性"，而君子天然听从邦、道以及历史的呼唤。尽管这种呼唤普遍存在，但唯有君子能觉察且承担起这种共负责任。觉察和承担非是强制性的，或者说屈从于政治、权力、约束，而是个体的、自由的，与自我觉醒、本心发明深刻相关。因此，孔子要做的就是提倡学为君子，将隐秘的、崇高的道德责任加诸自己，将担负责任变为自性自为。这就是内向的逻辑。

5.28 子曰："十室之邑，**必有忠信如丘者焉，不如丘之好学也**。"

【译】

孔子说："方圆十户人家这么大的地方，一定有我这样忠信之人，只是不如我这么喜欢学习罢了。"

【引】

邢昺：此章言己勤学也。李泽厚："学"当然包括学习文献、历史、知识以及各种技能，同时更指积极实践的人生态度和任性精神。它始终是动态的，当然不止于静态的忠、信品德。

【解】

"学"始终是孔子的生存、生活方式，或者说是孔子本人的代名词。本则中，孔子将"学"视为一种少数性行为，一种超越忠、信的德，就在于"学"即君子本身，是生发一切的本。孔子自负，也是发于本心。除了孔子，谁还会有如此之问且名副其实？

雍也第六

　　本章凡三十则，子曰十五则；子与弟子对曰十二则，其中仲弓二则，冉有、原宪、冉耕（伯牛）、冉求、子夏、子游、樊迟、宰我、子路、子贡各一则；与鲁哀公、季康子对曰各一则；闵子骞曰一则。除上述弟子，冉雍、颜渊、公西赤（子华）、澹台灭明出现。孔子三评颜回，赞不绝口。

　　本章论"君子"三则，谈"仁"五则，言"学""礼"各一则。

　　孔子论人的焦点是政事，这是他谈仁说智的主旨。值得注意的是，孔子不仅提出了君子儒和小人儒，而且旗帜鲜明地标举"中庸"这一重要概念，并赋予了仁"己欲立而立人，己欲达而达人"（6.30）的内涵和外延。孔子观念中，君子是中庸的，即"文质彬彬，然后君子"（6.18）。也就是说，君子始终是一个德性概念。

　　值得注意的是，子路对孔子的行为提出了质疑，迫使老师不得不对天发誓，似乎孔子入世面临正当性的考验。

6.1　子曰："雍也可使南面①。"

【注】

　　①南面：面南为官，即从政治民。古代以坐北朝南为尊位，天子、诸侯见臣，卿大夫见属，都面南背北。《大戴礼·子张问入官篇》："君子南面临官。"此外，帝位面朝南，南面还代称帝位。

【译】

孔子说:"冉雍可以让他从政治民。"

【引】

①包咸:言任诸侯治。刘向:南面者,天子也。朱熹:言仲弓宽宏简重,有人君之度也。王引之:仲弓之德,可为卿大夫以临民。

【解】

通常将冉雍"可使南面"理解为可任"人君"、诸侯和卿大夫,前二者肯定是错误的。孔子最重名分,最恶僭越,若赞弟子南面临朝听政,其越礼之程度远过季氏"八佾舞于庭"(3.1)。冉雍是十哲之一,以"德行"闻名,许其"可使南面",不过是称道冉雍"正己""恭己",有从政之德和临民之才。

6.2 仲弓问子桑伯子①,子曰:"可也,简②。"仲弓曰:"居③敬而行简,以临其民,不亦可乎?居简而行简,无乃④大⑤简乎?"子曰:"雍之言然。"

【注】

①参见附录一6—2。②简:简单,简易。③居:日常,平时。④无乃:不是,岂不是,表反问。⑤大:通"太"。

【译】

仲弓问子桑伯子这个人行事如何。孔子说:"可以啊,简单利索。"仲弓说:"平时谨慎,行事简单利索,这样来治理百姓,不也可以吗?平时简慢,行事简单利索,岂不是太简便了?"孔子说:"你说的是对的。"

【引】

②刘向:简者,易野也。易野者,无礼文也。皇侃:谓疏大无细行也。

朱熹：不繁之谓。

邢昺：此章明行简之法。

【解】

简单地说，"简"就是"无为而治"，但"无为而治"并非纯粹无为，其还有"有为"的一面，就是"敬"。意思是说，要成就"无为而治"，必须"修、求、正、省、讼"，修成有敬畏心的君子或榜样，临民时"战战兢兢，如临深渊，如履薄冰"（8.3），这便是"为政以德"，这才能"居其所而众星共之"（2.1）。

"敬"字修成了，为什么可以"无为而治"呢？这源于君子的"人格魅力"，"上好礼，则民莫敢不敬；上好义，则民莫敢不服；上好信，则民莫敢不用情"（13.4）。那么，"居简"为何不可以呢？上位者若不修身，简慢无状，傲慢无礼，散漫无行，没有敬畏心，再推行"无为而治"，就会"邦分崩离析而不能守也，而谋动干戈于邦内"（16.1）。

这个意义上，君子政其实是一种"文政"，即上位者是德、礼的化身，其行使的是一个道德元首的角色。

6.3 哀公问："弟子孰为好学？"孔子对曰："有颜回者好学，不迁怒[①]，不贰过[②]。不幸短命死矣。今也则亡，未闻好学者也。"

【注】

①迁怒：把怒气发泄在不相干的人身上。②贰过：犯同样过失。

【译】

鲁哀公问："你的弟子里面谁最好学？"孔子回答说："有个叫颜回的好学，既不会把怒气发泄在不相干的人身上，也不会犯同样过失，不幸的是夭折了，现在没有这样的弟子了，也没听说过哪个学生好学。"

【引】

邢昺：凡人任情，喜怒违理。颜回任道，怒不过分。方骥龄：颜渊能不文过，不讪怒，与克己功夫相吻合矣。朱熹：程子曰，"颜子之怒，在物不在己，故不迁。有不善未尝不知，知之未尝复行，不贰过也。"又曰，"喜怒在事，则理之当喜怒者也，不在血气则不迁。若舜之诛四凶也，可怒在彼，己何与焉。如鉴之照物，妍媸在彼，随物应之而已，何迁之有？"

【解】

《论语》中，"好学"一词在八则中出现了十六次。除本则外，1.14、19.5 对"好学"也进行了定义和说明。19.5 是空泛地论好学，而 1.14 和本则都把"好学"指向"修、求、正、省、讼"。也就是说，孔子及弟子论学，纯知识性的蓄养尚在其次，有时甚至可以忽略不计，但德性修养始终居于核心地位。成人、为君子，首在养性。钱穆便说："孔门之学，主要在何以修心，何以为人，此为学的。"

6.4 子华①使于齐，冉子为其母请粟②。子曰："与之釜③。"请益。曰："与之庾④。"冉子与之粟五秉⑤。子曰："赤之适齐也，乘肥马⑥，衣⑦轻裘。吾闻之也：君子周⑧急不继富⑨。"

【注】

①子华：公西赤。②请粟：请求给予小米。粟也泛指粮食，《史记·齐太公世家》："五十五年，范、中行反其君于晋，晋攻之急，来请粟。田乞欲为乱，树党于逆臣，说景公曰：'范、中行数有德于齐，不可不救。'及使乞救而输之粟。"③釜：古量器，坛形，小口大腹，有两耳，相当于当时的六斗四升。④庾：古量器，相当于当时的二斗四升，一说十六斗为一庾。⑤秉：古量器，相当于当时的十六斛（一百六十斗）。⑥乘肥马：乘坐着马车。肥，肥硕健壮。⑦衣（yì）：穿，动词。⑧周：救济。⑨继：同"济"。

【译】

公西华出使齐国，冉有替他母亲请求拨点儿小米。孔子说："给一釜吧。"冉有请求再加一些。孔子说："给一庾吧。"冉有一下子给了五秉小米。孔子说："公西华到齐国去，乘坐着马车，穿着轻皮袍。我听说过：君子只救济急困，不接济富人。"

【引】

⑥杨伯峻：乘肥马不能解释为"骑肥马"，……直到战国时的赵武灵王才改穿少数民族服装，学习少数民族的骑着马射箭，以便利于作战。

郑玄：非冉有与之太多。

【解】

争论量器的大小并无实际意义，重点在孔子说的"君子周急不继富"。这话表明，赢者通吃和锦上添花在孔子时代就是流弊。通常而言，资源和注意力会向有影响的人集中。而孔子指出，更应该关注"急"，即迫切需要救济的群体，这种群体有可能是弱势群体，有可能是并不弱势但周转不便之人。冉有"继富"的做法，明显非君子所为。

君子之行之道应该具有人道主义的光辉。

6.5 原思①为之②宰③，与之粟九百④，辞。子曰："毋！以与尔邻里乡党⑤乎！"

【注】

①参见附录一6—5。②之：指代孔子。③宰：指卿大夫家臣，原思任宰应为孔子担任大夫时。④九百：单位不可考。⑤邻里乡党：五家一邻，二十五家一里，五百家一党，一万两千五百家一乡。

【译】

原宪担任孔子家臣，孔子付给他小米九百，他推辞不要。孔子说：

"别！把小米分给街坊邻居嘛！"

【引】

④孔安国：九百斗。⑤朱熹：言常禄不当辞，有余自可推之以周贫穷，盖邻、里、乡、党有相周之义。

【解】

上则讲君子不该"继富"，本则谈君子应该"继民"。一不与一与间，显示了君子内心"德"的尺度，正所谓"取之于民，用之于民"。《论语》中，孔子虽然对从众保持必要的警惕，但对百姓始终持有仁爱之心。

以上两则当在孔子任大夫期间。

6.6 子谓仲弓曰："犁牛①之子骍②且角③，虽④欲勿⑤用，山川其⑥舍诸⑦？"

【注】

①犁牛：耕牛。②骍（xīng）：红色，周朝以赤为上色。③角：指角长得端正。④虽：发语词，无实际意义。王引之《经传释词》卷三："惟，发语词也。亦作虽。"⑤勿："物"，祭祀用的纯色全体牲畜。⑥其：如果，假使，连词。⑦诸：之于或之乎的合音，代词兼介词。

【译】

孔子对仲弓说："耕牛生的小牛，长着红毛，生着正角，想要成为祭祀用的牺牲，难道山川之神会因为它是耕牛生的就弃而不用吗？"

【引】

③何晏：角周正中牺牲也。

何晏：言父虽不善，不害子之美。刘宝楠：夫子亦自言少贱，非谓其行有不善也。方骥龄：本章所谓山川，疑作治国之意，谓仲弓可当大任，

犹首章之南面，足以任功业成万物，一如山川之生万物，殆非指祭山川
之神也。

【解】

《周礼·地官·牧人》："牧人掌牧六牲。"旧礼，犁牛包括其生产的
小牛，不属牧人畜养之六牲，没有资格作为牺牲，供祭祀使用。但小牛
"骍且角"，自身条件具备，神灵不会弃而不用。孔子说辞，有其背景。
春秋末期不仅揭橥了中国历史上第一次思想解放，而且掀起了第一次名
分变革。其时，旧秩序崩毁，新秩序未立，社会流动加剧，原本固化的
身份松动了，上下之位变易而不居，寒门之士均有机会进入卿大夫之列。
孔子本人便因家道衰落，"少也贱"，不得已"多能鄙事"（9.6），因博学
多才，得以步入卿大夫之列。"骍且角"意味着一个人思想端正，行为合
礼。"不患人之不己知，患其不能也"（14.30），孔子将仲弓比作犁牛之子，
意在劝其不以出身低贱而停滞不前或自暴自弃，而应"修、求、正、省、
讼"，使自己成为一个君子，自然见用。

欲见用，不求人，而求己，通过内向实现闻达，这是孔子"学而时
习之"的奥义。

6.7 子曰："回也，其心三月①不违②仁，其余则日月③至焉而已矣。"

【注】

①三月：代指较长一段时间。三月是泛指，非实指，如"三月不知肉
味"（7.14）。②违：背离，如"君子无终食之间违仁"（4.5）。③日月：白
天晚上，取"偶尔""较短时间"之意。

【译】

孔子说："颜回啊，他的心能较长一段时间不背离仁，其余弟子白天
晚上地不背离仁就算不错了。"

【引】

①③皇侃：三月一时，为天气一变，一变尚能行之，则他时能可知也。朱熹：三月，言其久。……日月至焉者，或日一至焉，或月一至焉，能造其域而不能久也。杨伯峻：用"短时间""偶然"来译"日月"。杨逢彬：名词作状语，……指太阳月亮。

【解】

孟子说："仁，人心也；义，人路也。舍其路而弗由，放其心而不知求，哀哉！……学问之道无他，求其放心而已矣。"（《孟子·告子上》）他以为，学问之道，就是求放心，即求仁。这个说法虽然和孔子有异，但大体不差，"修、求、正、省、讼"，最终将会得仁。5.17已指出，"恒"是君子的一种美德。孔子赞扬颜渊"三月不违仁"，固然是推崇颜渊求心、求仁之功，根本上是对"有颜回者好学"的恒心（不厌）和成果（固）的肯定。

6.8 季康子问："仲由可使从政也与？"子曰："由也果①，于从政乎何有？②"曰："赐也可使从政也与？"曰："赐也达③，于从政乎何有？"曰："求也可使从政也与？"曰："求也艺④，于从政乎何有？"

【注】

①果：果断。②何有：有什么，即没什么困难。③达：练达，亦即活泛，《广雅》："达，通也。"④艺：才能，技能。

【译】

季康子问："可以让仲由治理政事吗？"孔子说："仲由果断，让他治理政事没什么吧？"季康子问："可以让端木赐治理政事吗？"孔子说："端木赐练达，让他治理政事没什么吧？"季康子问："可以让冉求治理政事吗？"孔子说："冉求有才干，让他治理政事没什么吧？"

【引】

　　③孔安国：达谓通于物理。朱熹：通事理。刘宝楠：达者能明事。吴林伯：谓通于辞令。

　　朱熹：程子曰，"季康子问三子之才可以从政乎？夫子答以各有所长。非惟三子，人各有所长。能取其长，皆可用也。"

【解】

　　"果""达""艺"，一指心、一指行、一指能，是"学"的不同面向，但都足以治政临民。孔子之教善因材而施之，弟子俱各成材，且善识人，其弟子的判断每每中鹄。子路曾任卫蒲邑大夫、季氏宰，子贡曾任鲁、卫之相，冉求曾任季氏宰且率师抗齐，都取得了不凡功业。这里，与其说是孔子对弟子之学、之得的肯定，倒不说是对自己之施、之教特别是学为君子的推扬。

6.9　季氏使闵子骞①为费宰。闵子骞曰："善②为我辞焉！如有复我者，则吾必在汶上③矣。"

【注】

　　①参见附录一 6—9。②善：好好地，副词，《战国策·燕策》："秦王必熹而善见臣。"③汶上：汶水以北，亦即由鲁入齐。一说为汶水之滨。

【译】

　　季氏委任闵子骞担任费地官长。闵子骞说："好好给我推了吧！要是再来找我的话，我一定会去汶水以北了。"

【引】

　　③孔安国：去之汶水上，欲北如齐也。

【解】

郭店楚简《六德》"为父绝君"已表明（参看 1.7），父子一伦统摄君臣一伦，和后世"忠孝难两全"而选择"忠"完全相反。《论语》中唯一被孔子赞誉的大孝子就是闵子骞："孝哉，闵子骞！人不间于其父母昆弟之言。"（11.5）闵子骞拒绝出仕没有别的原因，即选择"为仁之本"，在家侍奉老人。

避世不避亲，才是情感或伦理中最动人的部分。

6.10 伯牛①有疾，子问之，自牖执其手，曰："亡之②，命矣夫！斯人也而有斯疾也！斯人也而有斯疾也！"

【注】

①参见附录一 6—10。②之，代词，他，即伯牛。

【译】

伯牛染病，孔子前去探望，从窗户里握着他的手，说："伯牛要死了，都是命啊。这样的人也会有这样的病！这样的人也会有这样的病！"

【引】

②杨伯峻：这"之"字不是代词，不是"亡"（死亡之意）的宾语。因为"亡"字在这里不应该有宾语，只是凑成一个音节罢了。

包咸：牛有恶疾，不欲见人，故孔子从牖执其手也。朱熹：礼，病者居北牖下。君视之，则迁于南牖下，使君得以南面视己。时伯牛家以此礼尊孔子，孔子不敢当，故不入其室，而自牖执其手，盖与之永诀也。江声：切其脉也。

【解】

伯牛是十哲之一，以"德行"著称，斯人有斯疾，每天都似乎是世界的最后一日。孔子探视，和"道别"差不多，故而惋惜之情溢于言表。

孔子日常言行虽以礼节之，奉行"中庸"而不辍，但他是山东大汉，据说有一米八多，被称作"长人"，是个地道的性情中人，遇事感慨时，往往重复嗟叹之语，下则也是这类情况。问题在于，孔子为什么会从窗户去握伯牛的手。以往注家给出的答案千差万别，唯有一种解释最为妥帖，按考，孔子时代及其以前，窗台距离室内地面很低，主人在窗户附近席地或卧或坐，是为常情。若伯牛家境不好，孔子不便入内探视，便有此景。今日东北民居，尚有土炕安在窗户旁之例，炕和窗台距离很短，由外往里探视十分便利。今古情形自然迥异，此说权作参考。

不过，孔子悲伯牛之病，叹"命"之不畅，恐怕还有伤"时"伤"运"之慨，很多时候，天命如此，尽人事却不可逆，只能一付嗟叹中。

6.11 子曰："贤哉，回也！一箪①食，一瓢饮，在陋巷②，人不堪其忧，回也不改其乐。贤哉，回也！"

【注】

①箪（dān）：竹编的盛饭器皿，圆形。旧时带竹字头的字，一般表竹制器具。②陋巷：狭窄简陋的巷子，引申为简陋不堪的住处。

【译】

孔子说："多么有贤德啊，颜回！一筐子冷饭，一瓢子凉水，住在简陋不堪的家里，别人不堪忍受这样的困扰，颜回却坚持自己的快乐，多么有贤德啊，颜回！"

【引】

②皇侃：在穷陋之巷中也。王引之：谓狭隘之居也。

朱熹：程子曰，"颜子之乐，非乐箪瓢陋巷也，不以贫窭累其心而改其所乐也，故夫子称其贤。"

【解】

颜渊能赢得生前特别是身后名，与孔子的赞誉密不可分。本则意义重大，后人依据此将其抬入圣人之列。唐代王绩曾云："颜回唯乐道，原宪岂伤贫。""安贫乐道"一词出于《文子·上仁》："圣人安贫乐道，不以欲伤生，不以利累己。"亦见《后汉书·韦彪传》："安贫乐道，恬于进趣，三辅诸儒莫不慕仰之。"关于"乐"，马王堆帛书《五行篇》有言："君子无中心之忧则无中心之智，无中心之智则无中心之悦，无中心之悦则不安，不安则不乐，不乐则不德。"也就是说，"乐"与"德"一体两面。

这里，不再赘述"学"与"德""乐"之间的关系，因为，《论语》中，为君子皆是学的目的和结果。只想强调，"孔颜乐处"为寒士入世为学为仕提供了一条便捷的精神通道。我们都知道，"孔颜乐处"是一个不为物困的内在之乐，即将"心"作为安身立命的精神家园。孔子本人"少也贱"，其弟子大都是贫困出身，且，孔子本人的学说不见用于当世，疾疾于自我流放之途而状若丧家之犬。孔颜没有宗教性归附，靠什么超越感官之欲，如何实现心灵的精神搁置，何处获得自得其乐的慰藉？答案只有一个，求于己或自己处，唯有通过内向才能解决精神世界与现实世界的冲突。"孔颜乐处"是脱离了世俗性或功利性的"乐"，直接将后世之追随者从物质匮乏的境地，经由"天命"切换至君子乃或圣人之境，获得了傲视富贵的德性资本，且千百年来不能自拔。说到底，这是统摄在"德"下的精神胜利法，不过，由于其有"学"支撑，使得一众追随者觉得此际人生有了崇高意义。

值得注意的是，这种"乐"法引起的批评不少，鲁迅便说："劝人安贫乐道是古今治国平天下的大经络，开过的方子也很多，但都没有十全大补的功效。"(《花边文学·安贫乐道法》)

6.12 冉求曰："非不说子之道①，力不足也。"子曰："力不足者，中道而废。今女画②。"

【注】

①子之道：先生的学说主张。②画：停止，扬雄《法言》："百川学海而至于海，丘陵学山不至于山，是故恶夫画也。"

【译】

冉求说："不是不赞同先生的学说主张，是我的力量不够。"孔子说："力量不够的人，半途而废，现在你还没开始就停止了。"

【引】

②方骥龄：画有文饰之意，"力不足者"，乃文过饰非而已。李泽厚：划定界限不上路。

朱熹：画者，能进而不欲，谓之画者，如画地以自限也。胡氏曰，"夫子称颜回不改其乐，冉求闻之，故有是言。然使求说夫子之道，诚如口之说刍豢，则必将尽力以求之，何患力之不足哉？画而不进，则日退而已矣，此冉求之所以局于艺也。"

【解】

孔子从不批评颜渊，因为这个弟子"见其进也，未见其止也"（9.21），有恒心之德。冉求就不一样，其人有"画"的习性，动不动就找借口，类似于现在的懒惰分子，动不动就说能力不行，水平不够，技术不好，恨不得把个子不高、身子太胖都搬将出来，当作借口。"求也退，故进之"（11.22），冉求曾因为动力不足，被孔子旁敲侧击过。

孔子认为，学习也好，行仁也罢，不存在"力不足"的问题，"有能一日用其力于仁矣乎？我未见力不足者"（4.6），而是心不恒的问题。

6.13 子谓子夏曰："女为君子儒！无为小人儒！"

【注】

定州简本无"女"。

【译】

孔子对子夏说:"你要做君子式的儒士,不要做小人般的儒士。"

【引】

孔安国:君子为儒,将以明道。小人为儒,则矜其名。朱熹:儒,学者之称,程子曰,"君子儒为己,小人儒为人。"刘宝楠:君子儒,能识大而可大受。小人儒,则但务卑近而已。君子、小人,以广狭异,不以邪正分。李泽厚:拙意以为实"大传统"(巫史文化之理性化)和"小传统"(民间巫师)之区分。孙钦善:按,子夏只重知识,喜务小道,往往忽视道德修养,故孔子有此告诫。

【解】

本则歧解繁多,欲明了其中内涵,需要从三个方面入手。

一是要注意《论语》中孔子对君子、小人之对比,诸如"君子喻于义,小人喻于利"(4.16),"君子怀德,小人怀土;君子怀刑,小人怀惠"(4.11),"君子坦荡荡,小人长戚戚"(7.37),"君子成人之美,不成人之恶。小人反是"(12.16),"君子和而不同,小人同而不和"(13.23),"君子泰而不骄,小人骄而不泰"(13.26),"君子而不仁者有矣夫,未有小人而仁者也"(14.6),"君子上达,小人下达"(14.23)。

二要厘清《论语》中子夏的言行及对他的评价,子夏曰:"虽小道,必有可观者焉;致远恐泥,是以君子不为也。"(19.4)子夏曰:"日知其所亡,月无忘其所能,可谓好学也已矣。"(19.5)子夏曰:"博学而笃志,切问而近思,仁在其中矣。"(19.6)子游曰:"子夏之门人小子,当洒扫、应对、进退,则可矣,抑末也。本之则无,如之何?"(19.12)

三要辨别孔子对弟子或其他人"小人"的斥责。《论语》中,涉及两则。樊迟请学稼、学为圃,子曰:"小人哉,樊须也!上好礼,则民莫敢不敬;上好义,则民莫敢不服;上好信,则民莫敢不用情。夫如是,则四方之民襁负其子而至矣,焉用稼?"(13.4)子贡问曰:"何如斯可谓之士矣?"……曰:"言必信,行必果,硁硁然小人哉!抑亦可以为次矣。"(13.20)

据此可知，君子儒与小人儒的对比主要指对"道"的认识上一为"义"，一为"利"；在"道"的追求上一为"本"，一为"末"；在"道"的修为上一为"和／泰"，一为"同／骄"。总体上，"道"是君子儒与小人儒的分际。某种意义上，可以不考虑二者究竟何指，只需知道其代表了一种对立或褒贬状态即可。

模糊性恰恰是传统经典内蕴所在。

6.14　子游为武城①宰。子曰："女得人焉耳乎？"曰："有澹台灭明②者，行不由径③，非公事，未尝至于偃之室也。"

【注】

①武城：鲁国邑，故地在今山东费县西南。②参见附录一6—14。③径：小路，《说文·彳部》："径，步道也。"《字林》："径，小道也。""行不由径"引申为行为端正，不投机取巧。

【译】

子游担任武城的官长。孔子说："你在那里得到可用之才了吗？"子游说："有个叫澹台灭明的，走路不抄近道，没有公事，从不到我住的地方来。"

【引】

邢昺：行遵大道，不由小径，是方也。朱熹：不由径，则动必以正，而无见小欲速之意可知。非公事不见邑宰，则其有以自守，而无枉己殉人之私可见矣。

【解】

公私分明是一种德。欲辨其人是否君子，只要看看私下里谈的问题属于哪种性质即可，恐怕传统社会中大部分公事都是在"室"里谋出来的，抄小道、走后门、托人情更是通行的陋习。澹台灭明修"心"如此，某种意义上也是一个异类。

仅靠个体修养维护公共秩序，难矣哉。

6.15 子曰："孟之反①不伐②，奔而殿③，将入门，策其马，曰：'非敢后也，马不进也。'"

【注】

①参见附录一6—15。②伐：自夸，《史记·屈原贾生列传》："每一令出，平伐其功。"《史记·淮阴侯列传》："不伐己功，不矜己能。"③殿：最后，落后，《广雅》："殿，后也。"

【译】

孔子说："孟之反不自夸，溃败时殿后，快进城门时，鞭打着自己的坐骑，说：'不是我敢于殿后，是马不走啊。'"

【引】

朱熹：谢氏曰，"人能操无欲上人之心，则人欲日消、天理日明，而凡可以矜己夸人者，皆无足道矣。然不知学者欲上人之心无时而忘也，若孟之反，可以为法矣。"

【解】

中国人不乏谦虚，但缺少的是君子式谦虚，君子式的是真正的、由衷的，而非仅仅是一种表象和仪式。典籍中缺乏孟之反资料，难以断定其修己已到如此程度，还是不过表演而已。有意思的是，《道德经》也提倡谦虚，"功成弗居。夫唯弗居，是以不去"，"不自夸，故有功。不自矜，故长"。

6.16 子曰："不有祝鲍①之佞，而有宋朝②之美，难乎免于今之

世矣！"

【注】

定州简本"佞"为"仁"。

①参见附录一6—16—1。②参见附录一6—16—2。

【译】

孔子说："没有祝鲍的仁，却有宋朝的美，在当今世上恐怕难以免灾。"

【引】

孔安国：佞，口才也。朱熹：言衰世好谀悦色，非此难免，盖伤之也。

【解】

本则是最为难解的篇什之一，难就难在"佞"是什么意思。若"佞"字为"仁"字，符合孔子一贯之道，自然没有异议。若"佞"字非"仁"字，问题就来了。《说文·女部》："佞，巧谄高材也。"《说文解字注》："巧者，技也；谄者，谀也。"《广雅》："佞，巧也。"由"高材""技也""巧也"可以看出，"佞"不能只作"口才"即"巧言谄媚"讲，还可以作"才智"讲，《左传·成公二十年》："寡人不佞。"孔子极为重视乱世免祸的智慧，如子谓南容："邦有道，不废；邦无道，免于刑戮。"（5.2）子曰："直哉史鱼！邦有道，如矢；邦无道，如矢。君子哉蘧伯玉！邦有道，则仕；邦无道，则可卷而怀之。"（15.7）一些注家以为祝鲍为史鱼（亦可参看附录一15—7），若果如是，"直哉"固然是"仁"的一种表现，但恐怕"免于今之世"就难了。因此，略有矛盾。总之，祝鲍不可能是巧言谄媚的"佞"人，否则，其不能"治宗庙"，孔子也不会有"仲叔圉治宾客，祝鲍治宗庙，王孙贾治军旅。夫如是，奚其丧"（14.19）的赞誉。

6.17 子曰："谁能出不由户？何①莫②由斯道也？"

【注】

①何：为什么。②莫：没有谁，没有什么，代词。

【译】

孔子说："谁出屋不走门啊，为什么没有人走这条路呢？"

【引】

皇侃：道，先王之道也。蔡节：以户喻道，叹人知由户而不知由道也。

【解】

本则表面义与澹台灭明"行不由径"（6.14）恰恰相反。此处若有暗喻，该是孔子以出屋不由门讽刺不走正道之人。至于"道"具体指什么，恐怕只能靠演绎了。就孔子而言，"道"于人是学，于政是德，于国是礼。

6.18 子曰："质①胜文②则野③，文胜质则史④。文质彬彬⑤，然后君子。"

【注】

①质：质地，指本质，本性。②文：纹饰，指才华。③野：粗鄙，此为引申义，本指野人，即平民。④史：虚浮，此为引申义，本指祝史，多才智，"不有祝鮀之佞，而有宋朝之美，难乎免于今之世矣！"（6.16）。祝鮀治宗庙，为祝史。⑤彬彬：兼备的样子。

【译】

孔子说："质朴多于文采就粗鄙，文采多于质朴就虚浮，文采和质朴协调了，才算得上君子。"

【引】

③包咸：如野人，言鄙略也。李炳南：居住在郊外的人。④包咸：文

多而质少也。朱熹：掌文书，多闻习事，而诚或不足也。李炳南：古注有二义，一是史书，一是史官。

刘宝楠：礼有质有文。质者，本也。礼无本不立，无文不行，能立能行，斯谓之中。失其中则偏，偏则争，争则相胜。

【解】

本则以野人和祝史比喻人的两种不同品性。野人质朴却失之粗鄙，祝史多才却失之虚浮，君子得"中"，故而彬彬。"中"是君子之至德，内外和谐，不偏不倚，即仁礼统一，才称得上君子。"野"和"史"都是失"中"的表现，《孔子家语·论礼》："敬而不中礼谓之野。"《仪礼·聘礼》："辞多则史，少则不达，辞苟足以达义之至也。"孔子曾给君子下过一个完整的定义，或者说对什么样的人能称得上君子给出了描述性概念："义以为质，礼以行之，孙以出之，信以成之。君子哉！"（15.18）"义"为礼，"礼"为表，"孙""信"都是"君子"之德的自然流露。需要注意的是，《论语》很多词语因情境不同而多有异义，但仔细追究起来，"中""敬""让"或"仁""义"都相互涵盖甚至可以相互替代。

补充一句，野人和祝史必择其一，哪个更合孔子心意呢？恐怕是前者。孔子说："先进于礼乐，野人也；后进于礼乐，君子也。如用之，则吾从先进。"（11.1）

6.19 子曰："人之生也直，罔①之生也幸而免。"

【注】

①罔：枉曲，不直。

【译】

孔子说："人能够生存天地间是依靠正直，不直的人也能够生存，是因为侥幸而免遭祸害。"

【引】

马融：言人之所以生于世而自终者，以其正直之道也。

【解】

孔子倡导"直"，内蕴和 6.16 相同。悲哀之处在于，"直"能生存才是侥幸，"曲"方为避祸之道。

这是一种社会病，千年不易。

6.20 子曰："知之者不如好之者，好之者不如乐之者。"

【译】

孔子说："懂得的不如喜欢的，喜欢的不如以之为乐趣的。"

【引】

刘宝楠：夫子疏食饮水，乐在其中，亦是此乐，故曰"发愤忘食，乐而忘忧"。乐者，乐其有得于己也。

【解】

"学"的三种状态，"知之""好之""乐之"。孔子将情感愉悦这种本体、内在感悟视为最高境界，也就是说，"乐"始终是一种德。唯有"乐"，"己"才能"成人"，为"君子"，才能"与天地参"。不过，"乐"非是无根之木，亦非"顿悟"，而是一种精神状态和生活方式，建立在内向之上，是个体"知天命"的结果。当"学"与"乐"一体，生命才能呈现出一种自性之境。一句话，当把"学"当作乐事，才是真"学"，才有真"得"。

6.21 子曰："中人以上，可以语上也；中人以下，不可以语上也。"

【译】

孔子说:"中等以上的人,可以和他说上等的学问;中等以下的人,不可以和他说上等的学问。"

【引】

皇侃:此谓教化法。朱熹:语,告也。言教人者,当随其高下而告语之。孙钦善:本章反映了孔子的人性论思想,他认为人的智力差别是先天的。

【解】

"人"分为三种层次(结合 17.3):上知,即中人以上;中人;下愚,即中人以下。

因材施教或因人而言,是现实的无奈也是生活的智慧,可以尊重个体差异,却难以回避这种差异。孔子内心深处,潜存着一种根深蒂固的精英意识,怨不得夫子,社会分层和国家构建相互固化,然后塑造了社会心理。

6.22 樊迟问知。子曰:"务①民之义②,敬鬼神而远③之,可谓知矣。"问仁。曰:"仁者先难而后获,可谓仁矣。"

【注】

①务:从事,致力。②民之义:民义,《礼记·礼运》:"何谓人情?喜怒哀惧爱恶欲,七者,弗学而能。何谓人义?父慈,子孝,兄良,弟弟,夫义,妇听,长惠,幼顺,君仁,臣忠,十者,谓之人义。讲信修睦,谓之人利。争夺相杀,谓之人患。故圣人所以治人七情,修十义,讲信修睦,尚辞让,去争夺,舍礼何以治之?饮食男女,人之大欲存焉。死亡贫苦,人之大恶存焉。故欲恶者,心之大端也。人藏其心,不可测度也,美恶皆在其心不见其色也,欲一以穷之,舍礼何以哉?"③远(yuàn)之:远,疏远,远离。

【译】

樊迟问什么是聪明。孔子说:"致力于合乎规范的人伦礼仪,敬奉鬼神却保持必要的距离,可说是聪明了。"樊迟问什么是仁。孔子说:"仁人先经历风雨然后再问收获,可说是仁了。"

【引】

王肃:务所以化导民之义也。朱熹:专用力于人道之所宜,而不惑于鬼神之不可知。杨伯峻:把心力专一地放在使人民走向"义"上。孙钦善:民之义,即民之宜,指符合礼义的人际关系。

【解】

"务民之义"是"事人"的正确态度;"敬鬼神而远之"是"事鬼"的正确态度。《礼记·表记》云:"子曰:'夏道尊命,事鬼敬神而远之,近人而忠焉,先禄而后威,先赏而后罚,亲而不尊;其民之敝:蠢而愚,乔而野,朴而不文。殷人尊神,率民以事神,先鬼而后礼,先罚而后赏,尊而不亲;其民之敝:荡而不静,胜而无耻。周人尊礼尚施,事鬼敬神而远之,近人而忠焉,其赏罚用爵列,亲而不尊;其民之敝:利而巧,文而不惭,贼而蔽。'"

孔子入世,与彼时的思想激荡关联莫大。也就是说,事人和事鬼的区别,在于人道近和天道远的分野。春秋末战国初,对待鬼神包括占卜都趋于理性,《荀子·天论》云:"星队木鸣,国人皆恐。曰:是何也?曰:无何也。是天地之变,阴阳之化,物之罕至者也。怪之可也,而畏之非也。"在同一篇什中,荀子还说:"日月食而救之,天旱而雩,卜筮然后决大事,非以为得求也,以文之也。故君子以为文,而百姓以为神。以为文则吉,以为神则凶也。"其时,不仅"天"和"人"二分,"人"还获得了主体地位,《左传·桓公六年》云:"夫民,神之主也。是以圣王先成民而后致力于神。"

在关于"仁"的对话中,孔子一改"仁者,爱人"的理路,将"仁"重新定义为"先难而后获",词语不同,内蕴却是一致的。"先难而后获"将"爱人"具象化、具体化了,不仅意味着先耕耘再收获这样的鸡汤式道理，更意味着要做出表率。季康子问政，孔子回答："子帅以正，孰敢不正？"（12.17）仲弓问政，孔子回答："先有司。"（13.2）"先难而后获"是将为人、为政都统摄起来，这种做在前面、以为榜样的理念，来自"修、求、正、省、讼"而为"君子"的结果，和"家""国"一样，"政""人"也是同质同构的，理想的境况是"家""国""政""人"统一在君子身上。

本则究竟是答樊迟为人之问还是为政之问并不重要。重要的在于，孔子的言辞在逻辑上是普适性的，而且，"务民之义，敬鬼神而远之"是知也是仁，"仁者先难而后获"是仁也是知。孔子的思想体系中，各种德目往往天然交织在一起而密不可分。

6.23 子曰："知者乐水，仁者乐山。知者动，仁者静。知者乐，仁者寿。"

【译】

孔子说："智者喜爱水，仁者喜爱山。智者喜欢变动，仁者喜欢安静。智者快乐，仁者长寿。"

【引】

孔安国：无欲则静也。朱熹：智者达于事理而周流无滞，有似于水，故乐水；仁者安于义理而厚重不迁，有似于山，故乐山。李光地：动、静者，性体。能尽其性，则其动也不穷，而其静也不迁矣。乐、寿者，命也。而有可以道致者，故知仁之德，君子所为穷理尽性以至于命者。

【解】

本则是《论语》中最具有哲学意义的篇什。先抛开中国有无哲学不谈，孔子的理性思辨在这里达到了前所未有的高度，唯一可以与之相匹的便是子产的"天道远，人道迩"（《左传·昭公十八年》）的观点。如果说子产发现了天人之分，孔子则发明了物我合一。"知者乐水，仁者乐山"字面上是单向的，即以我向物，深层次的则是双向的，还有以物解我：我赋予了物的"人"性，物赋予了我的"物"性，由是，物我合一，主客同构，仁智并存，成为君子对"命"和"性"的终极体验与象显。《列子·汤问》："伯牙善鼓琴，钟子期善听。伯牙鼓琴，志在高山，钟子期曰：'善哉，峨峨兮若泰山！'志在流水，钟子期曰：'善哉，洋洋兮若江河！'伯牙所念，钟子期必得之。子期死，伯牙谓世再无知音，乃破琴绝弦，终身不复鼓。"本则的重大意义在于，自孔子提出仁智者之乐后，山水和君子成为可以相互寄托和归附的精神家园。也就是说，"政"的"理想国"不可得，"心/气"的"理想国"却永远建立起来了。

6.24 子曰："齐一变，至于鲁；鲁一变，至于道。"

【译】

孔子说："齐国一变革，就到了鲁国的境界；鲁国一变革，就到了理想的境界。"

【引】

包咸：今其政教虽衰，若有明君兴之，齐可使如鲁，鲁可使如大道行之时。朱熹：愚谓二国之俗，惟夫子为能变之而不得试。孙钦善：道指周道，……孔子一向把鲁国视为恢复周道的基地。

【解】

据《史记·三王世家》："齐地多变诈，不习于礼义。"但齐国因不因循，反而强盛，"管仲相桓公，霸诸侯，一匡天下，民到于今受其赐"（14.17），"赐"归"赐"，齐挟天子以令诸侯，僭至极。鲁国弱小，且被三家陪臣执国命，却"周礼尽在鲁矣"（《左传·昭公二年》），按《礼记·明堂位》："凡四代之服、器、官，鲁兼用之。是故鲁，王礼也，天下传之久矣。"两个国家"道"的对比，《史记·齐太公世家》记载明确："齐俗急功利，喜夸诈，乃霸政之余习。鲁则重礼乐，崇信义，犹有先王之遗风焉。"就是说，齐是霸道，鲁是王道。按照孔子的意思，只有把齐霸与鲁道结合起来，才能"吾其为东周乎"（17.5）。即如顾炎武《日知录》云："变鲁而至于道者，道之以德，齐之以礼；变齐而至于鲁，道之以政，齐之以刑。"看来，孔子并不否认霸，只是需要以礼节之，实行"君子政"，才能合乎道，到达"理想国"。

齐非周后裔，离道远些，反而强；鲁虽周后裔，离道近些，反而弱。这个需要仔细体味。

6.25 子曰："觚①不觚，觚哉？觚哉？"

【注】

①觚（gū）：青铜制酒器，口作喇叭形，细腰高足，腹部和足部各有四条棱角，容量三升，一说是两升。《说文·角部》："觚，乡饮酒之爵也。一曰觞受三升者谓之觚。"

【译】

孔子说："觚不像觚，还是觚吗？还是觚吗？"

【引】

①何晏：以喻为政不得其道则不成。朱熹：程子曰，"觚而失其形制，则非觚也。举一器，而天下之物莫不皆然。故君而失其君之道，则不君；臣而失其臣之职，则为虚位。"李零：觚也许是沽的借字。

【解】

借句拗口的俗话说：东西变得不像个东西，还是东西吗？本则缺乏具体的语境，已无法推知具体意思，但李泽厚以为"感时伤世之辞"，"以此喻彼，类比思维"，应无异议。

觚是青铜制酒器，按礼，有其定型，变形则变性，变性则变礼，礼变而道不存，孔子自然感慨系之。

6.26 宰我问曰："仁者，虽告之曰：'井有仁^①焉。'其从之也？"子曰："何为其然也？君子可逝^②也，不可陷^③也；可欺^④也，不可罔^⑤也。"

【注】

①仁：仁德。②逝：同"折"。俞樾《群经平议》卷三十："逝当读为折。"③陷：设计害人。④⑤欺：坑骗。罔：迷惑。欺和罔是有区别的，"君子可欺以方，难罔以非其道"（《孟子·万章上》）。欺是以方，以道；罔是非以方，非以道。

【译】

宰予问道："仁人，假如告诉他说：'井里有仁。'他会跳进去追随吗？"孔子说："为什么要这样呢？君子可以摧折他，不可以陷害他；可以欺骗他，不可以愚惑他。"

【引】

①孙钦善：有三解，一指仁德，一指仁人，一说"仁"同"人"，以第一说为长，或就"杀身以成仁"之义而发。②孔安国：往也。朱熹：刘聘君曰，"有仁之仁当作人"，今从之。……谓使之往救。

【解】

本则有两个问题需要引起注意。一、仁者等于君子，二者是可以相互代替的。二、仁者或者君子，需处之以道而不可以非道。《论语》中，宰予表现出一个批判者和反思者的精神面貌，此处，他设置了一个逻辑陷阱，实际上是以"井里有仁，仁人会不会跳下去"质疑孔子"志士仁人，无求生以害仁，有杀身以成仁"（15.9）的学说。这种质疑极具杀伤力，与俗世中女朋友"我和你母亲同时掉水里，先救谁"之问一样，令人左右为难。若追随，虽仁而不知；若不随，虽知而不仁，总之都会陷入伦理性的责难中。孔子的回答是对待仁者或者君子，要以仁者或者君子的方式。宰予设置的情景固然在日常中不多见，但不是没有，仁者或君子在现实中总要面对种种不礼不义的刁难和困境。而孔子的逻辑是需要有前提的，即邦有道，处在有道邦或理想国，人与人才可能相处以道。孔子能否解开宰予之惑不得而知，但宰予的现实问题和孔子的理想答案，一定存在不可弥合的裂缝。

6.27 子曰："君子博学于文，约之以礼，亦可以弗①畔②矣夫！"

【注】

①弗：不，《公羊传·桓公十年》："其言'弗遇'何？"②畔：违背，背离，同"叛"。

【译】

孔子说："君子广泛地学习文献，用礼约束自己的行为，就可以不背离道了。"

【引】

郑玄：弗畔，不违道也。

【解】

本则讲如何成君子。"约之以礼"非为约束而约束，而是"立于礼"，依礼而成人、成君子。孔子强调成人、成君子的两个重要方面，一曰"学"，即"十有五而志于学"（2.4），孔子之"学"是博学而非囿于一业、一隅、一器；二曰"礼"，即"三十而立"（2.4）于礼，礼内化于心，外化于行，是与心性相合的。通过"学"与"约"，进而达到"弗畔"即"从心所欲，不逾矩"（2.4）的境界。

6.28 子见南子^①，子路不说。夫子矢^②之曰："予所^③否^④者，天厌之！天厌之！"

【注】

①参见附录一 6—28。②矢：发誓，通"誓"，《诗经·卫风·考槃》："永矢弗谖。"③所：若，若果，连词。④否：不当，不对。

【译】

孔子和南子会晤，子路不高兴。孔子发誓说："假如我有非礼之处，天打五雷轰，天打五雷轰。"

【引】

孔安国：孔子见之者，欲因以说灵公，使行治道也。朱熹：否，谓不合于礼、不由其道也。刘宝楠：窃谓南子虽淫乱，然有知人之明，故于蘧伯玉、孔子皆特致敬。……天即指南子。

【解】

孔子绝不是一副假道学、伪道士的形象，而是一个活生生的君子，急眼了，也手忙脚乱，对天发誓。而且，和弟子的关系亦是亦师亦友，一团亲昵。子路不高兴，固然有不问青红皂白的一面，恰恰说明其人也是真人，"当仁，不让于师"（15.36），是孔子精心培育的结果。

关于子见南子的是与非，主要分两派。朱熹认为，孔子见南子是合礼的："圣人道大德全，无可不可。其见恶人，固谓在我有可见之礼，则彼之不善，我何与焉。然此岂子路所能测哉？故重言以誓之，欲其姑信此而深思以得之也。"毛奇龄则表示反对："古并无仕于其国见其小君之礼，遍考诸《礼》文及汉晋唐诸儒言礼者，亦并无此说，惊怪甚久。及观《大全》载朱氏《或问》，竟自言是于礼无所见，则明白杜撰矣……正以无典礼可以引据也，有则据礼以要之，子路夫子俱无辞矣。"他的意思是，若合礼，子路为什么"不悦"？

诸家注释中，王崧在《说纬》中的说法值得参阅，他说："辄之立，南子主之。赵鞅纳蒯聩于戚，与之争国，恐其位不固，欲用孔子以镇服人心，故子路有卫君待子为政之言。南子知孔子无为辄意，乃以聘飨之礼请见，意欲孔子为辄也。子路以与前言正名之旨相反，故不悦，夫子则怒而矢之，谓予如不正名，必获天诛。"师徒二人生动的日常形象，表明了对"道"的尊崇和守护，的确到了内外合一而"不逾矩"之境，但这种尊崇和守护又不装腔作势，高高在上，而是融入日用之间。

"南子"这一名字显示彼时女人亦可称"子"。

6.29 子曰："中庸①之为德也，其至矣乎！民鲜久矣。"

【注】

①中庸：不偏不倚，调和折中。

【译】

孔子说："中庸作为一种道德，是至高无上的！百姓已经缺少很久了。"

【引】

①程颐：中庸，天下之正理。德合中庸，可谓至矣。朱熹：中者，无过无不及之名也。庸，平常也。杨伯峻：这是孔子的最高道德标准。孙钦善：孔子中庸思想的社会标准是礼仪。

【解】

"中庸"是孔子提出的关乎国民精神的价值性和社会性的根本议题，说其根本，是因为这一概念具有自己独特的文化内涵和历史观，其作为一种"内部叙事"，根植于中国传统和中国经验。传为子思所作的《中庸》将此概念视为最高道德准则和自然法律，其核心意义在《论语》中多有涉及，如"过犹不及"（11.16）、"允执其中"（20.1）等。关于"中庸"，解释起来博杂纷异，刘宝楠《论语正义》最为妥帖，其云："《说文》：'庸，用也。'凡事所可常用，故庸又为常。……案：执中始于尧之咨舜，舜亦以命禹，其后汤执中，立贤无方。至周官大司农以'中、和、祇、庸、孝、友'为六德，知用中之道，百王所同矣。夫子言'中庸'之旨，多著《易传》。所谓'中行'，行即庸也。所谓'时'，实时中也。时中则能和，和乃为人所可常行。故有子言'礼之用，和为贵'。"不论如何阐释，"中庸"既是一种价值观，也是一种方法论，这点是没有问题的。难能可贵的是，"中庸"是在日常生活基础之上提炼出来的，是中国传统文化积淀的产物，虽不能说具有外部历史即中国之外的普适性，但却有内部历史的适用性。因为其为"民德"，如钱穆云"乃百姓日用之德"，"至平至易"又"至广至大"，故而"万古常不可改易"（陈淳《北溪字义》），有学者则直接称之为"人之所以为人的'人道'"。

还要简单指出一点，"中庸"不是点，而是场、域，是一种不走极端、不攻异端得到的中间状态，其中溢满"和"／文质彬彬的气象。

6.30 子贡曰："如有博施于民而能济众，何如？可谓仁乎？"子曰："何事①于仁，必也圣乎！尧舜②其犹病③诸！夫④仁者，己欲立而立人，己欲达而达人。能近取譬⑤，可谓仁之方⑥也已。"

【注】

①事：通"止"。②参看附录一6—30。③病：困难，不易。④夫（fú）：文言发语词。⑤能近取譬：能就自身打比方，引申为能推己及人，替别人着想。譬，打比方。⑥方：方法。

【译】

子贡说："如果有人能够对百姓广施恩惠，又能周济大众，怎么样？可以说是仁了吧？"孔子说："岂止是仁啊，一定是圣了啊！尧舜尚且感到力不从心！关于仁，是这样的，自己想立起来也要使别人立起来，自己想要成功也要使别人能成功。能推己及人，替别人着想，就是践行仁的方式方法了。"

【引】

②孔安国：尧舜至圣，其病犹难。朱熹：心有所不足也。⑥郑玄：方，犹道也。陈浚：方是方法。金知明："仁之方"有两层意思，其一为实践仁义的途径，其二是实践仁义的开始。

【解】

本则区分了"仁"和"圣"。"仁"是什么？ "仁"是"己欲立而立人，己欲达而达人"，由己推人，是践"仁"的方法。"圣"是什么？"圣"是"博施于民而能济众"。"仁"和"圣"都是一种精神境界，也都涉及事功。"圣"之事功，本则有言，至于"仁"之事功，孔子曾说："桓公九合诸侯，不以兵车，管仲之力也。如其仁？ 如其仁？"（14.16）"仁"和"圣"的区别在哪里呢？ 总而言之，"圣"是有德有位者。位指王位，非如管仲之卿大夫位，即至德与王位相统一其事功巨著者，这种人连尧舜都自叹不如。而管仲大德有出入，位在卿大夫，虽"一匡天下，民到于今受其赐"，但只能称之"仁"，却不能誉之"圣"。

述而第七

　　本章凡三十八则，子曰二十一则；孔子与弟子对曰六则，其中，颜渊和子路一则、冉有和子贡一则，子路二则，门人和公西华各一则；孔子与陈司败、巫马期对曰一则；非对话本描绘孔子居家和日常十则。

　　本章谈"仁"四则，讲"德"和"学"、论"君子"和"礼"各二则，言"圣人"和"圣"各一则。上章是《论语》中第一次出现"圣"（6.30）字，本章第一次出现"圣人"（7.26）二字。

　　孔子家居和日常是君子气象，"燕居，申申如也，夭夭如也"（7.4），这种内心之"和"表现在"道"上便是"饭疏食饮水，曲肱而枕之，乐亦在其中矣。不义而富且贵，于我如浮云"（7.16）。他不语怪力乱神，在读《诗》《书》和执礼时，"皆雅言"（7.18）。在谈学、教和修养问题时，学和成君子依然是孔子最为关注的问题。可以确认的是，孔子提出了成"君子"之四纲目"志于道，据于德，依于仁，游于艺"（7.6）和教之四科"文、行、忠、信"（7.25）。就孔子而言，"仁"一直是一种个人"欲"，需向内求，"我欲仁，斯仁至矣"（7.30）。

　　本章提前揭示了孔子的悲观结局，他忧"德之不修，学之不讲，闻义不能徙，不善不能改"（7.3），这是世道和积习，非一人之力可以回天，最终"不复梦见周公"（7.5），理想不是丧失了，而是不能实现。

7.1　子曰："述①而不作②，信而好古③，窃④比于我老彭⑤。"

【注】

①述：传承，遵循，《说文·辵部》："述，循也。"《中庸》："父作之，子述之。""仲尼祖述尧舜，宪章文武。"朱熹："祖述者，远宗其道。"②作：创作，创新。③好古：喜爱古代的事物。"我非生而知之者，好古，敏以求之者也。"（7.20）④窃：窃，私下，《广雅释诂》："窃，私也。"⑤参看附录一7—1。

【译】

孔子说："遵循前人之道而不改弦更张，笃信古典古制且以之为乐，私下把自己比作老彭。"

【引】

①②皇侃：述者，传于旧章也。作者，新制作礼乐也。朱熹：述，传旧而已，作则创作也。故作非圣人不能，而述则贤者可及。……孔子删《诗》《书》，定礼乐，赞《周易》，修《春秋》，皆传先王之旧未尝有作也。李泽厚：孔子是"述而又作"，"述"者"礼"也；"作"者"仁"也。

【解】

"述而不作"和"信而好古"是孔子晚年对自己一生志业的概括，两者虽趋向不同，但在内蕴上是一致的。孔子的理想国是夏商周三代的综合体，即"行夏之时，乘殷之辂，服周之冕"（15.11），"古"始终是其批判现实的参照和改造现实的目标。不过，需要明确一点，孔子托古而不复古，他虽然将"周"视为一种梦想，但他看中的是"郁郁乎文哉"之"礼"，尧舜禹等圣王之道也组成了孔子"君子政"的精神内核。也就是说，"古"是孔子的意识形态或价值归旨。在他心目中，先王先贤已赋予先政先治完美的外在形式和高尚的内在精神，只需要继承、崇信、遵循即可，"齐一变，至于鲁；鲁一变，至于道"（6.24），不必改弦更张，另起炉灶。以古讽今，借古正今，托古改今是"述而不作"和"信而好古"要义所在。孔子和其他思想家的不同或者伟大之处在于，为改革现实树立了一个理想性标的，未来不可期，但"古"却在"述"里面，是看得见、摸得着的。同时，孔子将自己"窃比于我老彭"，其实是一种托词，他不敢僭礼自比周公，却将自己比附为一个半神半人、活了八百岁的彭祖，不只是以历史的见证者或活化石自况，更重要的是他要表明自己掌握了"古"的全部奥秘。这里，孔子焉不是将自己当作托古改制，实行君子政，建立理想国的设计师？还需要指出的，李泽厚"'述'者'礼'也，'作'者'仁'也"之释固然不确当，但他认为孔子"述而又作"是毫无问题的。自本书附表可以看出，《论语》中的一些中心概念都是古已有之，非孔子所"作"，但却被他赋予了一种新的理念和精神。比如，前文业已指出，"君子"一词的内涵就是经由孔子完成由地位到道德转换的。除此之外，孔子选择性的"述"也是一种"作"，任何一种客观事物的流转都是主观性的产物，比如，他说："吾自卫反鲁，然后乐正，《雅》《颂》各得其所。"（9.15）这种"正"恰恰是主观"述"而"作"的结果。

7.2 子曰："默而识①之，学而不厌，诲人不倦，何有②于我哉？"

【注】

定州简本"默而识之，学而不厌，诲人不倦"为"黑而职，学不厌，诲人不卷"。（注："黑"通"默"，"识""职"互作。）

①识（zhì）：记住。②何有：还有什么，常用古语句式。

【译】

孔子说："默默记住学过的东西，勤奋学习而不厌烦，教育别人不知道疲倦，对我来说除了这些还有什么呢？"

【引】

牛运震：默识有两解：一说不言而存诸心也，一说不言而心解也，须兼用之，默识之义方得。李炳南：此章要义，在教人学道。

【解】

通常认为，本则是孔子"委婉其辞"，意在自谦，但此处更像是自况、自信与自豪。孔子一向当仁不让，特别在"学"上，更视之为生命或一种信仰。"默而识之"代表学习方式，"学而不厌"代表学习精神，"诲人不倦"代表以学哺人，亦即教学态度。这句话的意思很明显，一切功业都算不得什么，除了"学"，还有些什么呢？"学"是孔子生命的起点，也是成人的基点，更是"道"的制高点。李泽厚认为，孔子"学非手段，乃目的自身，此学即修身也"，这句话算是将孔子理解通透了。

7.3 子曰："德之不修，学之不讲①，闻义不能徙②，不善不能改，是吾忧也。"

【注】

①讲：习，汪中《述学》："讲，习也。习，肄也。肄，讲也。古之为教也以四术。书则读之，礼乐同物：诵之、歌之、弦之、舞之，揖让周旋，是以行礼。故其习之也，恒与人共之。"②徙：改变，变化，引申为"改变而从之"之意，《广雅》："徙，移也。"

【译】

孔子说："不修德，不习学，听到义不能改而从之，有缺点不能积极改正，这是我忧虑的事情啊。"

【引】

①孙钦善：趑趄。

邢昺：此章言孔子忧在修身也。朱熹：尹氏曰，"德必修而后成，学必讲而后明，见善能徙，改过不吝，此四者日新之要也。苟未能之，圣人犹忧，况学者乎。"王夫之：世儒见徙义、改过粗于修德，圣人则以此二者为全体已立、大用推行之妙。

【解】

孔子担忧的这四个问题，既是忧己，恐自己无能为力，更是忧人，患世风日下而人心不古。这里，孔子列举了君子修身要点：修德、讲学、徙义、改善，其中，改善即内自讼而祛过。四者不能，道即不行而为无道。孔子说的是一种"求己"功夫，唯有"求己"，才能发明本心，让自己成为一个四目具备的成人。钱穆说："能讲学，斯能徙义改过。能此三者，自能修德。此所谓日新之德。孔门讲学主要功夫亦在此。"也就是说，"学"才是"德"的起点，君子唯"学"才能成为、成就自己。

7.4 子之燕居①，申申②如也，天天③如也。

【注】

定州简本"天天"为"沃沃"。

①燕居：闲居。②申申：舒适安闲的样子。③天天：容色和悦的样子。

【译】

孔子在家闲居时，舒适安闲，容色和悦。

【引】

①皇侃：退朝而居也。朱熹：闲暇无事之时。

【解】

一个人闲居时最能反映其心性境界。和讲学、在朝以及疾疾于自我流放途中完全不一样，孔子闲居中一派不忧不惧、乐天知命的君子气象，而非以仁者自居，恐"人不己知"，患"邦国无道"，满肚子救世救时、道德文章。孔子的这种自然、自性非是扮演出来的，而是通过"学"，即"修、求、正、省、讼"将心灵中的尘垢抹掉，将本心释放出来而得的。这种君子之境，是一种超越性的仁，也是一种超越性的礼，唯有超越又内返人心，这心才是俗世中真正的桃源。

7.5 子曰:"甚矣吾衰也! 久矣吾不复梦见周公^①。"

【注】

①参见附录一 7—5。

【译】

孔子说:"我衰老得太厉害了,很久没有再梦见周公了。"

【引】

李充:盖伤周德之日衰,哀道教之不行,故寄慨于不梦、发叹于凤鸟也。

【解】

周公是孔子的理想和楷模。孔子一生志愿非是为有位之帝王,而是为有德之君子,做一个和周公一般佐王而行君子政、立理想国的设计师,为分崩离析之邦国草拟一套合于"古"、合于"道"的治世蓝图。惜乎四处碰壁,当老年回首过往,既惋惜时间忽忽,又哀叹道之不行。

本则非是孔子的真实梦境,不过是周公之梦破灭后的比拟。

7.6 子曰:"志^①于道,据^②于德,依^③于仁,游^④于艺。"

【注】

①志:立志,志向。②据:依据,根据。③依:依靠,凭借。④游:畅游,《礼记·学记》:"不兴其艺,不能乐学。"

【译】

孔子说:"以道为志向,以德为根据,以仁为凭借,畅游在六艺之中。"

【引】

①朱熹：心之所之之谓。②何晏：据，杖也。德有成型，故可据。③朱熹：依者，不违之谓。④刘宝楠：不迫遽之意。康有为：游者，如鱼之在水，涵泳从容于其中，可以得其理趣而畅其生机。孙钦善：广泛涉猎。

【解】

孔子提出了成"君子"的四纲目。道、德、仁、艺都是主动求来的，即学来的，而非天赋的。注家往往以为是孔子的教学大纲，谬甚。孔子虽以师名于世，以教长于人，但始终主张在"己"上做文章，此四纲目倒不如说是自修大纲。

7.7 子曰："自行束脩①以上，吾未尝无诲焉。"

【注】

孔氏本"诲"为"悔"。

①束脩：十条干肉。脩，干肉，古人以十条干肉为一束，作为拜师的见面礼。《礼记·少仪》："其以乘酒壶、束脩、一犬赐人或献人。"

【译】

孔子说："自己能够带十条干肉求学的，我没有不教授的。"

【引】

①郑玄：谓年十五以上也。黄式三：谓年十五以上能行束带脩饰之礼也。

【解】

据《说文·肉部》："脩，脯也。""束脩"是"十条干肉"，《礼记·檀弓上》："古之大夫，束脩之问不出境。"本则若从字面义，极好理解，即呈送薄礼，孔子都会接纳为弟子以教。若"束脩"为"束修"，"诲"为"悔"，则意义完全不同。《说文·彡部》："修，饰也。""束修"是"十五岁束发修身"，《烈女传·鲁秋洁妇》："妇曰：'子束发修身，辞亲往仕，五年乃还。'"如此，"自行束修以上，吾未尝无悔焉"则译为"自从束发修身就学以来，我没有不反省的"。这种解释，恰恰符合孔子"修、求、正、省、讼"之道。

本则因"束脩""束修"难辨析，存两种不同解释。

7.8 子曰："不愤不启①，不悱不发②。举一隅③不以三隅反，则不复④也。"

【注】

①不愤不启：愤，充盈，旺盛，《后汉书·王符传》："志意蕴愤。"启，启发，教育，《礼记·祭统》："启古献公。"②不悱（fěi）不发：悱，想说又说不出来的样子。发，引起，开启。③隅：角落，《诗经·邶风·静女》："俟我于城隅。"④复：回答，《史记·司马相如传》："王辞而不复。"

【译】

孔子说："没有求知的欲望就不教育，没到欲言不能时就不启发。举一不能反三，就不再理会了。"

【引】

皇侃：孔子为教，虽待悱愤而为开发。开发已竟，而此人不识事类，亦不复教也。蔡尚思：这就是启发式教学法的原始陈述。

【解】

孔子启发式教学方法与其"修、求、正、省、讼"之道逻辑上是相通的，"不愤不启""不悱不发""举一反三"的前提不是填鸭式灌输，而是主体的内省自觉。在孔子看来，学习不是"教"，而是"学"，是本心主动去蔽的过程。子贡曾说："夫子之文章，可得而闻也；夫子之言性与天道，不可得而闻也。"（5.13）"不可得而闻"可能因为闻而不得，即听不明白或理解不透，主要原因恐怕在于悟性不够，尚不能发明本心，将性与天命勾连起来。这也意味着，教学之道，重要的不是传道授业解惑，而是与之方法，使之自启。

7.9 子食于有丧者之侧，未尝饱也。

【译】

孔子在有丧事的人旁边吃饭，从来没有吃饱过。

【引】

何晏：丧者哀戚，饱食于其侧，是无恻隐之心。

【解】

在人家葬礼上，吆三喝四，胡吃海塞，满嘴流油，是缺乏同情心的表现。同情心是君子政、理想国的起点，一切君子式的社会交往都能从这里找到源头。哀人所哀，食不甘味，是将心比心，此心同人。人哀人乐本与我无关，但我亦悲之爱之，何故？就是同情心起作用。人心都是肉长的，这句话看似简单，却告诉人们一个深刻的道理，心是同质的，本于心之情、之性也是同质的，故而哀人之哀、乐人之乐是出于本心，即感受他人之感受并将这种感受表达出来，不是刻意的、被动的，而是自性的、主动的，不仅在"情"上而且在"时"上是"同"的。"子食于有丧者之侧，未尝饱也"是礼，也是仁，《论语》中，仁和礼都具有外部性，也兼有自性的一面。按照孔子的主张，这些都是可以"学"的，前文兼及，此处不赘。

7.10 子于是日哭，则不歌[①]。

【注】

①不歌：不唱歌，《礼记·曲礼上》："哭日不歌。"

【译】

孔子在这天哭过丧，便不唱歌。

【解】

"是日哭，则不歌"，是一种敬，更是一种诚。孔子未尝言人性善恶与否，但心是可"学"而"修"为善的。若说"子食于有丧者之侧，未尝饱也"是源于同情，属于恻隐之心，哭日不歌亦发于同情，属于恭敬之心。不过，歌与不歌，究竟还是一个"诚"字。歌于外，人人可得而见之，若歌于内，即内心不存在同情恭敬心，便没了是非，非仁非礼。孔子此语，重要的是保持内外一致、文质彬彬，体现"诚"，"诚"动于中形于外，"是日哭，则不歌"才具有理和情的正义性。如用一句话总结，就是在"求诸己"时，时刻保持警惕心，如此，方可成为内外兼修的君子。

7.11 子谓颜渊曰："用之则行，舍之则藏，惟我与尔有是夫！"子路曰："子行三军①，则谁与？"子曰："暴虎冯河②，死而无悔者，吾不与也。必也临事而惧，好谋而成者也。"

【注】

①子行三军：先生统领三军。行，统率，将领。三军，《周礼·夏官·司马》："凡制军，万有二千五百人为军。王六军，大国三军，次国二军，小国一军。"各国对三军称谓略有区别，晋称中、上、下；楚称中、左、右；齐、鲁、吴称上、中、下，魏称前、中、后，俱以中为尊。《商君书·兵令》："三军：壮男为一军，壮女为一军，男女之老弱者为一军，此之谓三军也。壮男之军，使盛食、厉兵，陈而待敌。壮女之军，使盛食、负垒，陈而待令；客至而作土以为险阻及耕格阱；发梁撤屋，给从从

之，不洽而趁之，使客无得以助攻备。老弱之军，使牧牛马羊豕，草木之可食者收而食之，以获其壮男女之食。而慎使三军无相过。壮男过壮女之军，则男贵女，而奸民有从谋，而国亡；喜与，其恐有蚤闻，勇民不战。壮男壮女过老弱之军，则老使壮悲，弱使强怜；悲怜在心则使勇民更虑，而怯民不战。故曰：慎使三军无相过。此盛力之道。"②暴虎冯（píng）河：暴虎，徒手搏虎；冯河，徒足涉河。语出《诗经·小雅·小旻》："不敢暴虎，不敢冯河。人知其一，莫知其他。战战兢兢，如临深渊，如履薄冰。"

【译】

孔子对颜渊说："获用就积极干，不用就隐退，只有我和你能这样吧？"子路说："先生统领三军，会找谁一起呢？"孔子说："徒手搏虎，徒足涉河，这种死而不悔的，我是不会和他一起共事的。一起共事的一定是碰到事小心谨慎，喜欢运筹帷幄取得成功的人。"

【引】

江熙：圣人作则贤人佐，天地闭则圣人隐。

【解】

"用之则行，舍之则藏"自孔子提出，一直被儒家奉为处世圭臬。此语和"天下有道则见，无道则隐"（8.13）内蕴相同，指向却非，"用""舍"不只涉及道之有无问题，还涵盖际遇和命运。《论语》中，孔子并非一直摆弄"圣人气象"，一副大庄严、大慈悲，也会因不受待见、不被重用，经常发发牢骚。需要注意的是，儒家固然有道家的一面，但"藏"身之处并不只是山林，真正去了九夷或浮于海上就是"道"而不是"儒"了。"用之则行，舍之则藏"最恰当的注解是"达则兼济天下，退则固守穷身"，即能用就干，不能用就不干，不合作、拒绝出仕，在家里发愣，也是"藏"的一种，当然，最洒脱的"藏"则是读书、教人，然后再择机而动。有意思的是，儒家的"藏"也有最高的境界，就是"大隐隐于朝"，这种"藏"是心藏身不藏，类似于庄子所说的"心斋"，可以"用"，但是有限的"用"，甚至是一种"利用"，借助朝堂实现修己。某些时候，儒家认为"藏"高于"用"，"万般皆下品，唯有读书高"，一旦君子将"读书"奉为终生事业，就"优入圣域"，获得了以己之清比时之浊甚至正时之非的伦理和道德的正当性。因此，"用""舍"不只是方法论的，更是价值论的。

7.12 子曰："富而可求①也，虽执鞭之士②，吾亦为之。如不可求，从吾所好。"

【注】

①可求：可以求得。②执鞭之士：天子、诸侯和卿大夫出入时手执皮鞭开路之人，即地位低下之职事。《周礼·秋官·司寇》："条狼氏掌执鞭以趋辟。王出入则八人夹道，公则六人，侯伯则四人，子男则二人。凡誓，执鞭以趋于前，且命之。誓仆、右曰杀，誓驭曰车辗，誓大夫曰敢不关，鞭五百。誓师曰三百，誓邦之大史曰杀，誓小史曰墨。"

【译】

孔子说："财富如果是可求的，即便是执鞭人这样低贱的岗位，我也愿意干。如果是不可求的，还是干我喜欢的吧。"

【引】

郑玄：富贵不可求而得之，当修德以得之。若于道可求者，虽执鞭之贱职，我亦为之。

【解】

孔子并不否定财富的价值，也不否认追求的正当性，甚至将追求财富视为人的本性，认为"富与贵，是人之所欲也"（4.5）。这一观点，在孟子和荀子那里都有充足的阐释。但追求财富的前提是不可丧失道德，需合乎道，合乎义，"不以其道，得之不处也"（4.5），"不义而富且贵，于我如浮云"（7.16）。财富观是区分君子小人的重要标尺，《荀子·荣辱》云："好荣恶辱。好利恶害，是君子、小人之所同也，若其所求之之道则异也。"这意味着，对财富的不同态度关乎人格高下，因此，财富问题是修养的试金石，君子要做的，就是"君子爱财，取之有道"，表现出德性，故而孔子补充说，"如不可求，从吾所好"，也就是他说的"君子固穷"（15.2）。

7.13 子之所慎：齐^①、战、疾。

【注】

　　①齐（zhāi）：斋戒，同"斋"，《仪礼·士冠礼》："齐则缁之。"

【译】

　　孔子小心谨慎的事情有：斋戒、战争和疾病。

【引】

　　朱熹：齐之为言齐也，将祭而齐其思虑之不齐者，以交于神明也。诚之至与不至，神之飨与不飨，皆决于此。战则众之死生、国之存亡系焉，疾又吾身之所以死生存亡者，皆不可以不谨也。

【解】

　　"斋"关乎天地鬼神，战关乎百姓国家，疾关乎人身安危，一为天道，一为治道，一为人道，不能不谨慎对待。孔子虽敬鬼神而远之，但于"礼"，却不敢稍有变通，"齐，必有明衣，布。齐必变食，居必迁坐"（10.7）。对"斋"，孔子持一个"敬"字，"祭于公，不宿肉。祭肉不出三日。出三日，不食之矣"（10.9）；对"战"，孔子持一个"道"字，季氏将伐颛臾，孔子以为不可，完全是"谋动干戈于邦内"（16.1）。陈成子弑简公，孔子则沐浴更衣，请哀公讨之（见14.21）；对"疾"，孔子持一个"慎"字，"康子馈药，拜而受之。曰：'丘未达，不敢尝。'"（10.16）。

这种"慎"的态度，源于"修、求、正、省、讼"，是"仁""礼"这些德目的外现，也是君子应具有的一种操守和精神。

7.14 子在齐闻《韶》，三月不知肉味。曰："不图为乐之至于斯也。"

【译】

孔子在齐国听到《韶》乐，很长一段时间不记得吃肉的滋味儿。他说："没想到演奏音乐竟然到了这种地步。"

【引】

范宁：夫《韶》乃和大虞至善之乐，齐，诸侯也，何得有之乎？皇侃：孔子至齐，闻齐君奏于《韶》乐之盛而心为痛伤，……齐是无道之君，而滥奏圣王之乐，器存人乖，所以可伤慨也。

【解】

《韶》据传为舜时古乐，一般祭祀时使用，周建国后，用为宫廷大乐。在后世，《韶》与舜之间画上了等号，被视作理想政治或者说理想国的化身。昭公二十五年（前517），孔子三十五岁，鲁乱，奔齐。在齐国，孔子听到了《韶》。最初，齐太公姜尚将《韶》引入，作为国乐，齐奏之，并非僭礼。

通常将孔子"三月不知肉味"当作开心之意，恐怕未必。其时，诸侯不受王命，陪臣执掌邦柄，孔子忧天下无道，时时愤懑，忽闻《韶》乐，恐怕内心的悲哀要大于愉悦。这种尽美又尽善的音乐竟然得不到普及，也就是说，君子政、理想国没有实现的希望，自然让他喟叹不已。

7.15 冉有曰："夫子为①卫君②乎？"子贡曰："诺。吾将问之。"入，曰："伯夷、叔齐何人也？"曰："古之贤人也。"曰："怨乎？"曰："求

仁而得仁，又何怨？"出，曰："夫子不为也。"

【注】

①为：帮助，卫护。②卫君即卫出公，参看附录一7—15。

【译】

冉有说："老师会卫护卫君吗？"子贡说："哦。我去问问。"子贡到了孔子房间，说："伯夷、叔齐是什么样的人？"孔子说："古代的贤人啊。"子贡说："他们怨恨吗？"孔子说："追求仁，得到了仁，又有什么可怨恨的？"子贡从孔子房间出来，说："老师不卫护卫君。"

【引】

①杨伯峻：本意是帮助，这里译为"赞成"，似乎更合原意。

朱熹：武王灭商，夷、齐耻食周粟，去隐于首阳山，遂饿而死。怨，犹悔也。君子居是邦，不非其大夫，况其君乎？故子贡不斥卫君，而以夷、齐为问。夫子告之如此，则其不为卫君可知矣。盖伯夷以父命为尊，叔齐以天伦为重。其逊国也，皆求所以合乎天理之正，而即乎人心之安。既而各得其志焉，则视弃其国犹敝蹝尔，何怨之有？若卫辄之据国拒父而唯恐失之，其不可同日而语明矣。

【解】

本则是《论语》中最难理解的篇什，要想解开其中内蕴，首先要确定卫君是谁，谈话背景大体在何时。灵公三十九年（前496），太子蒯聩欲杀南子，事泄奔宋。四十二年（前493），灵公薨，南子遵其遗嘱，拟立公子郢继位，公子郢推辞，改立蒯辄（前太子蒯聩之子）继位，是为出公。同年六月，蒯聩拟回卫即位，不得入。出公十二年（前481），大夫伯姬谋立蒯聩，出公奔齐，其父蒯聩立，是为庄公。庄公三年（前478），晋围卫，庄公出。公子斑师、公子起先后为卫君。起元年（前477），出公辄复位。出公后元二十一年（前456），工匠暴动，出公亡宋国，终死于越。

按，灵公薨，出公立时，孔子在卫；出公八年（前485），孔子至卫，次年返鲁。出公八、九年间，卫君地位稳固，尚未发生大夫伯姬谋立事件。故据推算，孔子和弟子对话可能发生在出公继位以后。按照朱熹的说法："公薨，而国人立蒯聩之子辄。于是晋纳蒯聩而辄拒之。时孔子居卫，卫人以蒯聩得罪于父，而辄嫡孙当立，故冉有疑而问之。"也就是说，此事当在卫国内乱初起时。而卫君只可能是出公蒯辄，而不是其父蒯聩，蒯聩无位，不能以君称之。

冉有问，老师会不会卫护卫君蒯辄？子贡答复我去问问老师。子贡见到孔子，并没重复冉有的问题，而是和老师打开了"禅机"，伯夷、叔齐是什么样的人？孔子说，古代的贤人。子贡说，他们怨恨吗？孔子说，追求仁，得到了仁，又有什么可怨恨的？子贡听了，和冉有说，老师不卫护卫君蒯辄。

通常而言，父终子继。卫君灵公驾崩，须是蒯聩立位，不该蒯辄接任，且孝是为人根本，蒯辄作为人子，更不可越过父亲蒯聩成为国君。但根本问题在于，父亲蒯聩虽是前太子，但谋弑君夫人兼生母南子，事败出国绝卫，灵公薨，又依仗外力试图夺权，名不正，言不顺。如此，孔子是不会支持蒯聩的。问题在于，孔子会支持蒯辄吗？恐怕不会。孟懿子问孝。孔子说："无违。""无违"的意思是"生，事之以礼；死，葬之以礼，祭之以礼"（2.5）。孔子还指出："事父母几谏，见志不从，又敬不违，劳而不怨。"（4.18）孔子一贯之道，不可为君绝父。

既不支持蒯聩，也不支持蒯辄，还有第三条道路吗？有。理解本则中心意旨的关键，是搞清楚为什么要谈伯夷、叔齐，也就是说，子贡是如何从孔子"求仁得仁，又何怨"的说辞中，得出老师不支持卫君蒯辄的结论的。按，伯夷、叔齐为商末孤竹君之子。孤竹君遗命立季子叔齐，其死后，叔齐让位伯夷，伯夷不受，二人先后去商赴周。武王起兵，二人谏阻不得。商亡，耻食周粟，饿死首阳山。

这意味着，父子争国不忠不孝不仁不礼，最好的出路是二人皆不受，学习伯夷、叔齐，礼让为国，将君位还给灵公拟立的公子郢。这样，不但避免了蒯聩不正之名，也回避了蒯辄不孝之举，可谓求仁得仁。问题在于蒯聩、蒯辄均不辞让，致使内乱不已，最终两两被迫离国，客死他

乡。结局和伯夷、叔齐无异，但父子俩未行义举，身被恶名。历史如此
吊诡，令人不得不佩服孔子的卓识。

7.16 子曰："饭疏①食饮水②，曲肱而枕之，乐亦在其中矣。不义而富且贵，于我如浮云。"

【注】

①疏：粗糙，粗劣，也指糙米，《诗经·大雅·召旻》："彼疏斯稗，胡不自替？"②水：凉水，冷水。另，古语中，汤为热水。

【译】

孔子说："吃粗饭，喝凉水，弯起胳膊来枕着，快乐也就在里面了。干不义事获得富贵，对我来说就像浮云一样。"

【引】

朱熹：圣人之心，浑然天理，虽处困极，而乐亦无不在焉。

【解】

《论语》中，屡屡有篇什呈现出文学气象，本则又是一例。钱穆指出，可当一首散文诗读。7.12和7.15两则已呈现了孔子的富贵观，一则表明，富贵如不可求，从吾所好，即对道的追求之乐，超越物质享受，并可以遮蔽不应时宜的命运、际遇；一则表明，为卫君得不义之富贵于我如浮云，即决意不会以不合道、不合己意的方式去强求富贵。"饭疏食饮水，曲肱而枕之"是山水气象，君子之乐一方面曲高和寡，与天命、自然浑然一体，另一方面简单淳朴，来自咫尺人间，你我身边，却又不入流俗。在孔子这里，乐已超越人生体验而成为性命，是君子所达到的至高的道德境界。这个意义上，孔子的儒学是一种"中和"即"乐"的学问。

7.17 子曰:"加^①我数年,五十以学《易》,可以无大过^②矣。"

【注】

①加:借,给,引申为提前之意。本则用"加",《史记·孔子世家》用"假":"孔子晚而喜《易》,序《彖》《系》《象》《说卦》《文言》,读《易》,韦编三绝,曰:'假我数年,若是,我于《易》则彬彬矣。'"马王堆帛书《要》篇用"益":"子曰:'吾好学而才闻要,安得益吾年乎?'"故"加""假""益"同义。②大过:借用《周易》卦名,《周易》大过卦:"大过,栋桡,利有攸往,亨。《彖》曰:大过,大者过也。'栋桡',本末弱也。刚过而中,巽而说行,'利有攸往',乃亨。大过之时义大矣哉!《象》曰:泽灭木,大过。君子以独立不惧,遁世无闷。"孔子以《大过卦》自况。

【译】

孔子说:"让我提前几年时间,五十岁时就开始学《易》,就可以没有大的过错了。"

【引】

邢昺:此章孔子言其学《易》年也。加我数年,方至五十,谓四十七时也。《易》之为书,穷理尽性以至于命,吉凶悔吝以告人,使人从吉,不从凶,故孔子言己四十七学《易》可以无过咎矣;朱熹:刘聘君见元城刘忠定公自言尝读他论,"加"作假,"五十"作卒。盖加、假声相近而误读,卒与五十字相似而误分也。愚按,此章之言,《史记》作为"假我数年,若是我于易则彬彬矣"。加正作假,而无五十字。盖是时,孔子年已几七十矣,五十字误无疑也。学易,则明乎吉凶消长之理,进退存亡之道,故可以无大过。盖圣人深见易道之无穷,而言此以教人,使知其不可不学,而又不可以易而学也;金履祥:篆文"五"字与"卒"字,其中皆有交互之形,以故致误;黄怀信:有不可通者三:一、《易》非防过之书,学之安可以无大过? 二、言加我数年而学,是当时尚未学,安知其可以使人无大过? 三、言学而后可以无大过也,则学之前已有大过,与孔子实际不符。

【解】

以往对孔子学《易》存疑，据《经典释文》："如字。《鲁》（《鲁论语》——引者注）读'易'为'亦'，今从《古》（《古文论语》——引者注）。"马王堆帛书出土后，这个问题的纷争基本可以止息。据《要》篇：

夫子老而好《易》，居则在席，行则在橐。子赣（即子贡——引者注）曰："夫子他日教此弟子曰：'德行亡者，神灵之趋；智谋远者，卜筮之繁。'赐以此为然矣。以此言取之，赐缗行之为也。夫子何以老而好之乎？"夫子曰："君子言以矩方也。前羊而至者，弗羊而巧也。察其要者，不诡其福。《尚书》多阙矣，《周易》未失也，且又古之遗言焉。予非安其用也。"子赣曰："赐闻于夫子曰：……'孙正而行义，则人不惑矣。'夫子今不安其用而乐其辞，则是用奇于人也，而可乎？"子曰："谬哉，赐！吾告汝，《易》之道……夫《易》刚者使知惧，柔者使知刚，愚人为而不妄，渐人为而去诈。文王仁，不得其智以成其虑，纣乃无道，文王作，讳而避咎，然后《易》始兴也。予乐其知……"子赣曰："夫子亦信其筮乎？"子曰："吾百占而七十当，唯周梁山之占也，亦必从其多者而已矣。"子曰："《易》，我后其卜祝矣，我观其德义耳也。幽赞而达乎数，明数而达乎德，又仁守者而义行之耳。赞而不达于数，则其为之巫；数而不达于德，则其为之史。史巫之筮，乡之而未也，好之而非也。后世之疑丘者，或以《易》乎？吾求其德而已，吾与史巫同途而殊归者也。君子德行焉求福，故祭祀而寡也；仁义焉求吉，故卜筮而希也。祝巫卜筮而后乎？"

自师徒二人的对话可以看出，孔子不仅好《易》，到了"居则在席，行则在橐"的地步，而且也占卜，"吾百占而七十当"，但孔子占卜，主要是看义理，即"《易》，我后其卜祝矣，我观其德义耳也"。

至于孔子言"五十"，不可过度拘泥于数字，闻道不在早晚，四十、六十学《易》，亦可以无过。

7.18 子所雅言①:《诗》《书》、执礼，皆雅言也。

【注】

①雅言:正言，古时共同的标准语，类似今天的普通话，与方言相对。

【译】

孔子有用正言的地方:读《诗》《书》、执行礼仪，都用的是正言。

【引】

①孔安国:正言也。程颐:世俗之言，失正者多矣。朱熹:《诗》以理性情，《书》以道政事，礼以谨节文，皆切于日用之实，故常言之。刘台拱:雅之为言夏也。

【解】

"雅言"即"夏言"，是中国第一个统一王朝夏的官话。孔子时的"雅言"则是王官雅音，通行于王官学中，是当时的普通话。其时，交通不便，传播受限，"雅言"是理论上的共同语，不可能具有普及性、全民性。但其作为一种符号，既具文化象征意义，也是意识形态一部分，有规训、形塑的作用。孔子舍"山东话"而用"雅言"，显于外的是庄重的礼仪，动于中的是虔诚的恭敬。

"雅言"也是君子修身的德目之一。

7.19 叶公①问孔子于子路，子路不对。子曰:"女奚②不曰:其为人也，发愤忘食，乐以忘忧，不知老之将至云尔③。"

【注】

①参见附录一7—19。②奚:为什么。疑问代词，相当于"何"。③云尔:语末助词，相当于"而已""罢了"。尔同"耳"。

【译】

叶公向子路打听孔子，子路不回答。孔子说："你为什么不说：'他为人是这样的，努力起来忘记吃饭，快乐起来忘记忧愁，甚至都不知道自己日渐衰老，如此而已。'"

【引】

孔安国：不对，未知所以答也。

【解】

孔子对时间深具忧惧意识，曾面对逝水，感叹生命之匆，及至年老，又伤道之不行，以不梦周公为自己的周公梦画上了一个苍凉的句号。这里，其为何让子路向叶公"卖弄"自己"不知老之将至"？答案只有一个，以不知止的精神模糊肉体衰老的悲催。"发愤忘食"好理解，孔子为"学"、谋"道"都表现出一种"如矢"的精神境界。"乐以忘忧"又何解，难道真如朱熹所言"已得，则乐之而忘忧"，或若刘宝楠所解"乐道不忧贫"？恐怕不是。孔子之道从未"得"过，故无乐之有。孔子固然"乐道"即全身心地投入"道"中，但最大的"忧"恰恰是"道"——忧邦无道、天下无道和道之不行，故"乐道"也不得要害。孔子之乐究竟在哪里呢？乐就乐在他在"忧"的过程中获得了一个超越性的自我，也就是说，对无道的焦虑和解决方案的探寻，让孔子脱离肉体的"固穷"，成为一个与宇宙万物一体的君子。"知其不可而为之"（14.38）在一般人眼里是一种悲剧，在孔子眼里，则是以有限的生命探寻无限的理想的可能，这种"为天地立心"的努力、付出和反复探寻，本身就是一种"优入圣域"、至高无上的乐。故而王艮《乐学歌》称："乐是乐此学，学是学此乐。"

7.20 子曰："我非生而知之者，好古，敏以求之者也。"

【译】

孔子说："我不是天生就知道的，而是喜欢古代的事物，通过勤勉学习获得的。"

【引】

皇侃：好古人之道。金良年：喜欢古代典制。

【解】

孔子认为"生而知之"是上等之才，即"生而知之者上也"，而他本人只是中等之才，即"学而知之者次也"（16.9），中等之才"好古"。如何评价自己，是一个社会性难题，孔子的态度是不虚张声势，也不夸大其词，而是谦虚谨慎。若是一般妄人，早就自称"全能神""神启者"，至少"天纵之圣"这顶帽子早早地扣在自己头上了。

孔子自认为"学而知之""敏以求之"的学习态度，也是一种君子式的态度，本分，踏实。尤要指出的是，他唯一承认的自己的优点就是好学。

7.21 子不语：怪、力①、乱、神。

【注】

①力：勇力，强力，即霸道。孔子对"勇""力"俱不喜，"骥不称其力，称其德也"（14.33）。

【译】

孔子不称道怪异、霸道、悖乱、神灵。

【引】

朱熹：怪异、勇力、悖乱之事，非理之正，固圣人不语。鬼神，造化之迹，虽非不正，然非穷理之至，有未易明者，故亦不轻以语人也。刘宝楠："不语"，谓不称道之也。

【解】

不语"怪、力、乱、神"是君子的基本修养，也是儒学的整体面向。儒学是入世的，基调是人文主义的、以人为本的，面对的始终是解决此世此岸此在的问题，人就是价值和终极，悖于人情常理的，孔子鲜言及。

孔子一不称道怪异。宰我问于孔子曰："昔者予闻诸荣伊，言黄帝三百年。请问黄帝者人邪？亦非人邪？何以至于三百年乎？"孔子曰："予！禹、汤、文、武、成王、周公，可胜观也！夫黄帝尚矣，女何以为？先生难言之。"（《大戴礼·五帝德》）二不称道霸力，认为"骥不称其力，称其德也"（14.33）。三不称道悖乱，认为"攻乎异端，斯害也已"（2.16）。四不称道鬼神，认为"未能事人，焉能事鬼"（11.12）。

荀子曾说："仁义德行，常安之术也，然而未必不危也；污僈突盗，常危之术也，然而未必不安也。故君子道其常，而小人道其怪。"（《荀子·荣辱》）这句话，某种意义上可以为"子不语"提供一个侧证。

7.22 子曰："三人行，必有我师焉；择其善者而从之，其不善者而改之。"

【译】

孔子说："三个人在一起时，里面一定有我可以师法的人；选择那些好的地方跟着学习，不好的地方加以改正。"

【引】

何晏：言我三人行，本无贤愚，择善从之，不善改之，故无常师也。刘宝楠："三人"者，众辞也。

【解】

千古名言。"三人"非具体数目，只是概指。孔子论"学"，也讲辩证法，本则算一例。这里强调向他人学习，向身边的人学习，学无常师，每个人都是老师，都有值得学习的地方，还不用交"束脩"，善莫大焉。

"以人为镜，可以明得失。"（《后唐书·魏徵传》）不只学习长处，也要"学习"短处——能看出短处，且能回避，更是本事。"学"不是诵读、模仿，这是初阶，而是"修、求、正、省、讼"，如孔子所说："见贤思齐焉，见不贤而内自省也。"（4.17）钱穆说："孔子之学，以人道为重，斯必学于人以为道。……道无不在，惟学则在己。能善学，则能自得是师。"钱氏是大学问家，这句话，可谓得孔子心。

7.23 子曰："天生德于予，恒魋^①其如予何？"

【注】

①参见附录一 7—23。

【译】

孔子说："我的德是上天赐予的，恒魋又能把我怎么样呢？"

【引】

包咸：谓授我以圣性也，合德天地，吉而无不利。江熙：小人为恶，以理喻之则欲凶强，晏然待之则更自处，亦犹匡人闻文王之德而兵解也。刘维业：孔子所说的天，并不是人格化的神，而是真理与正义的象征。杨朝明：孔子于天命十分重视，其思想中颇涵一种宗教意蕴，此不可不察者也。

【解】

旧日，村内有一人，每每纵酒，拍着胸脯说："我怕谁啊？我怕谁啊？"他没有文化，不知道拿天命说事儿，若拿了，恐怕也能搞出个谶纬来。孔子过宋，恒魋想动他。孔子无奈，只得作此豪言。李泽厚以为"不过一句普通壮胆的话"，是入情入境，可信的。问题在于，遇到这样的困境，孔子为何说"天生德于予"？根本还在于，天不仅生德于孔子，其实是生德于万物，但只有孔子这样的君子志于道、志于学，能"知天命"（2.4）。"知天命"是知道之所在和天命之所在，这样，他的行为就具有超越性，就心性而言，不是常戚戚，而是坦荡荡，洋溢着一种乐而忘忧的精神。正是这种精神或者孟子说的"浩然之气"，是恒魍奈何不得的。也就是说，天固然生德于万事万物，但能否固德，且以私德生公德，将其作为生命的精气神，还是依靠内向。

7.24 子曰："二三子以我为隐乎？吾无隐乎尔。吾无行而不与二三子者，是丘也。"

【译】

孔子说："你们以为我隐瞒了什么啊？我没有隐瞒啊。我所作所为没有不向你们坦陈的，这就是我啊。"

【引】

包咸：圣人知广道深，弟子学之不能及，以为有所隐匿。刘宝楠：夫子以身教，不专以言传，故弟子疑有所隐也。

【解】

孔子非止一次受到怀疑，陈亢就曾问伯鱼："子亦有异闻乎？"（16.13）在陈绝粮时，子路甚至对孔子之道也画起了问号。若通观《论语》，有疑问也算正常。孔子多能，不是所有弟子都能看得懂，学得透，子贡便说："夫子之文章，可得而闻也；夫子之言性与天道，不可得而闻也。"（5.13）此外，孔子喜欢激发式教学："不愤不启，不悱不发。举一隅不以三隅反，则不复也。"（7.8）弟子的悟性至关重要。孔子弟子三千，贤者七十二，但《论语》中，孔子提及可以谈论《诗》的，唯子贡、子夏二人而已，即便颜渊也不可。何况如朱熹所说："诸弟子以夫子之道高深不可几及，故疑其有隐，而不知圣人作、止、语、默无非教也。"这也表明，若只善教，而不善学，"无所用心，难矣哉"（17.22）。

7.25 子以四教: 文、行①**、忠、信。**

【注】

①行（xìng）: 言行, 即礼。《荀子·大略》:"夫行也者, 行礼之谓也。""行"不可指德行, 忠信即德, 重复, 概指言行, 即礼。《左传·昭公二年》:"忠信, 礼之器也。卑让, 礼之宗也。"

【译】

孔子用四项内容教育学生: 文献、礼仪、忠心、信用。

【引】

①朱熹: 行, 去声。刘宝楠: 行谓躬行也。方骥龄: 为待人接物之方。

邢昺: 文谓先王之遗文。行谓德行, 在心为德, 施之为行。中心无隐谓之忠。人言不欺谓之信。此四者有形质, 故可以举以教也。朱熹: 程子曰,"教人以学文修行而存忠信也。忠信, 本也。"

【解】

本则所记教之四科"文、行、忠、信", 与 11.3 所记孔门四科"德行、言语、政事、文学"大体类同。其中,"文"对应"文学","行"对应"德行","忠"对应"政事","信"对应"言语"。

"忠"对应"政事", 可参看"为人谋而不忠乎"（1.4）;"信"对应"言语", 可参看"古者言之不出, 耻躬之不逮也"（4.22）、"仁者, 其言也讱"（12.3）。

7.26 子曰:"圣人, 吾不得而见之矣; 得见君子者, 斯可矣。"子曰:"善人①, 吾不得而见之矣; 得见有恒者, 斯可矣。亡而为有, 虚而为盈, 约②而为泰③, 难乎有恒矣。"

【注】

①善人：有德行之人，可不译。《论语》中，"善人"次于圣人、高于君子，是有德有位者。邢昺说"善人即君子也"，不对，君子不一定有位。②约：贫困，困顿。③泰：奢侈，引申为充裕。《玉篇》："泰，侈也。"《荀子·议兵》："凡虑事欲熟，而用财欲泰。"

【译】

孔子说："圣人，我是看不到了；看到君子，就可以了。"孔子说："善人，我是看不到了；看到一心向善的，就可以了。如果没有装作有，空虚装作充足，贫困装作充裕，这样的人很难一心向善了。"

【引】

③皇侃：家贫约而外诈奢泰。康有为：通也。钱穆：困约装作安泰。

皇侃：君子之称，上通圣人，下至片善。今此上云不见圣，下云得见君子，则知此君子，贤人以下也。邢昺：言当时非但无圣人，亦无君子也。

【解】

在孔子看来，当世之中，圣人和善人是见不到的，都活在传说里面。圣人是上古的帝王，如尧舜等有德有位者，不过其已进入"圣域"，活在神话和传说中；善人也指有德有位者，不过，善人尚未进入"圣域"，是普通的贤王，"善人教民七年，亦可以即戎矣"（13.29）。只有君子和有恒者，才勉强得见。《论语》中，孔子称之为君子的，不过当代蘧伯玉、子产、子贱、南宫适四人而已。这再一次印证了《论语》中心旨趣在于此世，在于入世，在于培养"君子"，使人成人。这个意义上说，孔子学即为君子学。

"亡而为有，虚而为盈，约而为泰"更像一句警语，若是，不仅为人不能有恒，为政也坚持不下去。

7.27 子钓而不纲①，弋②不射宿③。

【注】

①纲：提网的总绳，引申为一种捕鱼方法。②弋：用系有绳子的箭射鸟。③宿：栖宿之鸟。

【译】

孔子钓鱼却不用网捕鱼，射鸟但不射宿鸟。

【引】

①孔安国：为大网以横绝流。牛运震：不忍尽取。

【解】

孔子闲暇间钓钓鱼，射射鸟，游于艺时不忘依于仁。也就是说，孔子将"仁"推及动物身上，不涸泽而渔，赶尽杀绝，遵循了现代式的人道主义。

孔子这种"仁"体现的是自己"中""和"之道，道在日用间，而不是玄而又玄。

7.28 子曰："盖有不知而作之者，我无是也。多闻，择其善者而从之，多见而识之，知之次也①。"

【注】

①知之次也：即"学而知之者次也"（16.9）。

【译】

孔子说："大概有不知道却胡乱创作的人，我不是这个样子。多听，选择那些好的地方跟着学习，多看，默默地记住，这是次一等的知啊。"

【引】

朱熹：所从不可不择，记则善恶皆当存之，以备参考。如此者虽未能实知其理，亦可以次于知之者也。

【解】

孔子不认为自己是"生而知之者"（16.9）的天才，而自认是次一等的，即"学而知之者"。孔子始终强调自己"学"者的身份，把"学"视为构建自己、区别他人的"德"。这里，孔子将"学"具体化，也就是多听，多看。孔子是一个实践主义者，也是一个经验主义者，既反对凭空胡作，也反对巧言玄谈，在生活中多听、多看，比较、反复，始终是"知"的来源。

7.29 互乡①难与言，童子见，门人惑。子曰："与其进也，不与其退也，唯何甚？人洁己以进，与其洁也，不保②其往也。"

【注】

①互乡：地名，此处指互乡人。②保：坚持，保持。

【译】

互乡人不好交流，孔子却接待了一个小孩，弟子不解。孔子说："要支持他们进步，不支持他们退步，何必做得太过了？人家洁身自爱想要进步，就得支持这一点，不能老盯着人家以前那些事儿。"

【引】

②王闿运：犹守也，持故意待之。

孔安国：教诲之道，与其进，不与其退。朱熹：唯字上下，疑又有阙文，大抵亦不为已甚之意。程子曰，"圣人待物之洪如此。"

【解】

时过境迁之故，本则语法拗口，理解起来较为困难，不必通则理解，抓住两点即可：一、不论口碑与身份，有求教的，"与其进"；二、既往不咎，不能以往观今，对人要以一种"进化论"的态度。

此处，孔子大概是以身言教，要弟子待人接物多一些宽容精神。

7.30 子曰："仁远乎哉？我欲仁，斯仁至矣。"

【译】

孔子说："仁远吗？我想要仁，仁就来了。"

【引】

朱熹：仁者，心之德，非外在也。放而不求，故有以为远者；反而求之，则即此而在也。

【解】

"仁"是道，也是用；是抽象的，也是具体的，统一于"心"。"仁"不是外界强塞给的，而是由自己心生的，"为仁由己，而由人乎哉？"（12.1）但"心"须要"学"，才可以"求仁得仁"。"仁"作为抽象的道，是天、性、命，很难求得，也很难圆满，是没有止境的，故而"仁以为己任，不亦重乎？死而后已，不亦远乎？"（8.7）。就弟子而言，"回也，其心三月不违仁，其余则日月至焉而已矣"（6.7）。但"仁"作为具体的用，就在日常之间、言行之内，"钓而不纲，弋不射宿"是"仁"，见互乡童子也是"仁"，甚至其具体而微到意念动静里面。"我欲仁，斯仁至矣"，强调的是"仁"是一个"我欲"的结果，也就是说，伴随着"修、求、正、省、讼"这一过程，强调的则是"求仁"的主体责任和主动性。对于君子来说，"仁"又远又近，须"无终食之间违仁"（4.5），否则，就不成其为君子，"仁"也不成其为"仁"。

7.31 陈司败①问昭公②："知礼乎？"孔子曰："知礼。"孔子退，揖巫马期③而进之，曰："吾闻君子不党，君子亦党乎？君取④于吴，为同

姓，谓之吴孟子⑤。君而知礼，孰不知礼？"巫马期以告。子曰："丘也幸，苟有过，人必知之。"

【注】

①参见附录一7—31—1。②参见附录一7—31—2。③参见附录一7—31—3。④取：同"娶"。⑤参见附录一7—31—4。

【译】

陈司败问道："鲁昭公懂礼吗？"孔子说："懂礼。"孔子走后，陈司败给巫马期作揖，请他走到自己面前，说："我听说君子不偏不私，君子也又偏又私吗？鲁昭公从吴国娶了个夫人，还是个同姓，因此称为吴孟子。鲁昭公要是懂礼，谁不懂礼？"巫马期将这些话告诉了孔子。孔子说："我很幸运，假如有过失，人家一定会知道。"

【引】

邢昺：云"讳国恶，礼也"者，僖元年《左传》文也。案《坊记》云"善则称君，过则称己，则民作忠"，"善则称亲，过则称己，则民作孝"。是君亲之恶，务于欲掩之，是故圣贤作法，通有讳例。杜预曰"有时而听之则可也，正以为后法则不经，故不夺其所讳，亦不为之定制"。言若正为后法，每事皆讳，则为恶者无复忌惮，居上者不知所惩，不可尽令讳也。人之所极，唯君与亲，才有小恶，即发其短，非复臣子之心，全无爱敬之义。是故不抑不劝，有时听之，以为讳恶者礼也，无隐者直也，二者俱通以为世教也。云"圣人道弘，故受以为过"者，孔子所言，虽是讳国恶之礼，圣人之道弘大，故受以为过也。孔子得巫马期之言，称己名云：是己幸受以为过。故云：苟有过，人必知之。所以然者，昭公不知礼，我答云知礼。若使司败不讥我，则千载之后，遂永信我言，用昭公所行为知礼，则乱礼之事，从我而始。今得司败见非而受以为过，则后人不谬，故我所以为幸也。缪协云"讳则非讳。若受而为过，则所讳者又以明矣，亦非讳也。昂司败之问，则诡言以为讳，今苟将明其义，故向之言为合礼也。苟曰合礼，则不为党矣。若不受过，则何礼之有乎"。

朱熹：孔子不可自谓讳君之恶，又不可以娶同姓为知礼，故受以为过而不辞。吴氏曰，"鲁盖夫子父母之国，昭公，鲁之先君也。司败又未尝显言其事，而遽以知礼为问，其对之宜如此也。及司败以为有党，而夫子受以为过，盖夫子之盛德，无所不可也。然其受以为过也，亦不正言其所以过，初若不知孟子之事者，可以为万世之法矣。"

【解】

"司败之问"和 13.18 "其父攘羊"，同为逻辑上极为复杂的篇什，其暗含的主题是，面对"德之两难"的情境，该做出怎样的选择。哀公元年（前 494）至哀公六年（前 489），也就是五十八岁到六十三岁间，孔子曾两次在陈，按附录一 7—31—1，此次对话应发生于哀公三年（前 492），孔子客居陈司城贞子家中时。其时，昭公早已作古。也就是说，"问礼"首先是一个外交事件。

不妨先还原整个事件的来龙去脉。陈司败作为司寇，一出现就咄咄逼人，显现出名家的派头，其明知昭公违礼，却以之问孔子，直接将孔子逼入道德死角。逻辑上，若答不知，既有可能是无知，也有可能是隐瞒；若回答知，孔子则就"党"而"私"。总之，答是答非，非君子的帽子是摘不掉了。在这里，陈司败以"非礼"之问难人，自然是非礼的，这是他第一次失礼。孔子不辩解。他的回答简单明了，两个字："知礼。"陈司败不置可否，而是在弟子面前败坏老师，孔子居然"党"而"私"，其潜台词是孔子配不上君子的称呼。这是他第二次失礼。弟子将陈司败的话转告给孔子，孔子亦不辩解，亦无承认有过，而是说"丘也幸"。

昭公娶吴姬是当时的一个重大事件，国人皆知。鲁为周公之后，吴为泰伯之后，同为姬姓，按礼不婚。《礼记·大传》："虽百世而昏姻不通者，周道然也。"昭公娶亲后，也知道自己违礼，故不称其为"吴姬"，而称"吴孟子"，这一点，陈司败说"谓之"，意味着他并不否认昭公的避讳。但这种避讳毫无意义，按照"周道"，昭公确实非礼。

以往注家统统认为，孔子答"知礼"，是为尊者讳。这种解释，来源于《史记·仲尼弟子列传》，司马迁在征引《论语》"司败之问"全文后，补充了一句"孔子云"："不可言君亲之恶，为讳者礼也。"这种补充显然是司马迁私为，以孔子处于道德谷底，替他打圆场。不过，这一打圆场恰恰陷孔子于困境中，坐实了孔子非"信"人。《说文·言部》："信，诚也。"也就是说，孔子为了维护昭公，也为了维护自己"为尊者讳"之礼，在道德上产生了新的缺陷。

需要指出的是，孔子在遭遇"司败之问"时，显然意识到这个问题，要么失礼，要么失信，故而回答简洁，也许是想模糊过去。当然，模糊是有前提的，昭公毕竟将"吴姬"谓为"吴孟子"，这也是礼。但陈司败没有就此罢休，而是背后诋毁孔子。孔子进一步的解释，就显出奥秘之处。孔子思想的核心是"礼"，礼是大德，不仅为国以礼，为人也要以礼，面对君时，则是事君尽礼，无论生死。而信也是一种德，他曾经说："人而无信，不知其可也。"（2.22）在他心目中，和礼特别是外交礼相比，个人"信"恐怕还是一种小德。故而，在失礼、失信间，他选择了后者——这似乎符合儒家的特点，在"德之两难"间，选择大者。不仅孔子本人在评价管仲时是这样的，其弟子也持有这种理念，子夏就说："大德不逾闲，小德出入可也。"（19.11）

但孔子并没就此停止反思，在得知陈司败的诋毁时，他说："丘也幸，苟有过，人必知之。"简单十个字，彻底还原了一个君子形象。"丘也幸"，意味着他并不否认陈司败对自己的指责，但既没有辩解，也没有将矛头引向昭公，而是坦承自己在"德"上是有瑕疵的，归过于己。"苟有过"，则是提供了一种假设，不止自己，包括昭公和所有人，一旦有过，是隐匿不了的，"人必知之"，如同他说的："视其所以，观其所由，察其所安。人焉廋哉？人焉廋哉？"（2.10）

孔子的伟大之处在于，当他无法解决失礼和失信的矛盾时，以己之过，对君对人进行劝谏。这一做法符合孔子"修、求、正、省、讼"的一贯之道，按照孟子的说法，就是"行有不得，反求诸己"（《孟子·离娄上》）。

7.32 子与人歌而善，必使反①之，而后和之。

【注】

①反：反复，重复。

【译】

孔子和别人一起唱歌，如唱得好，一定请他重复一遍，然后跟着和一遍。

【引】

①邢昺：犹重也。朱熹：复也。

【解】

"善"是主题词。孔子重乐教，歌为心声，唱得好，反复和，也是修己的一种方式。另外，孔子也经常以歌表达情绪。据《史记·孔子世家》：

桓子卒受齐女乐，三日不听政；郊，又不致膰俎于大夫。孔子遂行，宿乎屯。而师己送，曰："夫子则非罪。"孔子曰："吾歌可夫？"歌曰："彼妇之口，可以出走；彼妇之谒，可以死败。盖优哉游哉，维以卒岁！"师己反，桓子曰："孔子亦何言？"师己以实告。桓子喟然叹曰："夫子罪我以群婢故也夫！"

7.33 子曰："文，莫吾犹人也①。躬行君子，则吾未之有得。"

【注】

①莫吾犹人也：没有人能像我，引申为没有人能超过我。否定倒装句，即吾莫犹人也。《论语》中，"莫"字出现时，多为否定副词，释为"无""不"，无实际意义仅此一例。《孟子·尽心上》："子莫执中，执中为近之。执中无权，犹执一也。"

【译】

孔子说："文献知识，没有人能超过我。但在践行君子上，我还是有欠缺。"

【引】

①何晏：无也。朱熹：疑词。孙钦善：通忞慔，……义为努力。萧民元："莫"是一个语助词，相当于我们现在的"么"或"嘛"。李零："文莫"，读"忞慔"（mín mù），是黾勉的意思。

【解】

孔子是一个"真"人，不妄言，亦即该谦虚时就谦虚，不该时"当仁不让"。在孔子这里，"学"有几个基本的面向，突出的是两个，一为学文，二为学德。就学文而言，孔子一直认为自己是勤勉的榜样，"十室之邑，必有忠信如丘者焉，不如丘之好学也"（5.28）。而学德是没有止境的，特别是躬行君子，孔子认为，不可须臾离也。他曾说："君子道者三，我无能焉：仁者不忧，知者不惑，勇者不惧。"（14.28）这固然是谦虚，但为君子确实也是个日久功夫。

7.34 子曰："若圣与仁，则吾岂敢？抑①为之不厌，诲人不倦，则可谓云尔已矣。"公西华曰："正唯弟子不能学也。"

【注】

①抑："或""还是"之意，连词，表转折。

【译】

孔子说："谈到圣和仁，我岂敢当啊？不过学起来不厌烦，教起来不疲倦，可说是如此而已罢了。"公西华说："这正是弟子不能学的地方。"

【引】

邢昺：抑，语辞。为，犹学也。孔子言己学先王之道不厌，教诲于人不倦，但可谓如此而已矣。朱熹：圣者，大而化之。仁，则心德之全而人道之备也。为之，谓为仁圣之道。诲人，亦谓以此教人也。然不厌不倦，非己有之则不能，所以弟子不能学也。

【解】

"圣人"和"仁人"一直是孔子的理想目标，但从不以之自居，即便君子，他也谦虚地认为自己不够格。本则"圣人"和"仁人"偏于"德"，而非指"位"而言。但孔子始终视"学"为性、命和己之道，并认为自己始终在路上。"为之不厌"是指自己致力于修为"圣人"和"仁人"；"诲人不倦"是指劝导别人致力于修为"圣人"和"仁人"。"不厌""不倦"是就恒心而言，这恰恰是孔子最看重的品质。《孟子·公孙丑上》："昔者子贡问于孔子曰：'夫子圣矣乎？'孔子曰：'圣则吾不能，我学不厌而教不倦也。'子贡曰：'学不厌，智也；教不倦，仁也。仁且智，夫子既圣矣！'夫圣，孔子不居，是何言也？"这是孟子篡改本则，以孔子为圣人，其实是自己以圣人居之。《论语》中，孔子从不会失中而说这样过头的话。

7.35 子疾病，子路请祷。子曰："有诸？"子路对曰："有之。诔①曰：'祷尔于上下②神祇③。'"子曰："丘之祷久矣。"

【注】

①诔（lěi）：悼文。②上下：鬼神。"上下"商代以为神灵，周代亦作人王、神灵。此处指众鬼神。《周礼·春官·小宗伯》："及执事祷祠于上下神祇。"③祇（qí）：地神，《说文·示部》："祇，地祇，提出万物者也。"

【译】

孔子病了，子路向鬼神进行祷告。孔子说："有这回事儿吗？"子路回答说："有啊。悼文说：'为你向天地神灵祷告。'"孔子说："我祷告很久了。"

【引】

①郑玄：求神之辞也。皇侃：谓如今行状也。邢昺：累也，累功德以求福。

【解】

"诔"是写给死人的文字，如朱熹言："诔者，哀死而述其行之辞也。"孔子生病，子路爱师心切，"乱投医"，以"诔"为老师祈祷，符合其鲁莽的性格。孔子问其是否有这回事，并说"丘之祷久矣"，恐怕暗含责备，只是没有明说而已，若郑玄云"且顺子路之言也"。不过，值得注意的是"丘之祷久矣"这句话，也就是孔子到底会不会祷告。纵观《论语》，孔子与天与命，但对鬼神敬而远之，他曾表示"获罪于天，无所祷也"（3.13），故而，孔子不可能祈祷。"丘之祷久矣"，不过是想说明，祷告是没有用的。

7.36 子曰："奢则不孙①，俭则固②。与其不孙也，宁固。"

【注】

①孙：同"逊"。②固：鄙陋。

【译】

孔子说："奢侈就会不谦逊，俭乏就会显得鄙陋。与其不谦逊，宁愿鄙陋。"

【引】

朱熹：奢俭俱失中，而奢之害大。

【解】

悖论是生活中普遍存在的难题，必须在两个不合道的行为中选择其一。"奢则不孙"是一种"过"，"俭则固"是一种"不及"，如选其一，孔子的答案是"不及"。"不孙"与"奢"关联,"固"与"俭"牵涉,选择"固"就意味着"俭"。孔子尚"俭",他曾经说:"礼,与其奢也,宁俭。"(3.4)如果本则在逻辑上倒推一下,孔子的选择符合其一贯主张。

7.37 子曰:"君子坦荡荡^①,小人长戚戚^②。"

【注】

①荡荡:广大。②戚戚:忧惧。

【译】

孔子说:"君子心胸坦荡,小人常怀忧惧。"

【引】

朱熹:坦,平也。荡荡,宽广貌。程子曰,"君子循理,故常舒泰;小人役于物,故多忧戚。"

【解】

道(学)能养人。结合下则来看,修道(修己)可以改变一个人的心态、气质甚至容貌。君子以公心,故乐天知命,俯仰无愧,不被欲望羁绊,反映在功业上,尽人事听天命;小人以私心,故追名逐利,患得患失,时常背离正道,事不成则哼哼唧唧。在孔子看来,道(学)最终都体现在精神境界并落实到生活状态上。

7.38 子温而厉,威而不猛,恭而安。

【译】

孔子既温和又严厉,既威严又不刚猛,既恭敬又安然。

【引】

邢昺：此章说孔子体貌也。黄式三：温而厉，仁中有义也。威而不猛，义中有仁也。恭而安，顺乎理之当然、率乎性之自然也。孙钦善：本章反映了孔子在仪态方面坚持中庸之道。

【解】

"学"的极致是改变一个人的气质，孔子日常的精神状态，也符合"中庸"，一些看似矛盾的范畴，和谐地统一在孔子身上，"度"或者说分寸感已成为孔子生命的一部分。

泰伯第八

本章凡二十一则，疑是曾子一脉整理。其中子曰十六则，含论古圣贤六则；曾子曰五则，含病中之言二则。

本章言"君子"、论"仁"各三则，谈"礼"、说"德"各二则，讲"邦"之"有道""无道"一则。"德"中，一则言周先贤泰伯三让天下，谓"至德"；一则言周"三分天下有其二，以服事殷"，谓"至德"，这意味着孔子自言慕周道，非是无的放矢。孔子论古圣贤是托古言己，表达对"无道"邦的失望和"有道"邦的期许。

值得注意的是，曾子五则中，二论"君子"、一谈"士"、一讲"学"，这些论辞显然继承了孔子衣钵。特别指出的是，曾子总结出了为君子的"三句教"，即"可以托六尺之孤，可以寄百里之命，临大节而不可夺也"，成为千百年来士人的座右铭。

8.1 子曰："泰伯①，其可谓至德也已矣。三以天下让，民无得而称焉。"

【注】

①参见附录一8—1。

【译】

孔子说："泰伯，可以说品德至高无上了。三次礼让天下，百姓都不知道该用什么言辞称赞他。"

【引】

郑玄：太王疾，太伯因适吴、越采药，太王殁而不返，季历为丧主，一让也。季历赴之，不来奔丧，二让也。免丧之后，遂断发文身，三让也。三让之美名皆隐蔽不著，故人无得而称焉。程颐：泰伯之让，非为其弟也，为天下也。

【解】

孔子虽没有明确提出"禅让"这一概念，但却极度推崇"让"的思想，除倡呼"以礼让为国"外，还通过泰伯这个形象间接肯定了"让国"是一种"至德"。自孔子以后，"让国"作为一种伦理性概念融入主流儒家的政治思想中。

"让"正体作"讓"，《说文·言部》："让，相责让。从言襄声。"《小尔雅》："诘责以辞谓之让。"《玉篇》："谦也。"也就是说，"让"有责怪和谦让之意，推究起来，恐是责己而让人。从"让"字的本源上，就赋予"让国"以合乎道的意义。"让国"最早记载于《尚书》，其中，《尧典》记"尧舜禅让"，《大禹谟》记"舜禹禅让"。《论语》末章有尧让位于舜的表述，到了孟子，虽然也提到"让国"，但他的说法是"天子能荐人于天，不能使天与之天下，……昔者，尧荐舜于天，而天受之；暴之于民，而民受之，……尧崩，三年之丧毕，舜避尧之子于南河之南，天下诸侯朝觐者，不之尧之子而之舜；讼狱者，不之尧之子而之舜；讴歌者，不讴歌尧之子而讴歌舜，故曰，天也，夫然后之中国，践天子位焉"，也就是说，"天子不能以天下与人"（《孟子·万章上》）。上博楚简《唐虞之道》对"禅而不传"阐释得更为宏伟："唐虞之道，禅而不传。尧舜之王，利天下而弗利也。禅而不传，圣之盛也。利天下而弗利也，仁之至也。故昔贤仁圣者如此。……尧舜之行，爱亲尊贤。爱亲故孝，尊贤故禅。孝之施，爱天下之民。禅之传，世亡隐德。孝，仁之冕也。禅，义之至也。六帝兴于古，皆由此也。"至司马迁，其通过《史记》中的《五帝本纪》《夏本纪》两章，将"让国"发挥成为一种系统思想。

"让国"思想产生的原因极为复杂，既与氏族社会"家国同构"有关，也与商周之际"天命"转移的现实有关。其时，商以为自己承天命，周也以为自己承天命，如此，"天命"转移只能靠革命解决："天地革而四时成，汤、武革命，顺乎天而应乎人。"（《周易·革卦》）"革命"是讲暴力的，要流血的，为解决汤伐桀、武伐纣的逻辑问题，"以德配天"成为统治者的政治观念和治国方针。将"德"置为政治思想的中枢位置，最终演变成天下之位"有德者居之"的现实期许。其理论底调在吕望《六韬》中有精当的总结："天下非一人之天下，乃天下人之天下也。"

对于"让国"，先秦诸典一直质疑不断。《山海经·海内南经》云："苍梧之山，帝舜葬于阳，帝丹朱葬于阴。"将丹朱称为帝，意味着舜位非自让而来。古本《竹书纪年》也载："昔尧德衰，为舜所囚也"，"复偃塞丹朱，使不与父相见也"。《韩非子·说疑》更是宣称："舜逼尧，禹逼舜，汤放桀，武王伐纣，此四王者，人臣弑其君者也。"荀子在这个问题上是矛盾的，一是非让国："世俗之为说者曰：'尧舜禅让。'是不然。天子者，势位至尊，无敌天下，夫有谁与让矣……夫曰尧舜禅让，是虚言也，是浅者之传，陋者之说也。"（《荀子·正统》）一是赞让国："请成相，道圣王，尧、舜尚贤身辞让。许由、善卷，重礼轻利行鲜明。尧让贤，以为民，泛利兼爱德施均。辨治上下，贵贱有等明君臣。尧受能，禹遇时，尚贤推德天下治。虽有贤圣，适不遇世谁知之？尧不德，舜不辞，妻以二女任以事。大人哉舜！南面而立万物备。舜授禹，以天下，尚德推贤不失序。外不避仇，内不阿亲，贤者予。禹劳心力，尧有德，干戈不用三苗服。举舜畎亩，任之天下身休息。"（《荀子·成相》）

品琢本则，"三"是否具体数字，并非问题关键所在。问题在于，孔子将"让"与"德"联系起来，以无德让于有德，以不能让于能，甚至不论德能，凡让者，皆为至德至礼，体现了对德性的崇尚。正是孔子开启了君子政、理想国的滥觞，为传统政治注入温情的一面，这是值得肯定的。

8.2 子曰:"恭而无礼则劳①,慎而无礼则葸②,勇而无礼则乱③,直而无礼则绞④。君子笃于亲,则民兴于仁;故旧不遗,则民不偷⑤。"

【注】

①劳:辛劳,劳苦。②葸(xǐ):害怕,畏惧。③乱:破坏,作乱。④绞:急切。⑤偷:浅薄,不厚道。

【译】

孔子说:"恭敬却不符合礼就会劳苦,谨慎却不符合礼就会畏惧,勇猛却不符合礼就会作乱,直率而不符合礼就会急躁。君子厚待亲人,百姓就会兴起仁;君子不弃故旧,百姓就不会薄情。"

【引】

①邢昺:言人为恭孙,而无礼以节之,则自困苦。②何晏:言慎而不以礼节之,则常畏惧。④杨伯峻:尖刻刺人。⑤孙钦善:情意淡薄。

【解】

《礼记·仲尼燕居》:"敬而不中礼谓之野,恭而不中礼谓之给,勇而不中礼谓之逆。"本则谈政,分为两部分。第一部分讲"礼"是"中庸","不以礼节之",一些德目就会走向反面。第二部分讲"亲"是"仁道","亲"可以"安人","子欲善而民善矣。君子之德风,小人之德草。草上之风必偃"(12.19)。孔子看来,政治是具有浓重亲情和人情味儿的,这也是"家国同构"的一种表达。

本则可以看出,"礼"是统率诸德的,乃诸德之根本。

8.3 曾子有疾,召门弟子曰:"启①予足!启予手!《诗》云:'战战兢兢,如临深渊,如履薄冰。'②而今而后,吾知免③!小子!"

【注】

　　①启：一种解释是"打开"，一种解释是通"睯"，省视、察看之意，当以后者为佳。②句出《诗经·小雅·小旻》："国虽靡止，或圣或否。民虽靡膴，或哲或谋，或肃或艾。如彼泉流，无沦胥以败。不敢暴虎，不敢冯河。人知其一，莫知其他。战战兢兢，如临深渊，如履薄冰。"曾子引之，形容自己危如累卵，命悬一丝。③免：逃脱，脱离，《广雅·释诂四》："免，脱也。"引申为免于灾难或刑戮，亦即可以死得全尸，而不会损伤。《孝经·开宗明义章》："身体发肤，受之父母，不敢毁伤，孝之始也。"《大戴礼·曾子大孝》："天之所生，地之所养，人为大矣。父母全而生之，子全而归之，可谓孝矣；不亏其体，可谓全矣。"

【译】

　　曾参病了，召集自己的学生说："瞅瞅我的脚！瞅瞅我的手！《诗经》说：'战战兢兢，像靠近深渊，像踩着薄冰。'从今以后，我可以留个全尸了，孩子们啊。"

【引】

　　①郑玄：开也。曾子以为受其身体于父母，不敢毁伤之，故使弟子开衾而视之也。刘宝楠：启手足在既卒之后。曾子即预戒之，又引《诗》言，自道其平日致谨其身、不敢毁伤之意，皆所以守身也。李零：其实也就是动动我的手，动动我的脚。

【解】

　　据《大戴礼·曾子大孝》："乐正子春，下堂而伤其足，伤瘳，数月不出，犹有忧色。门弟子问曰：'夫子伤足，瘳矣，数月不出，犹有忧色，何也？'乐正子春曰：'善！如尔之问也。吾闻之曾子，曾子闻诸夫子曰："天之所生，地之所养，人为大矣。父母全而生之，子全而归之，可谓孝矣；不亏其体，可谓全矣。故君子顷步之不敢忘也。"今予忘夫孝之道矣，予是以有忧色。'"乐正子春是曾子弟子，按他的说辞，"不亏其体，可谓全矣"是代代相传，源于孔子。

曾子一生唯谨慎，又事亲大孝，病入膏肓，犹惦记"身体发肤，受之父母，不敢毁伤"，以为可以免于刑戮，保全自己，故松了一口气，而有此语。

"内向"之人，心累。

8.4 曾子有疾，孟敬子①问之。曾子言曰："鸟之将死，其鸣也哀；人之将死，其言也善。君子所贵乎道者三：动②容貌，斯远暴慢矣；正颜色，斯近信矣；出③辞气，斯远鄙倍④矣。笾豆⑤之事，则有司⑥存。"

【注】

①参见附录一8—4。②动：运动，运用，《说文·力部》："动，作也。"引申为整理、整肃之意。③出：显现，出现。④倍：违反，违背，通"背"。《说文·人部》："倍，反也。"《荀子·天论》："背道而妄行，则天不能使之吉。"⑤笾豆：古代宴会和祭祀时盛放食物的器皿。竹制的叫笾，木制的叫豆。笾豆之事，即礼仪细节。⑥有司：官吏。古代设官分职，各有专司，故称。《经传释词》："有，语助也。一字不成词，则加'有'字以配之。若虞、夏、殷、周皆国名，而曰有虞、有夏、有殷、有周是也。推之他类，亦多有此。"

【译】

曾参病了，孟敬子前来探望问候。曾参说："鸟快死时，叫声凄凉；人快死时，言辞善良。君子在三个方面重视道：严肃容貌，就会远离粗暴怠慢；端正脸色，就会让人信任；讲究言辞，就会远离鄙陋歪理。礼仪细节，则由专人负责。"

【引】

②皇侃：凡人相见，先睹容仪，容仪故先也。③④皇侃：出言有章，故人不敢鄙秽倍违之也。

【解】

《左传·成公十三年》："礼，人之干也。"曾子重病中，仍念念不忘礼。按照邢昺的意思，曾子所说的动容貌、正颜色、出辞气是"人之相接，先见容貌，次观颜色，次交言语，故三者相次而言也"。据《礼记·冠义》：凡人之所以为人者，礼义也。礼义之始，在于正容体、齐颜色、顺辞令。容体正，颜色齐，辞令顺，而后礼义备。以正君臣、亲父子、和长幼。君臣正，父子亲，长幼和，而后礼义立。故冠而后服备，服备而后容体正、颜色齐、辞令顺。故曰："冠者，礼之始也。"是故古者圣王重冠。朱熹说："言道虽无所不在，然君子所重者，在此三事而已。是皆修身之要、为政之本，学者所当操存省察，而不可有造次颠沛之违者也。若夫笾豆之事，器数之末，道之全体固无不该，然其分则有司之守，而非君之所重矣。"孟敬子是孟武伯之子，鲁国孟孙氏第十一代宗主，曾子语之以此，无疑是在讽谏。

8.5 曾子曰："以能问于不能，以多问于寡，有若无，实若虚，犯而不校[①]，昔者吾友[②]尝从事于斯矣。"

【注】

①校：计较，考虑。②吾友：旧注多指颜回。

【译】

曾参说："有能力的向没能力的请教，学问多的向学问少的请教，拥有却像没有，充盈却像空虚，被冒犯却不计较，以前我一位朋友曾经这么做过。"

【引】

①包咸：报也。言侵犯不报。朱熹：计较也。

【解】

"昔者"是指以前，看来这个朋友已经死了。自马融始，注家以为"吾友"指颜渊，不好确认，也不好反驳。"以能问于不能，以多问于寡"是不耻下问；"有若无，实若虚"倾向于道家了，可视为谦虚；"犯而不校"是和为贵。

能做到这三点，就德性而言，"若圣与仁"了。

8.6 曾子曰："可以托六尺之孤①，可以寄百里之命②，临大节③而不可夺④也。君子人与？君子人也。"

【注】

①六尺之孤：尚未成人的孤儿。六尺，古代尺短，形容身体未发育完成；孤，指未成年即失去父亲的孩子。②百里之命：国君的政令。百里，方圆百里之地，代指诸侯国。③大节：事关存亡安危的关头。④夺：动摇，失去，《玉篇》："夺，取也。"《说文解字注》："引伸为凡失去物之称。"

【译】

曾子说："可以把幼主托付给他，可以把政令托付给他，存亡安危的重要关头不能让他屈服。这是君子吗？这就是君子啊。"

【引】

①郑玄：年十五以下。皇侃：谓童子无父而为国君者也。②孔安国：摄君之政令也。方骥龄：秉国君之命治理地方。

康有为：曾子之言皆守身谨约之说，唯此章最有力，真孔子之学也。

【解】

为君子"三句教"。可以托孤，信；可以托国，忠；可以托生死，义。这三者，都是"修、求、正、省、讼"而合于道的结果。如果用一个字总结，就是"仁"，这种人品德高尚，必"人任焉"（17.6）。有意思的是，曾子这句话，似乎明确了后代君子的身份定位，不为素王，即为托孤之臣、帝王之师。此后，无数士人疾疾于此，不能自拔。由周公而诸葛，由安石而居正，由歆向而康梁，俱如此。至于光莽，屡屡由君子而贰臣，也不在少数。总之，君子的极致，就是为王守国死节。

宋明儒学如果找找源头，曾子是真正的祖师爷。

8.7 曾子曰："士不可以不弘毅①，任重而道远。仁以为己任，不亦重乎？死而后已，不亦远乎？"

【注】

①弘毅：抱负远大、意志坚定。弘，大。

【译】

曾子说："士不能不抱负远大、意志坚定，因为任务艰巨，前路遥远。把实行仁作为自己的责任，不是很重吗？咽下最后一口气才肯罢休，不是很远吗？"

【引】

①包咸：弘，大也。毅，强而能决断也。朱熹：弘，宽广也。毅，强忍也。

【解】

曾子继承了孔子的思想体系中的"仁"，并传之思孟，本则是此学派脉络一个很好的证明。孔子曾评价曾子说："参也鲁。"《论语》中，曾子给人的印象是个"省己派"代表人物，注重内向求进，而非子路这样的行动派，似乎"省"得过重了，显得小心谨慎，唯唯诺诺，迟笨呆缓。但就是这样一个人，一旦发声，大气磅礴，正义凛然。如果说孔子赋予了君子德性内涵，将君子定义为一个文质彬彬的人世形象，而曾子则提出了君子的使命感，将君子延伸为一个肩负重任、不屈不挠的"人格王"。

借用一个通俗的比喻，曾子可说是儒家的"扫地僧"。如果进一步分析，我们会发现，曾子在小节上谨小慎微，在大节上大开大合，完全不同，这种自相矛盾的形象之所以能统一在一个人身上，在于从严处求、从深处要、从细处寻的省己功夫，将"心"清理得无欲无垢无阻，从而成就了具有浩然之气的伟大人格。千百年来，儒士或君子就是以这种"人格王"的气象充塞于天地之间。还需要指出的是，曾子所说的"不可以不"值得深刻检讨。一方面，"仁以为己任"是一种道德强制，另一方面，这种强制是一种自律而非他律，是君子修己而自我赋予的权利和义务。正由于此，康有为才感叹说这是"真孔子之学"。

8.8 子曰："兴①于《诗》，立于礼，成于乐。"

【注】

　　①兴：兴起，起来，引申为起始，《说文·舁部》："兴，起也。"

【译】

　　孔子说："（一个君子应）起始于学《诗》，立身于学礼，完成于学乐。"

【引】

　　包咸：言修身当先学《诗》。礼者，所以立身。乐所以成性。王弼：言有为政之次序也。杨伯峻：成于乐……把音乐作为他的教学工作的最后一个阶段。杨朝明：本章孔子论教化之道，即为政之道，而恐非仅为教、学之道也。

【解】

　　本则是成人、成"君子"的"三字经"。孔子成人、为君子之学，是情感培养、心性塑造或境界拓展之学，非是知识、技能复制之学，孔子虽自誉"多能鄙事"（9.6），但"志于道"（7.6）始终是主要。其中，"兴于《诗》",是通过启发心智培育"情";"立于礼",是通过规范言行塑造"心";"成于乐"是通过中和身心节制"性"。孔子似乎认识到了人性之多欲和复杂,故而,对情感的"修、求、正、省、讼"是其逻辑中心。

孔子曾教子"不学《诗》,无以言""不学礼,无以立",陈亢以为"君子之远其子也"(16.13),亦即"有教无类"(15.39)。以此观之,这三句话是孔子教人为君子之道。

8.9 子曰:"民可使由之,不可使知之。"

【译】

孔子说:"老百姓可以通过引导让他们自己归化于道,而不可以通过强制让他们懂得道。"

【引】

郑玄:由,从也。言王者设教,务使人从之。何晏:由,用也。可使用而不可使知者,百姓能日用而不能知。邢昺:言圣人之道深远,人不易知也。朱熹:民可使之由于是理之当然,而不能使之知其所以然也。程子曰,"圣人设教,非不欲人家喻而户晓也,然不能使之知,但能使之由之尔。若曰圣人不使民知,则是后世朝四暮三之术也,岂圣人之心乎。"程树德:愚谓《孟子·尽心篇》:"孟子曰:'行之而不着焉,习矣而不察焉,终身由之,而不知其道者,众也。'"众谓庸凡之众,即此所谓民也,可谓此章确诂。杨伯峻:老百姓,可以使他们照着我们的道路走去,不可以使他们知道那是为什么。黄克剑:可以让百姓依礼而行,不可以让百姓纠缠在繁多的礼仪知识上。

【解】

郭店楚简《尊德义》云:"行矣而亡,养心于慈良,忠信日益而不自知也。民可使道之,而不可使知之。民可道也,而不可强也。桀不谓其民必乱,而民有为乱矣。爱不若也,可从也而不可及也。君民者治民复礼，民除害智。"据此，"民可使由之，不可使知之"与"民可使道之，不可使知之"句式和含义相同，且其背后潜存着一个主体，即"王"，也就是说，这是"王"所要采取的为政方式。由，自。《诗经·大雅·文王有声》："自西自东，自南自北，无思不服。"郑玄笺："自，由也。"又，《大戴礼记·曾子事父母》："曾子曰：'夫礼大之由也，不与小之自也。'"之，道。《孟子·滕文公下》："居天下之广居，立天下之位，行天下之大道，得志与民由之，不得志独行其道。"故"可使由之"和"不可使知之"乃两种不同的为政方式，一种是"道之以德，齐之以礼"的，尊重百姓的主体性；一种是"道之以政，齐之以刑"（2.3）的，张扬为政者的强制性。两者之间的区别如《孟子·离娄下》："舜明于庶物，察于人伦，由仁义行，非行仁义也。"即通过"道/御"，实现由内而外的自主的归化，还是通过"掩/牵"，实现由外而内的强制的硬化。也就是郭店楚简《成之闻之》所云："上不以其道，民之从之也难。是以民可敬导也，而不可掩也；可御也，而不可牵也。"

8.10 子曰："好勇疾贫，乱①也。人而不仁，疾之已甚，乱也。"

【注】

①乱：作乱，祸乱。

【译】

孔子说："恃勇斗狠、仇贫怨穷，是祸乱啊；人若不仁，憎恨太过，是祸乱啊。"

【引】

邢昺：此章说小人之行也。张居正：夫好勇疾贫者，是身自为乱，固为天下之首恶。至于恶不仁者，本为正理，特以处之不善，乃亦足以致乱，而徒为祸阶。蔡尚思："人而不仁，疾之已甚，乱也"，是他待人的中庸。

【解】

孔子对"勇"抱有贬义，认为"勇而无礼则乱"（8.2）。相反，他认为"贫"和君子恰恰是可以和谐并存的，"君子忧道不忧贫"（15.32）。本则暗含的主题是守"中"，守"中"是君子之道，非"修己"者不能达此。孔子一向警惕勇和贫，认为只有君子才能戒勇固穷，"小人穷斯滥"（15.2），也逞勇斗狠，是祸乱之源，故而孟子曰："无恒产而有恒心者，惟士为能。若民，则无恒产，因无恒心。"（《孟子·滕文公上》）这个意义上，孔子是儒家中第一个关注仇富心理的思想家。

不过，更有意义的是本则中的第二句，即对不仁之人的"恶"，要有"度"，不能太左，也不能太右，以"疾甚"来表达自己的革命态度，往往走向革命的极端而生乱端，《大戴礼·曾子立事篇》云："君子恶人之不善，而弗疾也。"那么，对待不仁之人就没有办法了？孔子的意思就是"化"，也就是刘宝楠《论语正义》引郑玄注所说："不仁之人，当以风化之。若疾之甚，是益使为乱也。""化"对小人是否有用不好说，一般而言，对"疾贫"的，唯一的办法就是以经济之道，从民生上解决问题。提高修养，施之德化，需要首先解决"食之"问题。

8.11 子曰："如有周公之才之美，使骄且吝，其余不足观也已。"

【译】

孔子说："即便有周公的才能和美貌，如果为人骄横而且吝啬，其他方面也就不足观了。"

【引】

惠栋：《周书·寤敬篇》："周公曰：'不骄不吝，时乃无敌。'"此周公生平之学，……夫子因反其语以诫后世之为人臣者。

【解】

孔子这里，"礼"和"让"是并列的，也是可以相互代替的，尤其在治国理政上，更是把"让"视为"至德"。孔子将周公当作自己的楷模，在他身上寄托了君子政、理想国的要义。而"让"、谦虚正是周公的大德之一，他曾以"六谦德"诫子伯禽，据韩婴《韩诗外传》：

> 往矣，子无以鲁国骄士。吾，文王之子，武王之弟，成王之叔父也，又相天子，吾于天下亦不轻矣。然一沐三握发，一饭三吐哺，犹恐失天下之士。吾闻，德行宽裕，守之以恭者，荣；土地广大，守以俭者，安；禄位尊盛，守以卑者，贵；人众兵强，守以畏者，胜；聪明睿智，守之以愚者，哲；博闻强记，守之以浅者，智。夫此六者，皆谦德也。夫贵为天子，富有四海，由此德也。不谦而失天下，亡其身者，桀、纣是也。可不慎欤？

骄和吝是君子的两种致命伤，按孔子的意思，若有此二者，君子不为君子，即便是圣如周公也称不上周公——骄、吝能遮盖周公之才之美，这二者尤其能败坏政治，无道者多与此有关。《左传·定公十三年》即云："骄而不亡者，未之有也。"孔子也说："见小利，则大事不成。"（13.17）如果有才不美，为害更甚。故而，历朝历代选人用人都以德为先，此则也是孔子教人内省而修己，去弊存仁，尤其警告上位者，为政以德，莫行小人之道。

8.12 子曰："三年学，不至于穀①，不易得也。"

【注】

①穀：粮食作物的总称，代指俸禄，《诗经·小雅·天保》："天保定尔，俾尔戬穀。罄无不宜，受天百禄。"《孟子·滕文公上》："经界不正，井地不钧，穀禄不平。"

【译】

孔子说："学习三年，还不想做官的，是很难得的。"

【引】

杨伯峻：这"至"字和《雍也篇第六》"回也，其心三月不违仁，其余则日月至焉而已矣"的"至"用法相同，指意念之所至。

【解】

春秋时期，"学"的唯一现实指向就是"仕"，特别于寒门之人而言，学成，要么主动货与诸侯家，要么等着"贾"来"沽"，以求得"谷"。故此，孔子才说不入仕是不易得的。孔子虽把积极入世作为终极目标，也鼓励弟子从政，但他认为"仕"的前提是"学"为君子。故而，孔子弟子有出仕的，也有一辈子求学的，如颜渊等终生以"学"为乐。也就是说，自孔子开始，为仕和为学出现分际，且"学"和"仕"取得了同等的尊严。

8.13 子曰："笃信好学，守死善道①。危邦不入，乱邦不居。天下有道则见，无道则隐。邦有道，贫且贱焉，耻也。邦无道，富且贵焉，耻也。"

【注】

①笃信好学，守死善道："笃信""好学""守死""善道"为"状语＋动词"的偏正结构。信为诚信；"善"通"缮"，即修治。

【译】

孔子说："笃志诚信，专心学问，不计生死，修治道义。危险的国家不去，动乱的国家不住。天下政治清明就出仕，天下政治混乱就隐退。国家政治清明，如果还很贫贱，是耻辱。国家政治混乱，如果还很富贵，是耻辱。"

【引】

①皇侃：宁为善而死，不为恶而生，故云守死善道也。邢昺：守死善道者，守节至死，不离善道也。朱熹：不笃信，则不能好学；然笃信而不好学，则所信或非其正。不守死，则不能以善其道；然守死而不足以善其

道，则亦徒死而已。盖守死者笃信之效，善道者好学之功。蔡节：守死以善道则其道固也。俞樾：善道与好学对文，善亦好也。孙钦善：善道，正确的学说。李零：死心塌地追求真理。

朱熹：世治而无可行之道，世乱而无能守之节，碌碌庸人，不足以为士矣，可耻之甚也。晁氏曰，"有学有守，而去就之义洁，出处之分明，然后为君子之全德也。"

【解】

本则是君子入世应遵行的基本规范。其中，"笃信好学，守死善道"是总则，无论天下是否有道，都要持守。这里，一定要记住一个理念，即孔子很重视"生"，他从不主张"赴死"，即做无谓的牺牲。孔子"知其不可而为之"（14.38）的是"道"，而非一君、一国或某一个职位。天下无道，要远离，不可仕，在其中如鱼得水的，肯定不是君子。这意味着，"生"也是一种德，一种责任。动不动就嚷嚷献身，是伪孔子之学。

8.14 子曰："不在其位，不谋其政。"

【译】

孔子说："不在那个位置上，就不考虑那个位置上的政事。"

【引】

张居正：盖所以安本然之分，而远侵越之嫌，人之自处当如是也。

【解】

"不在其位，不谋其政"的意思是"在其位，谋其政"，谋和不谋都是一种德。孔子说这句话，本意不是"事不关己，高高挂起"，而是提倡到位不越位，也不空位，这才是君子政。"八佾舞于庭"（3.1）是典型的越位，哀公不讨陈成子是典型的空位。对"位"的把握源于修己，"位置感"作为秩序伦理，绝非失德之人所能通晓。《中庸》载："哀公问政。子曰：'文武之政，布在方策气其人存，则其政举；其人亡，则其政息。人道敏政，地道敏树。夫政也者，蒲卢也。故为政在人，取人以身，修身以道，修道以仁。'"

什么样的人，有什么样的政。在位不谋，不位而谋，皆不正而非政。

8.15 子曰："师挚①之始②，《关雎》之乱③，洋洋④乎盈耳哉！"

【注】

①参见附录一8—15。②③始、乱：始者，乐之始。乱者，乐之终。《乐记》："凡乐之大节，有歌有笙，有间有合，是为一成。始于升歌，终于合乐，是故升歌谓之始，合乐谓之乱。"④洋洋：充满貌。《中庸》："大哉圣人之道！洋洋乎发育万物，峻极于天。"

【译】

孔子说："从太师挚演奏作为首章，到演奏《关雎》作为终章，满耳朵都是音乐啊。"

【引】

④孙钦善：美盛的样子。

朱熹：孔子自卫反鲁而正乐，适师挚在官之初，故乐之美盛如此。

【解】

善于欣赏音乐是一种修养，而非技艺。只有内心之德提高了，才能闻弦歌而知雅意。孔子返鲁，"然后乐正，《雅》《颂》各得其所"（9.15）。朱熹认为，此时师挚任职乐官，在其掌管下，《诗》乐"洋洋乎盈耳哉"，气象盛大，精神饱满。张岱《四书遇》以为师挚将《关雎》作为乐的末章以喻谏时人，乃"万化起于闺门"，可能未必。不过，孔子对"乐"的赞美，显然饱含了对天下之有道的希冀。

8.16 子曰:"狂而不直,侗^①而不愿^②,悾悾^③而不信,吾不知之矣。"

【注】

①侗(tóng):幼稚无知。②愿:谨慎,《说文·心部》:"愿,谨也。"《周书·谥法》:"思厚不爽曰愿。"③悾悾(kōng kōng):诚恳的样子,《后汉书·刘瑜传》:"臣悾悾推情,言不足采。"

【译】

孔子说:"狂傲不直率,无知不厚道,诚恳不可信,我不知道人为什么这样。"

【引】

①朱熹:无知貌。②孙钦善:恭谨。③朱熹:无能貌。

【解】

对一个人不可求全责备,孔子亦知人无完人,但若如此一无是处,也是"不知其可"(2.22)了。孟子说:"教亦多术矣,予不屑之教诲也者,是亦教诲之而已矣。"(《孟子·告子下》)

孔子这种态度,是对人的分别,此分别也是一种"教",即通过批评不德之人,界定"教"的内涵和外延。

8.17 子曰:"学如不及,犹恐失之。"

【译】

孔子说:"学起习来就像赶不上,还害怕会失去了。"

【引】

皇侃:言学之为法,急务取得,恒如追前人,欲取必及,故云如不及也。又学若有所得,则战战持之,犹如人执物,恒恐去失,当录之为意也。

【解】

梁漱溟说："儒家之学在求仁。'仁者，人也。'即求实践其所以为人者而已。孟子固尝言之：'形色天性，唯圣人为能践形。'儒家之学要不外践形尽性，非有他也。"（《梁漱溟全集》第四卷）本则，孔子所云显然非指学习文献知识，而是说"学"作为一种主观体验和主体实践，永远在路上，既有实现不了的可能，又有随时失去的可能，唯一能做的就是勤勤恳恳，而不敢有一丝一毫松懈怠慢。一般而言，儒学不似佛道出世求解脱，而是以"心"超越"身"实现入世的，这个"心"因"修、求、正、省、讼"而是理性的，身自然也是理性的，其所行故"战战兢兢"，怕不能，怕失去。孟子说："仁义礼智，非由外铄我也，我固有之也，弗思耳矣。故曰'求则得之，舍则失之'。"（《孟子·告子上》）。这种行，因处心中，为欲念包围，稍有不慎，便有走偏的可能，正如梁漱溟所言："一切善，出于仁；一切恶，由于不仁。不仁只为此心之懈失而已，非有他也。"因此，本则还暗含了"慎独"功夫。

8.18 子曰："巍巍①乎，舜、禹②之有天下也，而不与③焉！"

【注】

①巍巍：高大的样子。②参见附录一8—18。③与（yù）：安乐，豫悦，通"豫"。《庄子·大宗师》："古之真人，其状义而不朋，若不足而不承，与乎其觚而不坚也，张乎其虚而不华也。"《淮南子·天文》："日五日不见，失其位也，圣人不与也。"

【译】

孔子说："崇高啊，舜和禹拥有天下，却不满心欢喜。"

【引】

何晏：己不与求天下而得之也。朱熹：不与，犹言不相关，言其不以位为乐也。毛奇龄：言任人政治，不必身预，所谓无为而治是也。金知明：不与，不给自己子孙。

【解】

舜和禹伟大之处在于不把天下作为私产，不以统治万方、鱼肉万民为自己的志趣。

8.19　子曰："大哉尧之为君也！巍巍乎！唯天为大，唯尧则①之。荡荡乎！民无能名焉。巍巍乎其有成功②也！焕乎其有文章③！"

【注】

①则：仿效，效法。②成功：成绩，功效，《左传·襄公四年》："边鄙不耸，民狃其野，穑人成功。"③文章：文献，代指礼乐。

【译】

孔子说："伟大啊尧作为君王！崇高啊！唯有天最大，唯有尧效法天。壮阔啊！百姓不知道用什么称赞他。崇高啊！他有这么大的功绩。辉煌啊！他有这么好的礼乐。"

【引】

①孔安国：则，法也。美尧能法天而行化也。朱熹：则，犹准也。……言物之高大，莫有过于天者，而独尧之德能与之准。③朱熹：礼乐法度也。

【解】

本则需结合 2.1 和 17.19 来读。孔子主张为政以德，无为而治，类似现代的虚君共和，君只做个国家元首、精神领袖，但又不尽然，因为君需要不断"修、求、正、省、讼","仁以为己任",在道德上成为一个楷模,以此教民、化民,这就是尧"大哉"的意蕴。"唯天为大,唯尧则之",孔子表达的是一种政治理想,即尧作为君,顺天应命,顺势而行,而不是强以为治。董仲舒《春秋繁露·王道通三》指出:"古之造文者,三画而连其中,谓之王。三画者,天地与人也,而连其中者,通其道也。取天地与人之中以为贯而参通之,非王者孰能当是?"《说文解字》释"王"引孔子言:"一贯三为王。"这意味着,君居于天和人之间,代表天临民、教民,代表民事天、敬天,人间秩序本是天道投射、天命演绎,君只要"正"即可。君贯通阴、阳、和三气,沟通天、地、人三才。孔颖达疏云:"为人君者当无偏私,无陂曲,动循先王之正义。无有乱为私好,谬赏恶人,动循先王之正道。无有乱为私恶,滥罚善人,动循先王之正路。无偏私,无阿党,王家所行之道荡荡然开辟矣。无阿党,无偏私,王者所立之道平平然辩治矣。所行无反道,无偏侧,王家之道正直矣。所行得无偏私皆正直者,会集其有中之道而行之。若其行必得中,则天下归其中矣。言人皆谓此人为大中之人也。"奈何孔子时代,上位者心不德,身不正,居其位不谋己政而谋人欲,实非天意,亦非民意。孔子搬出尧之功、言,是想突出其德,以此讽谏时弊。

8.20 舜有臣五人①而天下治。武王曰:"予有乱②臣十人③。"孔子曰:"才难,不其然乎?唐、虞之际④,于斯为盛。有妇人焉,九人而已。三分天下有其二,以服事殷。周之德,其可谓至德也已矣。"

【注】

①五人:一般而言指禹、稷、契、皋陶、伯益。②乱:治理。③十人:一般而言指周旦、召公奭(shì)、太公望、毕公、荣公、太颠、闳(hóng)天、散宜生、南宫适以及妇人(即文母)。④唐、虞之际:唐尧和虞舜以及以后的武王之时。唐是尧的国号,虞是舜的国号。际,通常解释一为"之间",唐虞之际即尧舜之时;二为"交界",引申为以下,唐虞之际即尧舜及以后。联系下文,取后者。⑤三分天下有其二:何晏集解引包咸

曰："殷纣淫乱，文王为西伯而有圣德，天下归周者三分有二。"

【译】

舜有五位贤臣，天下大治。周武王说："我有十位治理国家的臣子。"孔子说："人才难得，难道不是吗？唐尧和虞舜至武王之时，人才最为繁盛。其中一位是妇女，仅有九个人罢了。周文王虽然占据天下的三分之二，仍侍奉殷商，周朝的德可以说至高无上了。"

【引】

④孔安国：尧舜交汇之间也。刘宝楠：际犹下也、后也。

【解】

孔子的君子政和理想国，核心要义是君不亲为政，其修己即可。但国家总是要治理的，仅以榜样化民，恐怕真是乌托邦了，孔子不会不明白此中曲直，故而也要假于人，即通过选贤任能而治。不过，孔子强调的是以德选德，以贤选贤，以能选能。人才难得，非德者不能识、选、用、育、留。这个意义上，孔子的"治国之道"，或者说为国"以德""以礼"，其实都是"以人"，但这种人必须是君子，必须能学、善学，通过"学"而"习"，达到善治，"治"不过是"学"的外化、物化，这就是孔子教人以"学"的目的之一。孔子教的是君子，要人学为君子，君要做的，就是把这样的君子选出来，摆在其合适的位置上。唯其如此，君才能居其所，被众星也就是众君子拱之。本则末句似乎应为另外一则，与前段意不符。孔子说的也不符合史实，周恰恰三分天下有其二而不事殷，革了人家的命。孔子明知事实却不顾，无非为了构建自己的政治理论。必须指出，这种妄述其实是一种妄作，开了一个坏头。以后，儒学每每谈治道都会有故意而为的曲解、回避和整合。

要注意的是，"有妇人焉，九人而已"，确实表现出轻视女性的意思，时代局限，不必以此怪孔子。

8.21 子曰："禹，吾无间①然矣。菲②饮食而致孝乎鬼神，恶衣服而致美乎黻冕③，卑宫室而尽力乎沟洫④。禹，吾无间然矣。"

【注】

①间（jiàn）：非难，毁谤。②菲（fěi）：微薄，《礼记·坊记》："不以菲废礼。"③黻冕：古代大夫以上祭祀时所穿的礼服。黻，裤裙；冕，帽子。④沟洫：沟渠，《周礼·考工记·匠人》："匠人为沟洫……九夫为井，井间广四尺，深四尺，谓之沟。方十里为成，成间广八尺，深八尺，谓之洫。"郑玄注："主通利田间之水道。"

【译】

孔子说："禹，我没什么可妄议的。自己粗茶淡饭却拿最好的祭品向鬼神表孝心，自己粗衣劣服却用最美的料子制作祭祀的礼服，自己破屋烂墙却尽最大的气力修建田间沟渠。禹，我没什么可妄议的。"

【引】

刘逢禄：禹之治水因鲧之功，沟洫之利，万世永赖，致孝之大者也。不自大其事，不自尚其功，故无间然。

【解】

孔子赞赏禹的"俭"，但这不是为"俭"而"俭"，而是一种"奢"。禹以己"俭"，"奢"事祭、事礼、事民，是以天下为己任的大德。《论语》中，孔子提倡的乐，都是修己而来的乐，要么乐道，要么乐学，要么以人乐为己乐，但无论哪种乐，都不是以奢为前提的。孔子虽然不拒绝富贵，但也不拒绝贫困，不把富贵和贫困作为"道"的某一面，才是孔子之学的真谛，孔子追求的是内心的和，以及以之施于人的乐。禹俭己而奢他者，正是和己而乐他人的最完美诠释，故而"无间然矣"。

子罕第九

本章凡三十一则，子曰二十三则（其中一则含太宰与子贡对曰）；与门人、子贡对曰各一则；与无名氏对曰一则；颜渊、牢曰各一则；非对话体描绘孔子日常三则。

本章虽以论"学"为主，但出现"学"字的仅二则，谈"仁""礼"各二则，"圣"一则；评价颜渊、子路各一则。

本章无意中隐含了孔子的命运线索：学成，"大哉孔子"（9.2）；欲达，"我待贾者也"（9.13）；欲隐，"子欲居九夷"（9.14）；不得，"逝者如斯夫"（9.17）；哀叹，"吾已矣夫"（9.9）。

9.1 子罕言利，与①命与仁。

【注】

①与：赞同。

【译】

孔子很少单纯谈功利，但赞同命，推崇仁。

【引】

郑玄：孔子希言利者，为其伤行也；希言命与仁者，为民不可使知也。

皇侃：与者，言语许之也。杨伯峻：孔子很少（主动）谈到功利、命运和仁德。

【解】

"言"引申为"追求"讲更为妥帖。《论语》中，孔子谈"利"并不少，直接计有"利"六次。就他个人而言，也不拒绝"利"，"虽执鞭之士，吾亦为之"（7.12），也不反对弟子追求"利"，子贡"亿则屡中"（11.19），让孔子赞赏不已。当然，孔子对民"利"更不否定，甚至把"利"当作"教之"的基础。不过，孔子谈"利"时，是有前提的，往往与"义"对举，即要符合"义"，提倡"见利思义"（14.12）。

关于"命"，孔子谈得很多，他尤其认为，"不知命，无以为君子"。《论语》中，孔子虽然精神表现得极为激扬，但到了晚年，挫败感和失落感很重，五十而知天命、六十耳顺，都认识到了"命"的限定性，甚至把道不行与不梦周公联系起来。这里，"命"是天命还是命运，并不重要，重要的是这种神秘的力量左右、统治人，却始终无法改变。

"仁"是《论语》中的核心概念之一，通常认为，孔子学即是仁学。尽管这个可以商榷，比如《论语》想要表达的是"学"为君子，通过"学"确立人之为人，也就是君子学，但毫无疑问，君子是"仁"人，"仁"牵涉君子的德性和禀赋。

9.2 达巷党①人曰："大哉孔子！博学而无所成名②。"子闻之，谓门弟子曰："吾何执？执御乎？执射乎？吾执御矣。"

【注】

①达巷党：《礼记·曾子问》："昔者吾从老聃助葬于巷党，及堩，日有食之。"据此可知，"达"是一个里巷的称谓。②无所成名：不根据某一方面成名。

【译】

达巷里的一个人说："伟大啊孔子！知识广博却不依据某一方面成名。"孔子听了，对弟子们说："我掌握了什么呢？掌握驾车？掌握射箭？我还是掌握驾车吧。"

【引】

②郑玄：此党之人美孔子博学道艺、不成一名而已。皇侃：大哉孔子，广学道义，周遍不可一一而称，故云无所成名也。朱熹：盖美其学之博而惜其不成一艺之名也。孙钦善：反映了孔子主张博学、反对偏废的思想。

【解】

本则是"君子不器"在孔子身上的体现。孔子曾说："吾少也贱，故多能鄙事。"（9.6）其多能，故而赢得了达巷党人"大哉"（9.2）的赞誉。不过，达巷党人似乎认为孔子过于博学，是个通儒，而没有一技之长。孔子的答复很有意思，他说了两件"鄙事"，并选了更低级的一件。《论语》中，孔子保持了一副谦谦君子的形象，自己不被理解时，做到了不争辩、不生气，亦即他说的，"人不知而不愠，不亦君子乎？"（1.1），"不患莫己知，求为可知也"（4.14）。也就是说，君子固然不党，也不争，不愠。

9.3 子曰："麻冕①，礼也；今也纯②，俭③，吾从众。拜下④，礼也；今拜乎上，泰⑤也。虽违众，吾从下。"

【注】

①麻冕：麻质的礼帽，《尚书·顾命》："王麻冕黼裳，由宾阶跻。"《白虎通·绋冕篇》："麻冕者何？周宗庙之冠也。"②纯：丝，《说文·系部》："纯，丝也。"《汉书·梅福传》："一色成体谓之醇，白黑杂合谓之驳。"醇即纯，一色。③俭：节约。④拜下：拜于堂下。臣见君，先拜于堂下，再拜于堂上。⑤泰：傲慢，骄横。

【译】

孔子说:"用麻制作礼帽,是礼。现在都用丝,节约了,我随大流。在堂下拜君,是礼;现在都在堂上拜,骄横啊。即使和大流不合拍,我也在堂下拜。"

【引】

②③孔安国:丝易成,故从俭。郑玄:纯当为缁,黑缯也。④皇侃:下谓堂下也。

【解】

在礼的问题上,孔子始终坚持两点,一曰敬,二曰俭。其中,敬是主要矛盾。也就是说,孔子把内心的情感皈依视为德性的基础。本则以礼为中心谈孔子的改革观,可以看出,他既不人云亦云,也不标新立异,而是坚持自己的标准。其在"俭"上从众,但在"敬"上却违众。俭如果不敬,没了尊重心,孔子也不从,"尔爱其羊,我爱其礼"(3.17),就是一例。

9.4 子绝四:毋意①,毋必②,毋固③,毋我④。

【注】

①意:猜度,同"臆"。②必:一定,绝对。③固:固执。④我:强者对自身的傲称,引申为主观或武断之意。

【译】

孔子弃绝四类毛病:他不猜度,不绝对,不固执,不主观。

【引】

①朱熹:私意也。②康有为:适也。③皇侃:执守坚固也。④朱熹:私己也。

【解】

　　"我"始终是人生最大的问题和难题。为君子的关键是树"我"又去"我"，即通过"修、求、正、省、讼"以成人，树立起大我，将"我"与人区别开来，又要去掉小我、私我。邢昺《论语注疏》对此有精当的理解："此章论孔子绝去四事，与常人异也。毋，不也。我，身也。常人师心徇惑，自任己意。孔子以道为度，故不任意。常人行藏不能随时用舍，好自专必。惟孔子用之则行，舍之则藏，不专必也。常人之情，可者与之，不可者拒之，好坚固其所行也。孔子则无可无不可，不固行也。人多制作自异，以擅其身。孔子则述古而不自作处，群众萃聚，和光同尘，而不自异，故不有其身也。"

　　这里，必须要指出一点，孔子的去"我"并非无"我"，而是将"我"放在一个德性的场域中，而且这个"我"是需要不断学而习的，体现在日日新的过程中。

9.5 子畏①于匡②，曰："文王既没，文不在兹乎？天之将丧斯文也，后死者③不得与④于斯文也；天之未丧斯文也，匡人其如予何？"

【注】

　　①畏：围困。②匡：春秋时卫国属地，在今河南省长垣县西南。③后死者：孔子自称。④与（yù）：参与，引申为学习，掌握。

【译】

　　孔子被匡人围困，他说："文王去世以后，礼乐不都经过我传述吗？天如果想灭绝这种礼乐，我就不可能掌握它了；天如果不想消灭这种礼乐，匡人又能把我怎么样？"

【引】

　　邢昺：记孔子知天命也。朱熹：马氏曰，"文王既没，故孔子自谓后死者。言天若欲丧此文，则必不使我得与于此文；今我既得与于此文，则是天未欲丧此文也。"

【解】

前497年，孔子自卫至陈，经过匡地，被困。据《史记·孔子世家》：

将适陈，过匡，颜刻为仆，以其策指之曰："昔吾入此，由彼缺也。"匡人闻之，以为鲁之阳虎。阳虎尝暴匡人，匡人于是遂止孔子。孔子状类阳虎，拘焉五日，颜渊后，子曰："吾以汝为死矣。"颜渊曰："子在，回何敢死！"匡人拘孔子益急，弟子惧。孔子曰："文王既没，文不在兹乎？天之将丧斯文也，后死者不得与于斯文也。天之未丧斯文也，匡人其如予何！"孔子使从者为宁武子臣于卫，然后得去。

若以孔子谈天就说他是一个有神论者，纯粹是妄言。这里，天虽被视为有意志的，其实只是一个借喻，孔子被困，秀才遇到了兵，以天自嘲自解的背后，是以道自任。往深了说，天将以孔子为木铎，不只是时人这么看，孔子自己也是这么认为的。孔子始终把自己当作君子政、理想国的继承者，是三代之道的捍卫者。这种自赋角色不容于时，便会产生"我"与整个世界的冲突。与其说孔子不被容纳，倒不如说道在当时失去了存在的世俗性价值。

9.6 太宰①问于子贡曰："夫子圣者与？何其多能也？"子贡曰："固天纵②之将圣，又多能也。"子闻之，曰："太宰知我乎！吾少也贱，故多能鄙事。君子多乎哉？不多也。"

【注】

①太宰：冢宰，原为掌管王家财务及宫内事务的官长，周公便曾以冢宰之职摄成王政。据《周礼·天官·冢宰》："乃立天官冢宰，使帅其属，而掌邦治，以佐王均邦国。"在《周礼》作为天官，成为六卿的首位，总管全国大事，相当于后世宰相或丞相。"君薨，百官总己以听于冢宰三年。"（14.40）郑玄："变冢言大，进退异名也。百官总焉，则谓之冢，列职于王，则称大。冢，大之上也。山顶曰冢。"因王室衰落，太宰被排除

在三公外。②纵：放，放纵。

【译】

太宰问子贡："先生是圣人吧？为什么这么多才多艺啊？"子贡说："这本是上天任他成为圣人，并且让他多才多艺。"孔子听到后说："太宰了解我吗？我小时候家境不好，因此会很多低卑的才艺。君子会这些技艺算多吗？不多啊。"

【引】

孔安国：疑孔子多能于小艺。邢昺：太宰之意，以为圣人当务大忽小，今夫子既曰圣者与，又何其多能小艺乎？刘宝楠：太宰以多能为圣，但有美辞，无疑辞也。

【解】

孔子始终把自己当作"学"的化身。孔子在世时，便遇到了对自己的神化问题。太牢以为孔子是圣人，子贡则直接认为是天生的，披上了一层神秘的外衣。孔子没有顺水推舟，或沾沾自喜，而是实事求是地认为，自己不过一个学习者，通过坚持不懈的学习，获得了各种技能。孔子的伟大之处在于不回避自己的低贱出身，也不以大师或圣人自居，这既是"学"的正确态度，也是"学"的结果。

9.7 牢①曰："子云：'吾不试②，故艺。'"

【注】

①参见附录一9—7。②试：用，《说文·言部》："试，用也。"王充《论衡·正说篇》："尧曰：'我其试哉。'"《礼记·乐记》："兵戈不试。"

【译】

牢说："孔子说：'我不见用，因此才学了些技艺。'"

【引】

②李零：考察、举用、出仕做官。

【解】

孔子青年和中年，有两次短暂的出仕经历，其他时间，都是在游于艺和游于途中度过。孔子称自己"不试"，固然没法施展政治抱负，复兴东周式的理想国，但却成就了一个伟大的学习者的形象，以至于时人认为他是"圣者"。孔子以后，学成为士人的一种主体自觉，一种德性、责任和标识。正是孔子将学习、君子和修己勾连起来，这在诸葛亮《诫子书》中有精妙的阐释："夫君子之行，静以修身，俭以养德。非淡泊无以明志，非宁静无以致远。夫学须静也，才须学也。非学无以广才，非志无以成学。淫漫则不能励精，险躁则不能冶性。年与时驰，意与日去，遂成枯落，多不接世，悲守穷庐，将复何及！"

9.8 子曰："吾有知乎哉？无知也。有鄙夫问于我，空空①如也。我叩②其两端而竭焉。"

【注】

①空空：一无所有，此处云孔子自谦。②叩：敲打，引申为两种解释，一为叩发，一为反问。

【译】

孔子说："我有知识吗？没有啊。有个见识浅薄的人问我，我一无所知，只能从他所问问题的两头去反问，以便尽量让他明白。"

【引】

②朱熹：发动也。刘宝楠：反问之也。

【解】

孔子的学习态度是老实的，诚敬的，即"知之为知之，不知为不知"（2.17），他虽然称多能鄙事，却没有把自己当作全能全知者。故而，本则承认自己有"无知"之处，面对鄙夫的问题，出于君子本能，采取探讨、研讨的方式试图获取答案。

这里，不妨进一步将"空空"理解为中庸，"空空"乃"有若无，实若虚"（8.5）之境，"叩其两端"乃执中，孔子以谦虚的态度解释何为"知"和如何获得"知"。

9.9 子曰："凤鸟①不至，河②不出图③，吾已矣夫！"

【注】

①凤鸟：凤凰。②③河：黄河。图：图案。《周易·系辞上》："河出图，洛出书，圣人则之。"《周语·国语上》："内史过曰：周之兴也，鸑鷟鸣于岐山。"古人认为凤鸟至、河出图是瑞兆，意味着天下有道。

【译】

孔子说："凤凰不再来了，黄河不出图了，我这辈子算是没希望了。"

【引】

②孔安国：八卦是也。

孔安国：有圣人受命则凤鸟至，河出图。今天无此瑞。张载：伏羲、舜、文不至，则夫子之文章，知其已矣。

【解】

"河出图，洛出书，圣人则之。"（《易经·系辞上》）古人把"凤鸟至，河出图"视为圣人受命而王的预兆，孔子借此喻君子政、理想国不行于世，并感叹命运之多舛。《论语》中可以看出，不得志贯穿了孔子的一生，而晚年尤为失意。这个问题，文内讨论多次，不再赘述，此处只想简单分析一个问题，孔子为什么明知任重道远还要致力于推行自己的思想主张，而且，也明知天下无道，却不肯向现实妥协，采取所谓的曲线救国的策略？

这涉及一个重大问题：一个君子的社会责任到底是什么。在孔子这里，毫无疑问，是"修、求、正、省、讼"，然后实现"以敬""安人"和"安百姓"（14.42）。"修、求、正、省、讼"是底线，也是一个人尤其是君子的个人权利，然而，仅仅这样，并不能成为一个完全君子。一个人格完美的人，还肩负着"仁者，爱人"的社会责任，不尽社会责任并不违法，但却违道，是一种失德行为，这就是孔子为什么亲近隐者，却不隐甚至有所批评的原因。因颜渊早死，完全无法预料其能否出仕，但以孔子经历和"沽之哉"（9.13）愿望，他会支持甚至推荐颜渊在适当时机，去正人、安人的。在孔子这里，入世始终是一种主动性作为，也可以说是自我强迫性责任，这是他们的心性，也可以视为义务。

君子始终是一个责任担当者。

孔子以后，君子要么提供学术，要么提供道德，要么提供功业，其实都走偏了。孔子主张的是以"修、求、正、省、讼"为根本，以"以敬""安人"和"安百姓"为目的。理解了这点，就理解了孔子的一切，包括他批评时政、时人，甚至在谏议时的坦诚及毫不留情。沉默，不作为，不担当，是利己主义、犬儒主义的，君子不为，孔子不为。

9.10 子见齐衰者①、冕衣裳者②与瞽者，见之，虽少，必作③；过之，必趋④。

【注】

①齐衰（zī cuī）者：穿丧服的人。齐衰，丧服中第二等。古时服丧制度规格、时间等按亲疏远近，亲者服重，疏者服轻，依次递减，分为斩衰、齐衰、大功、小功、缌麻五种，此之谓"五服"。齐，下衣的边。"齐"通"缉"，"衰"通"缞"。其服以粗疏的麻布制成，衣裳分制，断处缉边，缘边部分缝缉整齐，故名"齐衰"，有别于斩衰的毛边，《礼记·丧

服小记》中"上杀、下杀、旁杀"说的就是这个意思。②冕衣裳者：着礼装的人。冕，帽子，《说文·冃部》："冕，大夫以上冠也。"衣，上衣；裳，下衣。冕冠始于周，亦"旒冠"，即"平天冠"。与冕服、赤舄、佩绶、玉圭等同为帝王、王公、卿大夫祭祀等大典时穿用的礼冠。冕冠主要由延、旒、帽卷、玉笄、武、缨、纩、紞等部分组成，戴冕冠者都要身着冕服，其基本样式及制度一直沿用。③作：起，《说文·人部》："作，起也。"《礼记·少仪》："客作而辞。"④趋：走，《说文·走部》："趋，走也。"此处指小步快走，表示恭敬，古代的一种礼节。《史记·萧相国世家》："赐带剑履上殿，入朝不趋。"

【译】

孔子遇到穿丧服的人、着礼服的人和盲人，看见他们时，即便是年少的，也一定会站起来；经过他们时，一定小步快走。

【引】

包咸：此夫子哀有丧，尊在位，恤不成人也。

【解】

一个君子的内在修养往往在细微之处见精神，特别是面对弱势群体和不幸之人时，礼即仁，仁即礼，不分内外，而是"此圣人之诚心，内外一者也"（朱熹《论语集注》尹氏曰）。孔子最难能可贵的地方在于，他的礼，他的敬，是发自本心，即使面对盲人也不会稍有改易。盲人虽然看不见君子的行为，但是君子心里有一双眼睛，它们始终对自己的是非心保持警觉和警惕。君子正是以"修、求、正、省、讼"建立起谦卑而伟大的人格。

9.11 颜渊喟然①叹曰："仰之弥高，钻之弥坚。瞻之在前，忽焉在后。夫子循循②然善诱之，博我以文，约我以礼，欲罢不能。既竭吾才，如有所立卓尔。虽欲从之，末由也矣。"

【注】

①喟（kuì）然：叹息的样子。②循循：有顺序的样子。

【译】

颜回感叹地说："越仰望越觉得高大，越钻研越觉得艰深。眼看着在前面，忽然又到了后面。老师善于有顺序地引导我，用各种文献来充实我，用各种礼节来约束我，我想停下来都不可能。我已经穷尽了自己的才能，好像矗立在面前的东西还十分高大。虽然想进一步遵从，却没有什么途径。"

【引】

王恕：颜子领夫子博约之教，有得之后，追述在前未领圣教之时，以圣道为高也。

【解】

颜渊对孔子的评价与其说提供了一个神龙见首不见尾的圣人形象，倒不如说是描述了一个精神的桃花源。众所周知，孔子最著名的弟子颜渊、曾参等人都一生致力于学而不仕，李泽厚的评价最为精当，他说："孔子对颜回、曾参的教导特征，远超出'学优则仕'的教育目的和范围，而成为完整人格和人生境界的追求企望。"李泽厚说孔学具有"宗教性特征"未必正确，但却可以将我们引向哲性思索。孔子的"学"为君子确有超越性一面，即克服了世俗性和功利性目的，实现拯救灵魂的作用，就个人而言，这远远比仕更具有安抚心灵的作用。千百年来，士人一直把学作为一个道德制高点俯视芸芸众生和功名利禄，这正是孔子的功劳。也就是说，在孔子身上，颜渊发现了"学"的真正含义，其"人不堪其忧，回也不改其乐"（6.11），依靠的就是心灵的自我期许和认可。只要坚持"学"，以文博之，以礼约之，世俗亦"圣域"。

9.12 子疾病，子路使门人为臣①**。病间**②**。曰："久矣哉，由之行诈**

也！无臣而为有臣。吾谁欺？欺天乎？且予与其死于臣之手也，无宁死于二三子之手乎？且予纵不得大葬，予死于道路乎？"

【注】

①臣：本处指诸侯、王公的私臣。春秋时，各国卿大夫以上都有臣属。卿大夫家的总管叫宰，宰下又有各种官职，总称为家臣。《左传·昭公二十五年》："叔孙氏之司马鬷庚言于其众曰：'若之何？'莫对。又曰：'我家臣也，不敢知国。'"②间：痊愈。

【译】

孔子病重，子路让弟子充当治丧之臣。孔子病愈。说："仲由搞这种鬼把戏太久了！不该有治丧之臣却偏偏设了。我欺骗谁啊？欺骗老天吗？况且我与其死在治丧之臣的手里，不如死在你们这几个学生手里。而且我即使得不到厚葬，难道还被抛尸荒野啊？"

【引】

①蔡节：礼，大夫已去位，无家臣。②孔安国：病少差曰间也。刘宝楠：《方言》："差、知，愈也。南楚病愈者谓之差，或谓之间。"郭《注》："间，言有间隙。"《礼记·文王世子》："文王有疾，旬又二日乃间。"《注》："间，犹瘳。"

【解】

自刘宝楠《论语正义》以弟子亲于家臣解本则以来，注家多有因袭，其实是一种过度解读。《礼记·王制》正义引郑玄曰："大夫退，葬以士礼。致仕，以大夫礼葬。"孔子病重，子路准备葬礼，且僭礼，可谓好心办了坏事，既冒犯，又冒失。孔子不满，故出此语。

9.13　子贡曰："有美玉于斯，韫①椟②而藏诸？求善贾而沽诸？"子曰："沽之哉！沽之哉！我待贾者也。"

【注】

①韫（yùn）：藏，《广雅》："韫，裹也。"②椟：（dú）：柜子，匣子。

【译】

子贡说："这里有块美玉，是放在匣子里藏起来呢，还是找个识货的商人卖了呢？"孔子说："卖了它吧！卖了它吧！我正等着商人来呢。"

【引】

朱熹：子贡以孔子有道不仕，故设此二端以问也。孔子言固当卖之，但当待贾，而不当求之耳。

【解】

孔子一直念念不忘入世，在建立理想国问题上，始终没能做到超脱。子贡是商人，师徒二人以货物设喻，形象而不失幽默。孔子的回答，迫切之情，溢于言表，实在是内心独白的一种外显。这种急切，让人对孔子的际遇扼腕叹息。

9.14　子欲居九夷①。或曰："陋，如之何？"子曰："君子居之，何陋之有？"

【注】

①九夷：或为地名，《战国策·秦策》："楚包九夷。"《战国策·魏策》："楚破南阳九夷。"

【译】

孔子想迁到九夷。有人说："太偏僻了吧。"孔子说："君子住在那里，有什么偏僻的呢？"

【引】

①马融：东方之夷。司马贞：属楚之夷也。杨伯峻：淮夷。黄怀信：泛指东方远离华夏文明之地。

【解】

孔子失意的时候，就会想起退，想起隐居。儒中含有道的成分，尽管不会付诸实践，牢骚也好，托词也罢，心中总会有一种寄托，以安放一颗破碎的心。这里，值得注意的是"君子居之，何陋之有"一句，已经将君子视为人格化的理想国、桃花源，君子所到之处，就会和这个地方同体，改变这个地方的境域，这意味着，君子已不仅仅是一种理想的人格，而是一种德性的投射体和放射源，甚至可以说，君子就是一个邦，一个国，一个可以"草上之风必偃"（12.19）的教化之境。

9.15 子曰："吾自卫反鲁，然后乐正，《雅》《颂》各得其所。"

【译】

孔子说："我从卫国返回鲁国，开始整理乐的篇章次序，《雅》《颂》才各自分类在适当位置。"

【引】

皇侃：孔子以鲁哀公十一年从卫还鲁，而删《诗》《书》，定礼、乐，故乐音得正。刘宝楠：雅者，正也，所以正天下也。周室西都，为政治之所自出，故以其音为正而称《雅》焉。至平王东迁，政教微弱，不能复雅，故降而称《风》。《风》《雅》皆以音言。颂者，容也，以舞容言之也。盖《风》《雅》但弦歌笙间，惟三《颂》始有舞容，故称《颂》。

【解】

"删诗书，定礼乐，赞周易，修春秋"被视为孔子最重要的功业，对文献的整理一般理解为是确立道统的关键。"修春秋"不载于《论语》而最早由孟子借孔子之口道出："《春秋》，天子之事也。是故孔子曰：'知我者，其惟《春秋》乎！罪我者，其惟《春秋》乎！'"（《孟子·滕文公下》）其他三项，都各有提及。孔子说的"自卫反鲁"，时在鲁哀公十一年冬。

乐正即正乐，据《史记·孔子世家》，整理的是乐的篇章次序。毛奇龄《四书改错》："正乐，正乐章也，正雅、颂之入乐部者也。"孔子删、定、赞、修非是学术上的"自娱自乐"，而是载道，通常而言，是提供一种规则。这点，连一向排儒的庄子都承认，他在《天下》篇中说："《诗》以道志，《书》以道事，《礼》以道行，《乐》以道和，《易》以道阴阳，《春秋》以道名分。"晚于庄子的荀子虽忽略了《易》，但却将其他几项当作儒家心传："礼之敬文也，乐之中和也，诗书之博也，春秋之微也，在天地之间者毕矣。"（《劝学》）

若说周公制礼乐是中国历史上空前绝后的大事件，这毕竟只是传说，孔子定礼乐则是中国历史上继往开来的大事件，本则明确证据。自此以后，中国确立了以"教化"为政而治世道人心的传统。

9.16 子曰："出则事公卿，入则事父兄，丧事不敢不勉，不为酒困①，何有于我哉？"

【注】

①不为酒困：不沉湎于酒。孔子饮酒，但"惟酒无量，不及乱"（10.8）。

【译】

孔子说："在庙堂之上服事公卿，在家门里面服侍父兄，遇到丧事不敢不尽心尽力，喝起酒来注意不沉湎其中，这些事对我来说算得了什么呢？"

【引】

杨伯峻：如果把"何有"看为"不难之词"，那这一句便当译为"这些事对我有什么困难呢"。全文由自谦之词变为自述之词了。

【解】

"出则事公卿"是忠,"入则事父兄"是孝悌,"丧事不敢不勉"是敬,"不为酒困"是礼,德是一种"约",一种自我立法,当然,也是一种自我责任。这里,需要说的是酒的问题,都知道,贪杯会误事,不过,最初酒和意识形态是联系在一起的,《尚书·酒诰》总结了禁酒之教:无彝酒,执群饮,戒缅酒,认为酒是大乱丧德,亡国的根源。其云,商的灭亡:"庶群自酒,腥闻在上,故天降丧于殷……天非虐,惟民自速辜。"而周的兴起:"克用文王教,不腆于酒,故我至于今,克受殷之命。"故而告诫周民和殷商遗民曰:"民用大乱丧德,亦罔非酒惟行;越大小邦用丧,亦罔非酒惟辜。"这说明,酒的问题首先是一种德的问题,孔子在《论语》中两次提到酒,并对酒保持了必要的克制和警惕。

9.17 子在川上曰:"逝者①如斯夫!不舍②昼夜。"

【注】

①逝者:指日月,即光阴,"日月逝矣,岁不我与"(17.1)。②舍(shè):居住,停留。

【译】

孔子在河流边上说:"日月就像这河水一样流逝,昼夜不停。"

【引】

朱熹:天地之化,往者过,来者续,无一息之停,乃道体之本然也。……故于此发以示人,欲学者时时省察,而无毫发之间断也。

【解】

本则可参阅《孟子·离娄下》:

徐子曰："仲尼亟称于水，曰：'水哉，水哉！'何取于水也？"孟子曰："原泉混混，不舍昼夜。盈科而后进，放乎四海，有本者如是，是之取尔。苟为无本，七八月之闲雨集，沟浍皆盈；其涸也，可立而待也。故声闻过情，君子耻之。"

"逝川"情结是每个人都要面对的终极考验。一个人自出生到死亡，最初对"时"的慢将会被"时"的快代替，这不仅仅是一种感觉，而是一种残酷的现实。"时"在本源上，或者说在宇宙空间中是没有意义的，只有内在于人心，被赋予情感，这种一维的、不可逆的非物质性物质才有存在的必要。但吊诡的是，人赋予了"时"以意义，却摆脱不了它的控制，最终，人将被这种意义吞噬。情感体验上，随着岁月的流逝，人的无力感将越来越强烈，进而被扔进"时"的废墟里。如果说以"无"或"空"勉强可以获得心灵上的逃避式安慰，但人作为一个具体的此在，心如何面对这个肉身？"逝川"情结在入世者身上的紧张感最为强烈，因为他最能感受人是"时"的产物，最能体验到情感和"时"的分裂。

《论语》中，孔子经常哀叹"时"之忽忽，是因为他找不到自己在"时"面前的平衡。不能仅仅把伤"时"视为壮志未酬之悲，因为一个人永远无法解决所有问题，且"时"将会制造出更多的问题，更无法解决自身这个具体物的湮灭。也许，只有"时"可以把"想开""想不开"这样的问题抹平——"时"唯一的功能就是让喟叹继续下去。

9.18 子曰："吾未见好德如好色①者也。"

【注】

①色。此处没有具体语境，无法考察孔子所言之"色"指美色还是"巧言令色"（1.3）之伪善面目。

【译】

孔子说："我没有见过喜欢德就像喜欢色一样的人。"

【引】

黄式三：圣人此言必有为而言，旧说指卫灵，或有所传。钱穆：孔子此章所叹，古固如此，今亦同然，何必专于卫灵公而发？读《论语》，贵亲从人生实事上体会，不贵多于其他书籍牵说。

【解】

据《史记·孔子世家》："居卫月余，灵公与夫人同车，宦者雍渠参乘，出，使孔子为次乘，招摇市过之。孔子曰：'吾未见好德如好色者也。'于是丑之，去卫，过曹。"自本则，看不出孔子指责谁好色，灵公、南子还是市人，但毫无疑问，孔子对"德之不修、学之不讲，闻义不能徙，不善不能改"（7.3）的状况深恶痛绝。孔子重内在修养，"好色"恰恰是一个人或一个国内在德行不善的表现。此种人不能事，此种国不能居，只能隐而去之。

9.19 子曰："譬如为山，未成一篑①，止，吾止也。譬如平地，虽覆一篑，进，吾往也。"

【注】

①篑：古代装土的筐子。

【译】

孔子说："就像堆土造山，只差一筐土就成了，停止不干了，是我自己停止的。就像填土平地，虽然才倒了一筐土，继续干下去，是我自己继续的。"

【引】

包咸：此劝人进于道德也。朱熹：盖学者自强不息，则积少成多；中道而止，则前功尽弃。王熙元：藉积土成山、填平洼地的比喻，以见为学的成败在于自己，贵在持之以恒。

【解】

孔子借造山填地，喻不肯做最后一次努力，将前功尽弃。事实上，努力是没有尽头的，生命不休，精进不止，永远不存在最后一次。不过，努力在我，成败由己，持之以恒，才能成功。

孔子强调的还是个修己功夫。

9.20 子曰："语之而不惰者，其回也与！"

【译】

孔子说："交谈起来不知懈怠的，这个人就是颜回了！"

【引】

朱熹：惰，懈怠也。范氏曰，"颜子闻夫子之言，而心解力行，造次颠沛未尝违之。如万物得时雨之润，发荣滋长，何有于惰，此群弟子所不及也。"

【解】

本则是以颜渊为例，补充上则文义。"语之而不惰"，敬，诚，恒。

9.21 子谓颜渊曰："惜乎！吾见其进也，未见其止也。"

【译】

孔子评价颜回说："可惜了！我只见过他不断进步，没见过他停止不前。"

【引】

皇侃：颜渊死后，孔子有此叹也。

【解】

强调恒心。此为孔子晚年语，其时，颜渊已逝，孔子亦不久于人世。这里，与其说孔子在赞扬和惋惜颜渊，不如说是其对世人无恒心修己的哀叹和讽刺。

9.22 子曰："苗而不秀①者有矣夫！秀而不实②者有矣夫！"

【注】

①秀：植物吐穗开花，《广雅》："秀，出也。"②实：植物结果。

【译】

孔子说："只长秧苗不吐穗开花的有吧！只吐穗开花不凝浆结果的有吧！"

【引】

朱熹：谷之始生曰苗，吐华曰秀，成谷为实。盖学而不至于成，有如此者，是以君子贵自勉也。

【解】

本则看似简单，实际难解。孔子借"苗而不秀""秀而不实"到底感慨世人无恒心、无韧性，还是比喻虽努力但成功者终是少数，不可知。不过，"不秀""不实"是自然现象，人也是自然的一部分，不可能摆脱自然之理。只是需要保持正确的心态，但问耕耘，不问收获。事实上，对于孔子这个伟大的思想家，也要辩证地看。一方面，孔子在行君子政、建理想国上是个失败者，另一方面，其在内向上却又是一个胜利者。有时，不秀而有苗，不实而有秀，只要付出了，也是一种美丽和灿烂。

9.23 子曰："后生可畏，焉知来者之不如今也？四十、五十而无闻

焉，斯亦不足畏也已。"

【译】

孔子说："年轻人可敬畏啊，怎么知道后来之人不如现在之人？四十、五十了还默默无闻，也就没什么可敬畏的了。"

【引】

郑玄：可畏者，言其才美服人也。张居正：盖四十五十乃君子道明德立、学有成效之时，于此而犹无可称，则终不免为庸人之归而已，又何足畏之有？

【解】

本则有进化论的意思。看来，论资排辈，或者嘴上没毛，办事不牢的观念，自古有之。孔子虽强调内向一刻不能停，要持之以恒，但主张努力要早，成名要早，他以自己"六阶段"的精神自传提示世人，莫等老大徒伤悲，临终空叹惜。《礼记》中的《曲礼上》和《王制》两篇，分别提出"五十而艾""五十而衰"。本则提出的命题是，时不我待，岁不我与，不要过了朝气蓬勃、奋发有为的最佳时期，再去努力。

9.24 子曰："法①语②之言，能无从乎？改之为贵。巽③与之言，能无说乎？绎④之为贵。说而不绎，从而不改，吾未如之何也已矣。"

【注】

①法：严肃。②语（yù）：告诉。③巽（xùn）：谦虚，同"逊"。④绎：抽出，即引出头绪。

【译】

孔子说："忠告的话，能不遵循吗？以切实改正为贵。谦虚的话，能不高兴吗？以仔细分析为贵。高兴却不分析原因，遵循却不改正毛病，我是拿他没咒念了。"

【引】

①②邢昺：谓人有过，以礼法正道之言告语之。④郑玄：陈也。皇侃：寻续也。

朱熹：法言人所敬惮，故必从；然不改，则面从而已。巽言无所乖忤，故必说；然不绎，则又不足以知其微意之所在也。

【解】

对待批评，积极改正为贵；对待表扬，分析原因为贵。批评而不加改正，表扬而不加分析，这种人是不足取的。批评和表扬是人际交往中遇到得最多的两种情感／情绪手段，一般人往往难以把握和运用。孔子习惯把日常作为君子内向的切入点，实，活，便于理解和接受，而不是空谈心性，让人云里雾里，摸不着头脑。

9.25 子曰："主忠信，毋友不如己者，过则勿惮改。"

本则文字重出，见1.8。

9.26 子曰："三军^①可夺帅也，匹夫不可夺志^②也。"

【注】

①三军：军队统称。②志：意志，《说文解字注》："志，意也。"《国语·晋语》："志，德之义府也。"

【译】

孔子说："一支军队可以使它丧失主帅，一个男人却不可以使他丧失意志。"

【引】

邢昺：三军虽众，人心不一，则其将帅可夺而取之。匹夫虽微，苟守其志，不可得而夺也。士大夫已上有妾媵，庶人贱，但夫妇相匹配而已，故云匹夫。

【解】

志乃士之心。本则意谓可夺身而不能夺心，孔子以为，这是君子"修、求、正、省、讼"的结果。君子内向求己是磨炼人格，此种人格，只志于道，而不求于物，物始终是欲，道去物除欲，而存不屈心。有了不屈心，有了浩然气，君子方能不忧不惧，成就大我，昂首天地间。

这种人就是孟子说的"大丈夫"。

9.27 子曰："衣①敝缊②袍，与衣狐貉者立，而不耻者，其由也与？'不忮不求，何用不臧？'③"子路终身诵之。子曰："是道也，何足以臧？"

【注】

①衣（yì）：穿。②缊（yùn）：乱麻，旧絮。③不忮不求，何用不臧：语出《诗经·邶风·雄雉》。忮（zhì），妒忌；臧，善、好。

【译】

孔子说："穿着破烂的旧絮袍子和穿着华丽的狐貉袍子的人站在一起而不自惭形秽的，只有仲由吧？'不妒忌不贪图，行为怎么能不好呢？'"子路终生念叨着这两句诗。孔子说："仅仅是一个道理罢了，怎么算得上好呢？"

【引】

马融：尚复有美于是者，何足以为善也。

【解】

　　各种典籍显示，子路家境不好。不过，子路和出身同样一般的颜渊都是"乐道"的典型。通常认为，孔子对子路批评多，尽管这是"严爱"，但对颜渊却始终未有微词。其实，颜渊自处时"乐"，固然是修养的极致，恐怕子路群处时"乐"更难能可贵。那么，为什么孔子会批评子路呢？毕竟，子路将孔子的话"终身诵之"，可谓诚、敬、恒极。唯一的解释是，孔子对子路冒失、爱走极端的性格始终不能接受，故经常敲打。而颜渊文质彬彬，更像个谦谦君子。在孔子眼里，子路性格鲁莽是修养未到家的缘故。

9.28 子曰："岁寒，然后知松柏之后凋也。"

【译】

　　孔子说："到了一年最寒冷的季节，才知道松柏是不凋零的。"

【引】

　　李光地：此章比喻极广，然当乱世而秉礼行义、守先王之道以待后之学者，此等人最相似也。

【解】

　　"后"引申为"不"较合自然规律。本则意同《荀子·大略》："岁不寒，无以知松柏；事不难，无以知君子。"松柏被誉为"君子树"，具有人格上的标准和意义。自然界的很多事物被寄托了"道"，赋予了"理"，按刘勰《文心雕龙·明诗》的说法，就是"人禀七情，应物斯感，感物吟志，莫非自然"。君子不经过"岁寒"，不"临大节"，显现不出人格的高尚与坚贞。"岁寒"和"大节"恰恰是由外而内的砥砺。传统文化中，困境和富贵都被视为一种磨难、一种德性考验，只有经此而不凋，才可以达到至刚至柔、如山如水的君子之境。

9.29　子曰：“知者不惑，仁者不忧，勇者不惧。”

【译】

孔子说："聪明的人不迷惑，仁德的人不忧虑，勇敢的人不害怕。"

【引】

邢昺：此章言知者明于事，故不惑；仁者知命，故不忧；勇者果敢，故不恐惧。

【解】

惑、忧、惧是人的障碍，且都来源于心。内向的目的就是祛除这些尘垢，还心一个澄明周正的境界。若是，则成为君子。

故而，君子在心。

9.30　子曰：“可与共学，未可与适①道；可与适道，未可与立②；可与立，未可与权③。”

【注】

①适：往，到。②立：站立，引申为立身，即"立于礼"（8.8）。③权：权宜，变通，《孟子·离娄下》："嫂溺援之以手者，权也。"

【译】

孔子说："可以一起学习，未必可以一起达到道；可以一起达到道，未必可以一起立身于道；可以一起立身于道，未必可以一起权衡变通。"

【引】

②皇侃：谓谋议之礼事也。③王弼：权者，道之变。

朱熹：可与权，谓能权轻重，使合义也。杨氏曰，"知为己，则可与共学矣。学足以明善，然后可与适道。信道笃，然后可与立。知时措之宜，然后可与权。"

【解】

学为君子的四个关节：共学，遵道，己立立人，权变。到了权变这个关节，就是"游"的境地了。孔子很重权变，他虽然说"匹夫不可夺志也"（9.26），但不是死脑筋，一根筋，而是一条路行不通，就会选择另一条路，不在一棵树上吊死，也不死磕。灵公问阵，道不同，不相与谋，"明日遂行"（15.1）。邦无道，"季氏亦僭于公室，陪臣执国政，是以鲁自大夫以下皆僭离于正道。故孔子不仕，退而修诗书礼乐，弟子弥众，至自远方，莫不受业焉"（《史记·孔子世家》）。

权变是学、道、立以后的通达之域，按现在的话说，是君子个体自由意志的一种体现。研究儒学，这一点不能忽视不见。

9.31 "唐棣①之华②，偏③其反而。岂不尔思？室是远而。"子曰："未之思也，夫何远之有？"

【注】

此四句为逸诗，不存《诗经》中。

①唐棣：植物名，不可考。郑玄以为是栘，此为常绿乔木，叶子椭圆或卵状披针形，花白色，果实卵形，树皮和果实可入药。②华：同"花"。③偏：飘扬，通"翩"。

【译】

《诗经》说："唐棣的花，翩翩摇曳，非不想你，家太远了。"孔子说："没有真心想念，否则哪有那么遥远？"

【引】

①朱熹：郁李。方骥龄：棠棣。

何晏：赋此诗，……以言思权而不得见者，其道远也。

【解】

　　《诗经》逸诗称，不是不想念一个人，而是太远了。孔子则认为是思念之人心不诚，巧言而已，若真心思念，天涯若比邻。孔子此语，恐是喻君子之学。在他看来，最大的障碍、最远的距离都是心，不是办不到，而是不愿干，不想付出，否则，"我欲仁，斯仁至矣"（7.30）。道在我，不在人，也不在别处。唯一要做的就是以诚、以敬、以恒。不过，这个也是最难的，心因微而易大却难大，身因动而易正却难正，难就难在"时"上。

乡党第十

本章凡二十七则，皆非对话体，其中有五则存孔子只言片语，仅一个弟子子路出现。

本章讲的都是孔子的衣食起居，间杂社交和日常公务，涉及容貌、衣着、饮食、应答、待人接物方面的礼仪，保存了很多古礼。虽然"礼"字只出现于一则，但本章都是发明"礼"的。《论语》中，通章围绕一个专题的，只此一见。

整章而言，孔子就是一个谦谦君子。"食不厌精，脍不厌细"（10.8）、"食不语，寝不言"（10.10）、"席不正，不坐"（10.12）是世风日下的状况下对礼的一种恪守；而"'伤人乎？'不问马"（10.17），则类似于我们现在而言的人本主义情怀。

需要注意的是最后一则，孔子触景生情，借"山梁雌雉"叹息"时哉时哉"（10.27），表达了壮志难酬之慨，让人扼叹。

10.1　孔子于乡党，恂恂①**如也，似不能言者。其在宗庙朝廷，便便**②**言，唯谨尔。**

【注】

①恂恂（xún xún）：温和恭敬的样子。②便便（pián pián）：辩说的样子。

【译】

孔子在街坊邻居前，温和恭敬，好像不会说话的样子；在宗庙朝廷中，言辞流畅，只是很谨慎。

【引】

朱熹：乡党，父兄宗族之所在。李零：古代居民组织有国、野之分，国又有乡、遂之分。《周礼·地官·大司徒》讲"乡"，是五家为比，五比为闾，四闾为族，五族为党，五党为州，五州为乡。"乡党"是这类居民组织的统称。

【解】

孔子在公私场合，以及面对不同群（个）体时，都持与对方身份、位置相适宜的言。言为心声，和不同的人说话所表现出来的样子，反映了一个人的修养和德性。孔子在乡间绝不口大气粗，以为自己了不起，张牙舞爪；在朝堂绝不卑躬屈膝，以为自己端人碗，满嘴谀辞——这就是礼。需要进一步指出，于孔子而言，礼不仅仅是一套规范、一种仪式或一种礼貌，而是由内而外表现出来的心性。《礼记·王制》曰："脩六礼以节民性。六礼：冠、昏、丧、祭、乡、相见。"《左传·昭公二十五年》云："夫礼，天之经也，地之义也，民之行也。"据上，礼作为一种行，是经，是义，是以之节性的内向方式。礼的原理是这样的，通过行由外向内节性，又通过性由内向外表行，行和性是一致的、一体的，不分内在外在。

10.2 朝，与下大夫言，侃侃①如也；与上大夫言，訚訚②如也。君在，踧踖③如也，与与④如也。

【注】

①侃侃：不慌不忙的样子。②訚訚（yín yín）：和颜悦色的样子。③踧踖（cù jí）：恭敬不安的样子。④与与：举止得体的样子。

【译】

孔子上朝时，和下大夫说话，不慌不忙；和上大夫说话，和颜悦色。国君在时，恭敬不安，又举止得体。

【引】

①②孔安国：侃侃，和乐之貌。訚訚，中正之貌。蒋沛昌：从容不迫的样子，说话态度温和、有条有理的样子。③④马融：踧踖，恭敬之貌。与与，威仪中适之貌。

【解】

孔子这里，通过"学"这个中介，实现了身心合一，诸如在公共场合，既不欺上瞒下，也不媚上慢下，而是根据礼的规定和惯习，表现出应有的态度。这个态度就是"和"，内心中和，则面如春风，不卑不亢，易于接触。

本则也可以看出，践礼与履仁没有丝毫差别。

10.3 君召使摈①，色勃如②也，足躩如③也。揖所与立，左右手，衣前后④，襜如⑤也。趋进，翼如⑥也。宾退，必复命曰："宾不顾矣。"

【注】

①摈（bìn）：导引宾客，通"傧"，《周礼·秋官·小行人》："凡四方之使者，大客则摈，小客则受其币而听其辞。"②勃如：猝然变色的样子，即整理容色。③躩（jué）如：快步的样子。《庄子·山水》："褰裳躩步，执弹而留之。"④⑤衣前后，襜（chān）如也：前后，一俯一仰；襜如，衣服摆动的样子。本句形容打躬作揖，身体一俯一仰，衣服前后摆动。《楚辞·九叹》："裳襜襜而含风兮，衣纳纳而掩露。"王逸注曰："襜襜，摇貌。"⑥翼如：小鸟展翅的样子。《诗经·小雅·采薇》："四牡翼翼，象弭鱼服。"

【译】

国君召集孔子去引导外宾，面色端庄，小步快走。孔子不停地向站立的人作揖，向左右两边拱手，礼服一俯一仰，不停摆动。孔子快步向前，像小鸟舒展双翅。等外宾辞别后，孔子一定向国君回报说："外宾已走远不回头招呼了。"

【引】

①朱熹：摈，主国之君所使出接宾者。②孔安国：必变色也。③朱熹：盘辟貌。④⑤郑玄：一俯一仰，故衣前后，则襜如也。⑥皇侃：谓端正也。朱熹：张拱端好，如鸟舒翼。李零：古文字屡见"趩趩"，都是用为"小心翼翼"，"翼翼"是敬慎之貌。

【解】

本则描绘的是孔子接待外宾时的形象。《说文·贝部》："宾，所敬也。"《礼记·乡饮酒义》："宾者，接人以义者也。"对"宾"要以敬、以义，而二者表现于外在却全都来源于心，这里，礼还是约成性（约之以礼）又发于性。《周礼·司仪》对宾和客进行了区分："诸侯、诸伯、诸子、诸男之相为宾也。诸公之臣相为国客，是散文宾客通称，对称则宾尊而客卑，宾大而客小。"孔子送客送到"宾不顾也"，也是遵守了礼。《荀子·礼论》云："宾出，主人拜送。"送到远而不顾的地步，是一种敬和尊。旧时，居乡间探亲，主人总是送到看不见客人才回家，可见此礼已化为风俗。

10.4 入公门①，鞠躬②如也，如不容。立不中门③，行不履阈④。过位，色勃如也，足躩如也，其言似不足者。摄齐升堂⑤，鞠躬如也，屏气似不息者。出，降一等⑥，逞⑦颜色，怡怡⑧如也。没⑨阶，趋进，翼如也。复其位⑩，踧踖如也。

【注】

①公门：古称国君之外门为"公门"，《礼记·曲礼上》："国君下齐牛，

式宗庙，大夫士下公门，式路马，乘路马，必朝服。"《谷梁传·庄公元年》："秋，筑王姬之馆于外。筑，礼也；于外，非礼也。筑之为礼，何也？主王姬者，必自公门出。"另，指衙门，《荀子·强国》："观其士大夫，出于其门，入于公门，出于公门，归于其家，无有私事也。"②鞠躬：恭敬谨慎的样子。③立不中门：站立时不站在门框正中间，《礼记·曲礼上》："凡为人子者，居不主奥，坐不中席，行不中道，立不中门。"站在门框正中间非礼，此是尊长所过之处。④行不履阈：走路时不踩在门槛上面。履，踩；阈（yù），门槛。⑤摄齐（zī）升堂：提起衣摆登阶升堂。摄，提着；齐，缝了边的衣服下摆。摄齐是为了避免脚踩到而跌倒失容。朱熹："摄，抠也。齐，衣下缝也。礼，将升堂，两手抠衣，使去地尺，恐蹑之而倾跌失容也。"⑥等：特指台阶。⑦逞：放松。⑧怡怡：喜悦和顺的样子。⑨没（mò）：终，尽。⑩位：孔安国："来时所过位。"

【译】

孔子进入朝廷的外门，恭敬而谨慎，好像门容不下自己。站立时不站在门框正中间，走路时不踩在门槛上面。经过国君的座位，面色端庄，小步快走，说话时好像不能全部说出来。提起衣摆登阶升堂，恭敬而谨慎，屏住呼吸好像不能呼吸一样。出来时，下一级台阶，容颜舒展，显得喜悦和顺。下完了台阶，快步向前，像小鸟舒展双翅。返回经过刚才的位置时，又一副恭敬不安的样子。

【引】

①皇侃：公，君也，谓孔子入公门时也。②邢昺：鞠，曲敛也。躬，身也。④邢昺：所以尔者，一则自高，二则不净，并为不敬。⑩张居正：是复自己的朝班之位。

【解】

肢体即语言，肢体即礼仪，肢体即心性。不同场合不同礼，既不刻板，也不做作，自然而然，皆因身心合一、仁礼一体之故也。这里也可以看出，礼之要固然在践，更在诚，在敬，在恒。

礼只有在君子这里才是礼。

10.5 **执圭**①，**鞠躬如也，如不胜**②。**上如揖，下如授**③。**勃如战色**④，**足蹜蹜**⑤**如有循。享礼**⑥，**有容色**⑦。**私觌**⑧，**愉愉**⑨**如也。**

【注】

①圭：古代君王、诸侯所执的玉制符信，上圆（或剑头形）下方。大夫出使邻国，持圭作为代表君主或诸侯的凭信。另，古代君王、诸侯在举行典礼时也持此种玉器。②不胜：不能承受。本处表恭敬。③上如揖，下如授：指持圭的位置。向上举时像在作揖，放下方时像递东西，过高过低都不合礼。④战色：战栗的神色。⑤蹜蹜（sù sù）：小步快走，《礼记·玉藻》："执龟玉，举前曳踵，蹜蹜如也。"陈澔《礼记集说》："举足之前而曳其后跟，则行不离地，如有所循也。蹜蹜，促狭之貌。龟玉皆重器，故敬谨如此。"⑥享礼：献礼，使臣向朝聘国君主进献礼物的仪式。郑玄曰："享，献也。聘礼，既聘而享，用圭璧，有庭实。"班固《白虎通·王者不臣》："享礼而后归，是异于众臣也。"⑦有容色：容有色。《仪礼·聘礼》："及享，发气焉盈容。"⑧私觌（dí）：谓私以礼物拜会出使国国君。《荀子·大略》："聘，问也；享，献也；私觌，私见也。"《礼记·聘仪》："君亲礼宾。宾私面私觌，致饔饩。"陈澔《礼记集说》："私觌，私以己礼物觌见主国之君。"⑨愉愉：和悦的样子。《礼记·祭义》："齐齐乎其敬也，愉愉乎其忠也。"

【译】

孔子出使时手持玉圭，恭敬而谨慎，好像拿不动的样子。向上举时像在作揖，放下方时像递东西，脸色紧张，小步快走，像是跟着什么似的。献礼时，满脸喜色。私以礼物拜会出使国国君时，一派和悦。

【引】

③朱熹：谓执圭平衡，手与心齐，高不过揖，卑不过授也。

【解】

同上则。

10.6 君子不以绀緅饰①。红紫不以为亵服②。当暑，袗絺绤③，必表④而出之。缁衣⑤，羔裘⑥；素衣，麑裘⑦；黄衣，狐裘。亵裘长，短右袂⑧。必有寝衣⑨，长一身有半。狐貉之厚以居⑩。去丧，无所不佩⑪。非帷裳⑫，必杀之⑬。羔裘玄冠不以吊⑭。吉月⑮，必朝服而朝。

【注】

①绀（gàn）緅（zōu）饰：绀，红青，微带红的黑色；緅，黑中带红的颜色；饰，镶边。黑色是正式礼服的颜色，绀緅近黑，故不能镶边。②亵服：家居便服。红和紫是贵重的颜色，故不可做家居便服的颜色。③袗（zhěn）絺（chī）绤（xì）：袗，单衣。絺，细葛布。绤，粗葛布。④表：外衣。⑤缁衣：黑衣，古代卿士听朝时的正服，《诗经·郑风·缁衣》："缁衣之宜兮，敝予又改为兮。适子之馆兮，还予授子之粲兮。"⑥羔裘：羔羊皮衣，古时羔裘都是黑羊皮，毛皮向外，亦为古代卿士听朝时的正服。《国风·郑风·羔裘》："羔裘如濡，洵直且侯。彼其之子，舍命不渝。"⑦麑（ní）裘：白色鹿皮衣。麑，小鹿，毛白，《韩非子·五蠹》："冬日麑裘。"⑧袂（mèi）：袖子。古时，着袖短便于行事。⑨寝衣：被子，有注家以为睡衣。⑩居：坐，《礼记·乐记》："居，吾语女。"⑪佩：古代系在衣带上的饰物。⑫帷裳：上朝和祭祀时穿的礼服，整幅布制作而成，不裁剪。⑬必杀（shài）之：一定要裁去多余的。杀，裁。⑭羔裘玄冠不以吊：玄冠，以玄色帛为冠衣，夏称"毋追"，殷称"章甫"，周称"委貌"。羔裘玄冠都是黑色，吉服，不能穿着吊丧。《仪礼·士冠礼》："主人玄冠朝服，缁带素韠。"⑮吉月：吉利的月份；农历每月初一。邢昺："'吉月，月朔也'者，以《诗》云'二月初吉'，《周礼》云'正月之吉'，皆谓朔日，故知此吉月谓朔日也。"《仪礼·士冠礼》："吉月令辰，乃申尔服。"

【译】

君子不用绀緅这两种颜色作为衣服的边饰，不用红紫这两种颜色的布做家常衣服。酷暑时，穿粗或细葛布单衣，但外出时一定要套件外衣。黑色外衣，内穿羔羊皮衣。白色外衣，内穿小鹿皮衣。黄色外衣，内穿狐狸皮衣。家常皮裘要做得长一些，右边袖子要做得短一些。睡觉一定要有被子，要做得有一个人的一身半长。用狐貉厚毛皮做坐垫。丧服按期脱下后，可以佩戴各式各样的装饰品。不是上朝和祭祀时穿的礼服，一定要加以剪裁。不能穿戴着羔羊皮衣和黑色帽子去吊丧。每月初一，一定要穿着礼服上朝。

【引】

皇侃：君子者，自士以上。士以上衣服有法，不可杂色也。

【解】

衣服的样式、色彩和穿着场合都是礼，礼在日用之间，琐细而清晰，内化于心，外显于形，不可乱用，不可逾制。因为此礼最常见、常用，与生活息息相关，故而，历朝历代的革命和变法首先从更改"衣服"起。胡服骑射便是一例。《战国策·赵策二》载："今吾（赵武灵王）将胡服骑射以教百姓。"《史记·赵世家》载："十九年正月，大朝信宫，召肥义与议天下，五日而毕，遂下令易胡服，改兵制，习骑射。"

10.7 齐①，必有明衣②，布③。齐必变食④，居必迁坐⑤。

【注】

①齐：同"斋"。②明衣：古人斋戒期间沐浴后穿的干净内衣。③布：麻布、葛布的统称，《礼记·深衣》："纯之以布曰麻衣。"④变食：改变平时饮食的内容，夏炘《学礼管释·释斋》："古人斋必变食，谓不食五荤，非不饮酒、食肉。"⑤迁坐：改换平时起居的场所。此处指从夫妻所居的"燕寝"（内室）迁到"外寝"（外室），不与妻妾同房。朱熹："迁坐，易

常处也。"周密《齐东野语·斋不茹荤必变食》:"祭祀之斋居必迁坐,必变服,必变食。"

【译】

斋戒沐浴时,一定要有浴衣,用麻布、葛布做的。斋戒时,一定要改变日常饮食,居住一定搬移房间。

【引】

②郑玄:亲身以自洁也。⑤孔安国:易常处也。

【解】

本则和 10.8、10.9、10.10、10.11、10.12 讲斋戒期间的饮食起居,可合为一则。

斋是"子所慎"的三件事之一,《左传·成公十三年》:"国之大事,在祀与戎。"本则提出,斋要节制饮食和性欲,这也是内心诚而敬的表现。

最日常的也是最难的,斋必须自"食色,性也"节制起,才显得诚而敬。

10.8 食不厌①精,脍②不厌细。食饐饖③而餲④,鱼馁⑤而肉败⑥,不食。色恶,不食。臭恶,不食。失饪⑦,不食。不时⑧,不食。割不正,不食。不得其酱⑨,不食。肉虽多,不使胜食气⑩。惟酒无量,不及乱。沽酒市脯,不食。不撤⑪姜食,不多食。

【注】

①厌:满足。②脍(kuài):切得很细的鱼和肉。③饖(yì):食物变质。④餲(ài):食物变质,较"饖"程度重。⑤馁(něi):鱼腐烂。⑥败:肉腐烂。⑦饪:烹调。失饪即火候没把握好。⑧不时:不按时间点。⑨酱:酱料。⑩气(sì):饭食。⑪撤:去。

【译】

饭食不嫌精，鱼肉不嫌细。食物变质变味了，鱼肉腐败腐烂了，不吃。颜色变了，不吃。味道变了，不吃。火候不对，不吃。不按时间点，不吃。切得不方正，不吃。酱料不合适，不吃。肉虽然多，但不能超过主食。只有酒不限制，但不喝醉乱性。集市上买来的酒和肉干，不吃。菜里有姜的不去掉，但不多吃。

【引】

⑧郑玄：非朝、夕、日中时也。朱熹：五谷不成、果实未熟之类。⑪孔安国：齐禁薰物，姜辛而不薰，故不去也。朱熹：姜通神明，去秽恶，故不撤。

【解】

本则连用十七个"不"字，这么讲究饮食问题，和"老饕"差不多，似乎与其宣称的"士志于道，而耻恶衣恶食者，未足与议也"（4.9）、"饭疏食饮水，曲肱而枕之，乐亦在其中矣"（7.16）的君子之风相左。其实，这是他在斋戒期间的饮食，而非日常，如此，恰恰是在"食"上表明自己的虔诚态度。亦即，在斋戒期间，一定要改变自己的饮食习惯和结构，也就是上则所谓的"必变食"。

就时俗上而言，本则很有社会学意义。比如，"食不厌精"，表明其时已有粗米、精米之分；"脍不厌细"，表明生鱼片是当时的一种餐品；"不得其酱"，表明以酱料佐食成为日常；"沽酒市脯"，表明时人采取晒干的办法储存肉类食品；"不撤姜食"，表明姜已成为一种重要的调味品。

孔子看来是饮酒的，而且很具有地域性特点，作为山东人，据说酒量很大，《孔丛子·如服》称："尧舜千钟，孔子百觚。"但他饮酒上也是"中庸主义"，有君子之德，"酒以成礼，不继以淫"（《左传·庄公二十二年》），即饮而不过度，"不及乱"，既不像山大王那样"大口吃肉"，以示豪强，也不似德薄之人，胡乱吃了，没有人形。

饮酒是一种很古老的习俗，《周礼》中所涉及的酒官已有七类，分别为：酒正、酒人、浆人、邑人、郁人、司尊彝、萍氏。书中，还记载了周公颁布的酒令，据《周礼·地官司徒·司虣》："禁其斗嚣者，与其虣乱者，出入相陵犯者，以属游饮食于市者。若不可禁，则搏而戮之。"

如把本则视为孔子养生或儒家重生之道，大谬。

10.9　祭于公，不宿肉①。祭肉不出三日。出三日，不食之矣。

【注】

①不宿肉：不使赏赐的祭肉过夜。"肉"指"胙肉"，即祭祀用的肉。胙肉一般由祭祀当日清晨宰杀的牲畜肉充任，第二天祭礼完成后再分赐给助祭之臣。这种胙肉已宰割两日，不宜再过夜。

【译】

助祭时分到的祭肉不再过夜。祭肉不超过三天。超过三天，不吃了。

【引】

周生烈：助祭于君，所得牲体，归则以班赐，不留神惠也。

【解】

对待"祭肉"的正确态度是，一、用当日宰杀的鲜肉充任；二、第二日祭祀完要分赐；三、过三日不分亦不食。鲜肉充任祭肉是"祭之以礼"（2.5）的态度，即诚、敬、信；分赐助祭之臣，目的是让其享受神之眷顾。在鲁南一带，至今犹有遗风，把祭品视为"神仙剩"，分与参祭之人；三日肉坏，分食不敬也不利于生者。

10.10　食不语，寝不言。

【译】

吃饭时不聊天，睡觉时不说话。

【引】

朱熹：答述曰语。自言曰言。

【解】

吃饭、睡觉时不说话，这是礼。斋戒期，则是忌。礼和忌体现在形体上是"说话"，但代表的却是心的诚、敬、慎。道理很简单，斋戒祭祀期间，大吃大喝，高谈阔论，百家宴一般，绝对不是正确的态度。前文有言："子食于有丧者之侧，未尝饱也。"（7.9）这和"食不语"道理是一样的。睡觉时说话聊天，己神不正，便不敬神，同样非是正确的态度。

10.11 虽疏食、菜羹、瓜祭①，必齐②如也。

【注】

鲁论语"瓜"为"必"。

①古人吃瓜前要祭祖，表示不忘本。《礼记·玉藻》："瓜祭上环。"即将瓜切成环形，上环蒂部，下环脱花处，祭祀时用上环。②齐，同"斋"，恭敬，郑重。

【译】

即使吃粗饭、喝菜汤、吃瓜也要祭祀，而且要像斋戒时一样郑重。

【引】

②孔安国：严敬貌。

【解】

斋戒期，吃粗饭、喝菜汤、吃瓜都要祭祀。不过，这种祭祀较为简单，就是个仪式，以示心意。今日古俗犹见。鲁南地区，逢年过节，饭始酒始，都要向桌前空地处拨出一点或倒出几滴，祭奠一下，方可入口而食。

10.12 席不正^①，不坐。

【注】

①席不正：古人用席以坐、卧，坐时有正席之礼。《管子·弟子职》："先生乃作沃盥彻盥，汎拚正席。"《礼记·曲礼上》："主人跪正席，客跪抚席而辞。"

【译】

席子摆放不正，不坐。

【引】

邢昺：凡为席之礼，天子之席五重，诸侯之席三重，大夫再重，席南乡北乡，以西方为上；东乡西乡，以南方为上。如此之类，是礼之正也。

【解】

斋戒期，席子摆放不正是不能坐的。席不正，即人不正，也就是心不正，此逐渐衍化成一种礼仪。就孔子而言，对待礼，日常和斋戒祭祀在很多方面是没有分别的，都要保持一种虔诚的态度。

10.13 乡人饮酒^①，杖者^②出，斯^③出矣。

【注】

①乡人饮酒：乡饮酒礼，古代一种庆祝丰收尊老敬老的宴乐活动。周制，乡饮酒礼举乡里处士之贤者为"宾"，次为"介"，又次为"众宾"。明清则有"宾"（亦称"大宾"）、"僎宾""介宾""三宾""众宾"等名号，统称"乡饮宾"。②杖者：老年人。《礼记·王制》："五十杖于家，六十杖于乡，七十杖于国，八十杖于朝，九十者，天子欲有问焉，则就其室，以珍从。"③斯：则。

【译】

参加乡饮酒礼活动时，等老年人先出去，自己才出去。

【引】

朱熹：杖者，老人也。六十杖于乡，未出不敢先，既出不敢后。

【解】

本则和下则可合为一则。酒礼是古代因宴饮习俗而衍化出来的一种嘉礼，历朝历代皆通行不辍。乡饮酒礼起源于周代，后被儒家注入尊贤养老之教化意，其操作方式《礼记·乡饮酒礼》记录得非常详细，可参阅。《礼记·射义》云："古者诸侯之射也，必先行燕礼；卿、大夫、士之射也，必先行乡饮酒之礼。故燕礼者，所以明君臣之义也；乡饮酒之礼者，所以明长幼之序也。"《礼记·乡饮酒义》云："乡饮酒之礼，六十者坐，五十者立侍以听政役，所以明尊长也；六十者三豆，七十者四豆，八十者五豆，九十者六豆，所以明养老也。民知尊长养老，而后乃能入孝弟。民，入孝弟，出尊长养老，而后成教，成教而后国可安也。君子之所谓孝者，非家至而日见之也，合诸乡射，教之乡饮酒之礼，而孝弟之行立矣。"

孔子尤重乡人情谊，《论语》多处记载了他在乡间的活动礼仪，每每显现出一派君子的谦和气象。

10.14 乡人傩①，朝服而立于阼②阶。

【注】

①傩（nuó）：一种迎神驱鬼的宗教性仪式。②阼（zuò）：东面的台阶，主人立此迎宾。《说文·阜部》："阼，主阶也。"《仪礼·乡射礼》："席主人于阼阶上。"

【译】

乡人迎神驱鬼时，穿着朝服站在东边台阶上。

【引】

①朱熹：傩虽古礼而近于戏，亦必朝服而临之者，无所不用其诚敬也。或曰，"恐其惊先祖五祀之神，欲其依己而安也。"

【解】

"傩"是乡人独有的地方性祭祀，类似于李泽厚所说的"小传统"。孔子虽"敬鬼神而远之"，但对民间性祭祀活动，不因野人而作就鄙视之，而是给予了足够的尊重和理解。这种君子式的多元包容，恰恰是人世最应具备的人格精神。

10.15　问①人于他邦，再拜②而送之。

【注】

①问：问候送礼，古人问候时通常会馈赠礼物。《周礼·春官宗伯·大宗伯》："时聘曰问。"②拜：古人表示恭敬的礼节，又称拜手。《礼记·郊特牲》："拜，服也。"《左传·僖公三十三年》："三年将拜君赐。"

【译】

请使者向其他国的人问候送礼时，向使者拜两次送行。

【引】

①皇侃：谓更相聘问也。②朱熹：拜送使者，如亲见之，敬也。

【解】

"问人于他邦"，礼；"再拜而送之"，礼。前者善问候，表诚意；后者善知恩，表谢意。

善与人交，是为君子。

10.16 康子①馈药，拜而受之。曰："丘未达②，不敢尝。"

【注】

①康子：季康子。②达：通晓，理解。《广雅》："达，通也。"

【译】

季康子给孔子送药，孔子拜谢后收下了。说："我不了解药性，不敢服用。"

【引】

孔安国：未知其故，故不尝，礼也。

【解】

疾是"子所慎"的三件事之一。《礼记·曲礼》："君有疾饮药，臣先尝之；亲有疾饮药，子先尝之；医不三世，不服其药。"是药三分毒，古人患病，服用的都是草药，药性难测，唯一的办法是"尝"。传说中的神农尝百草，就是一种药物确认办法。

拜而受药物，感恩，是礼；未达而不尝，审慎，也是礼。

10.17 厩焚。子退朝，曰："伤人乎？"不问马。

【译】

马棚失火烧毁。孔子退朝，说："伤到人了吗？"不问马的情况。

【引】

郑玄：贵人贱畜也。

【解】

本则看似简单，其实复杂，因为涉及一个重大问题，孔子究竟是不是贵人贱畜。肯定者如朱熹认为："贵人贱畜，理当如此。"否定者如程树德认为："圣人仁民爱物，虽有先后亲属之别，而无贵贱之分。"于是，很多人纷纷在断句上出主意，或说"伤人乎不？问马"，或说"伤人乎？不；问马"。总之，较为主流的看法是，孔子问过马，只是和问人相比，有个先后次序。《论语》中，孔子推己及物，对动物表现出来了仁爱、恻隐之心，"子钓而不纲，弋不射宿"（7.27）就是此谓。因此，不存在贱畜的问题。但孔子问过马吗？恐怕也未必。马是财产和地位的象征，根据宦懋庸的解释，孔子作为司寇，拥有五辆车，二十四马。孔子虽然重视财富，但不是守财奴，"朋友之馈，虽车马，非祭肉，不拜"（10.23）。"原思为之宰，与之粟九百，辞。子曰：'毋！以与尔邻里乡党乎！'"（6.5）孔子不将车卖了给颜渊买椁，不过这是他考虑自己曾担任上大夫，卖车违礼。孔子非常重视人，"仁者爱人"，其尊重乡人、盲人、童子等记录比比皆是。马棚失火，孔子问人，是一种人本主义的情怀。万事万物，人为本，人为大，人为尊。孔子作为君子，不可能在伤及人的情况下，反而去关注马的安危。有一件事可以佐证这一推测，子曰："孟之反不伐，奔而殿，将入门，策其马，曰：'非敢后也，马不进也。'"（6.15）。为了表示自己谦虚，孟之反鞭策其马，也是重人的表现。

10.18 君赐食，必正席先尝之。君赐腥^①，必熟而荐^②之^③。君赐生^④，必畜之。侍食于君，君祭，先饭^⑤。

【注】

①腥：生肉，通"胜"，《礼记·内则》："膳膏腥。" ②荐：进献，《梁书·袁昂传》："未遑荐璧。" ③之：代指祖先。 ④生：活的牲畜。 ⑤先饭：先吃饭，《礼记·曲礼》："客若降等，执食兴辞，主人兴，辞于客，然后客坐。主人延客祭，祭食，祭所先进，肴之序，遍祭之。三饭，主人延客食胾，然后辩肴。主人未辩，客不虚口。"

【译】

国君赐了熟食，一定摆正座席先尝尝。国君赐了生肉，一定煮熟先给祖先上供。国君赐了活物，一定养起来。陪同国君吃饭，国君行饭前祭礼时，自己先吃饭。

【引】

④邢昺：谓君赐己牲之未杀者，必畜养之，以待祭祀之用也。

【解】

本则及以下三则似可合一，都是讲事君尽礼。

10.19 疾，君视之，东首①，加朝服，拖绅②。

【注】

①东首：头朝东躺着。《礼记·丧大记》："疾病……寝东首于北牖下。"孔颖达："以东方生长，故东首乡生气。"②绅：大带。

【译】

孔子病了，国君前来探视，他头朝东躺着，把朝服盖在身上，拖着大带。

【引】

①邢昺：病者常居北牖下，为君来视，则暂时迁乡南牖下，东首，令君得南面而视之。

【解】

国君探病，孔子仍不忘礼。

10.20 君命召，不俟①驾行矣。

【注】

①俟（sì）：等待。

【译】

国君有命召见孔子，不等车马驾好就徒步先走了。

【引】

郑玄：急趋君命也。

【解】

《荀子·大略》："诸侯召其臣，臣不俟驾，颠倒衣服而走，礼也。《诗》：'颠之倒之，自公召之。'"除尽礼外，还有一种戮力公务的责任感和急迫感在。

10.21 入太庙，每事问。

本则文字重出，见 3.15。

10.22 朋友死，无所归，曰："于我殡①。"

【注】

①殡（bìn），本义指停棺待葬，后泛指殡葬。《说文·歹部》："殡，死在棺，将迁葬柩，宾遇之。……夏后殡于阼阶，殷人殡于两楹之间，周人殡于宾阶。"

【译】

朋友去世了，没有亲人负责后事，孔子说："我来办丧事。"

【引】

邢昺：此明孔子重朋友之恩也。

【解】

为无依无靠的朋友善后，"葬之以礼"（2.5），是仁君子。

10.23 朋友之馈，虽车马，非祭肉，不拜。

【译】

朋友馈赠礼品，即使是车马，而不是祭肉，不行拜礼。

【引】

孔安国：不拜，有通财之义。

【解】

馈赠祭肉，拜，朱熹认为是"敬其祖考。同于己亲也"。其他礼物，包括车马，再贵重都不行拜礼。与朋友交，是"以友辅仁"（12.24），非为钱财，若有厚赠，就冒鼻涕泡，或前倨后恭，腰弯了半截，都是非礼。

这里，礼在外，却主于内，是德。

10.24 寝不尸，居不容^①。

【注】

①容：有校订本作"客"。

【译】

睡觉不要保持礼仪像祭尸，家居不要保持容仪像祭祀。

【引】

郑玄：寝不尸，为不祥也。居不容，为室家之敬难久也。

【解】

本则讲睡觉和家居时，不必过多拘束。尸不是指尸体，而是指祭尸，也就是代表死者受祭的活人，"祭祀之尸，其陈之祭，有似于尸，故亦以尸名之"（容庚《金文编》）。程树德认为，"寝不尸"是"屈伸辗转尽可自如也"。

通常以为，"容"乃"客"之误，不从。《汉书·儒林传》："鲁徐生善为颂。"颜师古注："颂读与容同。"也就是说，此处，"容"通"颂"，《毛诗序》："颂者，美盛德之形容。"日常家居，不能像祭祀一样端着、板着，恭恭敬敬，这和后世儒学完全不同。"子之燕居，申申如也，夭夭如也"（7.4），孔子以自身的表象显示，家居要有家居的样子，舒展舒适。

"寝不尸，居不容"表达的是要公私分明，私处即"燕居"时，要有一派"和"的君子气象。

10.25　见齐衰者，虽狎①，必变②。见冕者与瞽者，虽亵③，必以貌④。凶服⑤者式⑥之，式负版者⑦。有盛馔⑧，必变色而作。迅雷风烈，必变。

【注】

①狎（xiá）：亲近。②变：变色。③亵：亲近，得宠，《礼记·檀弓下》："调也，君之亵臣也。"④貌：礼貌，恭敬，《说文·皃部》："貌，颂仪也。"⑤凶服：丧服。⑥式：同"轼"，古代车辆前部横木，这里作动词用。以手抚轼，表示尊敬的礼节，《周礼·考工记·舆人》："一在前，二在后，以揉其式。"⑦负版者：背负筑墙夹板的人，引申为体力劳动者。版，筑

墙的夹板,《诗经·大雅·绵》:"缩版以载。"《孟子·告子下》:"傅说举
于版筑之间。"通常将负版者释为手持国家图籍的人,孔安国:"负版者,
持邦国之图籍。"⑧盛馔:丰盛的饭食。

【译】

看见穿丧服的人,即使是关系很近也一定态度严肃。看见仕人和盲
人,即使熟悉也一定保持敬意。乘车时看见穿丧服的人要行礼。看见背
负筑墙夹板的人,也要行礼。遇到丰盛的酒席,要态度严肃起身示意。
看见风雷大作,一定要态度严肃。

【引】

⑦刘宝楠:负本义置之于背,而图籍非可负之物,故解为手持,亦引
申之义。方骥龄:负版,……为传达政令之人。……本节所谓"负版者",
似指筑城之人为是。李零:"负版"是背货卖东西的。

【解】

本则列举了七种要"变"色的情形,这些都是礼。见到穿丧服的人
要表示哀悼,见到戴礼帽的人要表示敬意,见到盲人要表示同情;在车
上,见到穿丧服的人要致礼,见到背负筑墙夹板的人要行礼;见到丰盛的
酒席要致意,见到电闪雷鸣,要整肃。

需要特别指出的有三种情况,一是向体力劳动者行礼。《荀子·大
略》载:"禹见耕者耦立而式。"圣王天下为公,重民是一种德心。早期
儒家声称"民为贵,君为轻,社稷次之"(《孟子·尽心下》),并非妄言,
而是实实在在的政治理念。二是遇丰盛酒席要示意。走亲访友,难免招
待一番,酒席意味着主人的心意,若杀鸡宰羊时,难免受宠若惊,推托
或致谢。三是看风雷作态度严肃。孔子不畏鬼神,却"畏天命"(16.8),
"天命"在孔子这里代表了一种"自然法",需保持对天的敬畏,才能有
所遵循。

10.26 升车，必正立，执绥①。车中，不内顾②，不疾③言，不亲指④。

【注】

①绥（suí）：古代指登车时手挽的索，也指旌旗和旒。《说文·糸部》："绥，车中把也。"《礼记·少仪》："负良绥君升所用、又、以散绥升。"②顾：回头看。《诗经·小雅·大东》："眷言顾之，潸焉出涕。"③疾：迅速。④指：指挥。

【译】

上车时，一定要站好，手持索带。在车内不回头看，不快速说话，不亲自指挥。

【引】

④刘宝楠：《曲礼》云："车上不妄指。""亲"疑即"妄"字之误。

【解】

这里讲的是孔子乘车之礼。既庄重，也安全，礼有时也有实用主义的一面。

10.27 色斯①举②矣，翔而后集。曰："山梁雌雉，时哉③时哉！"子路共④之，三嗅⑤而作⑥。

【注】

①色斯：竦斯，一种鸟。《山海经·北山经》："有鸟焉，甚状如雌雉而人面，见人则跃，名曰竦斯。"②举：飞，李清照《渔家傲》："九万里风鹏正举。"③时哉：时运之意。④共：祭，同"供"，《玉篇·人部》："供，祭也。"⑤嗅：劝食，同"侑"。⑥作：《说文·人部》："作，起也。从人从乍。"

【译】

　　竦斯见到人后飞了起来，盘旋一阵又落在一起。孔子说："山梁上的雌雉，时运不济呀！时运不济呀！"子路设祭，三次劝食，然后站起身来。

【引】

　　①孙钦善：色，作色，动容；斯，则。③孙钦善："时哉"为"识时务"之叹。④张居正：共，是向。孙钦善：同"拱"。⑤蔡节：疑作叹。王夫之：古无嗅字，……按此"三嗅"当作昫（xù）。孙钦善：同"臭"，"臭"当作"昫"，鸟张双翅。

【解】

　　竦斯是一种罕见的鸟，却不像凤凰一般高贵，而是像雌雉般普通。也许，孔子见到的就是雌雉，而故意说成传说中的竦斯。成群的竦斯现而凤凰一只不见，并不是什么好兆头，说明天下无道也久，孔子没有施展自己理想的机会了，只能感叹时运不济。本则极具画面感，一群竦斯飞起来又落下，孔子满脸愁苦地看着这一切，梦想破灭，嘴里惋惜连连。子路祭拜、祈祷一番，站了起来，垂手而立。此情此景，动极又静极，天地和君子何其绝望，何其茫然。

先进第十一

　　本章凡二十六则，子曰十则；非对话体三则；与子路、门人对曰二则，与颜路、从者、闵子骞、子贡、子张、颜渊对曰各一则；与季康子、季子然对曰各一则；与子路、公西华、冉有同曰一则，与子路、曾皙、冉有、公西华同曰一则。

　　本章基本为孔子评论弟子言行的记录，涉及颜渊八则（哀其死五则）、子路八则、冉有四则、闵子骞四则、子贡三则。

　　值得注意的是，本章提出了德行、言语、政事、文学四科，不过，言行和文献章内并没有论及。冉求以冉子的身份出现，文学疑为其门人整理。孔子论弟子多集中在言行、性格、志向上，也屡屡有批评不足之语，甚至因为冉求担任季氏家臣，为之捞财，夫子声称其"非吾徒也。小子鸣鼓而攻之可也"（11.17），表现出了与弟子的矛盾。

　　本章中，孔子再谈"为国以礼"（11.26）。

11.1　子曰："先进^①于礼乐，野人^②也；后进^③于礼乐，君子^④也。如用之，则吾从先进。"

【注】

　　①③先进、后进：先学习礼乐的、后学习礼乐的。②④野人、君子：没身份和地位的、有身份和地位的。此处野人和君子是就地位、身份而言的。

【译】

孔子说:"先学习礼乐的,平民;后学习礼乐的,君子。如果选用人才,我主张先学习礼乐的。"

【引】

①③孔安国:谓仕先后辈也。郑玄:谓学也。皇侃:谓先后辈人也。朱熹:犹言前辈后辈。刘宝楠:即指弟子。方骥龄:有急进缓进之义。②④孔安国:礼乐因世损益,后进于礼乐,俱得时之中,斯君子矣。先进有古风,斯野人也。皇侃:野人,质朴之称也。君子,会时之目也。朱熹:野人,谓郊外之民。君子,谓贤士大夫也。李泽厚:讲的是"野人""制作礼乐",虽"粗俗",但在先。"君子"虽典雅,但在后。李零:"先进于礼乐",是先完成高等教育的学生;"后进于礼乐",是后完成高等教育的学生。先进犹近古风,故从之也。

【解】

本则是《论语》中少有的以地位、身份而非道德区分君子与小人 / 野人的篇什。野人性朴,君子质伪。礼乐是文,是"后"(3.8),野人学之,文质彬彬;君子"肉食者鄙"(《左传·庄公十年》),学之则饰——亦说明,孔子主张不拘一格择人。

本则意同"绘事后素"(3.8),可参看。

11.2 子曰:"从①我于陈、蔡者,皆不及门②也。"

【注】

①从(zòng):跟随。②不及门:朱熹言,孔子尝厄于陈、蔡之间,弟子多从之者,此时皆不在门。

【译】

孔子说:"跟我在陈国、蔡国游历的弟子,都不在我身边了。"

【引】

②刘宝楠：孔子弟子无仕陈、蔡者，故《注》以为"不及仕进之门"。俞樾：门者，大夫之私朝也。

邢昺：夫子之意，将移风易俗，归之淳素。

【解】

根据附录二《孔子年表》，哀公六年（前489），孔子六十三岁时，受困、绝粮陈蔡间，这是他一生中最灰暗的日子，刻骨铭心。幸运的是，一群弟子跟随着他，不离不弃，这对一个自我流放者来说，是莫大的安慰。生命的最后阶段，孔子回忆患难与共的往事，可以说悲欣交集。颜渊病死，子路惨死，其他弟子由于种种原因，都不在眼前了。道不行，人不存，种种过往都成泡影，令人唏嘘。

"不及门"，孔子何尝不伤感自己没有进入理想国的门槛。

11.3 德行：颜渊、闵子骞、冉伯牛、仲弓。言语①：宰我、子贡。政事：冉有、季路。文学②：子游、子夏。

【注】

①言语：言辞表达。②文学：文献知识。

【译】

德行高尚的：颜渊、闵子骞、冉伯牛、仲弓。言辞优异的：宰我、子贡。政事突出的：冉有、季路。文献通畅的：子游、子夏。

【引】

王弼：此四科者，各举其才也。邢昺：此章因前章言弟子失所，不及仕进，遂举弟子之中，才德尤高可仕进之人。

【解】

孔门"四科十哲"来源于此。不过，这个排行榜不是孔子搞的，而是其弟子门人，《史记·仲尼弟子列传》说出于孔子，断不可信，因十人俱以字称，不合礼。新莽曾以"四科"取士，唐朝玄宗曾以"十哲"配享，该是教条了。每科中人物的先后顺序究竟按何标准排列，搞不清楚。按年龄，德行科中冉伯牛最大；按孔子喜欢程度，政事科的季路不该排在后面。前文业已指出，《论语》中，称"子"的四个弟子是曾参、有若、闵子骞、冉有，其中，曾参始终称"子"。不过，有意思的是，曾参和最早出现的有若，却都漏选"四科十哲"。这至少表明，本章曾参、有若及其门人没有参与编选。古人重立言，是有道理的，孔子之学能行于世，言语、文学两科的弟子功不可没——今日亦然。

11.4 子曰："回也非助我者也，于吾言无所不说①。"

【注】

①说：高兴，愉快，同"悦"。

【译】

孔子说："颜回对我没什么帮助，对我言辞没有不满心欢喜的。"

【引】

孔安国：助，益也。邢昺：此章称颜回之贤也。朱熹：其辞若有憾焉，其实乃深喜之。胡氏曰，"夫子之于回，岂真以助我望之。盖圣人之谦德，又以深赞颜氏云尔。"王闿运：言讲学以辩论为益。

【解】

孔子也有"撒娇"的时候，本则正话反说，对颜渊的喜爱溢于言表。孔子谈到这位弟子时，始终宠溺有加，视为自己的正宗传人。颜渊年龄最小，在德行科中却名列第一，与孔子的关注密不可分。孔子面前，颜渊看似唯唯诺诺，内心却一派中和，其乐其悦，皆得孔子之心。中和，正是孔子所倡导的君子气象。自颜渊这里也可以看出，纵然圣如孔子，也喜欢"于吾言无所不说"的，这是中国文化的特质。"当仁，不让于师"（15.36）说起来堂皇，行起来却难，子路就经常挨批。

11.5 子曰："孝哉，闵子骞！人不间①于②其父母昆③弟之言。"

【注】

①间：挑拨，非议，《史记·屈原贾生列传》："谗人间之。"②于：词缀，嵌在动词后，不需译出。③昆：哥哥，胞兄，《广韵》："昆，兄也。"

【译】

孔子说："大孝啊，闵子骞！人们从不非议他父母兄弟赞许他的话。"

【引】

朱熹：胡氏曰，"父母兄弟称其孝友，人皆信之无异辞者，盖其孝友之实，有以积于中而著于外，故夫子叹而美之。"

【解】

《艺文类聚》二十引《说苑》曰："闵子骞兄弟二人，母死，其父更娶，复有二子。子骞为其父御车，失辔，父持其手，衣甚单。父则归，呼其母儿，执其手，衣甚厚，温。即谓其妇曰：'吾所以娶汝，乃为吾子。今汝欺我，去。无留！'子骞前曰：'母在，一子单；母去，四子寒。'其父默然。故曰：'孝哉闵子骞。'一言其母还，再言三子温。子骞之孝，非大仁大德者弗能哉！"

"不间"即深切认同，一个人不招惹流言，不被人非议，则德至矣。

11.6 南容三复①"白圭"②，孔子以其兄之子妻之。

【注】

①三复：反复，重来。②白圭：白玉石，语出《诗经·大雅·抑》："白圭之玷，尚可磨也；斯言之玷，不可为也。"

【译】

南容反复念诵"白圭"一诗，孔子把哥哥的女儿嫁给了他。

【引】

①陈浚：复是念诵。

朱熹：范氏曰，"言者行之表，行者言之实，未有易其言而能谨于行者。南容欲谨其言如此，则必能谨其行矣。"

【解】

本句意指南容反复念诵"白圭之玷"一诗，以示慎言寡过。这符合孔子的慎言观，他认为："多闻阙疑，慎言其余，则寡尤。"（2.18）南容谨慎，值得信赖，故而孔子"以其兄之子妻之"。

亦可参看 5.2。

11.7 季康子问："弟子孰为好学？"孔子对曰："有颜回者好学，不幸短命死矣！今也则亡①。"

文字几同于 6.3，可参看，唯问话者不同，前为哀公，此为季康子。其中一则恐是错记。

【引】

邢昺：季康子，鲁执政大夫，故言氏称对。此与哀公问同而答异者，以哀公迁怒贰过，故因答以谏之。康子无之，故不云也。

11.8 颜渊死，颜路①请子之车以为之②椁③。子曰："才不才，亦各言其子也。鲤④也死，有棺而无椁。吾不徒行⑤以为之椁。以吾从大夫之后⑥，不可徒行也。"

【注】

定州简本"才"为"材"。

①参见附录11—8—1。②之：其，那，代词。③椁（guǒ）：套在棺材外面的大棺，《周易·系辞下》："古之葬者，厚衣之以薪，葬之中野，不封不树，丧期无数。后世圣人易之以棺椁，盖取诸大过。"《礼记·檀弓上》："天子之棺四重：水兕革棺被之，其厚三寸；杝棺一；梓棺二。"④鲤即孔鲤。参见附录11—8—2。⑤不徒行：不能徒步走路，《礼记·王制篇》："君子耆老不徒行。"⑥从大夫之后：孔子已去位，言己曾为大夫，有名分。

【译】

颜渊死了，颜路请求孔子把自己车子卖了给颜渊置办外椁。孔子说："有才无才，对各人来说都是自己儿子。孔鲤死时，也有棺无椁。我没把车子卖了改为步行给他置办外椁，因为我曾经担任过大夫。"

【引】

朱熹：言鲤之才虽不及颜渊，然己与颜路以父视之，则皆子也。孔子时已致仕，尚从大夫之列，言后，谦辞。

【解】

此事当在前481年，孔子七十一岁时，颜渊病逝。此前两年，孔鲤病逝。颜渊和孔鲤都是白身，只能用棺，不能用椁，否则违礼。而且，孔子虽致仕，却享受卿大夫待遇，卖车徒行，亦违礼。孔子的伟大之处，是不因私废公，不因亲忘公。私是"礼"最大的敌人，当然也是"德"最大的克星，芸芸众生，有多少人都被"私"或"亲"绊倒。孔子举孔鲤为例，实际上是想让颜路行"恕"道，即将心比心。事实上，恕是很难的。这一点，孔子早就指出过。子贡说："我不欲人之加诸我也，吾亦欲无加诸人。"孔子说："赐也，非尔所及也。"（5.12）

前481年，大事不少。孟懿子卒；陈成子杀阚止和简公，拥简公弟为平公；蒯聩夺取卫国国君之位，杀死南子。

11.9 颜渊死。子曰："噫^①！天丧予！天丧予！"

【注】

①噫（yì）：文言叹词，表感慨，伤怀。

【译】

颜渊死了。孔子说："唉！老天要我的命啊！老天要我的命啊！"

【引】

朱熹：悼道无传，若天丧己也。

【解】

本则明伤回，实伤己。颜渊是孔子最欣赏的学生，也是薪火相传的继承人，"用之则行，舍之则藏，惟我与尔有是夫"（7.11）。孔子看来，"道"上可以与自己共进退的，只有颜渊一个人。孔子暮年，颜渊病逝，他最伤心的不是自己时日无多，而是"道"的火种彻底熄灭。当年，孔子在匡受困，险象环生，孔子坚信命运站在自己一侧："文王既没，文不在兹乎？天之将丧斯文也，后死者不得与于斯文也；天之未丧斯文也，匡人其如予何？"（9.5）现在，孔子已经成了命运的弃儿。

君子也是"知天命""畏天命"的。

11.10 颜渊死，子哭之恸^①。从者曰："子恸矣！"曰："有恸乎？非夫^②人之为恸而谁为？"

【注】

定州简本"恸"为"动"。

①恸（tòng）：过分悲伤。②夫（fú）：指示代词，这或那之意，"夫人不言，言必有中"（11.14）。

【译】

颜渊死了，孔子为他哭得悲伤欲绝。随从说："您悲伤欲绝了！"孔子说："悲伤欲绝了吗？不为这个人悲伤欲绝还为谁呢？"

【引】

①朱熹：哀伤之至，不自知也。

【解】

孔子奉行"中庸"，在情感上，提倡"哀而不伤"（3.20），否则"过犹不及"（11.16），也就是子游说的"丧致乎哀而止"（19.14）。颜渊病逝，孔子如丧考妣，不再顾忌主张和形象，伤心欲绝，从者自然不解。其实，颜渊的死是一根导火索，孔子终于找到"哭之恸"的理由。伤人？伤己？只有孔子知道。

孔子也是一个至情至性之人。

11.11 颜渊死，门人①欲厚葬之，子曰："不可。"门人厚葬②之。子曰："回也视予犹父也，予不得视犹子也。非我也，夫二三子也。"

【注】

①门人：颜渊的弟子。②厚葬：隆重地安葬。

【译】

颜渊死了，他的门人想隆重地安葬他。孔子说："不行。"门人隆重地安葬了他。孔子说："颜回把我当成父亲，我却不能把他当儿子。不是我干的，是你的那帮弟子呀。"

【引】

邢昺：子曰"不可"者，礼，贫富有宜。郑汝谐：哭之而恸，情性之正也；厚葬不可，义理之正也。

【解】

本则的疑难点在"回也视予犹父也，予不得视犹子也"。这句话究竟是什么意思呢？孔子主张"君君，臣臣，父父，子子"（12.11），此名正，则言顺。既然"回也视予犹父也"，孔子完全可以把颜渊"视犹子也"，那么，为什么"不得"呢？原因就在厚葬上。孔鲤死，孔子并没有因为他是自己的儿子就逾礼厚葬。颜渊死，门人却违礼办理。"子"违礼，自然"子不子"，在孔子看来，自己这个"父"就"不父"，否则，如何对待孔鲤，又如何对待礼呢？孔子对颜渊"不得视犹子也"，是厚葬造成的，故而孔子说"非我也，夫二三子也"。由这件事上，也可以看出守礼之难。难就难在，你守礼，别人不守礼，即便最亲近的人，也是"非尔所及也"（5.12）。

11.12　季路问事鬼神。子曰："未能事人，焉能事鬼？"曰："敢①问死。"曰："未知生，焉知死？"

【注】

①敢：表谦虚，冒昧意，副词，《左传·僖公三十三年》："敢犒从者。"

【译】

季路问如何侍奉鬼神。孔子说："还没侍奉好人，怎能侍奉鬼？"季路说："请问死是怎么回事？"孔子说："还不懂得生，怎能懂得死？"

【引】

皇侃：周孔之教，唯说现在，不明过去将来。朱熹：问事鬼神，盖求所以奉祭祀之意。而死者人之所必有，不可不知，皆切问也。然非诚敬足以事人，则必不能事神；非原始而知所以生，则必不能反终而知所以死。盖幽明始终，初无二理，但学之有序，不可躐等，故夫子告之如此。金良年：是要强调"事人""知生"的首要地位，其次，恐怕是对于子路的"因材施教"。

【解】

本则其实谈的是"世界的本原"这样一个宏大的问题。人鬼和生死究竟何者是第一位的，或者说是否存在两个世界，也许对孔子来说是不可知的，但他绝不会将这个问题搁置不议。孔子不是不重视鬼，也不是不重视死，但他为什么要求"先事人""先知生"，即强调"事人""知生"呢？根本原因在于，春秋时期，"天道远，人道迩"已成为主流价值观，此世已经从彼世摆脱出来，成为一个礼乐的世界，这样一个世界中，孔子的思想是现实主义的、理性主义的、人文主义的，他重视的是今生和入世，试图通过"修、求、正、省、讼"成为君子，以君子超越鬼，以存在超越死，只有把人做好了，把生解决好了，才能理解鬼、死这样的终极问题。也就是说，孔子的回答，一方面试图将子路的视线转移到自己的脚下，另一方面试图将对终极问题的思考转化为内向求己而为君子。

至于鬼神、死亡、天道、性这样的问题，也许孔子存而不论，不肯定，不否定，也许论了却超出了弟子们的视域，即如子贡所说："夫子之言性与天道，不可得而闻也。"（5.13）

11.13 闵子侍侧，訚訚如也；子路，行行[1]如也；冉有、子贡，侃侃如也。子乐（曰）："若由也，不得其死然[2]。"

【注】

①行行（hàng hàng）：刚强的样子。②不得其死然：不得善终。

【译】

闵子骞在一边侍奉孔子，一派中正；子路一脸刚强；冉有和子贡一脸温和。孔子说："仲由这个样子，不得善终啊。"

【引】

郑玄：乐各尽其性。程石泉：按"由"字为"回"之讹。李零："子乐"，古本多作"子乐曰"。

【解】

本则有两个问题需要解决。一、"闵子侍侧"这个说法有无问题。四个弟子中，子路、冉有、子贡有称名，有称字，而非全部称名或字，一般认为，闵子骞也该称名或姓，若如此，则漏了"骞"字。且孔子在侧，亦不该称"闵子"，其实不然，4.15则就出现过"子曰"和"曾子曰"并存的情况。如果本则由闵子骞门人或亲近闵子骞的人整理，称"闵子"属合理。二、"子乐"这个版本有无问题。除了"子乐"外，尚有多种版本记为"子乐曰"。若是，孔子会在什么情况下笑着说自己的弟子"不得其死"？玩笑、嘲弄还是其他？考诸先秦诸典，孔子笑着谈论弟子生死问题，这是孤例。故，黄怀信的说法较为可信，即"子乐"本为"子曰"，在传记过程中出现错讹。

孔子强调："危邦不入，乱邦不居。"（8.13）子路不从，入父子争位之卫国为宰，果然不得其死。孔子一向"温良恭俭让"，出此不祥语，本是知人论世，未料到一语成谶。此虽属于巧合，不过，以子路"好勇"的性格，确实比较不容易善终。本则可以视为一则小品文，寥寥几语，各人跃然纸上，可谓笔法精奇。

11.14 鲁人①为②长府③。闵子骞曰："仍旧贯④，如之何？何必改作？"子曰："夫人不言，言必有中。"

【注】

①鲁人：鲁国大臣。②为：建筑。据上下文，似是改建。③长府：鲁国库藏名，以藏财货、武器为主。郑玄："长府，藏名也，藏财货曰府。"刘宝楠："为兵器货贿所藏。"④贯：事情，事例。

【译】

鲁国大臣改建长府。闵子骞说："按照老样子修缮下，怎么样？为什么改建呢？"孔子道："这人不开口还罢了，一开口就击中要害。"

【引】

①皇侃：鲁君臣为政者。孙钦善：鲁国人翻修长府。③郑玄：藏名也，藏财货曰府。孙钦善：据《左传》昭公二十五年载，鲁昭公曾居长府以伐季氏。

邢昺：善其不欲劳民，故以为中。

【解】

鲁人为什么要改建长府，已不可考。不过，孔子和闵子骞的意见是修缮下就可以，而不必劳民伤财。按照孔子的一贯之道，"政者，正也"（12.17），上位者要做的是"无为""恭己"，做个君子，不需要向外求，在花花草草上下功夫。奈何上位者皆公欲私欲不分，以家食国，以人代天下，怎肯甘于箪瓢之乐。

11.15 子曰："由之瑟①奚为于丘之门？"门人不敬子路。子曰："由也升堂矣，未入于室也②。"

【注】

①瑟：古乐器，似琴，有五十、二十五、十六弦不等，此处指子路鼓瑟之内容或音色。②由也升堂矣，未入于室也：升堂入室代指学问、道行深浅。

【译】

孔子说："仲由的弹瑟水平怎么能在我这里弹？"子路弟子就不尊敬子路。孔子说："仲由已经登堂了，尚没入室而已。"

【引】

①马融：子路鼓瑟，不合《雅》《颂》。②邢昺：入室为深，颜渊是也；升堂次之，子路是也。今子路既升我堂，但未入于室耳，岂可不敬也。

【解】

君子批评人，都会留有余地，既给自己，也给别人，而余地，恰恰是回旋和进步的空间。子路本是一个"喭"（11.18）人，鼓瑟不是其所长，偏偏孔子门前卖《论语》。朱熹把"升堂入室"喻为"入道之次第"是对的，但其说这一词"言子路之学，已造乎正大光明之域，特未深入精微之奥耳"，却是过度解读了。

儒家后学最大的本事是硬"述"，不管孔子说没说过，只要于己有利，先塞进去再说。

11.16 子贡问："师与商也孰贤？"子曰："师也过，商也不及。"曰："然则师愈与？"子曰："过犹不及。"

【译】

子贡问："颛孙师（即子张）和卜商（即子夏）谁更强些？"孔子说："颛孙师过头，卜商不足。"子贡说："那么颛孙师强些吗？"孔子说："过头和不足一样。"

【引】

朱熹：道以中庸为至。贤知之过，虽若胜于愚不肖之不及，然其失中则一也。尹氏曰，"中庸之为德也，其至矣乎！夫过与不及，均也。差之毫厘，谬以千里。故圣人之教，抑其过，引其不及，归于中道而已。"

【解】

"过犹不及"皆失中，可谓中庸的最佳注脚。其中，"过"尤要提防，是左倾，道德极端主义。

11.17 季氏富于周公①，而求也为之聚敛而附益之。子曰："非吾徒也。小子鸣鼓而攻之可也。"

【注】

①周公：或曰周公旦，或曰周公旦次子及后代世袭周公采邑在周天子左右作卿之人。

【译】

季氏比周公还富有，冉求还帮助他搜刮民脂民膏增加他的财富。孔子说："冉求不是我的弟子了，你们尽可以敲锣打鼓去声讨他！"

【引】

邢昺：季氏，鲁臣，诸侯之卿也。周公，天子之宰、卿士，鲁其后也。孔子之时，季氏专执鲁政，尽征其民。其君蚕食深宫，赋税皆非己有，故季氏富于周公也。朱熹：圣人之恶党恶而害民也如此。然师严而友亲，故己绝之，而犹使门人正之，又见其爱人之无已也。范氏曰，"冉有以政事之才，施于季氏，故为不善至于如此。由其心术不明，不能反求诸身，而以仕为急故也。"蔡清：声其罪，谓宣其罪于众，使人共知之。古人刑人于市，与众弃之，亦此意。

【解】

公元前562年，三家将鲁国公室直辖土地和人口瓜分，季氏分得三分之一；公元前537年，三家二次瓜分公室，季氏独得二分之一。此时，季氏已富于鲁国公室甚巨，又拟以田赋法代替丘甲法，冉求为季氏宰，襄助而不阻，对这件事，孔子很生气。据《左传·哀公十一年》：

季孙欲以田赋，使冉有访诸仲尼。仲尼曰："丘不识也。"三发，卒曰："子为国老，待子而行，若之何子之不言也？"仲尼不对。而私于冉有曰："君子之行也，度于礼，施取其厚，事举其中，敛从其薄。如是则以丘（丘甲法——引者注）亦足矣。若不度于礼，而贪冒无厌，则虽以田赋，将又不足。且子季孙若欲行而法，则周公之典在。若欲苟而行，又何访焉？"弗听。据《左传·哀公十二年》：十有二年春，用田赋。

又据《国语·鲁语下》：

季康子欲以田赋，使冉有访诸仲尼。仲尼不对，私于冉有曰："求来！女不闻乎？先王制土，籍田以力，而砥其远迩；赋里以入，而量其有无；任力以夫，而议其老幼。于是乎有鳏、寡、孤、疾，有军旅之出则征之，无则已。其岁，收田一井，出稷禾、秉刍、缶米，不是过也。先王以为足。若子季孙欲其法也，则有周公之籍矣；若欲犯法，则苟而赋，又何妨焉！

除此之外，《论语》中，孔子曾两次批评冉有，一是责备他不能阻止季桓子祭祀泰山（3.6），二是责备他不能阻止季桓子攻打颛臾（16.1）。不能阻止，就是在其位，不谋其政，既失礼，亦失德。就冉有而言，操守的是实用理性而非道德主义，也就是说，他是一个"小人儒"，而非"君子儒"，或者说是政治性君子，而非德性君子。孔子的三次批评中，以此次为巨，有师徒分"道"决裂的意思。

此则亦表明孔子主张藏富于民，而非藏富于国，憎恶搜刮民脂民膏。

11.18 柴①也愚②，参也鲁③，师也辟④，由也喭⑤。

【注】

①柴即高柴。参见附录一11—18。②愚：迟钝。③鲁：笃实。④辟：偏激。⑤喭（yàn）：刚猛。

【译】

高柴迟钝，曾参笃实，颛孙师偏激，仲由刚猛。

【引】

②朱熹：知不足而厚有余。③孔安国：钝也。④马融：子张才过人，失在邪辟文过也。朱熹：便辟也。谓习于容止，少诚实也。黄式三：读若《左传》"阙西辟"之辟，偏也，以其志过高而流于一偏也。⑤郑玄：子路之行，失于畔嗷。

【解】

孔子善知人，对弟子的评价可谓一针见血。愚、鲁是"不及"，辟、嗷是"过"，可见，把握"中庸"这个"度"何其难。孔子曾说："刚毅、木讷，近仁。"（13.27）这个意义上，孔子认为"不及"优于"过"。"不及"有余地，"过"则不能回旋。可见，讨厌"左"，是有文化基因的。

11.19 子曰："回也其庶①乎？屡空②。赐不受命③，而货殖焉，亿④则屡中。"

【注】

①庶：庶几，差不多。《周易·系辞下》："颜氏之子，其殆庶几乎？"高亨注："庶几，近也，古成语，犹今语所谓'差不多'，赞扬之辞。"《孟子·梁惠王下》："王之好乐甚，则齐国其庶几乎！"朱熹注："庶几，近辞也。"②空：潦倒困顿。③不受命：不安于天命，或不安身立命。④亿：猜测，揣度，同"臆"。

【译】

孔子说："颜回为学已差不多了吧？经常穷困潦倒。端木赐不安于天命，买进卖出，揣度行情经常猜中。"

【引】

②何晏：空犹虚中也。朱熹：屡空，屡次空匮也。杨伯峻：用"穷得没有办法"来译它。③王弼：命，爵命也。

【解】

本则难解，难就难在"回也其庶"是什么意思。这里，首先要明确
"回也其庶"和"赐不受命""屡空"和"屡中"对举，此为理解的前提
和语境。《淮南子·缪称训》曰："是故知己者不怨人，知命者不怨天。福
由己发，祸由己生。……物多类之而非，唯圣人知其微。"黄式三云："读
与《易》'其殆庶几乎'同。《系辞》：'子曰："颜氏之子，其殆庶几乎？
有不善未尝不知，知之未尝复行也。"'虞翻注：'几，神眇也。'翻说几，
以上'知己其神'故云尔。侯果训庶为冀，然则庶几犹云冀近于知己也。
知己者唯圣人，颜子亚圣但近之，然则'亿则屡中'者又相去远矣。《左
传》：'仲尼曰："赐不幸言而中，是使赐多言者也。"'夫子惧其多言，故
每抑之。"结合"赐不受命"一句，"回也其庶"即颜渊知天命、畏天命
的意思。

问题在于，知天命的"穷"，不安天命的"富"，类似于当年"造原
子弹的不如卖茶叶蛋"的，这种精神与世俗或者说"道"与"富贵"之
间的矛盾该怎么解决呢？恐怕孔子也无能为力。本则中，孔子对"屡空"
和"屡中"并没给出倾向性意见或者解决方案，只是列举了两种现象而
不置可否。前章曾多次言及，孔子并不拒绝富贵和个人私利，前提是符
合"道"、节于"义"。但就孔子而言，他和颜渊一样，更倾向于安贫乐道，
把知天命、畏天命视为君子之行，也就是说，在价值观上，他和"不受
命"的子贡表现出了分野，即如孟子所说："尽其心者，知其性也。知其
性，则知天矣。存其心，养其性，所以事天也。夭寿不贰，修身以俟之，
所以立命也。"(《孟子·尽心上》)

言至于此，还需要强调的是，孔子不否定私利，也不否定商业。他
能以子贡"屡中"对举颜渊"屡空"，至少说明他不否认其他人的世俗生
活，而不是摆出道德先生的样子，以商贾为下等之人。这一点，是区别
于后世儒家的。

11.20 子张问善人之道①。子曰："不践迹，亦不入于室。"

【注】

①善人之道:善人的规则、法则,亦即善人之行,而非何谓善人。《论语》中五提善人,其余如7.26、13.11、20.1。

【译】

子张问善人的法则。孔子说:"不遵循前人脚步,也就不能升堂入室。"

【引】

①朱熹:善人,质美而未学者也。黄式三:志能行善者也。王闿运:教人为善之道。李翱:仲尼言由也升堂,未进于室,室是心地也,圣人有心有迹,有造形有无形,堂堂乎子张诚未至此。

朱熹:程子曰,"践迹,如言循途守辙。善人虽不必践旧迹而自不为恶,然亦不能入圣人之室也。"张子曰,"善人欲仁而未志于学者也。欲仁,故虽不践成法,亦不蹈于恶,有诸己也。由不学,故无自而入圣人之室也。"

【解】

《论语》中,"善人"虽是一个理想化的形象,但是入世的,即有德有位者,善人介于圣人和君子之间,是孔子标举而出的德性概念。这个标举意义非凡,意味着孔子理想的政治分为三个层次,圣人政、善人政和君子政。不过,按照孔子在7.26的说法,圣人政、善人政都是先王政,不可得见,只有君子政是可行的,因为君子是可以得见的,可以学而成的,君子政是建立在法先王的基础上的。

"善人之道"究竟意味着什么呢?孔子曾说:"'善人为邦百年,亦可以胜残去杀矣。'诚哉是言也!"(13.11)此则显示,这句话是孔子引用而来的。《汉书·刑法志》指出:"孔子曰:'如有王者,必世而后仁;善人为国百年,可以胜残去杀矣。'言圣王承衰拨乱而起,被民以德教,变而化之,必世然后仁道成焉;至于善人,不入于室,然犹百年胜残去杀矣。此为国者之程式也。"

也就是说,"善人之道"就是"为邦"(治国)之道,其道在于"胜残去杀", 奉行"以德化民, 太平至治"。"十年树木, 百年树人", 善人之道但以百年计, 而非一时一刻。故而,"不践迹, 亦不入于室"（11.20）是不遵先王礼乐, 就无法实现天下大治。

11.21 子曰:"论笃是与①, 君子者乎? 色庄②者乎?"

【注】

①论笃是与:论笃, 言辞忠实; 与, 赞许。本句是"与论笃"的倒装形式,"是"起宾语前置作用。②色庄:容貌庄重。

【译】

孔子说:"言辞忠实是值得赞许的。这种人是真君子呢, 还是容貌假装庄重的伪君子呢?"

【引】

①何晏:论笃者, 口无择言。②郑汝谐:色庄者, 不践履其实也。

【解】

"不知言, 无以知人也"（20.3）, 孔子对"言"高度敏感, 认为"言"是辨别一个人的最好的媒介,"言"是人的第二外表。他的观点是,"君子不以言举人, 不以人废言"（15.23）, 对一个人, 要"听其言而观其行"（5.10）。

11.22 子路问:"闻斯行诸?"子曰:"有父兄在, 如之何其闻斯行之?"冉有问:"闻斯行诸?"子曰:"闻斯行之。"公西华曰:"由也问'闻斯行诸', 子曰'有父兄在', 求也问'闻斯行诸', 子曰'闻斯行之'。赤也惑, 敢问。"子曰:"求也退, 故进之; 由也兼人①, 故退之。"

【注】

①兼人：超过别人。兼，加倍，《说文·秝部》："兼，并也。"

【译】

子路问："听到就践行吗？"孔子说："父兄健在，怎么能听到就践行呢？"冉有问："听到就践行吗？"孔子说："听到就践行。"公西华说："仲由问'听到就践行吗？'，您回答说'父兄健在'。冉求问'听到就践行吗？'，您回答'听到就践行'。我很迷糊，冒昧请教。"孔子说："冉求畏首畏尾，因此鞭策他；仲由争强好胜，因此约束他。"

【引】

①杨伯峻：孔安国和朱熹都把"兼人"解为"胜人"，但子路虽勇，未必"务在胜尚人"；反不如张敬夫把"兼人"解为"勇为"为适当。

朱熹：张敬夫，"圣人一进之，一退之，所以约之于义理之中，而使之无过不及之患也。"

【解】

"因材施教"的前提是"因性施教"。"不知言，无以知人也"（20.3），可以换一个说法，即不知人，无以言也。孔子善于见什么人说什么话，这种"分别"，是建立在"知人"基础之上的，唯有"知人"，才不"失人"。也就是他说的："可与言而不与之言，失人；不可与言而与之言，失言。知者不失人，亦不失言。"（15.8）不分青红皂白，什么话都往外说，非君子也。若为师，更是"贼夫人之子"（11.25）。

11.23 子畏①于匡，颜渊后。子曰："吾以女为死矣。"曰："子在，回何敢死？"

【注】

①畏：围困。

【译】

孔子在匡被围困，颜渊最后才脱身。孔子说："我以为你死了呢。"颜渊说："先生健在，我怎么敢轻易去死呢？"

【引】

朱亦栋：畏字当作畏威解，谓勿犯其锋也。杨朝明：畏，被拘囚。

朱熹：胡氏曰，"先王之制，民生于三，事之如一。惟其所在，则致死焉。况颜渊之于孔子，恩义兼尽，又非他人之为师弟子者而已。即夫子不幸而遇难，回必捐生以赴之矣。捐生以赴之，幸而不死，则必上告天子、下告方伯，请讨以复仇，不但已也。夫子而在，则回何为而不爱其死，以犯匡人之锋乎？"

【解】

古人不轻易许死。《礼记·曲礼》："父母存，不许友以死，不有私财。"颜渊"论笃是与"，孔子为什么不认为他是"色庄者乎"（11.21）？因为孔子"知人"。

师徒情深。

11.24 季子然①问："仲由、冉求可谓大臣与？"子曰："吾以子为异之②问，曾③由与求之问。所谓大臣者，以道事君，不可则止。今由与求也，可谓具臣④矣。"曰："然则从之者与？"子曰："弑父与君，亦不从也。"

【注】

①参见附录一11—24。②异之：别的，不同的。之，助词，表修饰关系。③曾：乃，竟，《战国策·赵策》："曾不能疾走。"④具臣：顺臣。

【译】

季子然问："仲由和冉求称得上大臣吗？孔子说："我以为您问别人，

是问由和求啊。所谓大臣，用道服事国君，行不通就辞职。现在仲由和冉求算是顺从的臣子吧。"季子然说："既然如此，他们会跟着季氏干到底吗？"孔子说："杀父弑君的事是不会干的。"

【引】

②孔安国：谓子问异事耳。朱熹：异，非常也。孙钦善：异之问，即问异，问别的。④孔安国：言备臣数而已。刘宝楠：大夫家臣，当有员数，此儿子事季，亦但备数任职事，不能如大臣能匡正人主也。孙钦善：有才干的办事大臣。

朱熹：言二子虽不足于大臣之道，然君臣之义则闻之熟矣，弑逆大故必不从之。盖深许二子以死难不可夺之节，而又以阴折季氏不臣之心也。

【解】

本则的关键词是"具臣"。这里，"具臣"和"大臣"相对，不是指有才干的臣子，也不是充数的臣子，而是指顺从君的臣子，《汉书·梅福传》："故京兆尹王章资质忠直，敢面引廷争，孝元皇帝擢之，以厉具臣而矫曲朝。"具臣和曲朝相勾连，都是不正直的臣子。子路和冉求的才能，孔子曾做出过评价，指出"于从政乎何有"（6.8），"具臣"和"大臣"的区别在于从道还是从君。"大臣"能做到"以道事君，不可则止"，也就是事君时"勿欺也，而犯之"（14.22）。"具臣"则做不到这一点，恰恰就是这两个人，在季氏攻打颛臾时，不能止，让孔子十分失望，认为"危而不持，颠而不扶，则将焉用彼相矣"（16.1）？不过，尽管"具臣"不能直谏，不能绝对正直，但也不会丧失根本立场和原则，当面对"弑父与君"这种大是大非问题时，不会失足而从。

孔子的心目中，理想的君和臣，都是"正"的，君臣父子各安其位，各谋其政，即是正。

11.25 子路使子羔①为费宰。子曰："贼②夫人之子。"子路曰："有民人焉，有社稷焉，何必读书，然后为学？"子曰："是故恶③

夫佞者。"

【注】

①子羔即高柴，参见附录11—18。②贼：残害，伤害，《说文·戈部》："贼，败也。"《荀子·修身》："害良为贼。"③恶（wù）：厌恶，讨厌。

【译】

子路委任子羔担任费邑官长。孔子说："坑人子弟啊。"子路说："有百姓可治理，有社稷可祭祀，为什么一定读书才算作学习呢？"孔子说："正因为你这样说我才厌恶巧舌如簧的人。"

【引】

朱熹：言子羔质美而未学，遽使治民，适以害之。……范氏曰，"古者学而后入政。未闻以政学者也。盖道之本在于修身，而后及于治人，其说具于方册。读而知之，然后能行。何可以不读书也？子路乃欲使子羔以政为学，失先后本末之序矣。不知其过而以口给御人，故夫子恶其佞也。"

【解】

本则孔子被子路撑之窘迫甚于"见南子"。子羔学而未成，不能出仕，确实有误人子弟的可能，孔子责备子路"乱点鸳鸯"，并无问题。问题出在孔子无法反驳子路，只能以指责其"佞"了事，而子路好勇，恰恰言辞表达是他的弱项。

孔子之"学"，重"修、求、正、省、讼"，专在内向上下功夫，且行（实践）重于文（文献），文是其中很小的一方面，并非最重要的，他曾说："弟子……行有余力，则以学文。"（1.6）子夏虽被责为"小人儒"（6.13），但他所说的"贤贤易色；事父母，能竭其力；事君，能致其身；与朋友交，言而有信。虽曰未学，吾必谓之学矣"（1.7），恐怕深得孔子精髓。子路恰恰是强调"有民人焉，有社稷焉"，这都是"行"，何必"读书，然后为学"？孔子不能答，只能骂。越是大老粗，说的话不弯弯绕，越能直击要害，"夫人不言，言必有中"（11.14）。

孔子也有气急败坏的时候。

11.26 子路、曾皙①、冉有、公西华侍坐。子曰："以吾一日长乎尔，毋吾以也②。居③则曰：'不吾知也！'如或知尔，则何以哉？"子路率尔④而对曰："千乘之国，摄乎大国之间，加之以师旅，因之以饥馑；由也为之，比⑤及三年，可使有勇，且知方⑥也。"夫子哂⑦之。"求！尔何如？"对曰："方六七十，如⑧五六十，求也为之，比及三年，可使足民。如其礼乐，以俟君子。""赤！尔何如？"对曰："非曰能之，愿学焉。宗庙之事，如会同⑨，端章甫⑩，愿为小相⑪焉。""点！尔何如？"鼓瑟希，铿尔，舍瑟而作⑫，对曰："异乎三子者之撰⑬。"子曰："何伤乎？亦各言其志也。"曰："莫⑭春者，春服既成，冠者五六人，童子六七人，浴乎沂⑮，风⑯乎舞雩⑰，咏⑱而归⑲。"夫子喟然叹曰："吾与点也！"三子者出，曾皙后。曾皙曰："夫三子者之言何如？"子曰："亦各言其志也已矣。"曰："夫子何哂由也？"曰："为国以礼，其言不让⑳，是故哂之。""唯求则非邦也与？""安见方六七十如五六十而非邦也者？""唯赤则非邦也与？""宗庙会同，非诸侯而何？赤也为之小，孰能为之大？"

【注】

①参见附录一11—26。②毋吾以也：不用我了。以，用，动词。此句为否定句式中的代词宾语前置，类似下句"不吾知也"。又如"其事也。如有政，虽不吾以，吾其与闻之"（13.14）。③居：赋闲，闲居。④率尔：率先或急遽，不能作"轻率"讲。⑤比（bì）：及，等到，《史记·陈涉世家》："比至陈，车六七百乘，骑千余。"⑥方：法度，准则。⑦哂（shěn）：微笑，有嘲讽之意。⑧如：或者。⑨会同：联合，会盟，《尚书·禹贡》："济、河为兖州。九河既道，雷夏既泽，灉、沮会同。""会同"还作天子召见诸侯解，《周礼·春官·大宗伯》："时见曰会，殷见曰同。"⑩端章甫：礼服礼帽。端，礼服之名；章甫，礼帽之名。⑪相（xiàng）：赞礼者，

即主持人。⑫作：站立，《说文·人部》："作，起也。"⑬撰：善言，即说得好。郑玄曰："僎读曰诠，诠之言善也。"《广韵》："诠，善言也。"⑭莫：同"暮"。⑮浴乎沂（yí）：在沂水边祓禊。《说文·示部》："祓，除恶祭也。"《左传·昭公十八年》："祓禳于四方。"祓禊是古代民俗，每年春季上巳日在水边举行祭礼，洗濯去垢，消除不祥。《后汉书·礼仪志上》"是月上巳，官民皆絜于东流水上"，南朝梁刘昭注："蔡邕曰：《论语》'暮春者，春服既成，冠者五六人，童子六七人，浴乎沂，风乎舞雩，咏而归。'自上及下，古有此礼。今三月上巳，祓禊于水滨，盖出于此。"源出曲阜县东南尼山，西流至滋阳县（今兖州）合于泗水，非是今日山东沂河。⑯风：歌，王充《论衡·明雩》："歌也。"⑰舞雩（yú）：坛名，即鲁国求雨的坛，《论衡·明雩》："《春秋》，鲁大雩，旱求雨之祭也。旱久不雨，祷祭求福，若人之疾病，祭神解祸矣。"建舞雩求雨，古而有之，《周礼·春官·司巫》："若国大旱，则帅巫而舞雩。"雩，古代为求雨而举行的祭祀。《公羊传·桓公五年》："大雩者何，旱祭也。"《论衡·明雩》："夫雩，古而有之。故《礼》曰：'雩祭，祭水旱也。'故有雩礼，故孔子不讥，而仲舒申之。夫如是，雩祭，祀礼也。雩祭得礼，则大水鼓用牲于社，亦古礼也。……推《春秋》之义，求雩祭之说，实孔子之心，考仲舒之意，孔子既殁，仲舒已死，世之论者，孰当复问？唯若孔子之徒，仲舒之党，为能说之。"⑱咏：吟咏，《诗经·周颂·噫嘻》："噫嘻成王，既昭假尔。率时农夫，播厥百谷。骏发尔私，终三十里。亦服尔耕，十千维耦。"序说："春夏祈谷于上帝。"该诗讲的是成王春祭祈谷，告诫农官率领农民播种百谷，开垦私田。曾皙吟咏的该是本诗，符合"舞雩"情境。⑲归：归来。⑳让：谦虚，不争。

【译】

　　子路、曾皙、冉有、公西华陪孔子坐着。孔子说："我年纪比你们大，没有人用我了。你们平日常说：'没人懂我啊！'假如有人懂你们，会怎么干？"子路急忙说："一千辆兵车的中等国家，在大国间饱受威胁，外有入侵之兵，内有饥荒之灾；假如让我去治理，等到三年后，就能让百姓勇敢善战，而且懂得什么是德。"孔子淡淡一笑。孔子又问："冉求，你会怎么干？"冉求回道："方圆六七十里或五六十里的小国，假如让我去治理，等到三年后，就能让百姓富富裕裕。至于礼乐，需等君子来推行。"孔子又问："公西赤，你怎么干？"公西赤回答："我不敢说能干什么，只是想潜心学习。逢祭祀宗庙，遇国家会盟，我身着礼服礼帽，做个赞礼者。"孔子又问："曾点，你怎么干？"曾皙鼓瑟声渐慢，"铿"的一下收音，离开瑟站了起来，回答："他们说得很好，我和他们不同。"孔子说："怕什么呢？也就是各人谈谈自己的志趣。"曾皙说："暮春时节，穿上春服，和五六位成人，六七个少年，在沂水边祓禊，在舞雩上唱歌，然后吟诵着《诗》往回走。"孔子长叹一声，说："我赞同曾皙的说法。"子路、冉有、公西华都出去了，曾皙殿后。曾皙说："他们三个人说得怎么样？"孔子说："也就是各人谈谈自己的志趣。"曾皙说："先生为什么哂笑仲由呢？"孔子说："治国要用礼，仲由言辞不谦逊，因此笑他。"曾皙又问："冉求讲的不是国家吗？"孔子说："怎见得方圆六七十里或五六十里不是一个大国？"曾皙又问："公西赤讲的不是国家吗？"孔子说："祭祀宗庙和国家会盟，这不是国事又是什么？赤如果只能做小相，谁能做大相？"

【引】

②孔安国：言我问女，女无以我长故难对。刘宝楠：以，用也。言此身既差长，已衰老，无人用我也。③孙钦善：平常家居。④何晏：先三人对。⑥朱熹：方，向也，谓向义也。民向义，则能亲其上，死其长矣。⑦康有为：大笑也。⑬孔安国：具也，为政之具。孙钦善：述。李零：疑读为选，指志向选择。⑮：孔安国：涉沂水也。钱穆：夏历三月，在北方未可入水而浴。或说近沂有温泉。或说浴，盥濯义……。或说浴乃沿字之误，谓沿乎沂水而闲游，今仍从浴字第二解。⑯朱熹：乘凉也。⑱包咸：歌咏先王之道。⑲郑玄：馈，馈酒食也，《鲁》读馈为归，今从古。王充《论衡·明雩》：馈，祭也。

朱熹：曾点之学，盖有以见夫人欲尽处，天理流行，随处充满，无少欠阙。故其动静之际，从容如此。而其言志，则又不过即其所居之位，乐其日用之常，初无舍己为人之意。而其胸次悠然，直与天地万物上下同流，各得其所之妙，隐然自见于言外。视三子之规规于事为之末者，其气象不侔矣，故夫子叹息而深许之。

【解】

本则是《论语》中字数最多、最具散文性的一则，也是学理上最为著名的一则，朱熹将其提炼为"曾点气象"，掀起千百年来的议论，引文中已标出朱熹的核心意思，这里不再赘述。对本章的讨论，首先要厘清一个前提，孔子为什么要让弟子们言"志"。孔子的意思是："居则曰：'不吾知也！'如或知尔，则何以哉？"通俗点儿说，即现在没人懂你们，故而不见用，假如有人用你们，会怎么做。需要交代的是，"知"和"用"是勾连的，仲弓担任季氏宰，问政。孔子就说："举尔所知；尔所不知，人其舍诸？"（13.2）显然，孔子让弟子们谈"志"，谈的是为政问题。问题在于：一、孔子为什么赞同没有谈"为政"的曾点；二、孔子赞不赞同子路、冉有、公西华；三、曾点说的话到底是什么意思。问题虽然多，但只要搞清楚曾点说的是什么意思就可以了。

回答孔子的问题之前，曾点很谦虚，他们说得都挺好，不过，我"异乎"他们。曾点的话其实已表明，其他三个人的回答是切题的，而且回答得很好，恐怕这也是孔子的意思。孔子告诉曾点，不一样没关系，无伤大雅，就是谈谈各自的想法。曾点说的一段话中，核心是"浴乎沂，风乎舞雩，咏而归"十个字。曾点所答看似不切题，其实是"为政"的理想境界，即"无为而治"。子路、冉有、公西华谈的都是具体的政事，子路讲治理一个中等国，冉有讲治理一个小国家，公西华讲做一个小司仪。曾点讲的则是志在天下。"浴乎沂"意味着洁身除恶，"风乎舞雩"意味着风调雨顺，"咏而归"意味着归化礼乐。"祭祀"是大礼，《礼记·礼运》称："夫礼，必本于天，肴于地，列于鬼神。"《史记·礼书》："上事天，下事地，尊先祖而隆君师，是礼之三本也。"也是为政，孔子说："使民如承大祭。"（12.2）曾点的意思很明确，其他三个同门的回答都过于琐细，不是圣人作为，圣人治世若黄帝、尧、舜，"垂衣裳而天下治，盖取诸乾坤"（《周易·系辞下》)，一旦"天之历数在尔躬"，上位者只要"允执其中"，即可实现"四海困穷，天禄永终"（20.1）。这和孔子的"为政以德，譬如北辰，居其所而众星共之"（2.1），异曲同工，都强调为天下以礼、以德而不是以政、以刑（2.3），这也是"天下有道"的核心要义。

曾点说出了孔子的理想国，故而让孔子喟然叹曰："吾与点也！"因此，某个意义上，将"曾点气象"易为"曾点之道"更为合适。《论语》中，"不改其乐"的颜渊代表了理想的君子人格，而"风乎舞雩"的曾点代表了理想的天下政格。两者都是"道"，但一个是立己、达己的极致，而另一个是立人、达人的极致。立己、达己易，立人、达人难。

颜渊第十二

　　本章凡二十四则，子曰四则；与子张对曰四则，与司马牛、子贡、樊迟对曰各二则（其中一则含樊迟对曰子夏）；与颜渊、仲弓、有若对曰各一则；司马牛与子夏对曰一则；与季康子对曰三则，与齐景公、棘子成对曰各一则；曾子曰一则。

　　本章五问"政"、四问"仁"、五论"君子"、三谈"礼"、一说"仁"。论"政"多与"仁"有关，集中在德政、礼治上。

　　要引起重视的是，孔子将"政"定义为"正"，在他看来，为政者首先是有"德"的君子，这样才可以"垂衣裳而天下治"（《周易·系辞》）。孔子一直在寻求治理天下的"道"，这个道是"足食，足兵，民信之"（12.7），且是有轻重次序的。孔子还定义"仁"为"克己复礼"（12.1），"为仁由己"（12.1）而非"由人"，"不欲"而"勿施于人"（12.2）。这样看来，《论语》中，"仁"和"礼"谁统摄谁，很难界定。而且，传统观点以为"仁"内"礼"外，也不准确。

　　孔子强调"非礼勿视，非礼勿听，非礼勿言，非礼勿动"（12.1），表明"礼"是一个内在于心的概念。

12.1 颜渊问仁。子曰："克己复礼①为仁。一日克己复礼，天下归②仁焉。为仁由己，而由人乎哉？"颜渊曰："请问其目③。"子曰："非礼勿视，非礼勿听，非礼勿言，非礼勿动。"颜渊曰："回虽不敏，请事

斯语矣。"

【注】

①克己复礼：约束自己，使言行符合礼的要求。克，约束；复，履行，实践。②归：赞许。③目：条目。

【译】

颜渊问什么是仁。孔子说："约束自己，践行礼义，就是仁。一旦约束自己，践行礼义，天下的人就会以仁赞许他了。践行仁依靠自己，难道还依靠于别人吗？"颜渊说："请问践行仁的条目。"孔子说："不合于礼的不看，不合于礼的不听，不合于礼的不说，不合于礼的不做。"颜渊说："我虽然不聪明，请允许我按照这些话去做。"

【引】

①朱熹：克，胜也。复，反也。

朱熹：礼者，天理之节文也。为仁者，所以全其心之德也。盖心之全德，莫非天理，而亦不能不坏于人欲。故为仁者必有以胜私欲而复于礼，则事皆天理，而本心之德复全于我矣。归，犹与也。又言一日克己复礼，则天下之人皆如其仁，极言其效之甚速而至大也。又言为仁由己而非他人所能预，又见其机之在我而无难也。日日克之，不以为难，则私欲净尽，天理流行，而仁不可胜用矣。

【解】

孔子之"学"是内向的，即"修、求、正、省、讼"，目的是为君子。君子最重要的德不是别的，而是内向"求诸己"。孔子的视域中，个人／自己是仁的出发点，也是为仁／为人的开端。己是利器，可成就仁，也可败仁，故而孔子强调为仁要依靠个体的修持。本则中，"为仁由己"不仅强调了个体的能动性和自觉性，也规定了个体的义务和责任。不过，应要指出的是，仁的最终归宿不是个体修养而是集体价值，也就是说，为仁最终导向为立人、安百姓和天下有道。

需要指出的是，"克己复礼"乃旧说，早于孔子，《左传·昭公十二年》："仲尼曰：'古也有志：克己复礼，仁也。'"本则可与上博楚简《君子为礼》对照看，其云：

颜渊侍于夫子。夫子曰："回，君子为礼，以依于仁。"颜渊作而答曰："回不敏，弗能少居也。"夫子曰："坐，吾语汝。言之而不义，口勿言也。视之而不义，目勿视也。听之而不义，耳勿听也。动［之］而不义，身毋动焉。"颜渊退，数日不出。［门人问］之曰："吾子何其瘠也。"曰："然，吾亲闻言于夫子，欲行之而不能，欲去之而不可。吾是以瘠也。"

以上可知，《论语》"四勿"是关于"礼"的，楚简"四勿（毋）"是关于"义"的。

《论语》中，仁和礼的关系较为复杂，"人而不仁，如礼何"中仁是礼的前提，本则礼是仁的前提。以往，注家多以为仁内礼外，是值得商榷的。在孔子这里，礼也本于心，但却可以学得。不过，孔子以后，仁就成礼的前提了。《中庸》云："仁者人也，亲亲为大；义者宜也，尊贤为大。亲亲之杀，尊贤之等，礼所生也。"

12.2 仲弓问仁。子曰："出门①如见大宾，使民如承大祭。己所不欲，勿施于人②。在邦无怨，在家③无怨。"仲弓曰："雍虽不敏，请事斯语矣。"

【注】

①出门：外出，《左传·僖公三十三年》："臣闻之：出门如宾，承事如祭，仁之则也。"此对话发生在孔子出生前八十年。②己所不欲，勿施于人：可参考《管子·小问》："信也者，民信之；忠也者，民怀之；严也者，民畏之；礼也者，民美之。语曰，泽命不渝，信也；非其所欲，勿施于人，仁也；坚中外正，严也；质信以让，礼也。"管仲亦在孔子前，故此语古老，非孔子之作。③家：卿大夫封地或采邑。

【译】

仲弓问什么是仁。孔子说："出门在外如同接待贵宾，御使百姓如同负责祭祀。自己不想承受的，就不要强加给别人。事诸侯没有怨恨；事卿大夫没有怨恨。"仲弓说："我虽然不聪明，请允许我按照这些话去做。"

【引】

③包咸：在家，为卿大夫也。

孔安国：为仁之道，莫尚乎敬也。焦循：在家无怨，仁及乎一家也；在邦无怨，仁及乎一国矣。

【解】

本章前三则谈"仁"，在理学家看来十分深奥的话题，孔子都是从日常或微小的地方入手。孔子说的这句话，从三个面向讲解了什么是"仁"，"出门如见大宾，使民如承大祭"是"敬"，"己所不欲，勿施于人"是"恕"，"在邦无怨，在家无怨"是"和"。要注意的是，这三句话的主体是"己"，客体是"人"。也就是说，"己"是"人"，"私"是"公"的出发点，"公"是"私"，"人"是"己"的目的地。按孔子的说法，"仁"是"克己"所得，但"克己"或"仁"的目的不是单纯为了入世、为政，而是为了成人、为君子，不过具体到本则就是出门、使民、施于人。

孔子列的这些，都是为政之目。为政以德、为国以礼，才是大仁。

12.3 司马牛①问仁。子曰："仁者，其言也讱②。"曰："其言也讱，斯谓之仁已乎？"子曰："为之难，言之得无讱乎？"

【注】

①参见附录一12—3。②讱（rèn）：迟钝，引申为言语谨慎。

【译】

司马牛问什么是仁。孔子说："仁人言语谨慎。"司马牛说："说话谨慎，这就叫作仁了吗？"孔子说："做起来困难，说起来能不谨慎吗？"

【引】

②朱熹：讱，音刃。讱，忍也，难也。仁者心存而不放，故其言若有所忍而不易发，盖其德之一端也。夫子以牛多言而躁，故告之以此。使其于此而谨之，则所以为仁之方，不外是矣。

【解】

"言"是孔子的德目之一。《论语》中，孔子对"巧言"的警惕和"慎言"的警告不胜枚举，甚至把"慎言"作为从政（干禄）的一个重要课题。在孔子看来，言即行，对一个人了解要从言开始，即"听其言而观其行"（5.10）。行难言易。孔子强调行在先，言在后，行在先即先为难。"仁者先难而后获"，知道行难，且知难而行，"可谓仁矣"（6.22）。

据《史记·仲尼弟子列传》："司马耕，字子牛。牛多言而躁，问仁于孔子。孔子曰：'仁者，其言也讱。'"孔子教人，对症下药。

12.4 司马牛问君子。子曰："君子不忧不惧。"曰："不忧不惧，斯谓之君子已乎？"子曰："内省不疚①，夫何忧何惧？"

【注】

①疚（jiù）：因有错误而感到内心痛苦，《诗经·小雅·大东》："使我心疚。"

【译】

司马牛问什么样的人是君子。孔子说："君子内心不忧愁，也不恐惧。"司马牛说："不忧愁，也不恐惧，这样就可以叫君子了吗？"孔子说："问心无愧，还有什么可以忧愁、可以恐惧的呢？"

【引】

包咸：自省无罪恶，无所可忧惧也。

【解】

结合 12.5 而言，司马牛确实有"忧"的一面。本则，孔子给君子下了一个定义："不忧不惧"。这个概念偏内向，是"修、求、正、省、讼"的结果。孔子曾说："君子道者三，我无能焉：仁者不忧，知者不惑，勇者不惧。"（14.28）本则，孔子单独拈出"不忧不惧"，是为了强调"内省"。君子最重要的品质就是"内省"，通过"内省"，可以存心去弊得性而成君子。中国传统文化的"无罪"意识都是"内省"的结果，也就是说，罪在己，不在人，只要认为自己在理，就是"无罪"的，而不是取决于法律，尤其是政治和暴力，这意味着"无罪"是一种价值观而非事实判定，子谓公冶长"可妻也。虽在缧绁之中，非其罪也"（5.1），就是成例。"内省"用孟子的话说就是"我善养吾浩然之气"，存心去弊得性生"浩然之气"，"其为气也，至大至刚，以直养而无害，则塞于天地之间"（《孟子·公孙丑上》）。孔子受困，说"天生德于予，恒魋其如予何"（7.23），就是认为反躬自问，问心无愧，己有天理而无人罪，恒魋即使能毁身，却不能屈心。

"不忧不惧"和"坦荡荡"同义，本则也是孔子自身的真实写照。

12.5 司马牛忧曰："人皆有兄弟，我独亡①。"子夏曰："商闻之矣：'死生有命，富贵在天。'君子敬而无失，与人恭而有礼，四海之内皆兄弟也。君子何患乎无兄弟也？"

【注】

①亡：同"无"。

【译】

司马牛很忧愁，说："人家都有兄弟，就我没有。"子夏说："我听说过这样一句话：'死生是由命运主宰的，而富贵与否全看天意。'君子只要谨慎而没有过失，对人恭敬而合乎礼仪，那么，天下之内的人都是自己的兄弟。君子为什么忧愁自己没有兄弟呢？"

【引】

邢昺：言人死生短长，各有所禀之命，财富位贵则在天之所予，君子但当敬慎而无过失，与人结交恭谨而有礼。能此疏恶而友贤，则东夷、西戎、南蛮、北狄，四海之内，九州之人，皆可以礼亲之为兄弟也。君子何须忧患于无兄弟也。

【解】

通常以为，"商闻之矣"以下各句，都是孔子说的，现在已无法考证，姑且不论。这些话的大体意思是说，有没有兄弟，是命和天注定的，个人能做的，就是谨慎无过失，恭敬合乎礼，做一个君子。这样，普天下之人都是兄弟。就孔子而言，其本人知天命，也畏天命，他认为这些都是君子之道。不过，孔子并非消极地对待天命，"听天由命"，而是"尽人事"，"谋事在人"，至于结果，才"听天命"，"成事在天"，如是，主动权或能动性就在个人手里，天命则是规范个人行为的"宪法"和"意识形态"。本则就是这一精神的例证。子夏劝诚司马牛要认清命理、天理，在此前提下，内向"修、求、正、省、讼"而为君子。君子为人和为政一个道理，为人则"有朋自远方来"（1.1），为政则"居其所而众星共之"（2.1），君子本身具有"德"的力量，"德"是内向而得的，具备了"德"，就足以抵消或者慰藉天命所造成的偶然性。

李泽厚认为，"既强调人的主观努力，同时也尊重偶然性的存在"，这是"真正的儒家精神和对孔子'畏天命'的真正解释"，可谓的论。

12.6 子张问明①。子曰："浸润②之谮③，肤受④之愬⑤，不行焉，可谓明也已矣。浸润之谮，肤受之愬，不行焉，可谓远也已矣。"

【注】

①明：明察。②④浸润、肤受：两次对举，意同。浸润，水浸润一样缓慢难以觉察；肤受，肤蒙垢一样轻微难以发现。③谮（zèn）：诬告，谗言。⑤愬（sù）：控诉，同"诉"。

【译】

子张问什么是明察。孔子说："像水浸润一样缓慢难以觉察的谗言，像肤蒙垢一样轻微难以发现的控诉，行不通，可称得上是明察了。像水浸润一样缓慢难以觉察的谗言，像肤蒙垢一样轻微难以发现的控诉，行不通，可称得上是远见了。"

【引】

④孙钦善：有二解：一为肤浅，表面；一为肌肤所受，利害切身之意。以后解为长。

朱熹：愬，愬己之冤也。毁人者渐渍而不骤，则听者不觉其入，而信之深矣。愬冤者急迫而切身，则听者不及致详，而发之暴矣。二者难察而能察之，则可见其心之明，而不蔽于近矣。

【解】

见微知著方为君子。小人害人，大都是搞背地里的勾当，偷偷摸摸，喊喊喳喳，摆不到台面上来，也善于打持久战。如能觉于几，晓于微，才称得上明察。洞悉"风起于青蘋之末"（宋玉《风赋》），也是内功。

12.7　子贡问政。子曰："足食，足兵①，民信之矣。"子贡曰："必不得已而去，于斯三者何先？"曰："去兵。"子贡曰："必不得已而去，于斯二者何先？"曰："去食。自古皆有死，民无信不立。"

【注】

①兵：军械，《说文·口部》："兵，械也。"《说文解字注》："器曰兵。

用器之人亦曰兵。"《周礼·夏官·司兵》:"掌五兵。"司农注:"戈、殳、戟、酋矛、夷矛也。"有时也做兵士,《战国策·赵策四》:"必以长安君为质,兵乃出。"《列子·虚实》:"越人之兵虽多,亦奚益于胜败哉?"

【译】

子贡问如何治国。孔子说:"粮食储备充足,军械充足,百姓信任统治者。"子贡说:"如果不得已去掉一项,在三项中先去掉哪一个呢?"孔子说:"去掉军械。"子贡说:"如果不得已再去掉一项,那么两项中去掉哪一个呢?"孔子说:"去掉粮食储备。自古以来人难免一死,如果百姓对上位者不信任,国家就无法存立。"

【引】

邢昺:此答为政之事也。足食则人知礼节,足兵则不轨畏威,民信之则服命从化。……夫食者,人命所须,去之则人死。而去食不去信者,言死者古今常道,人皆有之,治国不可失信,失信则国不立也。

【解】

"信"代表的是秩序和规则,是个体性道德向社会性公德的投射。为人和为政同理,对于社会、个人或公、私而言,"信"是第一位的。"人而无信,不知其可也"(2.22),而上位者不能让民信任,邦国就立不起来,《左传·僖公二十五年》曰:"公曰:'信,国之宝也,民之所庇也。得原失信,何以庇之?所亡滋多。'"上博楚简《从政》云:"从政所务三:敬、慎、信。信则得众,慎则远戾……"经典著作都把"信"当作为政的基础。

12.8 棘子成①曰:"君子质而已矣,何以文为?"子贡曰:"惜乎,夫子之说君子也!驷②不及舌。文犹质也,质犹文也。虎豹之鞟③犹犬羊之鞟。"

【注】

本则句中，朱熹断为子贡曰"惜乎！夫子之说，君子也"。

①参见附录一12—8。②驷：四匹马，《说文·马部》："驷，马一乘也。"《诗经·郑风·清人》："驷介旁旁。"③鞟（kuò）：去毛的兽皮。

【译】

棘子成说："君子只要有好的品质就可以了，要那些纹饰干什么用呢？"子贡说："遗憾啊，先生您居然如此评论君子。一言既出，驷马难追。本质就像文采，文采就像本质。去掉毛的虎皮、豹皮，和去掉毛的犬皮、羊皮一样。"

【引】

邢昺：皮去毛曰鞟。言君子、野人异者，质、文不同故也。虎豹与犬羊别者，正以毛文异耳。今若文犹质，质犹文，使文质同者，则君子与鄙夫何以别乎？如虎豹之皮，去其毛文，以为之鞟，与犬羊之鞟同处，何以别虎豹与犬羊也？朱熹：言文质等耳，不可相无。若必尽去其文而独存其质，则君子小人无以辨矣。

【解】

孔子说："文质彬彬，然后君子。"（6.18）就君子而言，道乎中庸，内外统一，而不偏颇。棘子成却将二者对立起来，认为只有质就可以了。子贡批评他太轻率，不能随便说话。

动物皮毛，也是蕴道的。

12.9 哀公问于有若曰："年饥，用不足，如之何？"有若对曰："盍①彻②乎？"曰："二③，吾犹不足，如之何其彻也？"对曰："百姓足，君孰与不足？百姓不足，君孰与足？"

【注】

①盍：何不。②彻：十分之一为税收谓之彻，《孟子·滕文公》：“夏后氏五十而贡，殷人七十而助，周人百亩而彻，其实皆什一也。”春秋以前，租和税合一，实行贡、助、彻之制。其后在保持井田的形式下，进行履亩而税的改革。商鞅变法后，土地私有，租与税才实现分离。③二：十抽二的税。《史记·苏秦列传》：“周人之俗，治产业，力工商，逐什二以为务。”另有二税，即夏秋两季完纳的赋税，征始于唐，后世因之。《宋史·食货志上》：“二税须于三限前毕输，……造夏税籍以正月一日，秋税籍以四月一日，并限四十五日毕。”

【译】

鲁哀公问有若：“遭遇饥荒，国家财政困难，怎么办？”有若回答说：“为什么不实行十抽一的税法呢？”哀公说：“十抽二都不够，还十抽一？”有若说：“如果百姓富足，您怎么可能不够呢？如果百姓不富足，您怎么可能会够呢？”

【引】

朱熹：彻，通也，均也。周制：一夫受田百亩，而与同沟共井之人通力合作，计亩均收。大率民得其九，公取其一，故谓之彻。鲁自宣公税亩，又逐亩什取其一，则为什而取二矣。故有若请但专行彻法，欲公节用以厚民也。……民富，则君不至独贫；民贫，则君不能独富。有若深言君民一体之意，以止公之厚敛，为人上者所宜深念也。

【解】

春秋末战国初，民富与国富的辩证关系已成为一种共识。儒家奉行民本，对此更是洞若观火。孟子说：“七十者衣锦食肉，黎民不饥不寒，然而不王者，未之有也。”（《孟子·梁惠王上》）荀子说：“下贫而上贫，下富而上富。”（《荀子·富国》）通常而言，早期国家中的上位者也能认识到古罗马学者西塞罗所阐释的这种道理：“税收是国家的主要支柱。”但未必懂得民、税、国之间的关系。他们信奉赤裸裸的暴力，即使鼓吹天命转移，也把索取视为当然。

哀公的观点堪称代表，我自己都不够花，还要减税，不是笑话吗？哀公肯定不是白痴，他这种逻辑又是哪里来的呢？两个字，暴力，暴力最大的问题是造成人格盲、体制盲，它让所有索取都具有不言而喻的合法性，而不去关心正当性。有若的贡献在于撕开了盖在赋税上的幕布：即便索取是合理的，如果老百姓不富裕，上位者又能去哪里榨取。这种观点的伟大之处在于，承认了民富是国富的基础，两者息息相关而不是背离的，正如《国语·楚语上》所说的："民实瘠矣，君安得肥？"有若凭借这个观点就可以在《论语》中称"子"，这是一个石破天惊的政治启蒙观点。

12.10 子张问崇德辨惑。子曰："主忠信，徙义，崇德也。爱之欲其生，恶之欲其死。既欲其生，又欲其死，是惑也。'诚不以富，亦祇以异。'①"

【注】

①诚不以富，亦祇以异：固然不是因为富，只是因为你变了心。语出《诗经·小雅·我行其野》："我行其野，言采其蓫。不思旧姻，求尔新特。成不以富，亦祇以异。"

【译】

子张问什么是崇德和辨惑。孔子说："注重忠和信两种品德，遵从义，这就是崇德。喜爱一个人就想让他活下去，厌恶一个人就恨不得他死，又要他活，又要他死，这就是迷惑了。《诗经》：'固然不是因为富，只是因为你变了心。'"

【引】

①邢昺：祇，适也。言此行诚不足以致富，适足以为异耳。取此诗之异义，以非人之惑也。

【解】

本则引用的《诗经》这句诗，历来难解，朱熹参不透，直接认为："程子曰：'此错简，当在第十六篇齐景公有马千驷之上。因此下文亦有齐景公字而误也。'"此说无根据，不取。

《毛诗选》提供了理解的一种思路：

祗，适也。笺云：女不以礼为室家，成事不足以得富也。女亦适以此自异于人道，言可恶也。正义曰：娶妻者受父之命，故今引以责之。言父本命汝以我为妻，汝何不思忆旧时老父之命，反弃我而求汝新外昏特来之女也？汝如是不以礼为室家，成事不以是而得富，亦适可以此异于人耳。

通过弃妇之怨可知，诗中的男人"言父本命汝以我为妻，汝何不思忆旧时老父之命"是不"主忠信"，"弃我而求汝新外昏特来之女"是不"徙义"，因一己之私、之好，偏离了正道，陷入了迷惑。

12.11 齐景公①问政于孔子。孔子对曰："君君，臣臣，父父，子子。"公曰："善哉！信如君不君，臣不臣，父不父，子不子，虽有粟，吾得而食诸？"

【注】

①参见附录一 12—11。

【译】

齐景公问孔子怎么治国。孔子说："君要像君，臣要像臣，父要像父，子要像子。"齐景公说："说得太好了！如果君不像君，臣不像臣，父不像父，子不像子，即使有粮食，我从哪里能获得，又怎么吃得上？"

【引】

邢昺：言政者正也，若君不失君道，乃至子不失子道，尊卑有序，上下不失，而后国家正也。当此之时，陈桓为齐大夫以制齐国，君不君，臣不臣，父不父，子不子，故孔子以此对之。朱熹：此人道之大经，政事之根本也。是时景公失政，而大元陈氏厚施于国。景公又多内嬖，而不立太子。其君臣父子之间，皆失其道，故夫子告之以此。

【解】

这是千古经典篇章。经典有好有坏，本则是好的，却被理解坏了。"君君，臣臣，父父，子子"（12.11），和"政者，正也"（12.17），以及"必也正名乎"（13.3）是一贯的，谈的都是"正名"。儒家谈问题都是从日常起，这样做的好处是，能够获得感性认识和直接认同，本则就是从个人／家庭伦理推导、延伸出社会／公共秩序。任何一个社会都不是"马铃薯"式的，不存在完全的个人主义，在一个超越家庭范畴的群体中，如何"和而不同"（13.23）地共存，一直是政治的头等问题。

尽管儒家注重家庭伦理的公共性，但从家庭出发谈秩序，并非儒家的首创。《国语·齐语》："桓公召管子而谋，管子对曰：'为君不君，为臣不臣，乱之本也。'"《管子·形势》："君不君，则臣不臣；父不父，则子不子。上失其位，则下逾其节；上下不和，令乃不行。衣冠不正，则宾者不肃；进退无仪，则政令不行。""名"是礼，"正名"即正礼，李泽厚说："'名'之如此重要，因为它们即是礼制的现实载体。"显然，景公认识到了问题的重要性，若不正，"虽有粟，吾得而食诸"。作为一个邦国的统治者，景公现身说法，显然比孔子坐而论道更有说服力。正名、正礼亦即将"马铃薯"以一定的意识形态整合在一起，实现"和而不同"式共存。荀子对这个问题看得最为透彻："先王恶其乱也，故制礼义以分之，使有贫富贵贱之等，足以相兼临者，是养天下之本也。""君臣、父子、兄弟、夫妇，始则终，终则始，与天地同理，与万世同久，夫是之谓大本。""人能群，彼不能群也。人何以能群？曰：分。分何以能行？曰：义。故义以分则和，和则一，一则多力，多力则强，强则胜物，故宫室可得而居也。"（《荀子·王制》）

说本则被理解坏了，始作俑者，是法家，而非儒家，儒家从家庭／父子／夫妻出发谈秩序问题，并不强调君君臣臣是一种绝对服从，而是遵行"以道事君，不可则止"（11.24），道才是根本法。迨至韩非子，"事"易为单向的"顺"："臣之所闻曰：'臣事君，子事父，妻事夫。三者顺则天下治，三者逆则天下乱，此天下之常道也。'明王贤臣而弗易也，则人主虽不肖，臣不敢侵也。今夫上贤任智无常，逆道也，而天下常以为治。"（《韩非子·忠孝》）在"儒表法里"的潮流下，最终由董仲舒完成了"三纲五常"说。

12.12 子曰："片言①可以折狱②者，其由也与？"子路无宿诺③。

【注】

有古本将本则一分为二。

①片言：单辞，一面之词。刘宝楠："狱辞有单有两。两者，两造具备也，单则一人具辞。"②折狱：断狱，审理案件。③宿诺：隔夜诺言，即久拖而没兑现的诺言。"子路无宿诺"句中，子路称字，可见非孔子所言。

【译】

孔子说："单凭一面之词就能审判案件的，大概只有仲由吧。"子路没有久拖而没兑现的诺言。

【引】

①孔安国：犹偏也。听讼必须两辞以定是非，偏心一言以折狱者，唯子路可也。孙钦善：片面之词。③何晏：犹豫也。朱熹：宿，留也，犹宿怨之宿。急于践言，不留其诺也。孙钦善：拖延未实现的旧诺言。

【解】

本则是否一分为二，不影响对子路整体形象的分析。孔子说这句话的意思，并非推扬子路能断狱，而是赞扬其果决。这种果决，来自子路的信誉。此在《左传·哀公十四年》可见一斑："小邾射以句绎来奔，曰使季路要我，吾无盟矣，使子路，子路辞，季康子使冉有谓之曰，千乘之国，不信其盟，而信子之言，子何辱焉，对曰，鲁有事于小邾，不敢问故，死其城下可也，彼不臣而济其言，是义之也，由弗能。"

孔安国说："听讼必须两辞以定是非，偏信一言以折狱者，唯子路可。"为什么可以呢？朱熹认为："子路忠信明决，故言出而人信服之，不待其辞之毕也。"后一句朱熹解错了，但前两句，说到点子上了。

12.13 子曰："听讼①，吾犹人也。必②也，使无讼乎！"

【注】

①听讼：审理诉讼案件。②必：倘若，如果。

【译】

孔子说："审理诉讼案件，我和别人是一样的。如果说有不同的地方，就是想让百姓之间没有诉讼。"

【引】

①王弼：听讼，吾犹人也，必也，使无讼乎！无讼在于谋始，谋始在于作制。契之不明，讼之所以生也。朱熹：范氏曰，"听讼者，治其末，塞其流也。正其本，清其源，则无讼矣。"杨氏曰，"子路片言可以。折狱，而不知以礼逊为国，则未能使民无讼者也。故又记孔子之言，以见圣人不以听讼为难，而以使民无讼为贵。"

【解】

孔子担任过司寇，听讼是日常。不过，孔子的志趣不是以当官为乐，而是以无讼为乐。孔子有自己的君子政、理想国，倘为政以德，为国以礼，人人学为君子，怎么会有讼呢？"使无讼乎"，上位者是关键，这是孔子一贯的主张，"上好礼，则民莫敢不敬；上好义，则民莫敢不服；上好信，则民莫敢不用情"（13.4）。

"无讼"虽是一种乌托邦，却不是完全的空幻，而是源于现时的世俗危机，因此具有正义的"善"。

12.14 子张问政。子曰："居之无倦，行之以忠。"

【译】

子张问如何理政。孔子说："在其位上时不懈不怠，执政行令时要不折不扣。"

【引】

王肃：言为政之道，居之于身，无得解倦，行之于民，必以忠信。朱熹：居，谓存诸心。无倦，则始终如一。行，谓发于事。以忠，则表里如一。

【解】

最简单、最日常的往往最难能为，今日亦如此，即便科层组织或扁平组织中，"居之无倦，行之以忠"仍然是千年之惑。孔子视野中，"为政"总是内向的，求己的，"无倦""以忠"归根到底还是个人德性问题、自我约束问题。

"无倦""以忠"看似两个问题，其实就是一个词：勤。《尚书·无逸》："生则逸，弗知稼穑之艰难，弗闻小人之劳，惟耽乐之从。自时厥后，亦罔或克寿。或十年，或七八年，或五六年，或四三年。""勤"源于"敬"，对公事"战战兢兢，如临深渊，如履薄冰"（8.3），才能"敬事而信"（1.5）。

12.15 子曰："博学于文，约之以礼，亦可以弗畔矣夫！"

本则文字重出，见6.27。

12.16 子曰："君子成人之美，不成人之恶。小人反是。"

【译】

孔子说："君子成全别人的好事，而不成就别人的坏事。小人则相反。"

【引】

邢昺：此章言君子之于人，嘉善而矜不能，又复仁恕，故成人之美，不成人之恶也。朱熹：成者，诱掖奖劝以成其事也。君子小人，所存既有厚薄之殊，而其所好又有善恶之异。故其用心不同如此。

【解】

本则内容早孔子出，《谷梁·隐公元年》："《春秋》成人之美，不成人之恶。隐不正而成之，何也？将以恶桓也。其恶桓何也？隐将让而桓弑之，则桓恶矣。桓弑而隐让，则隐善矣。善则其不正焉何也？《春秋》贵义而不贵惠，信道而不信邪。孝子扬父之美，不扬父之恶。"

某种意义上，本则与"己欲立而立人，己欲达而达人"（6.30）、"己所不欲，勿施于人"（12.2）精神一贯，即"乐道人之善"（16.5）。孔子此语，今日犹有效。一些基因，千百年不变，幸哉？悲哉？

12.17 季康子问政于孔子。孔子对曰："政者，正也。子帅①以正②，孰敢不正？"

【注】

①帅：带头，《汉书·胡建传》："不立刚毅之心，勇猛之节，亡以帅先士大夫，尤失理不公。"②正：端正，正派。"正"和"政"通用，音训。《尚书大传·皋繇谟》："有不贡士谓之不率正者。"《荀子·大略》："虽天子三公问正。"《史记·项羽本纪》："夫秦失其正，陈涉首难，豪杰蜂起，相与并争，不可胜数。"

【译】

季康子问孔子怎么治国。孔子回答说："政就是正的意思。您带头正派，谁敢不正派？"

【引】

邢昺：此章言为政在乎修己。"对曰：政者，正也"者，言政教者在于齐正也。朱熹：范氏曰，"未有己不正而能正人者。"孙钦善：正就是正派。

【解】

孔子政治理论最伟大的地方就在于他的"正"治论。正和政虽然可以互训，但绝不等同，正是质，是源；政是文，是流。孔子的"正"治论包含三个面向：一、正名。通过正名，实现个人伦理向礼乐秩序的迁移。二、正己。通过正己，实现责任义务由外内向的转移。三、正人。通过正人，实现立己到立人的推移。

孔子"正"治论的前提是对现时政治不信任、不合作、不妥协。他始终怀揣自己的君子政、理想国，并以类似今日之观察员、反对派、自我流放者的身份参与政治的构建。孔子身上，一直洋溢着一种乌托邦气质，这决定了他虽然是个不合时宜的"丧家之犬"，却是个政治完美主义者，他赋予了政治以"道"的设想，这就是为国以礼，为政以德。

既然政治是伦理的、人格的、心性的，这就注定了孔子在政治面前始终是一个君子、一个人，培养君子心智、君子人格是孔子之"学"的核心。涉及君臣关系，是相互的，而非单向的，即"以义而合"，具体而言就是"君使臣以礼，臣事君以忠"（3.19）、"以道事君，不可则止"（11.24）。

本则对季康子的批评毫不客气，也直指要害。季氏对国君不正，阳虎对季氏不正，两者之间的逻辑关系就是"子帅以正，孰敢不正"，因为不正，才上行下效，且下必甚焉。

那么，怎么正呢？孔子的答案是"就有道而正焉"，也就是向有道之人学，这样才"可谓好学也已"（1.14）。孔子的潜台词，恐怕是向自己这样的君子学。

12.18 季康子患盗，问于孔子。孔子对曰："苟子之不欲，虽赏之不窃。"

【译】

季康子对盗贼过多十分烦恼，向孔子咨询。孔子回答说："如果您不贪图财物，即使奖励人们去偷偷摸摸，也没有人会干。"

【引】

邢昺：此章言民从上化也。朱熹：胡氏曰，"季氏窃柄，康子夺嫡，民之为盗，固其所也。盍亦反其本耶？孔子以不欲启之，其旨深矣。"

【解】

正民先要正己。郭店楚简《尊德义》指出："下之事上也，不从其所命，而从其所行。上好是物也，下必有甚焉者。夫唯是，故德可易而施可转也。有是施，小有利，转而大有害者，有之。有是施，小有害，转而大有利者，有之。"

12.19 季康子问政于孔子曰："如杀无道，以就有道，何如？"孔子对曰："子为政，焉用杀？子欲善而民善矣。君子之德风，小人之德草。草上①之风必偃②。"

【注】

①上：增加。②偃：仆，倒。

【译】

季康子问孔子怎么理政："如果杀掉无道的坏人来亲近有道的好人，怎么样？"孔子说："您理政哪里用得着杀戮？您只要想从善，百姓也会跟着从善。君子的道德就像风，小人的品德就像草，风一吹草，草就跟着倒伏。"

【引】

邢昺：此为康子设譬也。偃，仆也。在上君子为政之德若风，在下小人从化之德如草，加草以风，无不仆者。犹化民以正，无不从者。亦欲令康子先自正也。

【解】

孔子"正"治论的纲领是"为政以德"，"为政以德"核心要义是通过正己实现风化。也就是说，百姓是否服从，取决于上位者是否"正"，上位者"正"是建立良好社会秩序的关键，落实到社会治理或者说实践层面是重德不以杀，重礼不以刑。郭店楚简《尊德义》指出："杀不足以胜民。""为政以德"即是"仁政"，即是"爱人"，《礼记·哀公问》："孔子对曰：'古之为政，爱人为大，所以治。爱人礼为大，所以治礼；敬为大，敬之至矣。'"

"杀"是法家的治政手段。学界已证明，孔子诛少正卯一事纯属虚构，先秦诸典中，《荀子》首倡"诛士之论"，《韩非子》"以为首诛"继之，经《孔子家语》而窜入《史记》，遂成铁案中的冤案。"杀"论既不合孔子意，也不合孟子意。孔子的"为政以德"，在孟子这里就是"不忍人之政"，他说："人皆有不忍人之心。先王有不忍人之心，斯有不忍人之政矣。以不忍人之心，行不忍人之政，治天下可运之掌上。"（《孟子·公孙丑上》）这句话，是孔子"子为政，焉用杀"的延伸。

12.20 子张问："士何如斯可谓之达①矣？"子曰："何哉，尔所谓达者？"子张对曰："在邦必闻②，在家必闻。"子曰："是闻也，非达也。夫达也者，质直而好义，察言而观色，虑以下③人。在邦必达，在家必达。夫闻也者，色取仁而行违，居之不疑。在邦必闻，在家必闻。"

【注】

①②达、闻：达，通"达"，《广雅》："达，通也。"闻，闻名，出名，

《史记·廉颇蔺相如列传》:"闻于诸侯。"孙钦善以为,达是表里如一,闻指徒有虚名。③下:动词,谦让。

【译】

子张问:"士怎样才可以算得上通达?"孔子说:"你说的达是什么意思?"子张回答:"在邦国一定有名望,在采邑里一定有名声。"孔子说:"这只是闻,不是达。说到达,品行正直,遵从礼义,善于察言观色,还能想着谦虚待人。这样就可以在邦国一定有名望,在采邑里一定有名声。说到闻,表面上装出仁的样子,行为上却违背了仁,还以仁自居而内心从不怀疑。这样在邦国一定有虚望,在采邑里一定有虚名。"

【引】

朱熹:达者,德孚于人而行无不得之谓。子曰,"何哉,尔所谓达者?"子张务外,夫子盖已知其发问之意。故反诘之,将以发其病而药之也。子张对曰,"在邦必闻,在家必闻。"言名誉着闻也。子曰,"是闻也,非达也。"闻与达相似而不同,乃诚伪之所以分,学者不可不审也。

【解】

"闻"和"达"都有名,但一个是虚名,名不副实;一个是实名,名副其实。为什么会这样呢?区别在于是否内向,闻人假仁假义,达人遵从礼义。达者,通也,"修、求、正、省、讼",身心一致;闻者,浮也,内外不协调,是个伪君子。

孔子重"名","学"者求不来功,就求"名";不能成圣王,就求"素王","名"比功更能安慰自己,功最后也被视为"名"。

一个"名"字,误了多少人。

12.21 樊迟从游于舞雩之下,曰:"敢问崇德,修①慝②,辨惑。"子曰:"善哉问!先事后得,非崇德与?攻③其④恶,无攻人之恶,非修慝与?一朝之忿,忘其身,以及其亲,非惑与?"

【注】

　　①修：修整。②慝（tè）：奸邪。③攻：批评，批判。④其：指代自己。

【译】

　　樊迟跟着孔子在舞雩台下散步，说："请问怎样崇尚道德，修整邪念，辨别迷惑。"孔子说："问得太好了！先做后得，不就是崇尚道德吗？批评自己的邪念，不批评别人的，不就是修整邪念吗？因一时愤怒，忘记自身安危，却牵连了亲人，不就是迷惑吗？"

【引】

　　①孔安国：治也。②孔安国：恶也。

　　孔安国：治恶为善也。朱熹：范氏曰，"先事后得，上义而下利也。人惟有利欲之心，故德不崇。惟不自省己过而知人之过，故慝不修。感物而易动者莫如忿，忘其身以及其亲，惑之甚者也。惑之甚者必起于细微，能辨之于早，则不至于大惑矣。故惩忿所以辨惑也。"

【解】

　　先付出，再收获，是"崇德"；责自己，不责人，是"修慝"；忍得住，不惹事，是"辨惑"。

　　本则若是孔子因材施教，樊迟还是得下下功夫。

12.22 樊迟问仁。子曰："爱人。"问知。子曰："知人。"樊迟未达。子曰："举直错①诸枉，能使枉者直。"樊迟退，见子夏曰："乡②也吾见于夫子而问知，子曰'举直错诸枉，能使枉者直'，何谓也？"子夏曰："富哉言乎！舜有天下，选于众，举皋陶③，不仁者远矣。汤④有天下，选于众，举伊尹⑤，不仁者远矣。"

【注】

　　①错：置放，同"措"。②乡（xiàng）：刚才，刚刚，同"向"。

③参见附录一 12—22—1。④参见附录一 12—22—2。⑤参见附录一 12—22—3。

【译】

樊迟问什么是仁。孔子说："爱人。"樊迟问什么是智，孔子说："知人。"樊迟不懂。孔子说："选拔正直之人，把其放在邪曲之人上面，就能使邪曲之人变得正直。"樊迟从孔子处退出来，见到子夏，说："我刚才见到先生，问他什么是智，他说：'选拔正直之人，把其放在邪曲之人上面，就能使邪曲之人变得正直。'这话啥意思？"子夏说："这话含义多么丰富呀！舜得到天下后，在众人中挑选人才，起用皋陶，不仁的人就远走高飞了。汤得到天下后，在众人中挑选人才，起用伊尹，不仁的人就作鸟兽散了。"

【引】

朱熹：举直错枉者，知也。使枉者直，则仁矣。如此，则二者不唯不相悖而反相为用矣。

【解】

本则中，孔子回答了两个重要概念，仁是爱人，智是知人。二者很重要，在《论语》中随处可见，这里不再强调。需要澄清的一个疑问是，孔子和子夏为什么如此回答何为"知人"？一、"知人"意味着善任人，即能"举"；二、"知人"意味着任善人，即举"直"。知人而不举，或者举而不以直，都不是"智"。

子夏尤其是孔子谈"仁"和"知"，显然是就为政而言的，为什么和学种庄稼、种菜的樊迟谈，令人疑惑。

12.23 子贡问友。子曰："忠告①而善道②之，不可则止，毋自辱焉。"

【注】

①告：音 gù。②道：引导，《管子·牧民》："道民之门，在上之所先。"

【译】

子贡问如何交友。孔子说："好言相劝，适当引导，不听就算了，不要自取其辱。"

【引】

朱熹：道，去声。友所以辅仁，故尽其心以告之，善其说以道之。然以义合者也，故不可则止。若以数而见疏，则自辱矣。

【解】

本则不止包括朋友一伦，恐怕还包括君臣一伦。"事君数，斯辱矣；朋友数，斯疏矣"（4.26），子游的话和孔子类似，只是对象差异。古人崇尚"君臣相友"，这是一种理想的治政模式。郭店楚简《语丛一》："友君臣，无亲也。""君臣、朋友，其择者也。"无独有偶，《尚书·召诰》云："予小臣，敢以王之仇民百君子，越友民，保受王威命明德。"柳诒征说："曰'仇民'者，明民与王相匹敌者；曰'友民'者，明民与上为朋友也。礼之若匹敌，亲之若朋友，是实君主对于人民最要之义。"《诗经·大雅·假乐》云："之纲之纪，燕及朋友。"毛传曰："朋友，君臣也。"

但不管君臣还是朋友，即便父子、夫妻，都有边界，死乞白赖，轻了，自讨无趣；重了，自取其辱。

12.24 曾子曰："君子以文①会友，以友辅仁。"

【注】

①文：文辞，《左传·僖公二十三年》："他日，公享之，子犯曰：'吾不如衰之文也，请使衰从。'公子赋《河水》，公赋《六月》。赵衰曰：'重耳拜赐！'公子降，拜，稽首，公降一级而辞焉。衰曰：'君称所以佐天

子者命重耳，重耳敢不拜？’”

【译】

曾子说：“君子用文献结交朋友，用朋友辅助培养自己的仁。”

【引】

①毛子水：文，仪为，意同"礼貌"。

孔安国：友以文德合。朱熹：讲学以会友，则道益明；取善以仁，则德日进。刘宝楠：文谓《诗》《书》礼乐也。

【解】

本则是"有朋自远方来，不亦乐乎"的最佳注释。"有朋"为什么会"自远方来"，因为可"以文会友"；来了为什么"不亦乐乎"（1.1）？因为能"以友辅仁"。小人恰恰相反，"群居终日，言不及义，好行小慧，难矣哉！"（15.17）《礼记·学记》讲了一段"大学之教也"，是对本则的最好注释，不妨记录于此："大学之教也，时教必有正业，退息必有居学。……故君子之于学也，藏焉修焉，息焉游焉。夫然，故安其学而亲其师，乐其友而信其道，是以虽离师辅而不反。"

子路第十三

　　本章凡三十则，子曰十六则；与子路对曰三则，与樊迟、冉有、子贡对曰各二则，与仲弓、子夏对曰各一则；与叶公对曰二则，与定公对曰一则。

　　其中，论"君子"四则，"问政"四则，谈"正"三则，言"礼"及"仁"各二则。

　　本章就内容而言是《颜渊第十二》续篇。其中，最重要的概念是"正名"，"正名"可以视为"政者，正也"（12.17）的一种补充，且"正"的对象是上位者。孔子的"上好礼""上好信""上好义"（13.4）是"正"的内容，也是"正"的目标，最终归宿和"居其所而众星共之"（2.1）如出一辙，只是换了个说法，即"四方之民襁负其子而至矣"（13.4）。

　　还需指出的是，孔子在本章中两次提到"善人"。"善人"一词也是指向上位者，"善人"政和"君子"政在某种意义上是同构的，但质上却高于"君子"政。

　　本章再有以冉子的身份和孔子对话谈国是，意味着至少部分内容由冉有一脉整理。

13.1　子路问政。子曰："先之^①劳^②之。"请益^③。曰："无倦。"

【注】

　　①先之：先干在官吏的前面。先，率先，表率。之，指代官吏。

②劳：御使。③益：多。

【译】

　　子路请教如何理政。孔子说："先干在官吏的前面然后再御使他们。"子路请求多讲些。孔子说："勤勉。"

【引】

　　①《周易·兑卦·象辞》："说以先民，民忘其劳，说以犯难，民忘其死。说之大，民劝矣哉。"孔安国：先导之以得，使民信之，然后劳之。黄式三：先训导。俞樾：谓先民而任其劳也。

　　邢昺：言为德政者，先导之以德，使民信之，然后可以政役之事劳之，则民从其令也。

【解】

　　"之"指代百姓还是官吏？是个问题。若结合下则看，恐是"有司"，即官吏。本则讲的还是君子政，内向而求诸己，一曰表率，二曰勤政，沿袭的还是"正"治论思想。这个意义上，君子政就是"正"政。"先之劳之"，既是仁，即"先难而后获"（6.22），也是德，即"先事后得"（12.21）。

　　孔子始终把"为政"视为君子心性的外现。

13.2　仲弓为季氏宰，问政。子曰："先①有司②，赦小过，举贤才。"曰："焉知贤才而举之？"子曰："举尔所知；尔所不知，人其舍诸？"

【注】

　　①先：率先，表率。②有司：负责具体事务的官吏。

【译】

　　仲弓担任季氏家臣，请教如何理政。孔子说："先干在负责具体事务的官吏前面，宽恕他们的小过小错，选拔贤才出来任职。"仲弓问："如何知道谁是贤才然后选拔出来？"孔子说："选拔你了解的，你不了解的，别人还会舍弃吗？"

【引】

　　邢昺：既各举其所知，则贤才无遗；朱熹。程子曰，"人各亲其亲，然后不独亲其亲。仲弓曰'焉知贤才而举之'、子曰'举尔所知，尔所不知，人其舍诸'便见仲弓与圣人用心之大小。推此义，则一心可以兴邦，一心可以丧邦，只在公私之间尔。"范氏曰，"不先有司，则君行臣职矣；不赦小过，则下无全人矣；不举贤才，则百职废矣。失此三者，不可以为季氏宰，况天下乎。"康有为：躬行者，政之始也，圣人于此犹谆谆也。

【解】

　　许倬云曾提出，应该用"家族主义"来描述春秋社会。其时，整个社会是家的投射体，且建立在家庭而非个体之上，个人被固定在一个社会关系网内难以流动。到了中晚期，随着周室衰弱，诸侯坐大，血缘纽带逐渐被斩断，社会流动成为常态，"士"人崛起。"士"人崛起是传统政治的分水岭，即君与贵族治天下向君与君子治天下转移，君子不再是血统的象征，而是一种崭新的德性精神。也就是说，君子成为一种新的贵族，即道德或精神贵族，而德成为新的人才评价指标。"举贤才"，意味着举君子，要将这些具有理想人格的人，选拔到合适的位置上去。

　　《论语》是第一部将君子平民化同时精神化的经典作品。孔子的君子政、理想国单就用人而言，就是举君子——以君子举君子、任君子、治君子。

13.3 子路曰："卫君^①待子而为政，子将奚^②先？"子曰："必也正名^③乎？"子路曰："有是哉，子之迂也！奚其正？"子曰："野^④哉，由也！君子于其所不知，盖阙如⑤也。名不正，则言不顺；言不顺，则事不成；事不成，则礼乐不兴；礼乐不兴，则刑罚不中；刑罚不中，则民无所措手足。故君子名之必可言也，言之必可行也。君子于其言，无所苟⑥而已矣。"

【注】

①卫君：卫出公辄。灵公去世，蒯聩出奔，辄继位。朱熹：是时鲁哀公之十年，孔子自楚反乎卫。②奚：本则，"奚"都是代词，第一个奚为"何""什么"之意，第二个奚为"因何缘故"之意。③正名：端正名分。④野：粗野，粗鄙。⑤盖阙如：何不空缺呢，即存而不论。盖，副词，何不，不作"大概""大约"等推测意讲，《诗经·小雅·黍苗》："我任我辇，我车我牛，我行既集，盖云归哉？"阙，空缺；如，相当于"乎"，语气助词，《礼记·祭义》："善如尔之问也。"⑥苟：马虎大意，随便。

【译】

子路说："假如卫国国君请您去理政，您将从哪里入手？"孔子说："必须先从正名分开始。"子路说："有这么干的吗？您太迂腐了。为什么要正名呢？"孔子说："鲁莽啊，仲由！君子对于自己不懂的，何不存而不论？名分不正，言辞就不合理；言辞不合理，事情就不成；事情不成，礼乐不能兴盛；礼乐不兴盛，刑罚就不适当；刑罚不适当，百姓就手足无措。因此君子定下名分后必须合理地表达出来，表达出来后必须可以畅行无阻。君子对于自己的言辞，半点马虎不得。"

【引】

③马融：正百事之名。郑玄：谓正书字也。古者曰名，今世曰字。皇侃：孔子答曰，若必先行，正百物之名也。所以先须正名者，为时昏礼乱，言语翻杂，名物失其本号，故为政必以正名为先也。所以下卷云，邦君之妻，君称之曰夫人之属，是正名之类也。韩诗外传云"孔子侍坐季孙，季孙之宰通曰，'君使人假马，其与之不乎？'孔子曰，'君取臣谓之取，不谓之假。'季孙悟，告宰通曰，'今日以来，云君有取谓之取，

无曰假也。'故孔子正假马之名，而君臣之义定也"。朱熹：是时出公不父其父而祢其祖，名实紊矣，故孔子以正名为先。方骥龄：正名位也。

朱熹：程子曰，"名实相须。一事苟，则其余皆苟矣。"胡氏曰，"卫世子蒯聩耻其母南子之淫乱，欲杀之不果而出奔。灵公欲立公子郢，郢辞。公卒，夫人立之，又辞。乃立蒯聩之子辄，以拒蒯聩。夫蒯聩欲杀母，得罪于父，而辄据国以拒父，皆无父之人也，其不可有国也明矣。夫子为政，而以正名为先。必将具其事之本末，告诸天王，请于方伯，命公子郢而立之。则人伦正，天理得，名正言顺而事成矣。夫子告之之详如此，而子路终不喻也。故事辄不去，卒死其难。徒知食焉不避其难之为义，而不知食辄之食为非义也。"

【解】

"为国以礼"的核心就是"正名"。《汉书·艺文志》："古者名位不同，礼亦异数。"这里，名和礼相同，是社会秩序精义所在。一般而言，以往论者都以为儒家思想过于迂阔，但至少"正名"论最为实用，可以说抓住了传统政治的核心，几千年的中国文化无非是在"名"上做文章。孔子讲"无为而治"，其实就是"正"治，即各种关系都名正言顺了，礼乐自然就兴盛了。《左传·成公二年》："（子曰：）唯器与名，不可以假人。"为什么不能假于人？因为"名"是国本。

"正名"是为政之始。

13.4 樊迟请学稼①。子曰："吾不如老农。"请学为圃②。曰："吾不如老圃。"樊迟出，子曰："小人哉，樊须也！上好礼，则民莫敢不敬；上好义，则民莫敢不服；上好信，则民莫敢不用情③。夫如是，则四方之民襁④负其子而至矣，焉用稼？"

【注】

①稼：稼穑，种地。②圃：种菜，《说文·口部》："圃，种菜为圃。"③情：真诚，通"诚"，《左传·僖公二十八年》："民之情伪尽知之也。"

④褓：婴儿的被子。

【译】

樊迟请教怎么种庄稼。孔子说："我赶不上农民。"樊迟又请教怎么种菜。孔子说："我赶不上菜农。"樊迟出去后，孔子说："小人啊，樊迟。为政者重视礼，百姓没有不敬畏的；为政者重视义，百姓没有不服从的；为政者重视信，百姓没有不拿出真心实意的。做到上述几点，四面八方的百姓就会背着襁褓中的孩子前来投靠，（为政者）哪里用得着种庄稼？"

【引】

邢昺：言礼义忠信为治民之要。朱熹：杨氏曰，"樊须游圣人之门，而问稼圃，志则陋矣，辞而辟之可也。待其出而后言其非，何也？盖于其问也，自谓农圃之不如，则拒之者至矣。须之学疑不及此，而不能问。不能以三隅反矣，故不复。及其既出，则惧其终不喻也，求老农老圃而学焉，则其失愈远矣。"

【解】

孔子之学是为君子之学，"君子谋道不谋食"（15.32），樊迟向老师请教学稼、为圃，的确找错了人，恐稼圃亦非孔子所长。孔子"诲人不倦"（7.2），但不会支持樊迟这种价值取向，不是看不起劳动，而是认为弟子走错了路。"上好礼""上好义""上好信"，即"为政以德"，强调的是"子帅以正"（12.17），上位者需时时注意内向。

"小人"，不是目光短浅之意，也不是道德败坏之意，"小人"就是农人的代称，上博楚简《保训》云："昔舜旧作小人，亲耕于鬲茅。"

问题在于，樊迟请教学稼、为圃，孔子批评就是了，为什么会大谈礼、义、信。恐怕，樊迟虽从孔子学，却有农家倾向。农家代表人物许行倡导"贤者与民并耕而食，饔飧而治"，曾在滕国搞乌托邦，"陈相见许行而大悦，尽弃其学而学焉"（《孟子·许行》）。孔子不纠偏，樊迟就会成为陈相。以农学佐为政者，实非君子之道。

13.5 子曰："诵诗三百，授之以政，不达^①；使于四方，不能专对^②；虽多，亦奚以为？"

【注】

①达：通晓。②专对：独自应对。专，独自，专擅。

【译】

孔子说："熟读《诗》三百篇，让他从政，稀里糊涂；让他出使，不能独自应对；读得再多，又有什么用呢？"

【引】

②朱熹：专，独也。

朱熹：诗本人情，该物理，可以验风俗之盛衰，见政治之得失。其言温厚和平，长于风谕。故诵之者，必达于政而能言也。程子曰，"穷经将以致用也。世之诵诗者，果能从政而专对乎？然则其所学者，章句之末耳，此学者之大患也。"

【解】

孔子主张君子儒，却批判"君子愚"，君子若愚，就是小人儒。春秋时期，《诗经》是为政和外交之经，不吟两句，不具有正当性，虽颇有些形式主义，却是时风。不过，其时可以依仗的资料少，《诗经》难免会经典化。本则，孔子的意思是，《诗经》学了是用的，若不能致用，不如不学。孔子之学虽内向，却是入世而外用的，注重实践。

孔子也反形式主义。

13.6 子曰："其身正，不令而行；其身不正，虽令不从。"

【译】

孔子说："自身端正，没有政令也行得通；自身不端正，即使发布政令也不会服从。"

【引】

邢昺：言为政者当以身先也。言上之人，其身若正，不在教令，民自观化而行之。其身若不正，虽教令滋章，民亦不从也。

【解】

参见 12.17。政即修身。

13.7 子曰："鲁卫之政，兄弟①也。"

【注】

①兄弟：像兄弟一样亲近或接近。

【译】

孔子说："鲁国政事和卫国政事，像亲兄弟一样接近。"

【引】

①朱熹：鲁，周公之后。卫，康叔之后。本兄弟之国，而是时衰乱，政亦相似，故孔子叹之。

【解】

包咸说："鲁，周公之封。卫，康叔之封。周公、康叔既为兄弟，康叔睦于周公，其国之政亦如兄弟。"朱熹认为两国"是时衰乱，政亦相似，故孔子叹之"，恐怕不准确。孔子曾说："齐一变，至于鲁；鲁一变，至于道。"（6.24）鲁卫是兄弟政，在孔子看来是合乎道的，故而孔子离开鲁国，第一个去的国家，去的次数最多、时间最长的国家，就是卫国。

卫国父子争政，是孔子始料未及的。

13.8 子谓卫公子荆①："善居室②。始有，曰：'苟合③矣。'少有，曰：'苟完矣。'富有，曰：'苟美矣。'"

【注】

①参见附录一13—8。②居室：居家过日子。③苟合：苟，诚然，确实。合，俞樾："给也，足也。"

【译】

孔子评价卫国公子荆："他善于居家过日子。刚有积蓄，说：'确实足够了。'再多一点，说：'确实充裕了。'更多一点，说：'确实完美了。'"

【引】

③皇侃：苟且也。朱熹：聊且粗略之意。合，聚也。刘宝楠：苟者，诚也，信也。合者，言已合礼。黄怀信：苟，苟且，将就。

【解】

这里要澄清一个误解。孔子赞美的不是公子荆节俭、俭朴，而是赞扬其知足、不贪。孔子不回避私利，但不刻意追求，"饭疏食饮水，曲肱而枕之，乐亦在其中矣。不义而富且贵，于我如浮云"（7.16），这种"乐"和公子荆的知足是一致的，追求的是内心的"和"，而把富贵作为身外物。

知足是内向的结果。

13.9 子适卫，冉有仆①。子曰："庶矣哉！"冉有曰："既庶矣，又何加焉？"曰："富之。"曰："既富矣，又何加焉？"曰："教之。"

【注】

①仆：动词，驾车。

【译】

孔子去卫国，冉有驾车。孔子说："人口众多啊！"冉有说："人口已经众多了，还要怎么做呢？"孔子说："让他们富足起来。"冉有说："已经富足起来了，还要怎么做呢？"孔子说："教育他们。"

【引】

邢昺：孔子言当教以义方，使知礼节也。朱熹：富而不教，则近于禽兽。故必立学校，明礼义以教之。胡氏曰，"天生斯民，立之司牧，而寄以三事。然自三代之后，能举此职者，百无一二。……三代之教，天子公卿躬行于上，言行政事皆可师法。彼二君者其能然乎？"

【解】

春秋时期，在"先富后王"问题上，诸家并无二致。如《管子·治国》："凡治国之道，必先富民。民富则易治也，民贫则难治也。奚以知其然也？民富则安乡重家，安乡重家则敬上畏罪，敬上畏罪则易治也。民贫则危乡轻家，危乡轻家则敢凌上犯禁，凌上犯禁则难治也。故治国常富，而乱国常贫。是以善为国者，必先富民，然后治之。昔者，七十九代之君，法制不一，号令不同，然俱王天下者，何也？必国富而粟多也。夫富国多粟生于农，故先王贵之。"

又如《孟子·梁惠王》："不违农时，谷不可胜食也；数罟不入洿池，鱼鳖不可胜食也；斧斤以时入山林，材木不可胜用也。谷与鱼鳖不可胜食，材木不可胜用，是使民养生丧死无憾也。养生丧死无憾，王道之始也。五亩之宅，树之以桑，五十者可以衣帛矣；鸡豚狗彘之畜，无失其时，七十者可以食肉矣；百亩之田，勿夺其时，数口之家，可以无饥矣；谨庠序之教，申之以孝悌之义，颁白者不负戴于道路矣。七十者衣帛食肉，黎民不饥不寒，然而不王者，未之有也。"

孔子之学虽内向，却不把心性作为终极目标，而是为君子，安百姓。故而，强调"教之"的前提是"富之"，也就是把经济作为基础。孔子对经济的重视，恐怕非一般小人儒可比。

13.10 子曰:"苟①有用我者,期月②而已可也,三年有成。"

【注】

①苟:假设。②期(jī)月:一年。

【译】

孔子说:"假如有用我治国理政的,一年有点儿小变化,三年会有大成效。"

【引】

朱熹:可者,仅辞,言纲纪布也。有成,治功成也。尹氏曰,"孔子叹当时莫能用己也,故云然。"

【解】

《史记·孔子世家》载:"与闻国政三月,粥羔豚者弗饰贾;男女行者别于涂;涂不拾遗;四方之客至乎邑者不求有司,皆予之以归。"若据此,孔子"期月而已可也,三年有成"之言非虚。这样一个治世巨儒为什么不见用呢?恐怕还有另外一层原因,就是孔子过于固执于"道",即意旨太过迂阔。这在孟子身上也有验证。据《孟子·梁惠王上》:孟子见梁惠王。王曰:"叟不远千里而来,亦将有以利吾国乎?"孟子对曰:"王何必曰利?亦有仁义而已矣。"孟子大谈"仁义",梁惠王并不感兴趣。商鞅见秦孝公时,先以帝道,继以王道,也不受待见,最后以霸道,"公与语,不自知跬之前于席也。语数日不厌"(《史记·商君列传》),由此开启变法之门。

春秋中后期,诸侯争霸,各国都有时不我待之感,孔子许小康、大同,虽然美好,却不实用。"枪杆子里面出政权",按照逻辑推论,打造强国,似乎还是法家的办法好。

13.11 子曰:"'善人为邦百年,亦可以胜①残去②杀矣。'诚哉是言也！"

【注】

①胜（shēng）：消除，遏制。②去（qù）：去除，废除。

【译】

孔子说："'善人治国百年，也可以消除残暴废去刑杀了。'这话说得好啊！"

【引】

朱熹：胜残，化残暴之人，使不为恶也。去杀，谓民化于善，可以不用刑杀也。盖古有是言，而夫子称之。程子曰，"汉自高、惠至于文、景，黎民醇厚，几致刑措，庶乎其近之矣。"尹氏曰，"胜残去杀，不为恶而已，善人之功如是。若夫圣人，则不待百年，其化亦不止此。"

【解】

孔安国说："古有此言，孔子信之。"善人指统治者、上位者，以善人治国，尚需百年，以圣王治国，亦需一世，可见为仁（即"胜残去杀"）之难。那么，孔子说的"苟有用我者，期月而已可也，三年有成"，是什么意思呢？恐怕指的是普通政务，诸如"先有司，赦小过，举贤才"（13.2）等等。

十年树木，百年树人。移风易俗，非一世或百年不可。

13.12 子曰："如有王①者，必世②而后仁。"

【注】

①王（wàng）：称王，动词，即以仁义统一天下。②世：三十年，《说文·卅部》："世，三十年为一世。"

【译】

孔子说："假如有王者出来统一天下，必须经过三十年才能实现仁。"

【引】

①皇侃：谓圣人为天子也。朱熹：谓圣人受命而兴也。

【解】

圣人治国，以德化民，需用一世。时人治世，以法刑民，奉行"欲速"。

"逝者如斯夫"（9.17），谁会等上三十年、一百年呢？

13.13 子曰："苟正其身矣，于从政乎何有？不能正其身，如正人何？"

【译】

孔子说："假如端正自身，理政有什么困难呢？不能端正自身，怎么能端正别人呢？"

【引】

邢昺：言政者正也，欲正他人，在先正其身也。

【解】

正治论的问题孔子反复申述，这里不再赘述，就想补充一点，正己就是为政、正人。

安人、安百姓，首先要内向。

13.14 冉子退朝①。子曰："何晏②也？"对曰："有政。"子曰："其事也。如有政，虽不吾以③，吾其与④闻之。"

【注】

①朝：朝堂，即季氏越礼而私设的朝堂。②晏：晚，迟，通"旰"（gàn），《楚辞·离骚》："及年岁之末晏也。"③以：用。④与（yù）：参与。

【译】

冉求从季氏朝堂回来，孔子说："怎么这么晚啊？"冉求说："有政事。"孔子说："一般性事务吧。如有政事，虽然我不见用了，也会听说的。"

【引】

朱熹：礼，大夫虽不治事，犹得与闻国政。是时季氏专鲁，其于国政，盖有不与同列议于公朝，而独与家臣谋于私室者。故夫子为不知者而言，此必季氏之家事耳。若是国政，我尝为大夫，虽不见用，犹当与闻。今既不闻，则是非国政也。……其所以正名分，抑季氏，而教冉有之意深矣。

【解】

本则意在正名。国邦的"政"是政务，大夫的"政"是事务。季氏僭越，私设朝堂，孔子说"如有政，虽不吾以，吾其与闻之"，实为讽刺季氏之政非政。

13.15 定公问："一言而可以兴邦，有诸？"孔子对曰："言不可以若是。其几①也，人之言曰：'为君难，为臣不易。'如知为君之难也，不几乎一言而兴邦乎？"曰："一言而丧邦，有诸？"孔子对曰："言不可以若是，其几也，人之言曰：'予无乐乎为君，唯其言而莫予违也。'如其善而莫之违也，不亦善乎？如不善而莫之违也，不几乎一言而丧邦乎？"

【注】

①几：玄机，天机，《周易·系辞下》："几者，动之微，知几其神。"

【译】

鲁定公问："一句话就可使国家兴盛，有吗？"孔子回答："话没这么大作用。它的玄妙之处在于，有人说：'做君困难，做臣不易。'如果懂得做君的困难，不就差不多一句话就可使国家兴盛吗？"鲁定公问："一句话就可使国家覆亡，有吗？"孔子回答说："话没这么大作用。它的玄妙之处在于，有人说：'我不乐意做国君，唯一值得高兴的是所说的话没人敢违背。'如果说得对没人违背，不是很好吗？如果说得不对没人违背，不就差不多一句话就可使国家覆亡吗？"

【引】

王肃：以其大要，一言不能正兴国。朱熹：范氏曰，"言不善而莫之违，则忠言不至于耳。君日骄而臣日谄，未有不丧邦者也。"谢氏曰，"知为君之难，则必敬谨以持之。惟其言而莫予违，则谗谄面谀之人至矣。邦未必遽兴丧也，而兴丧之源分于此。然此非识微之君子，何足以知之？"

【解】

本则孔子之言过于缠绕，核心意思是，他不认为一言可以兴邦或丧邦。如果有，知道为君难，小心翼翼，身体力行，就可以兴邦；以为为君乐，肆无忌惮，就可以丧邦。

这里，孔子强调的不是为政者"慎言"，而是"慎行"，即要以某个准则为本，内向而求，为仁君子，行君子政。

13.16 叶公问政。子曰："近者说，远者来。"

【译】

叶公问如何理政。孔子说："让国内的人欢畅，让国外的人归附。"

【引】

朱熹：被其泽则悦，闻其风则来。然必近者悦，而后远者来也。

【解】

"近者说，远者来"亦即"柔远能迩"，《尚书·舜典》："柔远能迩，惇德允元。"《诗经·大雅·民劳》："柔远能迩，以定我王。"孔子将"为政以德"换了个说法。本则可结合 13.4、16.1 读。

13.17 子夏为莒父①宰，问政。子曰："无欲速，无见小利。欲速，则不达；见小利，则大事不成。"

【注】

①莒父：鲁国邑名，位于今山东莒县附近。

【译】

子夏担任莒父邑的官长，问如何理政。孔子说："不要贪图快，不要贪图蝇头小利。贪图快就会达不到目的，贪求蝇头小利就会耽误大事。"

【引】

朱熹：程子曰，"子张问政，子曰：'居之无倦，行之以忠。'子夏问政，子曰：'无欲速，无见小利。'子张常过高而未仁，子夏之病常在近小，故各以切己之事告之。"

【解】

"无欲速，无见小利"表面上谈的是"急功近利"问题，实际上是眼光和胸襟问题。孔子业已指出，行仁政，圣王一世，善人百年，若小康大同更是久远。时人为政，为什么钟情霸道，一曰利，一曰速。孔子之政则不然，须徐徐图之。本则，遄度和小利可以互训，欲速大事不成，经验教训比比皆是，不复赘述。

君子政什么样？如君子燕居，"申申如也，夭夭如也"（7.4），一派中和气象。

为政就是为人问题，说到底，拼眼界，拼胸襟。

13.18 叶公语孔子曰："吾党有直躬者，其父攘①羊，而子证②之。"孔子曰："吾党之直者异于是：父为子隐，子为父隐，直在其中矣。"

【注】

①攘（rǎng）：侵夺，偷窃，《广韵》："攘，窃也。"②证：告发，《说文·言部》："证，告也。"

【译】

叶公对孔子说："我老家有一个正直的人，父亲偷羊，便告发了他。"孔子说："我老家有一个正直的人，但和你说的不同：父亲为儿子隐瞒，儿子为父亲隐瞒，正直就在隐瞒中。"

【引】

朱熹：父子相隐，天理人情之至也。故不求为直，而直在其中。孙钦善：直的观念不是绝对的直率，而是有条件的，即必须符合礼的规范，尤其是不可违背礼的根本——孝、悌。

【解】

本则是《论语》中最富争议的篇什，迄今仍无定论，且争辩仍在继续，争论的核心在于"父子相隐"是"德"还是"非德"。若以现代眼光看，"隐"显然有悖法律常识。但若以孔子眼光看，却符合人伦。究竟孰对孰错呢？分析问题之前，首先看看"隐"是什么意思。本则中，"隐"和"证"对举，"证"释为检举、揭发，"隐"意则一定与之相反。历代解读"父子相隐"的，都在"隐"字上做文章。比较占上风的说法是，"隐"

通"隰"，是纠正错误的工具。"父子相隐"，意味着父子相互谏议，纠正对方的错误。这种解释完全脱离了一个前提。本则对话，是建立在"其父攘羊"基础上，叶公的说法是，"证之"是直，而孔子的答复是"为隐"是直。"隰"只能在事前，若在事后，则与"证"无异。也就是说，发生"攘羊"以后，不存在谏议问题，而是要么"证"，要么"隐"。"隐"是什么意思呢？《论语》中，"隐"凡九见，其中，孔子对"隐"进行了定义。他说："言及之而不言，谓之隐。"（16.6）这意味着，"隐"不是隐藏，而是隐瞒，即不"证"。"隐"为"沉默"意，还见《荀子·劝学》等经典："可与言而不与言谓之隐。"本则，"隐"是言辞的，而非行为的，若在今天，则是伦理的，而非法律的，也就是说，是相容隐，而非相庇护。王道本乎人情，律法也一样。《盐铁论·刑德》指出："法者缘人情而制非设罪以陷人。""父子相隐"既有理论上的支持，也有制度上的延伸。《孟子·尽心上》载：

桃应问曰："舜为天子，皋陶为士，瞽瞍杀人，则如之何？"孟子曰："执之而已矣。""然舜不禁与？"曰："夫舜恶得而禁之？夫有所受之也。""然则舜如之何？"曰："舜视弃天下犹弃敝蹝也。窃负而逃，遵海滨而处，终身䜣然，乐而忘天下。"

显然，孟子支持舜不以法害人伦。《汉书·宣帝本纪》云："父子之亲，夫妇之道，天性也……自今子首匿父母，妻匿夫，孙匿大父母，皆勿坐。其父母匿子，夫匿妻，大父母匿孙，罪殊死，皆上请廷尉以闻。"

《论语》中，"孝"被视为"为仁之本"，其来源于普遍之本性和天下之公义，"证之"看似公正、合理、合法，其实是反人性、反伦理，同时也是对秩序的最大破坏，而"父子相隐"出于天性，孔子标举之，是常人难以理解的"性与天道"。《荀子·修身》云："是谓是、非谓非，曰直。""父子相隐"是基于人性的是是非非，故而"直在其中矣"。

《庄子·田子方》曰："中国之君子，明乎礼义而陋于知人心。"孔子倡呼学为君子，包括其本人，恰恰既明"礼义"，又知"人心"。这个意义上，儒学是一门探讨人心之"直"的学问。

13.19 樊迟问仁。子曰:"居处恭,执事敬,与人忠。虽之①夷狄,不可弃也。"

【注】

①之:动词,到,往。

【译】

樊迟问什么是仁。孔子说:"在家恭慎,办事认真,待人忠诚。即便到了荒蛮之国,也不背弃。"

【引】

邢昺:言凡人居处多放恣,执事则懈惰,与人交则不尽忠。唯仁者居处恭谨,执事敬慎,忠以与人也。

【解】

樊迟问仁与15.6子张问行有交叉处,但有论家据之认为此处"仁"乃"行"之误,恐失于草率。"仁者,爱人",但不能把"爱人"视为"仁"的规定性,《说文·人部》:"仁,亲也。"《说文解字注》:"孟子曰,仁也者、人也,谓能行仁恩者人也。又曰,仁、人心也。谓仁乃是人之所以为心也。"《中庸》:"仁,人也。"这意味着,"仁"首先为人、做人,然后才能施人。本则,孔子赋予人之为"仁"三项基本内容:居处恭,执事敬,与人忠。这三条将"仁"视为内向的目标和结果。

李泽厚说:"中国与'夷狄'的区分,从孔子起,便是文化概念,而非种族概念。"这个观察是准确的。本则,孔子将"仁"当作"我"与"夷狄"的差别,即从文化上立义。不过,孔子的内向,将一切客观付诸主观,"心"成为判别优劣上下的唯一标准。由此,在"我"与"夷狄"问题上,"心"而非"技"左右了观察、区分和对待的情感及视野——"我"总能找到精神的制高点。

13.20 子贡问曰:"何如斯可谓之士①矣?"子曰:"行己有耻,使于四方,不辱君命,可谓士矣。"曰:"敢问其次。"曰:"宗族称孝焉,乡党称弟焉。"曰:"敢问其次。"曰:"言必信,行必果,硁硁②然小人哉!抑亦可以为次矣。"曰:"今之从政者何如?"子曰:"噫!斗筲之人③,何足算④也?"

【注】

①士:不译。邢昺:士,有德之称。刘宝楠:士谓已仕者也。方骥龄:上自公卿,下止于士,或未入仕途而有志于道者,皆可称士。②硁硁(kēng kēng):浅薄固执。③斗筲(shāo)之人:胸襟或气量小的人。筲,饭筐,容五升。④算:计算,核计。

【译】

子贡问:"怎样才称得上士?"孔子说:"言行有羞耻心,出访能完成国君使命,可以称得上士了。"子贡说:"请问差一点的呢?"孔子说:"宗族称道孝顺父母,乡党称道尊敬兄长。"子贡问:"请问再差一点的呢?"孔子说:"言辞诚信,行为果决,但浅薄固执像个小人。也可以算是再差一点的士了。"子贡说:"当今的这些执政者怎么样?"孔子说:"哎!胸襟狭小的人何足道呢?"

【引】

②郑玄:小人之貌也。皇侃:坚正难移之貌也。韩愈:敢勇貌,非小人也。朱熹:小石之坚确者。黄怀信:实悫貌。

朱熹:程子曰,"子贡之意,盖欲为皎皎之行,闻于人者。夫子告之,皆笃实自得之事。"

【解】

本则不在于区分了三种士,而在于推演出当今从政者品格的高下。在从政特别是为德、行仁问题上,孔子一向注重眼界和胸襟,即不要拘泥于"利"和"速",否则,"事不成",即便圣王和善人,也需要三十年、一百年工夫，何况我们这些凡夫俗子。孔子把当今从政者称为"斗筲之人"，根本上是就器识而言的。一方面，有个人学说不见用的抱怨；另一方面，也看到了时风问阵不问礼的急功近利。

孔子区分了三种士，概念上是模糊的，只是一种观念性区分，并不具有科学或标准意义，不过，这不意味着没有价值。孔子眼里，当今从政者不但做不到"行己有耻，不辱使命"，也做不到"宗族称孝，乡党称弟"，甚至和"言必信，行必果"的小人都有很大距离。"小人"是什么？普通老百姓而已。"言必信，行必果"并不一定好，这种人浅陋固执，不知变通，一根筋，容易坏事。

"斗筲之人"居上位是常态，君子政、理想国实现不了是恒态。

13.21 子曰："不得中行①而与②之，必也狂③狷④乎！狂者进取，狷者有所不为也。"

【注】

①中行：行止合乎中庸之道。②与：交往。③狂：狂放，即志大而不切实际者。④狷：耿直而洁身自好者。

【译】

孔子说："找不到奉行中庸之道的人结交，就一定要结交狂者和狷者。狂者勇往直前，狷者洁身自好。"

【引】

邢昺：狂者进取于善道，知进而不知退；狷者守节无为，应进而退也，二者俱不得中而性恒一。朱熹：盖圣人本欲得中道之人而教之，然既不可得，而徒得谨厚之人，则未必能自振拔而有为也。故不若得此狂狷之人，犹可因其志节，而激厉裁抑之以进于道，非与其终于此而已也。

【解】

"中行"即中庸，狂者是过，狷者不及。中庸是很难的，"中庸之为德也，其至矣乎！民鲜久矣"（6.29）。不能和这样的人结交，可以退而求其次。为什么可以求其次呢？包咸说："狂者进取于善道，狷者守节无为。"两者都是合乎道的。

求其次并不错，孔子就说自己"学而知之者"（16.9），而非"生而知之者"（7.20）。

13.22 子曰："南人有言曰：'人而无恒①，不可以作巫医②。'善夫。""不恒其德，或承之羞。"③子曰："不占④而已矣。"

【注】

①无恒：没有恒心，语出《周易·益卦》："莫益之，或击之；立心勿恒，凶。"②巫医：巫师和医师，《说文·酉部》："医，治病工也……古者巫彭初作医。"《集韵·之韵》："医，《说文》：'治病工也……或从巫。'"《广雅·释诂四》："医，巫也。"王念孙疏证："巫与医皆所以除疾，故医字或从巫作毉。"古人往往求助鬼神治病，故巫、医一体。《史记·孝武本纪》："文成死明年，天子病鼎湖甚，巫医无所不致，至不愈。"③不恒其德，或承之羞：不能恒久保持德，有可能蒙受羞辱。语出《周易·恒卦》："不恒其德，或承之羞，贞吝。"④占：占卜，算卦。

【译】

孔子说："宋人有句话说：'人如果没有恒心，不能做巫医。'说得好啊！"《周易·恒卦》说："不能恒久保持德，有可能蒙受羞辱。"孔子说："没有恒心就不用去占卦了。"

【引】

朱熹：巫，所以交鬼神。医，所以寄死生。故虽贱役，而犹不可以无常，孔子称其言而善之。李零：宋在鲁的西南。所谓"南人"，其实是宋人。宋是商人的后代，商人最热衷卜筮。

【解】

根据李零的研究，包山楚简墓主曾占卜三年，第三年，两天之内占卜十一次。此处，孔子以巫医、占卜为例，强调恒心、耐心的可贵性。这不是教育学生，而是劝谏上位者。

孔子曾说："善人，吾不得而见之矣；得见有恒者，斯可矣。亡而为有，虚而为盈，约而为泰，难乎有恒矣。"（7.26）"为政以德"，"为国以礼"，不可能"毕其功于一役"，而是要打持久战。

13.23 子曰："君子和①而不同②，小人同而不和。"

【注】

①和：和谐，谐调。②同：一致，等同。

【译】

孔子说："君子和谐而不一致，小人一致而不和谐。"

【引】

何晏：君子心合，然其所见各异，故曰不同。小人所嗜好者同，然各争利，故曰不和。朱熹：和者，无乖戾之心。同者，有阿比之意。尹氏曰，"君子尚义，故有不同。小人尚利，安得而和？"

【解】

本则可参看《国语·郑语》：

内有史伯为桓公论兴衰，其人曰："《泰誓》曰：'民之所欲，天必从之。'今王弃高明昭显，而好谗慝暗昧；恶角犀丰盈，而近顽童穷固。去和而取同。夫和实生物，同则不继。以他平他谓之和，故能丰长而物归之；若以同裨同，尽乃弃矣。故先王以土与金木水火杂，以成百物，是以和五味以调口，刚四支以卫体，和六律以聪耳，正七体以役心，平八索以成人，建九纪以立纯德，合十数以训百体。出千品，具万方，计亿事，材兆物，收经入，行姟极。故王者居九畡之田，收经入以食兆民，周训而能用之，和乐如一。夫如是，和之至也。于是乎先王聘后于异姓，求财于有方，择臣取谏工而讲以多物，务和同也。声一无听，物一无文，味一无果，物一不讲。王将弃是类也而与剸同，天夺之明，欲无弊，得乎？"

《左传·昭公二十年》也记载了景公和晏子论"和""同"：

公曰："唯据与我和夫！"晏子对曰："据亦同也，焉得为和？"公曰："和与同异乎？"对曰："异。和如羹焉，水火醯醢盐梅以烹鱼肉，燀之以薪。宰夫和之，齐之以味，济其不及，以泄其过。君子食之，以平其心。君臣亦然。君所谓可而有否焉，臣献其否以成其可。君所谓否而有可焉，臣献其可以去其否。是以政平而不干，民无争心。故《诗》曰：'亦有和羹，既戒既平。鬷嘏无言，时靡有争。'先王之济五味，和五声也，以平其心，成其政也。声亦如味，一气，二体，三类，四物，五声，六律，七音，八风，九歌，以相成也。清浊，小大，短长，疾徐，哀乐，刚柔，迟速，高下，出入，周疏，以相济也。君子听之，以平其心。心平，德和。故《诗》曰：'德音不瑕。'今据不然。君所谓可，据亦曰可；君所谓否，据亦曰否。若以水济水，谁能食之？若琴瑟之专一，谁能听之？同之不可也如是。"

这意味着，"和"不只是尊重差异的问题，而是万事万物的属性，物是"和"生出来的，若"同"则不仅不能生物，还会绝物。本则孔子借"和""同"说道，实是谈为政问题。君子为政，要允许差异存在，追求内外和谐，而非绝对一致，唯有如此，才能"和乐如一"；若非，借助专权，强求一致，"声一无听，物一无文，味一无果，物一不讲"，不仅"和"不在，"同"也不存。

13.24 子贡问曰："乡人皆好之，何如？"子曰："未可也。""乡人皆恶之，何如？"子曰："未可也。不如乡人之善者好之，其不善者

恶之。"

【译】

　　子贡问："乡里人都喜欢，怎么样？"孔子说："还不行。"子贡问："乡里人都厌恶，怎么样？"孔子说："还不行。不如乡里的好人都喜欢，乡里的坏人都厌恶。"

【引】

　　朱熹：一乡之人，宜有公论矣，然其间亦各以类自为好恶也。故善者好之而恶者不恶，则必其有苟合之行。恶者恶之而善者不好，则必其无可好之实。

【解】

　　孔子好恶的标准很明确，"唯仁者能好人，能恶人"（4.3），且好恶不能盲从，"众恶之，必察焉；众好之，必察焉"（15.28）。"乡人"非君子，并不善察善恶，且好坏杂丛，故不能依据。

　　孔子不迷信舆论，按今天的话说，不崇多数决，不信乌合众，出发点是精英/君子主义的。舆论、多数和民意看似可以保障个人权利，却会导致民粹主义，最终会吞没个体。在乌合之众中，个人总是微不足道。

　　孔子如此清醒，有此见地，难能可贵。

13.25　子曰："君子易事^①而难说^②也。说之不以道，不说也；及其使人也，器^③之。小人难事而易说也。说之虽不以道，说也；及其使人也，求备^④焉。"

【注】

　　①事：服侍，亦可解为共事。②说：通"悦"。③器：器皿，孔子主张"君子不器"（2.12），即不能只像一种器皿，或只有一种用途，此处指量才而用或物尽其用，不作"器重"或"重视"讲。④备：具备，完备。

【译】

孔子说："君子容易相处却难以讨他欢心。不按正道讨他欢心，他不高兴。等他用人时，量才而用。小人很难相处却容易讨他欢心。不按正道讨他欢心，他会高兴。等他用人时，求全责备。"

【引】

③孔安国：度才而官之。朱熹：谓随其材器而使之也。黄怀信：就像用器皿一样（取其所长）。

【解】

不如将朱熹的解释置于此："君子之心公而恕，小人之心私而刻。天理人欲之间，每相反而已矣。"孔子列了君子、小人的三个区别，君子易相处，难讨欢心，知人善任；小人难相处，易讨欢心，求全责备。

古今一理，悲夫。

13.26 子曰："君子泰①而不骄②，小人骄而不泰。"

【注】

①泰：平和，《字汇》："泰，安也。"②骄：傲慢。

【译】

孔子说："君子平和而不傲慢，小人傲慢而不平和。"

【引】

皇侃：君子坦荡荡，心貌怡平，是泰而不为骄慢也；小人性好轻凌而心常戚戚，是骄而不泰也。

【解】

骄和泰皆本乎心，区别在于"学"也，君子之学内向求己，小人之学外向求人，情中形外，故有差别。

13.27 子曰："刚毅①、木②讷，近仁。"

【注】

①毅：果决。②木：朴拙。

【译】

孔子说："刚强果决、朴拙谨言，有了这些就接近仁。"

【引】

②李零："木"是目光呆滞，面无表情，和"令色""色庄"相反。"令色"是装模作样，"色庄"是故作深沉。

邢昺：此章言有此四者之性行，近于仁道也。仁者静，刚无欲亦静，故刚近仁也。仁者必有勇，毅者果敢，故毅近仁也。仁者不尚华饰，木者质朴，故木近仁也。仁者其言也切，讷者迟钝，故讷近仁也。

【解】

刚毅可以归为内无私欲，木讷可以归为外无滥言。这里，再次重申了"仁"不仅仅是"爱人"，而是"为人"。刚毅和木讷应视作一体两面，即文质相辅相成，彬彬如一，若仅以"木讷"为仁，诸如曹振镛"少说话，多磕头"也是仁了。

13.28 子路问曰："何如斯可谓之士矣？"子曰："切切偲偲①，怡怡②如也，可谓士矣。朋友切切偲偲，兄弟怡怡。"

【注】

①切切偲偲（sī sī）：相互勉励。②怡怡：喜悦欢乐。

【译】

子路问："怎样才称得上是士呢？"孔子说："相互勉励，相处愉悦，称得上是士了。朋友间相互勉励，兄弟间相处愉悦。"

【引】

①马融：相切责之貌。郑玄：劝竞貌。②皇侃：兄弟骨肉，理在和顺，故须怡怡如也。

朱熹：胡氏曰，"切切，恳到也。偲偲，详勉也。怡怡，和悦也。皆子路所不足，故告之。又恐其混于所施，则兄弟有贼恩之祸，朋友有善柔之损，故又别而言之。"

【解】

五伦中，君臣、夫妻最难相处，朋友、兄弟最易反目，按李泽厚的说法是，"个体独立性和自主性较强"。朋友纯粹是外在关系，兄弟固然有血缘之亲，却缺少"孝—爱"的伦理约束，故孔子就此"二伦"着重推出，提请修求。孔子曾论及朋友的三益、三损，朋友在一起，若不能相互勉励，言不及义，以友辅仁，便沦为下流；兄弟在一起，如不能和乐愉悦，长幼有叙，便失之成仇。

儒学是日用儒，来自生活问题，也反向于生活问题。

13.29 子曰："善人教民七年，亦可以即①戎②矣。"

【注】

定州简本"即"作"节"。

①即：止，同"节"。②戎：军事，兵戎，这里指军事行动。

【译】

孔子说："善人多教化百姓几年，就可以不用征战了。"

【引】

①包咸：就也。

邢昺：言君子为政教民至于七年，使民知礼义与信，亦可以就兵戎攻战之事也。言七年者，夫子以意言之耳。

【解】

《周易·夬卦》："扬于王庭，孚号有厉，告自邑，不利即戎，利有攸往。"帛书《易》作"不利节戎"。李鼎祚《周易集解》引虞翻曰："节，止也。"《京氏易传》卷上："节者，止也。"七年很难说是实数，这里，孔子无非是强调上位者要做善人，善人之道是"胜残去杀"（13.11），而非征伐打杀。善人"为政以德"（2.1），行仁政，对老百姓进行一个长时间段的教化，以此止战止兵，就可以实现天下大治。孔子说"四方之民襁负其子而至矣"（13.4）、"故远人不服，则修文德以来之"（16.1），都是此义。如孔子意在征伐和霸道，灵公问阵，他就不会答以"俎豆之事，则尝闻之矣；军旅之事，未之学也"，且"明日遂行"（15.1）了。

孔子是个非暴力主义者。

13.30 子曰："以不教①民战，是谓弃之。"

【注】

①教：教育，训练，译为"教化"最为妥帖。"不教民"是固定词组，即"不教之民"。

【译】

孔子说："让没有受过教化的百姓参加战争，这称得上是抛弃他们了。"

【引】

朱熹：用不教之民以战，必有败亡之祸，是弃其民也。

【解】

孔子主张教化而不战，实现这个理想目标的前提是"善人"在位。赤裸裸的现实是，上位者既非圣王、善人，也非君子，己不教，亦不教人，致力于征战杀伐，裂国灭邦。不教之人使不教之民战，不只是让他们白白送死，还将他们培养成嗜杀之人，这和抛弃他们没有分别。"善人"化民，亦不事征伐，自然不为"弃之"之事。

宪问第十四

本章凡四十四则，子曰二十二则；与子路对曰四则，与子贡对曰三则，与原宪、南宫适、子张、公孙贾、康子、齐简公、微生亩、子服景伯、原壤对曰各一则；与无名氏对曰三则，与使者、荷蒉者对曰各一则；子路与晨门对曰一则。

本章论"君子"七则，谈"仁"四则，说"礼"二则。

孔子讨论评价的内容及人物尽管过于驳杂，但话头不离政治和伦理。孔子两次谈到邦"有道""无道"问题，并对隐士予以了一定意义上的肯定，甚至认为"贤者辟世"。巧合的是，开篇与孔子论邦和道关系的原宪，日后恰恰成为一名隐士。

需要注意的有三点，一、孔子提出事君要"勿欺也，而犯之"（14.22），即从道不从君；二、孔子通过齐桓公和管仲这两个人物表现出自己对仁的衡量超越个人小德而指向社会大德，这意味着，仁最终是一个"修己以安百姓"（14.42）的社会性评价概念；三、孔子借助对古人和今人的比较，明确了"为己之学"和"为人之学"（见14.24）的分野。

本章中，孔子将君子与为政者明确联系起来，提出君子"修己"的三个层次是"以敬""安人""安百姓"（14.42）——孔子许管仲以仁，即在于其能"一匡天下，民到于今受其赐"（14.17），这意味着孔子所谓的"政"是君子政。尽管孔子认为这三个层次尧舜也难以达到，"尧舜其犹病诸"（14.42），且自己也做不到"君子道者三"（即"仁者不忧，知者不惑，勇者不惧"），但子贡却认为孔子是"夫子自道"（14.28）。

14.1 宪问耻。子曰："邦有道，谷；邦无道，谷，耻也。""克、伐、怨、欲不行焉，可以为仁矣？"子曰："可以为难矣，仁则吾不知也。"

【译】

原宪问什么是耻辱。孔子说："国家政治清明，做官；国家政治混乱，做官，是耻辱的。"原宪又问："没有好胜、自夸、怨恨、贪欲这些缺陷的人，可以称得上仁了吧？"孔子说："可以说已经很难得了，但称不称得上仁，我就不知道了。"

【引】

孔安国：邦有道，当食禄。君无道，而在其朝，食其禄，是耻辱。朱熹：仁则天理浑然，自无四者之累，不行不足以言之也。程子曰，"人而无克、伐、怨、欲，惟仁者能之。有之而能制其情使不行，斯亦难能也。谓之仁则未也。此圣人开示之深，惜乎宪之不能再问也。"

【解】

除本则外，孔子曾五次谈到邦"有道""无道"问题，分别见于5.2、8.13、14.3、15.7、16.2，他的态度很明确，邦有道，咋干都行；邦无道，拒不合作，即"不仕无义"（18.7）。需特别说明的是，孔子虽然对隐士抱有好感，且多次声称欲归隐，但其实他已表明自己的态度，不作隐民（见18.8）。唯一一条路就是自我流放，做一个飘浮的君子，到处寻找圣王、善人，行君子政，建理想国——"东周"。事实上，孔子在自我流放过程中，曾有很多"仕"的机会，但只在鲁、卫、陈担任过官职。特别是在和鲁国同为兄弟之政的卫国，剔除"子见南子"未置可否，至少有两次非常好的机会可以"谷"，一次是卫灵公问阵，因不合自己的"礼"治理念，"明日遂行"（15.1）；一次是出公父子争国，孔子明确表态"不为卫君"（见7.15）。可以说，"邦无道，谷，耻也"的思想，始终左右着孔子的言行。

不仕无义，不隐，是孔子一生的写照。据《史记·孔子世家》："孔子适郑，与弟子相失，孔子独立东郭门。郑人或谓子贡曰：'东门有人，其颡似尧，其项类皋陶，其肩类子产，然自腰以下不及禹三寸，累累若丧家之狗。'子贡以实告孔子。孔子欣然笑曰：'形状，末也。而谓似丧家之狗，然哉！然哉！'"

当郑人视孔子为"丧家之狗"时，真正的"丧家之狗"又是谁呢？

14.2 子曰："士而怀居①，不足以为士矣。"

【注】

①居：家居。

【译】

孔子说："士如果留恋居家过日子，就算不上是士了。"

【引】

①朱熹：谓意所便安处也。

【解】

士怀居和"小人怀土"在价值观上是一致的。士"仁以为己任"（8.7），故疾疾于路上，孔子周游列国，寻找机会，直到68岁才放弃。不止孔子，春秋战国之交，无论志于何种"道"、哪类"学"，总体上形成了一个"游士"阶层。其中，既有说客，也有云游以谋生的文人。如《国语·齐语》："为游士八十人，奉之以车马衣裘，多其资币，使周游于四方，以号召天下之贤士。"《史记·秦始皇本纪》："吕不韦为相，封十万户，号曰文信侯，招致宾客游士，欲以并天下。"《盐铁论·晁错》："日者，淮南、衡山修文学，招四方游士，山东儒墨咸聚于江淮之间，讲议集论，著书数十篇。"刘向就将《战国策》目为"战国时游士辅所用之国，为之策谋"而形成的书籍。

游士唯一的目的，就是周游以寻找机会，进而实现自己的抱负。如"怀居"，老婆孩子热炕头，就是小人了。晋文公差点就在"怀居"上败事，据《左传·僖公二十三年》："及齐，齐桓公妻之，有马二十乘，公子安之。从者以为不可。将行，谋于桑下。蚕妾在其上，以告姜氏。姜氏杀之，而谓公子曰：'子有四方之志，其闻之者吾杀之矣。'公子曰：'无之。'姜曰：'行也。怀与安，实败名。'公子不可。姜与子犯谋，醉而遣之。醒，以戈逐子犯。"

某种意义上，孔子是一个说客，也是一个云游为生的人。

14.3 子曰："邦有道，危①言危行；邦无道，危行言孙②。"

【注】

①危：正直，《广雅》："危，正也。"②孙：谦逊，谨慎，同"逊"。

【译】

孔子说："国家政治清明，正直说话、正直做人；国家政治混乱，正直做人、谨慎说话。"

【引】

①包咸：厉也。郑玄：犹高也。朱熹：高峻也。

【解】

本则暗含了这样一个主题：邦无道，言论是不自由的。孔子一直不主张在"邦无道"的境况下做烈士，而是主张保全自己。不过，保全自己不意味着妥协，事"无义"，而是不作无谓牺牲。孔子始终把"言"视为君子的必修课，也就是说，他对慎言的要求是一贯的。孔子这里，无论"危言"还是"言孙"，"行"都是"危"的，这是一个基本前提，即可以保持沉默，可以小心说话，但其行为必须是正直的，不屈身，不折节，正所谓"临大节而不可夺"（8.6）。如果将"危行"视为正面斗争，也是偏颇的。《论语》里，除了孔子谏议时会直言弊端，几乎不存在冲突和反抗的案例。故而，孔子的"危行"是"中庸"的，即"不可则止"（11.24），不徒惹"斯辱"（4.26）。

孔子周游列国，即是"危行"，以不合作代替反抗，保持己节。

14.4 子曰："有德者必有言①，有言者不必有德。仁者必有勇，勇者不必有仁。"

【注】

①言：善言，好话。此处德与言关联，绝非"巧言令色"之巧言。

【译】

孔子说："有德之人一定有善言，有善言之人未必有德。怀仁之人一定勇敢，勇敢之人未必怀仁。"

【引】

邢昺："有言者不必有德"者，辩佞口给，不必有德也。"仁者必有勇"者，见危授命，杀身以成仁，是必有勇也。"勇者不必有仁"者，若暴虎冯河之勇，不必有仁也。

【解】

据《左传·襄公二十四年》："穆叔曰：'以豹所闻，此之谓世禄，非不朽也。鲁有先大夫曰臧文仲，既没，其言立。其是之谓乎！豹闻之，大上有立德，其次有立功，其次有立言，虽久不废，此之谓不朽。若夫保姓受氏，以守宗祊，世不绝祀，无国无之，禄之大者，不可谓不朽。'"

结合本则来看，德和仁绝不是静止的或抽象的，而是实践的和具体的，即通过"学"为君子体现在日常中，当然，这个"日常"包括为政。而且，此则也表明，德、仁即心、性，分别统摄言、勇；言、勇自心、性，却非全然是心、性。德、仁虽然规定了"危言危行"，但言、勇却不能规定德、仁。

14.5 南宫适问于孔子曰："羿①善射，奡②荡舟③，俱不得其死然。禹、稷④躬稼而有天下。"夫子不答。南宫适出，子曰："君子哉若人！尚德哉若人！"

【注】

　　①参见附录一14—5—1。②参见附录一14—5—2。③荡舟：用手推舟。④参见附录一14—5—3。

【译】

　　南宫适问孔子："羿精通射箭，奡力大推舟，都不得好死。禹和稷都亲自从事农业生产，却得到了天下。"孔子没有回答。南宫适出去以后，孔子说："这个人真是个君子啊！这个人真的是崇敬道德啊！"

【引】

　　邢昺："夫子不答"者，适意欲以禹、稷比孔子，孔子谦，故不答也。朱熹：适之意盖以羿奡比当世之有权力者，而以禹稷比孔子也。故孔子不答。然适之言如此，可谓君子之人，而有尚德之心矣，不可以不与。故俟其出而赞美之。

【解】

　　孔子崇德不尚勇，南宫之语合心意，故赞。问题在于，孔子为什么不反驳"禹稷躬稼"，却对学稼、学为圃的樊迟有微词呢？原因在于，禹稷虽然躬稼，却以天下为己任，有大德于民，而樊迟不问义、不事礼、不崇信，却学农家，摆弄庄稼，自然与孔子之道谬以千里。

　　据《孟子·滕文公上》："当尧之时，天下犹未平，洪水横流，泛滥于天下，草木畅茂，禽兽繁殖，五谷不登，禽兽逼人，兽蹄鸟迹之道，交于中国。尧独忧之，举舜而敷治焉。舜使益掌火，益烈山泽而焚之，禽兽逃匿。禹疏九河，瀹济、漯而注诸海；决汝、汉，排淮、泗而注之江。然后中国可得而食也。当是时也，禹八年于外，三过其门而不入，虽欲耕，得乎？""后稷教民稼穑，树艺五谷；五谷熟而民人育。人之有道也：饱食暖衣、逸居而无教，则近于禽兽。圣人有忧之，使契为司徒，教以人伦——父子有亲，君臣有义，夫妇有别，长幼有叙，朋友有信。放勋曰：'劳之来之，匡之直之，辅之翼之，使自得之，又从而振德之。'圣人之忧民如此，而暇耕乎？""尧以不得舜为己忧，舜以不得禹、皋陶为己忧。夫以百亩之不易为己忧者，农夫也。分人以财谓之惠，教人以善谓之忠，为天下得人者谓之仁。是故以天下与人易，为天下得人难。孔子曰：'大哉，尧之为君！惟天为大，惟尧则之。荡荡乎，民无能名焉！君哉，舜也！巍巍乎，有天下而不与焉！'尧、舜之治天下，岂无所用其心哉？亦不用于耕耳。"

这段描述可为本则备注。

14.6 子曰："君子而不仁者有矣夫，未有小人而仁者也。"

【译】

孔子说："是君子却没有仁的人是有的，是小人却有仁的人是没有的。"

【引】

邢昺：此章言仁道难备也。虽曰君子，犹未能备，而有时不仁也。若管仲九合诸侯，不以兵车，可谓仁矣，而镂簋朱纮，山节藻棁，是不仁也。小人性不及仁道，故未有仁者。

【解】

邢昺举管仲之例恰当，管仲虽有利于天下，是仁者，但私德有亏，非君子。

本则君子就上位者而言。

14.7 子曰："爱之，能勿劳①乎？忠焉，能勿诲②乎？"

【注】

①劳：为之劳，而非"使之劳"。②诲：教诲。

【译】

孔子说："爱护他，能不为他操劳吗？忠于他，能不对他教诲吗？"

【引】

邢昺：此章论忠爱之心也。言人有所爱，必欲劳来之；有所忠，必欲教诲之也。朱熹：苏氏曰，"爱而勿劳，禽犊之爱也；忠而勿诲，妇寺之忠也。爱而知劳之，则其为爱也深矣；忠而知诲之，则其为忠也大矣。"

【解】

"忠焉，能勿诲乎"，可以《孟子·滕文公上》章句为注，其云："分人以财谓之惠，教人以善谓之忠，为天下得人者谓之仁。是故以天下与人易，为天下得人难。"

"爱""忠"出于己心，某种意义上，永远是单向的，至少是不对称的，原因在于，"恕"，将心比心，非人人能为之。

14.8 子曰："为命①，裨谌②草创之，世叔③讨论之，行人④子羽⑤修饰之，东里⑥子产润色之。"

【注】

①为命：撰写政令、盟会的文辞。②参见附录一14—8—1。裨谌（bì chén）：郑国大夫。③参见附录一14—8—2。④行人：使者。邢昺：掌使之官。⑤参见附录一14—8—3。⑥东里：地名，子产居住地。

【译】

孔子说："郑国撰写公文时，裨谌起草，世叔提出意见，使者子羽修改，东里子产润色。"

【引】

朱熹：郑国之为辞命，必更此四贤之手而成，详审精密，各尽所长。是以应对诸侯，鲜有败事。孔子言此，盖善之也。

【解】

子产执政期间，任用贤才，各负其责，终有善政。国家政令，关涉生民福祉，社稷安危，不可不慎。此四贤人处理政务"如切如磋，如琢如磨"（《诗经·卫风·淇奥》），"治大国若烹小鲜"（《道德经》），符合孔子"言寡尤，行寡悔"（2.18）的干禄主张，故举出，以示褒扬。产善任，可参见《左传·襄公三十一年》：

子产之从政也，择能而使之。冯简子能断大事，子大叔美秀而文，公孙挥能知四国之为，而辨于其大夫之族姓、班位、贵贱、能否，而又善为辞令，裨谌能谋，谋于野则获，谋于邑则否。郑国将有诸侯之事，子产乃问四国之为于子羽，且使多为辞令。与裨谌乘以适野，使谋可否。而告冯简子，使断之。事成，乃授子大叔使行之，以应对宾客。是以鲜有败事。北宫文子所谓有礼也。

14.9 或问子产。子曰："惠人①也。"问子西②。曰："彼哉③！彼哉！"问管仲。曰："人也。夺伯氏④骈邑⑤三百，饭疏食，没齿⑥无怨言。"

【注】

①惠人：仁惠之人，即"养民也惠"（5.16）之人。②子西，参见附录一14—9。③彼哉：表示鄙视之词，马融曰："彼哉彼哉，言无足称。"《公羊传·定公八年》："阳虎曰：'夫孺子得国而已，如丈夫何。'俄而曰：'彼哉彼哉！'"④伯氏：齐国大夫。⑤骈邑：地名，伯氏采邑。⑥没（mò）齿：终身。齿，年龄，《礼记·文王世子》："古者谓年龄，齿亦龄也。"

【译】

有人问子产为人如何。孔子说:"是个仁惠之人。"又问子西。孔子说:"他啊!他啊!"又问管仲。孔子说:"是个人物!他剥夺了伯氏三百家采邑,伯氏粗茶淡饭,却一辈子没有怨言。"

【引】

朱熹:子产之政,不专于宽,然其心则一以爱人为主。故孔子以为惠人,盖举其重而言也。问子西。曰,"彼哉!彼哉!"子西,楚公子申,能逊楚国,立昭王,而改纪其政,亦贤大夫也。然不能革其僭王之号。昭王欲用孔子,又沮止之。其后卒召白公以致祸乱,则其为人可知矣。彼哉者,外之之辞。问管仲。曰,"人也。夺伯氏骈邑三百,饭疏食,没齿无怨言。"人也,犹言此人也。伯氏,齐大夫。骈邑,地名。齿,年也。盖桓公夺伯氏之邑以与管仲,伯氏自知己罪,而心服管仲之功,故穷约以终身而无怨言。荀卿所谓"与之书社三百,而富人莫之敢拒"者,即此事也。

【解】

《中庸》:"子曰:'仁者,人也,亲亲为大。'"孔子对管仲"人也"之语,与"如其仁"(14.16)的评价是一致的。本处翻译成"是个人物",是想突出说明管仲具有强大的个人魅力,伯氏无怨言很可能不只是管仲以律处罚,而是采取了很有人情味——爱人的善后。

孔子称子产为"惠人",其实也就是"仁人"。据《左传·襄公三十一年》:"郑人游于乡校,以论执政。然明谓子产曰:'毁乡校,何如?'子产曰:'何为?夫人朝夕退而游焉,以议执政之善否。其所善者,吾则行之。其所恶者,吾则改之。是吾师也,若之何毁之?我闻忠善以损怨,不闻作威以防怨。岂不遽止,然犹防川,大决所犯,伤人必多,吾不克救也。不如小决使道。不如吾闻而药之也。'然明曰:'蔑也今而后知吾子之信可事也。小人实不才,若果行此,其郑国实赖之,岂唯二三臣?'仲尼闻是语也,曰:'以是观之,人谓子产不仁,吾不信也。'"

子西不确指(参见附录),不论。

14.10 子曰："贫而无怨难，富而无骄易。"

【译】

孔子说："贫穷而没有怨恨难以做到，富裕而不骄傲容易做到。"

【引】

朱熹：处贫难，处富易，人之常情。然人当勉其难，而不可忽其易也。

【解】

孔子虽然没有提出具体的富国方略，但不意味着不重视物质利益。事实上，孔子在《论语》中非常强调"富"的问题。一、主张藏富于民。季氏富于周公，冉求为之聚敛，孔子说："非吾徒也。小子鸣鼓而攻之可也。"（11.17）二、认为不均乱国。"丘也闻有国有家者，不患寡而患不均，不患贫而患不安。盖均无贫，和无寡，安无倾。"（16.1）三、提倡先富后教。孔子在卫国时，和驾车的弟子冉有如下对话，子曰："庶矣哉！"冉有曰："既庶矣，又何加焉？"曰："富之。"曰："既富矣，又何加焉？"曰："教之。"（13.9）四、推崇致富合道。孔子秉持如下观点："不义而富且贵，于我如浮云。"（7.16）"富而可求也，虽执鞭之士，吾亦为之。"（7.12）

本则，是从人性角度探讨贫富与秩序的关系。秩序分内外，贫富问题势必引起"怨""骄"，即由于内在秩序失范，直接影响整个社会这个外在秩序的稳定，这就是孟子说的："无恒产而有恒心者，惟士为能。若民，则无恒产，因无恒心。苟无恒心，放辟，邪侈，无不为己。及陷于罪，然后从而刑之，是罔民也。焉有仁人在位，罔民而可为也？是故明君制民之产，必使仰足以事父母，俯足以畜妻子，乐岁终身饱，凶年免于死亡。然后驱而之善，故民之从之也轻。今也制民之产，仰不足以事父母，俯不足以畜妻子，乐岁终身苦，凶年不免于死亡。此惟救死而恐不赡，奚暇治礼义哉？王欲行之，则盍反其本矣。"（《孟子·梁惠王上》）

14.11 子曰："孟公绰①为赵、魏老②则优③，不可以为滕④、

薛⑤大夫。"

【注】

①参见附录一 14—11。②赵、魏老：晋国赵氏、魏氏的家臣。老，旧时对某些臣僚的尊称，如上卿、大夫或大夫家臣。③优：优裕，富足。④滕：周代诸侯国名，在今山东省滕县一带。⑤薛：周代诸侯国名，在今山东省滕县南。

【译】

孔子说："孟公绰担任晋国赵氏、魏氏的家臣绰绰有余，但无法胜任滕、薛这类小国的大夫。"

【引】

邢昺：赵、魏皆晋卿所食采邑名也。家臣称老。公绰性寡欲，赵、魏贪贤，家老无职，若公绰为之，则优游有余裕也。滕、薛乃小国，而大夫职烦，则不可为也。

【解】

孔安国说："公绰，鲁大夫。赵、魏，皆晋卿。家臣称老。公绰性寡欲，赵、魏贪贤，家老无职，故优。滕、薛小国，大夫职烦，故不可为。"

本则，孔子之意是强调人尽其才，人职匹配，否则人不堪其忧，职不堪其累。

14.12 子路问成人①。子曰："若臧武仲②之知，公绰③之不欲，卞庄子④之勇，冉求之艺，文⑤之以礼乐，亦可以为成人矣。"曰："今之成人者何必然？见利思义，见危授命，久要⑥不忘平生⑦之言，亦可以为成人矣。"

【注】

①成人：人格完备或心智成熟的人。②参见附录一14—12—1。③公绰：孟公绰。④参见附录一14—12—2。⑤文：文饰。⑥要：困顿，通"约"。杨树达：要读约，贫困也。⑦平生：平日。

【译】

子路问什么是一个人格完备的人。孔子说："具有臧武仲的智慧，孟公绰的寡欲，卞庄子的勇敢，冉求的多才多艺，再用礼乐加以修饰，就可称作一个人格完备的人了。"孔子又说："现在的人格完备的人何必非要这样呢？见到利益要想到是否合乎义，见到危险要肯于献出生命，长久处于窘迫中却不忘平日许下的诺言，这样也可以成为一个人格完备的人。"

【引】

⑦孔安国：犹少时。朱熹：平日也。文选德：意即一生。

【解】

本则谈成人。第二个"曰"是孔子还是子路说的，已无从辨别。如为孔子，则是因世风日下，降格以求，修正前述；如为子路，则是和老师"抬杠"，纠正孔子的主张。

《论语》中，成人、为君子是相通的，都指具有完美人格的人。关于成人，《荀子·劝学》云："君子知夫不全不粹之不足以为美也，故诵数以贯之，思索以通之，为其人以处之，除其害者以持养之。使目非是无欲见也，使耳非是无欲闻也，使口非是无欲言也，使心非是无欲虑也。及至其致好之也，目好之五色，耳好之五声，口好之五味，心利之有天下。是故权利不能倾也，群众不能移也，天下不能荡也。生乎由是，死乎由是，夫是之谓德操。德操然后能定，能定然后能应。能定能应，夫是之谓成人。"

孔子第一次谈成人，列了四条标准，即智、不欲、勇、艺，在四者基础上，以礼乐"文"之。第二次谈成人，去掉智、艺和礼乐。

人格／人品弱化，是时代使然，孔子也没有办法。

14.13 子问公叔文子^①于公明贾^②曰："信乎，夫子不言，不笑，不取乎？"公明贾对曰："以^③告者过也，夫子时然后言，人不厌其言；乐然后笑，人不厌其笑；义然后取，人不厌其取。"子曰："其然？岂其然乎？"

【注】

①参见附录一 14—13—1。②参见附录一 14—13—2。③以：此，代词。

【译】

孔子向公明贾打听公叔文子："真的吗？先生这个人不说、不笑、不取？"公明贾回答说："这是传话的人传错了。先生他见机再说，因此别人不讨厌他说话；快乐时再笑，因此别人不讨厌他笑；合于义再取，因此别人不讨厌他取。"孔子说："原来这样啊，难道真是这样吗？"

【引】

邢昺：孔子闻贾之言，惊而美之也，美其得道，故曰其如是。又嫌不能悉然，故曰"岂可尽能如此者乎"。朱熹：事适其可，则人不厌，而不觉其有是矣。是以称之或过，而以为不言、不笑、不取也。然此言也，非礼义充溢于中，得时措之宜者不能。文子虽贤，疑未及此，但君子与人为善，不欲正言其非也。故曰"其然？岂其然乎"，盖疑之也。

【解】

据《礼记·檀弓下》："公叔文子卒，其子戍请谥于君曰：'日月有时，将葬矣。请所以易其名者。'君曰：'昔者卫国凶饥，夫子为粥与国之饿者，是不亦惠乎？昔者卫国有难，夫子以其死卫寡人，不亦贞乎？夫子听卫国之政，修其班制，以与四邻交，卫国之社稷不辱，不亦文乎？故谓夫子"贞惠文子"。'"

从谥号而言，其人是个君子，有儒者之行之风。纵观全篇，公叔文子"时然后言，乐然后笑，义然后取"，最符合孔子"中庸"/"过犹不及"

之道。他的言、笑、取都是建立在一定条件基础上，即把握了恰当的度，这个度就是"时""礼""义"，尤其是"乐然后笑"，意谓"后天下之乐而乐"，堪称仁人。

14.14 子曰："臧武仲以防^①求为后^②于鲁，虽曰不要^③君，吾不信也。"

【注】

①防：臧武仲封邑。②为后：立其后代。③要（yāo）：要挟。

【译】

孔子说："臧武仲以防邑为条件请求鲁君在鲁国替臧氏立后代，即便有人说他不是要挟君主，我也不相信。"

【引】

邢昺：孔曰"防，武仲故邑。为后，立后也。鲁襄公二十三年，武仲为孟氏所谮，出奔邾。自邾如防，使为以大蔡纳请曰：'纥非能害也，知不足也。非敢私请。苟守先祀，无废二勋，敢不辟邑！'乃立臧为。纥致防而奔齐。此所谓要君"。

【解】

据《左传·襄公二十三年》，臧武仲本是臧宣叔继室所生幼子，"初，臧宣叔娶于铸，生贾及为而死。继室以其侄，穆姜之姨子也。生纥，长于公宫。姜氏爱之，故立之"，此属于废长立幼。季武子欲废长立幼，臧武仲给予支持："季武子无适子，公弥长，而爱悼子，欲立之。访于申丰，曰：'弥与纥，吾皆爱之，欲择才焉而立之。'申丰趋退，归，尽室将行。他日，又访焉，对曰：'其然，将具敝车而行。'乃止。访于臧纥，臧纥曰：'饮我酒，吾为子立之。'季氏饮大夫酒，臧纥为客。"

在废立事上，臧武仲得罪了孟孙和弥，故被诬陷："臧孙入，哭甚哀，多涕。出，其御曰：'孟孙之恶子也，而哀如是。季孙若死，其若之何？'臧孙曰：'季孙之爱我，疾疢也。孟孙之恶我，药石也。美疢不如恶石。夫石犹生我，疢之美，其毒滋多。孟孙死，吾亡无日矣。'孟氏闭门，告于季孙曰：'臧氏将为乱，不使我葬。'季孙不信。臧孙闻之，戒。冬十月，孟氏将辟，藉除于臧氏。臧孙使正夫助之，除于东门，甲从己而视之。孟氏又告季孙。季孙怒，命攻臧氏。乙亥，臧纥斩鹿门之关以出，奔邾。"

奔邾后，"臧武仲自邾使告臧贾，且致大蔡焉，曰：'纥不佞，失守宗祧，敢告不吊。纥之罪，不及不祀。子以大蔡纳请，其可。'贾曰：'是家之祸也，非子之过也。贾闻命矣。'再拜受龟。使为以纳请，遂自为也。臧孙如防，使来告曰：'纥非能害也，知不足也。非敢私请！苟守先祀，无废二勋，敢不辟邑。'乃立臧为。臧纥致防而奔齐。"

孔子认为以防邑为条件请求鲁君在鲁国替臧氏立后代，是要挟君主，故对他的评价是："知之难也。有臧武仲之知，而不容于鲁国，抑有由也。作不顺而施不恕也。《夏书》曰：'念兹在兹。'顺事、恕施也。"

14.15 子曰："晋文公①谲②而不正，齐桓公③正而不谲。"

【注】

①参见附录一14—15—1。②谲（jué）：欺诈。③参见附录一14—15—2。

【译】

孔子说："晋文公欺诈而不正派，齐桓公正派而不欺诈。"

【引】

邢昺：此章论二霸之事也。谲，诈也，谓晋文公召天子而使诸侯朝之，是诈而不正也。齐桓公伐楚，实因侵蔡而遂伐楚，乃以公义责苞茅之贡不入，问昭王南征不还，是正而不诈也。朱熹：二公皆诸侯盟主，攘夷狄以尊周室者也。虽其以力假仁，心皆不正，然桓公伐楚，仗义执言，不由诡道，犹为彼善于此。文公则伐卫以致楚，而阴谋以取胜，其谲甚矣。二君他事亦多类此，故夫子言此以发其隐。

【解】

孔子对两人的不同评价，源于二者对周王的不同态度。公元前681年，齐桓公奉周王之命会盟北杏，遂成霸主。通常以为，这是尊王攘夷。公元前633年，晋文公会盟温地，召襄王。《左传·僖公二十八年》曰："天王狩于河阳。"《史记·晋世家》的说法是："孔子读史记至文公，曰：'诸侯无召王。''王狩河阳'者，《春秋》讳之也。"通常以为，这是挟天子以令诸侯。

其实，齐桓公不坐大，周王岂会允其会盟？齐桓公、晋文公俱行武力，只是前者表现得较为含蓄而已。

14.16 子路曰："桓公杀公子纠，召忽死之，管仲不死。"曰："未仁乎？"子曰："桓公九合诸侯，不以兵车，管仲之力也。如①其仁？如其仁？"

【注】

①如：比得上。《左传·僖公三十年》："臣之壮也，犹不如人。"

【译】

子路说："齐桓公杀了公子纠，召忽自杀了，管仲却没死。"接着说："管仲不能算仁吧？"孔子说："桓公多次召集诸侯会盟，使用的不是武力。这都是管仲的功劳啊。谁比得上他的仁？谁比得上他的仁？"

【引】

①孔安国：谁如管仲之仁！刘宝楠：王氏引之《经传释词》"如，犹乃也。"此训最当。孙钦善：乃。

朱熹：管仲虽未得为仁人，而其利泽及人，则有仁之功矣。

【解】

桓公杀公子纠，召忽死之，管仲不死：僖公有三子，长子公子诸儿嫡出，次子公子纠、三子公子小白庶出。僖公死，诸儿继位，是为襄公。鲍叔牙辅小白避难莒国，管仲、召忽辅佐纠避难鲁国。齐国内乱，襄公被弑，纠和小白都欲回国继位。纠派管仲伏击小白，小白诈死赶回临淄，纠以为小白被射杀，行程延缓六天误事。因小白被拥立为君，纠只好返回鲁国。纠生母说服鲁庄公于九年秋（前685）发兵讨齐，失败。桓公派鲍叔牙对庄公说："子纠，亲也，请君讨之。管、召，仇也，请受而甘心焉。"庄公被逼将公子纠杀死，将管仲和召忽押解回齐。至齐国境内，召忽不愿事新君，自刎。桓公则拜管仲为相，纵横四十年，成就霸业。召忽杀身以成仁是事君，管仲舍小而成大也是事君。子路从道德上认为管仲"未仁"。孔子则从现实角度认为管仲辅佐齐桓公"尊王攘夷"，"九合诸侯，一匡天下"是"如其仁"。

九合诸侯，不以兵车：桓公多次召集诸侯会盟，使用的不是武力。春秋时期会盟有武装和礼仪两种方式，前者是兵车之会，即武装会盟，《公羊传·僖公二十一年》："请君以兵车之会往宋。"后者是衣裳之会，即和平会盟，《谷梁传·庄公二十七年》："衣裳之会十有一，未尝有歃血之盟也，信厚也。"

本则非常重要，盖因其表明，一、对一个人的评价，"仁"是大德，"节"是小德。孔子的说法是："君子贞而不谅。"（15.37）子夏的说法："大德不逾闲，小德出入可也。"（19.11）管仲背主，却因惠及众生，不影响对他"仁"的评价。二、"仁"也好，"礼"也罢，都不是孔子之学的终极目的，按李泽厚的说法，"'内圣'并不是目的本身"。孔子之学的目标是成人、为君子，并始终强调实践性，建理想国，行君子政，亦即入世，"博施于民而能济众"（6.30）才是终极目的。

在这一点上，孔子和后学包括孟子、荀子，是不同的，孔子之学既不是生活儒，也不是道德儒，而是社会儒、君子儒。社会儒、君子儒非为个体、一己，而为他人、集体。

14.17 子贡曰:"管仲非仁者与? 桓公杀公子纠,不能死,又相之。"子曰:"管仲相桓公,霸诸侯,一匡①天下,民到于今受其赐。微②管仲,吾其被③发左衽④矣。岂若匹夫匹妇之为谅⑤也,自经⑥于沟渎⑦而莫之知也?"

【注】

①匡:正,《左传·襄公十四年》:"善则赏之,过则匡之。"②微:无,没有,《史记·吕太后本纪》:"吕太后者,高祖微时妃也。"③被:同"披"。④左衽(rèn):衣襟向左。古代部分少数民族着装习俗是前襟向左掩,不同于华夏地区前襟向右掩。⑤谅:偏执、固执,同15.37。⑥自经:上吊自杀。⑦沟渎:沟渠,水道。

【译】

子贡问:"管仲不算是仁人了吧? 桓公杀了公子纠,他不能为公子纠而死,却做了桓公的相。"孔子说:"管仲辅佐桓公,称霸诸侯,匡扶天下,百姓至今还享受到他的恩泽。如果没有管仲,恐怕我们已沦为夷狄之手,披散着头发,前襟向左掩。我们哪能像普通人那样拘泥小节,自杀在沟渠里没人知道啊?"

【引】

朱熹:程子曰,"桓公,兄也。子纠,弟也。仲私于所事,辅之以争国,非义也。桓公杀之虽过,而纠之死实当。仲始与之同谋,遂与之同死,可也;知辅之争为不义,将自免以图后功亦可也。故圣人不责其死而称其功。若使桓弟而纠兄,管仲所辅者正,桓夺其国而杀之,则管仲之与桓,不可同世之仇也。若计其后功而与其事桓,圣人之言,无乃害义之甚,启万世反复不忠之乱乎? 如唐之王珪魏征,不死建成之难,而从太宗,可谓害于义矣。后虽有功,何足赎哉?"愚谓管仲有功而无罪,故圣人独称其功;王魏先有罪而后有功,则不以相掩可也。

【解】

本则解同上则，不妨录钱穆之说，以备参阅。其云："本章舍小节，论大功，孔子之意至显。宋儒嫌其偏袒功利，乃强言桓公是兄，子纠是弟，欲以轻减管仲不死之罪。不知孔子之意，尤有超乎君兄弟臣之上者。……要之孔门言仁，决不拒外功业而专指一心言，斯可知也。"

14.18 公叔文子之臣大夫僎①与文子同升诸公。子闻之曰："可以为'文'矣。"

【注】

①参见附录一 14—18。

【译】

公叔文子家臣僎和公叔文子一起做了卫国大臣。孔子听说后，说："公叔文子可以谥为'文'了。"

【引】

朱熹：臣，家臣。公，公朝。谓荐之与己同进为公朝之臣也。子闻之曰"可以为文矣"。文者，顺理而成章之谓。谥法亦有所谓锡民爵位曰文者。

【解】

公叔文子推荐家臣和自己并列朝堂，一则知人善任，二则襟怀宽广，三则公而忘私。此处，不知"文"的确切含义，谥法中也没有标准对应，姑且以"文质彬彬，然后君子"名公叔文子之行。

14.19 子言卫灵公①之无道也，康子曰："夫如是，奚而不丧②？"孔子曰："仲叔圉③治宾客，祝鮀治宗庙，王孙贾治军旅。夫如是，奚其丧？"

【注】

①参见附录一14—19。②奚而不丧：为何不灭亡。奚，为何；而，表示修饰关系，连接状语；丧，灭亡，失败。③仲叔圉（yǔ）：孔文子，参见附录一5—15。

【译】

孔子评论卫灵公昏聩无道，季康子说："既如此，为什么没灭亡呢？"孔子说："他有仲叔圉负责外交，祝鮀管理祭祀，王孙贾统率军队，像这样，怎么会灭亡呢？"

【引】

邢昺：言治国在于任材也。朱熹：尹氏曰，"卫灵公之无道宜丧也，而能用此三人，犹足以保其国，而况有道之君，能用天下之贤才者乎？诗曰：'无竞维人，四方其训之。'"

【解】

以无道率有道，不可长久，己不正，焉能正人？这是孔子一贯主张。卫国之乱，自灵公薨，连绵不息，纵有能臣，难扶将倾。

14.20 子曰："其言之不怍①，则为之也难。"

【注】

①怍：惭愧。

【译】

孔子说："说起来大言不惭，做起来就难了。"

【引】

朱熹：大言不惭，则无必为之志，而不自度其能否矣。欲践其言，岂不难哉？

【解】

孔子讨厌吹牛的人。夸夸其谈，纸上论兵，君子大忌。孔子并不是禁言，只是强调慎言。这点，荀子理解得透彻："凡言不合先王，不顺礼义，谓之奸言，虽辩，君子不听。法先王，顺礼义，党学者，然而不好言，不乐言，则必非诚士也。故君子之于言也，志好之，行安之，乐言之，故君子必辩。凡人莫不好言其所善，而君子为甚。故赠人以言，重于金石珠玉；观人以言，美于黼黻文章；听人以言，乐于钟鼓琴瑟。故君子之于言无厌。鄙夫反是，好其实，不恤其文，是以终身不免埤污佣俗。故《易》曰：'括囊，无咎无誉。'腐儒之谓也。"（《荀子·非相》）

他还说："君子必辩。凡人莫不好言其所善，而君子为甚焉。是以小人辩言险，而君子辩，言仁也。言而非仁之中也，则其言不若其默也，其辩不若其呐也。言而仁之中也，则好言者上矣，不好言者下也。故仁言大矣。"（出处同上）

14.21 陈成子①弑简公②。孔子沐浴而朝，告于哀公曰："陈恒弑其君，请讨之。"公曰："告夫三子③！"孔子曰："以吾从大夫之后，不敢不告也。君曰'告夫三子'者！"之三子告，不可。孔子曰："以吾从大夫之后，不敢不告也。"

【注】

①参见附录一14—21—1。②参见附录一14—21—2。③三子：季孙、孟孙、叔孙三家。

【译】

齐国大臣陈成子杀死了齐简公。孔子斋戒沐浴后上朝去见鲁哀公，说:"陈恒把他的君主杀了,请出兵讨伐他。"鲁哀公说:"去报告三位大夫吧。"孔子说:"因为我曾经做过大夫,不敢不报告,国君却说'去报告三位大夫吧'!"孔子到三位大夫那里去报告,被拒绝。孔子说:"因为我曾经做过大夫,不敢不报告啊!"

【引】

朱熹:程子曰,"左氏记孔子之言曰:'陈恒弑其君,民之不予者半。以鲁之众,加齐之半,可克也。'此非孔子之言。诚若此言,是以力不以义也。若孔子之志,必将正名其罪,上告天子,下告方伯,而率与国以讨之。至于所以胜齐者,孔子之余事也,岂计鲁人之众寡哉?当是时,天下之乱极矣,因是足以正之,周室其复兴乎?鲁之君臣,终不从之,可胜惜哉。"胡氏曰,"春秋之法,弑君之贼,人得而讨之。仲尼此举,先发后闻可也。"

【解】

本则极具画面感。一个鹤发童颜的老人,拄着拐杖,为了替邻国正名正礼,上告国君,下告权臣,奈何不从,只能往返穿梭,来回奔波。国君有位而不能主政,权臣僭越主政而不听,一个早已离开岗位的老人"不在其位,却谋其政",该指责,还是该同情?老人老了,门下弟子多不及门,风烛残年无力周游,周公不梦,河不出图,心里是何等悲凉。此时,他的心里想起了"乘桴浮于海",还是接舆之"狂歌"?

陈恒弑君,事在哀公十四年,孔子时七十有一。

两年后,老人怆然离世。

14.22 子路问事君。子曰:"勿欺也,而犯①之。"

【注】

①犯:冒犯,这里指犯颜直谏,《礼记·檀弓上》:"事君有犯而无隐。"

【译】

子路问如何服事国君。孔子说："不能欺骗，但要犯颜直谏。"

【引】

孔安国：事君之道，义不可欺，当能犯颜谏争。

【解】

孔子有自己的事君之道，即"事君尽礼"（3.18）、"事君以忠"（3.19）、"以道事君"（11.24），"犯"就是合"礼"、尽"忠"、守"道"，超过可以承受的程度，"不可则止"（11.24）。

这里，须拈出孔子之学的一个基本政治原则，即服从于道，不服从于君／政治权威。在道和君上，以前者为主，除非君合乎道。所谓"不可则止"，有两个面向，或犯颜谏争，或去国离乡。

除了道，孔子不倡导绝对忠诚。他本人对政治的恶保持着必要的警惕和干预，对政治的善保持着必要的维护和追求，上则即是一例，离开卫灵公也是一例。

孔子卫道不卫政，用今天的话说，是一个原始"宪政"主义者。

14.23 子曰："君子上达，小人下达。"

【注】

①达：通晓，《广雅》："达，通也。"

【译】

孔子说："君子向上通晓道，小人向下通晓器。"

【引】

何晏：本为上，末为下也。皇侃：上达者，达于仁义也；下达者，谓达于财利，所以君子反也。邢昺：本为上，谓德义也。末为下，谓财利也。言君子达于德义，小人达于财利。朱熹：君子循天理，故日进乎高明；小人殉人欲，故日究乎污下。杨朝明：孔子说，同样是学习、修身，君子从中体会到通往仁的途径，而小人却注重于谋生糊口的技艺。孙钦善：孔子说，君子通晓高深的学问，小人通晓低级的学问。

【解】

本章注者纷纭，莫衷一是。《论语》中，君子和小人往往关联出现，如"君子喻于义，小人喻于利"（4.16），"君子怀德，小人怀土；君子怀刑，小人怀惠"（4.11）。关于君子和小人之别，《论语》专门给出了一个典型例子：樊须请学稼，子曰："小人哉，樊须也！上好礼，则民莫敢不敬；上好义，则民莫敢不服；上好信，则民莫敢不用情。夫如是，则四方之民襁负其子而至矣，焉用稼？"（13.4）这些都把君子和小人之别引向了本和末，孔子和其弟子还提示我们，"君子不器"（2.12），且"恶居下流"（17.24）。

总结看来，君子务本，这个本是统仁、统礼、统义的道，而小人逐末，这个末就是求财、求惠、求利的器。这也是君子儒和小人儒的区别。

14.24 子曰："古之学者为己①，今之学者为人②。"

【注】

①②为己、为人：为了提高自己，为了向人炫耀。

【译】

孔子说："古代学习的人是为了提高自己，现在学习的人是为了向别人炫耀。"

【引】

邢昺：古人之学，则履而行之，是为己也。今人之学，空能为人言说之，己不能行，是为人也。范晔云"为人者冯誉以显物，为己者因心以会道也"。朱熹：程子曰，"为己，欲得之于己也。为人，欲见知于人也。"程子曰，"古之学者为己，其终至于成物。今之学者为人，其终至于丧己。"愚按，圣贤论学者用心得失之际，其说多矣，然未有如此言之切而要者。于此明辨而日省之，则庶乎其不昧于所从矣。

【解】

《荀子·劝学》云："学恶乎始？恶乎终？曰：其数则始乎诵经，终乎读礼；其义则始乎为士，终乎为圣人，真积力久则入，学至乎没而后止也。故学数有终，若其义则不可须臾舍也。为之，人也；舍之，禽兽也。故书者，政事之纪也；诗者，中声之所止也；礼者，法之大分，类之纲纪也。故学至乎礼而止矣。夫是之谓道德之极。礼之敬文也，乐之中和也，诗书之博也，春秋之微也，在天地之间者毕矣。君子之学也，入乎耳，着乎心，布乎四体，形乎动静。端而言，蠕而动，一可以为法则。小人之学也，入乎耳，出乎口；口耳之间，则四寸耳，曷足以美七尺之躯哉！古之学者为己，今之学者为人。君子之学也，以美其身；小人之学也，以为禽犊。"

据《后汉书·桓荣丁鸿列传》："伏氏自东西京相袭为名儒，以取爵位。中兴而桓氏尤盛，自荣至典，世宗其道，父子兄弟代作帝师，受其业者皆至卿相，显乎当世。孔子曰：'古之学者为己，今之学者为人。'为人者，凭誉以显物；为己者，因心以会道。桓荣之累世见宗，岂其为己乎！"

本则，孔子将"为己之学"和"为人之学"做了区分，是一个划时代的贡献。"为己之学"是"士志于道"（4.9），"安贫乐道"，通过"修、求、正、省、讼"，"学"为君子，进而入世，博施济众；"为人之学"则"下达于器"，汲汲于"利"，"言不及义，好行小慧"（15.17）。"为人之学"也入世，只是为私利而已。

14.25 蘧伯玉①使人于孔子。孔子与之坐而问焉，曰："夫子何为？"对曰："夫子欲寡其过而未能也。"使者出。子曰："使乎！使乎！"

【注】

①参见附录一 14—25。

【译】

蘧伯玉派使者前去拜访孔子。孔子和使者一起坐下后问："先生最近在干什么？"使者回答说："先生想要减少自己的错误却未能做到。"使者出去以后，孔子说："好使者啊，好使者啊！"

【引】

朱熹：言其但欲寡过而犹未能，则其省身克己，常若不及之意可见矣。使者之言愈自卑约，而其主之贤益彰，亦可谓深知君子之心，而善于辞令者矣。

【解】

理想的使者是"使于四方"，可以"专对"（13.5），这不只是不辱使命的问题，还是一种礼仪和尊严。外交场合上，君子可以"贞而不谅"（15.37），孔子也曾为掩饰昭公之过，而受到陈司败的指摘（见7.31），蘧伯玉使者无论实言还是虚言，都是忠于职事，不负所使，故而受到孔子的激赏。

孔子极为重视个人的内省，蘧伯玉本人固然是君子，不过，使者称其"欲寡其过而未能也"，恐怕有勾连孔子的一面。如此回答，既尊重主，也尊重客，可谓得体。

使者说的，也是孔子本人。

14.26 子曰："不在其位，不谋其政。"曾子曰："君子思不出其位。"

【译】

孔子说："不在那个位置上，就不去考虑那个位置上的政事。"曾子说："君子考虑问题从来不超出自己的职责范围。"

【引】

孔安国：不越其职也。

【解】

子曰句文字重出，见8.14。孔子和曾子的话是一个意思，本处不再赘述。

14.27 子曰："君子耻其言而①过其行。"

【注】

①而：表递进关系。皇侃《论语义疏》径作"之"字。

【译】

孔子说："君子认为说的超过做的是可耻的。"

【引】

①孙钦善：之。

邢昺：君子言行相顾，若言过其行，谓有言而行不副，君子所耻也。

【解】

参看4.22、14.20。

14.28 子曰："君子道者三①，我无能焉：仁者不忧，知者不惑，勇者不惧。"子贡曰："夫子自道②也。"

【注】

①君子道者三：君子之道有三条或三方面内容。②道：说，陈述。

【译】

孔子说："君子之道有三方面内容，我没有做到：仁德的人不忧愁，智慧的人不迷惑，勇敢的人不恐惧。"子贡说："这是老师自我表达啊！"

【引】

①黄怀信：道，讲说、讲究。黄克剑：开导，教导。

【解】

本则规定了君子之道的三项内容：不忧，不惑，不惧。这句话在《中庸》中有详细阐释："天下之达道五，所以行之者三。曰：君臣也，父子也，夫妇也，昆弟也，朋友之交也。五者，天下之达道也。知、仁、勇三者，天下之达德也。所以行之者一也：或生而知之，或学而知之，或困而知之；及其知之一也。或安而行之，或利而行之，或勉强而行之；及其成功一也。子曰：'好学近乎知，力行近乎仁，知耻近乎勇。知斯三者，则知所以修身；知所以修身，则知所以治人；知所以治人，则知所以治天下国家矣。'"

14.29 子贡方①人。子曰："赐也，贤乎哉？夫我则不暇。"

【注】

①方：比方，比较。

【译】

子贡老是比较别人。孔子说："赐啊，你比他们贤德？我就没有闲空说三道四。"

【引】

邢昺：此章抑子贡也。"子贡方人"者，谓比方人也。子贡多言，尝举其人伦以相比方。

【解】

本则的关键词是"方"。目前,"方"有如下几种解释,一是比拟,《礼记·檀弓》:"方丧三年。"疏:"谓比方也。"二是通"谤",指责别人的过失。陆德明曰:"郑本作'谤',谓言人之过恶。"(《经典释文汇校》)三是校正,戴望:"正也,以道正人行。"朱熹认为:"比方人物而较其短长,虽亦穷理之事。然专务为此,则心驰于外,而所以自治者疏矣。故褒之而疑其辞,复自贬以深抑之。"

子贡列言语科,可能有点儿嘴碎。

14.30 子曰:"不患人之不己知,患其①不能也。"

【注】

①其:代词,指自己。意同"君子病无能焉,不病人之不己知也"(15.19)。

【译】

孔子说:"不担心别人不了解自己,担心自己没有能力。"

【引】

朱熹:此章凡四见,而文皆有异。则圣人于此一事,盖屡言之,其丁宁之意亦可见矣。

【解】

君子在我,德在我,名亦在我。本则孔子一则教人,二则慰己,不计较"用""舍",一心"修、求、正、省、讼"。若此,可得已,亦可得人。孔子说这话时,是孤独的。

14.31 子曰:"不逆①诈,不亿②不信,抑亦先觉者,是贤乎!"

【注】

①逆：揣度。②亿：猜测，通"臆"。

【译】

孔子说："不揣度别人欺诈，不猜测别人不诚信，但能事先觉察别人的欺诈和不诚信，这就是贤人了啊。"

【引】

朱熹：抑，反语辞。言虽不逆不亿，而于人之情伪，自然先觉，乃为贤也。

【解】

贤人先知先觉，能细察入几，即将作未作之前，这是大智慧。孔子强调内向，并不是远离人情世故，而是在日用和时间中，学而习，践为君子。

孔子之学是实践之学、社会之学，不是坐禅和吐纳功夫，而是在行动中提高个人修养。不怕人欺己，怕不能察也。

14.32 微生亩①谓孔子曰："丘何为是②栖栖③者与？无乃为佞乎？"孔子曰："非敢为佞也，疾固④也。"

【注】

①参见附录一14—32。②何为是：为什么这样。何为，为什么；是，这样，这。③栖栖（xī xī）：不安的样子。④疾固：痛恨冥顽不化的人。疾，痛恨；固，冥顽不化。

【译】

微生亩对孔子说："孔丘，你为什么这样到处游说呢？不是要卖弄自己的口才吧？"孔子说："我不是敢卖弄口才啊，只是痛恨冥顽不化的人啊。"

【引】

②杨伯峻：是——这里作副词用，当"如此"讲。

【解】

孔子虽非名家、纵横家，然其周游列国，难免向"贾者"兜售自己的主张。微生亩这么评价孔子，并不意外，尽管孔子一心道义，但微斯人，谁又能共？正所谓"知我者谓我心忧，不知我者谓我何求"（《诗经·王风·黍离》）。事实上，孔子也意识到了这个问题，所以他的回答并没有申辩。

上位者居下流而不易，怎一个"固"字了得？一介文人的"疾"，又能有多大力量？

14.33 子曰："骥①不称其力，称其德也。"

【注】

①骥：《说文·马部》："骥，千里马也。"

【译】

孔子说："千里马不称赞它的气力，称赞它的品质。"

【引】

郑玄：德者，谓良之谓也。朱熹：尹氏曰，"骥虽有力，其称在德。人有才而无德，则亦奚足尚哉？"

【解】

"德"也是一种力，"为政以德"，"修己以德"，都会产生北辰那样的吸引力。就千里马而言，德是能"千里"，力是跑得快，一质一文，两者固然相辅而一体，但"千里"是心，是性，是主要矛盾，故而被关注、称赞的是品质。

14.34 或曰："以德报怨，何如？"子曰："何以报德？以直报怨，以德报德。"

【译】

有人说："用德来回报怨，怎么样呢？"孔子说："那用什么来回报德呢？用直来回报怨，用德来回报德。"

【引】

李零：这里的"直"，其实应该读为"值"，是以怨报怨。何新：直，即德，二字古通。

【解】

《礼记·表记》中，记载了孔子的类似观点，一是"以德报德，则民有所劝；以怨报怨，则民有所惩。《诗》曰：'无言不仇，无德不报'"。二是"以德报怨，则宽身之仁也；以怨报德，则刑戮之民也"。这两句话，和《论语》中的观点是相矛盾的。孔子不主张"以德报怨"，提倡"以直报怨"，而《礼记》则说"以怨报怨"，"以德报怨"。故《礼记》中的"子曰"，恐是后人所托。

"报怨以德"，出自《道德经》，原文是"大小多少，报怨以德"。自此处看，很难说《道德经》和《论语》谁先谁后，"以德报怨"的思想古出，也不是不可能。但无论如何，"以德报怨"实践起来是非常困难的，《尸子》就比喻说："龙门，鱼之难也；太行，牛之难也；以德报怨，人之难也。"故而在对话中，有人问"以德报怨"怎么样时，孔子予以否定。

《论语》中，"直"字在十一则中出现了二十二次，被孔子视为为人处世之法则，他曾说："人之生也直，罔之生也幸而免。"（6.19）还表示：

"斯民也，三代之所以直道而行也。"（15.25）朱熹解释说："直道，无私曲也。""以此民，即三代之时所以善其善、恶其恶而无所私曲之民。"也就是说，所谓"直"就是"是是非，非是非"。孔子虽重"直"，但"直"要符合礼，"直而无礼则绞"（8.2）。

若"以怨报怨"，就成了小人了。因此，"以直报怨"不是"以彼之道，还施彼身"，而是如朱熹所说："于其所怨者，爱憎取舍，一以至公而无私，所谓直也。于其所德者，则必以德报之，不可忘也。"

14.35 子曰："莫①我知也夫！"子贡曰："何为其②莫知子也？"子曰："不怨天，不尤③人；下学而上达④。知我者其天乎！"

【注】

①莫：表示否定，相当于"不"。第二个"莫"义同。②何为其：句式同"何为是"（14.32），其，代词，他们。③尤：怨恨。④上达：上达于天。

【译】

孔子说："没有人懂我啊！"子贡说："为什么他们不懂您呢？"孔子说："不埋怨天，不责备人，下学礼乐而上达天命，懂我的只有天吧！"

【引】

孔安国：下学人事，上知天命。彭亚非：下学，居下位而学。……上达，通达最高的道理。朱熹：不得于天而不怨天，不合于人而不尤人，但知下学而自然上达。此但自言其反己自修，循序渐进耳，无以甚异于人而致其知也。然深味其语意，则见其中自有人不及知而天独知之之妙。盖在孔门，惟子贡之智几足以及此，故特语以发之。惜乎其犹有所未达也！

【解】

孔子一生不得志，只能将之归结为命，归结到天。但他并不放弃自己，自暴自弃，既不忘"下达"，学习礼乐，也不"尤人"——埋怨别人，小人一般，动不动找各种借口，出口恶气。

孔子也抱怨，只是他的抱怨是君子式的。

14.36 公伯寮^①愬^②子路于季孙。子服景伯^③以告，曰："夫子^④固有惑志于公伯寮，吾力犹能肆^⑤诸市朝^⑥。"子曰："道之将行也与，命也。道之将废也与，命也。公伯寮其如命何！"

【注】

①参见附录一14—36—1。②愬（sù）：诽谤，同"诉"。③参见附录一14—36—2。④夫子：指季孙。⑤肆：古代指人处死刑后暴尸示众，《周礼·秋官·司寇》："协日刑杀，肆之三日。"⑥市朝：人口聚集的公共场所。市，集市；朝，朝堂。

【译】

公伯寮向季孙诽谤子路。子服景伯将此告诉孔子，说："先生已被公伯寮迷惑了，我的力量还足够将公伯寮斩首示众。"孔子说："道行得通，是天命决定的；道行不通，也是天命决定的。公伯寮能把天命怎么样呢？"

【引】

①马融：鲁人，弟子也。黄式三：马《注》误也。

邢昺：孔子不许其告，故言道之废行皆由天命，虽公伯寮之谮，其能违天而兴废子路乎！

【解】

参见7.23。子路两事季氏，一在前498年，一在前484年以后，此时，孔子已垂垂老矣。晚年的孔子动不动拿天和命说事儿，他已经意识到了"人事"的局限，转而"顺从"天命了。

14.37 子曰："贤者辟①世，其次辟地，其次辟色，其次辟言。"子曰："作者七人②矣。"

【注】

①辟：同"避"。②七人：不可考。邢昺：云"为之者凡七人，谓长沮、桀溺、丈人、石门、荷蒉、仪封人、楚狂接舆"者，谓长沮一、桀溺二、荷蓧丈人三、石门晨门四、荷蒉五、仪封人六、楚狂接舆七也。王弼云："七人：伯夷、叔齐、虞仲、夷逸、朱张、柳下惠、少连。"郑康成云："伯夷、叔齐、虞仲，辟世者；荷蓧、长沮、桀溺，辟地者；柳下惠、少连，辟色者；荷蒉、楚狂接舆，辟言者。七当为十字之误也。"

【译】

孔子说："贤者以避开乱世为上策，中策是避开乱地，下策是避开难看的脸色，最下策是避开难听的话。"孔子说："这样做的有七个人了。"

【引】

邢昺："贤者辟世"者，谓天地闭则贤人隐，高蹈尘外，枕流漱石，天子诸侯莫得而臣也。"其次辟地"者，未能高栖绝世，但择地而处，去乱国，适治邦者也。"其次辟色"者，不能豫择治乱，但观君之颜色，若有厌己之色，于斯举而去之也。"其次辟言"者，不能观色斯举矣，有恶言乃去之也。

【解】

贤人"四避"。孔子尽管也将隐士分为三六九等，但一直很尊重他们。相反，孔子很多时候得不到隐士的垂青，这倒不是品质问题，而是道不同。《史记·吴太伯世家》："延陵季子之仁心，慕义无穷，见微而知清浊。"以孔子之入世心，自知朝野孰清孰浊，以隐士之出世心，亦知朝野孰清孰浊。不过，孔子的选择是，以一己之清入浊世，最终世浊却有清一许；隐士的选择是，为一己之清避浊世，最终世浊而无一人清。

难能可贵的是，孔子虽不避世，却也不将隐士绝对化，以之为异人，甚至还表现出亲近和理解，这是胸襟问题。

14.38 子路宿于石门①。晨门②曰："奚自？"子路曰："自孔氏。"曰："是知其不可而为之者与？"

【注】

①石门：地名。郑玄："鲁城外门也。"②晨门：掌管城门开闭的人。

【译】

子路在石门留宿。掌管城门的人说："你从哪里来？"子路说："从孔子门下。"这人说："是那个明知做不到却偏要去做的人吗？"

【引】

②邢昺：晨门，掌晨昏开闭门者，谓阍人也。

邢昺：晨门闻子路云从孔氏，未审孔氏为谁，又旧知孔子之行，故问曰"是知其世不可为，而周流东西，强为之者，此孔氏与"，意非孔子不能隐遁辟世也。朱熹：胡氏曰，"晨门知世之不可而不为，故以是讥孔子。然不知圣人之视天下，无不可为之时也。"

【解】

"中隐隐于市"，魏国侯嬴，家贫，老而为大梁监门吏，信陵君慕名往访，迎为上客。若据上下几则及语气，此晨门是一位隐士无疑。其人对孔子的评价和接舆一样，可谓知人。"知其不可而为之"是孔子最为形象的素描。

孔子以天下为己任，试图通过走进公共生活实现"善"，虽终无结果，但这种将人为己、将公作私的精神，是最可宝贵、光芒不熄的正义。

14.39 子击磬①于卫，有荷蒉②而过孔氏之门者，曰："有心哉，击磬

乎！"既而曰："鄙③哉！硁硁④乎！莫己知也，斯⑤己⑥而已矣，深则厉，浅则揭⑦。"子曰："果⑧哉！未之难矣。"

【注】

①磬（qìng）：古时打击乐器，似曲尺，用玉或石制成，可悬挂。②蒉（kuì）：土筐。一般是草、竹或藤条编成，用来盛土。③鄙：见识浅薄，《左传·庄公十年》："肉食者鄙，未能远谋。"④硁硁（kēng kēng）：状声词，石头相互敲击的声音，即击磬声。⑤斯：则，就，连词，表示承接上下文。⑥己：名词作动词，即做自己之意。⑦深则厉，浅则揭：语出《诗经·邶风·匏有苦叶》："匏有苦叶，济有深涉。深则厉，浅则揭。"厉，连衣涉水。⑧果：确实，《史记·魏公子列传》："如姬果盗兵符与公子。"

【译】

孔子在卫国敲击磬，一个背着土筐的人路过门前，说："有心思呀，这磬击的啊！"过了一会儿又说："见识浅薄，硁硁硁的！没有人了解自己，就做自己好了。《诗经》说得好：'水深就穿着衣服过，水浅就撩起衣服去。'"孔子说："确实啊，如果这样做，没什么困难啊。"

【引】

⑤⑥何晏：徒信己而已，言亦无益。刘宝楠：言但当为己，不必为人，即孔子所云"独善其身"者也。杨伯峻：没有人知道自己，这就罢休好了。金池：就把我当作你的知己。孙钦善：己，守己。⑦朱熹：以衣涉水曰厉，摄衣涉水曰揭。

【解】

荷蒉人说的"莫己知也，斯己而已矣"和"深则厉，浅则揭"，意思是要灵活、妥协，也就是从"权"而不"经"，退一步海阔天空。本意是批评"知其不可而为之"（14.38），认为入世而为，谋取功业是很浅薄的。这种话，类似于清流批评政客。孔子回答不置可否，只是说，这话说得很对，做起来也不难。

既然如此，孔子为什么不做呢？"浮于海""居九夷"都是不错的选择。不过，这就和自己"仁以为己任"的理想矛盾了。作为一个理想主义者兼实践主义者，孔子自己也深知，入世难，避世易；追求天下自由／消极自由难，实现个人自由／积极自由易。他要做的就是积极介入生活，实现有道天下、礼义邦国。

我们评价孔子，不能以目标为正义，而应以过程为正义。结果有时在努力之外，却在精神之中。

14.40 子张曰："《书》云：'高宗谅阴，三年不言。'①何谓也？"子曰："何必高宗，古之人皆然。君薨②，百官总己以听于冢宰③三年④。"

【注】

①高宗谅阴，三年不言：语出《尚书·周书·无逸》："其在高宗，时旧劳于外，爰暨小人。作其即位，乃或亮阴，三年不言。其惟不言，言乃雍。不敢荒宁，嘉靖殷邦。至于小大，无时或怨。"高宗，殷商高宗，即武丁，中兴之王；谅阴，又称"凉阴""亮闇""梁闇""谅闇"，古代天子守孝地方的名称，又叫"凶庐"。居丧期间，政事全权委托大臣处理，默而不言。《礼记·丧服四制》："《书》曰：'高宗谅闇，三年不言。'善之也。"郑玄注："闇，谓庐也。"②薨（hōng）：古代称诸侯或有爵位的大官死去，《尔雅》："薨，死也。"③冢宰：太宰，官名，西周置，位次三公，为六卿之首。太宰原为掌管王家财务及宫内事务的官。④三年：古代守孝期限。

【译】

子张说："《尚书》说，'高宗武丁住在守孝的地方，三年不言不语。'什么意思？"孔子说："不仅是高宗，古人都这样。国君死了，朝廷百官总管自己的职事，听命于冢宰三年。"

【引】

邢昺：谅，信也。阴，默也。言武丁居父忧，信任冢宰，默而不言三年矣。子张未达其理，而问于夫子也。……言君既薨，新君即位，使百官各总己职，以听使于冢宰，三年丧毕，然后王自听政。

【解】

子张恐怕不是不懂"高宗谅阴，三年不言"的意思，而是不懂新君三年不理政，百官为什么还能各安其位，国家还能保持正常运转。春秋时期，远有晋文公挟天子以令诸侯，近有鲁三桓专权而空公室，至于卫国父子争位、夫人通奸，比比皆是。孔子的回答是，"古之人皆然"，也就是说，这是古礼，潜台词则为，这就是我为什么"信而好古"（7.1），"为东周乎"（17.5）。

孔子的君子政、理想国，用一句话表述就是"为国以礼""为政以德"，在这种制度下，上位者/国君是"德"和"礼"的表率和楷模，其无为而治，内向而为，"居其所而众星共之"（2.1），而"百官总己以听于冢宰"，国家运转有序，不失其范。

孔子的梦想是有依据的，这就是"文过饰非"了的经典著作。

14.41 子曰："上好礼，则民易使也。"

【译】

孔子说："居上位者好礼，那么百姓便容易御使。"

【引】

朱熹：好、易，皆去声。谢氏曰，"礼达而分定，故民易使。"

【解】

意同"上好礼，则民莫敢不敬"（13.4），上好礼则安其位，民敬则易御使。

14.42 子路问君子。子曰："修己以^①敬^②。"曰："如斯而已乎？"曰："修己以安人。"曰："如斯而已乎？"曰："修己以安百姓。修己以安百姓，尧舜其犹病诸？"

【注】

　　①以：而，表并列关系。②敬：敬重地对待，谨慎，《释名·释言语》："敬，警也，恒自肃警也。"《诗经·大雅·常武》："既敬既戒。"

【译】

　　子路问什么是君子。孔子说："修养自己，敬重行事。"子路说："这样就够了吗？"孔子说："修养自己，安抚国民。"子路说："这样就够了吗？"孔子说："修养自己，安抚百姓。安抚百姓，尧舜都感觉到困难。"

【引】

　　孔安国：人，谓朋友九族。黄式三，人，犹臣也。杨伯峻：这个"人"字显然是狭义的"人"，没有把"百姓"包括在内。

【解】

　　君子的三重含义，安事，安民，安百姓，"以敬"就是"敬事而信"（1.5）、"执事敬"（13.19）、"事思敬"（16.10）。安事、安民、安百姓的前提是"修、求、正、省、讼"。本则意义重大，意味着君子的终极目的不仅仅是固守穷身，而是兼济天下，君子天生就是入世的。"修己以安百姓"是君子的至高境界，这一点，尧舜尊为圣王，也难能为之。

14.43 原壤^①夷^②俟^③。子曰："幼而不孙^④弟^⑤，长而无述^⑥焉，老而不死，是为贼^⑦。"以杖叩其胫^⑧。

【注】

①参见附录一 14—43。②夷：分开双腿坐着。③俟（sì）：等待，即等待孔子。④孙：同"逊"。⑤弟：同"悌"。⑥述：遵循，即规矩，《说文·辵部》："述，循也。"⑦贼：祸害，贾谊《论积贮疏》："淫侈之欲日日以长，是天下之大贼也。"⑧胫（jìng）：小腿。

【译】

原壤叉开双腿坐着等候孔子。孔子说："小时候不谦逊孝敬，长大了没有规矩，人老了还不快死，真是个祸害啊！"一边说着，一边用手杖敲了敲他的小腿。

【引】

②孔安国：踞也。王闿运：尸也。⑥朱熹：犹称也。刘宝楠：言无德为人所称述也。孙钦善：即"述而不作"之述，指传述学问。

【解】

根据附录，原壤是孔子的儿时玩伴。古者不喜俗世，要么去国，如微子；要么隐居，如接舆；要么装疯，如箕子。原壤则是另外一类，愤世嫉俗。有意思的是孔子骂原壤的话，"幼而不孙弟，长而无述焉，老而不死"，这里面固然有玩笑的成分，但"不孙弟"是不知为人之本而无德，"无述"是没有功业且无"言"。在孔子看来，这种人多活一天都浪费粮食。

以儒家的标准，无德、无言之人，活着不如死了。

14.44 阙党①**童子将命**②**，或问之曰："益**③**者与？"子曰："吾见其居于位**④**也，见其与先生**⑤**并行**⑥**也。非求益者也，欲速成**⑦**者也。"**

【注】

①阙党：阙里，孔子家居之地，《荀子·儒效》："居于阙党，阙党之

子弟罔不分，有亲者取多，孝弟以化之也。"②将命：奉命，传命，朱熹："将命，谓传宾主之言。"③益：增加，上进。④位：位置，《说文·人部》："位，列中庭之左右位之位。"童子居于位，该是居不该居之位。⑤先生：对长者的尊称。⑥并行：与长者并排而行。⑦速成：在较短时间内迅速完成。《荀子·强国》："能积微者速成。"

【译】

阙里一个童子奉命传话。有人问："这个孩子是个有进取心的人吗？"孔子说："我看见他坐在不该坐的位子上，又见他和长者并排而行；不是个有进取心的人，而是个急于求成的人。"

【引】

④何晏：童子隅坐无位，成人乃有位。黄怀信：指主人之位。

【解】

《礼记·玉藻》："（童子）无事，则立主人之北南面，见先生，从人而入。"孔颖达疏："先生，师也。"童子不尊师，僭越无礼，把自己当成了长者，故孔子认为他急于求成。据《论语注义问答通释》："礼之于人大矣，老者无礼，则足以为人害；少者无礼，则足以自害。夫子于原壤、童子皆以是教之，述《论语》者以类相从，所以着人无老少皆不可以无礼义也。"

卫灵公第十五

本章凡四十二则，其中，子曰三十四则；与子贡对曰三则，与子张对曰二则，与子路、颜渊对曰分别各一则；与卫灵公对曰一则。

本章集中论"君子"十一则，谈"仁"五则，讲"学"二则。

这里再次印证了一个重要观点，孔子的核心思想是"学"："吾尝终日不食，终夜不寝，以思，无益，不如学也。"（15.31）"学"的目的就是为"君子"，以至于孔子集中谈君子达十一次之多。君子修身的最高境界，孔子已然给出，便是"无求生以害仁，有杀身以成仁"（15.9）。而君子为政的最高境界，在上章已说明，即是"修己以安百姓，尧舜其犹病诸"（14.42）。

孔子的"理想国"是一个综合政治体，"行夏之时，乘殷之辂，服周之冕，乐则《韶舞》"（15.11），统治者唯一需要做的是"无为而治"，"无为"非不为，而是"恭己正南面而已矣"（15.5）。"恭己"就是"仁"而"礼"，就是"己所不欲，勿施于人"（12.2）。

孔子对政治天然保持一种警惕或距离，他"谋道不谋食"（15.32），与"无道"之邦之君拒绝合作，亦即"道不同，不相为谋"（15.40），这似乎是他一生的底色，所以才会动不动"明日遂行"（15.1）。

还需注意的是，本章中提出了孔子的教育原则，即"有教无类"。甚至还暗示孔子的言谈确实有忠实的记录者，《论语》中唯一一个现场记录者就在本章，"子张书诸绅"（15.6）。

15.1 卫灵公问陈①于孔子。孔子对曰："俎豆②之事，则尝闻之矣；军旅③之事，未之学也。"明日遂行。

【注】

①陈：通"阵"。②俎（zǔ）豆："俎""豆"都是古代祭祀用的礼器，这里代指礼仪。③军旅：按郑玄"万二千五百人为军，五百人为旅"。

【译】

卫灵公向孔子询问军队布阵之法。孔子回答说："礼仪之类的事情，我曾经听说过；行旅方面的事情，还从来没有学过。"第二天便离开卫国。

【引】

邢昺：军旅甲兵亦治国之具也，彼以文子非礼，欲国内用兵；此以灵公空问军陈，故并不答，非轻甲兵也。朱熹：尹氏曰，"卫灵公，无道之君也，复有志于战伐之事，故答以未学而去之。"

【解】

此事发生于公元前493年，就是灵公薨当年。本则与《左传·哀公十一年》记载雷同，疑为一事而错传："孔文子之将攻大叔也，访于仲尼。仲尼：'胡簋之事，则尝学之矣；甲兵之事，未之闻也。'退，命驾而行，曰：'鸟则择木，木岂能择鸟？'文子遽止之，曰：'圉岂敢度其私，访卫国之难也。'将止，鲁人以币召之，乃归。"

孔子说："军旅之事，未之学也。"那么，他到底懂不懂阵呢？依据史料，孔子能够展示军事的机会，一共有两次，一是夹谷会，一是堕三都。先说夹谷会。据《左传·定公十年》："夏，公会齐侯于祝其，实夹谷。孔丘相。犁弥言于齐侯曰：'孔丘知礼而无勇，若使莱人以兵劫鲁侯，必得志焉。'齐侯从之。孔丘以公退，曰：'士，兵之！两君合好，而裔夷之俘以兵乱之，非齐君所以命诸侯也。裔不谋夏，夷不乱华，俘不干盟，兵不逼好。于神为不祥，于德为愆义，于人为失礼，君必不然。'齐侯闻之，遽辟之。将盟，齐人加于载书曰：'齐师出竟，而不以甲车三百乘从我者，有如此盟。'孔丘使兹无还揖对曰：'而不反我汶阳之田，吾以共命者，亦如之。'"据《史记·孔子世家》："孔子摄相事，曰：'臣闻有文事者必有武备，有武事者必有文备。古者诸侯出疆，必具官以从。请具左右司马。'定公曰：'诺。'具左右司马。会齐侯夹谷，为坛位，土阶三等，以会遇之礼相见，揖让而登。"

再看堕三都。据《左传·定公十二年》："仲由为季氏宰，将堕三都，于是叔孙氏堕郈。季氏将堕费，公山不狃、叔孙辄帅费人以袭鲁。公与三子入于季氏之宫，登武子之台。费人攻之，弗克。入及公侧。仲尼命申句须、乐顷下，伐之，费人北。国人追之，败诸姑蔑。二子奔齐，遂堕费。将堕成，公敛处父谓孟孙：'堕成，齐人必至于北门。且成，孟氏之保障也，无成，是无孟氏也。子伪不知，我将不堕。'"

《史记·孔子世家》材料和《左传·定公十二年》雷同，不摘录。就这两个事件而言，夹谷会时，《左传》没有提及孔子的军事策略，而《史记》则提出，孔子"具左右司马"，是有布阵能力的；堕三都时，《左传》云，"公山不狃、叔孙辄帅费人以袭鲁"，"仲尼命申句须、乐顷下，伐之，费人北"，这说明，孔子可以指挥阵仗，而不仅限于纸上谈兵。

《论语》记载了孔子对灵公的一次评价，"子言卫灵公之无道也"（14.19）。还有一次孔子说"吾未见好德如好色者也"（9.18），不能确指何人，但注家都疑与灵公有关。既然孔子懂军事，灵公"问陈"不是有意刁难，孔子"明日遂行"不是技穷而走。"鲁卫之政，兄弟也"（13.7），天然政治血缘并没有弥合二人之间的鸿沟，一提倡礼义，一热衷军事，道不同，孔子只能"明日遂行"。

孔子的意向前文交代很多，此处不再敷衍。

15.2 在陈绝粮，从者病①，莫能兴②。子路愠③见曰："君子亦有穷乎？"子曰："君子固④穷，小人穷斯滥⑤矣。"

【注】

①病：疲累，《孟子·公孙丑上》："今日病矣，余助苗长矣。"②兴：

起身，《说文·舁部》：“兴，起也。”③愠（yùn）：怨恨，《诗经·邶风·柏舟》：“忧心悄悄，愠于群小。”④固：坚守，安守。⑤滥：过度，不节制，《周书·程典》：“生稽省用，不滥其度。”

【译】

孔子在陈国断了粮食，随行的人十分疲累，都站不起来了。子路满腹怨恨来见孔子：“君子也会有穷途末路的时候吗？”孔子说：“君子穷途末路，却坚持不变；小人穷途末路，就胡作非为。”

【引】

⑤郑玄：窃也。何晏：溢也。杨朝明：比喻行为越轨。

朱熹：程子曰，“固穷者，固守其穷。”亦通。愚谓圣人当行而行，无所顾虑。处困而亨，无所怨悔。于此可见，学者宜深味之。

【解】

“君子固穷”就是“安贫乐道”，“小人穷斯滥”就是“贫而无怨难”（14.10），亦即“不仁者不可以久处约”（4.2）。《孟子·尽心上》云：“故士穷不失义，达不离道。穷不失义，故士得己焉。达不离道，故民不失望焉。古之人，得志，泽加于民，不得志，修身见于世。穷则独善其身，达则兼善天下。”这段话是对“君子固穷”最精当的注释。

君子为什么穷？是因为有所必为，有所不为。穷的是物质，富的是精神。

15.3 子曰：“赐也，女以予为多学而识①之者与？”对曰：“然。非与？”曰：“非也，予一以贯之②。”

【注】

①识（zhì）：记。②一以贯之：用一个根本原则贯穿起来。

【译】

孔子说："赐啊！你以为我是博学而且全部把它们记下来的吗？"子贡回答说："是啊。难道不是吗？"孔子说："当然不是啊。我是用一个根本原则把它们贯穿起来的。"

【引】

皇侃：言我所以多识者，我以一善之理贯穿万事，而万事自然可识，故得知之。邢昺：此章言善道有统也。……孔子答言，己之善道，非多学而识之也，我但用一理以通贯。以其善有元，事有会，知其元则众善举矣，故不待多学，一以知之。朱熹：夫子之于子贡，屡有以发之，而他人不与焉。则颜曾以下诸子所学之浅深，又可见矣。

【解】

又是一句千古之谜。曾子认为，孔子"吾道一以贯之"的是"忠恕"（4.15），本则指涉对象是"多学而识之"，故和 4.15 处并不相干。孔子十分谦虚，但说到好学，却当仁不让，他多次重申，"十室之邑，必有忠信如丘者焉，不如丘之好学也"（5.28），"默而识之，学而不厌，诲人不倦，何有于我哉？"（7.2），"吾少也贱，故多能鄙事"（9.6），而且，弟子们也是这么认为的。本则中，孔子并不否认自己博闻强记，而是强调其中有"一以贯之"的东西。

"一以贯之"的到底是什么呢？首先需要确定的是，孔子和子贡谈的是"学而识"，故不能自"学"外去寻。窃以为，这个"一以贯之"的，是"好古"，即"先王之道"。孔子说："温故而知新，可以为师矣。"（2.11）"述而不作，信而好古，窃比于我老彭。"（7.1）"我非生而知之者，好古，敏以求之者也。"（7.20）就《论语》而言，孔子的知识来源和"学"的内容，日常所行、所谈、所发以及人格楷模、政治理想，都建立在"古"的基础上，或者说以"古"为目标。借助于"古"，孔子构建起一套完整的思想体系，并以之作为践行的蓝图，"吾从周"（3.14），"吾其为东周"（17.5），试图行君子政，建理想国。

"好古"，是孔子一生行事和心性的底色。

15.4　子曰："由！知德者鲜矣。"

【译】

孔子说："由！懂得德的人真是太少了啊。"

【引】

韩愈：此一句是简编脱漏，当在"子路愠见"下文一段为得。邢昺：言君子固穷，而子路愠见，故谓之少于知德也。

【解】

本则缺少具体语境，确实有脱漏嫌疑，但不可能在"子路愠见"处，该则整篇不言德，逻辑不顺。《中庸》云："子曰：'中庸其至矣乎！民鲜能久矣！'"有注家以为"德"即"中庸"，如刘宝楠："中庸之德，民所鲜能，故知德者鲜。"此属附会。本则只能就字面意思理解，孔子感叹世风日下，不知德、不守德的人很多，"吾未见好德如好色者也"（9.18）。

15.5　子曰："无为而治者其舜也与？夫何为哉？恭己①正南面而已矣。"

【注】

①恭己：恭肃己身。

【译】

孔子说："能不作为就可让天下大治的大概只有舜吧？他做了些什么呢？不过恭肃己身，端正地坐在朝堂上罢了。"

【引】

何晏：言任官得其人，故无为而治也。皇侃：受授得人，故孔子叹舜无为而能治也。邢昺：帝王之道，贵在无为清静而民化之，然后之王者，以罕能及。朱熹：无为而治者，圣人德盛而民化，不待其有所作为也。独称舜者，绍尧之后，而又得人以任众职，故尤不见其有为之迹也。

【解】

目前尚无法断定"无为而治"是老子最先提出的，还是孔子最先提出的，或许早于二人。老子的意见是："我无为，而民自化；我好静，而民自正；我无事，而民自富；我无欲，而民自朴。"（《道德经》）他的"无为而治"是反道德修养和选贤任能的。孔子则恰恰相反，而是"恭己"即以修身为本，体现在执政理念上是"为政以德"。

就《论语》而言，无为而治包括两个层面的意思。一是为政以德，即恭己德化。孔子说："政者，正也。子帅以正，孰敢不正？"（12.17）他强调的是上位者首先要修身，做一个君子，继而实现安人、安百姓，这个"安"不是强制性的，而是通过个人人格力量的示范实现感化，如《吕氏春秋·先己篇》所说："昔者先圣王成其身而天下成，治其身而天下治。"或者如《中庸》所说："是故君子笃恭而天下平。"修身与为政的逻辑关系，可见如下对话:或谓孔子曰:"子奚不为政？"子曰:"《书》曰:'孝乎惟孝，友于兄弟，施于有政。'是亦为政，奚其为为政？"（2.21）这一逻辑关系在《大学》中变成了"四段论":"古之欲明明德于天下者，先治其国；欲治其国者，先齐其家；欲齐其家者，先修其身；欲修其身者，先致其知；致知在格物。物格而后知至，知至而后意诚，意诚而后心正，心正而后身修，身修而后家齐，家齐而后国治，国治而后天下平，自天子以至于庶人，一是皆以修身为本。"这里，恭己就是德化，无为而治等同于为政以德，即如孔子说言:"为政以德，譬如北辰，居其所而众星共之。"（2.1）包咸的解释是:"德者无为，犹北辰之不移而众星拱之。"

二是为政以才，即任贤而治。按《大戴礼记·主言》:"曾子曰:'敢问不费、不劳，可以为明乎？'孔子愀然扬麑曰:'参！女以明主为劳乎？昔者舜左禹而右皋陶，不下席而天下治。夫政之不中，君之过也。政之既中，令之不行，职事者之罪也。明主奚为其劳也？'"《论语》中，孔子屡屡称道舜，是因为其善于用人，"舜有臣五人而天下治。武王曰:'予有乱臣十人。'孔子曰:'才难，不其然乎？唐、虞之际，于斯为盛。

有妇人焉，九人而已。三分天下有其二，以服事殷。'"（8.20）刘向曰：
"故王者劳于求人，佚于得贤。舜举众贤得位，垂衣裳恭己无为而天下
治。"（《新序·杂事》）荀子云："论德使能而官施之者，圣王之道也，儒
之所谨守也。"（《荀子·王霸》）《论语》中，仲弓问政，孔子回答"先有
司，赦小过，举贤才"（13.2），也是这个意思。孔子反复强调礼，反复强
调正名，就在于如果礼不顺，臣摆不正位置，就会出现僭越乱政，结果
就如齐景公所说："善哉！信如君不君，臣不臣，父不父，子不子，虽有
粟，吾得而食诸？"（12.11）

孔子认为，无为而治只有舜能够做到，不过，这不妨碍他将其视为
一种理想目标。圣人和善人现在是见不到了（见7.26），孔子退而求其次，
提倡"学"为君子，以君子治国。

15.6 子张问行①。子曰："言忠信，行笃敬，虽蛮貊②之邦，行矣。言
不忠信，行不笃敬，虽州里，行乎哉？立则见其参③于前也，在舆④则
见其倚于衡⑤也，夫然后行。"子张书诸绅⑥。

【注】

①行：通达。朱熹：犹问达之意也。②蛮貊（mò）：未开化民族，
蛮在南，貊在北。③参（sēn）：罗列。④舆：车辆，尤指马车。⑤衡：
车辕前端的横木，《庄子·马蹄》："加之以衡扼。"⑥绅：士大夫束腰的
大带。

【译】

子张问如何才能行得通。孔子说："说话忠诚可信，行事忠厚敬慎，
即便远至蛮貊之国，也能行得通。说话不忠诚可信，行事不忠厚敬慎，
即便近在桑梓之地，能行得通吗？站着时就像忠信笃敬罗列在眼前，坐
车时就像忠信笃敬靠在辕前横木上，然后才能行得通。"子张把孔子说的
这些记在束腰的大带上。

【引】

①张居正：行是所行通利。孙钦善：行得通，通达。李零：指出行，出远门。

朱熹：程子曰，"学要鞭辟近里，着己而已。博学而笃志，切问而近思；言忠信，行笃敬；立则见其参于前，在舆则见其倚于衡；只此是学。质美者明得尽，渣滓便浑化，却与天地同体。其次惟庄敬以持养之，及其至则一也。"

【解】

"言忠信，行笃敬"是君子行事之本。据《左传·襄公二十二年》："晏平仲言于齐侯曰：'商任之会，受命于晋。今纳栾氏，将安用之？小所以事大，信也。失信不立，君其图之。'弗听。退告陈文子曰：'君人执信，臣人执共，忠信笃敬，上下同之，天之道也。君自弃也，弗能久矣！'"

子张书诸绅，就是做笔记。

15.7 子曰："直哉史鱼①！邦有道，如矢②；邦无道，如矢。君子哉蘧伯玉！邦有道，则仕；邦无道，则可卷③而怀④之。"

【注】

①史鱼即祝鮀，参见附录一6—16—1。②如矢：像箭一样直，语出《诗经·小雅·大东》："有饛簋飧，有捄棘匕。周道如砥，其直如矢。君子所履，小人所视。睠言顾之，潸焉出涕。"③卷：隐藏。④怀：怀藏。

【译】

孔子说："正直啊史鱼！国家政治清明，他像箭一样直；国家政治混乱，他也像箭一样直。君子啊蘧伯玉！国家政治清明就做官，国家政治混乱就把自己隐藏起来。"

【引】

③④包咸：谓不与时政柔顺，不忤于人。

邢昺："邦有道，则仕。邦无道，则可卷而怀之"者，此其君子之行也。国若有道，则肆其聪明而在仕也。国若无道，则韬光晦知、不与时政，亦常柔顺不忤逆校人。是以谓之君子也。

【解】

史鱼被孔子誉为"直"，他最著名的故事是"尸谏"，据韩婴《韩诗外传》卷七："卫大夫史鱼病且死，谓其子曰：'我数言蘧伯玉之贤而不能进，弥子瑕不肖而不能退。为人臣生不能进贤而退不肖，死不当治丧正堂，殡我于室足矣。'卫君问其故，子以父言闻，君造然召蘧伯玉而贵之，而退弥子瑕，从殡于正堂，成礼而后去。生以身谏，死以尸谏，可谓直矣。"

不仅史鱼和蘧伯玉两种不同人生/为政态度都得到了孔子的赞赏，"微子去之，箕子为之奴，比干谏而死"，三种面向，也得到孔子"仁"（18.1）的评价。微子、蘧伯玉和比干、史鱼，一经一权，一全身一死节，某种意义上还存在矛盾，该如何评价孔子对他们的赞扬呢？

孔子对人的评价，一般基于两个原则，一、义的，是否坚守道，二、仁的，是否益于人，这两条居其一则可。但这两个原则是有前提的，即入世而非出世的，比如，孔子虽然很欣赏隐士，却将他们区分为三六九等，也明确表示不会隐居（见18.8）。包括公冶长和南宫适，性情不一，但孔子都以己女和兄女嫁之（见5.1、5.2）。不过，孔子虽然提倡"见危授命"（14.12）、"杀身以成仁"（15.9），且不惮恒魋威胁，但更倾向于"不仕无义"（18.7）"，他绝不赞同死磕，蘧伯玉就被视为君子，而君子，孔子谦虚地认为自己都够不上，"君子道者三，我无能焉：仁者不忧，知者不惑，勇者不惧"（14.28）。

15.8 子曰："可与言而不与之言，失人；不可与言而与之言，失言。知者不失人，亦不失言。"

【译】

孔子说："可以同他讲却不同他讲，就会错失人；不可同他讲却同他讲，就会说不该说的话。聪明人既不会错失人，也不会说不该说的话。"

【引】

邢昺：此章戒其知人也。若中人以上，可以语上，是可与言，而不与言，是失于彼人也。若中人以下，不可以语上，而己与之言，则失于己言也。惟知者明于事，二者俱不失。

【解】

"言"是人际媒介，"可与言""不可与言"的前提"知人"，"知人"的前提"知言"，孔子说，"不知言，无以知人也"（20.3），是"巧言令色"（17.17）还是"刚毅、木讷"（13.27），需"听其言而观其行"（5.10）。

失人、失言是人生常态。

15.9 子曰："志士仁人，无求生以害仁，有杀身以成仁。"

【译】

孔子说："志士仁人没有因为贪生怕死而损害仁的，只有牺牲自己而成全仁的。"

【引】

朱熹：志士，有志之士。仁人，则成德之人也。理当死而求生，则于其心有不安矣，是害其心之德也。当死而死，则心安而德全矣。刘宝楠：俞氏樾《平议》谓志士即知士，与仁人为知、仁并举，其说亦通。

【解】

孔子此语是千百年来文人志士的座右铭。就孔子而言，其虽然惜命，惧阳货报复，不得已回拜，但更重仁，在恒魋面前，也金刚怒目。孔子提倡"杀身成仁",不是一种道德裹挟,也不是绝对律令,而是一种精神要求,一种"修、求、正、省、讼"而得的主体自觉。同时,孔子也支持坚守"道"的前提下的"卷而怀之"(15.7),不做无谓的牺牲。

15.10 子贡问为仁,子曰:"工欲善其事,必先利其器。居是邦也,事其大夫之贤者,友其士之仁者。"

【译】

子贡问如何实行仁。孔子说:"工匠要想干好自己的活儿,必须先要磨利自己的工具。住在这个国家,要服事卿大夫中的贤人,交往士人中的仁人。"

【引】

方骥龄:本章仁字当为"仕"字之误,故与下一章为邦相类列。

【解】

人无时无刻不生活在他人中,某种意义上,他人即我,我即他人,"择不处仁"(4.1),不仅不智,也不仁。故而,"行仁"就是事贤、友仁,他们是帮手,是向导,是"器具"。事贤者是以贤养德,友仁者是"以友辅仁"(12.24)。他们都是友,"朋友切切偲偲"(13.28),是能善我者。

15.11 颜渊问为邦。子曰:"行夏之时^①,乘殷之辂^②,服周之冕^③,乐则《韶舞》^④。放^⑤郑声^⑥,远佞人^⑦。郑声淫,佞人殆。"

【注】

①夏之时:夏代历法。春秋战国通行夏历、殷历和周历,其区别在于岁首不同,岁首的月份叫"正月",故称"三正"。周历以建子之月(即

夏历十一月）为岁首，殷历以建丑之月（即夏历十二月）为岁首，夏历以建寅之月（即后世常说的阴历正月）为岁首。周历比殷历早一月，比夏历早两个月。迭至战国秦汉交际之"三正论"，认为夏正建寅、殷正建丑、周正建子是因"王者始起"，要"改正朔""易服色"以为受命于天。因夏正适合农时，故秦始皇统一中国后改以建亥之月（即夏历的十月）为岁首。②殷之辂（lù）：殷代车驾。辂即路，乃大车，多为天子乘用。据《周礼·春官·巾车》："王之五路：一曰玉路，锡，樊缨，十有再就，建大常，十有二斿，以祀。金路，钩，樊缨九就，建大旗，以宾、同姓以封。象路，朱，樊缨七就，建大赤，以朝、异姓以封。革路，龙勒，条缨五就，建大白，以即戎，以封四卫。木路，前樊鹄缨，建大麾，以田，以封蕃国。"五路中，以木路最为质朴。③周之冕：周代礼帽。冕是古代帝王及卿大夫的礼帽，后专指帝王皇冠。其制始于周代，也称"疏冠"，俗称"平天冠"。三代之中，以周冕最为华美。因冕与冕服、赤舄、佩绶、玉圭等在登基、祭祀等大典时穿用，故而其美代表的是礼仪之备。④韶舞：舜时的乐舞名，另作"韶武"，孔子称其"尽美矣，又尽善也"（3.25）。⑤放：驱逐，放逐，《说文·放部》："放，逐也。"朱熹："谓禁绝之。"⑥郑声：郑国的音乐，《礼记·乐记》："郑音好滥淫志。"郑国音乐多靡靡之音，淫荡而不雅正。⑦佞人：巧言令色的人。

【译】

颜渊问如何治理国家。孔子说："用夏代的历法，乘殷代的车驾，戴周代的礼帽，奏舜时的《韶舞》，弃郑国的靡靡之音，疏远巧言令色的人。郑国的乐曲不雅正，巧言令色的人危险。"

【引】

邢昺：夏之时，谓以建寅之月为正也。据见万物之生，以为四时之始，取其易知，故使行之。"乘殷之辂"者，殷车曰大辂，谓木辂也。取其俭素，故使乘之。"服周之冕"者，冕，礼冠也。周之礼文而备，取其黈纩塞耳，不任视听，故使服之。"乐则《韶舞》"者，《韶》，舜乐名也。以其尽善尽美，故使取之。"放郑声，远佞人。郑声淫，佞人殆"者，又当放弃郑、卫之声，远离辨佞之人，以郑声、佞人亦俱能惑人心，与雅乐、贤人同，然而使人淫乱危殆，故使放远之。

【解】

孔子虽然推崇周，视之为楷模，曾说，"周之德，其可谓至德也已矣"（8.20），他的政治理想"吾从周"（3.14），"吾其为东周"（17.5），但不能将周当作孔子政治蓝图的唯一摹本，他的理想国集合了夏商周三代政制优点，"夏之时"是时，"殷之辂"是用，"周之冕"是礼，且辅以虞舜之乐。虞舜是"无为而治"的代名词，其主禅让，传"中道"（清华简《保训》"测阴阳之物，咸顺不逆，舜即得中"），"天下明德皆自舜帝始"（《史记·五帝本纪》）。孔子尊崇周，一方面是因为周"郁郁乎文哉"（3.14），更大程度上是基于把周公当作可以师法的楷模，他一生的梦想都和周公勾连在一起，"甚矣吾衰也！久矣吾不复梦见周公"（7.5）。不过，随着理想的破灭，孔子晚年有放弃以三代为梦的念头，据《史记·孔子世家》："孔子病，子贡请见。孔子方负杖逍遥于门，曰：'赐，汝来何其晚也？'孔子因叹，歌曰：'太山坏乎！梁柱摧乎！哲人萎乎！'因以涕下。谓子贡曰：'天下无道久矣，莫能宗予。夏人殡于东阶，周人于西阶，殷人两柱闲。昨暮予梦坐奠两柱之闲，予始殷人也。'后七日卒。"

殷道尚质，周道尚文，孔子说"予始殷人也"，显然是去周道还殷道。有时，孔子也是矛盾的。

15.12 子曰："人无远虑，必有近忧。"

【译】

孔子说："人如果没有长远的打算，必定会有近在眼前的忧患。"

【引】

皇侃：人生当思渐虑远，防于未然，则忧患之事不得近至。

【解】

与《礼记·中庸》"凡事预则立，不预则废"同义。孔子提请注意，要把眼光放长远些，而不是只盯着眼前。

15.13 子曰："已矣乎! 吾未见好德如好色者也。"

本则文字几同于重出，见9.18。

15.14 子曰："臧文仲其窃位^①者与! 知柳下惠^②之贤而不与立^③也。"

【注】

①窃位：才德不称却占据官位。②参见附录一15—14。③与立：给予官位。立，位次，职位，通"位"，《商君书·更法》："代立不忘社稷。"

【译】

孔子说："臧文仲是一个才德不称却占据官位的人吧! 他知道柳下惠是个贤德之人却不举荐给予官位。"

【引】

①孔安国：知其贤而不举，为窃位也。皇侃：窃，盗也。鲁大夫臧文仲知贤不举，偷安于位，故曰窃位。黄怀信：窃取他人官位。孙钦善：用不正当手段占据官位。③朱熹：与立，谓与之并立于朝。范氏曰，"臧文仲为政于鲁，若不知贤，是不明也；知而不举，是蔽贤也。不明之罪小，蔽贤之罪大。故孔子以为不仁，又以为窃位。"俞樾：不与立于朝廷，而但曰不与立，文义未足，立当读为位。孙钦善：并立于官。

【解】

《史记·日者列传》："才不贤而托官位，利上奉，妨贤者处，是窃位也。""窃位"不只是以非正当手段获得职位，类似臧文仲这种知贤不立的尸位素餐或嫉贤妒能者。窃以为，孔子批评臧文仲，很可能是自比柳下惠，而怀有伤己意。像孔子这样的贤能之士不得用，很大程度上是臧文仲们堵塞了优胜劣汰、举贤任能的通道。

孔子尚贤，君子政也是贤人政。

15.15 子曰："躬自①厚而薄责②于人，则远怨矣。"

【注】

①躬自：自己对自己。躬，代词，自己，自身，《仪礼·士昏礼记》："已躬命之。"《诗经·卫风·氓》："静言思之，躬自悼之。""躬自"亦作"亲自"讲，《后汉书·灵帝纪》："又驾四驴，帝躬自操之，驱驰周旋。"②厚而薄责：责厚而薄责，第一个"责"因与下文重复而省略。厚，深，重。

【译】

孔子说："自己多做自我批评而少批评别人，就可以远离怨恨。"

【引】

孔安国：自责己厚，责人薄，所以远怨咎也。

【解】

君子严以律己，宽以待人，是处在人际中远离是非旋涡的最佳办法。"躬自厚责"等同于"三省吾身"（1.4），乃君子内向修行之道。

15.16 子曰："不曰'如之何①，如之何'者，吾未②如之何也已矣。"

【注】

①如之何：怎么办。②未：按李零，读"蔑"，即没有，无。

【译】

孔子说："从来不说'怎么办，怎么办'的人，我不知道拿他该怎么办了啊。"

【引】

邢昺：此章戒人豫防祸难也。如，奈也。"不曰如之何"，犹言"不曰奈是何"。未，无也。若曰奈是何者，则是祸难已成，不可救药，吾亦无奈之何。

【解】

"曰'如之何，如之何'"是思，是省，亦即内向，若无此功夫，就是行尸走肉。

15.17 子曰："群居终日，言不及义，好行小慧，难矣哉①！"

【注】

定州简本"慧"作"惠"。

①难矣哉：太困难了啊，引申为无可救药啊。

【译】

孔子说："整天在一块扎堆儿，谈的论的都与义毫无关系，还喜欢卖弄小聪明，无可救药啊。"

【引】

郑玄：难矣哉，言终无成。皇侃：以此处世亦难为成人也。朱熹：言其无以入德，而将有患害也。杨伯峻：真难教导。黄怀信：难以成器。

【解】

孔子曾说"饱食终日，无所用心，难矣哉"，这种人扎堆儿攒局，除了议论短长，没有别的话题，如此其至还不如赌博，"不有博弈者乎？为之，犹贤乎已"（17.22），这样的人在学和行、礼和仁上都"其终也已"（17.26），已无可救药了——此乃小人之行。君子之所以乐"有朋自远方来"，是因为可以"以文会友，以友辅仁"（12.24），在讨论中实现双赢。

将"难矣哉"译为"无可救药啊"比以往注解要模糊，但统摄性更强了。

15.18 子曰："君子义以为质①。礼以行之，孙以出之，信以成之。君子哉！"

【注】

①义以为质：以义为质，宾语前置。

【译】

孔子说："君子把义当根本。依礼义规范自己，用谦逊的态度表达自己，靠诚信成就自己，这就是君子啊。"

【引】

郑玄：孙以出之，谓言语。皇侃：义，宜也。朱熹：义者制事之本，故以为质干。而行之必有节文，出之必以退逊，成之必在诚实，乃君子之道也。

【解】

孔子把"义"作为君子的核心品质，认为君子"喻于义"（4.16）、"义以为上"（17.23）。不过，"义"是本质的东西，总要外现的，外现时经礼约束、"包装"，就变成谨言慎行的"逊"了。但是，仅仅靠本质和谦虚的外在并不能在社会交往中站住脚，这就需要"信"，"民无信不立"

（12.7），"人而无信，不知其可也"（2.22）。君子立于天地间，为政、为人，非此四者，不能成事。

君子的德目甚多，这里，"义"是根本，统率其他。值得注意的是，孔子特别重信，因为人毕竟是社会性动物，由是，信是私德，也是公德。

15.19 子曰："君子病①无能焉，不病人之不己知也。"

【注】

①病：担心，忧虑。

【译】

孔子说："君子忧虑自己没有才能，不忧虑别人不了解自己。"

【引】

邢昺：言君子之人，但患己无圣人之道，不患人之不知己也。

【解】

义同"不患人之不己知，患其不能也"（14.30），参看1.16、4.14、14.30。

15.20 子曰："君子疾①没世②而名不称③焉。"

【注】

①疾：痛恨，"君子疾夫舍曰'欲之'而必为之辞"（16.1）。《荀子·大略》："生而有疾恶焉。"②没世：死亡。③名不称：名不称于世。

【译】

孔子说："君子痛恨死后名字不被世人称道。"

【引】

朱熹：范氏曰，"君子学以为己，不求人知。然没世而名不称焉，则无为善之实可知矣。"俞樾：此章言谥法也。……春秋时列国大夫多得美谥，细行而受大名，名不称矣，故孔子言此，明当依周公谥法，不得溢美也。

【解】

"立言"是孔子的一个心结。参见前文。

15.21 子曰："君子求诸①己，小人求诸人。"

【注】

①求诸：求之于。

【译】

孔子说："君子求之于自己，小人求之于别人。"

【引】

朱熹：杨氏曰，"君子虽不病人之不己知，然亦疾没世而名不称也。虽疾没世而名不称，然所以求者，亦反诸己而已。小人求诸人，故违道干誉，无所不至。三者文不相蒙，而义实相足，亦记言者之意。"

【解】

此则聚讼纷纭，理解这句话的关键是厘清"君子"的概念。《论语》中，孔子对"君子"的界定尽管驳杂，但脉络清晰，"君子"既求"道"，"谋道不谋食"（15.32）、"无终食之间违仁"（4.5）、"喻于义"（4.16）、"义与之比"（4.10）、"义以为质"（15.18）、"怀德"且"怀刑"（4.11），求"行"，"礼以行之，孙以出之，信以成之"（15.18），也求利，不过君子的利是"疾没世而名不称焉"（15.20）、"学也"而不是"耕也"（15.32）、

"谷"（14.1），不过，君子求"谷"，也要符合"道"，"邦有道，谷；邦无道，谷，耻也"（14.1）。尤其需要注意的是，君子内省，即"自厚而薄责于人"（15.15）、"病无能焉，不病人之不己知也"（15.19）。而小人恰恰相反。何晏认为，孔子的意思是"君子责己，小人责人"，也就是说"责"即"求"，《说文·贝部》："责，求也。"如此一来，"求"就是在道、行、利特别是内省上向自己开掘，《礼记·中庸》中的一句话，印证了这一点："子曰：'射有似乎君子，失诸正鹄，反求诸其身。'"

韩愈《原毁》虽晚出，但就这个问题阐释颇详当，兹录如下，以备参阅：

古之君子，其责己也重以周，其待人也轻以约。重以周，故不怠；轻以约，故人乐为善。闻古之人有舜者，其为人也，仁义人也。求其所以为舜者，责于己曰："彼，人也；予，人也。彼能是，而我乃不能是！"早夜以思，去其不如舜者，就其如舜者。闻古之人有周公者，其为人也，多才与艺人也。求其所以为周公者，责于己曰："彼，人也；予，人也。彼能是，而我乃不能是！"早夜以思，去其不如周公者，就其如周公者。舜，大圣人也，后世无及焉；周公，大圣人也，后世无及焉。是人也，乃曰："不如舜，不如周公，吾之病也。"是不亦责于身者重以周乎！其于人也，曰："彼人也，能有是，是足为良人矣；能善是，是足为艺人矣。"取其一，不责其二；即其新，不究其旧：恐恐然惟惧其人之不得为善之利。一善易修也，一艺易能也，其于人也，乃曰："能有是，是亦足矣。"曰："能善是，是亦足矣。"不亦待于人者轻以约乎？今之君子则不然。其责人也详，其待己也廉。详，故人难于为善；廉，故自取也少。己未有善，曰："我善是，是亦足矣。"己未有能，曰："我能是，是亦足矣。"外以欺于人，内以欺于心，未少有得而止矣，不亦待其身者已廉乎？

15.22 子曰："君子矜①而不争，群而不党。"

【译】

孔子说："君子自重而不与人争竞，合群而不结党营私。"

【引】

①包咸：矜，矜庄也。黄式三：矜者，持己方正也。争者，与人竞辩也。杨润根：矜，自持。金池：怜惜。

【解】

"矜而不争"，是自重而不谋私。此"争"非射礼之争，而是口舌之辩或私利之取。若是射礼之类，"其争也君子"（3.7）。"群而不党"，是团结而不结党，恰如《尚书·洪范》云："无偏无党，王道荡荡。"

争和结党，都是为取私利，不及义，非君子所为。

15.23 子曰："君子不以言举人，不以人废言。"

【译】

孔子说："君子不根据一个人的言辞举荐他，也不根据一个人的好坏而废弃他的言辞。"

【引】

邢昺：言君子用人，取其善节也。有言者不必有德，故不可以言举人，当察言观行然后举之。夫妇之愚，可以与知，故不可以无德而废善言也。

【解】

孔子也有朴素的辩证法。孔子认为："巧言令色，鲜矣仁。"（17.17）故要想认识一个人，需要"听其言而观其行"，而不是"听其言而信其行"（5.10），行而不是言，才是举人的唯一标准。"有言者不必有德"（14.4），不论君子、小人，总有可取之处，特别是上位者，更要善于听取不同人的不同意见，《淮南子·主术论》云："是非之所在，不可以贵贱尊卑论也。是明主之听于群臣，其计乃可用，不羞其位；其言可行，而不责其辩。"言而不是人，才是决定是否采用、遵行的唯一标准。

15.24 子贡问曰:"有一言而可以终身行之者乎?"子曰:"其'恕^①'乎! 己所不欲,勿施于人。"

【注】

①恕:本义是体谅、宽容,引申义以己心忖人心,即将心比心。

【译】

子贡问孔子:"有没有一个字可以一辈子奉行不已的呢?"孔子说:"那就是'恕'吧! 自己不愿意的,不要强加给别人。"

【引】

皇侃:恕,谓内忖己心,外以处物。朱熹:推己及物,其施不穷,故可以终身行之。尹氏曰,"学贵于知要。子贡之问,可谓知要矣。孔子告以求仁之方也。推而极之,虽圣人之无我,不出乎此。终身行之,不亦宜乎。"刘宝楠:一言,谓一字。

【解】

《说文·心部》:"仁也。从心如声。"这说明"己所不欲,勿施于人"之恕和"夫仁者,己欲立而立人,己欲达而达人"(6.30)之仁是同质的,仁道即恕道,恕道即仁道。恕和仁虽然都指向"人",即普通老百姓的,但却是针对君子提出的要求。也就是说,恕和仁是用来约束君子的,而不是约束普通老百姓的。恕和仁,就是站在别人的角度考虑问题,恕,是对人要宽恕;仁,是对人要慈爱。这就是孔子为什么强调"君子求诸己"。当君子意味着做表率,意味着修身,意味着更多的付出,只有自己正了,才能影响、带动普通老百姓,而不是强制性地要求他们。

15.25 子曰:"吾之于人也,谁毁谁誉? 如有所誉者,其有所试^①矣。斯民^②也,三代之所以直道而行也。"

【注】

①试：尝试，试验，《广雅》："试，尝也。"《战国策·秦策》："臣请试之。"②斯民：斯"民"的范围在"吾之于人"的人中，即孔子所诋毁、赞美特别是赞美且考验过的人，也就是君子。

【译】

孔子说："对于别人，我诋毁、赞美过谁呢？如果有赞美过的，也是经过验证的。这样的人是夏商周三代能直道而行的凭借。"

【引】

马融：用民如此，无所阿私，所以云"直道而行也"。朱熹：言吾之所以无所毁誉者，盖以此民，即三代之时所以善其善、恶其恶而无所私曲之民。故我今亦不得而枉其是非之实也。尹氏曰，"孔子之于人也，岂有意于毁誉之哉？其所以誉之者，盖试而知其美故也。斯民也，三代所以直道而行，岂得容私于其闲哉？"

【解】

毁誉要有根据，建立在实践基础之上。儒学是一门实践性学问，注重客观验证，能持这种禀性的人是君子。这些君子，是三代直道而行也就是推行德政的基础。

15.26 子曰："吾犹及史之阙文①也。有马者借人乘之，今亡矣夫！"

【注】

①阙文：空缺亡佚的文字。

【译】

孔子说："我还能看到史书中有空缺亡佚的文字。有马的人把马给别人骑用，现在没有这种事情了。"

【引】

邢昺:此章疾时人多穿凿也。"子曰:吾犹及史之阙文也"者,史是掌书之官也。文,字也。古之良史,于书字有疑则阙之,以待能者,不敢穿凿。孔子言我尚及见此古史阙疑之文。"有马者借人乘之"者,此举喻也。喻己有马不能调良,当借人乘习之也。"今亡矣夫"者,亡,无也。孔子自谓及见其人如此,阙疑至今,则无有矣。言此者,以俗多穿凿。

【解】

"史之阙文"与"马"两句有注家认为不存在逻辑关系,如包咸、皇侃及近人杨伯峻。更多的则是强行注解,以求圆通。依据目前所见资料,还是按先贤的思路较好,如朱熹:"胡氏曰:'此章义疑,不可强解。'"本则论"史之阙文",也许巧合,恰恰就出现了"阙文",造成疑窦。

或者可以强行解读为:把看到阙文留存下来,供别人使用,亦即填补空白,就像家里有马,借给别人骑乘一样——这种精神,现在没有了。

15.27 子曰:"巧言乱德。小不忍,则乱大谋。"

【译】

孔子说:"花言巧语能够败坏道德。如果小事情不忍耐,就会败坏大谋划。"

【引】

邢昺:有言者不必有德,故巧言利口则乱德义。山薮藏疾,国君含垢,故小事不忍,则乱大谋。毛子水:这两句话是不相连的。它们所以记在一起,恐怕只是为了同有"乱"字的缘故。

【解】

按朱熹，"小不忍，如妇人之仁、匹夫之勇皆是"，意味着需要"忍"的"小"包括所有负面的东西，比如愤怒、侮辱、痛苦和恶劣的环境等等。意同"见小利，则大事不成"（13.17）。

本则，孔子意在提醒君子要自制，花言巧语，败德；不受委屈，败事。自制作为美德，是君子内向的结果。

15.28 子曰："众恶之，必察焉；众好之，必察焉。"

【译】

孔子说："大家都讨厌的，必须要仔细研究；大家都喜欢的，必须要仔细研究。"

【引】

朱熹：杨氏曰，"惟仁者能好恶人。众好恶之而不察，则或蔽于私矣。"

【解】

参见13.24。本则意在强调，君子时刻要保持一份清醒。孔子不从众，此甚难，既要从舆论中梳理出真善的脉络，也要从舆论的指责中脱身。

15.29 子曰："人能弘①道，非道弘人。"

【注】

①《尔雅》："弘，大也。"

【译】

孔子说："人能够弘扬道，不是道弘扬人。"

【引】

邢昺：道者，通物之名，虚无妙用，不可须臾离。但仁者见之谓之仁，知者见之谓之知，是人才大者，道随之大也，故曰人能弘道。百姓则日用而不知，是人才小者，道亦随小，而道不能大其人也，故曰非道弘人。朱熹：弘，廓而大之也。人外无道，道外无人。然人心有觉，而道体无为；故人能大其道，道不能大其人也。孙钦善："人能"二句：强调修养仁道决定于人的主观努力。

【解】

道虽然是先验的、先天的，但却是此世的、人间的，着落在日用和人身上。人，这个世界唯一的心性动物，是以漂泊的形式存在的，并不确定自身的价值和目的，道提供了一种可以皈依和凭借的精神依靠。不过，道的先验、先天都是人建构出来的，目的是解决此世、人间的问题。人就在宇宙自然和社会群体的交叉点上，唯有人能将上升为道德律令的道化为个体存在的特征。无论"志于道"（7.6），还是"守死善道"（8.13），都依靠人来实现，这就是弘扬。道虽然规定了人的德性，但德性总要靠人去体现，如同朱熹说的："人外无道，道外无人。"

15.30 子曰："过而不改，是谓过矣。"

【译】

孔子说："犯了错误却不改正，这是真正的错误。"

【引】

邢昺：人谁无过，过而能改，善莫大焉。过而不改，是谓过矣。朱熹：惟不改则其过遂成，而将不及改矣。

【解】

孔子把"过"视为一个人内在的外现，"人之过也，各于其党。观过，斯知仁矣"（4.7），他甚至把"过"与"学"联结起来，认为"不迁怒，不贰过"（6.3）才是真正的好学，"学"是人认识和改正"过"的前提。在孔子看来，人不怕有过，怕不能改，"闻义不能徙，不善不能改，是吾忧也。"（7.3）"君子之过也，如日月之食焉；过也，人皆见之；更也，人皆仰之。"（19.21）故而，韩婴《韩诗外传》用了孔子的另一句话："过而改之，是不过也。"

15.31 子曰："吾尝终日不食，终夜不寝，以思，无益，不如学也。"

【译】

孔子说："我曾经白天不吃饭，晚上不睡觉，努力思考，却一无所获，这么做不如学习为好。"

【引】

朱熹：盖劳心以必求，不如逊志而自得也。李氏曰，"夫子非思而不学者，特垂语以教人尔。"

【解】

意同《大戴礼·劝学篇》："孔子曰：'吾尝终日而思矣，不如须臾之所学也。'"就学与思关系而言，两者是一体两面，孔子曾提出"学而不思则罔，思而不学则殆"（2.15）。学不只是和思勾连，最主要的是践行，如《礼记·中庸》："博学之，审问之，慎思之，明辨之，笃行之。"思是心动，学是行动，心动不如行动，恰如"临渊羡鱼，不如退而结网"。

15.32 子曰："君子谋道不谋食。耕也，馁①在其中矣；学也，禄在其中矣。君子忧道不忧贫。"

【注】

①馁（něi）：饥饿。

【译】

孔子说："君子谋求道而不谋求饭食。认真耕种，里面潜藏着饥饿；努力学习，里面储存着俸禄。君子忧虑道能不能行，不忧虑贫不贫穷。"

【引】

邢昺：劝人学也。人非道不立，故必先谋于道，道高则禄来，故不假谋于食。馁，饿也。言人虽念耕而不学，则无知岁有凶荒，故饥饿。学则得禄，虽不耕而不馁。是以君子但忧道德不成，不忧贫乏也。然耕也未必皆饿，学也未必皆得禄，大判而言，故云耳。朱熹：耕所以谋食，而未必得食。学所以谋道，而禄在其中。然其学也，忧不得乎道而已；非为忧贫之故，而欲为是以得禄也。李炳南：既是君子，就应当谋道，不必分心谋食。

【解】

这里隐藏着一个重大误解，以为孔子不重农耕，事实上，他一直重视庶民的经济学，在去卫国途中，曾和冉有探讨过"富之"问题，并把其作为"教之"的前提（见13.9）。岁有吉凶，即使再辛劳，庶民也有可能饱受饥寒。孔子的目标，是培养人世的君子，而不是种地的小人，正如邢昺所言："学则得禄，虽不耕而不馁。"君子根本不需要考虑吃饭问题，就孔子而言，虽曾在陈绝粮，但基本衣食无忧，他需要考虑的是"道"行不行的问题，"道"的问题解决了，不只是个人的吃饭问题解决了，且能惠及天下。这个问题，显然比"耕"更重要。

孔子的吃饭哲学是集体关怀，而非个体追求，这就是"道"。

15.33 子曰："知及之^①，仁不能守之，虽得之，必失之。知及之，仁能守之，不庄以莅之，则民不敬。知及之，仁能守之，庄以莅之，动^②之不以礼，未善也。"

【注】

　　定州简本"不庄以莅之"为"不状以位之"。

　　①之：代指"民"。②动：御使。

【译】

　　孔子说："智慧可以得到它，仁不能守住它，即使得到，也必定会失去。智慧可以得到它，仁可以守住它，不用端正的言行面对它，百姓就会不敬重；智慧可以得到它，仁可以守住它，用端正的言行面对它，不以礼的规则御使它，是不完善的。"

【引】

　　①钱逊：一、指民，知及之是说政令可以及于百姓；二、指职位和国家、天下；三、指治民之道。

　　邢昺：此章论居官临民之法也。……李充云，"夫知及以得，其失也荡；仁守以静，其失也宽；庄莅以威，其失也猛，故必须礼然后和之。以礼制知，则精而不荡；以礼辅仁，则温而不宽；以礼御庄，则威而不猛，故安上治民，莫善于礼。"

【解】

　　孔子屡屡谈如何治民，这和他的治国理念是一个问题的两个方面。本则再次重复了对民要"仁"，"仁者，爱人"（《孟子·离娄下》）；要"庄以莅之"，即"临之以庄"，如此"则敬"（2.20）；要"动之以礼"，即"使民以时"（1.5），"以礼"即"以时"，礼以时为大，《礼记·礼运》："是故夫礼，必本于大一，分而为天地，转而为阴阳，变而为四时，列而为鬼神，其降曰命，其官于天也。""夫礼必本于天，动而之地，列而之事，变而从时，协于分艺。"不过，孔子谈治民，首要的是上位者要正己，否则达不到以仁、以庄、以礼的境界。

　　本则自"智、仁、庄、礼"四个角度谈为政／使民之道，可以看出，相对于其他三者，智不是最重要的，或者说，达到了其他三者，才算是智的。

15.34 子曰："君子不可小知①而可大受②也，小人不可大受而可小知也。"

【注】

①知：主持，掌管，《国语·越语上》："有能助寡人谋而退吴者，吾与之共知越国之政。"②受：授予，交付，《仪礼·乡饮酒礼》："若有诸公大夫则使人受俎如宾礼。"

【译】

孔子说："君子不可陷入具体小事但可授予重大使命。小人不可承担重大使命但可做些具体小事。"

【引】

王肃：君子之道深远，不可小了知，而可大受；小人之道浅近，可小了知，而不可大受也。邢昺：此章言君子小人道德深浅不同之事也。言君子之道深远，仰之弥高，钻之弥坚，故不可小了知也，使人屡饫而已，是可大受也。小人之道浅近易为穷竭，故不可大受，而可小了知也。朱熹：此言观人之法。知，我知之也。受，彼所受也。盖君子于细事未必可观，而材德足以任重；小人虽器量浅狭，而未必无一长可取。李泽厚：即人各有材，优劣同在，故不能求全责备。"小人"也有一技之长，"君子"也有各种弱点和缺失。

【解】

意同《淮南子·主术训》："有大略者不可责以捷巧，有小智者不可任以大功。"这里说的是如何区别对待君子的大智慧和小人的小聪明，固然有因才而任的意思，更重要的还是突出君子是"忧道"者，应使之以礼，以任，人职匹配，而不可以具体小事屈之。

15.35 子曰："民之于仁也，甚于水火。水火，吾见蹈①而死者矣，未见蹈仁而死者也。"

【注】

定州简本"蹈"为"游"，"蹈仁"作"游于仁"。

①蹈：《说文·足部》："蹈，践也。"《广雅》："蹈，履也。"

【译】

孔子说："老百姓对于仁的需要，超过火水。但我见过践履水火而死的，却没见过践行仁而死的。"

【引】

马融：水火与仁，皆民所仰而生者也，仁最为甚也。邢昺：言水火饮食所由，仁者善行之长，皆民所仰而生者也。若较其三者所用，则仁最为甚也。"水火，吾见蹈而死者矣，未见蹈仁而死者也"者，此明仁甚于水火之事也。蹈犹履也。水火虽所以养人，若履蹈之，或时杀人。若履行仁道，未尝杀人也。朱熹：民之于水火，所赖以生，不可一日无。其于仁也亦然。但水火外物，而仁在己。无水火，不过害人之身，而不仁则失其心。是仁有甚于水火，而尤不可以一日无也。况水火或有时而杀人，仁则未尝杀人，亦何惮而不为哉？李氏曰，"此夫子勉人为仁之语。"

【解】

就重要性而言，"仁"这一德性超过水火这种最基本的生活必需品。不过，孔子在这里将水火喻作无情物，比作"恶"之物。老百姓却宁愿死于"恶"，却不愿死于"善"。"仁"即人，孔子将成仁/成人看作君子的最高品德，"志士仁人，无求生以害仁，有杀身以成仁"（15.9）。他还提出，"见利思义，见危授命，久要不忘平生之言"（14.12），才算是成人。见仁不蹈之，见危不授命，连个人都算不上。

孔子这里，成人是"进行时"，永远不能完成。

15.36 子曰："当①仁，不让于师。"

【注】

①当：面对。

【译】

孔子说："面对仁，弟子不必向老师退让。"

【引】

皇侃：仁者，周穷济急之谓也。弟子每事则宜让师，唯行仁宜急，不得让师也。朱熹：仁，以仁为己任也。虽师亦无所逊，言当勇往而必为也。盖仁者，人所自有而自为之，非有争也，何逊之有？

【解】

"一阴一阳之谓道"（《易经·系辞上》），天地为阴阳，故道即天地。天地君亲师，"道"是超越君亲师的。本则，孔子赋予"道"绝对价值，是一种道德律令。子路责孔子见南子，止孔子应公山弗扰、佛肸，就是因为"据于道"。

"道"不仅超越君，也超越师。孔子说："丘也幸，苟有过，人必知之。"（7.31）

15.37 子曰："君子贞①而不谅②。"

【注】

①贞：端方正直，假借为"正"、为"定"。孔安国："贞，正。"《尚书·禹贡》："厥赋贞。"②谅：偏执，固执，刘宝楠：信而不通之谓。朱熹：谅，则不择是非而必于信。

【译】

孔子说："君子端方正直却不固执。"

【引】

①杨伯峻：《贾子·道术篇》云："言行抱一谓之贞。"所以译文以"大信"译之。②孔安国：信也。张栻：执小信也。

孔安国：贞，正。谅，信也。君子之人，正其道耳，言不必小信。邢昺：此章贵正道而轻小信也。贞，正也。谅，信也。君子之人，正其道耳。言不必小信。案昭七年《左传》云，"子产为丰施归州田于韩宣子，曰：'日君以夫公孙段为能任其事，而赐之州田。今无禄早世，不获久享君德。其子弗敢有，不敢以闻于君，私致诸子。'宣子辞。子产曰：'古人有言曰：其父析薪，其子弗克负荷。施将惧不能任其先人之禄，其况能任大国之赐？纵吾子为政而可，后之人若属有疆场之言，敝邑获戾，而丰氏受其大讨。吾子取州，是免敝邑于戾，而建置丰氏也。敢以为请。'"杜注云"《传》言子产贞而不谅"。言段受晋邑，卒而归之，是正也。知宣子欲之，而言畏惧后祸，是不信，故杜氏引此文为注也。

【解】

"言必信，行必果，硁硁然小人哉！"（13.20）孔子行中庸，不主张事有绝对。子夏"大德不逾闲，小德出入可也"（19.11），便是承自孔子——此即是权。不过，"贞"和"谅"的边界在哪，没有客观依据，故而只有君子知道。世上君子少，"谅"过了，"贞"也就荡然无存。

孔子提出的很多德目都是内在概念，即倾向于心理把握，也就是弹性约束，非普通人所能掌握，往往会有实用主义流弊。

15.38 子曰:"事君,敬其事而后其食。"

【译】

孔子说:"服事国君,先认真对待职事,再考虑俸禄问题。"

【引】

朱熹:君子之仕也,有官守者修其职,有言责者尽其忠。皆以敬吾之事而已,不可先有求禄之心也。

【解】

"敬其事而后其食"疑或省或错或漏字,可为"敬其事而后敬其食",或为"敬其事而后食其禄",皆通。如按原文,事指职事,食即谷,指官俸。《周礼·天官·医师》注:"食,禄也。"《礼记·儒行》:"先劳而后禄。"

孔子崇尚"敬事"(1.5),此乃诚,乃信,不以"禄"为目标,而以尽己为终点。敬事、其食的前提是内向,内向、敬事、其食构成线性关系,唯其如此,才能事君。事君以道,敬事便是以道。孔子的意思是不能只看人脸色,禄多少,而应看事是非。

15.39 子曰:"有教无类①。"

【注】

①类:种类,类别。《说文·犬部》:"类,种类相似,惟犬最甚。"《荀子·王制》:"无法者以类举。"

【译】

孔子说:"教育没有种类差别。"

【引】

马融:言人所在见教,无有种类。邢昺:此章言教人之法也。类谓种类。言人所在见教，无有贵贱种类也。朱熹：人性皆善，而其类有善恶之殊者，气习之染也。故君子有教，则人皆可以复于善，而不当复论其类之恶矣。王闿运：言设教不可立门户。李泽厚：此"类"何指？指部族、等级、身份抑天资禀赋。

【解】

本则，"类"不能确指。若指人的类别，则不分高低贵贱，一律施教，这是孔子平民主义的教育路线，人人都有受教育的权利，其对教育的贡献是破天荒的。

若指学的类别，则不分科，不分目，凡君子能学、可学，一律教之，这是孔子通识主义教育路线，人人都能就知识和价值达成共识，其对教育的贡献也是无前人的。

15.40 子曰："道不同，不相为谋。"

【译】

孔子说："方向不一样，不一起谋事。"

【引】

邢昺：此章言人之为事，必须先谋。若道同者共谋，则情审不误。若道不同而相为谋，则事不成也。朱熹：为，去声。不同，如善恶邪正之异。刘宝楠：即孟子不同道之说。

【解】

不管"天道"还是"人道"，最终都体现在方向上。孔子的一生成败皆由"道不同"。因不同，孔子不能容于世、容于时，像个丧家之犬；因不同，孔子坚守初心，超越时空，落得个万世师表。

被现实剥夺的，都在未来以其他形式补偿。

15.41 子曰:"辞达而已矣。"

【译】

孔子说:"言辞表达清楚就可以了。"

【引】

孔安国:凡事莫过于实,辞达则足矣,不烦文艳之辞。朱熹:辞,取达意而止,不以富丽为工。

【解】

《左传·襄公二十五年》:"冬十月,子展相郑伯如晋,拜陈之功。子西复伐陈,陈及郑平。仲尼曰:'志有之,言以足志,文以足言,不言谁知其志。言之无文,行而不远。晋为伯郑入陈,非文辞不为功,慎辞也。'"《仪礼·聘礼记》:"辞无常,孙而说。辞多则史,少则不达。辞苟足以达,义之至也。"

言辞是一种修养,发于己心,及于人心,或和风细雨,或激情澎湃,都是心和心的碰撞,要合中庸之道,不可过度,否则虚伪。如此,言辞不可轻出,出则敬、诚、慎。即便是文学作品,不管现实主义还是浪漫主义,都以朴素主义为神品。

15.42 师冕①见,及阶,子曰:"阶也。"及席,子曰:"席也。"皆坐,子告之曰:"某在斯,某在斯。"师冕出。子张问曰:"与师言之道与?"子曰:"然。固②相③师之道也。"

【注】

①参见附录一15—42。②固:本来,原来。③相(xiàng):辅助,帮助。

【译】

乐师冕来见孔子，到了台阶前，孔子说："台阶。"到了座席前，孔子说："坐席。"都坐下来后，孔子告诉冕："谁谁在这，谁谁在这。"冕出去后，子张问："这是与乐师讲话的道吗？"孔子说："这原本是帮助乐师的道。"

【引】

③马融：导也。郑玄：扶也。朱熹：去声。相，助也。金良年：接待。

朱熹：古者瞽必有相，其道如此。盖圣人于此，非作意而为之，但尽其道而已。尹氏曰，"圣人处己为人，其心一致，无不尽其诚故也。有志于学者，求圣人之心，于斯亦可见矣。"范氏曰，"圣人不侮鳏寡，不虐无告，可见于此。推之天下，无一物不得其所矣。"

【解】

道体现于礼，礼发于心性，即人的恻隐之心，故，礼不分内外，而是经由"学"，成为人的禀赋。子张听到的是言，师冕觉到的是心，言为心声，言即其人。

孔子是一个人道主义者，他对弱势群体、对乡人、对哀戚者，都表现出了同情心。

季氏第十六

本章凡十四则，孔子曰十则；与冉求、子路同曰一则；陈亢与伯鱼对曰一则；非对话体两则。需要注意的是，本章没有一则是"子曰"，涉及孔子对话的全部以"孔子曰"形式出现，表明这些内容系晚出，崔述在《洙泗考信录》便怀疑自本章以后（除《子张第十九》）系"后人所续入"。且，本章多用数字，整齐有序，迥异于其他篇章，留下了很重的加工痕迹。

前三则集中批判了"政逮于大夫"（16.3），这恰恰是"天下无道"（16.2）之根源，孔子所希冀的"有道"之邦是"礼乐征伐自天子出"（16.2），如此，才可能"均无贫，和无寡，安无倾"，且"远人来服"（16.1）。

君子作为一种理想人格，依旧是核心词，占据了五则，其中孔子所说"君子有三畏：畏天命，畏大人，畏圣人之言"（16.8），按现代话语说有儒家"宪法"的意蕴。

16.1 季氏将伐颛臾①。冉有、季路见于孔子曰："季氏将有事②于颛臾。"孔子曰："求！无乃尔是过与③？夫颛臾，昔者先王以为东蒙主④，且在邦域之中矣，是社稷⑤之臣也。何以伐为？"冉有曰："夫子欲之，吾二臣者皆不欲也。"孔子曰："求！周任⑥有言曰：'陈力就列⑦，不能者止。'危而不持，颠而不扶，则将焉用彼相⑧矣？且尔言过矣。虎兕出于柙，龟玉毁于椟中⑨，是谁之过与？"冉有曰："今夫颛臾，固而近于费⑩。今不取，后世必为子孙忧。"孔子曰："求！君子疾夫舍曰'欲之'而必为之辞。丘也闻有国有家者，不患寡而患不均，不患贫而患不安⑪。盖均无贫，和无寡，安无倾。夫如是，故远人不服，则修文德⑫以来⑬之。既来之，则安之。今由与求也，相夫子，远人不服而不能来也，邦分崩离析而不能守也，而谋动干戈于邦内。吾恐季孙之忧，不在颛臾，而在萧墙⑭之内也。"

【注】

①颛臾（zhuān yú）：古国名，东夷部落首领太皞所建方国，受成王册封，由其负责祭祀蒙山。春秋初期，颛臾成为鲁国附庸，后为楚国灭。②事：事件，《左传·成公十三年》："国之大事，在祀与戎。"《礼记·王制》："天子无事，与诸侯相见，曰朝。"郑玄注："事谓征伐。"③无乃尔是过与："无乃是尔过与"，"是"起宾语前置作用。④东蒙主：主持东蒙（蒙山）的祭祀。东蒙，蒙山的别称，因在鲁国东部，故名。⑤社稷：本指土神和谷神，因国君都祭祀社稷，遂以之代称国家。《史记·陈涉世家》："将军身被坚执锐，伐无道，诛暴秦，复立楚国之社稷，功宜为王。"⑥周任：一说周代大夫，一说古代史官。先秦典籍多有其引语，《左传·昭公五年》："周任有言曰：'为政者，不赏私劳，不罚私怨。'"《左传·隐公六年》："周任有言曰：'为国家者，见恶，如农夫之务去草焉。'"⑦陈力就列：贡献才力担任相应职务。陈力，贡献才力；就，担任；列，职务。⑧相（xiàng）：辅助，帮助。⑨虎兕（sì）出于柙（xiá），龟玉毁于椟（dú）中：兕，一种独角动物，形如牛，苍黑，板角。还有一种说法是雌犀牛；柙，关兽的木笼；椟，木柜，匣子。⑩费（bì）：季氏采邑，在今山东费县西南。⑪不患寡而患不均，不患贫而患不安：据上下文，应为"不患贫而患不均，不患寡而患不安"，贫、均对应财富，寡、安对应百姓。⑫文德：泛指礼乐教化。《尚书·大禹谟》："帝乃诞敷文德，舞干羽于两阶。"⑬来：来服。⑭萧墙：面对国君宫门的墙，其名"塞门"，又称"门屏"，普通百姓唤作"影壁墙"。萧通"肃"，郑玄曰："萧之言肃也；墙谓屏也。君臣相见之礼，至屏而加肃敬焉，是以谓之萧墙。"此处借指内部，《韩

非子·用人》:"不谨萧墙之患,而固金城于远境。"

【译】

季氏将要侵略颛臾。冉有、子路去见孔子,说:"季氏快要对颛臾用兵了。"孔子说:"冉求,这难道不是你的过错吗?颛臾,先前周天子委任它主持蒙山的祭祀活动,而且就在鲁国的疆域之内,是国家的臣属,为什么侵略它?"冉有说:"先生想要这么干,我们两个家臣都不同意。"孔子说:"冉求,周任有句话说得好:'贡献才力担任相应职务,不称职就辞掉。'有危险不去协助,要跌倒不搀扶,哪里还需要你们去辅佐呢?况且你说的话就不对。老虎和怪兽从笼子里跑出来,龟甲和玉器在匣子里坏了,这是谁的责任呢?"冉有说:"现在颛臾强大,而且离费邑又近。现在不拿下它,将来一定会成为子孙后代的心腹之患。"孔子说:"冉求!君子痛恨那种不说想要却一定编造理由的行径。我也听说过,对于诸侯和卿大夫而言,他们不担心国家贫穷而担心财富不均,不担心人口稀少而担心不稳定。财富平均了就没有贫穷,百姓和睦了就人口不会觉得少,国家安定了就没有颠覆的可能。一旦如此,远方的人如果不来宾服,就修礼乐教化吸引他们;吸引来了的,就想方设法安置他们。现在,仲由和冉求你二人辅佐先生,远方的人不宾服,却不能吸引他们;国家四分五裂,却不能保全;却谋划在国内大动干戈。我恐怕季氏的忧患不在颛臾,而在自家内部啊。"

【引】

①邢昺:云"颛臾伏义之后,风姓之国"者,僖二十一年《左传》云"任、宿、须句、颛臾,风姓也。实司太皞与有济之祀",杜注云"太皞,伏義。四国,伏義之后,故主其祀。颛臾在泰山南武阳县东北"是也。云"本鲁之附庸,当时臣属鲁"者,《王制》云"公侯田方百里,伯七十里,子男五十里。不能五十里者,不合于天子,附于诸侯,曰附庸"。③皇侃:言其教导季氏为之也。④朱熹:东蒙,山名。先王封颛臾于此山之下,使主其祭,在鲁地七百里之中。⑤朱熹:社稷,犹云公家。是时四分鲁国,季氏取其二,孟孙叔孙各有其一。独附庸之国尚为公臣,季氏又

欲取以自益。故孔子言颛臾乃先王封国，则不可伐；在邦域之中，则不必伐；是社稷之臣，则非季氏所当伐也。⑧朱熹：瞽者之相也。言二子不欲则当谏，谏而不听，则当去也。蔡节：家相也。⑨栾肇：阳虎，家臣而外叛，是虎兕出于槛也；伐颛臾于邦内，是毁龟玉于椟中也。朱熹：言在柙而逸，在椟而毁，典守者不得辞其过。明二子居其位而不去，则季氏之恶，已不得不任其责也。黄式三：虎兕喻季氏，龟玉喻颛臾。⑪朱熹：季氏之欲取颛臾，患寡与贫耳。然是时季氏据国，而鲁公无民，则不均矣。君弱臣强，互生嫌隙，则不安矣。均则不患于贫而和，和则不患于寡而安，安则不相疑忌，而无倾覆之患。⑭朱熹：言不均不和，内变将作。其后哀公果欲以越伐鲁而去季氏。谢氏曰，"当是时，三家强，公室弱，冉求又欲伐颛臾以附益之。夫子所以深罪之，为其瘠鲁以肥三家也。"

【解】

本则是"咏而归"（11.26）外字数最多的篇什。孔子以季氏伐颛臾为切入点，集中表述了自己的政治理念。孔子主张"所谓大臣者，以道事君，不可则止"（11.24），伐颛臾错在季氏，但冉有、季路作为臣僚，不能劝谏，也有过错。君子正己是根本，但目的是正人。从道不从君暗含的意思是以道正君，"天命"固然具有儒家宪法和意识形态意义，当君不具备、不愿意以天行事时，执纪的责任却着落在臣僚身上。

孔子之所以对伐颛臾事反应如此强烈，还不在于此次征讨正义与否，而在于季氏用师名不正，言不顺。一、"礼乐征伐自天子出"（16.2），季氏既非周王，亦非鲁君，兴师出兵是僭越，亦即"陪臣执国命""政不在大夫"（16.2）。二、颛臾是先王封国，是鲁国附庸，季氏讨之，是内讧，朱熹说："（颛臾）尚为公臣，季氏又欲取以自益。"也就是说，季氏是出于私利而非公益。季氏不正，不名，不依天命，且臣僚不能谏之以道，不但"事不成"，还会祸及自身。

孔子的思想意识中，国家和个人一样，都是从正己开始，率国以德，是率人以德的投射。在邦国之林中，国家不需借助武力，只需借助修己以文德这种内力，自会风化四周，吸引远人来投，此即所谓"为政以德，譬如北辰，居其所而众星共之"（2.1）。"既来之，则安之"，是修己安人、安百姓的另一种说辞。尤要注意的是，孔子提出"不患寡而患不均，不患贫而患不安"，将国和家的安危寄托于分配正义，具有跨时代意义。孔子虽批评共事者患得患失（见 17.15），但他承认庶民之"患"的合理与正当，是一个历史性进步。

孔子反战，主张以礼乐修己代替战争。

16.2 孔子曰："天下有道，则礼乐征伐自天子出①；天下无道，则礼乐征伐自诸侯出。自诸侯出，盖十世希②不失矣；自大夫出，五世希不失矣；陪臣③执国命，三世希不失矣。天下有道，则政不在大夫。天下有道，则庶人不议④。"

【注】

①礼乐征伐自天子出：据《礼记·中庸》："非天子，不议礼，不制度，不考文。今天下车同轨，书同文，行同伦。虽有其位，苟无其德，不敢作礼乐焉，虽有其德，苟无其位，亦不敢作礼乐焉。"朱熹：礼，亲疏贵贱相接之体也。度，品制。文，书名。行，去声。今，子思自谓当时也。轨，辙迹之度。伦，次序之体。三者皆同，言天下一统也。②希：少，《尔雅》："希，罕也。"孔安国："少也。"③陪臣：诸侯的大夫对天子自称为陪臣，大夫的家臣亦称为陪臣。《左传·襄公二十一年》："栾盈过于周，周西鄙掠之。辞于行人曰：'天子陪臣盈，得罪于王之守臣，将逃罪。'"杜预注："诸侯之臣称于天子曰陪臣。"《礼记·曲礼下》："列国之大夫，入天子之国曰'某士'，自称曰'陪臣某'。"郑玄注："亦谓诸侯之卿也……陪，重也。"孔颖达疏："其君已为王臣，己今又为己君之臣，故自称对王曰重臣也。"④不议：不非议。

【译】

孔子说："天下政治清明，制作礼乐和出兵打仗的政令来自天子；天下政治昏暗，制作礼乐和出兵打仗的政令来自诸侯。来自诸侯，大概传过十代鲜见不垮台的；来自大夫，传过五代鲜见不垮台的。天下政治清明，政令不会在大夫手中。天下政治清明，百姓不会非议。"

【引】

孔安国：周幽王为犬戎所杀，平王东迁，周始微弱。诸侯自作礼乐，专行征伐，始于隐公。至昭公十世失政，死于乾侯矣。邢昺：此一章论天下有道、无道，礼乐征伐所出不同，及言衰失之世数也。"孔子曰，天下有道，则礼乐征伐自天子出"者，王者功成制礼，治定作乐，立司马之官，掌九伐之法，诸侯不得制作礼乐，赐弓矢然后专征伐。是天下有道之时，礼乐征伐自天子出也。"天下无道，则礼乐征伐自诸侯出"者，谓天子微弱，诸侯上僭，自作礼乐，专行征伐也。"自诸侯出，盖十世希不失矣"者，希，少也。言政出诸侯，不过十世，必失其位，不失者少也。若鲁昭公出奔齐是也。"自大夫出，五世希不失矣"者，言政在大夫，不过五世，必失其位，不失者少矣。若鲁大夫季桓子为阳虎所囚是也。"陪臣执国命，三世希不失矣"者，陪，重也，谓家臣也。大夫已为臣，故谓家臣为陪臣。言陪臣擅权执国之政命，不过三世，必失其位，不失者少矣。若阳虎三世而出奔齐是也。"天下有道，则政不在大夫"者，元为政命，制之由君也。"天下有道，则庶人不议"者，议谓谤讪。言天下有道，则上酌民言以为政教，所行皆是，则庶人无有非毁谤议也。

【解】

一切历史都是当代史。历史的最大功用是观时变，而不是故纸堆里提供的旧趣。孔子不能改变时局，但可以观察，思索，总结，这对时局是一种软性介入。只有这个时候，才会发现所谓的自由是一种精神自由，正由于此，孔子才获得了绝对价值，成为一个超越性的君子。尽管他的思想不被用，但却可以超越现实的奴役，将这种思考——精神自由引入历史，引入当下。孔子正是通过内省自身、反思历史体验到了自己的存在和命运，进入了意义的王国。不管国家机器多么庞大，总有人能脱离被异化、被摆布的命运而存在，不管十世还是五世，天子只是天子，诸侯只是诸侯，而孔子则从历史中"独立"出来成为一种存在。

需要说两句的是"天下有道，则政不在大夫。天下有道，则庶人不议"，有道即"正"，君君臣臣，各安其位。天下有道，政柄不在大夫，政务在大夫，这是无为而治；天下有道，庶人称之，却不非议。"议"是庶人参政的唯一方式，某种意义上，能议是有道，不能议是无道，但若"议"为非议，开口就骂娘，或者道路以目，则"今之从政者殆而"（18.5）。

16.3 孔子曰："禄①之去公室五世②矣，政逮于大夫四世③矣，故夫三桓之子孙微④矣。"

【注】

①禄：爵禄。本则禄与政对称，代指政。②五世：鲁宣公、成公、襄公、昭公、定公。③四世：季孙氏文子、武子、平子、桓子。④微：式微，衰落。

【译】

孔子说："鲁国政权旁落五代了，政权落在大夫之手四代了，因此三桓子孙也衰落了。"

【引】

①刘宝楠：谓百官之俸。查正贤：谓选材任官之权。孙钦善：指授官颁禄，用以代表政权。

【解】

参见 16.2。本则是孔子根据历史经验预测现实走向。

16.4 孔子曰："益者三友，损者三友。友直，友谅，友多闻，益矣。友便辟①，友善柔②，友便佞③，损矣。"

【注】

①便辟（pián pì）：谄媚逢迎。便，善辩。辟，邪僻，同"僻"，《商君书·弱民》："境内之民无辟滛之心。"②善柔：面目伪善。③便佞：巧言善辩。

【译】

孔子说："有益的朋友有三种，有害的朋友有三种。朋友正直，朋友诚信，朋友见多识广，有益。朋友谄媚逢迎，朋友面目伪善，朋友巧言善辩，有害。"

【引】

①马融：巧避人之所忌，以求容媚者也。李塨：安于阔大也。黄怀信：习于退避，不勇为之人也。孙钦善：举止矫揉造作。②马融：面柔者也。郑如谐：唯我是从。黄式三：马《注》云"面柔"，是令色也。黄怀信：善于调和，无原则的人。③朱熹：谓习于口语，而无闻见之实。杨伯峻：夸夸其谈的人。

【解】

朋友是五伦之一，交友即为人，从一个人身边的朋友可以窥其为人，正所谓"物以类聚，人以群分"，此非天性使然，"学"可以得其道。

唯君子能存益去损。当然，前提是知道什么是益，什么是损，且能区别对待。

16.5 孔子曰："益者三乐，损者三乐。乐节礼乐①，乐道②人之善，乐多贤友，益矣。乐骄乐，乐佚游③，乐宴乐④，损矣。"

【注】

①节礼乐：以礼乐节之，"知和而和，不以礼节之，亦不可行也"（1.12）。②道：说，讲，宣扬。③佚游：无节制的游荡。佚，同"逸"。

④宴乐：宴饮作乐，亦即吃喝之乐，《左传·文公四年》："昔诸侯朝正于王，王宴乐之。"

【译】

孔子说："有益的快乐有三种，有害的快乐有三种。以礼乐节制自己言行的快乐，宣扬别人优点的快乐，有很多贤德之友的快乐，有益。骄纵无度的快乐，东游西逛的快乐，吃吃喝喝的快乐，有害。"

【引】

①何晏：动得礼乐之节。邢昺：凡所动作，皆得礼乐之节也。杨伯峻：以得到礼乐的调节为乐。②刘宝楠：犹说也。蒋沛昌：同"导"，引导。③王肃：出入不知节也。④孔安国：沈荒淫渎。朱熹：淫溺而狎小人。

【解】

三益是君子之行，三损是小人之行。吃喝玩乐，放纵无度，都是歪风邪气，不论古今。

16.6 孔子曰："侍于君子有三愆①：言未及之而言，谓之躁；言及之而不言，谓之隐；未见颜色而言，谓之瞽。"

【注】

①愆（qiān）：过失。

【译】

孔子说："服事君子有三种过失：不该说时说了，是急躁；该说了却不说，是隐瞒；没察言观色就开口，是瞎子。"

【引】

郑玄：躁，不安静也。康有为：躁，《鲁》读作傲。……傲，不让也。

【解】

君子处世之道是不失言，不失言方不失人。不失言的前提是中节，视场合、时机和对象，否则无功。

躁、隐、瞽都是内向功夫不到家。

16.7 孔子曰：“君子有三戒：少之时，血气未定，戒之在色；及其壮也，血气方刚，戒之在斗；及其老也，血气既衰，戒之在得①。”

【注】

①得：获取，引申为过度之获取，即贪得无厌。

【译】

孔子说：“君子有三种忌讳：年少时，血气未育，要戒除女色；到壮年，血气方刚，要戒除争斗；到老年，血气衰弱，要戒除贪欲。”

【引】

朱熹：随时知戒，以理胜之，则不为血气所使也。范氏曰，“圣人同于人者血气也，异于人者志气也。血气有时而衰，志气则无时而衰也。少未定、壮而刚、老而衰者，血气也。戒于色、戒于斗、戒于得者，志气也。君子养其志气，故不为血气所动，是以年弥高而德弥邵也。”

【解】

孔子日用之道也有科学性的一面。他按齿岁将君子之戒分为三个阶段，虽属于大而化之，却也是一种生活经验。

有意思的是，任何时代都有社会学意义上的“五十九岁”现象。

16.8 孔子曰：“君子有三畏：畏天命，畏大人①，畏圣人之言。小人不知天命而不畏也，狎②大人，侮圣人之言。”

【注】

①大人：年龄和地位高于自己的人，即尊长。②狎（xiá）：亲近而不庄重，即轻慢。

【译】

孔子说："君子有三种敬畏：敬畏天命，敬畏尊长，敬畏圣人的言辞。小人不懂天命因此不敬畏，轻慢尊长，侮慢圣人的言辞。"

【引】

①郑玄：谓天子诸侯为政教者。何晏：即圣人，与天地合其德者也。朱熹：有位、有齿、有德者，皆谓之大人。

朱熹：畏者，严惮之意也。天命者，天所赋之正理也。知其可畏，则其戒谨恐惧，自有不能已者。而付畀之重，可以不失矣。大人圣言，皆天命所当畏。知畏天命，则不得不畏之矣。……侮，戏玩也。不知天命，故不识义理，而无所忌惮如此。

【解】

"畏"即"敬"，是君子和小人的分界线，也是君子所坚守的道德律令。这种坚守是理性的、自觉的甚至是"皈依"的。在孔子这里，"畏天命，畏大人，畏圣人之言"是和生命、命运勾连在一起的责任和情怀。就"天命而言"，既然"天何言哉？四时行焉，百物生焉。天何言哉"（17.19），"天"不言，不干涉四时和百物，为什么敬畏天命？因为"天"是最高的实在，"天"不言，不代表不能言，而是通过赋予万事万物的"行""生"这种命，表达自己的意志，包括"革命"中德的转移，都是"行""生"，都是"天"给予的"命"，这样"天命"就具有了神圣意义，如孔子言："不知命，无以为君子也。"（20.3）此"命"即天命。

孔子的这种"畏"，不纯粹是设置一种"规定"，而是为君子特别是上位者提供儒学意义上的宪法和意识形态。孔子由"僭越"，由春秋灭国弑君，意识到了权力的恶，上位者是"斗筲之人"（13.20），如果没有约束，无道更甚。怎么约束？孔子提供的思路就是教化上位者为君子，"无为而治"（包含两个层面，为政以德，上位者以德帅人；为政以才，上位者选贤与能）。在此基础上，将"天命、大人、圣人之言"作为共同的纲领。

这种软约束虽不具有即时效力，但在文化血脉中却形成了一股潜在的干涉力量。

16.9　孔子曰："生而知之者上也，学而知之者次也；困而学之，又其次也；困而不学，民斯为下矣。"

【译】

孔子说："天生就知道的是上等；学习后知道的是次等；遇到困惑才学的是再次一等；遇到困惑还不学的，这种人就是下等了。"

【引】

邢昺：此章劝人学也。"生而知之者，上也"者，谓圣人也。"学而知之者，次也"者，言由学而知道，次于圣人，谓贤人也。"困而学之，又其次也"者，人本不好学，因其行事有所困，礼不通，发愤而学之者，复次于贤人也。"困而不学，民斯为下矣"者，谓知困而不能学，此为下愚之民也。……《左传》昭七年，"公如楚。孟僖子为介，不能相仪。及楚，不能答郊劳。九月，公至自楚。孟僖子病不能相礼，乃讲学之。"是其困而学之者也。

【解】

孔子将自己视为"次也"，"我非生而知之者，好古，敏以求之者也"（7.20）。这种定位，看似自谦，实际上是将自己和其他人置于同一个起点和水平线上，强调"学"的主动性、自觉性，自己是"学"的主体和责任人，既不是天生的，也非后天境况造成的。所谓"十有五而志于学"（2.4）之"志"，就是一种主体自发而非外迫，而不是等到遇到疑难困惑了，才临时抱佛脚。

实际上，孔子既否认了"天纵之将圣"（9.6），也否定了被动求学。

16.10 孔子曰："君子有九思：视思明，听思聪，色思温①，貌思恭，言思忠，事思敬，疑思问，忿思难②，见得思义。"

【注】

①温：温和。②难：灾难。

【译】

孔子说："君子考虑九种事：看时考虑是否明白，听时考虑是否清楚，表情要考虑是否温和，容貌要考虑是否谦恭，言辞要考虑是否忠诚，行事要考虑是否敬慎，碰见疑惑要考虑是否请教，怒火中烧要考虑是否有祸患，见到好处要考虑是否合乎义。"

【引】

朱熹：视无所蔽，则明无不见。听无所壅，则聪无不闻。色，见于面者。貌，举身而言。思问，则疑不蓄。思难，则忿必惩。思义，则得不苟。

【解】

孔子之学不难，都起于日常，止于日用，且在眼耳鼻舌身间。钱穆说："九思各专其一，日用间迭起循生，无动静，无内外，乃吾所不用其省察之功。""思"即内向功夫，君子唯"思"才能成其为君子，这是其区别于小人之道。

"九思"不在数字，而在内向。儒学是日用之学，不是生活之学。日用之学是生命的、超越的，生活之学是功能的、应对的。

16.11 孔子曰："见善如不及①，见不善如探汤②。吾见其人矣，吾闻其语矣。隐居以求其志，行义以达其道。吾闻其语矣，未见

其人也。"

【注】

①及：到，达。②探汤：用手试探热水。汤，《说文·水部》："汤，热水也。"

【译】

孔子说："见到善如同赶不上一样，见到不善就像用手试探热水一样急忙躲开，我见过这样的人，我听过这样的话。隐而居之保全自己的志向，按义而行实现自己的理想，我听过这样的话，没见过这样的人。"

【引】

②孔安国：喻去恶疾也。

朱熹：求其志，守其所达之道也。达其道，行其所求之志也。盖惟伊尹、太公之流，可以当之。当时若颜子，亦庶乎此。然隐而未见，又不幸而蚤死，故夫子云然。

【解】

"隐居以求其志，行义以达其道"，即能隐能行，能屈能伸是孔子最钦慕的理想状态。就其本人而言，虽曾说"天下有道则见，无道则隐"（8.13），但孔子是一个坚定的入世主义者，对隐居徒有羡鱼情，却做不了逸民，逸民过于清，不能行仁，只能"异于是"（18.8）。但现实如此，也不可"达其道"，所以孔子只能流连忘返，疾疾道中，最后落得个"丧家之犬"模样。

孔子有自己的桃花源，这就是"道"，这个桃花源一直在心里，他能做的，也许就是如庄子所说的"心斋"，其实这也不可得。孔子临死前"予始殷人也"之叹，证明他对"吾其为东周乎"（17.5）的理想已然破灭。

16.12 齐景公有马千驷①，死之日，民无德而称②焉。伯夷、叔齐饿

于首阳③之下，民到于今称之。其斯之谓与④？

【注】

①驷（sì）：同驾一辆车的四匹马或套着四匹马的车，《玉篇》："驷，四马一乘也。"有马千驷，代指中等的千乘之国。②无德而称：据上下文，齐景公与伯夷、叔齐德行迥异规模，故不同于"无得而称"。毛奇龄：民无德而称焉，旧本原是"德"字，并无别本。③首阳：山名，传伯夷、叔齐采薇处。具体地点难考，或称雷首山，马融："首阳山在河东蒲坂，华山之北，河曲之中。"《诗经·唐风·采苓》："采苓采苓，首阳之巅。"毛传："首阳，山名也。"《史记·伯夷列传》："武王已平殷乱，天下宗周，而伯夷、叔齐耻之，义不食周粟，隐于首阳山，采薇而食之。"④其斯之谓与：前有文字脱漏，不通。

【译】

齐景公拥有良马四千匹，死的时候，百姓认为他没有德行可以称颂。伯夷、叔齐饿死在首阳山下，百姓到现在却还在称颂他们。说的就是这个意思吧。

【引】

邢昺：此章贵德也。"齐景公有马千驷，死之日，民无德而称焉"者，景公，齐君。景，谥也。马四匹为驷。千驷，四千匹也。言齐君景公虽富有千驷，及其死也，无德可称。"伯夷、叔齐饿于首阳之下，民到于今称之。其斯之谓与"者，夷、齐，孤竹君之二子，让位适周。遇武王伐纣，谏之，不入。及武王既诛纣，义不食周粟，故于河东郡蒲坂县首阳山下采薇而食，终饿死。虽然穷饿，民到于今称之，以为古之贤人。其此所谓以德为称者与？刘逢禄：夷、齐，让国者也。齐景公、卫孝公皆争国者也，故举以相论，斯谓隐居求志也。

【解】

景公富有天下，却不能行仁，即为政不以德，故受非议；伯夷、叔齐让国，且义不食周粟，是礼让为国的典范，故得隆誉。孔子一个巨大贡献是把人的评价标准由地位／财富，也就是富贵，切换为道德，他评述周、太伯和伯夷、叔齐，都给予了"至德"的称誉。孔子以后，注重身后名成为君子的一种现实关切。

16.13 陈亢问于伯鱼曰："子亦有异闻①乎？"对曰："未也。尝独立，鲤趋②而过庭。曰：'学《诗》乎？'对曰：'未也。''不学《诗》，无以言③。'鲤退而学《诗》。他日，又独立，鲤趋而过庭。曰：'学礼乎？'对曰：'未也。''不学礼，无以立。'鲤退而学礼。闻斯二者。"陈亢退而喜曰："问一得三：闻《诗》，闻礼，又闻君子之远④其子也。"

【注】

①异闻：特别的识闻，此处指特别的教育，即开小灶。陈子禽对孔子一直怀有疑心（1.10）（19.25）。②趋：碎步快走，表示对尊长的恭敬。③无以言：学《诗》"迩之事父，远之事君"，且多用于外交场合，故有此说。④远：疏远，引申为不亲近，不偏爱，张居正："远只是不私厚的意思。"

【译】

陈亢向伯鱼打听说："您从令尊那里听到过特别的教育吗？"伯鱼回答说："没有啊。他老人家一个人站在庭院中，我恭恭敬敬地快步而过，他老人家说：'学《诗》了没有？'我回答说：'没有。'他老人家说：'不学诗，不懂得如何说话。'我回去就立即学《诗》。又一天，他老人家一个人站在庭院中，我恭恭敬敬地快步而过，他老人家说：'学礼了没有？'我回答说：'没有。'他说：'不学礼，不懂得如何立身。'我回去就立即学礼。我就听到过这两件事。"陈亢从孔子那回去后开心地说："我问了一个问题，获得了三个答案，听到了孔子关于《诗》、关于礼以及关于君子不偏爱自己孩子的道理。"

【引】

④朱熹：尹氏曰，"孔子之教其子，无异于门人，故陈亢以为远其子。"刘宝楠："远其子"者，司马光《家范》引此文说云："远者，非疏远之谓也，谓其进见有时，接遇有礼，不朝夕嘻嘻相亵狎也。"

【解】

孔子的私家课：学礼，学诗，而且还是自学。孔子两次问，都带有提点意味，而非授课。在孔子而言，"学"是一种主体自觉活动，非外力强为，且是终生的，如荀子说："君子曰：'学不可以已。'"《论语》中，陈亢始终是以反孔子的面目出现的，这里，且不管他从儿子那里套话去窥视父亲是不是小人所为，无意中却做了件好事，一是了解了孔子是如何教子的，有没有秘诀；二是了解其时的父子关系，是不是异乎常人。"君子远其子"是中国文化的常态，不值得大惊小怪。很有意思，父子作为五伦之一，只讲孝、敬，却很少讲爱，含蓄而不亲昵，特别是成人以后，隔阂更大，家庭关系里，真正能做到相敬如宾的，只有父子。

16.14 邦君之妻，君称之曰夫人，夫人自称曰小童；邦人称之曰君夫人，称诸异邦曰寡小君[①]；异邦人称之，亦曰君夫人。

【注】

此则疑脱漏"子曰"。

①孔安国：小君，君夫人之称。对异邦谦，故曰"寡小君"。

【译】

国君妻子，国君叫她"夫人"，夫人自称"小童"，国人称她"君夫人"，对他国人则谦称她"寡小君"，他国人也称她"君夫人"。

【引】

孔安国：当此之时，诸侯嫡妾不正，称号不审，故孔子正言其礼也。

朱熹：吴氏曰，"凡语中所载如此类者，不知何谓。或古有之，或夫子尝言之，不可考也。"

【解】

"邦君之妻"不同的称呼，表明一个人在不同场合有不同的身份和角色。"名不正，则言不顺"（13.3），"正名"是"礼乐"之教的前提和基础。

阳货第十七

　　本章凡二十六则，子曰十四则；与子路对曰四则，与子贡对曰二则，与子游、子张、宰我、伯鱼、阳货对曰各一则；记录孔子与孺悲交往的非对话体一则。《论语》一共三次提到孔子儿子伯鱼（或鲤），父子间唯一一次直接对话在本章。

　　其中，五谈"君子"，四论"小人"，三记"应召"，二说"学《诗》"。

　　家臣叛乱、弄权在本章较为集中。邢昺指出："以前篇首章言大夫之恶，此篇首章记家臣之乱，尊卑之差，故以相次也。"需注意的是，公山弗扰、佛肸叛乱时召孔子，欲往，均被子路阻止，这让孔子在入世（目的正义）和道义（德性）之间出现巨大分裂，虽然用孔子的一句话就可以解释，即"如有用我者，吾其为东周乎"（17.5），但却无法弥补对君子人格的伤害——孔子也有自己的挣扎和难处。

　　著名的"唯女子与小人为难养也，近之则不孙，远之则怨"（17.25）出自本章，理解这句话的关键在于深入时代脉络，而不是站在现代性的立场批判女性歧视。

17.1　阳货①**欲见孔子，孔子不见，归**②**孔子豚**③**。孔子时其亡**④**也，而往拜**⑤**之。遇诸涂**⑥**。谓孔子曰："来！予与尔言。"曰："怀**⑦**其宝而迷**⑧**其邦，可谓仁乎？"曰："不可。""好从事而亟**⑨**失时，可谓知乎？"曰："不可。""日月逝矣，岁不我与。"孔子曰："诺。吾**

将仕矣⑩**。"**

【注】

①参见附录一17—1。②归（kuì）：赠予，赠送，同"馈"。③豚（tún）：小猪。④时其亡：察知阳货不在家。时，伺机，察知。黄怀信："伺"旧作"时"字，借字，今改本字。亡，同"无"，即出门而不在家。⑤往拜：回访，一种礼节。⑥涂：道路，同"途"。⑦怀：怀揣，怀藏。⑧迷：迷乱，混乱，此处指任其迷乱之意。⑨亟：屡次，多次。⑩吾将仕矣：此为孔子托辞，孔子终身未仕于阳货。

【译】

阳货想要见孔子，孔子回避，阳货便送了一只小猪。孔子察知阳货不在家，去他家拜谢，不料在路上撞上了。阳货对孔子说："来！我有话和你说。"他说："把自己的本事隐藏起来却任凭国家混乱不堪，这能叫作仁吗？"孔子说："不能。"阳货接着说："喜欢从政事却屡屡失之交臂，这能叫智吗？"孔子说："不能。"阳货又说："时间流逝，年龄不饶人啊。"孔子说："嗯，我这就去做官了。"

【引】

⑧⑨马融：言孔子不仕，是怀宝也。知国不治而不为政，是迷邦也。皇侃：宝，犹道也。邢昺：宝以喻道德，言孔子不仕，是怀藏其道德也。知国不治，而不为政，是使迷乱其国也。仕者当拯弱兴衰，使功被当世，今尔乃怀宝迷邦，可以谓之仁乎？黄怀信：宝指治国良策。孙钦善：宝，喻指善道。⑪孔安国：以顺辞免害也。

【解】

不见，维护义；回拜，维护礼。当然，也有畏惧阳货的意思。需记住，孔子是个惜身的人，不会为入世不要命，这是"权"。但也不能欺人太甚，君子有"气"，也会"见危授命"（14.12），恒魋把孔子逼急了，就说"天生德于予"（7.23），这是"经"。令孔子狼狈和难堪的是，阳货的三句话，让他陷入了自己"设置"的道德旋涡。孔子入世，就是以天下为己任，但他抱定的宗旨是"道不同，不相为谋"（15.40），即"以道事君"（11.24），按照子路的话，就是"不仕无义"（18.7）。孔子所事之上位者必须"正"，是个君子，否则"不可则止"（11.24）。问题在于，"天下无道也久"（3.24），"今之从政者"都是"斗筲之人"（13.20），孔子能从谁呢？若不从，就如同阳货说的不仁、不智、不时，尤其是"怀其宝而迷其邦"，为一己之清，置天下苍生于不顾，自然和自己所持之道相去甚远。这一点，孔子不是不清楚，他以"吾将仕矣"虚与委蛇，甚至想应公山弗扰、佛肸之召，就是意识到了这个问题。

显然，孔子的失败，是一个理想主义者的失败。

17.2 子曰："性①相近也，习②相远也。"

【注】

①性：本性，本质。②习：惯习。

【译】

孔子说："人的本性相近，惯习却是差别很大的。"

【引】

邢昺：言君子当慎其所习也。性，谓人所禀受，以生而静者也，未为外物所感，则人皆相似，是近也。既为外物所感，则习以性成。若习于善则为君子，若习于恶则为小人，是相远也，故君子慎所习。然此乃是中人耳，其性可上可下，故遇善则升，逢恶则坠也。朱熹：此所谓性，兼气质而言者也。气质之性，固有美恶之不同矣。然以其初而言，则皆不甚相远也。但习于善则善，习于恶则恶，于是始相远耳。程子曰，"此言气质之性。非言性之本也。若言其本，则性即是理，理无不善，孟子之言性善是也。何相近之有哉？"

【解】

　　孔子不言性之善恶，此处只是劝学。性善论出自孟子，性恶论发于荀子，二人讲善恶，是为了建立自己的学说。《论语》中，"性"只出现了两次，一次是与天道并列（见5.13），一次是与习对举。孔子虽不言善恶，但却认为"性"是相近的，也就是说，孔子讲的是人的自然之性，也就是本体，若初生的婴儿，都是差不多的。《大学》的"明明德"，《中庸》的"天命之谓性"，都不说善恶。但为什么有君子小人，有善恶，有孝与非，在于"习"不同。"习"为什么不同，在于"学"相异，学善则善，学恶则恶，善恶之分施于"学"，"学"是成人、为君子和区分上智下愚的唯一方法。孔子并不是不重视天赋，而是更重视后天养成，即通过学习，可以改变一个人的心性。《尚书·太甲》："伊尹曰：'兹乃不义，习与性成。'"荀子虽在"性"的问题上和孔子相左，但在"学"上却继承了孔子的衣钵。

　　把"心"和"性"学明白了，就是君子，就是圣人。

17.3　子曰："唯①上知与下愚不移②。"

【注】

　　①唯：唯有。②移：迁移，改变。

【译】

　　孔子说："唯有天生就知道的聪明之人和遇到困惑还不学的愚笨之人是没法改变的。"

【引】

　　①孙钦善：句首助词。

　　孔安国：上智不可使强为恶，下愚不可使强贤也。皇侃：上智谓圣人，下愚愚人也。朱熹：人之气质相近之中，又有美恶一定，而非习之所能移者。程子曰，"人性本善，有不可移者何也？语其性则皆善也，语其才则有下愚之不移。所谓下愚有二焉：自暴自弃也。人苟以善自治，则无不可移，虽昏愚之至，皆可渐磨而进也。惟自暴者拒之以不信，自弃者绝之以不为，虽圣人与居，不能化而入也，仲尼之所谓下愚也。然其质非必昏且愚也，往往强戾而才力有过人者，商辛是也。圣人以其自绝于善，谓之下愚，然考其归则诚愚也。"金池：上：高，智商高者为上。下：低，智商低者为下。何新：只有上等智者、下等愚人，一旦拿定主意就不会改变也。

【解】

本则意在劝学。上，即天生就知道的人，"生而知之者，上也"；下，即遇到困惑还不学的人，"困而不学，民斯为下矣"（16.9）。"性相近"，为什么会有"上知"和"下愚"之分，进一步说，孔子为什么将人分为四等呢，即"生而知之者上也，学而知之者次也；困而学之，又其次也；困而不学，民斯为下矣"（16.9）？其实，这只是一种逻辑区分，而非科学划分。《论语》中，除了尧舜禹这些先王，孔子并不认为现实中存在圣人、超人或者说"生而知之者"，所谓"生而知之者"，不过是孔子标举的理想典范，他着重强调的，是现实中的学人，即君子。除了"上知"不需学，"下愚"不知学，其他人都要志于学，通过学，发明心性。

17.4 子之①武城，闻弦歌之声②。夫子莞尔③而笑，曰："割鸡焉用牛刀？"子游对曰："昔者，偃也闻诸夫子曰：'君子学道则爱人，小人学道则易使也。'"子曰："二三子！偃之言是也。前言戏之耳。"

【注】

①之：到。②弦歌之声：琴瑟作响的声音。疑为《韶》一类尽善尽美的音乐。③莞（wǎn）尔：微笑的样子。

【译】

孔子来到武城，听到弹琴伴唱的声音。他微笑着说："杀只鸡何必非用宰牛的刀呢？"子游回答说："以前我听您说过，'君子学道能爱人，小人学道容易御使'。"孔子说："孩子们，偃的话是正确的。刚才的话不过开个玩笑罢了。"

【引】

皇侃：一云孔子入武城界，闻邑中人家家有弦歌之响，由子游政化和乐故也。……又一云谓孔子入武城，闻子游身自弦歌以教民也。

【解】

"闻弦歌"一瞬间，孔子似乎看到了内心中的"理想国"。武城是子游礼乐治世的试验田，也就是推广孔子之道的基地。孔子之道的中心，就是礼乐化民，这也是君子内塑的道德责任。朱熹说："子游所称，盖夫子之常言。言君子小人，皆不可以不学。故武城虽小，亦必教以礼乐。……嘉子游之笃信，又以解门人之惑也。治有大小，而其治之必用礼乐，则其为道一也。但众人多不能用，而子游独行之。故夫子骤闻而深喜之，因反其言以戏之。"

恐怕子游所作，徒具形式/仪式，效果不著，否则孔子不会说"割鸡焉用牛刀"。时世动荡，礼乐焉附？

17.5 公山弗扰①以②费畔③，召，子欲往。子路不说，曰："末之也④，已⑤，何必公山氏之之也⑥？"子曰："夫召我者，而岂徒哉⑦？如有用我者，吾其为东周乎⑧？"

【注】

①参见附录一17—5。②以：拿，用。③畔：通"叛"。④末之：穷途末路了啊。末，末端。⑤已：算了，罢了，副词。⑥何必公山氏之之也：倒装句，即"何必之公山氏也"，第一个"之"将宾语提前；第二个"之"为动词，即往、到。⑦夫召我者，而岂徒哉：而岂徒召我哉。徒，白白地。⑧吾其为东周乎：我可以（和周公一样）佐助建立一个新成周。其，

当，还，副词，表祈使，《左传·僖公三十二年》："吾其还也。"东周，即成周，《公羊传·昭公二十六年》："成周者何？东周也。"乎，语气词，表肯定。

【译】

公山弗扰以费邑为据点起兵反叛，召唤孔子，孔子要去。子路很不高兴，说："穷途末路了啊，算了吧，为什么非得到公山弗扰那里呢？"孔子说："他召唤我，难道是白白召唤我吗？如有人用我，我仅仅是为了一个东周吗？"

【引】

⑧何晏：兴周道于东方，故曰东周也。王充：为东周，欲行道也。公山、佛肸俱畔者，行道于公山，求食于佛肸，孔子之言无定趋也。言无定趋，则行无常务矣。周流不用，岂独有以乎？程树德：东周句指衰周，吾其为东周乎，是言不为衰周也。方骥龄：东周二字，殆顽民叛逆之代称。……犹言我岂助顽民乎，亦即决不公然为叛逆是也。

【解】

本则中，最重要的词是"东周"。据《尚书·洛诰》："召公既相宅，周公往营成周。"武王灭殷后，由周公负责着手建东都洛邑，以为屏障，此即成周，据《何尊》铭文："佳（惟）王初迁宅于成周，复禀武王丰福自天。在四月丙戌，王诰宗小子于宗室，曰：'肆文王受兹命，佳（惟）武王既克大邑商，则廷告先于天，曰：余其宅兹中国，自兹乂（治）民'……佳（惟）王五祀。"因成周乃周公所建，且仪制齐全，故文德盛备，据《左传·昭公三十二年》："昔成王合诸侯，城成周，以为东都，崇文德焉。"孔子一生尊周道，慕周文，比周公，故而渴望有机会能和前贤一样，得一"根据地"建立起保障和发扬周道的新成周/新天下。问题在于，孔子的"东周"是旧周之续还是代周而王呢？何晏认为："兴周道于东方，故曰东周。"这种模棱两可的注释并没解决问题，因为公山弗扰以费邑为据点起兵反叛，孔子助之，岂不是叛周而兴周？故陈天祥便提出疑问："兴周道于东方，夫子欲自兴之邪？将欲辅人兴之邪？辅人兴之，将欲迁周王于东方辅之邪？将欲君弗扰于费邑辅之邪？是皆不可得知。"必须指出，孔子虽然提出"吾从周"，并"梦周公"——以周公自居，但他从的是周文周礼周道，而不是继周建周兴周。孔子的理想国是夏商周三代的综合体，即"行夏之时，乘殷之辂，服周之冕"（15.11）。按何休："孔子以春秋当新王，上黜杞，下新周而故宋，因天灾中兴之乐器，示周不复兴，故系宣谢于成周，使若国文，黜而新之，从为王者后记灾也。"某种意义上，程树德也支持此说："东周句指衰周，言其为东周乎，是言不为衰周也。程子及张敬夫皆主是说，虽别解，实正解也。"因此，孔子不是兴旧周之政制，而是支持代周而王以周道福泽天下。据《盐铁论·褒贤》："陈王赫然奋爪牙为天下首事，道虽凶而儒墨或干之者，以为无王之矣，道拥遏不得行，自孔子以至于兹，而秦复重禁之，故发愤于陈王也。孔子曰：'如有用我者，吾其为东周乎！'庶几成汤、文、武之功，为百姓除残去贼，岂贪禄乐位哉？"又《说苑·至公》："孔子怀天覆之心，挟仁圣之德，悯时俗之污泥，伤纪纲之废坏，服重历远，周流应聘，乃俟幸施道以子百姓，而当世诸侯莫能任用，是以德积而不肆，大道屈而不伸，海内不蒙其化，群生不被其恩，故喟然而叹曰：'而有用我者，则吾其为东周乎！'故孔子行说，非欲私身，运德于一城，将欲舒之于天下，而建之于群生者耳。"可见，孔子虽然没有和孟子一样明确提出"一天下""新子之国"这样的政治理念，但他也接受了周不能复王的事实，内心涵有一幅佐有道君主、建有道邦国乃至天下的蓝图。

需进一步说明的是，《论语》中阳货、公山弗扰、佛肸都是僭越叛主之人，按照儒家的标准，属无道者也。如果说孔子不应阳货之召，暴露了理想与现实间的矛盾，应公山弗扰、佛肸之召，则造成了自我的分裂：为了寻求"道"，不得不依附"无道"。这么做，无论出于何种目的，都会伤害君子的人格，也就是说，即使成功，世俗后果意义上的"好"，并不能拯救个人道德伦理意义上的"不好"，但却可以成就管仲式的"仁"。《论语》显示，孔子一生有两个追求，即追求完美的理想和完美的人格，其"以道事君"（11.24）或说"不仕无义"，就是希望二者能够完美地结合起来，现实/结果告诉他，这是不可能的。假如把完美的理想视为大我，把完美的人格视为小我，距完美的理想越近，则离完美的人格越远。大我需要小我放弃自己的德性，甚至不乏罪恶，小我却拒绝藏污纳垢，保持清白。由是，冲突愈演愈烈，孔子也愈来愈矛盾，他不得不在理想、个人和现实（诸如阳货、公山弗扰、佛肸）间来回奔波。

孔子一生中，其实都是孤身一人，没有相邻的援手，甚至没有对垒的敌人。如果有援手，那就是他的人格和他所坚持的道，而这些恰恰超越时间成为自己最大的敌人。这个意义上，子路之问看似道德完美，但他只有一个小我，即便子路阻止了老师，却并不了解他。

17.6 子张问仁于孔子。孔子曰："能行五者于天下，为仁矣。""请问之。"曰："恭、宽、信、敏、惠。恭则不侮，宽则得众，信则人任焉，敏则有功，惠则足以使人。"

【译】

子张问孔子什么是仁。孔子说："如果能够在天下推行五个理念就是仁了。"子张说："请问是哪些？"孔子说："恭、宽、信、敏、惠。恭敬就不会受到侮辱，宽厚就可以获得拥护，诚信就能够得到人家任用，勤勉就会得到成就，仁惠就足够御使别人。"

【引】

邢昺：此孔子略言为仁五者之名也。"恭则不侮"者，此下孔子又历说五者之事也。言己若恭以接人，人亦恭以待己，故不见侮慢。"宽则得众"者，言行能宽简则为众所归也。"信则人任焉"者，言而有信则人所委任也。"敏则有功"者，敏，疾也，应事敏疾则多成功也。"惠则足以使人"者，有恩惠则人忘其劳也。

【解】

"恭则不侮"，即"恭近于礼，远耻辱也"（1.13）；"宽则得众"，即"故旧无大故，则不弃也。无求备于一人"（18.10）；"信则人任"，即"君子信而后劳其民，未信则以为厉己也。信而后谏，未信则以为谤己也。"（19.10）"敏则有功"，即"居之无倦"（12.14）；"惠则足以使人"，即"因民之所利而利之，斯不亦惠而不费乎？"（20.2）。

"恭、宽、信、敏、惠"都是个人德目，这也是孔子反复强调的，扩充出去，即为人就是为政。所谓政，就是先正己，后正人，以己之德，施于人，这是为政的要义。为政不是治理，而是爱，是心性的自然挥发，"己所不欲，勿施于人"（12.2），老百姓感受到的，都是君子所欲的。

本则暗含的主题是，"能行五者于天下"者是君子。孔子的"政"是君子政，而非其他。

17.7 佛肸①召，子欲往。子路曰："昔者由也闻诸夫子曰：'亲于其身为不善者，君子不入也。'佛肸以中牟②畔，子之往也，如之何？"子曰："然。有是言也。不曰坚乎③磨而不磷④；不曰白乎涅⑤而不缁⑥。吾岂匏瓜⑦也哉？焉能系⑧而不食？"

【注】

①参见附录一17—7。②中牟（móu）：晋邑，在今河南省鹤壁市西。③乎：助词，表停顿。④磷：孔安国：薄也。⑤涅：染黑。⑥缁：黑色，《说文·糸部》："缁，帛黑色也。"⑦匏（páo）瓜：葫芦。⑧系：拴。

【译】

佛肸召唤孔子，孔子要去。子路说："以前我听您说过：'亲自作孽的人那里，君子是不去的。'佛肸以中牟为据点起兵反叛，您却要去，为什么？"孔子说："是啊，是说过这样的话。不是说硬物磨不薄吗？不是说白物染不黑吗？我难道只是个葫芦，只挂在那里不给人家食用吗？"

【引】

李翱：此自卫返鲁时所言也，意欲伐三桓。朱熹：张敬夫曰，"子路昔者之所闻，君子守身之常法。夫子今日之所言，圣人体道之大权也。

然夫子于公山佛肸之召皆欲往者，以天下无不可变之人，无不可为之事也。其卒不往者，知其人之终不可变而事之终不可为耳。一则生物之仁，一则知人之智也。"张栻：其欲往者，以天下无不可变之人，无不可变之事。而卒不往者，则知其人终不可变，而事之终不可为耳。

【解】

参见 17.5。"吾岂匏瓜也哉？焉能系而不食"和"沽之哉！沽之哉！我待贾者也"（9.13）异曲同工，不过，前者入世之心情不是着急，而是倾向于压抑，有被置之不理之慨。

17.8 子曰："由也！女闻六言①六蔽②矣乎？"对曰："未也。""居③！吾语女。好仁不好学④，其蔽也愚；好知不好学，其蔽也荡⑤；好信不好学，其蔽也贼⑥；好直不好学，其蔽也绞⑦；好勇不好学，其蔽也乱⑧；好刚不好学，其蔽也狂⑨。"

【注】

①言：一句话，即"一言以蔽之"（2.2）的"言"。②蔽：通"弊"。③居：坐，《礼记·王制》："数各居其上三分。"④学：学礼。⑤荡：放纵，放荡，《左传·庄公四年》："余心荡。"⑥贼：贼害。⑦绞：刻薄。⑧乱：作乱。⑨狂：狂悖。

【译】

孔子说："仲由啊！你听说过关于六个弊病的六句话吗？"子路回答说："没有。"孔子说："坐下！我来告诉你。爱好仁却不爱好学习，它的弊病是易受愚弄；爱好聪明而不爱好学习，它的弊病是言行放荡；爱好信用却不爱好学习，它的弊病是贼害家人；爱好直率却不爱好学习，它的弊病是尖刻伤人；爱好勇敢却不爱好学习，它的弊病是逞能作乱；爱好刚强却不爱好学习，它的弊病是骄横自大。"

【引】

①黄式三：犹字也。黄怀信：语。③孔安国：子路起对，故使还坐；钱坫。居，读姬姓之姬，语之助也。杨润根：居守自身。⑤孔安国：无所适守。⑥朱熹：谓伤害于物。⑦皇侃：犹刺也。邢昺：切也。正人之曲曰直，若好直不好学，则失于讥刺太切。

邢昺：学者，觉也，所以觉寤未知也。仁之为行，学则不固，是以爱物好与曰仁。若但好仁，不知所以裁之，所施不当，则如愚人也。

【解】

"学"是孔子之学的核心。本则意味着，仁、知、信、勇、刚不但可以"学"得，而且"学"统摄这些德目。本则有助于理解"性相近，习相远"（17.2），"性"通过学习，是可以改变的。

17.9 子曰："小子何莫学夫《诗》？诗，可以兴①，可以观②，可以群③，可以怨④。迩⑤之事父，远之事君；多识于鸟兽草木之名。"

【注】

①兴：感发，《说文·舁部》："兴，起也。"②观：观察，《说文·见部》："观，谛视也。"③群：交往，结交，《说文·羊部》："群，辈也。"④怨：怨刺，《说文·心部》："怨，恚也。"⑤迩（ěr）：近。

【译】

孔子说："孩子们为何不学《诗》呢？学《诗》可以感发情感，可以观察万事万物，可以用来交往交流，可以用来讽刺。近可以以之服侍父母，远可以以之服事国君，还能够多认识一些鸟、兽、草、木的名字。"

【引】

①孔安国：引譬连类也。朱熹：感发意志。张居正：兴是兴起。②郑玄：观风俗之盛衰。朱熹：考见得失。张居正：观是观感。③孔安国：群

居相切瑳。朱熹：和而不流。张居正：群是群聚。④孔安国：怨刺上政。张居正：怨是怨恨。

【解】

《诗经》是一部入世书，是用的。

17.10 子谓伯鱼曰："女为①《周南》《召南》矣乎？人而不为《周南》《召南》，其犹正墙面而立②也与？"

【注】

①为：学。皇侃："为犹学也。"②正墙面而立：面对着墙站着。

【译】

孔子对伯鱼说："你学《周南》《召南》了没有？一个人如果不学《周南》《召南》，就像面对墙站着吧？"

【引】

邢昺：正义曰，云"《周南》《召南》，《国风》之始"者，《诗序》云："然则《关雎》《麟趾》之化，王者之风，故系之周公。南，言化自北而南也。《鹊巢》《驺虞》之德，诸侯之风也，先王之所以教，故系之召公。《周南》《召南》，正始之道，王化之基。"是以《周南》《召南》二十五篇谓之正国风，为十五国风之始也。云"乐得淑女以配君子"者，亦《诗·关雎序文》也。言《二南》皆是正始之道，先美家内之化，是以《关雎》之篇，说后妃心之所乐，乐得此贤善之女，以配己之君子也。云"三纲之首，王化之端"者，《白虎通》云："三纲者何谓？谓君臣、父子、夫妇也。君为臣纲，父为子纲，夫为妻纲。"有夫妇然后有父子，有父子然后有君臣。《二南》之诗，首论夫妇。文王刑于寡妻，至于兄弟，以御于家邦，是故二国之诗以后妃夫人之德为首，终以《麟趾》《驺虞》，言后妃夫人有斯德，兴助其君子，皆可以成功，至于致嘉瑞，故为三纲之首，王教之端也。朱熹:《周南》《召南》,诗首篇名。所言皆修身齐家之事。正墙面而立,言即其至近之地,而一物无所见,一步不可行。

【解】

《周南》《召南》是《诗经·国风》中的第一、二两部分篇名。《周南》总计十一篇:《关雎》《葛覃》《卷耳》《樛木》《螽斯》《桃夭》《兔罝》《芣苢》《汉广》《汝坟》《麟之趾》。周南指周公统治的南方地域。《周南》多中正和平之音,历来被视为正风的典型。

《召南》总计十四篇:《鹊巢》《采蘩》《草虫》《采蘋》《甘棠》《行露》《羔羊》《殷其雷》《摽有梅》《小星》《江有汜》《野有死麕》《何彼襛矣》《驺虞》。召南指召公统治的南方地域,南为南方,成周在中国北方,意蕴教化由北而南,由近及远,由华夏而夷狄。

据《毛诗正义》:

文王将建王业,以诸侯而行王道。大王、王季,是其祖、父,皆有仁贤之行。己之圣化,未可尽行,乃取先公之教宜于今者,与己圣化,使二公杂而施之。又六州之民,志性不等,或得圣人之化,或得贤人之化,由受教有精粗,故歌咏有等级。大师晓达声乐,妙识本源,分别所感,以为二国。其得圣人之化者,谓之周南。得贤人之化者,谓之召南。解大师分作二南之意也。知有此理者,序云:《关雎》《麟趾》之化,王者之风,故系之周公。《鹊巢》《驺虞》之德,诸侯之风,故系之召公。以圣人宜为天子,贤人宜作诸侯。言王者之风,是得圣人之化也。言诸侯之风,是得贤人之化也。以周公圣人,故以圣人之风系之。以召公贤人,故以贤人之风系之。以六州本得二公之教,因有天子之风义。一圣一贤,事尤相类,故系之二公。既分系二公,以优劣为次,先圣后贤,故先周后召也。不直称周召,而连言南者,欲见行化之地。且作诗之处,若不言南,无以见斯义也。且直言周召,嫌主美二公,此实文王之诗,而系之二公。故周召二国,并皆云南,见所化之处,明其与诸国有异故也。

本则的关键在于,为什么孔子说不学《周南》《召南》,“犹正墙面而立也与”? 按钱穆的解释是:“二南皆言夫妇之道,人若并此而不知,将在最近之地而一物不可见,一步不可行。”这种理解恐怕有误。据《毛诗序》："故正得失，动天地，感鬼神，莫近于诗。先王以是经夫妇，成孝敬，厚人伦，美教化，移风俗。"结合上则，《诗经》的价值不只在于抒发情感而在于经世致用，比如社交场合和外交场合，"不学《诗》，无以言"（16.13），引《诗经》已成为通则。尤其重要的是，孔子说"兴于《诗》"（8.8），将学《诗经》当作成人、成君子的基础。故而，孔子诫子时有此一说。

17.11 子曰："礼云①礼云，玉帛云乎哉？乐云乐云，钟鼓云乎哉？"

【注】

①云：说，《公羊传·文公二年》："大旱之日短而云灾。"

【译】

孔子说："礼啊礼啊，说的只是玉帛之类的礼物吗？乐啊乐啊，说的只是钟鼓之类的乐器吗？"

【引】

朱熹：敬而将之以玉帛，则为礼；和而发之以钟鼓，则为乐。遗其本而专事其末，则岂礼乐之谓哉？程子曰，"礼只是一个序，乐只是一个和。只此两字，含蓄多少义理。天下无一物无礼乐。且如置此两椅，一不正，便是无序。无序便乖，乖便不和。又如盗贼至为不道，然亦有礼乐。盖必有总属，必相听顺，乃能为盗。不然，则叛乱无统，不能一日相聚而为盗也。礼乐无处无之，学者须要识得。"

【解】

孔子的意思很明确，玉帛不是礼，钟鼓不是乐，而是器，不能舍本逐末，搞形式主义。礼主敬，乐主和，孔子以礼乐教，既不空谈宏旨，亦不徒具形式，都是面向实践，致力于"用"。玉帛、钟鼓不过是一个象征，某种意义上，仅仅是一个摆设，枢要之处在于，玉帛、钟鼓蕴含着先王之道，而此道是用来正秩序、明人伦、别上下、辨正邪的，进而实现君子政、理想国的。孔子心目中，玉帛、钟鼓蕴含的是目的正义而非程序正义，亦即其出发点是否合乎道、义节之，若非，玉帛越漂亮、钟鼓越响亮，越会损害礼乐的"心性"。

17.12 子曰："色厉而内荏①，譬诸小人，其犹穿窬②之盗也与？"

【注】

①荏（rěn）：孱弱，怯懦。②窬（yú）：同"逾"，越过。

【译】

孔子说："外表严厉内心孱弱，拿小人作比喻的话，就像打洞的小偷吧？"

【引】

孔安国：穿，穿壁。窬，窬墙。

【解】

"色厉内荏"失"中"。"色厉"并无过错，问题在于"内荏"。君子"温而厉，威而不猛，恭而安"（7.38），"内荏"为中心惴惴而不安，源于失修。

17.13 子曰："乡原①，德之贼②也。"

【注】

①乡原：乡里中言行不一、伪善欺世的人，即伪君子。②德之贼："贼德"，之将宾语前置，同下则"德之弃"。贼，败坏，损害。

【译】

孔子说:"伪君子,会破坏德。"

【引】

①孟子:非之无举也,刺之无刺也。同乎流俗,合乎污世,居之似忠信,行之似廉洁,众人悦之,自以为是,而不可入尧舜之道,故曰德之贼也。朱熹:乡者,鄙俗之意。原,与愿同。荀子原悫,注读作愿是也。乡原,乡人之愿者也。盖其同流合污以媚于世,故在乡人之中,独以愿称。夫子以其似德非德,而反乱乎德,故以为德之贼而深恶之。王闿运:乡原者,细民,不仕,不接士大夫,以老成见信,乡曲持论,不本经义。

【解】

孔子对"乡"和"众"一直怀有警惕心,这种警惕源于道德清醒。子贡问曰:"乡人皆好之,何如?"子曰:"未可也。""乡人皆恶之,何如?"子曰:"未可也。"(13.24)"众恶之,必察焉;众好之,必察焉。"(15.28)也就是说,孔子骨子里怀有一种精英主义意识。所谓"乡愿",是"同乎流俗,合乎污世"的人,这种人看上去整天笑呵呵的,内心却不辨是非、不问正邪,没有道德尺度和底线。

17.14 子曰:"道听而涂①说,德之弃②也。"

【注】

①涂:同"途"。②弃:背弃,背离。

【译】

孔子说:"在路上听说又去道上传播,会背弃德。"

【引】

朱熹:虽闻善言,不为己有,是自弃其德也。王氏曰,"君子多识前言往行以畜其德，道听途说，则弃之矣。"

【解】

"流丸止于瓯臾，流言止于智者。"(《荀子·大略》)孔子的意思是"流言止于德者"。德者必学，学者必智，故有是非心、分辨心。

人云亦云，甚至以讹传讹，不加甄别，不仅弃德，也被德弃。

17.15 子曰："鄙夫可与事君也与哉？其未得之也，患得之①，既得之，患失之，苟患失之，无所不至矣。"

【注】

①患得之：当为"患不得之"。

【译】

孔子说："能和心胸狭小的人一起服事国君吗？得到官位前，担心得不到。已得到官位，又担忧失去它。假如他害怕丢掉官位，没有什么干不出来的。"

【引】

邢昺：若诚忧失之，则用心顾惜，窃位偷安，言其邪媚无所不为也。以此故不可与事君也。

【解】

"鄙夫"是道德意义上的小人。本则，孔子谈"官场"上品行不端之人，这种抱定"为人之学"，汲汲于功名利禄，只要"富且贵"，不管义与不义，不惜失身，把"位"作为养家糊口、安身立命之本，毫无底线，结党营私，党同伐异。孔子的底线是"道"，不可则止，他几次退出政坛或有君不事，都在于所事者无道。

君子心清。

17.16 子曰:"古者民有三疾[1]，今也或是之亡也。古之狂也肆，今之狂也荡；古之矜也廉[2]，今之矜也忿戾；古之愚也直，今之愚也诈而已矣。"

【注】

定州简本"荡"作"汤"，"戾"作"谊"。

①疾:弊病，缺点。②廉:刚直，品行方正，《说文·广部》:"廉，仄也。"《说文解字注》:"廉、隅也。又曰。廉、棱也。引伸之为清也、俭也、严利也。"

【译】

孔子说:"古时候人们有三种弊病，现在恐怕都没有了。以前的狂妄胆子大，现在的狂妄放荡无度；以前的矜持有棱角，现在的矜持乖戾蛮横；以前的愚笨很直率，现在的愚笨坑蒙拐骗，如此而已。"

【引】

②马融:有廉隅。朱熹:谓棱角峭厉。方骥龄:廉，严利也。《广雅·释诂一》:"廉，清也。"黄怀信:有棱角、严厉。

【解】

世风日下，人心不古，现在的问题在于连缺点和毛病都不如旧时可爱和朴素了。孔子好古，是因为那份儿纯真以及古拙在。

17.17 子曰:"巧言令色，鲜矣仁。"

本则文字重出，见1.3。

17.18 子曰:"恶紫[1]之夺朱[2]也，恶郑声[3]之乱雅乐[4]也，恶利口之覆邦家⑤者。"

【注】

①②紫、朱：紫、朱都是尊贵之色，但前者为合成色，后者为正色。③④郑声、雅乐："郑声淫"（15.11），雅乐则是正乐。⑤邦家：诸侯之邦和卿大夫之家。

【译】

孔子说："憎恶紫色取代红色，憎恶郑乐扰乱雅乐，憎恶伶牙俐齿倾覆国与家。"

【引】

①孔安国：朱，正色。紫，间色之好者。恶其邪好而夺正色。利口之人，多言少实，苟能悦媚时君，倾覆国家。

【解】

本则意蕴在孟子这里得到了进一步发挥，据《孟子·尽心下》："言不顾行，行不顾言，则曰：'古之人，古之人。行何为踽踽凉凉？生斯世也，为斯世也，善斯可矣。'阉然媚于世也者，是乡原也。""万子曰：'一乡皆称原人焉，无所往而不为原人，孔子以为德之贼，何哉？'曰：'非之无举也，刺之无刺也，同乎流俗，合乎污世，居之似忠信，行之似廉洁，众皆悦之，自以为是，而不可与入尧舜之道，故曰'德之贼'也。孔子曰：'恶似而非者：恶莠，恐其乱苗也；恶佞，恐其乱义也；恶利口，恐其乱信也；恶郑声，恐其乱乐也；恶紫，恐其乱朱也；恶乡原，恐其乱德也。'"

依孟子而言，孔子／君子三恶的对象紫、郑声、利口，都是似是而非者，皆为"德之贼"，它们的存在都会扰乱正常、本真。比如八佾舞于庭，在季氏尤其是不懂礼的人看来，再正常不过了，唯有君子知道这是僭越，破坏了基本的道德秩序。言语和面貌更具欺骗性，孔子屡屡批评"巧言乱德"（15.27），就在于"巧言"掩盖了"心之伪"。

孔子拈出三恶，是因为它们危害大却又难以分别。

17.19 子曰：“予欲无言。”子贡曰：“子如不言，则小子何述焉？”子曰：“天何言哉？四时行焉，百物生焉。天何言哉？”

【译】

孔子说：“我想沉默不语。”子贡说：“您如果沉默不语，我们这些学生们还继承流传些什么呢？”孔子说：“上天又说过什么呢？不过是四季流转，百物生长。上天又说过什么呢？”

【引】

朱熹：四时行，百物生，莫非天理发现流行之实，不待言而可见。圣人一动一静，莫非妙道精义之发，亦天而已，岂待言而显哉？此亦开示子贡之切，惜乎其终不喻也。程子曰，“孔子之道，譬如日星之明，犹患门人未能尽晓，故曰‘予欲无言’。若颜子则便默识，其他则未免疑问，故曰‘小子何述’。”

【解】

子贡感叹“夫子之言性与天道，不可得而闻也”（5.13），不是没有道理，本则孔子以天喻何，费人心神。不妨引两则经典，以备参考，《诗经·大雅·文王》：“上天之载，无声无臭。”《道德经》：“是以圣人处无为之事，行不言之教。万物作焉而不辞，生而不有，为而不恃，功成而弗居，夫唯弗居，是以不去。”

17.20 孺悲①欲见孔子，孔子辞以疾。将命者②出户，取瑟而歌，使之闻之。

【注】

①参见附录一 17—20。②将命者：传命者，传话者。

【译】

孺悲想见孔子，孔子以患病为借口推托。传话者刚出门，孔子就边鼓瑟边唱歌，故意让传命者听见。

【引】

朱熹：程子曰，"此孟子所谓不屑之教诲，所以深教之也。"

【解】

孟子也有类似拒人之事。《孟子·滕文公上》："墨者夷之因徐辟而求见孟子。孟子曰：'吾固愿见，今吾尚病，病愈，我且往见。夷子不来！'"君子不只是"即之也温"（19.9），拒人中，有一份令人难堪的清高。

孔子式空城计。

17.21 宰我问："三年之丧，期已久矣。君子三年不为礼，礼必坏；三年不为乐，乐必崩。旧谷既没，新谷既升，钻燧改火①，期②可已矣。"子曰："食夫稻，衣夫锦，于女安乎？"曰："安。""女安，则为之。夫君子之居丧，食旨③不甘，闻乐不乐，居处④不安，故不为也。今女安，则为之！"宰我出。子曰："予之不仁也！子生三年，然后免于父母之怀。夫三年之丧，天下之通丧也。予也有三年之爱于其父母乎？"

【注】

①钻燧改火：古代钻木取火，四季木材不同，称为"改火"，亦称"改木"，借指时节变迁。马融曰："《周书·月令》有更火之文：春取榆柳之火，夏取枣杏之火，季夏取桑柘之火，秋取柞楢之火，冬取槐檀之火。一年

之中，钻火各异，故曰改火也。"②期（jī）一年。③旨：美味的食品，《说文·匕部》："旨，美也。"《诗经·邶风·谷风》："我有旨畜，亦以御冬。"④居处：日常生活。

【译】

宰我问："守孝三年，时间太长了吧。君子三年不习礼，礼肯定会毁废；三年不奏乐，乐就会败坏。旧谷子刚吃完，新谷就来了，钻燧改取轮了一遍，一年时间就足够了。"孔子说："吃米饭，穿锦衣，对于你来说心安吗？"宰我说："心安。"孔子说："你心安，就去做吧！君子守孝，吃美食不觉得甜，听好乐不觉得美，日常家居不觉得舒服，因此才不那么干。现在你心安，就去做吧！"宰我出去后，孔子说："宰予不仁啊！一个孩子生下来三岁，才从父母的怀抱里下来。守孝三年，是天下都奉行的丧礼啊，宰予连对父母三年的爱都没有吗？"

【引】

孔安国：言子之于父母，"欲报之德，昊天罔极"，而予也有三年之爱乎？

【解】

宰我的理解是偏颇的，"三年之丧"本身即礼乐，为之即礼，不存在"坏崩"的问题。不过，这种论调主张抛除繁文缛节，倾向于理性和实用主义，是很有市场的。比如，荀子就提出将"三年之丧"分等级而行之："然则三年何也？曰：加隆焉，案使倍之，故再期也。由九月以下何也？曰：案使不及也。故三年以为隆，缌麻、小功以为杀，期、九月以为间。上取象于天，下取象于地，中取则于人，人所以群居和一之理尽矣。"（《荀子·礼论》）这种分法，其实是将"三年之丧"庸俗化。

儒家最重丧礼和祭礼，虽敬鬼神而远之，却把其视为民德归厚的重要方式。在孔子看来，礼最重要的是敬、诚、慎，其中，敬是核心，他曾说："吾不与祭，如不祭。"（3.12）子张也表示："祭思敬，丧思哀。"（19.1）本则，"食旨不甘，闻乐不乐，居处不安"，就是一个"敬"字。

这里，孔子维护"三年之丧"，提出了一个"子生三年"的"情"的对等原则，即得到和付出是相关的。在孔子的思想体系中，这就是将心比心之"恕"。

17.22 子曰："饱食终日，无所用心，难矣哉！不有博弈①者乎？为之，犹贤②乎已。"

【注】

①博弈：下棋。博，一种棋戏。孙钦善：六博；弈，围棋。邢昺：博，《说文》作簙，局戏也，六箸十二棋也。古者乌胄作簙。围棋谓之奕。《说文》弈从廾，言竦两手而执之。棋者所执之子，以子围而相杀，故谓之围棋。围棋称弈者，又取其落弈之义也。②贤：强过，胜过，《战国策·赵策》："贤于长安君。"

【译】

孔子说："一天就知道吃饭，啥心也不操，不可救药啊！不还有赌博和围棋吗？玩这个也比游手好闲好啊。"

【引】

马融：为其无所据乐，善生淫欲。

【解】

博弈虽是"弊事"，却是"多能"之一种。围棋在中国起源很早，《左传·襄公二十五年》："今宁子视君不如弈棋，其何以免乎？弈者举棋不定，不胜其耦，而况置君而弗定乎？必不免矣。"这种记载比较可信，至于张华在《博物志》中说"尧造围棋以教子丹朱"，恐是传说。

孔子不是鼓励玩博弈，而是批评无所事事，无所用心，吃饱了没事干，游手好闲的。

17.23 子路曰:"君子尚勇①乎!"子曰:"君子义以为上。君子有勇而无义为乱,小人有勇而无义为盗。"

【注】

①尚勇:尊崇勇。"尚",假借为"上",《广雅》:"尚,上也。"

【译】

子路说:"君子崇尚勇吗?"孔子说:"君子把义作为至高无上的品质。君子有勇无义会犯上作乱,小人有勇无义会偷偷摸摸。"

【引】

朱熹:君子为乱,小人为盗,皆以位而言者也。尹氏曰,"义以为尚,则其勇也大矣。子路好勇,故夫子以此救其失也。"胡氏曰,"疑此子路初见孔子时问答也。"

【解】

孔子对勇一直持怀疑警惕态度,尽管"勇"是一种正向品质,"仁者必有勇,勇者不必有仁"(14.4),但"骥不称其力,称其德也"(14.33),必须以"礼"节制,非如是,"勇而无礼则乱"(8.2),"俱不得其死然"(14.5)。子贡在下则中甚至还专门批评了一种对"勇"的误解,即"恶不孙以为勇者"。

子路尚勇,故有此问;孔子教徒,故有此说。不过,孔子的说法是有历史穿透力的。君子和小人之勇若不以"义"节之,结果都会导致作乱。某些时候,君子之乱祸,甚于小人。小人而鸡鸣狗盗,殃民;君子而乱臣贼子,祸国。

在孔子的理念中,君子不是尚勇问题,而是君子本身就是勇者,这种勇来自内向而来的人格力量,故而有如下对话:

司马牛问君子,子曰:"君子不忧不惧。"曰:"不忧不惧,斯谓之君子已乎?"子曰:"内省不疚,夫何忧何惧?"(12.4)

17.24 子贡曰："君子亦有恶^①乎！"子曰："有恶：恶称人之恶者，恶居下流^②而上者，恶勇而不礼者，恶果敢而窒^③者。"曰："赐也亦有恶乎？""恶徼^④以为知者，恶不孙以为勇者，恶讦^⑤以为直者。"

【注】

①恶（wù）：憎恶。②恶居下流："流"为衍字，当删。③窒：窒塞，阻隔，《说文·穴部》："窒，塞也。"④徼（jiāo）：抄袭，《广韵》："徼，抄也。"⑤讦（jié）：攻击短处或揭发阴谋，《说文·言部》："讦，面相斥罪相告讦也。"

【译】

子贡说："君子也有憎恶的啊？"孔子说："有啊。憎恶宣传别人恶行的，憎恶作为后辈却诽谤尊长的，憎恶勇敢但无礼的，憎恶果决而不明情理的。"孔子接着说："赐，你也有憎恶的吗？"子贡说："憎恶把抄袭来的当作自己知识的，憎恶把骄傲当作勇敢的，憎恶把揭发别人当作直率的。"

【引】

②惠栋：蔡邕石经无"流"字，当因《子张》篇"恶居下流"涉彼而误。④孔安国：抄人之意，以为己有。

【解】

孔子和子贡交流君子讨厌或憎恶的事情，这些事情都是日常行为，若不检点，可能随时暴露在自己身上的。"恶称人之恶者"，《弟子规》云："扬人恶，即是恶，疾之甚，祸且作。""恶居下流而上者"，指以下犯上，"谓之不敬"；"恶勇而不礼者"，孔子说："勇而无礼则乱。"（8.2）"君子有勇而无义为乱，小人有勇而无义为盗。"（17.23）"恶果敢而窒者"，孔子认为："言必信，行必果，硁硁然小人哉！"（13.20）而子贡的"恶不孙以为勇者，恶讦以为直者"和孔子大同小异，唯有"恶徼以为知者"，类似于今天的抄袭、剽窃，属于不劳而获，坐享其成，可以谓之偷。

孔子的一生是批判主义者的一生，其既"修己"，也"修人"，君子始终是理想的人格标杆，而这个标杆就立在日常面前，时时修正，接受日常的检验。做个君子并不容易，需慎微，慎独，坚持注重内向功夫。

17.25 子曰："唯女子①与小人②为难养③也，近之则不孙，远之则怨。"

【注】

①女子：女人。②小人：下人。③养：伺候，引申为交往。

【译】

孔子说："只有女子和小人是难以交往的，亲近了无礼，疏远了怨恨。"

【引】

①邢昺：此言女子，举其大率耳。康有为：女子本又作竖子，……谓奴仆之类。蒋沛昌：青年未婚女性。刘明武："女子"应理解为"你的儿子"。②朱熹：谓仆隶下人也。刘宝楠：即此篇上章所指"乡原""鄙夫"之类。康有为：谓人之无学术行义者。蒋沛昌：青年未婚男性。③蔡清：犹待也。金池：培养教育。

【解】

本则争议颇多，集中于孔子是否男权主义，大可不必，古代重男轻女是世俗，今虽批判，但需承认客观历史。如，武王曰："予有乱臣十人。"孔子曰："有妇人焉，九人而已。"（8.20）就没把妇人视为"人"。《论语》中，孔子多将君子与小人对举，道不同，自然难相处。

很多东西，古今一理。孔子从日用中总结出来的一些"道"，并不过时。

17.26 子曰："年四十而见恶焉，其终也已。"

【译】

孔子说："四十岁了还被人嫌弃，这辈子算到头了。"

【引】

朱熹：四十，成德之时。见恶于人，则止于此而已，勉人及时迁善改过也。

【解】

"四十不惑"（2.4），四十也不能"见恶"。孔子这里，每个年龄段都被赋予道德意义，而"四十"似乎尤要注意，原因很简单，人届中年，生命由昂扬向上而滑入下坡之路，道不行、志不伸与时间流逝造成的紧张和冲突，是一个君子欲说不能的巨大隐痛。

钱穆认为，"四十成德之年"，四十岁还被人厌恶，说明"德之不修"也甚。同时，孔子还认为，四十岁该成名了。"名"是孔子的一个心结，"名"意味着道，意味着德，意味着功，更意味着对一个生命价值的肯定。儒家一个主要贡献，是给予"名"以自赋义，即在"名"上寄托了理想的价值，而这个理想是可以自己设定的。

当"名"与付出、年龄出现鸿沟，付出、年龄将不再具有意义，而陷入虚无。就本则而言，假如"四十、五十而无闻焉"，这辈子就不是"不足畏也已"，而是"其终也已"，基本玩完了。

微子第十八

　　本章凡十一则，条目虽少，却也驳杂，观之多非孔子弟子所记。其中孔子曰一则，子曰一则；记孔子政事二则，记孔子遇隐三则；柳下惠一则；周公鲁公对曰一则；非对话体记贤士二则。

　　本章中，只有子路一个弟子在两则中出现，且是独自陪孔子出行遇隐士，印证了孔子"从我者，其由与"（5.7）的喟叹。除本章外，第十章也是只有子路一个弟子出现。

　　行文显示，本章18.1、18.8谈"三仁"和伯夷、柳下惠，与《孟子·万章下》《孟子·公孙丑》有一脉之承。特别需要注意的是，本章六则谈隐士，这似乎非是偶然为之，朱熹便认为："孔子于三仁、逸民、师挚、八士，既皆称赞而品列之；于接舆、沮、溺、丈人，又每有惓惓接引之意。皆衰世之志也，其所感者深矣。"间以孔子不见用于齐景公有专则描述，出世与入世、隐与现、道与无道的冲突似乎永远无法弥合。其中，柳下惠更是以"隐于朝"的形象出现，这无意中显示了孔子的"明知不可为而为之"的"现"也是一种"不降其志、不辱其身"的"隐"。

　　难得一见地，周公以尊长的形象出现在本章，对即将赴职鲁国国君的儿子伯禽面授为政之道，似乎表明对家国盛兴的企盼一直是圣人、善人和君子解不开的结。

18.1 微子去之^①，箕子^②为之奴，比干^③谏而死。孔子曰："殷有三

仁焉。"

【注】

①微子去之：微子离开了他。去，离开；之，代词，他，即纣王；微子，参见附录一18—1—1。②参见附录一18—1—2。③参见附录一18—1—3。

【译】

微子离开纣王，箕子做了奴隶，比干强谏被杀。孔子说："商朝有三个仁人啊！"

【引】

邢昺：爱人谓之仁。三人所行异而同称仁，以其俱在扰乱宁民也。

【解】

据《史记·宋微子世家》：

纣既立，不明，淫乱于政，微子数谏，纣不听。及祖伊惧祸至，以告纣。纣曰："我生不有命在天乎？是何能为！"于是微子度纣终不可谏，欲死之。乃问于太师、少师，曰："殷不有治政，不治四方。纣沉湎于酒，妇人是用，乱败汤德于下。今殷若涉水无津涯，如之何？"太师曰："王子，天笃下灾亡殷国。今诚得治国，国治身死不恨。为死，终不得治，不如去。"箕子者，纣亲戚也。纣始为象箸，箕子叹曰："彼为象箸，必为玉杯；为杯，则必思远方珍怪之物而御之矣。舆马宫室之渐自此始，不可振也。"纣为淫泆，箕子谏，不听。人或曰："可以去矣。"箕子曰："为人臣谏不听而去，是彰君之恶而自说于民，吾不忍为也。"乃被发佯狂而为奴。遂隐而鼓琴以自悲，故传之曰《箕子操》。王子比干者，亦纣之亲戚也。见箕子谏不听而为奴，则曰："君有过而不以死争，则百姓何辜？"乃直言谏纣。纣怒，曰："吾闻圣人之心有七窍，信有诸？"乃遂杀王子比干，刳视其心。微子曰："父子有骨肉，而臣主以义属。故父有过，子三谏不听，则随而号之；人臣三谏不听，则其义可以去矣。"遂行。其后箕子朝周，过故殷虚，感宫室毁坏，生禾黍，箕子伤之，乃作《麦黍之诗》以歌咏之。殷民闻之，皆为流涕。

本则可参读18.8。《论语》中，孔子"与"即赞许其仁的，除了上述三人，也就管仲了。微子、箕子、比干行不一，却被孔子罕见地"与"仁，可见他们在心、性上是一致的。钱穆说："仁不在死，三人之仁，非指其去与奴与死。以其能扰乱，求欲安民，而谓之仁。""仁者，爱人"，被评价为仁的前提是入世，而不是出世，否则即便是殉道，性洁，也不能称为仁，如伯夷、叔齐。

孔子有仁心，故不隐。

18.2 柳下惠为士师①，三黜②。人曰："子未可以去乎？"曰："直道而事人，焉往而不三黜？枉道而事人，何必去父母之邦？"

【注】

①士师：典狱官。②黜：罢免。

【译】

柳下惠任典狱官，多次被罢。有人说："您不能离开鲁国吗？"柳下惠说："以正道服事国君，到哪里不会被多次罢免呢？不以正道服事国君，何必离开故国呢？"

【引】

杨朝明：三，虚指，意思是"多""多次"。黜，旧以为免职，实际上应该是仕途受压抑的意思。

【解】

孟子称柳下惠为圣之和者，又称其"不恭"，"君子不由"（《孟子·公孙丑上》）。原文如下：

孟子曰："伯夷：非其君，不事；非其友，不友。不立于恶人之朝，不与恶人言；立于恶人之朝，与恶人言，如以朝衣朝冠坐于涂炭。推恶恶之心，思与乡人立，其冠不正，望望然去之，若将浼焉。是故诸侯虽有善其辞命而至者，不受也。不受也者，是亦不屑就已。柳下惠不羞？君，不卑小官；进不隐贤，必以其道；遗佚而不怨，阨穷而不悯。故曰：'尔为尔，我为我，虽袒裼裸裎于我侧，尔焉能浼我哉？'故由由然与之偕而不自失焉，援而止之而止。援而止之而止者，是亦不屑去已。"孟子曰："伯夷隘，柳下惠不恭。隘与不恭，君子不由也。"朱熹注："不恭，简慢也。"

柳下惠"直道事人"，为何"君子不由"呢？原因在孔子这里，孔子说："君使臣以礼，臣事君以忠。"（3.19）柳下惠"降志辱身矣，言中伦，行中虑"（18.8），仕不义，多次被罢，又复起，有油滑、丧格的一面。此君臣之道，和孔孟主张相去甚远，故而不能苟同。

有意思的是，迭至北宋，关于孟子对柳下惠的评价引起了一场纷争。争论的双方分别是司马光和王安石。欧阳修坚持君臣之分，强调君臣之礼，君臣尊卑，据《资治通鉴》：

臣闻天子之职莫大于礼，礼莫大于分，分莫大于名。何谓礼？纪纲是也。何谓分？君臣是也。何谓名？公、侯、卿、大夫是也。夫以四海之广，兆民之众，受制于一人，虽有绝伦之力，高世之智，莫不奔走而服役者，岂非以礼为之纪纲哉！是故天子统三公，三公率诸侯，诸侯制卿大夫，卿大夫治士庶人。贵以临贱，贱以承贵。上之使下犹心腹之运手足，根本之制枝叶，下之事上犹手足之卫心腹，支叶庇本根，然后能上下相保而国家治安。故曰：天子之职莫大于礼也。

他针对孟子对柳下惠的评价，指出："为定哀之臣，岂非不羞污君乎？""为委吏、为乘田，岂非不卑小官乎？""举世莫知之，不怨天，不尤人，岂非遗佚而不怨乎？""饮水，曲肱，乐在其中，岂非阨穷而不悯乎？""居乡党，恂恂似不能言，岂非由由然与偕而不自失乎？"司马光的结论是："是故君子，邦有道则见，无道则隐，事其大夫之贤者，友其士之仁者，非隘也。和而不同，遁世无闷，非不恭也。苟无失其中，虽孔子由之，何得云君子不由？"

王安石的意见相反，其虽不直言民为贵，社稷次之，君为轻，却赞同孟子的民本主义，这种论调，显然是为了张扬其变法的正当性。他在《临川先生文集·卷六十四》中指出：

> 盖闻圣人之言行不苟而已，将以为天下法也。昔者，伊尹制其行于天下曰：……而后世之士多不能求伊尹之心者，由是多进而寡退，苟得而害义，此其流风末俗之弊也。圣人患其弊，于是伯夷出而矫之，制其行于天下曰："治则进，乱则退，非其君不事，非其民不使。"而后世之士多不能求伯夷之心者，由是多退而寡进，过廉而复刻，此其流风末俗之弊也。圣人又患其弊，于是柳下惠出而矫之，制其行于天下曰："不羞污君，不辞小官，遗逸而不怨，阨穷而不悯。"而后世之士多不能求柳下惠之心者，由是而多污而寡洁，恶异而尚同，此其流风末俗之弊也。此三人者，因时之偏而救之，非天下之中道也，故久必弊。至于孔子之时，三圣人之弊，各极于天下矣，故孔子集其行而制成法于天下曰"可以速则速，可以久则久，可以仕则仕，可以处则处"，然后圣人之道大具，而无一偏之弊矣。其所以大具而无弊者，岂孔子一人之力哉？四人者相为始终也。故伯夷不清不足以救伊尹之弊，柳下惠不和不足以救伯夷之弊。圣人之所以大过人者，盖能以身救弊于天下耳。如皆欲为孔子之行而望天下之弊，则恶在其为圣人哉？是故使三人者当孔子之时，则皆足以为孔子也，然其所以为之清、为之任、为之和者，时耳，岂滞于此一端而已乎？苟在于一端而已，则不足以为贤人也，岂孟子所谓圣人哉？孟子之所谓"隘与不恭，君子不由"者，亦言其时尔。且夏之道岂不美哉？而殷人以为野；殷之道岂不美哉？而周人以为鬼。所谓隘与不恭者，何以异于是乎？当孟子之时，有教孟子枉尺直寻者，有教孟子权以援天下者，盖其俗有似于伊尹之弊时也。是以孟子论是三人者，必先伯夷，亦所以矫天下之弊耳。故曰：圣人之言行，岂苟而已，将以为天下法也。

王安石的结论是："今朝廷法严令具，无所不有，而臣以谓无法度者，何哉？方今之法度，多不合乎先王之政故也。孟子曰：'有仁心仁闻，而泽不加于百姓者，为政不法于先王之道故也。'以孟子之说，观方今之失，正在于此而已。"

争论的目的，都是拿古人说今事。

18.3 齐景公待①**孔子曰："若季氏，则吾不能；以季、孟之间**②**待之。"曰："吾老矣，不能用也。"孔子行。**

【注】

①待：对待，即礼遇，《韩非子·喻老》："此贤君子也，吾厚待之。"②季、孟之间：上卿与下卿之间。季氏为上卿，孟氏为下卿。

【译】

齐景公谈如何礼遇孔子时说："像对待季氏那样，我是做不到的；可以以季氏、孟氏之间的待遇安置他。"又说："我已经老了，不能用你了。"孔子便离开了。

【解】

孔子一生只到过一次齐国，三十五岁那年即昭公二十年，逢鲁内乱，避齐。而其时，景公风烛残年，近耳顺之年。按《史记·孔子世家》的说法，孔子不见用，是有人作祟。邢昺说：

案《世家》："鲁昭公奔齐。顷之，鲁乱。孔子适齐。景公数问政。景公说，将以尼谿田封孔子。晏婴谏而止之。异日，景公止孔子曰：'奉子以季氏，吾不能。以季、孟之间待之。'齐大夫欲害孔子，孔子闻之。景公曰：'吾老矣，弗能用也。'孔子遂行，反乎鲁。"是其事也。

18.4 齐人归①**女乐**②**，季桓子**③**受之，三日不朝，孔子行。**

【注】

①归（kuì）：同"馈"。②女乐：舞女。③参见附录一18—4。

【译】

齐国赠送鲁国一些舞女，季桓子笑纳了，三天不上朝理政，孔子便离开了鲁国。

【解】

邢昺结合《史记·孔子世家》给出的说法，最为详细："定公十四年，孔子年五十六，由大司寇行摄相事。于是诛鲁大夫乱政者少正卯。与闻国政三月，粥羔豚者弗饰贾；男女行者别于涂；涂不拾遗；四方之客至乎邑者，不求有司，皆予之以归。齐人闻之而惧，曰：'孔子为政必霸，霸则吾地近焉，我之为先并矣。盍致地？'黎锄曰：'请先尝沮之，沮之而不可则致地，庸迟乎？'于是选齐国中女子好者八十人，皆衣文衣而舞《康乐》，文马三十驷，遗鲁君。陈女乐文马于鲁城南高门外。季桓子微服往观再三，将受，乃语鲁君为周道游，往观终日，怠于政事。子路曰：'夫子可以行矣。'孔子曰：'鲁今且郊，如致膰乎大夫，则吾犹可以止。'桓子卒受齐女乐，三日不听政。郊，又不致膰俎于大夫。孔子遂行，宿乎屯。而师己送，曰：'夫子则非罪。'孔子曰：'吾歌可夫？'歌曰：'彼妇人之口，可以出走；彼妇人之谒，可以死败。盖优哉游哉，维以卒岁。'师己反，桓子曰：'孔子亦何言？'师己以实告。桓子喟然叹曰：'夫子罪我以群婢也夫！'孔子遂适卫。"

这个说法很有意思。齐国使离间之计，桓子受女乐，三日不听政，恐怕不是中计，而是故意为之。君子不容，既是道不容，也是时不容。

18.5 楚狂①接舆②歌而过孔子曰："凤兮③凤兮！何德之衰？往者不可谏，来者犹可追。已而！已而！今之从政者殆而！"孔子下④，欲与之言。趋而辟之，不得与之言。

【注】

①楚狂：楚国狂士。②参见附录一18—5。③凤兮：凤啊。以凤喻孔子。④下：下车。

【译】

楚国狂人接舆唱着歌从孔子车旁经过："凤啊凤啊！德为什么这么颓败啊？往事不可谏阻，未来还能寻求。罢了！罢了！当今的从政者危如

累卵啊！"孔子下车，想同接舆聊几句，他却快步避开了，以至于没法
和他交流。

【引】

②杨朝明：人名，楚国隐士，佯装狂人。

邢昺：知孔子有圣德，故比孔子于凤。但凤鸟待圣君乃见，今孔子周
行求合诸国，而每不合，是凤德之衰也。谏，止也。言已往所行者，不
可复谏止也。自今已来，犹可追而自止。欲劝孔子辟乱隐居也。

【解】

"道不同，不相为谋。"（15.40）孔子在仕和隐之间，"荷戟独彷徨"。
不过，其虽不隐，却对隐士抱以天然好感。孔子的困境在于，连将他目
为"凤"的隐士，都避之而不谈。按《史记·孔子世家》，"孔子自楚反乎
卫。是岁也，孔子年六十三岁，而鲁哀公六年也"。一个穷途末路的老
人，乍听此歌，内心会是什么样子？

楚狂接舆之歌，可以反复咏唱，动人衷肠。

18.6 长沮、桀溺①耦而耕②，孔子过之，使子路问津③焉。长沮曰：
"夫执舆者④为谁？"子路曰："为孔丘。"曰："是鲁孔丘与？"曰："是
也。"曰："是知津矣。"问于桀溺。桀溺曰："子为谁？"曰："为仲由。"
曰："是鲁孔丘之徒与？"对曰："然。"曰："滔滔⑤者天下皆是也，而
谁以⑥易之？且而与其从辟人之士也，岂若从辟世之士哉？"耰⑦而不
辍。子路行以告。夫子怃然⑧曰："鸟兽不可与同群，吾非斯人之徒与
而谁与？天下有道，丘不与易也。"

【注】

①参见附录一18—6。②耦而耕：一种耕田方法，有二人二耜并耕
说、二人一犁说、二人二犁说、二人一耜说等等，尚无定论，不过由二
人合力耕作，当无疑问。③津：渡口。④执舆者：执辔驾车的人，此即

孔子，正代子路执辔。⑤滔滔：《史记·孔子世家》和郑玄注本皆作"悠悠"，此两词古音相近。原指水流的样子，引申为言行或其他事物连绵不断。⑥以：与，和下文"且而与其从辟人之士也"中的"与"同义。⑦耰（yōu）：播种后翻盖土。⑧怃（wǔ）然：怅然若失的样子。

【译】

长沮、桀溺一起耕种，孔子打他们身边经过，让子路去问渡口在哪。长沮问子路："那个驾车的人是谁？"子路说："是孔丘。"长沮说："是鲁国的那个孔丘吗？"子路说："是的。"长沮说："他应该知道渡口在哪里。"子路又去问桀溺。桀溺说："您是谁？"子路说："我是仲由。"桀溺说："您是鲁国那个孔丘的弟子吗？"子路说："是的。"桀溺说："天下到处像洪水一般连绵不断，和谁一起去改变这个状况呢？而且与其跟着躲避坏人的志士，还不如跟着躲避人世的隐士吧？"说完，继续不停地播种、盖土。子路回来将这件事告诉了孔子。孔子怅然若失："（我不能学他们）和鸟兽同群，不和世人打交道又和谁呢？若天下政治清明，我就不天天想着和你们一起去改变现状了。"

【引】

②邢昺：耜，耕器也。二耜为耦。⑤孔安国：周流之貌。言当今天下治乱同，空舍此适彼，故曰谁以易之。孙钦善：这里形容动乱。

朱熹：言所当与同群者，斯人而已，岂可绝人逃世以为洁哉？天下若已平治，则我无用变易之。正为天下无道，故欲以道易之耳。程子曰，"圣人不敢有忘天下之心，故其言如此也。"张子曰，"圣人之仁，不以无道必天下而弃之也。"

【解】

"辟人之士"指孔子，"辟世之士"指长沮、桀溺，扩大化一些，指各自一类人。本则最重要的是提出了两个相对的概念，一是辟人，一是辟世。辟世好理解，就是隐居，不问世事。辟人就是辟开"斗筲之人"，也就是恶政。辟人和辟世是面对"天下无道"所采取的两种不同的人生态度，孔子选择的是不仕无义，周游列国，乌雀一般，绕树三匝，寻找可依之枝；隐士选择的是彻底离开人间世，和鸟兽同群，在他们心目中人大概是最邪恶的动物。

如将"仁"定义为"人也"，隐士也是"仁"的，和上位者的"非仁"相比，总是善良的，但这种"仁"没有施于人的"爱"，只有施于己的"惜"，故而是小"仁"。孔子的"仁"，是"爱人"，故而是大"仁"，孔子也"惜"己，不过"惜"的不是身，而是完整的人格，这种人格靠志于道支撑和维系。大"仁"是"修、求、正、省、讼"而得，所建立起来的心性对"道"负有强烈的使命感。故而，"吾非斯人之徒与而谁与"，是一种自律而非他律，使命感催促着孔子视天下为己任。也就是说，天下还是放大了的"我"，修己与安天下是同质的。

长沮、桀溺劝子路隐居，其实也就是劝孔子隐居。孔子"怃然"中有多少辛酸和无奈，只有他自己知道。

18.7 子路从而后，遇丈人，以杖荷蓧①。子路问曰："子见夫子乎？"丈人曰："四体不②勤，五谷不分，孰为夫子？"植③其杖而芸④。子路拱而立。止⑤子路宿，杀鸡为黍⑥而食之，见⑦其二子焉。明日，子路行以告。子曰："隐者也。"使子路反见之。至，则行矣。子路曰："不仕无义。长幼之节，不可废也；君臣之义，如之何其废之？欲洁其身，而乱大伦。君子之仕也，行其义也。道之不行，已知之矣。"

【注】

①蓧（diào）：除草用的工具。②不：虚词，非否定意义。③植：两种解释，一说依靠，一说竖插，今从后者。④芸：同"耘"。⑤止：留。⑥为黍：做饭。黍，黄米，《说文·黍部》："黍，禾黍而黏者也。"⑦见：使动用法，即"使见"之意。

【译】

子路随孔子出行，落在了后面，碰到一个老人，用拐杖挑着除草工具。子路问道："你看到我老师了吗？"老人说："我手脚劳作，忙种五谷，哪顾得上你老师是谁？"说完，插起拐杖去除草。子路拱着手恭恭敬敬地等在那里。老人把子路留下在他家里住宿，杀鸡，煮黍给他，又把两个儿子叫出来见了见。第二天，子路追上孔子，把这件事情说了。孔子说："隐士啊。"让子路回去再见见老人。到了他家，老丈走了。子路说："不出仕不合义。长幼关系不可废弃，君臣关系怎能废弃？想让自己清白，却破坏了最重要的人伦关系。君子出仕，是践行义。道行不通，早就一清二楚。"

【引】

邢昺：君子之仕，非苟利禄而已，所以行君臣之义，亦不必自己道得行。孔子道不见用，自已知之也。吕本中：四体不勤二语，荷蓧丈人自谓也。

【解】

"不"的意义是理解本则的关键。俞樾认为"不"用作语气助词，表肯定意义，他在《古书释疑举要》中说："不者勿也，自古及今斯言未变，初无疑义，乃古人有用'不'字作语词者，不善读之，则以正言为反言，而于作者之旨大谬矣。……《论语·微子篇》'四体不勤，五谷不分'。按两'不'字皆语词，丈人盖自言，惟四体是勤，五谷是分，安知尔所谓夫子。"这种用法亦可见《逸周书·大匡》，其有"二三子不尚助不穀"句，孔晁注云："不尚，尚也。"有意思的是，《诗经》中多处"不"字都非否定词，如《邶风·匏有苦叶》："济盈不濡轨。"《小雅·车攻》："徒御不惊，大庖不盈。"《小雅·桑扈》："不戢不难，受福不那。"《大雅·文王》："有周不显，帝命不时。"等等。

末段子路说的其实也正是孔子要说的，问题的关键是孔子和隐士的区别在哪里。从内容来看，丈人不是农家而是隐士，隐士的思想主张不得而知，或者如老子总结的崇尚"小国寡民"，但至少是避世的，喜欢清静无为。而孔子是入世的，认为长幼之节和君臣之义同构，不可以废弃的。孔子自我流放或不得已而做流浪的君子，无非是想寻找或建设一处乐土，正所谓"知其不可而为之"（14.38），或者说"求仁而得仁，又何怨"（7.15）。当然，他的目标始终是道，即君子政、理想国，而非个人功名利禄，如果要隐，也是"隐于朝"而非"隐于野"，"居九夷"或"浮于海"不过是一时之慨。在孔子或子路看来，不仕是"道之不行"的问题所在，若仕而义，以天下为己任，天下就会有道而和。

面对无道无义，君子去而不隐。

18.8 逸民①：**伯夷、叔齐、虞仲、夷逸、朱张、柳下惠、少连。**②**子曰："不降其志，不辱其身，伯夷、叔齐与！"谓："柳下惠、少连，降志辱身矣，言中伦**③**，行中虑**④**，其斯而已矣。"谓："虞仲、夷逸，隐居放言，身中清，废中权**⑤**。我则异于是，无可无不可。"**

【注】

①逸民：避世隐居的人。②参见附录一18—8。③中（zhòng）伦：合乎条理。中，合乎；伦，条理，次序。④虑：思考，谋划。⑤权：权变。

【译】

避世隐居的人：伯夷、叔齐、虞仲、夷逸、朱张、柳下惠、少连。孔子说："不降低自己的志向，不辱没自己的身份，伯夷和叔齐吧。"又说："柳下惠、少连降低自己的志向，屈辱自己的身份，不过言辞合乎条理，行为合乎思虑，他们不过如此罢了。"又说："虞仲、夷逸隐居起来，说话率意，修身合乎清洁，离职合乎权变。我和他们不一样，没什么可以的也没什么不可以的。"

【引】

③黄怀信：中，合也。伦，类，指逸民之类。

【解】

孔子评论了三种隐士，或者说将隐士分为三等。一种，殉道，不合作；二等，合作，符合道；三等，合道，不合作。《论语》中，孔子虽时时有"隐"的意思，表现出道家的一面，但就本则看来，他绝不会"隐"。按道理，二等隐士柳下惠、少连合作，符合道，应该最合孔子意，为什么却批评他们呢？原因在于此二人"降志辱身"，少连已不可考，柳下惠却在《论语》中出现了三次。其中一则，可见端倪：柳下惠为士师，三黜。人曰："子未可以去乎？"曰："直道而事人，焉往而不三黜？枉道而事人，何必去父母之邦？"（18.2）柳下惠将事君视为"志道"，但孔子却认为这是"枉道"，根本在于，鲁君也好，卫君也罢，都不"正"，不值得"为"，不值得"事"。但有意思的是，孟子却将柳下惠当作圣之和者。

孔子说的"我则异于是，无可无不可"是什么意思呢？他自己有一个解释："君子之于天下也，无適也，无莫也，义之与比。"（4.10）也就是说，一个君子对天下没有敌意，没有向往，只是尽量入世，使己符合义，使世符合义。

本则归纳起来其实就一句话，君子不做隐士。

18.9 大师挚①适齐，亚饭②干适楚，三饭缭适蔡，四饭缺适秦，鼓方叔入于河，播鼗③武入于汉，少师④阳、击磬襄入于海。

【注】

①大师挚：鲁太师挚。大，同"太"。其他七人参见附录18—9。②亚饭：古代天子、诸侯的第二次进食，三饭、四饭依次类推，每次进食都有乐师伴奏。③播鼗（bǒ táo）：拨晃小鼓。鼗，小鼓，即拨浪鼓。④少师：乐官的副职。

【译】

太师挚到了齐国，二饭乐师干到了楚国，三饭乐师缭到了蔡国，四饭乐师缺到了秦国，鼓手方叔到了黄河，拨浪鼓手武到了汉水，少师阳和磬手襄到了大海。

【引】

邢昺：天子诸侯每食奏乐，乐章各异，各有乐师。次饭乐师名干往楚，三饭乐师名缭往蔡，四饭乐师名缺往秦。宦懋庸：河、汉、海当以水滨言之。不必河内、汉中之地与海之岛也。黄怀信：河，黄河。……汉，汉江。……入于海，谓去了海岛。

【解】

孔子说："移风易俗，莫善于乐。"（《孝经·广要道》）荀子说："乐者，圣人之所乐也。"（《荀子·乐论》）音乐归属于意识形态，和时代呈显性关系。一个时代宏大、平和或悲怆的基调，会在音乐尤其是音乐人身上得到应和。孔安国说："鲁哀公时，礼乐崩坏，乐人皆去。"八个乐师去国，不是人才流失问题，而是乐不能正，社会失序。

物伤其类，八个乐师正是孔子"君子无国"自身境况的写照。

18.10 周公谓鲁公①曰："君子不施②其亲，不使大臣怨乎不以③。故旧无大故，则不弃也。无求备于一人！"

【注】

①参见附录一18—10。②施：《三国志·魏书》："慢人亲者，不敬其亲也。"③以：用，《说文·巳部》："以，用也。"《左传·定公十年》："封疆社稷是用。"

【译】

周公对鲁公说："君子不疏远自己的亲人，不让臣僚抱怨自己不被任用。故旧之人没大错，就不遗弃他们。对任何一个人都不要求全责备。"

【引】

　　孔安国：施，易也。不以他人之亲易己之亲。以，用也。怨不见听用。邢昺：鲁公，周公之子伯禽，封于鲁。将之国，周公戒之也。朱熹：大臣非其人则去之，在其位则不可不用。

【解】

　　一个伟大的政治人物很难吐露心声，儿子即将远走赴国，他会说些什么呢？本则，周公给出了答案。如果只将周公诫子书的中心意旨看成是不得罪人，并没有错。但这样会忽略一个问题，为政虽是为人，但不是仅仅做一个老好人了事。正己会难为己，正人会得罪人，这是不争的事实。这里，周公将为政以德拆分为三个条目。"君子不施其亲"，是爱即仁；"不使大臣怨乎不以。故旧无大故，则不弃也"，是惠；"无求备于一人"，是宽。孔子对这些理念一直信奉有加，他说，"君子笃于亲，则民兴于仁；故旧不遗，则民不偷"（8.2），"惠则足以使人"（17.6），"宽则得众"（20.1）。本则用《礼记·大学》的话说，即是："《诗》云：'于戏，前王不忘。'君子贤其贤而亲其亲，小人乐其乐而利其利，此以没世不忘也。"

　　为政以德，都是从自己出发，推己及人，推家及国。

18.11　周有八士：伯达、伯适、仲突、仲忽、叔夜、叔夏、季随、季骊。①

【注】

　　①参见附录18—11。

【译】

　　周代有八个知名人士：伯达、伯适、仲突、仲忽、叔夜、叔夏、季随、季骊。

【引】

包咸：周时四乳生八子，皆为显士，故记之尔。

【解】

因事迹不可考，不敷衍。

子张第十九

本章凡二十五则，俱为弟子之言，涉及子张、子夏、子游、曾子、子贡五位。其中，子张曰二则，子张对曰子夏弟子一则；子夏曰九则，子夏对曰子游一则；子游曰二则；曾子曰四则；子贡曰二则，子贡对曰政治人物四则。

五位弟子中，唯有曾子称"子"，辅以本章内容，佐以荀子《非十二子》时不批曾子，证明曾子一直很受尊崇。时人眼中，德行之儒明显重于文学之儒。

章内谈"君子"九则，论"学"五则。

记述本章内容时，孔子已辞世，尤其最后四则，皆是子贡在为孔子形象和文武之道辨正，彰显了弟子对师道的维护和忠诚。值得注意的是，神化孔子问题在本则已露端倪。

孔子没，弟子分。子夏、子张等门人弟子观点出现明显裂痕，儒学"一分为八"在这里可找到一些线索（见 19.3、19.12）。

需要记住的是，千古名言存在着千古误会，"仕而优则学，学而优则仕"（19.13）是子夏说的而非孔子说的；"优"是"富足"之意而非"优秀"之意。

19.1 子张曰："士见危致命，见得思义，祭思敬，丧思哀，其可已矣。"

【译】

子张说："士遇见危险时能够献身，看见利益时会考虑是否合乎义，祭祀时能琢磨是否恭敬，守丧时想到是否哀伤，这就可以了。"

【引】

孔安国：致命，不爱其身。朱熹：犹言授命也。

【解】

"见危致命"即"见危授命"（14.12），"见得思义"即"见利思义"（14.12），"丧思哀"即反义"临丧不哀"（3.26）。

"思"是本则的中心词。"学"和"思"一体两面，这个问题孔子早有议论（见2.15），"思"是见客体而主体动心，亦即"修、求、正、省、讼"，内向于己。"见危致命"就是"见危思致命"，子张"四思"是孔子"九思"（16.10）的节略版，只是个别条目有变异。数目字并不紧要，条目也不重要，遇事而"思"才是关节之处。

不过，"思"不是考得失、计利害，而是使主体本于心，发乎性，合于道。

19.2 子张曰："执德不弘，信道不笃，焉①能为有？焉能为亡？"

【注】

①焉：疑问词，怎么，哪里。

【译】

子张说："践行德却不能光大，信奉道却不能坚定，怎么算得上有德有道，又怎么算得上无德无道？"

【引】

邢昺：言人执守其德，不能弘大，虽信善道，不能笃厚，人之若此，虽存于世，何能为有而重？虽没于世，何能为无而轻？言于世无所轻重也。

【解】

"德"和"道"是君子之"学"，皆归心、性，"执而弘"和"信而笃"，在己不在人。若"执而不弘"和"信而不笃"，相当于不执不信，也就是说有又没有，说没有又有，这种介于二者的模糊状态是不"诚"的。

不诚即非德非道，不足取。

19.3　子夏之门人问交于子张。子张曰："子夏云何？"对曰："子夏曰：'可者与之，其不可者拒之。'"子张曰："异乎吾所闻：君子尊贤而容众，嘉^①善而矜^②不能。我之大贤与，于人何所不容？我之不贤与，人将拒我，如之何其拒人也？"

【注】

①嘉：赞美，《国语·晋语》："嘉吾子之赐。"②矜：怜惜，《小尔雅》："矜，惜也。"

【译】

子夏弟子问子张如何交往。子张说："子夏说什么了？"子夏弟子回答说："子夏说：'可交的就交，不可以交的就拒了。'"子张说："和我听到的不一样：君子尊重贤人且容纳凡人，赞美善人且怜惜弱者。假如我非常贤良，对别人有什么不可以包容的呢？如果我不贤良，人家将会排斥我，我又怎么能排斥人家呢？"

【引】

朱熹：子夏之言迫狭，子张讥之是也。但其所言亦有过高之病。盖大贤虽无所不容，然大故亦所当绝；不贤固不可以拒人，然损友亦所当远。学者不可不察。

【解】

虽谈交友之道，子夏之儒和子张之儒却泾渭分明。这种分别，固然是性格使然，也是孔子逝世后的必然趋势。子夏说的"可者与之，其不可者拒之"，等同于孔子说的"无友不如己者"（1.8），可谓立场鲜明，据《史记·仲尼弟子列传》："其（即子夏——引者注）子死，哭之失明。"子夏是一个性情中人，就是格局偏小了。而子张说的"君子尊贤而容众"，则体现了孔子说的"宽"，更"中和"一些。在交友问题上，子夏"过"，子张"不及"，恰恰和孔子评价谁"贤"相反，子贡问："师与商也孰贤？"孔子说："师也过，商也不及。"（11.16）

有意思的是，格局偏小的子夏偏偏搞出了一个西河学派，是传播孔子之道最主要的力量。

19.4　子夏曰："虽小道①，必有可观者焉；致远恐泥，是以君子不为也。"

【注】

①小道：各种技艺。

【译】

子夏说："即便是各种谋生的微技末艺，也一定会有可取之处。但一个人要想走得更远恐怕就会有妨碍了，因此君子不会学习它们。"

【引】

①郑玄：如今诸子书也。何晏：谓异端。朱熹：如农圃医卜之属。刘宝楠：亦谓才艺。孙钦善：各种具体的知识和技能。

邢昺：此章勉人学为大道正典也。小道谓异端之说，百家语也。

【解】

读罢本则，不由令人拍案，心生欢喜。孔子曾批评子夏："女为君子儒！无为小人儒！"（6.13）看来子夏全盘照收照改了，故而才有小道虽可观，"致远恐泥，是以君子不为也"的远卓之识。"小道"就是"小人儒"，子夏能有如此见地，正是遵从孔子之教，内向而求的结果。史书载，"《诗》《书》《礼》《乐》，定自孔子；发明章句，始自子夏"（《后汉书·徐防传》），其终成一代鸿儒，就不足为异了。

内向方能成君子。

19.5 子夏曰："日知其所亡，月无忘其所能，可谓好学也已矣。"

【注】

①亡：同"无"。

【译】

子夏说："每天学一些过去没有过的，每月不会忘记已经学会的，可以说是好学了。"

【引】

邢昺：旧无闻者当学之，使日知其所未闻。旧已能者当温寻之，使月无忘也。朱熹：尹氏曰，"好学者日新而不失。"

【解】

"日知其所亡"是"学"，"月无忘其所能"是"温"。"吾生也有涯，而知也无涯"（《庄子·养生主》），子夏恪守"好学"之道，日新月异，成为孔子之后最著名的"师"。

19.6 子夏曰："博学而笃志，切问①而近思②，仁在其中矣。"

【注】

①切问：追问。切，深，《汉书·霍光传》注："切，深也。"②近思：紧扣问题思索。近，接近，《说文·辵部》："近，附也。"

【译】

子夏说："广泛学习且坚定意志，不停追问且紧扣问题思索，仁就在这些行为里面了。"

【引】

①②何晏：切问者，切问于己所学未悟之事。近思者，近思未能及之事。皇侃：切犹急也。若有所未达之事，宜急谘问取解，故云切问也。近思者，若有所思，则宜思己所已学者，故曰近思也。杨伯峻：恳切地发问，多考虑当前问题。孙钦善：切是近的意思。……近思，好思。

【解】

"仁"虽是心、是性，却是可以学的。"博学"和"切问"都是学，这是前提；"笃志"和"近思"都是"思"，亦即内向"修、求、正、省、讼"，这是基础。

"仁"在别处，更在己处。"学"能发现，"思"能发明。子夏不从玄妙处谈，这是他高明的地方。万事万物都有"仁"，就看能不能"转移"到自己身上。

19.7 子夏曰："百工居肆①以成其事，君子学以致其道。"

【注】

①肆：店铺。

【译】

子夏说："各行各业工匠在店铺里来完成自己的事务，而君子则在学中实现自己的道。"

【引】

皇侃：君子由学以至于道，如工居肆以成事也。朱熹：工不居肆，则迁于异物而业不精。君子不学，则夺于外诱而志不笃。尹氏曰，"学所以致其道也。百工居肆，必务成其事。君子之于学，可不知所务哉？"愚按，二说相须，其义始备。

【解】

"学以致道"和"仁在其中"是一个意思，都是强调通过"学"发明本心，而成君子。"道"和"仁"虽可以成为性和禀赋，却不是天赋的，而是自赋的，渠道便是"学"。

子夏是孔子之后将"学"和人、君子互训且践行的第一人。

19.8 子夏曰："小人之过也必文①。"

【注】

①文：掩饰。

【译】

子夏说："小人犯了错误一定会掩饰一番。"

【引】

邢昺：小人之有过也，必文饰其过，强为辞理，不言情实也。

【解】

每个人都会犯错误，问题在于，对待错误的态度是怎样的。这个态度，决定了是君子还是小人。君子"坦荡荡"，犯了错误，"勿惮改"（1.8），小人恰恰相反。正确的态度是，"过也，人皆见之；更也，人皆仰之。"

（19.21）。

不是不让申辩，而是不能狡辩，把不是当理讲。文过饰非的，一定"非"，是小人。

19.9 子夏曰："君子有三变：望之俨然，即之也温，听其言也厉①。"

【注】

定州简本无"有"字。

①厉：激励，同"励"。《韩非子·用人》："故明主厉廉耻，招仁义。"

【译】

子夏说："君子有三种面相：看他的外貌很庄重，接触起来很温和，听他的言辞很认真。"

【引】

邢昺：论君子之德也。望之、即之及听其言也，有此三者，变易常人之事也。

【解】

"子温而厉，威而不猛，恭而安"（7.38），子夏说的君子形象，在孔子身上得到了完美的印证。这三种面相，是"君子博学而日参省乎己"（《荀子·劝学》）而得到的，是心、性磨砺之后的完美外现。

"学"可以改变一个人的气质。

19.10 子夏曰："君子信而后劳其民，未信则以为厉①己也。信而后谏，未信则以为谤己也。"

【注】

①厉：虐害，损害。

【译】

子夏说："君子取得老百姓信任后才能御使他们，否则老百姓以为是在虐害自己。取得上位者信任后才能劝谏他们，否则上位者以为是在诽谤自己。"

【引】

①王肃：病也。王熙元：厉己，虐待自己、苛扰自己的意思。

【解】

"信"是《论语》中的核心概念之一，孔子四个教学重点中，就有"信"（7.25）。"信"不仅是个人德目，也是为政德目，孔子说："民无信不立。"（12.7）并且，他把信看得比粮食和军备还重要。（见12.7）从孔子到孟子、荀子，无不将"信"视为人际交往和社会治理的前提。荀子就说："政令信者强，政令不信者弱。"（《荀子·议兵》）

本则讨论的是君子政，即君子应如何处理和上位者、老百姓之间的关系，子夏强调的是"信"。《大学》云："与国人交，止于信。"君子若无信，上位者、老百姓都会把他的一言一行反向理解，这就是孔子说的："人而无信，不知其可也。"（2.22）需要注意的是，"信"在这里既是体，也是用；既是普遍性道德要求，也是个体性品格所在，"信"将道与日用勾连起来，成为君子处世的依据和理由。

19.11 子夏曰："大德①不逾闲②，小德③出入可也。"

【注】

①③大德、小德：大节、小节。②闲：界限，《说文·门部》："闲，阑也。"《周礼·庚人》："掌十有二闲之政教。"

【译】

子夏说："大节不能越过界限，小节有些亏欠是可以的。"

【引】

②孔安国：犹法也。

邢昺：大德之人，谓上贤也，所行皆不越法则也。小有德者，谓次贤之人，不能不逾法。有时逾法而出，旋能入守其法，不责其备，故曰可也。

【解】

子夏强调的是把握德目上要有灵活性，他这种观点完全袭自孔子，孔子就说："君子贞而不谅。"（15.37）孔子这么说的，也是这么做的，据《史记·孔子世家》："过蒲，会公叔氏以蒲畔，蒲人止孔子。弟子有公良孺者，以私车五乘从孔子。其为人长贤，有勇力，谓曰：'吾昔从夫子遇难于匡，今又遇难于此，命也已。吾与夫子再罹难，宁斗而死。'斗甚疾。蒲人惧，谓孔子曰：'苟毋适卫，吾出子。'与之盟，出孔子东门。孔子遂适卫。子贡曰："盟可负邪？'孔子曰：'要盟也，神不听。'"

本则意同"过犹不及"（11.16），某种意义上也是"允执其中"（20.1）。不过，践行起来是很难的，难就难在"度"上，故而朱熹《四书集注》引吴氏曰："此章之言，不能无弊。学者详之。"

19.12 子游曰："子夏之门人小子，当洒扫①、应对②、进退③，则可矣，抑末④也。本之则无，如之何？"子夏闻之，曰："噫！言游过矣！君子之道，孰先传焉，孰后倦⑤焉？譬诸草木，区以别矣。君子之道，焉可诬也？有始有卒者，其惟圣人乎！"

【注】

①洒扫：洒水扫地。②应对：答对。③进退：见面和告退的礼仪。④末：末节。⑤倦：或为"传"之误。

【译】

子游说："子夏弟子干些打扫、答对、迎来送往的事情没有问题，可这些都是枝节，说到本源却是没有的，这怎么行？"子夏听说了，道："唉！子游错了。君子之道，谁规定先传授什么，后传授什么，如同草木一样，非得分门别类。君子之道，怎么能肆意歪曲呢？能够有始有终（按照顺序）的，大概只有圣人吧！"

【引】

⑤朱熹：如诲人不倦之倦。程树德："传"字与"倦"字正相反，倦者，倦于传也。金池：可能是"传"字之误。程石泉："倦"字乃"传"字之讹。

【解】

子游、子夏同列四科十哲，且皆以"文学"著称。二人之别，可参看17.4则。子游担任武城宰，孔子去了，闻弦歌之声，就说："割鸡焉用牛刀？"子游说："昔者，偃也闻诸夫子曰：'君子学道则爱人，小人学道则易使也。'"孔子说："二三子！偃之言是也。前言戏之耳。"就此可以看出，子游认为该传先王礼乐之道，故而批评子夏尽传洒扫应对进退，过于琐碎。不过，子夏的说法也没有错，"君子之道，孰先传焉，孰后倦焉？譬诸草木，区以别矣"。他是否认为道在日用间，不得而知。不过，他提出传授君子之道不该拘泥，没谁规定哪个在先，哪个在后，而且认为子游陈义过高，不好把握。

游夏之争，某种意义上也是尊德性、道学问之裂或说道、术之争，至今仍难两立。

19.13 子夏曰："仕而优①则学，学而优则仕。"

【注】

①优：富足，富裕，《说文·人部》："优，饶也。"《小尔雅》："优，多也。"

【译】

子夏说："做官有余力的就去学习，学习有余力的就去做官。"

【引】

马融：行有余力，则以学文。邢昺：此章劝学也。李泽厚：官做好了去求学，学问好了去做官。

【解】

"优"就是"行有余力"（1.6）。在孔子这里，学和仕是一体的，不可分。段玉裁就说："古义宦训仕，仕训学。……以仕学分出处，起于此时也。"学尽管不是为了仕，却是为了入世，也就是说，学全在致用。"学而优则仕"，是把理想付诸实施；"仕而优则学"，是把现实融入理想。

出学入仕，出仕入学，都是修身而立己、立人。

19.14 子游曰："丧致乎哀而止。"

【译】

子游说："居丧尽哀了就可以了。"

【引】

邢昺：言居丧之礼也。言人有父母之丧，当致极哀戚，不得过毁以至灭性，灭性则非孝。

【解】

悲伤也止于中庸，快乐同理，即"乐而不淫，哀而不伤"（3.20）。人固有一死，需要看开，悲伤和快乐都不能过度，过犹不及。特别是亲人不在时，更要节哀顺变，以哀为孝，和"丧，与其易也"（3.4）没有区别。正确的态度是"生，事之以礼；死，葬之以礼，祭之以礼"（2.5）。

悲伤和快乐都是礼。

19.15 子游曰："吾友张也为①难能②也，然而未仁。"

【注】

①为：是。②难能：难以企及。

【译】

子游说："我的朋友子张是难以企及的了，但却没有达到仁。"

【引】

朱熹：子张行过高，而少诚实恻怛之意。

【解】

颛孙师系"子张之儒"创始人，列"八儒"之首，可见成就很大。孔子对其有过议论："师也过，商也不及。"（11.16）仁是很高的一种精神境界，一般人恐怕都达不到，孔子评价一个人是否仁，十分小心，"可以为难矣，仁则吾不知也。"子游是继承了老师的观点。

19.16 曾子曰："堂堂①乎张也，难与并为仁矣。"

【注】

①堂堂：形容人的相貌端正庄严。《广雅》："堂堂，容也。"

【译】

曾子说："子张仪表堂堂，很难和他一起践行仁。"

【引】

①郑玄：言子张仪容盛，于仁德薄，难勉进。王闿运：言子张仁不可及也，难与并，不能比也。曾、张友善如兄弟，非贬其堂堂也。

【解】

《说文·人部》："仁，亲也。"《礼记·经解》："上下相亲谓之仁。"《礼记·儒行》："温良者，人之本也。"经典都表明，"仁"是一种起于人际之间的温良之爱。孔子说："师也过。"（11.16）子张曾犯过罪，性格中估计有偏激的一面。而且，连孔子都承认子张气宇轩昂："师之庄贤于丘也。"（《列子·仲尼篇》）气场足，如此，恐怕一般人接触起来有压力。子游和曾子虽然言辞委婉，但间接表明子张的人缘儿有欠缺。某种意义上，这不是子张之过，而是"中庸"之缺。

人际关系也是道，仿佛可以看到子张无可奈何的孤独。

19.17 曾子曰："吾闻诸夫子：人未有自致①者也，必也亲丧乎！"

【注】

①自致：竭尽自己心力。

【译】

曾子说："我曾听先生说：人没有竭尽自己心力的时候，有也一定是在父母去世时。"

【引】

①马融：言人虽未能自致尽于他事，至于亲丧，必自致尽。朱熹：致，尽其极也。盖人之真情所不能自已者。黄怀信："自"，自愿。"致"，献，指献出性命、殉葬。

【解】

"道中庸"也要有度。父母去世，还不能"自致"，恐怕就无德而非人了。

19.18 曾子曰:"吾闻诸夫子:孟庄子①之孝也,其他可能也;其不改父之臣与父之政,是难能也。"

【注】

①参见附录一 19—18。

【译】

曾子说:"我曾听先生说,孟庄子的孝其他人能够做到,但他不更换父亲旧臣和更改父亲旧政则是其他人难以做到的。"

【引】

马融:谓在谅阴之中,父臣及父政虽有不善者,不忍改也。

【解】

参看 1.11。孝不止伺候吃喝,这是小孝;弘父之志,才是大孝。

19.19 孟氏使阳肤①为士师②,问于曾子。曾子曰:"上失其道,民散③久矣。如得其情,则哀矜而勿喜!"

【注】

①参见附录一 19—19。②士师:典狱官,《周礼·秋官·士师》:"士师之职,掌国之五禁之法,以左右刑罚:一曰宫禁,二曰官禁,三曰国禁,四曰野禁,五曰军禁。皆以木铎徇之于朝,书而县于门闾。"③散:心散,即民心涣散,与"归心"(20.1)相反。

【译】

孟氏派阳肤担任典狱官,阳肤向曾子请教。曾子说:"在位者脱离正道,百姓的心涣散很久了。如果了解了百姓违法乱禁的真实情况,就会难过且体恤他们,而非因破案抓人而沾沾自喜。"

【引】

马融：民之离散为轻漂犯法，乃上之所为，非民之过，当哀矜之，自喜能得其情。朱熹：民散，谓情义乖离，不相维系。谢氏曰，"民之散也，以使之无道，教之无素。故其犯法也，非迫于不得已，则陷于不知也。故得其情，则哀矜而勿喜。"

【解】

法为教人善，不为惩人恶。若把冷冰冰的惩治犯罪的数据作为政绩，恐怕就非仁了。本则是为政以德、为国以礼在司法上的体现，用孔子的话说，就是"听讼，吾犹人也。必也，使无讼乎"（12.13）。曾子表现出了一个思想家的洞察，他认为犯罪的人是很可怜的，原因在于"上失其道"，"尧舜帅天下以仁，而民从之；桀纣帅天下以暴，而民从之"（《大学》）。

法不在民，而在上，千古皆然。比如最高法制定出来是给上位者和国家机器遵守的，而不是针对庶民，因为有能力破坏最高法的，绝对不是一群野人。

19.20 子贡曰："纣^①之不善，不如是之甚也。是以君子恶^②居下流，天下之恶皆归焉。"

【注】

①参见附录一19—20。②恶（wù）：厌恶，讨厌。③恶：坏处，恶名，《说文·心部》："恶，过也。"

【译】

子贡说："纣王的恶处，不像现在说得这么严重。因此君子讨厌处在情势低下的境地，天下的坏事都会汇集在他的身上。"

【引】

邢昺：言商纣虽为不善，以丧天下，亦不如此之甚也，乃后人憎甚之耳。下流者，谓为恶行而处人下，若地形卑下，则众流所归。人之为恶处下，众恶所归，是以君子常为善，不为恶，恶居下流故也。纣为恶行，居下流，则人皆以天下之恶归之于纣也。朱熹：子贡言此，欲人常自警省，不可一置其身于不善之地。非谓纣本无罪，而虚被恶名也。

【解】

对"善"的神化和"恶"的妖化一直是中国历史上并行不悖的文化现象。子贡的可贵之处，就是对历史书写问题进行了反思。通常而言，历史书写的逻辑是为了现在而研究过去，而不是为了过去而研究过去，换句话说，历史是为现实服务的，历史是政治的保姆或仆人，这种价值观会导致根据历史结果或者说现在视角选择、编辑、加工历史素材，以戏剧性、冲突性但却一分为二、非黑即白的方式，让历史书写者成为进步、正义或道德的化身。

子贡以纣为例，是提醒世人内向求己，莫居恶之下流，否则，所有脏水都泼向你。

19.21 子贡曰："君子之过也，如日月之食①焉；过也，人皆见之；更也，人皆仰之。"

【注】

①食：天文现象，日月亏缺或隐匿，《诗经·小雅·十月之交》："彼月而食，则维其常。"

【译】

子贡说："君子的过错就像日食和月食。错了，人人都能看见；改了，人们都会仰视。"

【引】

潘维城：盖以有过则改，故如日月之食，无伤自明也。

【解】

人无完人。君子犯错，有两个特点，一、不"文"；二、善改。君子内向，不文、善改都是求诸己。子贡借"日月之食"为喻，是提醒世人，君子坦荡荡，"过则勿惮改"（1.8），改了，依旧与日月同辉。君子对待"过"的态度，子路堪称榜样，故孟子曰："子路，人告之以有过，则喜。"（《孟子·公孙丑上》）

19.22 卫公孙朝①问于子贡曰："仲尼焉学②？"子贡曰："文武之道③，未坠于地，在人。贤者识其大者，不贤者识其小者。莫不有文武之道焉。夫子焉不学？而亦何常师之有？"

【注】

①参见附录一 19—22。②焉学：从哪里学到的。③文武之道：文王、武王圣人之道。先秦典籍中文武并称，通常指文王、武王。《礼记·中庸》："文武之政，布在方策。"

【译】

卫国公孙朝问子贡说："仲尼是从哪里学来的？"子贡说："文王、武王之道，没有坠落在地上湮灭了，而是还留在人间。只是贤人知道根本，不贤之人只知道枝节。没有哪里不存在文王、武王之道的，先生哪里不能学？为什么非靠固定不变的老师呢？"

【引】

孔安国：无所不从学，故无常师。

【解】

"文武之道，未坠于地，在人"，意味着道不会灭，也不可能灭，而是一直在人间，即在日用之间。"道"虽上达天，下达地，但"道"即人，即心性，唯贤者能发明本心，识"道"之本之体。"道"不彰，罪在人，

"人能弘道，非道弘人"（15.29）。孔子得"道"，非以某人为师，亦非以某一圣人为师，而是以三代和日用为师，通过"学"——"修、求、正、省、讼"，得己心性而已。得己施于人，便是安民、安百姓。

子贡告诉公孙朝，内向而求，便得道，无须琢磨着到处找老师。

19.23 叔孙武叔①语大夫于朝，曰："子贡贤于仲尼。"子服景伯以告子贡。子贡曰："譬之宫墙，赐之墙也及肩，窥见室家之好。夫子之墙数仞②，不得其门而入，不见宗庙之美，百官③之富。得其门者或寡矣。夫子之云，不亦宜乎！"

【注】

①参见附录一 19—23。②仞：古代计量单位，或曰七尺，或曰八尺，一尺约合现在二十三厘米。③百官：诸官吏房舍。官，《字汇》："官舍曰官。"《礼记·王藻》注："谓朝廷治事之处也。"

【译】

叔孙武叔在朝堂上对大夫说："子贡比仲尼要贤。"子服景伯把他的话告诉了子贡。子贡说："就像宫廷里的那围墙，我家的齐肩高，能够看见屋舍不错。先生的数仞之高，找不到门进去，就看不见宗庙的华美和百官房舍的堂皇，能够找到门的可能很少。叔孙武叔先生这么说，合乎情理啊！"

【引】

邢昺：言夫圣阈非凡可及，故得其门而入者或少矣。

【解】

"夫子之云，不亦宜乎"，意思是说，叔孙武叔说"子贡比仲尼要贤"，是合乎情理的，因为"贤者识其大者，不贤者识其小者"（19.22），他"不得其门而入"，故而识不得庐山真面目。子贡以言语著称，《论语》中，言语科比德行科可爱，贡献也大。比如此则，子贡拨乱反正，维护师尊，表现出极为高超的辩论艺术，有弟子若此，实在是孔子之幸。何况，子贡一人守孝六年，德如日月，非他人所能比。

19.24 叔孙武叔毁仲尼。子贡曰："无以为①也！仲尼不可毁也。他人之贤者，丘陵也，犹可逾也；仲尼，日月也，无得而逾焉。人虽欲自绝，其何伤于日月乎？多②见其不知量也。"

【注】

①无以为：无为以，以，此；为，做，干。②多：副词，只，仅仅，《左传·襄公十四年》："吾今实过，悔之何及，多遗秦禽。"

【译】

叔孙武叔诋毁仲尼。子贡说："不要这么做！仲尼先生是无法诋毁的。他人的贤，就像丘陵，还能翻越过去。仲尼先生，就像太阳和月亮，是没有办法逾越的。虽然有人想要自绝于日月，对日月又能有什么损伤呢？仅仅是不自量力罢了。"

【引】

邢昺：言他人之贤，譬如丘陵，虽曰广显，犹可逾越；至于仲尼之贤，则如日月之至高，人不可得而逾也。……人虽欲毁訾夫日月，特自绝弃，于日月其何能伤之乎？故人虽欲毁仲尼，亦不能伤仲尼也，多见其不知量也。

【解】

看来，孔子去世后不久发生过小范围的"倒孔"运动。本则，孔子已开始圣化，辉同日月了。恐怕，子贡是第一个将孔子神化的弟子，这种神化是在"倒孔"运动中建立起来的。窃以为，从世俗的角度而言，子贡也是聪明的，老师若不是东西，弟子算是什么？对老师/师统的维护，就是对自己最好的维护。

子贡之后，曾子也曾神化过老师。据《孟子·滕文公上》："他日，子夏、子张、子游以有若似圣人，欲以所事孔子事之，强曾子。曾子曰：'不可。江汉以濯之，秋阳以暴之，皓皓乎不可尚已。'"王元化谈《论语》一文认为："曾子把孔子看得更为神圣，以为有若仅仅貌似孔子，就以事奉孔子之礼去事奉他，乃是一种亵渎。"

不过，曾子这种说法，恐怕还有对有若不服气的成分。

19.25 陈子禽谓子贡曰："子为^①恭^②也，仲尼岂贤于子乎？"子贡曰："君子一言以为知，一言以为不知，言不可不慎也。夫子之不可及也，犹天之不可阶而升也。夫子之得邦家者，所谓立^③之斯^④立，道^⑤之斯行，绥^⑥之斯来，动^⑦之斯和。其生也荣，其死也哀。如之何其可及也？"

【注】

①为：是。②恭：恭敬。③立：立足，立身。本句即"立于礼"（8.8）。④斯：连词，则。⑤道：同"导"，本句即"道之以德"（2.3）。⑥绥：安抚。本句即"修文德以来之"（16.1）。⑦动：使起作用或变化。本句即"惠则足以使人"（17.6）。

【译】

陈子禽对子贡说："您表现得太谦恭了，仲尼怎么能比您贤呢？"子贡说："君子一句话能表现出智慧，一句话能表现出愚昧，言辞不能不谨慎啊。先生的高不可攀，就像天不能借台阶登上去一样。先生如果能得任诸侯之国和卿大夫之家的政事，就像所说的，依靠礼让百姓立身，就能立起来；依靠德引导百姓，就能行于道；依靠文安抚百姓，就会来投靠；依靠惠动员百姓，就会齐心协力。活着荣耀，死了痛惜，怎么可能赶得上他呢？"

【引】

①毛子水：假装，客气。⑦皇侃：谓劳役之也。朱熹：谓鼓舞之也。黄怀信：调动。

邢昺：言孔子为政，其立教则无不立，道之则莫不兴行，安之则远者来至，动之则民莫不和睦。朱熹：程子曰，"此圣人之神化，上下与天地同流者也。"谢氏曰，"观子贡称圣人语，乃知晚年进德，盖极于高远也。夫子之得邦家者，其鼓舞群动，捷于桴鼓影响。人虽见其变化，而莫窥其所以变化也。盖不离于圣，而有不可知者存焉，此殆难以思勉及也。"

【解】

孔子政治学说虽鲜有实施机会，但子贡却极为服膺。"立、道、绥、动"落脚点都是民，但出发点都是己，中间桥梁是以德以礼。子贡谈的这四条，可以视为君子政的精髓。

正因为学说止于一种理想，才值得神往。

尧曰第二十

本章凡三则，谈为君之道、为政（臣）之道、为人（君子）之道，分别为尧汤武曰一则，子与子张对曰一则，子曰一则，唯一出现的弟子是子张。三则中两则涉及君子，意味着为君子始终是孔子之道的目标。本章内容虽少，却耐人寻味。

首则是尧禅让、汤告天、武分封之辞，前人多将其概括为"祖述尧舜，宪章文武"（《中庸》）的"道统"，无论是否中的，但文内确实代表了儒家的政治面向，赞成礼让天下，主张顺天革命，支持勤政为民，这就是君子政、理想国的核心要义。

次则谈为政，尽管与《阳货第十七》"子张问仁"（17.6）中的观点多有叠和，但再次明确"五美""四恶"是行"君子政"的关键骨节，即君子"尊五美，屏四恶，斯可以从政矣"（20.2）。

末则诸句已间接或直接在前十九章中陆续出现过，这里择要拈出，无非是强调"命""礼""言"的重要性，可以看作是"君子学"的"三句教"。

本章以"君子"呼应《学而第一》的"学"，以"命"呼应《学而第一》的"乐"，以"知人"呼应《学而第一》的"人不知"，似乎给《论语》抹上了一种悲凉的气质，但君子之为君子，还是靠学礼、约言，方能立于天地之间。

20.1 尧曰:"咨^①!尔舜。天之历数^②在尔躬,允^③执其中^④。四海困穷^⑤,天禄永终^⑥。"舜亦以命禹。曰:"予小子履^⑦,敢用玄牡^⑧,敢昭告于皇皇后帝^⑨:有罪不敢赦。帝臣^⑩不蔽,简^⑪在帝心。朕躬有罪,无以万方;万方有罪,罪在朕躬。"周有大赉^⑫,善人是富。"虽有周亲,不如仁人。百姓有过,在予一人。"谨权量^⑬,审法度^⑭,修废官^⑮,四方之政行焉。兴灭国,继绝世,举逸民^⑯,天下之民归心焉。所重:民、食、丧、祭。宽则得众,信则民任焉^⑰,敏则有功,公则说。

【注】

汉石经、皇本、高丽本"罪在朕躬"无"罪"字;定州简本"周有大赉"为"周有泰来",定州简本"公则说"为"公则民说"。

①咨:叹气、赞叹声,《吕氏春秋·行论篇》:"文王流涕而咨之。"②历数:天道,天运。古人以星象运行的周期和轨道观兴盛衰亡的气数。③允:诚,信,《尔雅》:"允,信也;允,诚也。"④中:中庸,不偏不倚。⑤⑥四海困穷,天禄永终:穷极四海而一统,天赐王位而不终。包咸:"困,极也。永,长也。言为政信执其中,则能穷极四海,天禄所以长而不终也。"⑦履:商汤之名。⑧玄牡:黑色公牛。⑨后帝:天帝。后,君主,《尔雅》:"后者,君也。"《诗经·鲁颂·閟宫》:"皇皇后帝,皇祖后稷。"郑玄笺注:"皇皇后帝,谓天也。"《楚辞·天问》:"何献蒸肉之膏,而后帝不若。"王逸注:"后帝,天帝也。"⑩帝臣:天帝之臣,即汤自称。⑪简:分别,辨别。⑫赉(lài):赏赐。⑬权量:称等重量量具和斗等容量量具。《汉书·历律志》:"周衰失败,孔子陈后王之法曰谨权量云云。"⑭法度:长度单位。⑮废官:缺废的官位。⑯逸民:避世隐居的人。⑰信则民任焉:《汉石经》、皇侃本、正平本均无此句,通常认为是衍文。

【译】

尧说:"哎呀!舜啊!天命已经降在你的身上,诚敬握持中道,就能穷极四海而一统,天赐王位而不终。"舜也把这番话告诫禹。汤说:"小子履现郑重地用黑公牛祭祀,向辉煌伟大的天帝祈祷:有罪之人我不敢擅自赦免。您的臣子我不敢蒙蔽，您的心能够分辨清楚。我个人有罪，不要牵连天下人，天下人有罪，都是我个人的责任。"周朝大封诸侯，善人都富贵起来。武王说："虽有至亲，不如有仁人。百姓有过错，都是我的责任。"严格度量衡，审核诸法度，整复废缺职，全国政令就会畅行无阻。恢复灭亡国，接续断绝家，举用隐居者，天下百姓就会诚信归顺。上位者要重视老百姓的三事：粮食、丧葬、祭祀。在位者宽厚就能得到百姓的拥护，勤敏就能有功绩于百姓成绩，公平就能使百姓心悦诚服。

【引】

④皇侃：谓中正之道也。朱熹：无过不及之名。刘宝楠：执中者，谓执中道用之。⑤⑥朱熹：四海之人困穷，则君禄亦永绝矣。⑪朱熹：简，阅也。董子竹：裁决判断之义。金知明：有选择人才的意思。⑬⑭⑮邢昺：总言二帝三王所行政法也。权，秤也。量，斗斛也。谨饬之使钧平。法度，谓车服旌旗之礼仪也。审察之，使贵贱有别，无僭逼也。官有废阙，复修治之，使无旷也。

孔安国：言政教公平则民说矣。凡此，二帝三王所以治也，故传以示后世。朱熹：杨氏曰，"论语之书，皆圣人微言，而其徒传守之，以明斯道者也。故于终篇，具载尧舜咨命之言，汤武誓师之意，与夫施诸政事者。以明圣学之所传者，一于是而已。所以著明二十篇之大旨也。孟子于终篇，亦历叙尧、舜、汤、文、孔子相承之次，皆此意也。"

【解】

本则可参看《虞书·大禹谟》：帝曰："来，禹！降水儆予，成允成功，惟汝贤。克勤于邦，克俭于家，不自满假，惟汝贤。汝惟不矜，天下莫与汝争能。汝惟不伐，天下莫与汝争功。予懋乃德，嘉乃丕绩，天之历数在汝躬，汝终陟元后。人心惟危，道心惟微，惟精惟一，允执厥中。无稽之言勿听，弗询之谋勿庸。可爱非君？可畏非民？众非元后，何戴？后非众，罔与守邦？钦哉！慎乃有位，敬修其可愿，四海困穷，天禄永终。惟口出好兴戎，朕言不再。"

本则"朕躬有罪，无以万方；万方有罪，罪在朕躬"是祷辞，《吕氏春秋·顺民篇》云："昔者汤克夏而正天下，天大旱，五年不收，汤以身祷于桑林，曰：'余一身有罪，无及万夫。万夫有罪，在余一人，无以一人之不敏，使上帝鬼神伤民之命。'""百姓有过，在予一人"是武承汤语。末句"宽则得众，信则民任焉，敏则有功，公则说"，与子张问仁则几同，孔子说能行五者于天下，为仁矣："恭、宽、信、敏、惠。恭则不侮，宽则得众，信则人任焉，敏则有功，惠则足以使人。"（17.6）

《论语》中心意旨是"学"为君子，君子之道二，一为人，二为政。本则是《论语》治政大纲，具有宪章意义，后世为政，皆追溯至此，且为楷模。需注意的是，本则表明，为政是建立在为人基础之上，其中蕴涵的方略最终都指向人的"修、求、正、省、讼"。本则分为两个部分，一部分"历叙尧、舜、禹、汤、武王所以治天下之大端"（钱穆），这是理想国蓝图；一部分"以孔子之言继之"（钱穆），这是君子政蓝图。不过，是否为孔子言，尚不确实，可暂从汉儒之说，当作孔子述先王之道，陈后王之法。

第一部分述先王治国平天下之道，其中，尧舜禹一以贯之的是恪守"中"。这里，既不讲德，亦不说礼，意谓"中"是统摄性的，不偏不倚，就是大德大礼，就是万世之法。"中"是天赋予的，作为代言人的王，持"中"就可以永享天禄。不过，每个时代会有不同的境况，治国平天下也要实事求是，因时而变。汤武一以贯之的是恪守"过"。在他们看来，"过"是一种责任和担当，也是一种绝对律令。《道德经》云："受国不祥，是谓天下王。"天是绝对性存在，不合天即己"过"。过己者诚，诚者自成。民不治，是己责，据《左传·庄公十一年》："禹汤罪己，其兴也勃；桀纣罪人，其亡也忽。"这种"过"的意识是王之心之性，若此，才有国。汤武则意识到了仅"过"己是不够的，其不但分封了周亲，而且提出"周亲，不如仁人"，养善人、仁人，才能得万方。

如果说第一部分是"道"，是一个新国所应遵行的意识形态性法则，第二部分则是"术"，提出了一个新国实现"四方之政行"和"天下之民归心"的方案。"谨权量，审法度，修废官"是修法，儒家并不只是空谈，其比任何一个学派更强调秩序和规则的重要性，只是，儒家惯于内求，将公德视为私德的衍生物。这里，则明显告别纯道德主义，将治国平天下和实务性"法"勾连起来。"兴灭国，继绝世，举逸民"是修德，《汉书·高祖纪下》指出："存亡定危，救败继绝，以安万民，功盛德厚。"儒家革命观的卓识在于，其从不奉行极端主义，天下易主，只是德的转移，而非文的断裂。在儒家的视野中，续统是不绝天，唯其如此，天才能"不丧斯文"。

"所重民：食、丧、祭"。"民为贵"，是国之本，儒家奉行民本主义，而非赤裸裸的王权主义，"食"是强调民生，"丧、祭"是强调民德，以"民"为中心，是儒家提供给世人的理想而又理性的完美价值观。

20.2 子张问于孔子曰："何如斯可以从政矣？"子曰："尊五美，屏①四恶，斯可以从政矣。"子张曰："何谓五美？"子曰："君子惠而不费②，劳而不怨，欲而不贪，泰而不骄，威而不猛。"子张曰："何谓惠而不费？"子曰："因民之所利而利之，斯不亦惠而不费乎？择可劳而劳之，又谁怨？欲仁而得仁，又焉贪？君子无众寡，无小大，无敢慢，斯不亦泰而不骄乎？君子正其衣冠，尊其瞻视，俨然人望而畏之，斯不亦威而不猛乎？"子张曰："何谓四恶？"子曰："不教而杀谓之虐；不戒视成谓之暴；慢令③致期④谓之贼⑤；犹之与人也，出纳⑥之吝谓之有司⑦"。

【注】

①屏（bǐng）：除去，排除，同"摒"。②费：破费，耗费。③慢令：政令迟缓。④致期：限定日期。⑤贼：伤害。⑥出纳：送出，拿出。"出纳"为偏义复词，只有"出"义。⑦有司：官吏，因位卑权小，引申为吝啬，寒酸，小气。

【译】

子张问孔子说："怎样做就可以从政了啊？"孔子说："崇尚五种美德，摒弃四种恶弊，这样就可以从政了。"子张问："五种美德是什么？"孔子说："君子施仁惠却不耗费，役百姓却不招恨，有追求而不贪心，言行庄重却不傲慢，仪态威严却不凶猛。"子张说："君子施仁惠却不耗费什么意思？"孔子说："顺着百姓能获利的事去做对他们有利的，不就是施仁惠却不耗费吗？选择百姓可以御使的事去御使他们，又有谁会怨恨呢？想要追求仁就得到了仁，又有什么可贪的？君子无论人多少，事大小，都不懈怠，不就是言行庄重却不傲慢吗？君子衣冠收拾得整整齐齐，仪表整理得高高贵贵，端正严肃让人见了油然而生敬畏之心，不就是仪态威严却不凶猛吗？"子张问："什么叫四种恶弊？"孔子说："不加教化就杀了叫虐，不加劝诫便求成叫暴，政令迟缓便限定日期叫贼，同样给人财物却出手寒酸叫小家子气。"

【引】

③④⑤邢昺：谓与民无信，而虚刻期，期不至则罪罚之，谓之贼害。朱熹：致期，刻期也。贼者，切害之意。缓于前而急于后，以误其民，而必刑之，是贼害之也。李零：督办不力，刻期要求。⑥⑦孔安国：谓财物俱当与人，而吝啬于出纳惜难之，此有司之任耳，非人君之道。朱熹：犹之，犹言均之也。均之以物与人，而于其出纳之际，乃或吝而不果。则是有司之事，而非为政之体。所与虽多，人亦不怀其惠矣。项羽使人，有功当封，刻印刓，忍弗能予，卒以取败，亦其验也。钱逊：犹之，同样的意思。

【解】

孔子述而不作，《论语》中很多大篇幅的"子曰"，在流传中恐怕都走样了，后人夹带私货，甚至托孔言己，陈述个人想法，并非不可能。不过，大略阐发孔子思想，代表早期儒家观点，应无异议。本则子张问为政也就是为臣之道，孔子的回答直接引到"君子"上，这是他君子政的一贯主张，即上位者首先是个君子。《论语》后十章中，孔子对一些问题的阐释与前十章明显不同，多以数目字提纲挈领地列出条目，然后再仔细演绎一番。孔子说："尊五美，屏四恶，斯可以从政矣。"这个说法，相当于给为政（为臣）提供了一个"六字诀"。其中，"五美"是惠而不费、劳而不怨、欲而不贪、泰而不骄、威而不猛；"四恶"是虐、暴、贼、吝。

孔子讲的"五美""四恶"是个体性私德，这意味着，私德修好了，就能施之于政而成社会性公德。孔子谈"五美""四恶"隐含着两个意思，一、为政即修己，这就是孔子说的："《书》云：'孝乎惟孝，友于兄弟，施于有政。'是亦为政，奚其为为政？"（2.21）；二、为政即为正，这就是孔子说的："政者，正也。子帅以正，孰敢不正？"（12.17）在孔子看来，为政就是"修、求、正、省、讼"而成君子，进而自然而然地影响／教化他人的过程，亦即"为政以德，譬如北辰，居其所而众星共之"（2.1）。（补充一句，上位者为什么不喜欢儒学？儒学内向，对自己约束多。上位者内心都不想做君子，做小人更舒服。对他们而言，自己不德，别人德，如此才有滋有味。）

这样说来，政治是一种自发秩序，源头是个人的心、性、德。

20.3　孔子曰："不知命，无以为君子也；不知礼，无以立也；不知言，无以知人也。"

【译】

孔子说："不懂得天命，就不能成为君子；不懂得礼，就不能立身；不懂得分辨言辞，就不能了解人。"

【引】

孔安国：命，谓穷达之命。皇侃：礼主恭俭庄敬，为立身之本。许谦：有天理之命，有气数之命。……此章之命，盖兼二者之言。朱熹：不知礼，则耳目无所加，手足无所措。……尹氏曰，"知斯三者，则君子之事备矣。弟子记此以终篇，得无意乎？学者少而读之，老而不知一言为可用，不几于侮圣言者乎？夫子之罪人也，可不念哉？"

【解】

不管原始《鲁论》是否以本则终篇，并不重要，至少经典化了的文本如此，经典化意味着载了道的。《论语》以"三不"为首则，以"三不"

为末则，呈现出一种命运性的对应关系。首则"三不"昂扬、快乐，似生命之始；末则"三不"深沉、压抑，似生命之终。由对"学"的追逐到对命运的妥协，恰恰是孔子一生境况的写照。其中的转折点在于"道不行"，君子政、理想国都破灭了。孔子在功业上是失败的，最终证明是"不可为"的。但他这种"知其不可而为之"（14.38）却成全了自己，因为孔子在发挥主动性、发掘主体性上，实现了人的最大化，即在"人"作为"人"这个层面上，最大限度地获得了人存在的价值。而且，孔子一生致力于"学"为君子，通过"任重道远"的"修、求、正、省、讼"，而成为一个文质彬彬的君子，获得了完整、完美、完善的"中和"人格。

首末两则的对应还表现在，孔子的"三知"之学是君子之学，都是"学而时习之"的结果。孔子不同于他人之处在于，向内求，而不向外求；学为己，而不为人。也就是说，他虽急于用世，但成人、成君子是第一位的，而用世的目的，是为"东周"这样的理想国，让人人成人、为君子，而不是为了自己成王、成圣。在成人、成君子的"三知"之学中，"知命"是根本，"知礼"是核心，"知言"是"关键"。"知礼""知言"前文已有述及，这里只谈谈"知命"。"知命"即"知天命""畏天命"。在孔子这里，自然之天、人格之天、义理之天是纠缠在一起的，"天"一直是合法性的根本依据，而"天命"则具有意识形态或宪法性意义，可以说，提供了一种道德秩序，大人也好，圣人也罢，其德源于天，也是人间的表率，若不知而不畏，就丧失了存在的合法性和正当性。孔子说"不知命，无以为君子"，不仅要告诉世人气数无常，还要告诉世人天理昭彰。人"知天命"才不会痛苦，"畏天命"才不会纵己。"知天命"是"修、求、正、省、讼"而成人、为君子的最高阶段，即"从心所欲，不逾矩"（2.4）。

附　录

一、《论语》人物索引

《论语》中除孔子外能考之具体名姓的一百四十人，简注于此。

1—2：有子

有子（前 508—？），孔子弟子，姓有名若，字子有，鲁国（今山东肥城）人，十哲之一。据《史记·仲尼弟子列传》，少孔子四十三岁（《孔子家语》作三十三岁）。有子是《论语》中第一个出现的孔子弟子，主要思想是"孝弟"乃为仁之本，提倡"礼之用、和为贵"。有子貌似孔子，《孟子·滕文公上》载："昔者孔子没，……子夏、子张、子游以有若似圣人，欲以所事孔子事之。"有意思的是，有子没进入四科十哲。

《论语》中涉及有子的有四则。

1—4：曾子

曾子（前 505—前 435），孔子弟子，姓曾名参，字子舆，鲁国（今山东武城）人，四圣之一。据《史记·仲尼弟子列传》，少孔子四十六岁。主要思想为"内省"，即"吾日三省吾身"。通常认为，曾子是孔子到孟子的桥梁，学界名之曰"思孟学派"。《论语》中称"子"的孔子弟子有四人，但唯有曾子自始至终被称为"子"。不过，曾子也没列入四科十哲。

《论语》中涉及曾子的有十四则。

1—7：子夏

子夏（前 507—？ ），孔子弟子，姓卜名商，字子夏，晋国温（今河南温县）人，孔子弟子，十哲之一，据《史记·仲尼弟子列传》，少孔子四十四岁，以"文学"著称。他提出行比学更重要，认为能做到"贤贤易色；事父母，能竭其力；事君，能致其身；与朋友交，言而有信"，即使没学过，"吾必谓之学矣"（1.7）。子夏有这种独到见解并非偶然，他和孔子谈诗，孔子便称赞"起予者，商也！始可以言《诗》已矣"（3.8）。《论语》保留了子夏很多鲜明的思想观点，诸如"虽小道，必有可观者焉"（19.4）、"仕而优则学，学而优则仕"（19.13）等等，不过，孔子认为他在仁和礼方面有所"不及"（11.16），且因其赞与"小道"，故告诫曰："女为君子儒，无为小人儒。"（6.13）子夏对儒学贡献巨大，"《诗》《书》《礼》《乐》，定自孔子；发明章句，始自子夏"（《后汉书·徐防传》）。子夏在孔子去世后到魏国立足并讲学，曾担任过魏文侯的教师，其弟子众多，"如田子方、段干木、吴起、禽滑厘之属，皆受业于子夏之伦"（《史记·儒林列传》），史称"西河学派"。

《论语》中涉及子夏的有十八则。

1—10—1：子禽

子禽（约前 508—前 430）：姓陈名亢，字子禽，少孔子约四十三岁。郑玄说他是孔子的学生，不正确，子禽和子贡对话时，直呼孔子为仲尼，可见并非弟子："子为恭也，仲尼岂贤于子乎？"（19.25）《史记·仲尼弟子列传》也未列此人。其主调是疑孔子之为学为人。

《论语》中有关子禽的部分有三则。

1—10—2：子贡

子贡（前 520—前 446）：孔子弟子，复姓端木名赐，字子贡，卫国（今河南鹤壁）人，十哲之一，以"文学"著称。据《史记·仲尼弟子列传》，少孔子三十一岁。战国楚简显示，"贡"本作"赣"。孔子对子贡评价很高，称其为"瑚琏也"（5.4），认为"赐也达，于从政乎何有？"（6.8）子贡曾任鲁、卫之相，《论语》中能和孔子谈诗的，除了子夏，就是子贡："赐也，始可与言《诗》已矣，告诸往而知来者。"（1.15）《史记·货殖列传》评价说："七十子之徒赐最为饶益，原宪不厌糟糠，匿于穷巷，子贡结驷连骑束帛之币以聘诸侯，所至，国君无不分庭与之抗礼。夫使孔子名布于天下者，子贡先后之也。此所谓得执而益彰乎？"子贡影响很大，以至于叔孙武叔在朝堂上对大夫们说："子贡贤于仲尼。"子贡很谦虚："譬之宫墙，赐之墙也及肩，窥见室家之好。夫子之墙数仞，不得其门而入，不见宗庙之美，百官之富。得其门者或寡矣。夫子之云，不亦宜乎！"（19.23）孔子逝世后，子贡独自守孝六年，是孔子逝世后最忠实的信徒。

《论语》中涉及子贡的有三十七则，仅次于子路。

2—5—1：孟懿子

孟懿子（？—前481）：姬姓，世称仲孙或孟孙，名何忌，谥懿，孟僖子之子，南宫敬叔之兄，鲁孟孙氏第九代宗主。懿子算是孔子不在册的学生，据《左传·昭公七年》：

九月，公至自楚。孟僖子病不能相礼，乃讲学之，苟能礼者从之。及其将死也，召其大夫曰："礼，人之干也。无礼，无以立。吾闻将有达者曰孔丘，圣人之后也，而灭于宋。其祖弗父何，以有宋而授厉公。及正考父，佐戴、武、宣，三命兹益共。故其鼎铭云：'一命而偻，再命而伛，三命而俯。循墙而走，亦莫余敢侮。饘于是，鬻于是，以糊余口。'其共也如是。臧孙纥有言曰：'圣人有明德者，若不当世，其后必有达人。'今其将在孔丘乎？我若获没，必属说与何忌于夫子，使事之，而学礼焉，以定其位。"

按孟僖子遗愿，孟懿子与南宫敬叔师事仲尼。孟懿子身为宗主，自然以宗室利益为重。昭公二十五年（前517），郈昭伯怂恿昭公讨伐季平子，孟懿子将郈昭伯斩杀。定公十二年（前498），孔子"摄相事"，堕三都。孟懿子从郕邑宰公敛处父之说，抵制堕郕邑，致孔子计划失败。需要注意的是，此人乃孟子六世祖。

《论语》中孟懿子仅此一见。

2—5—2：樊迟

樊迟（前505或前515—?）：孔子七十二弟子之一，姓樊名须，字子迟，鲁国人（一说齐国人），据《史记·仲尼弟子列传》，少孔子三十六岁。樊迟文武双全，且多能，曾向孔子问"仁"、问"知"、问"崇德、修慝、辨惑"。不过，因为"学稼""学为圃"，受到老师斥责。哀公十一年（前484）齐师伐鲁，樊迟从冉求应敌，胜。

《论语》中涉及樊迟的有六则。

2—6：孟武伯

孟武伯：姬姓，名彘，世称仲孙彘，谥武，孟懿子之子，鲁孟孙氏第十代宗主。曾与高柴佐哀公盟齐平公。孟武伯与哀公不和，据《哀公·二十七年》（前468）："公患三桓之侈也，欲以诸侯去之。三桓亦患公之妄也，故君臣多间。公游于陵阪，遇孟武伯于孟氏之衢，曰：'请有问于子，余及死乎？'对曰：'臣无由知之。'三问，卒辞不对。公欲以越伐鲁，而去三桓。秋八月甲戌，公如公孙有陉氏，因孙于邾，乃遂如越。"于是，三桓立武伯子为悼公。

《论语》中涉及孟武伯的有两则。

2—7：子游

子游（前506—?）：孔子弟子，姓言名偃，字子游。常熟（今江苏苏州）人。十哲之一，以"文学"著称，七十二弟子中唯一南方人。曾任武城（今山东平邑县南）宰，其间，以礼乐治民，并发擢澹台灭明，为孔子激赏。后人评价颇高，《孟子·公孙丑上》曾曰："昔者窃闻之：'子夏、子游、子张皆有圣人之一体。'"

《论语》中涉及子游的有八则。

2—9：颜渊

颜渊（前521—前481）：孔子弟子，姓颜名回，字子渊，鲁国人（今山东兖州）。十三岁入门，终生师事孔子，十哲之一，七十二贤之首，以"德行"著称，后世之为儒家五大圣人之一，尊"复圣"。据《史记·仲尼弟子列传》，少孔子三十岁。颜渊是孔子最得意之弟子，在孔子看来，颜渊安贫乐道，"一箪食，一瓢饮，在陋巷，人不堪其忧，回也不改其乐"（6.11），又最接近"仁"，"回也，其心三月不违仁"（6.7），且为人谦和好学，"不迁怒，不贰过"（6.3），"语之而不惰者，其回也与！"（9.20）。故而颜渊早死时，孔子哀叹道："噫！天丧予！天丧予！"其理想是"愿无伐善，无施劳"（5.26）。

《论语》中涉及颜渊的有二十一则，仅次于子路、子贡。其中，孔子称其善者有六则。

2—17：子路

子路（前542—前480）：孔子弟子，姓仲名由，字子路，或称季路，鲁国卞（今山东泗水）人。十哲之一，以"政事"著称，是弟子中侍奉孔子最久者，也是孔子生前最重要的弟子。《论语》中，有两章只有一个弟子出现，便是子路。据《史记·仲尼弟子列传》，少孔子九岁，《列传》载："子路性鄙，好勇力，志伉直，冠雄鸡，佩猳豚。"弟子中只有子路敢于批评孔子，曾阻止孔子应公山弗扰、佛肸之召，非议孔子见南子，是真正的"当仁，不让于师"（15.36）。孔子对其才能评价很高，认为"千乘之国可使治其赋"，并说自从认识了子路"恶言不闻于耳"。子路曾任卫蒲邑大夫、季氏家宰，支持孔子"堕三都"。任卫大夫孔悝家宰时，在内讧中被杀。

《论语》中涉及子路的有四十则，是出现次数最多的弟子。

2—18：子张

子张（前503—？）：孔子弟子，姓颛孙名师，字子张，据《史记·仲尼弟子列传》，少孔子四十八岁。子张出身微贱，且犯过罪行，虽学干禄，未尝从政，以教授终，系"子张之儒"创始人。《史记·儒林列传》载：

"自孔子卒后，七十子之徒散游诸侯……故子路居卫，子张居陈，澹台子羽居楚，子夏居西河，子贡终午齐。"《论语》中，子张是唯一一个当场记录孔子思想的学生，曾将孔子谈"行"的话"书诸绅"（15.6）。

《论语》中涉及子张的有十八则，次于子路、子贡、颜渊。

2—19：哀公

哀公：鲁哀公姬蒋，鲁国第二十六任君主，承袭定公在位二十七年（前494—前466）。哀公当权时，三桓把持朝政，吴越齐交相侵逼，国政每况愈下。哀公十一年，齐伐鲁。季康子因冉有有功，思念孔子，迎其自卫归鲁。十四年，田常在徐州弑齐简公。孔子请伐，哀公不允。十五年，使子服景伯、子贡为介，适齐，齐归还侵占之地。十六年，孔子卒。哀公亲谏孔子。谏文说："旻天不吊，不慭遗一老，俾屏余一人以在位，茕茕余在疚，呜呼哀哉！尼父！无自律。"二十七年春，季康子卒。夏，哀公患三桓；三桓亦患公，作难。哀公出游陵阪，街上遇孟武伯，问："请问余及死乎？"答说："不知也。"哀公欲以越伐三桓。三桓攻哀公，奔卫哀公，去邹，如越。后，国人迎哀公复归，卒于有山氏。

《论语》中涉及哀公的有五则。

2—20：季康子

季康子（？—前468）：姬姓季氏，名肥，谥康，鲁国正卿，史称季康子。鲁哀公在位时公室衰弱，三桓强盛，把持国柄。哀公七年（前488），鲁、吴会于曾（今山东苍山西北），吴令鲁用百牢（牺牲，周礼最多十二），鲁被迫遵行。吴太宰伯嚭召之，季康子使子贡拒之。十一年，齐攻鲁，季康子使冉求率师却之。在季康子授意下，孔子晚年得以返鲁。

《论语》中涉及季康子的有八则。

3—1：季平子

季平子（？—前505）：姬姓季氏，名意如，谥平，任鲁国正卿三十一年，史称季平子。《左传·昭公二十五年》："将禘襄公，万者二八，其余万于季氏。"季平子柄权期间，与昭公结怨甚深，曾被困于宅，被叔孙、孟孙解救，后迫昭公居乾侯（今河北成安东南）。昭公卒，季平子葬其于鲁陵墓道南，不得与祖宗并列。

《论语》中季平子仅此一见。

3—4：林放

林放：不可考，或如朱熹所说："鲁人。"

《论语》中涉及林放的有两则，皆与礼有关。

3—6：冉有

冉有（前522—前489）：孔子弟子，姓冉名求，字子有，亦称冉求，鲁国陶（今山东定陶）人。据《史记·仲尼弟子列传》，少孔子二十九岁。十哲之一，以"政事"著称，"求也，千室之邑，百乘之家，可使为之宰"（5.8）。曾为季氏宰。哀公十一年（前484），率左师抵抗齐军，胜。其才识可据《左传·哀公十一年》：

季孙谓其宰冉求曰："齐师在清，必鲁故也。若之何？"求曰："一子守，二子从公御诸竟。"季孙曰："不能。"求曰："居封疆之间。"季孙告二子，二子不可。求曰："若不可，则君无出。一子帅师，背城而战。不属者，非鲁人也。鲁之群室，众于齐之兵车。一室敌车，优矣。子何患焉？二子之不欲战也宜，政在季氏。当子之身，齐人伐鲁而不能战，子之耻也。大不列于诸侯矣。"……冉求帅左师，管周父御，樊迟为右。季孙曰："须也弱。"有子曰："就用命焉。"季氏之甲七千，冉有以武城人三百为己徒卒。……师获甲首八十，齐人不能师。宵，谍曰："齐人遁。"冉有请从之三，季孙弗许。孟孺子语人曰："我不如颜羽，而贤于邴泄。子羽锐敏，我不欲战而能默。泄曰：'驱之。'"公为与其嬖僮汪锜乘，皆死，皆殡。孔子曰："能执干戈以卫社稷，可无殇也。"冉有用矛于齐师，故能入其军。孔子曰："义也。"

冉有曾说服季康子迎孔子，孔子遂结束十四年游历返国。冉有擅理财，助季氏改革田赋改革，被孔子痛斥："非吾徒也。小子鸣鼓而攻之可也。"（11.17）

《论语》中涉及冉有的有十一则。

3—13：王孙贾

王孙贾：卫国大夫，灵公时主管军事，"仲叔圉治宾客，祝鮀治宗庙，王孙贾治军旅"（14.19）。

《论语》中涉及王孙贾的有两则。

3—19：定公

定公（前556—前495）：鲁定公姬宋，鲁国第二十五任君主。以昭公弟身份继位，执政十五年。定公任内，孔子任大司寇，由其陪同参加前500年"夹谷之会"。定公委派孔子堕三都，惜乎未成。据《史记·鲁周公世家》：

定公立，赵简子问史墨曰："季氏亡乎？"史墨对曰："不亡。季友有大功于鲁，受费为上卿，至于文子、武子，世增其业。鲁文公卒，东门遂杀适立庶，鲁君于是失国政。政在季氏，于今四君矣。民不知君，何以得国！是为君慎器与名，不可以假人。"定公五年，季平子卒。阳虎私怒，囚季桓子，与盟，乃舍之。七年，齐伐我，取郓，以为鲁阳虎邑以从政。八年，阳虎欲尽杀三桓适，而更立其所善庶子以代之；载季桓子将杀之，桓子诈而得脱。三桓共攻阳虎，阳虎居阳关。九年，鲁伐阳虎，阳虎奔齐，已而奔晋赵氏。十年，定公与齐景公会于夹谷，孔子行相事。齐欲袭鲁君，孔子以礼历阶，诛齐淫乐，齐侯惧，乃止，归鲁侵地而谢过。十二年，使仲由毁三桓城，收其甲兵。孟氏不肯堕城，伐之，不克而止。季桓子受齐女乐，孔子去。十五年，定公卒，子将立，是为哀公。

《论语》中涉及定公的有两则。

3—21：宰我

宰我（前522—前458）：孔子弟子，姓宰名予，字子我，也叫宰我，鲁国人，十哲之一，以"言语"著称。据《史记·仲尼弟子列传》，少孔子二十九岁。宰予言行不合孔子之处甚多，因主张改"三年之丧"为"一年之丧"，遭到孔子指责（见17.21）；又因"昼寝"，被孔子称为"朽木不可雕也"（5.10）；曾主张"使民战栗"，被孔子含蓄批评（3.21）。不过，思维敏捷，常有创见，曾任齐国临淄大夫，并从孔子周游列国。《史记·仲尼弟子列传》载，宰予任临淄大夫时，因参与田常作乱被陈恒所杀。

《论语》中涉及宰我的有五则。

3—22：管仲

管仲（约前723—前645）：名夷吾，又名敬仲，穆王后裔，齐国颖上（今安徽颖上）人，被视为法家代表人物。少时曾和鲍叔牙经商，公子小白（齐桓公）与公子纠争夺王位时帮助后者，失败后经鲍叔牙推荐，被桓公任为卿，尊称"仲父"。管仲襄助桓公提出"尊王攘夷"，使之成为春秋时第一位霸主。管仲主张改革以富国强兵："国多财则远者来，地辟举则民留处，仓廪实而知礼节，衣食足而知荣辱。"（《管子·牧民》）管仲改革实质是变更土地和人口制度。由于他联合北方邻国，抵抗山戎族南侵，有效维护了统一，故孔子感叹："微管仲，吾其被发左衽矣！"（14.17）著有《管子》一书。

《论语》中涉及管仲的有四则。

5—1：公冶长

公冶长：孔子弟子，姓公冶名长（以氏为姓），字子长。一说齐国人，一说鲁国人。相传通鸟语，并因此无辜获罪。

《论语》中公冶长仅此一见。

5—2：南容

南容：孔子弟子，名适（kuò），鲁国人。据《史记·仲尼弟子列传》："南宫括字子容。"

《论语》中涉及南容的有三则。

5—3：子贱

子贱（前521或502—前445）：孔子弟子，姓宓（fú）名不齐，字子贱。鲁国人，据《史记·仲尼弟子列传》，少孔子三十岁（《孙子家语》作四十九岁）。鲁哀公时任单父宰，为政三年，大治。《史记》载："子产治郑，民不能欺，子贱治单父，民不忍欺，西门豹治邺，民不敢欺。"

《论语》中子贱仅此一见。

5—5：冉雍

冉雍（前 522—？）：孔子弟子，姓冉名雍，字仲弓，据《史记·仲尼弟子列传》，少孔子二十九岁，与冉耕（伯牛）、冉求（子有）皆在孔门十哲之列。其以"德行"著称，孔子有"雍也可使南面"之誉。荀子在《儒效》将冉雍与孔子并列："通则一天下，穷则独立贵名，天不能死，地不能埋，桀跖之世不能污，非大儒莫之能立，仲尼、子弓是也。"

《论语》中涉及冉雍的有七则。

5—6：漆雕开

漆雕开（前 540—前 489）：孔子弟子，姓漆雕名开，字子开，又字子若，鲁国人。《孔子家语·弟子解》云其"习《尚书》，不乐仕"，是"漆雕氏之儒"创始人。

《论语》中漆雕开仅此一见。

5—8：公西赤

公西赤（前 509—？），孔子弟子，姓公西名赤，字子华，亦称公西华。据《史记·仲尼弟子列传》，少孔子四十二岁。公西赤懂礼仪，擅外交，其自称"宗庙之事，如会同，端章甫，愿为小相焉"（11.26）。

《论语》中涉及公西赤的有五则。

5—11：申枨

申枨（chéng）：孔子弟子，姓申名枨，字周，鲁国人。

《论语》中申枨仅此一见。

5—15：孔文子

孔文子（？—前 480）：姓孔名圉，谥文，子为敬称。卫国大夫，曾事辄、出二公，其妻即灵公之女、蒯聩之姐，子悝。子路曾任孔圉宰。据《左传·哀公十一年》："冬，卫大叔疾出奔宋。初，疾娶于宋子朝，其娣嬖。子朝出。孔文子使疾出其妻而妻之。疾使侍人诱其初妻之娣，置于犁，而为之一宫，如二妻。文子怒，欲攻之。仲尼止之。遂夺其妻。"

《论语》中涉及孔文子的有两则。

5—16：子产

子产（？—前522）：姬姓，公孙氏，名侨，字子产，又字子美，谥成。郑简公十二年（前554）为卿，简公二十三年（前543）执政，佐简公、定公二十余载。主政期间，整田制，作丘赋，铸刑书，择能人，甚至愿闻庶人议政，有古民主之风。据《左传·昭公十八年》，郑国星占家裨灶预言郑将发生大火，或劝子产按照裨灶所说用玉器禳祭以避火灾，子产说："天道远，人道迩，非所及也，何以知之？"孔子非常赞赏子产，据《左传·昭公二十年》：

郑子产有疾。谓子大叔曰："我死，子必为政。唯有德者能以宽服民，其次莫如猛。夫火烈，民望而畏之，故鲜死焉。水懦弱，民狎而玩之，则多死焉。故宽难。"疾数月而卒。大叔为政，不忍猛而宽。郑国多盗，取人于萑苻之泽。大叔悔之，曰："吾早从夫子，不及此。"兴徒兵以攻萑苻之盗，尽杀之，盗少止。仲尼曰："善哉！政宽则民慢，慢则纠之以猛。猛则民残，残则施之以宽。宽以济猛；猛以济宽，政是以和。诗曰：'民亦劳止，汔可小康，惠此中国，以绥四方。'施之以宽也。'毋从诡随，以谨无良，式遏寇虐，惨不畏明。'纠之以猛也。'柔远能迩，以定我王。'平之以和也。又曰：'不竞不绿，不刚不柔，布政优优，百禄是遒。'和之至也！"及子产卒，仲尼闻之，出涕曰："古之遗爱也。"

子产有儒者气象，称得上儒家早期代表人物。

《论语》中涉及子产的有三则。

5—17：晏平仲

晏平仲（前578—前500）：晏子，名婴，字仲，谥平，齐国夷维（今山东莱州）人，上大夫，事灵公、庄公、景公三朝，长达半个世纪。据《晏子春秋》，其性豁达，不"患死"、不"哀死"，主张"廉者，政之本也；谦者，德之主也”，倡导“君使臣临百官之吏，臣节其衣服饮食之养，以先齐国之民，然犹恐其侈靡而不顾其行也；今辂车乘马，君乘之上，而臣亦乘之下，民之无义，侈其衣服饮食而不顾其行者，臣无以禁之”，认为“礼者，所以御民也……无礼而能治国家者，婴未之闻也”，可以说是一个典型的儒家人物。

《论语》中晏平仲仅此一见。

5—18：臧文仲

臧文仲（？—前617）：姬姓，臧氏，名辰，谥文。鲁大夫，世袭司寇，事鲁庄公、闵公、僖公、文公四朝。臧文仲治国理政颇合乎道，据《国语·鲁语》："贤者急病而让夷，居官者当事不避难，在位者恤民之患，是以国家无违。今我不如齐，非急病也。在上不恤下，居官而惰，非事君也。"其行事不拘泥于陈规陋习，《左传·僖公二十一年》载，臧文仲反对烧畸人以祈雨："非旱备也。修城郭，贬食、省用、务穑、劝分，此其务也。巫、尪何为？天欲杀之，则如勿生，若能为旱，焚之滋甚。"其对兴亡有自己的看法，据《左传·庄公十一年》，他认为"宋其兴乎！禹、汤罪己，其兴也悖焉；桀、纣罪人，其亡也忽焉"。臧文仲还认为："以欲从人，则可；以人从欲，鲜济。"（《左传·僖公二十年》）鉴于其政声，鲁国大夫穆叔豹出使晋国时评价曰："鲁有先大夫曰臧文仲，既没，其言立，其是之谓乎！豹闻之：'大上有立德，其次有立功，其次有立言。'虽久不废，此之谓不朽。"（《左传·襄公二十四年》）

不过，孔子对臧文仲非议很多，"孔子数称臧文仲、柳下惠"（《史记·仲尼弟子列传》），认为"臧文仲，其不仁者三，不知者三。下展禽，废六关，妾织蒲，三不仁也。作虚器，纵逆祀，祀爰居，三不知也"（《左传·文公二年》）。爰居是一种海鸟，时人不识，臧文仲使人祭祀，据《国语·鲁语》，柳下惠批评道："今海鸟至，己不知而祀之，以为国典，难以为仁且知矣。"孔子批评臧文仲的语调和柳下惠如出一辙，根本原因恐怕还在于臧文仲如本则所描绘的"僭礼"。

《论语》中臧文仲仅此一见。

5—19—1：令尹子文

令尹子文：斗氏，名穀於菟，字子文。令尹，楚国官名，同宰相。其为楚贵族若敖氏斗伯比偷情所生，出生被遗弃，由雌虎抚养，穀於菟即老虎乳育的意思，后由祁国君祁子抱养。其于鲁庄公三十年至鲁僖公二十三年间任令尹，其间多次罢免又获任。据《左传·僖公二十三年》：秋，楚成得臣帅师伐陈，讨其贰于宋也。遂取焦、夷，城顿而还。子文以为之功，使为令尹。叔伯曰："子若国何？"对曰："吾以靖国也。夫有大功而无贵仕，其人能靖者与有几？"

《论语》中子文仅此一见。

5—19—2：崔杼

崔杼（？—前546），齐大夫，其曾率军伐郑、秦、鲁、莒等国，并在灵公病危时，迎立前太子吕光为庄公。前548年，庄公与崔妻棠姜私通，崔杼联合棠无咎杀之，立弟杵臼为君，是为景公，自为右相。前548年，家族内讧，左相庆封起兵攻之，崔杼自缢而亡。

《论语》中崔杼仅此一见。

5—19—3：齐庄公

齐庄公（？—前548），姜姓吕氏，名光，前553年至前548年在位，本为灵公太子，后被公子牙取而代之。灵公病重，崔杼、庆封等杀公子牙母子，迎立前太子光，是为庄公，为避中兴之庄公吕购，又称后庄公。

《论语》中齐庄公仅此一见。

5—19—4：陈文子

陈文子即田文子，名须无，谥文，与晏婴、崔杼等同时。其为人善于自保，不履臣责。据《左传·襄公二十三年》：

晏平仲曰："君恃勇力以伐盟主，若不济，国之福也。不德而有功，忧必及君。"崔杼谏曰："不可。臣闻之，小国间大国之败而毁焉，必受其咎。君其图之！"弗听。陈文子见崔武子，曰："将如君何？"武子曰：

"吾言于君，君弗听也。以为盟主，而利其难。群臣若急，君于何有？子姑止之。"文子退，告其人曰："崔子将死乎！谓君甚，而又过之，不得其死。过君以义，犹自抑也，况以恶乎？"庄公被弑，陈文子出逃。

《论语》中陈文子仅此一见。

5—20：季文子

季文子（？—前568）：季孙行父，姬姓季氏，谥文，史称季文子。不过，"孙"为尊称，非"季孙氏"，"季孙"仅限于称谓宗主，宗族成员只能称"季"。前601年至前568年任正卿，执鲁国政，佐宣公、成公、襄公三朝。据《史记·鲁世家》，季文子节俭、廉洁，执政时"家无衣帛之妾，厩无食粟之马，府无金玉"。又据《国语·鲁语》：

季文子相宣、成，无衣帛之妾，无食粟之马。仲孙它谏曰："子为鲁上卿，相二君矣，妾不衣帛，马不食粟，人其以子为爱，且不华国乎！"文子曰："吾亦愿之。然吾观国人，其父兄之食粗而衣恶者犹多矣，吾是以不敢。人之父兄食粗衣恶，而我美妾与马，无乃非相人者乎！且吾闻以德荣为国华，不闻以妾与马。"文子以告孟献子，献子囚之七日。自是，子服之妾衣不过七升之布，马饩不过稂莠。文子闻之，曰："过而能改者，民之上也。"使为上大夫。

季文子一大功绩是开初税亩，鼓励开垦私田，解放"隐民"。据《左传·昭公二十五年》："政自之出久矣，隐民多取食焉。为之徒者众矣，日入愿作，弗可知也。"季文子行事，确如本则所言，谨小慎微，《左传·文公六年》载："秋，季文子将聘于晋，使求遭丧之礼以行。其人曰：'将焉用之？'文子曰：'备豫不虞，古之善教也。求而无之，实难。过求何害？'"需要指出的是，季文子下启以季氏为首的三桓政治，导致卿大夫坐大，凌驾于国君之上。

《论语》中季文子仅此一见。

5—21：宁武子

宁武子：名俞，卫国大夫，谥武子。邢昺认为其人"若遇邦国有道，则显其知谋；若遇无道，则韬藏其知而佯愚"。

《论语》中宁武子仅此一见。

5—23：伯夷、叔齐

伯夷、叔齐：据邢昺引《春秋少阳篇》："伯夷姓墨，名允，字公信。伯，长也；夷，谥。叔齐名智，字公达，伯夷之弟，齐亦谥也。"据传，二人为商末孤竹君之子。孤竹君遗命立季子叔齐，其死后，叔齐让位伯夷，伯夷不受，二人先后去商赴周。武王起兵，二人谏阻不得。商亡，耻食周粟，饿死首阳山。

孔子评价为"古之贤人也"（7.15），"不降其志，不辱其身"（18.8）。《韩非子·功名》指出："非天时，虽十尧不能冬生一穗。……桀为天子，能制天下，非贤也，势重也；尧为匹夫，不能正三家，非不肖也，位卑也。……圣人德若尧舜，行若伯夷，而位不载于世，则功不立、名不遂。"

《论语》中涉及二人的有四则。

5—24：微生高

微生高：鲁人。据《汉书·东方朔传》："信若尾生"，或谓微生高即尾生高。《国策·燕策》云，其人以信义著称："信如微生，期而不来，抱柱柱而死。"《庄子·盗跖》亦载："尾生与女子期于梁下，女子不来，水至不去，抱梁柱而死。"

《论语》中微生高仅此一见。

5—25：左丘明

左丘明（前556—前451）：姜姓丘氏，名明，因先祖曾任楚国左史官，故称左史丘明先生，简为左丘明。其曾任鲁国太史，著有《左传》《国语》等，《左传》起鲁隐公元年（前722），至哀公二十七年（前468），是中国第一部完整的编年体史书；《国语》记西周末年（约前967）至春秋时期（前453）周王室及鲁齐晋郑楚吴越诸国历史，是中国最早的国别体史书。传其著《国语》时，双目失明。《汉书》赞曰："自古书契之作而有史官，其载籍博矣。至孔氏撰之，上断唐尧，下讫秦缪。唐、虞以前，虽有遗文，其语不经，故言黄帝、颛顼之事未可明也。及孔子因鲁史记而作《春秋》，而左丘明论辑其本事以为之传，又撰异同为《国语》。"又据《史记·十二诸侯年表》："是以孔子明王道，干七十余君，莫能用，故西观周室，记史记旧闻，兴于鲁而次《春秋》，上记隐，下至哀之获麟，约其辞文，去其烦重，以制文法，王道备，人事浃。七十子之徒口授其传指，为有所刺讥褒讳挹损不可以书见也。鲁君子左丘明惧弟子人人异端，各安其意，失其真，故因孔子史记具论其语，成《左氏春秋》。"

左丘明略长于孔子，曾同列于朝堂。据《左传精舍志·荐圣图》载："赵师圣云：鲁侯欲以孔子为司徒，将召三桓议之，乃谓左丘明。左丘明曰：'孔丘其圣人欤，夫圣人在政，过者离位焉。君虽欲谋，其将弗合乎？'鲁侯曰：'吾子奚已知之？'左丘明曰：'周人有爱裘而好珍馐，欲为千金之裘而与狐谋其皮；欲为少牢之珍而与羊谋其馐。言未卒，狐相与逃于重丘之下；羊相与藏于深林之中。故周人五年不制一裘，十年不足一牢。何者？周人之谋失矣。今君欲以孔丘为司徒，召三桓而议之，亦与狐谋裘与羊谋馐也。'于是，鲁侯遂不与三桓谋，即召孔子为司徒。"

《论语》中左丘明仅此一见。

6—2：子桑伯子

子桑伯子：不确考。《庄子·大宗师》："子桑户死，未葬。孔子闻之，使子贡往待事焉。或编曲，或鼓琴，相和而歌曰：'嗟来桑户乎！嗟来桑户乎！而已返其真，而我犹为人猗！'"《左传·文公三年》："子桑之忠也，其知人也，能举善也。"杜预《集解》注："子桑，公孙枝，举孟明者。"若如是，子桑伯子乃公孙氏，名枝，字子桑，伯子是其卿大夫身份。

《论语》中子桑伯子仅此一见。

6—5：原思

原思（前515—？）：原宪，孔子弟子，字子思，又称原思、原思仲、原仲宪，宋国商丘（今河南商丘）人。据《史记·仲尼弟子列传》，少孔子三十六岁。孔子担任鲁司寇，原思曾为家宰。《孔子家语·七十二弟子解》载："孔子卒后，原宪退隐，居于卫。"其一生甘于贫困，据《庄子·杂篇》：

原宪居鲁，环堵之室，茨以生草，蓬户不完，桑以为枢而瓮牖，二室，褐以为塞，上漏下湿，匡坐而弦歌。子贡乘大马，中绀而表素，轩车不容巷，往见原宪。原宪华冠縰履，杖藜而应门。子贡曰："嘻！先生何病？"原宪应之曰："宪闻之，无财谓之贫，学而不能行谓之病。今宪贫也，非病也。"子贡逡巡而有愧色。原宪笑曰："夫希世而行，比周而友，学以为人，教以为己，仁义之慝，舆马之饰，宪不忍为也。"

《庄子》不喜儒学，此记载恐讹，但情貌较合二人状况。

《论语》中涉及原思的有四则。

6—9：闵子骞

闵子骞（前 536—前 487）：孔子弟子，本名闵损，字子骞，尊称闵子，鲁国青州宿国（今安徽宿州）人。据《史记·仲尼弟子列传》，少孔子十五岁。十哲之一，以"德行"与颜回并称，终生不仕。其看问题，能轻易抓住要害，孔子曾说："夫人不言，言必有中。"（11.14）闵子骞孝称于乡，"孝哉，闵子骞！人不间于其父母昆弟之言"（11.5），被后世列入"二十四孝"，排第三。

《论语》中涉及闵子骞的有五则。

6—10：伯牛

伯牛（约前 544—？）：孔子弟子，姓冉名耕，字伯牛，鲁国陶（今山东定陶）人。据《史记·仲尼弟子列传》，少孔子七岁，十哲之一，以"德行"著称，官至中都宰。

《论语》中涉及伯牛的有两则。

6—14：澹台灭明

澹台灭明（前 512 或前 502—？）：孔子弟子，复姓澹台名灭明，字子羽，鲁国武城（今属山东平邑）人，少孔子三十九岁。据《史记·仲尼弟子列传》，孔子曾评价说："吾以言取人，失之宰予；以貌取人，失之子羽。"

《论语》中澹台灭明仅此一见。

6—15：孟之反

孟之反：姓孟名侧，字之反，又称之侧，鲁国大夫。《左传·哀公十一年》载，齐鲁交战，鲁败，齐军逼近鲁国都城，"孟之侧后入以为殿，抽矢策其马曰：'马不进也。'"

《论语》中孟之反仅此一见。

6—16—1：祝鲍

祝鲍（tuó）：姓史名佗，字子鱼，也称史鳅，卫国大夫，灵公时任祝史，负责祭祀社稷神，故又称祝鲍，祝是宗庙官名，此为以官为氏。韩婴《韩诗外传》卷七载："昔者卫大夫史鱼病且死，谓其子曰：'我数言蘧伯玉之贤而不能进，弥子瑕不肖不能退。为人臣生不能进贤而退不肖，死不当理丧正堂，殡我于室足矣。'卫君问其故，子以父言闻。君乃立召蘧伯玉而贵之，弥子瑕而退之，徙殡于正堂，成礼而后去也。生也身谏，死也尸谏，可谓直矣。"也就是说，其曾尸谏灵公，劝诫进贤（蘧伯玉）去佞（弥子瑕）。

《论语》中涉及祝鲍的有两则。

6—16—2：宋朝

宋朝：公子朝，出奔卫国，为大夫。其人美貌，受灵公宠幸，却与灵公嫡母襄夫人宣姜和夫人南子均有染。《左传·昭公二十年》载："秋七月戊午朔，遂盟国人。八月辛亥，公子朝、褚师圃、子玉霄、子高魴出奔晋。皆齐氏党。闰月戊辰，杀宣姜。与公子朝通谋故。卫侯赐北宫喜谥曰贞子，灭齐氏故。"

《论语》中宋朝仅此一见。

6—28：南子

南子（？—前481）：宋国公主，嫁灵公为夫人。其与宋国公子朝私通，灵公不加阻止，却纵容有加。太子蒯聩拟刺杀南子，事泄，亡宋。

孔子至卫时，南子与其隔帐会晤，被子路批评。前493年，灵公去世，南子遵灵公意，立公子郢继位，公子郢推辞，改立蒯聩子辄继位，是为出公。前481年，蒯聩夺取卫国国君之位，杀死南子，是为庄公。刘向《列女传》："南子惑淫，宋朝是亲，谮彼蒯聩，使之出奔，悝母亦嬖，出入两君，二乱交错，咸以灭身。"

《论语》中南子仅此一见。

6—30：尧、舜

尧：五帝之一，姓伊祁，号放勋，古唐国人（今山西临汾）。尧为帝喾之子，十三岁封于陶（今山西襄汾）。十五岁改封于唐（今山西太原），号为陶唐氏。《史记·五帝本纪》正义中引《宗国都城记》云："唐国，帝尧之裔子所封，汉曰太原郡，在古冀州太行恒山之西，其南有晋水。"尧二十岁代兄挚为天子，立七十年得舜。尧否决了自己儿子的继承权，选择了舜，据《尚书·尧典》："帝曰：'我其试哉！女于时，观厥刑于二女。'"以女儿娥皇、女英考察舜之德行。又二十年，舜代帝位。又二十八年，驾崩。据《尚书·尧典》："百姓如丧考妣，三载，四海遏密八音。"尧在位期间制定了历法，确定了春分、夏至、秋分、冬至，据《尚书·尧典》："乃命羲和，钦若昊天，历象日月星辰，敬授民时。分命羲仲，宅嵎夷，曰旸谷。寅宾出日，平秩东作。日中，星鸟，以殷仲春。厥民析，鸟兽孳尾。申命羲叔，宅南交。平秩南为，敬致。日永，星火，以正仲夏。厥民因，鸟兽希革。分命和仲，宅西，曰昧谷。寅饯纳日，平秩西成。宵中，星虚，以殷仲秋。厥民夷，鸟兽毛毨。申命和叔，宅朔方，曰幽都。平在朔易。日短，星昴，以正仲冬。厥民隩，鸟兽氄毛。"

《论语》中涉及尧的有五则。

舜：五帝之一，姚姓，妫氏，名重华，字都君，谥舜。舜是上古时代部落联盟首领。据传，舜王位禅让于尧。尧传舜位，在于其通晓政务，事亲至孝。舜继位后，为人处世、治国理政皆以"德"为基准，举用"八恺""八元"，放逐"四凶"，命禹治水，由是政教大行，八方宾服，四海咸颂。《中庸》载："子曰：舜其大知也与！舜好问而好察迩言，隐恶而扬善，执其两端，用其中于民。其斯以为舜乎！"其晚年命禹摄行政事，将尧禅让时四字诀"允执厥中"，扩充为"人心惟危，道心惟微，惟精惟一，允执厥中"十六字。孔孟极为推崇舜之德行，孟子尝曰："舜，人也；我，亦人也。舜为法于天下，可传于后世，我由未免为乡人也，是则可忧也。忧之如何？如舜而已矣。"（《孟子·离娄下》）

《论语》中涉及舜的有七则。

7—1：老彭

老彭：以往注者一作彭祖和老子。此处据《大戴礼·虞戴德》"昔商老彭及仲虺"，为一人，"老"乃"长寿"之意。

《论语》中老彭仅此一见。

7—5：周公

周公：姓姬名旦，文王姬昌四子，武王姬发弟，因采邑在周，爵为上公，故称周公。其曾二辅武王伐纣，并制作礼乐。《尚书·大传》概括其一生功业："一年救乱，二年克殷，三年践奄，四年建侯卫，五年营成周，六年制礼乐，七年致政成王。"尤为难得的是，摄政七年归政成王，确立嫡长子继承制。孔子把"周"视为自己的"理想国"，把周公视为偶像，并将自己的命运和"道"视为一体，故有"凤鸟不至，河不出图，吾已矣夫"（9.9）之叹。

《论语》中涉及周公的有三则。另有一则"季氏富于周公"（11.17），此周公非指姬旦。

7—15：卫出公

卫出公：姬姓，卫氏，名辄。卫国第二十九代国君，前492年至前481年、前476年至前456年两度在位。据朱熹："灵公逐其世子蒯聩。公薨，而国人立蒯聩之子辄。于是晋纳蒯聩而辄拒之。时孔子居卫，卫人以蒯聩得罪于父，而辄嫡孙当立，故冉有疑而问之。"

灵公三十九年（前496），太子蒯聩欲杀南子，事泄，逃奔宋。灵公四十二年（前493），灵公薨，辄即位，是为出公。六月，蒯聩拟回卫即位，不得入。出公八年（前485），孔子至卫，次年返鲁。出公十二年（前481），伯姬谋立蒯聩，出公奔齐，其父蒯聩立。庄公三年（前478），晋围卫，庄公出。公子斑师、公子起先后为卫君。卫君起元年（前477），出公辄复位。出公后元二十一年（前456），工匠暴动，出公亡宋国，后终老于越。

《论语》中出公仅此一见。

7—19：叶公

叶（shè）公：芈姓沈尹氏，名诸梁，字子高，楚国大夫，封地叶邑（今河南叶县南）。其曾平白公之乱，被楚惠王封为令尹兼司马。

《论语》中涉及叶公的有三则。

7—23：恒魋

恒魋（tuí）：向魋，宋桓公之后，又称桓魋，任宋司马。据《史记·孔子世家》：

孔子过宋，与弟子习礼大树下，桓魋伐其树，孔子去。弟子曰："可以速矣。"子曰："天生德于予，桓魋其如予何？"遂之郑。

孔子曾于前495年至前493年仕卫灵公，前492年经曹、宋、郑至陈，此事发生在该年。

《论语》中恒魋仅此一见。

7—31—1：陈司败

陈司败：此人不可考，据朱熹："陈，国名。司败，官名，即司寇也。"此次问"礼"当在鲁哀公三年（前492），孔子客居陈司城贞子家中时。

《论语》中陈司败仅此一见。

7—31—2：昭公

昭公（前560—前510）：鲁昭公姬裯，又作稠、袑，襄公子，母齐归，鲁国第二十四位国君，前542年至前510年在位。前517年，鲁国因斗鸡事件，引发政争，据《史记·鲁周公世家》：季氏与郈氏斗鸡，季氏芥鸡羽，郈氏金距。季平子怒而侵郈氏，郈昭伯亦怒平子。臧昭伯之弟会伪谗臧氏，匿季氏，臧昭伯囚季氏人。季平子怒，囚臧氏老。臧、郈氏以难告昭公，生内乱，昭公亡齐、晋，客死晋。

《论语》中昭公仅此一见。

7—31—3：巫马期

巫马期（前521—？）：孔子弟子，姓巫马，名施，字子期，亦称巫马期，据《史记·仲尼弟子列传》："巫马施字子旗，少孔子三十岁。"鲁国人，一说陈国人。

《论语》中巫马期仅此一见。

7—31—4：吴孟子

吴孟子：昭公夫人。其时，国君夫人称号，一般是出生国名加上本姓，其姓姬，应称吴姬，因同姓不婚，故称吴孟子。据《左传·哀公十二年》："夏五月，昭夫人孟子卒。昭公娶于吴，故不书姓。死不赴，故不称夫人。不反哭，故不言葬小君。孔子与吊，适季氏。季氏不绖，放绖而拜。"《谷梁传·哀公十二年》云："夏五月甲辰，孟子卒。孟子者何也？昭公夫人也。其不言夫人何也？讳取同姓也。"《礼记·坊记》："子云：娶妻不同姓，以厚别也，故买妾不知其姓，则卜之。以此坊民，《鲁春秋》犹去夫人之姓曰吴，其死曰'孟子卒'。"

《论语》中吴孟子仅此一见。

8—1：泰伯

泰伯：姓姬，名泰伯，为西岐国君古公亶父长子，文王伯父，武王伯祖父，阎氏始祖，吴国第一代君主。传其兄弟三人，泰伯排行老大，弟弟乃仲雍、季历。古公亶父拟传位于季历及其子姬昌，为成全父意，泰伯和仲雍奔入荆蛮之地，文身断发，避让季历，并建国勾吴。

《论语》中泰伯仅此一见。

8—4：孟敬子

孟敬子：姬姓，名捷，世称仲孙捷，谥敬，孟武伯之子，鲁国孟孙氏第十一代宗主。

《论语》中孟敬子仅此一见。

8—15：师挚

师挚：鲁国太师，名挚，太师为乐官长。因疑与"太师挚适齐"（18.9）是一人，故计《论语》中涉及师挚的有两则。

8—18：禹

禹：姓姒，名文命，字高密，史称大禹，为夏后氏首领。传因禹治水有功，受舜禅让而继帝位，国号夏。禹是夏朝第一位天子，其最大贡献是治洪水、定九州，《史记·太史公自序》云："维禹之功，九州攸同，光唐虞际，德流苗裔。"孔子将其与舜并列："禹，吾无间然矣。菲饮食而致孝乎鬼神，恶衣服而致美乎黻冕，卑宫室而尽力乎沟洫。禹，吾无间然矣。"（8.21）

《论语》中涉及禹的有四则。

9—7：牢

牢：人名，不可考。郑玄注为孔子弟子，《史记·仲尼弟子列传》不载，无根据。《孔子家语》指为"琴牢，卫人"，恐不符。

《论语》中牢仅此一见。

11—8—1：颜路

颜路：颜氏，名无繇，字路、季路，鲁国人。《史记·仲尼弟子列传》："路者，颜回父。父子尝各异时事孔子。"《孔子家语·七十二弟子解》："颜由，颜回父，字季路，孔子始教学于阙里，而受学。少孔子六岁。"

《论语》中颜路仅此一见。

11—8—2：孔鲤

孔鲤（前532—前483），字伯鱼，孔子子，子思父。孔子十九岁娶宋人亓官氏之女为妻，次年生伯鱼。伯鱼诞时，因昭公赐孔子鲤鱼一尾得名，孔鲤先孔子而亡，年仅四十九岁，属于白发人送黑发人。

《论语》中涉及孔鲤的有三则。

11—18：高柴

高柴（前521—？）：孔子弟子，姓高名柴，字子羔，也称子高、子皋、季皋，齐国人。据《史记·仲尼弟子列传》，少孔子三十岁（《孔子家语》作四十岁）。曾被子路举为费宰。上博楚简《子羔》篇："孔子曰：铃也，舜来于童土之田。铃为子羔之名。"《礼记·檀弓上》："高子皋之执亲之丧也，泣血三年，未尝见齿。君子以为难。据《左传·哀公十五年》：

季子将入，遇子羔将出，曰："门已闭矣。"季子曰："吾姑至焉。"子羔曰："弗及，不践其难。"季子曰："食焉，不辟其难。"子羔遂出。子路入，及门，公孙敢门焉，曰："无入为也。"季子曰："是公孙，求利焉而逃其难。由不然，利其禄，必救其患。"有使者出，乃入。曰："大子焉用孔悝？虽杀之，必或继之。"且曰："大子无勇，若燔台，半，必舍孔叔。"大子闻之，惧，下石乞、盂□敌子路。以戈击之，断缨。子路曰："君子死，冠不免。"结缨而死。孔子闻卫乱，曰："柴也其来，由也死矣。"

《论语》中涉及高柴的有两则。

11—24：季子然

季子然：姬姓，据《史记·仲尼弟子列传》为季孙氏，季氏子弟。
《论语》中季子然仅此一见。

11—26：曾皙

曾皙：名点，为曾参即曾子之父，鲁国南武城（今属山东平邑）人，父子同为孔子弟子。
《论语》中曾皙仅此一见。

12—3：司马牛

司马牛：孔子弟子，名耕，字子牛，宋国人。《史记·仲尼弟子列传》言其"多言而躁"。在本章，司马牛接连出现三次，问的都是仁、君子、兄弟这样的大问题。孔安国认为《论语》和《左传》的司马牛是一人，又说司马牛名犁，若是，则有两个司马牛，一个名耕，孔子弟子；一个名犁，宋国大夫恒魋之弟。

《论语》中涉及司马牛的有三则。

12—8：棘子成

棘子成：卫国大夫，事迹不确考。

《论语》中棘子成仅此一见。

12—11：齐景公

齐景公（？—前490）：姜姓，吕氏，名杵臼（chǔ jiù），灵公之子，庄公之弟。前552年，齐灵公薨逝，崔杼拥立灵公长子光，为庄公。不几年，崔杼弑君，拥立庄公同父异母幼弟杵臼为国君，是为景公。景公在位50余年（前547—前490），经晏婴等忠贞之士辅佐，局面稳定，大有中兴而霸之势头。然其贪图享乐，致民不聊生，怨声载道。《论语·季氏篇》中称："齐景公有马千驷，死之日，民无德而称焉！"（16.12）因无有嫡子，临终前，景公废长立幼，驾崩不久，陈乞发动政变，齐大权旁落，尽入陈氏之手，由此田氏世代辅佐齐侯，政由田氏，祭则吕氏。至前386年，周安王册封田和为齐侯，田氏代齐。

《论语》中涉及齐景公的有三则。

12—22—1：皋陶

皋陶（gāo yáo）：偃姓，又作咎陶、咎繇，亦作皋陶、皋繇、皋繇，传为黄帝长子少昊后裔。舜帝时曾任掌管刑法的"理官"，以正直闻，被奉为中国司法鼻祖。《春秋·元命苞》载："尧得皋陶，聘为大理，舜时为士师。"《虞书·尚书》载："帝舜三年。帝曰：皋陶，蛮夷猾夏，寇贼奸宄，汝作士，五刑有服，五服三就，五流有宅，五宅三居，惟明克允！"

《论语》中皋陶仅此一见。

12—22—2：汤

汤：成汤，子姓，名履，又名天乙，河南商丘人。汤是契第十四代孙，主癸之子。其因选任贤能，举奴隶出身的伊尹为相，成为强国，灭夏建商。据《墨子·贵义·商汤见伊尹》：

昔者汤将往见伊尹，令彭氏之子御。彭氏之子半道而问曰："君将何之？"汤曰："将往见伊尹。"彭氏之子曰："伊尹，天下之贱人也。若君欲见之，亦令召问焉，彼受赐矣！"汤曰："非汝所知也。今有药于此，食之，则耳加聪，目加明，则吾必说而强食之。今夫伊尹之于我国也，譬之良医善药也，而子不欲我见伊尹，是子不欲吾善也！"因下彭氏之子，不使御。

《论语》中涉及汤的有两则。

12—22—3：伊尹

伊尹：伊姓，名挚。约前16世纪初，伊尹辅助商汤灭夏朝。其曾"以鼎调羹""调和五味"之喻治天下。伊尹事商汤、外丙、仲壬、太甲、沃丁五代君主五十余年，据传，终年一百岁，被后人奉祀为商元圣。

《论语》中伊尹仅此一见。

13—8：公子荆

公子荆：字南楚，卫献公之子，卫国大夫。因与哀公时鲁公子荆（哀公庶子，后为太子）同名，故称卫公子荆。《左传·襄公二十九年》：去郑，适卫。说蘧瑗、史狗、史鳅、公子荆、公叔发、公子朝曰："卫多君子，未有患也。"

《论语》中公子荆仅此一见。

14—5—1：羿

羿（yì）：传说中有穷国的国君，善射，曾夺夏太康王位，后被其臣寒浞杀而代之。

《论语》中羿仅此一见。

14—5—2：奡

奡（ào）：或作"浇"字，传说为寒浞之子，力大无穷，能陆地行舟，后被夏后少康袭杀断首。《楚辞·天问》"惟浇在户何求于嫂，何少康逐犬而颠陨其首。女歧缝裳而馆同爰止，何颠易厥首而亲以逢殆。浇谋易旅何以厚之，覆舟斟寻何道取之"，说的就是此事。

《论语》中奡仅此一见。

14—5—3：稷

稷：周朝王族始祖，名弃，生于稷山。《诗经·大雅·生民》载："厥初生民，时维姜嫄。生民如何，克禋克祀，以弗无子。履帝武敏歆，攸介攸止，载震载夙，载生载育，时维后稷。"稷善于种植，曾被尧举为农师，被舜封为后稷，后世以之为百谷之长，奉祀为谷神。

《论语》中稷仅此一见。

14—8—1：裨谌

裨谌（bì chén）：郑国大夫，事迹不确考。

《论语》中裨谌仅此一见。

14—8—2：世叔

世叔（？—前507）：子太叔，姬姓，游氏，名吉，公孙虿（子蟜）之子，郑国正卿。其继子产执政，善辞令。

《论语》中世叔仅此一见。

14—8—3：子羽

子羽：公孙挥，郑国大夫，事迹可参看《春秋左传·襄公三十一年》。

《论语》中子羽仅此一见。

14—9：公子申

公子申：楚昭王令尹，曾两度让政。因不听叶公谏议，将王孙胜迎回，引发白公之乱。据《左传·哀公十六年》："胜自厉剑，子期之子平见之，曰：'王孙何自厉也？'曰：'胜以直闻，不告女，庸为直乎？将以杀尔父。'平以告子西。子西曰：'胜如卵，余翼而长之。楚国第，我死，令尹、司马，非胜而谁？'胜闻之，曰：'令尹之狂也！得死，乃非我。'子西不悛。胜谓石乞曰：'王与二卿士，皆五百人当之，则可矣。'乞曰：'不可得也。'曰：'市南有熊宜僚者，若得之，可以当五百人矣。'乃从白公而见之，与之言，说。告之故，辞。承之以剑，不动。胜曰：'不为利谄，不为威惕，不泄人言以求媚者，去之。'吴人伐慎，白公败之。请以战备献，许之。遂作乱。秋七月，杀子西、子期于朝，而劫惠王。子西以袂掩面而死。"

公子申死于哀公秋七月，而孔子死于夏四月，孔子没有闻见白公之乱。

或为公孙夏：字子西，公子骓之子，郑穆公之孙。与子产、子展为同宗兄弟。《左传·襄公三十年》："裨谌曰：'善之代不善，天命也，其焉辟子产？举不逾等，则位班也。择善而举，则世隆也。天又除之，夺伯有魄，子西即世，将焉辟之？天祸郑久矣，其必使子产息之，乃犹可以戾。不然，将亡矣。'"

《论语》中子西仅此一见。

14—11：孟公绰

孟公绰：鲁国大夫，三桓孟氏族人。其廉静寡欲，为孔子所敬重。《史记·仲尼弟子列传》中将其与蘧伯玉、晏平仲、子产等人并列："孔子之所严事：于鲁孟公绰。"但短于才智。《左传·襄公二十五年》载：

二十五年春，齐崔杼帅师伐我北鄙，以报孝伯之师也。公患之，使告于晋。孟公绰曰："崔子将有大志，不在病我，必速归，何患焉！其来也不寇，使民不严，异于他日。"齐师徒归。

《论语》中涉及孟公绰的有两则。

14—12—1：臧武仲

臧武仲：臧孙纥（hé），臧宣叔子，臧文仲孙，鲁国大夫，因祭鲁孝公之祀，故尊称臧孙纥，史称臧武仲，封邑在防（今山东费县东北）。其辅佐成公、襄公，曾任司寇，据《左传·襄公二十三年》："孟孙恶臧孙，季孙爱之。"因不见容于鲁国，先逃邾后亡齐。

《论语》中涉及臧武仲的有两则。

14—12—2：卞庄子

卞庄子：鲁国卞（今山东泗水）邑大夫，以勇敢闻名。据韩婴《韩诗外传》：

卞庄子好勇，母无恙时，三战而三北，交游非之，国君辱之，卞庄子受命，颜色不变。及母死三年（三年丧，二十五月毕），鲁兴师，卞庄子请从，至，见于将军，曰：前犹与母处，是以战而北也辱吾身。今母没矣，请塞责。遂走敌而斗，获甲首而献之，请以此塞一北。又获甲首而献之，请以此塞再北。将军止之曰：足。不止，又获甲首而献之曰：请以此塞三北。将军止之曰：足，请为兄弟。卞庄子曰：夫北，以养母也。今母殁矣，吾责塞矣。吾闻之：节士不以辱生。遂奔敌，杀七十人而死。

《论语》中卞庄子仅此一见。

14—13—1：公叔文子

公叔文子：公叔发，卫献公之孙，名拔，谥文，故称公叔文子，卫国大夫。灵公三十一年（前504），鲁定公侵郑，占取匡，去时不向卫借路，回时阳虎却要让鲁军过卫都中，灵公怒，派弥子瑕追鲁军。时公叔文子已致仕，劝灵公莫效法阳虎，乃止。其家臣有贤才，公叔文子推荐出任高官，孔子颇为赞赏。据《礼记·檀弓下第四》：

公叔文子卒，其子戍请谥于君，曰："日月有时，将葬矣，请所以易其名者。"君曰："昔者卫国凶饥，夫子为粥与国之饿者，是不亦'惠'乎？昔者卫国有难，夫子以其死卫寡人，不亦'贞'乎？夫子听卫国之政，修其班制，以与四邻交，卫国之社稷不辱，不亦'文'乎？故谓夫子'贞惠文子'。"

《论语》中公叔文子仅此一见。

14—13—2：公明贾

公明贾（gǔ）：姓公明字贾，卫人，事迹不确考。

《论语》中公明贾仅此一见。

14—15—1：晋文公

晋文公（前671或前697—前628）：姬姓，名重耳，献公之子，晋第二十二任君主，前636年至前628年在位，春秋时第二位霸主。据《左传·僖公二十八年》：

> 冬，会于温，讨不服也。……是会也，晋侯召王，以诸侯见，且使王狩。仲尼曰："以臣召君，不可以训。"故书曰："天王狩于河阳。"言非其地也，且明德也。

《论语》中晋文公仅此一见。

14—15—2：齐桓公

齐桓公（？—前643）：姜姓，名小白。太公吕尚第十二代孙，僖公子，襄公弟，母为卫国人。齐第十五位国君，前685年至前643年在位，春秋时第一位霸主，五霸之首。因僖公子襄公和僖公侄公孙无知相继死于内乱，与公子纠争位，事遂。据《荀子·仲尼》：仲尼之门人，五尺之竖子，言羞称乎五伯。是何也？曰："然。彼诚可羞称也。齐桓，五伯之盛者也，前事则杀兄而争国；内行则姑姊妹之不嫁者七人，闺门之内，般乐奢汰，以齐之分奉之而不足；外事则诈邾，袭莒，并国三十五。其事行也若是。其险污淫汰也，彼固曷足称乎大君子之门哉！其实，这一说辞不确，孔子对齐桓公极为推崇："桓公九合诸侯，不以兵车，管仲之力也。如其仁，如其仁。"（14.16）

《论语》中涉及齐桓公的有三则，都在第十四章。

14—18：僎

僎（zhuàn）：公叔文子家臣。经文子推荐，同列朝堂，事迹不确考。

《论语》中僎仅此一见。

14—19：卫灵公

卫灵公（前540—前493），姬姓，名元，卫国第二十八代国君，六岁登基，在位四十二年。孔子一度对灵公评价甚高，据《孔子家语·贤君》：

哀公问于孔子曰："当今之君，孰为最贤？"孔子对曰："丘未之见也，抑有卫灵公乎？"公曰："吾闻其闺门之内无别，而子次之贤，何也？"孔子曰："臣语其朝廷行事，不论其私家之际也。"公曰："其事何如？"孔子对曰："灵公之弟曰公子渠牟，其智足以治千乘，其信足以守之，灵公爱而任之。又有士曰林国者，见贤必进之，而退与分其禄，是以灵公无游放之士，灵公贤而尊之。又有士曰庆足者，卫国有大事，则必起而治之；国无事，则退而容贤，灵公悦而敬之。又有大夫史鳅，以道去卫。而灵公郊舍三日，琴瑟不御，必待史鳅之入，而后敢入。臣以此取之，虽次之贤，不亦可乎。"

灵公善用人，在任期间，因拔仲叔圉、祝鮀、王孙贾而国不乱。《左传·定公九年》载：

乃过中牟。中牟人欲伐之，卫褚师圃亡在中牟，曰："卫虽小，其君在焉，未可胜也。齐师克城而骄，其帅又贱，遇，必败之。不如从齐。"乃伐齐师，败之。妻南子，淫乱不堪，致生内乱。

《论语》中涉及卫灵公的有两则。

14—21—1：陈成子

陈成子：陈恒，汉为避文帝刘恒讳，改称田常。前485年，其袭父田乞位，唆使大夫鲍息弑悼公，立简公，与阚止把持齐政。前481年，陈成子杀阚止和简公，拥简公弟为平公。经典皆视其为诸侯大盗，史称"陈成子取齐"。据《左传·哀公十四年》：

陈恒弑其君壬于舒州。孔丘三日齐，而请伐齐三。公曰："鲁为齐弱久矣，子之伐之，将若之何？"对曰："陈恒弑其君，民之不与者半。以鲁之众，加齐之半，可克也。"公曰："子告季孙。"孔子辞。退而告人曰："吾以从大夫之后也，故不敢不言。"

《论语》中陈成子仅此一见。

14—21—2：简公

简公（？—前481）：姜姓，吕氏，名壬，悼公之子，前484年至前481年在位，继位前称公子壬。悼公四年（前485），鲍子弑悼公，简公继位。前481年六月，简公与夫人为避内乱，逃徐州，死于途。据《史记·田敬仲完世家》：

简公出奔，田氏之徒追执简公于徐州。简公曰："蚤从御鞅之言，不及此难。"田氏之徒恐简公复立而诛己，遂杀简公。简公立四年而杀。于是田常立简公弟骜，是为平公。平公即位，田常为相。田常既杀简公，惧诸侯共诛己，乃尽归鲁、卫侵地，西约晋韩、魏、赵氏，南通吴、越之使，脩功行赏，亲于百姓，以故齐复定。

《论语》中简公仅此一见。

14—25：蘧伯玉

蘧（qú）伯玉：名瑗，卫国大夫，孔子周游列国十四年，十年在卫，两次投奔蘧伯玉，曾称赞蘧伯玉是真正的君子。蘧伯玉善"寡其过"，《庄子·则阳篇》载："蘧伯玉行年六十而六十化，未尝不始于是之，而卒诎之以非也。未知今之所谓是之非五十九非也。"

《论语》中涉及蘧伯玉的有两则。

14—32：微生亩

微生亩：姓微生名亩，春秋时鲁国隐士，其直呼孔子为丘，该是年长者，事迹不确考。

《论语》中微生亩仅此一见。

14—36—1：公伯寮

公伯寮：公伯氏，名寮（僚），字子周，鲁国人，与子路同为季氏家臣，《史记·仲尼弟子列传》列为孔子弟子，排二十四名，此处存疑。

《论语》中公伯寮仅此一见。

14—36—2：子服景伯

子服景伯：子服何，姬姓，子服氏，名何，字伯，谥景，鲁国大夫。据《孔子家语》：

吴王夫差将与哀公见晋侯。子服景伯对使者曰："王合诸侯，则伯率侯牧以见于主；伯合诸侯，则侯率子、男以见于伯。今诸侯会，而君与寡君见晋君，则晋成为伯也。且执事以伯召诸侯，而以侯终之，何利之有哉？"吴人乃止。既而悔之，遂囚景伯。伯谓太宰嚭曰："鲁将于十月上辛，有事于上帝先王，季辛而毕。何也？世有职焉，自襄以来，未之改也。若其不会，则其祝宗将曰：'吴实然。'"嚭言于夫差，归之。子贡闻之，见于孔子曰："子服氏之子拙于说矣。以实获囚，以诈得免。"孔子曰："吴子为夷德，可欺而不可以实。是听之者蔽，非说之者拙也。"

《论语》中涉及子服景伯的有两则。

14—43：原壤

原壤：姓原，名壤，鲁国人，据资料显示应和孔子熟识。《礼记·檀弓下》：

孔子之故人曰原壤，其母死，夫子助之沐椁。原壤登木曰："久矣予之不托于音也。"歌曰："狸首之斑然，执女手之卷然。"夫子为弗闻也者而过之。从者曰："子未可以已乎？"夫子曰："丘闻之，亲者毋失其为亲也，故者毋失其为故也。"

《论语》中原壤仅此一见。

15—14：柳下惠

柳下惠：展氏，名获，字禽，食邑在柳下，谥惠，鲁国大夫，任士师，掌管刑狱，后遁为逸民。其以维护礼著称，孟子将之与伯夷并列，称之"圣之和者也"，庄子则把盗跖视为其弟。

《论语》中涉及柳下惠的有三则。

15—42：师冕

师冕：师，乐师；冕，人名。据下文，冕为盲人乐师。

《论语》中师冕仅此一见。

17—1：阳货

阳货：名虎字货，鲁国人，季平子家臣。据《左传·定公八年》：

阳虎前驱，林楚御桓子，虞人以铍盾夹之，阳越殿，将如蒲圃。桓子咋谓林楚曰："而先皆季氏之良也，尔以是继之。"对曰："臣闻命后。阳虎为政，鲁国服焉。违之，征死。死无益于主。"桓子曰："何后之有？而能以我适孟氏乎？"对曰："不敢爱死，惧不免主。"桓子曰："往也。"孟氏选圉人之壮者三百人，以为公期筑室于门外。林楚怒马及衢而骋，阳越射之，不中，筑者阖门。有自门间射阳越，杀之。阳虎劫公与武叔，以伐孟氏。公敛处父帅成人，自上东门入，与阳氏战于南门之内，弗胜。又战于棘下，阳氏败。阳虎说甲如公宫，取宝玉、大弓以出，舍于五父之衢，寝而为食。其徒曰："追其将至。"虎曰："鲁人闻余出，喜于征死，何暇追余？"从者曰："嘻！速驾！公敛阳在。"公敛阳请追之，孟孙弗许。阳欲杀桓子，孟孙惧而归之。子言辨舍爵于季氏之庙而出。阳虎入于欢、阳关以叛。

阳货反叛失败后亡晋。据《韩非子·外储说左下·说二》，阳虎议曰："主贤明，则悉心以事之；不肖，则饰奸而试之。"

《论语》中阳货仅此一见。

17—5：公山弗扰

公山弗扰：又称公山不狃，字子泄，季氏家臣，定公五年（前505）任费宰。据《史记·孔子世家》：

定公八年，公山不狃不得意于季氏，因阳虎为乱，欲废三桓之适，更立其庶孽阳虎素所善者，遂执季桓子。桓子诈之，得脱。定公九年，阳虎不胜，奔于齐。又据《左传·定公十二年》：仲由为季氏宰，将堕三都，于是叔孙氏堕郈。季氏将堕费，公山不狃、叔孙辄帅费人以袭鲁。公与三子入于季氏之宫，登武子之台。费人攻之，弗克。入及公侧。仲尼命申句须、乐颀下，伐之，费人北。国人追之，败诸姑蔑。二子奔齐，遂堕费。

公山弗扰以费畔是内斗，其失败后奔齐入吴，据《左传·哀公八年》：

吴为邾故，将伐鲁，问于叔孙辄。叔孙辄对曰："鲁有名而无情，伐之，必得志焉。"退而告公山不狃。公山不狃曰："非礼也。君子违，不适仇国。未臣而有伐之，奔命焉，死之可也。所托也则隐。且夫人之行也，不以所恶废乡。"

《论语》中公山弗扰仅此一见。

17—7：佛肸

佛肸（bì xī）：春秋末晋卿赵鞅家臣，中牟县宰，其人投靠范氏、中行氏，《史记·孔子世家》载："佛肸为中牟宰。赵简子攻范、中行，伐中牟。佛肸畔，使人召孔子。"

《论语》中佛肸仅此一见。

17—20：孺悲

孺悲：鲁国人，据传哀公曾派他向孔子学礼。《礼记·杂记》云："哀公使孺悲之孔子学士丧礼，《士丧礼》于是乎书。"

《论语》中孺悲仅此一见。

18—1—1：微子

微子：子姓，名启，世称微子、微子启，商王帝乙的长子，纣王的庶兄，宋国（今河南商丘）第一代国君。纣王无道，微子逃到微。"微"是微子的封国微，武王灭商，微子持祭器至武王军门，肉袒面缚，左牵羊，右把矛，膝行而前，坦陈前情，武王释其缚，复其位如故。武王驾崩，周公以成王命封微子国于宋。

《论语》中微子仅此一见。

18—1—2：箕子

箕子：名胥余，文丁子，帝乙弟，纣王叔父，官太师，因封地于箕，故称箕子。纣王暴虐，箕子苦谏不听，又不忍去纣王，遂割发装癫，被囚为奴。周代商后，箕子往箕山隐居，据《尚书·微子》，箕子因"商其沦丧，我罔为臣仆"，便"违衰殷之运，走之朝鲜"。

《论语》中箕子仅此一见。

18—1—3：比干

比干：子姓，比氏，名干，沫邑（今河南淇县）人。文丁次子，帝乙弟，纣王叔父。比干二十岁就以太师高位辅佐帝乙，受托孤重辅纣王，其从政四十余年，主张减赋轻役，提倡冶炼铸造，治国卓有成效。纣王暴虐荒淫，比干至摘星楼强谏三日不去，被纣王剖心而终。

《论语》中比干仅此一见。

18—4：季桓子

季桓子（？—前492）：季孙氏，名斯，鲁国大夫。鲁定公五年（前505），父平子死，嗣位。时公山不狃从阳虎为乱，囚季桓子，不得已与阳虎订盟获释，致使阳虎执鲁政三年之久。定公八年，阳虎欲除三桓，事不成，走脱。定公十年，齐鲁会盟，孔子周旋，收回汶阳之田。定公十二年，孔子隳三都，在季氏宰仲由协调下，毁郈、费都，唯余孟氏郕城。定公十四年，孔子以大司寇摄行相事。其时，齐人馈女乐，定公、季桓子观之多日，废朝礼。孔子不忿，出鲁国。定公十五年，定公薨，子哀公将立。哀公三年，季桓子病亡，子季孙肥主政，称季康子，迎孔子归鲁。

《论语》中季桓子仅此一见。

18—5：接舆

接舆：或说接孔子之车，或说名叫接舆，或说姓接名舆。按皇甫谧《高士传·陆通》，此人姓陆名通，字接舆，其"躬耕以食"，因不满时政，剪发佯狂不仕。

《论语》中接舆仅此一见。

18—6：长沮、桀溺

长沮、桀溺：隐士，具体身世不详。

《论语》中仅此一见。

18—8：伯夷、叔齐、虞仲、夷逸、朱张、柳下惠、少连

除伯夷、叔齐、柳下惠外，虞仲、夷逸、朱张、少连不可考，《论语》中四人仅此一见。

18—9：干、缭、缺、方叔、武、阳、襄

此七人不可考，《论语》中仅此一见。

18—10：鲁公

鲁公：周公旦长子伯禽，姬姓，亦称禽父，鲁国第一任国君。周公东征后，成王将商朝遗民六族和泰山之南原奄国封与周公，其长子伯禽赴任。伯禽执政四十六年，在其治下，鲁国成礼仪之邦。

《论语》中鲁公仅此一见。

18—11：伯达、伯适、仲突、仲忽、叔夜、叔夏、季随、季骊（guā）

此八士不可考，以伯仲叔季排名，有注家以为，每两人乃孪生兄弟。

《论语》中八士仅此一见。

19—18：孟庄子

孟庄子（？—前550）：姬姓，名速，世称仲孙速，谥号庄，孟献子之子，鲁孟孙氏第六代宗主，前555年，联合晋国、宋国、鲁国等国伐齐。襄公二十三年去世，仲孙羯继位，是为孟孝伯。曾子认可孔子对孟庄子孝道的评价："三年无改于父之道，可谓孝矣。"（1.11）

《论语》中孟庄子仅此一见。

19—19：阳肤

阳肤：包咸以为曾子学生。如属实，其为《论语》中唯一现身的孔子再传弟子。

《论语》中阳肤仅此一见。

19—20：纣

纣：子姓，名受（一作受德），帝乙少子，谥号纣，商末代君主。据《史记·殷本纪》：

其知足以距谏，言足以饰非；矜人臣以能，高天下以声，以为皆出己之下；好酒淫乐，嬖于妇人，爱妲己，妲己之言是从，北里之舞，靡靡之乐；百姓怨望而诸侯有畔者，于是纣乃重刑辟，有炮烙之法；而用费中为政，费中善谀，好利，殷人弗亲，纣又用恶来。恶来善毁谗，诸侯以此益疏。

《论语》中间接记载了其一些不善行为，如"殷有三仁"（18.1）则。《左传·昭公四年》："商纣为黎之搜，东夷叛之。"亦即，约前 1046 年，武王逢纣王勠力讨乱，联合西方 11 个小国会师孟津起事，因俘房倒戈，纣王登鹿台自焚，被葬于淇水之滨。《左传·昭公十二年》："纣克东夷而陨其身。"记载纣王罪状的材料，最早的都保存在《尚书》中的《泰誓》《牧誓》和《武成》，三篇俱为周朝的一面之词。不惟子贡有所怀疑，《淮南子·缪称训》也提出："三代之称，千岁之积誉也；桀纣之谤，千古之积毁也。"迨至现代，胡适、冯友兰、顾颉刚、郭沫若等皆为之辩诬。

《论语》中纣仅此一见。

19—22：公孙朝

公孙朝，卫国大夫，具体事迹不可考。另据崔颢《四书考异》："春秋时鲁国有成大夫公孙朝，见昭公二十六年《传》；楚有武城尹公孙朝，见哀公十七年《传》；郑子产有弟曰公孙朝，见《列子》。记者故系'卫'以别之。"

《论语》中公孙朝仅此一见。

19—23：叔孙武叔

叔孙武叔：姬姓，叔孙氏，名州仇，谥号"武"，三桓之一，叔孙成子之子。

《论语》中涉及叔孙武叔的有两则。

二、孔子年表

一岁，前551年，灵王二十一年，襄公二十二年

晏平仲言于齐侯曰："商任之会，受命于晋。今纳栾氏，将安用之？小所以事大，信也。失信不立，君其图之。"弗听。退告陈文子曰："君人执信，臣人执共，忠信笃敬，上下同之，天之道也。君自弃也，弗能久矣！"

▶ 在鲁。《公羊传》：庚子，孔子生；《谷梁传》：十月，庚子，孔子生；《史记·孔子世家》：襄公二十二年，孔子生。三家不同。注：襄公二十一年九月庚戌日日食，据考察发生于前552年8月20日下午，孔子出生日为日食后第五十天，即10月9日。《春秋》用周历，《史记·孔子世家》用颛顼历，颛顼历以夏历每年十月为岁首，孔子生于周历10月9日，是为夏历八月，尚是颛顼历当年，故有前551年之说。《春秋》和《史记》日期较为统一，考虑到材料征引和辨析便利原因，仍从孔子生于前551年。

两岁，前550年，灵王二十二年，襄公二十三年

齐侯将为臧纥田。臧孙闻之，见齐侯，与之言伐晋，对曰："多则多矣！抑君似鼠。夫鼠昼伏夜动，不穴于寝庙，畏人故也。今君闻晋之乱而后作焉。宁将事之，非鼠如何？"乃弗与田。仲尼曰："知之难也。有臧武仲之知，而不容于鲁国，抑有由也。作不顺而施不恕也。《夏书》曰：'念兹在兹。'顺事、恕施也。"

▶ 在鲁。

三岁，前549年，灵王二十三年，襄公二十四年

秋七月甲子朔，日有食之，既。齐崔杼帅师伐莒。大水。八月癸巳朔，日有食之。公会晋侯、宋公、卫侯、郑伯、曹伯、莒子、邾子、滕子、薛伯、杞伯、小邾子于夷仪。

▶在鲁。父叔梁纥卒。葬于防山。

四岁，前548年，灵王二十四年，襄公二十五年

春，齐崔杼帅师伐我北鄙。夏五月乙亥，齐崔杼弑其君光。郑子产献捷于晋，戎服将事。子产始知然明，问为政焉。对曰："视民如子。见不仁者诛之，如鹰鹯之逐鸟雀也。"子产喜，以语子大叔，且曰："他日吾见蔑之面而已，今吾见其心矣。"子大叔问政于子产。子产曰："政如农功，日夜思之，思其始而成其终。朝夕而行之，行无越思，如农之有畔。其过鲜矣。"

▶在鲁。

五岁，前547年，灵王二十五年，襄公二十六年

郑伯赏入陈之功。三月甲寅朔，享子展，赐之先路，三命之服，先八邑。赐子产次路，再命之服，先六邑。子产辞邑，曰："自上以下，隆杀以两，礼也。臣之位在四，且子展之功也。臣不敢及及赏礼，请辞邑。"公固予之，乃受三邑。公孙挥曰："子产其将知政矣！让不失礼。"

▶在鲁。弟子秦商生。

六岁，前546年，灵王二十六年，襄公二十七年

卫杀其大夫宁喜。卫侯之弟鱄出奔晋。郑伯享赵孟于垂陇，子展、伯有、子西、子产、子大叔、二子石从。

▶在鲁。弟子曾点生。

七岁，前 545 年，灵王二十七年，襄公二十八年

天王崩。未来赴，亦未书，礼也。

▶在鲁。弟子颜繇（即颜渊父）生。

八岁，前 544 年，景王元年，襄公二十九年

吴公子札来聘，见叔孙穆子，说之。谓穆子曰："子其不得死乎？好善而不能择人。吾闻'君子务在择人'。吾子为鲁宗卿，而任其大政，不慎举，何以堪之？祸必及子！"请观于周乐。使工为之歌《周南》《召南》，曰："美哉！始基之矣，犹未也。然勤而不怨矣。"

▶在鲁。弟子冉耕生。

九岁，前 543 年，景王二年，襄公三十年

（子产）从政一年，舆人诵之，曰："取我衣冠而褚之，取我田畴而伍之。孰杀子产，吾其与之！"及三年，又诵之，曰："我有子弟，子产诲之。我有田畴，子产殖之。子产而死，谁其嗣之？"

▶在鲁。

十岁，前 542 年，景王三年，襄公三十一年

夏六月辛巳，公薨于楚宫。（襄公死，子躏继位，是为昭公。）子产之从政也，择能而使之。仲尼闻是语也，曰："以是观之，人谓子产不仁，吾不信也。"

▶在鲁。弟子仲由生。

十一岁，前 541 年，景王四年，昭公元年

元年春王正月，公即位。晋侯闻子产之言，曰："博物君子也。"重贿之。

▶在鲁。

十二岁，前 540 年，景王五年，昭公二年

春，晋侯使韩宣子来聘，且告为政而来见，礼也。观书于大史氏，见《易》《象》与《鲁春秋》，曰："周礼尽在鲁矣。吾乃今知周公之德，与周之所以王也。"公享之。

▶在鲁。弟子漆雕开生。

十三岁，前 539 年，景王六年，昭公三年

齐侯使晏婴请继室于晋。既成昏，晏子受礼。叔向从之宴，相与语。叔向曰："齐其何如？"晏子曰："此季世也，吾弗知。齐其为陈氏矣！公弃其民，而归于陈氏。齐旧四量，豆、区、釜、钟。四升为豆，各自其四，以登于釜。釜十则钟。陈氏三量，皆登一焉，钟乃大矣。以家量贷，而以公量收之。山木如市，弗加于山。鱼盐蜃蛤，弗加于海。民参其力，二入于公，而衣食其一。公聚朽蠹，而三老冻馁。国之诸市，屦贱踊贵。民人痛疾，而或燠休之，其爱之如父母，而归之如流水，欲无获民，将焉辟之？箕伯、直柄、虞遂、伯戏，其相胡公、大姬，已在齐矣。"

▶在鲁。

十四岁，前 538 年，景王七年，昭公四年

秋七月，楚子、蔡侯、陈侯、许男、顿子、胡子、沈子、淮夷伐吴，执齐庆封，杀之。

▶在鲁。弟子有若生。

十五岁，前 537 年，景王八年，昭公五年

春，王正月，舍中军，卑公室也。毁中军于施氏，成诸臧氏。初作中军，三分公室而各有其一。季氏尽征之，叔孙氏臣其子弟，孟氏取其半焉。及其舍之也，四分公室，季氏择二，二子各一。皆尽征之，而贡于公。昭子即位，朝其家众，曰："竖牛祸叔孙氏，使乱大从，杀适立庶，又披其邑，将以赦罪，罪莫大焉。必速杀之。"竖牛惧，奔齐。孟、仲之

子杀诸塞关之外，投其首于宁风之棘上。仲尼曰："叔孙昭子之不劳，不可能也。周任有言曰：'为政者不赏私劳，不罚私怨。'《诗》云：'有觉德行，四国顺之。'"

▶在鲁。"十有五而志于学。"（《论语·为政第二》）

十六岁，前536年，景王九年，昭公六年

三月，郑人铸刑书。叔向使诒子产书，曰："始吾有虞于子，今则已矣。昔先王议事以制，不为刑辟，惧民之有争心也。犹不可禁御，是故闲之以义，纠之以政，行之以礼，守之以信，奉之以仁，制为禄位以劝其从，严断刑罚以威其淫。惧其未也，故诲之以忠，耸之以行，教之以务，使之以和，临之以敬，莅之以强，断之以刚。犹求圣哲之上，明察之官，忠信之长，慈惠之师，民于是乎可任使也，而不生祸乱。民知有辟，则不忌于上，并有争心，以征于书，而徼幸以成之，弗可为矣。夏有乱政而作《禹刑》，商有乱政而作《汤刑》，有乱政而作《九刑》，三辟之兴，皆叔世也。今吾子相郑国，作封洫，立谤政，制参辟，铸刑书，将以靖民，不亦难乎？《诗》曰：'仪式刑文王之德，日靖四方。'又曰：'仪刑文王，万邦作孚。'如是，何辟之有？民知争端矣，将弃礼而征于书。锥刀之末，将尽争之。乱狱滋丰，贿赂并行，终子之世，郑其败乎！肸闻之，国将亡，必多制，其此之谓乎！"复书曰："若吾子之言，侨不才，不能及子孙，吾以救世也。既不承命，敢忘大惠？"

▶在鲁。弟子闵损生。

十七岁，前535年，景王十年，昭公七年

九月，公至自楚。孟僖子病不能相礼，乃讲学之，苟能礼者从之。及其将死也，召其大夫曰："礼，人之干也。无礼，无以立。吾闻将有达者曰孔丘，圣人之后也，而灭于宋。其祖弗父何，以有宋而授厉公。及正考父，佐戴、武、宣，三命兹益共。故其鼎铭云：'一命而偻，再命而伛，三命而俯。循墙而走，亦莫余敢侮。饘是，鬻于是，以糊余口。'其共也如是。臧孙纥有言曰：'圣人有明德者，若不当世，其后必有达人。'

今其将在孔丘乎？我若获没，必属说与何忌于夫子，使事之，而学礼焉，以定其位。"故孟懿子与南宫敬叔师事仲尼。仲尼曰："能补过者，君子也。《诗》曰：'君子是则是效。'孟僖子可则效已矣。"（孔子年十七，大夫孟厘子病且死，诫其嗣懿子曰："孔丘，圣人之后，灭于宋。其祖弗父何始有宋而嗣让厉公。及正考父佐戴、武、宣公，三命兹益恭，故鼎铭云：'一命而偻，再命而伛，三命而俯，循墙而走，亦莫敢余侮。饘于是，粥于是，以锢余口。'其恭如是。吾闻圣人之后，虽不当世，必有达者。今孔丘年少好礼，其达者欤？吾即没，若必师之。"及厘子卒，懿子与鲁人南宫敬叔往学礼焉。是岁，季武子卒，平子代立。——《史记·孔子世家》）

▶在鲁。母颜征在卒。

十八岁，前534年，景王十一年，昭公八年

冬十月壬午，楚师灭陈。执陈公子招，放之于越。杀陈孔奂。葬陈哀公。

▶在鲁。入周都，见老聃（或云昭公二十四年，孔子34岁时）。之宋。

十九岁，前533年，景王十二年，昭公九年

孟僖子如齐殷聘，礼也。冬，筑郎囿，书，时也。季平子欲其速成也，叔孙昭子曰："《诗》曰：'经始勿亟，庶民子来。'焉用速成？其以剿民也？无囿犹可，无民其可乎？"

▶居宋。娶宋人亓官氏。

二十岁，前532年，景王十三年，昭公十年

秋七月，季孙意如、叔弓、仲孙貜帅师伐莒。戊子，晋侯彪卒。九月，叔孙婼如晋，葬晋平公。十有二月甲子，宋公成卒。晏子谓桓子："必致诸公。让，德之主也，谓懿德。凡有血气，皆有争心，故利不可强，思义为愈。义，利之本也，蕴利生孽。姑使无蕴乎！可以滋长。"桓

子尽致诸公，而请老于莒。

▶归鲁。子鲤生。约是年，任委吏。

二十一岁，前531年，景王十四年，昭公十一年

夏四月丁巳，楚子虔诱蔡侯般杀之于申。楚公子弃疾帅师围蔡。

▶在鲁。约是年，改乘田吏。

二十二岁，前530年，景王十五年，昭公十二年

楚子伐徐。仲尼曰："古也有志：'克己复礼，仁也'。信善哉！楚灵王若能如是，岂其辱于乾溪？"

▶在鲁。设教，或云十七岁（《史记·孔子世家》），或云二十二岁（《阙里志·年谱》），或云二十三岁（《新序》）。

二十三岁，前529年，景王十六年，昭公十三年

及盟，子产争承。仲尼谓："子产于是行也，足以为国基矣。《诗》曰：'乐只君子，邦家之基。'子产，君子之求乐者也。"且曰："合诸侯，艺贡事，礼也。"

▶在鲁。

二十四岁，前528年，景王十七年，昭公十四年

晋邢侯与雍子争鄐田，久而无成。士景伯如楚，叔鱼摄理，韩宣子命断旧狱，罪在雍子。雍子纳其女于叔鱼，叔鱼蔽罪邢侯。邢侯怒，杀叔鱼与雍子于朝。宣子问其罪于叔向。叔向曰："三人同罪，施生戮死可也。雍子自知其罪而赂以买直，鲋也鬻狱，刑侯专杀，其罪一也。己恶而掠美为昏，贪以败官为墨，杀人不忌为贼。《夏书》曰：'昏、墨、贼，杀。'皋陶之刑也。请从之。"乃施邢侯而尸雍子与叔鱼于市。仲尼曰："叔向，古之遗直也。治国制刑，不隐于亲，三数叔鱼之恶，不为末减。曰义也夫，可谓直矣。平丘之会，数其赂也，以宽卫国，晋不为暴。归

鲁季孙，称其诈也，以宽鲁国，晋不为虐。邢侯之狱，言其贪也，以正刑书，晋不为颇。三言而除三恶，加三利，杀亲益荣，犹义也夫！"

▶在鲁。

二十五岁，前527年，景王十八年，昭公十五年

春，将禘于武公，戒百官。梓慎曰："禘之日，其有咎乎！吾见赤黑之祲，非祭祥也，丧氛也。其在莅事乎？"二月癸酉，禘，叔弓莅事，籥入而卒。去乐，卒事，礼也。

▶在鲁。

二十六岁，前526年，景王十九年，昭公十六年

楚子闻蛮氏之乱也，与蛮子之无质也，使然丹诱戎蛮子嘉杀之，遂取蛮氏。既而复立其子焉，礼也。

▶在鲁。

二十七岁，前525年，景王二十年，昭公十七年

秋，郯子来朝，公与之宴。昭子问焉，曰："少皞氏鸟名官，何故也？"郯子曰："吾祖也，我知之。昔者黄帝氏以云纪，故为云师而云名；炎帝氏以火纪，故为火师而火名；共工氏以水纪，故为水师而水名；大皞氏以龙纪，故为龙师而龙名。我高祖少皞挚之立也，凤鸟适至，故纪于鸟，为鸟师而鸟名。凤鸟氏，历正也。玄鸟氏，司分者也；伯赵氏，司至者也；青鸟氏，司启者也；丹鸟氏，司闭者也。祝鸠氏，司徒也；䳡鸠氏，司马也；鸤鸠氏，司空也；爽鸠氏，司寇也；鹘鸠氏，司事也。五鸠，鸠民者也。五雉，为五工正，利器用、正度量，夷民者也。九扈为九农正，扈民无淫者也。自颛顼以来，不能纪远，乃纪于近，为民师而命以民事，则不能故也。"仲尼闻之，见于郯子而学之。既而告人曰："吾闻之：'天子失官，学在四夷'，犹信。"

▶在鲁。

二十八岁，前524年，景王二十一年，昭公十八年

夏五月壬午，宋、卫、陈、郑灾。梓慎曰："是谓融风，火之始也。七日，其火作乎！"戊寅，风甚。壬午，大甚。宋、卫、陈、郑皆火。梓慎登大庭氏之库以望之，曰："宋、卫、陈、郑也。"数日，皆来告火。裨灶曰："不用吾言，郑又将火。"郑人请用之，子产不可。子大叔曰："宝，以保民也。若有火，国几亡。可以救亡，子何爱焉？"子产曰："天道远，人道迩，非所及也，何以知之？灶焉知天道？是亦多言矣，岂不或信？"遂不与，亦不复火。

▶在鲁。

二十九岁，前523年，景王二十二年，昭公十九年

秋，齐高发帅师伐莒。郑大水，龙斗于时门之外洧渊。国人请为焉，子产弗许，曰："我斗，龙不我觌也。龙斗，我独何觌焉？禳之，则彼其室也。吾无求于龙，龙亦无求于我。"乃止也。

▶入卫，从师襄子学琴。

三十岁，前522年，景王二十三年，昭公二十年

琴张闻宗鲁死，将往吊之。仲尼曰："齐豹之盗，而孟絷之贼，女何吊焉？君子不食奸，不受乱，不为利疚于回，不以回待人，不盖不义，不犯非礼。"十二月，齐侯田于沛，招虞人以弓，不进。公使执之，辞曰："昔我先君之田也，旃以招大夫，弓以招士，皮冠以招虞人。臣不见皮冠，故不敢进。"乃舍之。仲尼曰："守道不如守官，君子韪之。"郑子产有疾，谓子大叔曰："我死，子必为政。唯有德者能以宽服民，其次莫如猛。夫火烈，民望而畏之，故鲜死焉。水懦弱，民狎而玩之，则多死焉。故宽难。"疾数月而卒。大叔为政，不忍猛而宽。郑国多盗，取人于萑苻之泽。大叔悔之，曰："吾早从夫子，不及此。"兴徒兵以攻萑苻之盗，尽杀之，盗少止。仲尼曰："善哉！政宽则民慢，慢则纠之以猛。猛则民残，残则施之以宽。宽以济猛，猛以济宽，政是以和。《诗》曰：'民亦劳止，汔可

小康。惠此中国，以绥四方。'施之以宽也。'毋从诡随，以谨无良。式
遏寇虐，惨不畏明。'纠之以猛也。'柔远能迩，以定我王。'平之以和也。
又曰：'不竞不绿，不刚不柔。布政优优，百禄是道。'和之至也。"（鲁昭
公之二十年，而孔子盖年三十矣。齐景公与晏婴来适鲁，景公问孔子曰：
"昔秦穆公国小处辟，其霸何也？"对曰："秦，国虽小，其志大；处虽
辟，行中正。身举五羖，爵之大夫，起累绁之中，与语三日，授之以政。
以此取之，虽王可也，其霸小矣。"景公说。——《史记·孔子世家》）

▶ 在鲁。"三十而立。"（《论语·为政第二》）弟子颜回、冉雍、冉求、
商瞿、梁鳣生。

三十一岁，前521年，景王二十四年，昭公二十一年

春，天王将铸无射。泠州鸠曰："王其以心疾死乎？夫乐，天子之职
也。夫音，乐之舆也。而钟，音之器也。天子省风以作乐，器以钟之，
舆以行之。小者不窕，大者不槬，则和于物，物和则嘉成。故和声入于
耳而藏于心，心亿则乐。窕则不咸，槬则不容，心是以感，感实生疾。
今钟槬矣，王心弗堪，其能久乎？"

▶ 在齐，闻韶。弟子巫马施、高柴、颜回、宓不齐生。

三十二岁，前520年，景王二十五年，昭公二十二年

夏四月乙丑，天王崩。
▶ 不详。弟子端木赐生。

三十三岁，前519年，敬王元年，昭公二十三年

天王居于狄泉。尹氏立王子朝。
▶ 回鲁。

三十四岁，前518年，敬王二年，昭公二十四年

夏五月乙未朔，日有食之。梓慎曰："将水。"昭子曰："旱也。日过

分而阳犹不克，克必甚，能无旱乎？阳不克莫，将积聚也。"

> ▶ 在鲁。孟僖公遗命孟懿子、南宫敬叔师事孔子学礼。（或云，本年适周问礼于老聃、问乐于苌弘。自周返鲁，任宗社傧相。）

三十五岁，前517年，敬王三年，昭公二十五年

叔孙昭子如阚，公居于长府。九月戊戌，伐季氏，杀公之于门，遂入之。平子登台而请曰："君不察臣之罪，使有司讨臣以干戈，臣请待于沂上以察罪。"弗许。请囚于费，弗许。请以五乘亡，弗许。子家子曰："君其许之！政自之出久矣，隐民多取食焉。为之徒者众矣，日入慝作，弗可知也。众怒不可蓄也，蓄而弗治，将温。温畜，民将生心。生心，同求将合。君必悔之。"弗听。郈孙曰："必杀之。"公使郈孙逆孟懿子。叔孙氏之司马鬷戾言于其众曰："若之何？"莫对。又曰："我，家臣也，不敢知国。凡有季氏与无，于我孰利？"皆曰："无季氏，是无叔孙氏也。"鬷戾曰："然则救诸！"帅徒以往，陷西北隅以入。公徒释甲，执冰而踞。遂逐之。孟氏使登西北隅，以望季氏。见叔孙氏之旌，以告。孟氏执郈昭伯，杀之于南门之西，遂伐公徒。子家子曰："诸臣伪劫君者，而负罪以出，君止。意如之事君也，不敢不改。"公曰："余不忍也。"与臧孙如墓谋，遂行。己亥，公孙于齐，次于阳州。（孔子年三十五，而季平子与郈昭伯以斗鸡故，得罪鲁昭公，昭公率师击平子，平子与孟氏、叔孙氏三家共攻昭公，昭公师败，奔于齐，齐处昭公干侯。其后顷之，乱。孔子适齐，为高昭子家臣，欲以通乎景公。与齐太师语乐，闻韶音，学之，三月不知肉味，齐人称之。景公问政孔子，孔子曰："君君，臣臣，父父，子子。"景公曰："善哉！信如君不君，臣不臣，父不父，子不子，虽有粟，吾岂得而食诸！"他日又复问政于孔子，孔子曰："政在节财。"景公说，将欲以尼溪田封孔子。晏婴进曰："夫儒者滑稽而不可轨法；倨傲自顺，不可以为下；崇丧遂哀，破产厚葬，不可以为俗；游说乞贷，不可以为国。自大贤之息，室既衰，礼乐缺有间。今孔子盛容饰，繁登降之礼，趋详之节，累世不能殚其学，当年不能究其礼。君欲用之以移齐俗，非所以先细民也。"后景公敬见孔子，不问其礼。异日，景公止孔子

曰："奉子以季氏，吾不能。"以季孟之间待之。齐大夫欲害孔子，孔子闻之。景公曰："吾老矣，弗能用也。"孔子遂行，反乎鲁。——《史记·孔子世家》)

▶ 在鲁。孔子谓季氏。

三十六岁，前516年，敬王四年，昭公二十六年

三月，公至自齐，处于郓，言鲁地也。齐有彗星，齐侯使禳之。晏子曰："无益也，只取诬焉。天道不谄，不贰其命，若之何禳之？且天之有彗也，以除秽也。君无秽德，又何禳焉？《诗》曰：'惟此文王，小心翼翼，昭事上帝，聿怀多福。厥德不回，以受方国。'君无违德，方国将至，何患于彗？《诗》曰：'我无所监，夏后及商。用乱之故，民卒流亡。'若德回乱，民将流亡，祝史之为，无能补也。"公说，乃止。

▶ 第二次入齐（或云上年），过泰山。齐景公问政于孔子。孔子对曰："君君，臣臣，父父，子子。"公曰："善哉！信如君不君，臣不臣，父不父，子不子，虽有粟，吾得而食诸？"(《论语·颜渊第十二》)
景公问政，孔子对曰"君君、臣臣、父父、子子"，欲以尼溪之田封，晏子止。子在齐闻《韶》，三月不知肉味。曰："不图为乐之至于斯也。"(《论语·述而第七》)此二则当于是年或明年。
鲁昭公奔齐。顷之，鲁乱。孔子适齐。景公数问政。景公说，将以尼豁田封孔子。晏婴谏而止之。异日，景公止孔子曰：'奉子以季氏，吾不能。以季、孟之间待之。'齐大夫欲害孔子，孔子闻之。景公曰：'吾老矣，弗能用也。'孔子遂行，反乎鲁。"是其事也。(《史记·孔子世家》)

三十七岁，前515年，敬王五年，昭公二十七年

孟懿子、阳虎伐郓。郓人将战，子家子曰："天命不慆久矣。使君亡者，必此众也。天既祸之，而自福也，不亦难乎？犹有鬼神，此必败也。乌呼！为无望也夫，其死于此乎！"公使子家子如晋，公徒败于且知。冬，公如齐，齐侯请飨之。

▶在齐，吴季札二次聘鲁，四月（夏历二月）适齐返，长子卒于齐，孔子往观其葬礼。

齐大夫欲害孔子。（《史记·孔子世家》）

去齐返鲁。

弟子樊须、原宪生。

三十八岁，前514年，敬王六年，昭公二十八年

公如晋，次于乾侯。魏献子为政。仲尼闻魏子之举也，以为义，曰："近不失亲，远不失举，可谓义矣。"又闻其命贾辛也，以为忠：《诗》曰'永言配命，自求多福'，忠也。魏子之举也义，其命也忠，其长有后于晋国乎！"

▶在鲁。

三十九岁，前513年，敬王七年，昭公二十九年

冬，晋赵鞅、荀寅帅师城汝滨，遂赋晋国一鼓铁，以铸刑鼎，着范宣子所为刑书焉。仲尼曰："晋其亡乎！失其度矣。夫晋国将守唐叔之所受法度，以经纬其民，卿大夫以序守之。民是以能尊其贵，贵是以能守其业。贵贱不愆，所谓度也。文公是以作执秩之官，为被庐之法，以为盟主。今弃是度也，而为刑鼎，民在鼎矣，何以尊贵？贵何业之守？贵贱无序，何以为国？且夫宣子之刑，夷之蒐也，晋国之乱制也，若之何以为法？蔡史墨曰："范氏、中行氏其亡乎！中行寅为下卿，而干上令，擅作刑器，以为国法，是法奸也。又加范氏焉，易之，亡也。其及赵氏，赵孟与焉。然不得已，若德，可以免。"

▶在鲁。

四十岁，前512年，敬王八年，昭公三十年

春王正月，公在乾侯。

▶在鲁。"四十而不惑。"（《论语·为政第二》）弟子澹台灭明生。

四十一岁，前511年，敬王九年，昭公三十一年

十二月辛亥朔，日有食之。是夜也，赵简子梦童子臝而转以歌。旦占诸史墨，曰："吾梦如是，今而日食，何也？"对曰："六年及此月也，吴其入郢乎！终亦弗克。入郢，必以庚辰，日月在辰尾。庚午之日，日始有谪。火胜金，故弗克。"

▶在鲁。

四十二岁，前510年，敬王十年，昭公三十二年

十有二月己未，公薨于乾侯。

▶在鲁。

四十三岁，前509年，敬王十一年，定公元年

秋七月癸巳，葬昭公于墓道南。孔子之为司寇也，沟而合诸墓。

▶在鲁。弟子公西赤生。

四十四岁，前508年，敬王十二年，定公二年

夏四月辛酉，巩氏之群子弟贼简公。

▶在鲁。

四十五岁，前507年，敬王十三年，定公三年

春王正月，公如晋，至河，乃复。

▶在鲁。弟子卜商生。

四十六岁，前506年，敬王十四年，定公四年

三月，公会刘子、晋侯、宋公、蔡侯、卫侯、陈子、郑伯、许男、曹伯、莒子、邾子、顿子、胡子、滕子、薛伯、杞伯、小邾子、齐国夏于召陵，侵楚。

▶在鲁。弟子言偃生。

四十七岁，前505年，敬王十五年，定公五年

六月，季平子行东野，还，未至，丙申，卒于房。阳虎将以与璠敛，仲梁怀弗与，曰："改步改玉。"阳虎欲逐之，告公山不狃。不狃曰："彼为君也，子何怨焉？"既葬，桓子行东野，及费。子泄为费宰，逆劳于郊，桓子敬之。劳仲梁怀，仲梁怀弗敬。子泄怒，谓阳虎："子行之乎？"乙亥，阳虎囚季桓子及公父文伯，而逐仲梁怀。冬十月丁亥，杀公何藐。己丑，盟桓子于稷门之内。庚寅，大诅，逐公父歜及秦遄，皆奔齐。（定公立五年，夏，季平子卒，桓子嗣立。季桓子穿井得土缶，中若羊，问仲尼云"得狗"。仲尼曰："以丘所闻，羊也。丘闻之，木石之怪夔、罔阆，水之怪龙、罔象，土之怪坟羊。"《史记·孔子世家》）

▶在鲁。弟子曾参、颜幸生。

四十八岁，前504年，敬王十六年，定公六年

二月，公侵郑，取匡，为晋讨郑之伐胥靡也。往不假道于卫；及还，阳虎使季、孟自南门入，出自东门，舍于豚泽。卫侯怒，使弥子瑕追之。公叔文子老矣，辇而如公，曰："尤人而效之，非礼也。昭公之难，君将以文之舒鼎，成之昭兆，定之鞶鉴，苟可以纳之，择用一焉。公子与二三臣之子，诸侯苟忧之，将以为之质。此群臣之所闻也。今将以小忿蒙旧德，无乃不可乎！大姒之子，唯周公、康叔为相睦也。而效小人以弃之，不亦诬乎！天将多阳虎之罪以毙之，君姑待之，若何？"乃止。

▶在鲁。阳货欲见孔子，孔子不见，归孔子豚。孔子时其亡也，而往拜之。遇诸涂。谓孔子曰："来！予与尔言。"曰："怀其宝而迷其邦，可谓仁乎？"曰："不可。""好从事而亟失时，可谓知乎？"曰："不可。""日月逝矣，岁不我与。"孔子曰："诺。吾将仕矣。"（《论语·阳货第十七》）阳货欲见孔子，当在是年或之后。

四十九岁，前503年，敬王十七年，定公七年

齐人归郓、阳关，阳虎居之以为政。齐国夏伐我。阳虎御季桓子，公敛处父御孟懿子，将宵军齐师。齐师闻之，堕，伏而待之。处父曰："虎不图祸，而必死。"苫夷曰："虎陷二子于难，不待有司，余必杀女。"虎惧，乃还，不败。

▶ 弟子颛孙师生。

五十岁，前502年，敬王十八年，定公八年

季寤、公锄极、公山不狃皆不得志于季氏，叔孙辄无宠于叔孙氏，叔仲志不得志于鲁。故五人因阳虎。阳虎欲去三桓，以季寤更季氏，以叔孙辄更叔孙氏，己更孟氏。阳虎劫公与武叔，以伐孟氏。公敛处父帅成人，自上东门入，与阳氏战于南门之内，弗胜。又战于棘下，阳氏败。阳虎说甲如公宫，取宝玉、大弓以出，舍于五父之衢，寝而为食。其徒曰："追其将至。"虎曰："鲁人闻余出，喜于征死，何暇追余？"从者曰："嘻！速驾！公敛阳在。"公敛阳请追之，孟孙弗许。阳欲杀桓子，孟孙惧而归之。子言辨舍爵于季氏之庙而出。阳虎入于欢、阳关以叛。

▶ 在鲁。"五十而知天命。"（《论语·为政第二》）公山弗扰以费畔，召，子欲往。子路不说，曰："末之也，已，何必公山氏之之也？"子曰："夫召我者，而岂徒哉？如有用我者，吾其为东周乎？"（《论语·阳货第十七》）公山弗扰召孔子当在是年。

五十一岁，前501年，敬王十九年，定公九年

六月，伐阳关。阳虎使焚莱门。师惊，犯之而出，奔齐，请师以伐鲁，曰："三加必取之。"齐侯将许之。鲍文子谏曰："臣尝为隶于施氏矣，未可取也。上下犹和，众庶犹睦，能事大国，而无天灾，若之何取之？阳虎欲勤齐师也，齐师罢，大臣必多死亡，己于是乎奋其诈谋。夫阳虎有宠于季氏，而将杀季孙，以不利鲁国，而求容焉。亲富不亲仁，

君焉用之？君富于季氏，而大于鲁国，兹阳虎所欲倾覆也。鲁免其疾，而君又收之，无乃害乎！"齐侯执阳虎，将东之。阳虎愿东，乃囚诸西鄙。尽借邑人之车，锲其轴，麻约而归之。载葱灵，寝于其中而逃。追而得之，囚于齐。又以葱灵逃，奔晋，适赵氏。仲尼曰："赵氏其世有乱乎！"

▶ 在鲁。定公以孔子为中都宰，一年，四方皆则之（《史记·孔子世家》）。弟子冉儒、曹卹、伯虔、颜高、叔仲会生。

五十二岁，前 500 年，敬王二十年，定公十年

夏，公会齐侯于祝其，实夹谷。孔丘相。犁弥言于齐侯曰："孔丘知礼而无勇，若使莱人以兵劫鲁侯，必得志焉。"齐侯从之。孔丘以公退，曰："士，兵之！两君合好，而裔夷之俘以兵乱之，非齐君所以命诸侯也。裔不谋夏，夷不乱华，俘不干盟，兵不逼好。于神为不祥，于德为愆义，于人为失礼，君必不然。"齐侯闻之，遽辟之。将盟，齐人加于载书曰："齐师出竟，而不以甲车三百乘从我者，有如此盟。"孔丘使兹无还揖对曰："而不反我汶阳之田，吾以共命者，亦如之。"齐侯将享公，孔丘谓梁丘据曰："齐、鲁之故，吾子何不闻焉？事既成矣，而又享之，是勤执事也。且牺象不出门，嘉乐不野合。飨而既具，是弃礼也。若其不具，用秕稗也。用秕稗，君辱，弃礼，名恶，子盍图之？夫享，所以昭德也。不昭，不如其已也。"乃不果享。齐人来归郓、欢、龟阴之田。

▶ 在鲁，为司寇，相鲁。

五十三岁，前 499 年，敬王二十一年，定公十一年

春，宋公母弟辰暨仲佗、石驱、公子地入于萧以叛。秋，乐大心从之，大为宋患，宠向魋故也。

▶ 相鲁。

五十四岁，前498年，敬王二十二年，定公十二年

仲由为季氏宰，将堕三都，于是叔孙氏堕郈。季氏将堕费，公山不狃、叔孙辄帅费人以袭鲁。公与三子入于季氏之宫，登武子之台。费人攻之，弗克。入及公侧。仲尼命申句须、乐颀下，伐之，费人北。国人追之，败诸姑蔑。二子奔齐，遂堕费。将堕成，公敛处父谓孟孙："堕成，齐人必至于北门。且成，孟氏之保障也，无成，是无孟氏也。子伪不知，我将不堕。"

▶ 在鲁，谋堕三都。齐人归女乐，季桓子受之，三日不朝，孔子行。弟子公孙龙生。

五十五岁，前497年，敬王二十三年，定公十三年

（春，齐侯、卫侯次于垂葭。孔子遂适卫，主于子路妻兄颜浊邹家。卫灵公问孔子："居鲁得禄几何？"对曰："奉粟六万。"卫人亦致粟六万。居顷之，或谮孔子于卫灵公。灵公使公孙余假一出一入。孔子恐获罪焉，居十月，去卫。将适陈，过匡，颜刻为仆，以其策指之曰："昔吾入此，由彼缺也。"匡人闻之，以为鲁之阳虎。阳虎尝暴匡人，匡人于是遂止孔子。孔子状类阳虎，拘焉五日，颜渊后，子曰："吾以汝为死矣。"颜渊曰："子在，回何敢死！"匡人拘孔子益急，弟子惧。孔子曰："文王既没，文不在兹乎？天之将丧斯文也，后死者不得与于斯文也。天之未丧斯文也，匡人其如予何！"孔子使从者为宁武子臣于卫，然后得去。去即过蒲。月余，反乎卫，主蘧伯玉家。——《史记·孔子世家》）

▶ 去卫适陈，过匡经蒲，返回卫都。子畏于匡，颜渊后。子曰："吾以女为死矣。"曰："子在，回何敢死？"（《论语·先进第十一》）子畏于匡，曰："文王既没，文不在兹乎？天之将丧斯文也，后死者不得与于斯文也；天之未丧斯文也，匡人其如予何？"（《论语·子罕第九》）佛肸召，子欲往。子路曰："昔者由也闻诸夫子曰：'亲于其身为不善者，君子不入也。'佛肸以中牟畔，子之往也，如之何？"子曰："然。有是言也。不曰坚乎磨而不磷；不曰白乎涅而不缁。吾岂匏瓜也哉？焉能系而不食？"（《论语·阳货第十七》）

五十六岁，前496年，敬王二十四年，定公十四年

公会齐侯、卫侯于牵。

▶ 在卫。

五十七岁，前495年，敬王二十五年，定公十五年

夏五月壬申，公薨。仲尼曰："赐不幸言而中，是使赐多言者也。"（灵公夫人有南子者，使人谓孔子曰："四方之君子不辱欲与寡君为兄弟者，必见寡小君。寡小君愿见。"孔子辞谢，不得已而见之。夫人在缔帷中。孔子入门，北面稽首。夫人自帷中再拜，环佩玉声璆然。孔子曰："吾乡为弗见，见之礼答焉。"子路不说。孔子矢之曰："予所不者，天厌之！天厌之！"居卫月余，灵公与夫人同车，宦者雍渠参乘，出，使孔子为次乘，招摇市过之。孔子曰："吾未见好德如好色者也。"于是丑之，去卫，过曹。是岁，定公卒。——《史记·孔子世家》）

▶ 去卫。子见南子，子路不说。夫子矢之曰："予所否者，天厌之！天厌之！"（《论语·雍也第六》）子曰："已矣乎！吾未见好德如好色者也。"（《论语·卫灵公第十五》）卫灵公问陈于孔子。孔子对曰："俎豆之事，则尝闻之矣；军旅之事，未之学也。"明日遂行。（《论语·卫灵公第十五》）

五十八岁，前494年，敬王二十六年，哀公元年

（孔子去曹适宋，与弟子习礼大树下。宋司马桓魋欲杀孔子，拔其树。孔子去。弟子曰："可以速矣。"孔子曰："天生德于予，桓魋其如予何！"孔子适郑，与弟子相失，孔子独立郭东门。郑人或谓子贡曰："东门有人，其颡似尧，其项类皋陶，其肩类子产，然自要以下不及禹三寸。累累若丧家之狗。"子贡以实告孔子。孔子欣然笑曰："形状，末也。而谓似丧家之狗，然哉！然哉！"孔子遂至陈，主于司城贞子家。岁余，吴王夫差伐陈，取三邑而去。赵鞅伐朝歌。楚围蔡，蔡迁于吴。吴败越王勾践会稽。——《史记·孔子世家》）

▶去曹适宋，适郑至陈。

五十九岁，前493年，敬王二十七年，哀公二年

夏，卫灵公卒。（夏，卫灵公卒，立孙辄，是为卫出公。六月，赵鞅
内太子蒯聩于戚。阳虎使太子絻，八人衰绖，伪自卫迎者，哭而入，遂
居焉。冬，蔡迁于州来。是岁鲁哀公三年，而孔子年六十矣。齐助卫围
戚，以卫太子蒯聩在故也。——《史记·孔子世家》）

▶去卫。

六十岁，前492年，敬王二十八年，哀公三年

夏五月辛卯，司铎火。火逾公宫，桓、僖灾。救火者皆曰："顾府。"
南宫敬叔至，命周人出御书，俟于宫，曰："庀女而不在，死。"孔子在
陈，闻火，曰："其桓、僖乎！"（夏，鲁桓厘庙燔，南宫敬叔救火。孔子
在陈，闻之，曰："灾必于桓厘庙乎？"已而果然。秋，季桓子病，辇而
见鲁城，喟然叹曰："昔此国几兴矣，以吾获罪于孔子，故不兴也。"顾谓
其嗣康子曰："我即死，若必相鲁；相鲁，必召仲尼。"后数日，桓子卒，
康子代立。已葬，欲召仲尼。公之鱼曰："昔吾先君用之不终，终为诸侯
笑。今又用之，不能终，是再为诸侯笑。"康子曰："则谁召而可？"曰：
"必召冉求。"于是使使召冉求。冉求将行，孔子曰："鲁人召求，非小用
之，将大用之也。"是日，孔子曰："归乎归乎！吾党之小子狂简，斐然成
章，吾不知所以裁之。"子赣知孔子思归，送冉求，因诫曰"即用，以孔
子为招"云。——《史记·孔子世家》）

▶在陈。

六十一岁，前491年，敬王二十九年，哀公四年

（冉求既去，明年，孔子自陈迁于蔡。蔡昭公将如吴，吴招之也。前
昭公欺其臣迁州来，后将往，大夫惧复迁，公孙翩射杀昭公。楚侵蔡。
秋，齐景公卒。——《史记·孔子世家》）

▶自陈迁蔡。

六十二岁，前490年，敬王三十年，哀公五年

（明年，孔子自蔡如叶。叶公问政，孔子曰："政在来远附迩。"他日，叶公问孔子于子路，子路不对。孔子闻之，曰："由，尔何不对曰'其为人也，学道不倦，诲人不厌，发愤忘食，乐以忘忧，不知老之将至'云尔。"去叶，反于蔡。长沮、桀溺耦而耕，孔子以为隐者，使子路问津焉。长沮曰："彼执舆者为谁？"子路曰："为孔丘。"曰："是鲁孔丘与？"曰："然。"曰："是知津矣。"桀溺谓子路曰："子为谁？"曰："为仲由。"曰："子，孔丘之徒与？"曰："然。"桀溺曰："悠悠者天下皆是也，而谁以易之？且与其从辟人之士，岂若从辟世之士哉！"耰而不辍。子路以告孔子，孔子怃然曰："鸟兽不可与同群。天下有道，丘不与易也。"他日，子路行，遇荷蓧丈人，曰："子见夫子乎？"丈人曰："四体不勤，五谷不分，孰为夫子！"植其杖而芸。子路以告，孔子曰："隐者也。"复往，则亡。——《史记·孔子世家》）

▶自蔡如叶，返蔡。叶公问政。子曰："近者说，远者来。"叶公语孔子曰："吾党有直躬者，其父攘羊，而子证之。"孔子曰："吾党之直者异于是：父为子隐，子为父隐。——直在其中矣。"（《论语·子路第十三》）叶公问孔子于子路，子路不对。子曰："女奚不曰：其为人也，发愤忘食，乐以忘忧，不知老之将至云尔。"（《论语·述而第七》）楚狂接舆歌而过孔子曰："凤兮凤兮！何德之衰？往者不可谏，来者犹可追。已而，已而！今之从政者殆而！"孔子下，欲与之言。趋而避之，不得与之言。（《论语·微子第十八》）长沮、桀溺耦而耕，孔子过之，使子路问津焉。长沮曰："夫执舆者为谁？"子路曰："为孔丘。"曰："是鲁孔丘与？"曰："是也。"曰："是知津矣。"问于桀溺。桀溺曰："子为谁？"曰："为仲由。"曰："是鲁孔丘之徒与？"对曰："然。"曰："滔滔者天下皆是也，而谁以易之？且而与其从辟人之士也，岂若从辟世之士哉？"耰而不辍。子路行以告。夫子怃然曰："鸟兽不可与同群，吾非斯人之徒与而谁与？天下有道，丘不

与易也。"(《论语·微子第十八》)子路从而后，遇丈人，以杖荷蓧。子路问曰："子见夫子乎？"丈人曰："四体不勤，五谷不分，孰为夫子？"植其杖而芸。子路拱而立。止子路宿，杀鸡为黍而食之，见其二子焉。明日，子路行以告。子曰："隐者也。"使子路反见之。至，则行矣。子路曰："不仕无义。长幼之节，不可废也；君臣之义，如之何其废之？欲洁其身，而乱大伦。君子之仕也，行其义也。道之不行，已知之矣。"(《论语·微子第十八》)

六十三岁，前489年，敬王三十一年，哀公六年

（孔子迁于蔡三岁，吴伐陈。楚救陈，军于城父。闻孔子在陈蔡之闲，楚使人聘孔子。孔子将往拜礼，陈蔡大夫谋曰："孔子贤者，所刺讥皆中诸侯之疾。今者久留陈蔡之间，诸大夫所设行皆非仲尼之意。今楚，大国也，来聘孔子。孔子用于楚，则陈蔡用事大夫危矣。"于是乃相与发徒役围孔子于野。不得行，绝粮。从者病，莫能兴。孔子讲诵弦歌不衰。子路愠见曰："君子亦有穷乎？"孔子曰："君子固穷，小人穷斯滥矣。"子贡色作。孔子曰："赐，尔以予为多学而识之者与？"曰："然。非与？"孔子曰："非也。予一以贯之。"孔子知弟子有愠心，乃召子路而问曰："诗云'匪兕匪虎，率彼旷野'。吾道非邪？吾何为于此？"子路曰："意者吾未仁邪？人之不我信也。意者吾未知邪？人之不我行也。"孔子曰："有是乎！由，譬使仁者而必信，安有伯夷、叔齐？使知者而必行，安有王子比干？"子路出，子贡入见。孔子曰："赐，诗云'匪兕匪虎，率彼旷野'。吾道非邪？吾何为于此？"子贡曰："夫子之道至大也，故天下莫能容夫子。夫子盖少贬焉？"孔子曰："赐，良农能稼而不能为穑，良工能巧而不能为顺。君子能修其道，纲而纪之，统而理之，而不能为容。今尔不修尔道而求为容。赐，而志不远矣！"子贡出，颜回入见。孔子曰："回，诗云'匪兕匪虎，率彼旷野'。吾道非邪？吾何为于此？"颜回曰："夫子之道至大，故天下莫能容。虽然，夫子推而行之，不容何病，不容然后见君子！夫道之不修也，是吾丑也。夫道既已大修而不用，是有国者之丑也。不容何病，不容然后见君子！"孔子欣然而笑曰："有是哉颜氏之

子！使尔多财，吾为尔宰。"于是使子贡至楚。楚昭王兴师迎孔子，然后得免。昭王将以书社地七百里封孔子。楚令尹子西曰："王之使使诸侯有如子贡者乎？"曰："无有。""王之辅相有如颜回者乎？"曰："无有。""王之将率有如子路者乎？"曰："无有。""王之官尹有如宰予者乎？"曰："无有。""且楚之祖封于周，号为子男五十里。今孔丘述三五之法，明周召之业，王若用之，则楚安得世世堂堂方数千里乎？夫文王在丰，武王在镐，百里之君卒王天下。今孔丘得据土壤，贤弟子为佐，非楚之福也。"昭王乃止。其秋，楚昭王卒于城父。楚狂接舆歌而过孔子，曰："凤兮凤兮，何德之衰！往者不可谏兮，来者犹可追也！已而已而，今之从政者殆而！"孔子下，欲与之言。趋而去，弗得与之言。于是孔子自楚反乎卫。是岁也，孔子年六十三，而鲁哀公六年也。——《史记·孔子世家》）

▶ 在陈蔡间，适楚，返卫。在陈绝粮，从者病，莫能兴。子路愠见曰："君子亦有穷乎？"子曰："君子固穷，小人穷斯滥矣。"（《论语·卫灵公第十五》）

六十四岁，前488年，敬王三十二年，哀公七年

（晋师侵卫。孔子曰："鲁卫之政，兄弟也。"是时，卫君辄父不得立，在外，诸侯数以为让。而孔子弟子多仕于卫，卫君欲得孔子为政。子路曰："卫君待子而为政，子将奚先？"孔子曰："必也正名乎！"子路曰："有是哉，子之迂也！何其正也？"孔子曰："野哉由也！夫名不正则言不顺，言不顺则事不成，事不成则礼乐不兴，礼乐不兴则刑罚不中，刑罚不中则民无所错手足矣。夫君子为之必可名，言之必可行。君子于其言，无所苟而已矣。"——《史记·孔子世家》）

▶ 在卫。子曰："鲁卫之政，兄弟也。"（《论语·子路第十三》）子路曰："卫君待子而为政，子将奚先？"子曰："必也正名乎？"子路曰："有是哉，子之迂也！奚其正？"子曰："野哉，由也！君子于其所不知，盖阙如也。名不正，则言不顺；言不顺，则事不成；事不成，则礼乐不兴；礼乐不兴，则刑罚不中；刑罚不中，则民无所措手足。故君子名之必可言也，言之必可行也。君子于其言，无所苟而

已矣。"(《论语·子路第十三》)

六十五岁，前487年，敬王三十三年，哀公八年

三月，吴伐我，子泄率，故道险，从武城。初，武城人或有因于吴竟田焉，拘鄅谒之沤菅者，曰："何故使吾水滋？"及吴师至，拘者道之，以伐武城，克之。王犯尝为之宰，澹枱子羽之父好焉。国人惧，懿子谓景伯："若之何？"对曰："吴师来，斯与之战，何患焉？且召之而至，又何求焉？"吴师克东阳而进，舍于五梧，明日，舍于蚕室。公宾庚、公甲叔子与战于夷，获叔子与析朱鉏。献于王，王曰："此同车，必使能，国未可望也。"明日，舍于庚宗，遂次于泗上。微虎欲宵攻王舍，私属徒七百人，三踊于幕庭，卒三百人，有若与焉，及稷门之内。或谓季孙曰："不足以害吴，而多杀国士，不如已也。"乃止之。吴子闻之，一夕三迁。吴人行成，将盟。景伯曰："楚人围宋，易子而食，析骸而爨，犹无城下之盟。我未及亏，而有城下之盟，是弃国也。吴轻而远，不能久，将归矣，请少待之。"弗从。景伯负载，造于莱门，乃请释子服何于吴，吴人许之。以王子姑曹当之，而后止。吴人盟而还。

▶在陈（疑）。

六十六岁，前486年，敬王三十四年，哀公九年

夏，楚人伐陈。秋，宋公伐郑。
▶在陈。

六十七岁，前485年，敬王三十五年，哀公十年

公会吴子、邾子、郯子伐齐南鄙，师于鄎。齐人弑悼公，赴于师。
▶在卫。亓官氏卒。

六十八岁，前484年，敬王三十六年，哀公十一年

季孙谓其宰冉求曰："齐师在清，必鲁故也。若之何？"求曰："一子

守，二子从公御诸竟。"季孙曰："不能。"求曰："居封疆之间。"季孙告二子，二子不可。求曰："若不可，则君无出。一子帅师，背城而战。不属者，非鲁人也。鲁之群室，众于齐之兵车。一室敌车，优矣。子何患焉？二子之不欲战也宜，政在季氏。当子之身，齐人伐鲁而不能战，子之耻也。大不列于诸侯矣。"季孙使从于朝，俟于党氏之沟。武叔呼而问战焉，对曰："君子有远虑，小人何知？"懿子强问之，对曰："小人虑材而言，量力而共者也。"武叔曰："是谓我不成丈夫也。"退而蒐乘，孟孺子泄帅右师，颜羽御，邴泄为右。冉求帅左师，管周父御，樊迟为右。季孙曰："须也弱。"有子曰："就用命焉。"季氏之甲七千，冉有以武城人三百为己徒卒。老幼守宫，次于雩门之外。五日，右师从之。公叔务人见保者而泣，曰："事充政重，上不能谋，士不能死，何以治民？吾既言之矣，敢不勉乎！"师及齐师战于郊，齐师自稷曲，师不逾沟。樊迟曰："非不能也，不信子也。请三刻而逾之。"如之，众从之。师入齐军，右师奔，齐人从之，陈瓘、陈庄涉泗。孟之侧后入以为殿，抽矢策其马，曰："马不进也。"林不狃之伍曰："走乎？"不狃曰："谁不如？"曰："然则止乎？"不狃曰："恶贤？"徐步而死。师获甲首八十，齐人不能师。宵，谍曰："齐人遁。"冉有请从之三，季孙弗许。孟孺子语人曰："我不如颜羽，而贤于邴泄。子羽锐敏，我不欲战而能默。泄曰：'驱之。'"公为与其嬖僮汪锜乘，皆死，皆殡。孔子曰："能执干戈以卫社稷，可无殇也。"冉有用矛于齐师，故能入其军。孔子曰："义也。"悼子亡，卫人翦夏戊。孔文子之将攻大叔也，访于仲尼。仲尼曰："胡簋之事，则尝学之矣。甲兵之事，未之闻也。"退，命驾而行，曰："鸟则择木，木岂能择鸟？"文子遽止之，曰："圉岂敢度其私，访卫国之难也。"将止。鲁人以币召之，乃归。季孙欲以田赋，使冉有访诸仲尼。仲尼曰："丘不识也。"三发，卒曰："子为国老，待子而行，若之何子之不言也？"仲尼不对。而私于冉有曰："君子之行也，度于礼，施取其厚，事举其中，敛从其薄。如是则以丘亦足矣。若不度于礼，而贪冒无厌，则虽以田赋，将又不足。且子季孙若欲行而法，则周公之典在。若欲苟而行，又何访焉？"弗听。（冉有为季氏将师，与齐战于郎，克之。季康子曰："子之于军旅，学之乎？性之乎？"冉有曰："学之于孔子。"季康子曰："孔子何如人哉？"

对曰："用之有名；播之百姓，质诸鬼神而无憾。求之至于此道，虽累千社，夫子不利也。"康子曰："我欲召之，可乎？"对曰："欲召之，则毋以小人固之，则可矣。"而卫孔文子将攻太叔，问策于仲尼。仲尼辞不知，退而命载而行，曰："鸟能择木，木岂能择鸟乎！"文子固止。会季康子逐公华、公宾、公林，以币迎孔子，孔子归鲁。——《史记·孔子世家》）

> ▶ 去卫返鲁。子曰："孟之反不伐，奔而殿，将入门，策其马，曰：'非敢后也，马不进也。'"（《论语·雍也第六》）季康子问："使民敬、忠以劝，如之何？"子曰："临之以庄，则敬；孝慈，则忠；举善而教不能，则劝。"（《论语·为政第二》）季康子问："仲由可使从政也与？"子曰："由也果，于从政乎何有？"曰："赐也可使从政也与？"曰："赐也达，于从政乎何有？"曰："求也可使从政也与？"曰："求也艺，于从政乎何有？"（《论语·雍也第六》）季康子问："弟子孰为好学？"孔子对曰："有颜回者好学，不幸短命死矣！今也则亡。"（《论语·先进第十一》）季康子问政于孔子。孔子对曰："政者，正也。子帅以正，孰敢不正？"（《论语·颜渊第十二》）季康子患盗，问于孔子。孔子对曰："苟子之不欲，虽赏之不窃。"（《论语·颜渊第十二》）季康子问政于孔子曰："如杀无道，以就有道，何如？"孔子对曰："子为政，焉用杀？子欲善而民善矣。君子之德风，小人之德草。草上之风必偃。"（《论语·颜渊第十二》）季康子问于孔子当在是年或之后。

六十九岁，前483年，敬王三十七年，哀公十二年

春，用田赋。夏五月，昭夫人孟子卒。昭公娶于吴，故不书姓。死不赴，故不称夫人。不反哭，故言不葬小君。孔子与吊，适季氏。季氏不绖，放绖而拜。冬十二月，螽。季孙问诸仲尼，仲尼曰："丘闻之，火伏而后蛰者毕。今火犹西流，司历过也。"

> ▶ 在鲁，"吾自卫反鲁，然后乐正，《雅》《颂》各得其所。"（《论语·子罕第九》）。孙子思生，子伯鱼卒。季氏富于周公，而求也为之聚敛而附益之。子曰："非吾徒也。小子鸣鼓而攻之可也。"（《论语·先

进第十一》）

七十岁，前482年，敬王三十八年，哀公十三年

春，宋向魋救其师。郑子剩使徇曰："得桓魋者有赏。"魋也逃归，遂取宋师于岩，获成谨、郜延。以六邑为虚。

▶在鲁。"七十而从心所欲，不逾矩。"（《论语·为政第二》）

七十一岁，前481年，敬王三十九年，哀公十四年

（鲁哀公十四年春，狩大野。叔孙氏车子钼商获兽，以为不祥。仲尼视之，曰："麟也。"取之。曰："河不出图，雒不出书，吾已矣夫！"颜渊死，孔子曰："天丧予！"及西狩见麟，曰："吾道穷矣！"喟然叹曰："莫知我夫！"子贡曰："何为莫知子？"子曰："不怨天，不尤人，下学而上达，知我者其天乎！"——《史记·孔子世家》）

▶在鲁。颜渊死。齐内乱，宰我死。子曰："甚矣吾衰也！久矣吾不复梦见周公。"（《论语·述而第七》）子曰："凤鸟不至，河不出图，吾已矣夫！"（《论语·子罕第九》）以上二则当为是年之后。颜渊死，颜路请子之车以为之椁。子曰："才不才，亦各言其子也。鲤也死，有棺而无椁。吾不徒行以为之椁。以吾从大夫之后，不可徒行也。"（《论语·先进第十一》）颜渊死。子曰："噫！天丧予！天丧予！"（《论语·先进第十一》）颜渊死，子哭之恸。从者曰："子恸矣！"曰："有恸乎？非夫人之为恸而谁为？"（《论语·先进第十一》）颜渊死，门人欲厚葬："不可。"门人厚葬之。子曰："回也视予犹父也，予不得视犹子也。非我也，夫二三子也。"（《论语·先进第十一》）季康子问："弟子孰为好学？"孔子对曰："有颜回者好学，不幸短命死矣！今也则亡。"（《论语·先进第十一》）

七十二岁，前480年，敬王四十年，哀公十五年

闰月，良夫与大子入，舍于孔氏之外圃。……召获驾乘车，行爵食

炙，奉卫侯辄来奔。季子将入，遇子羔将出，曰："门已闭矣。"季子曰："吾姑至焉。"子羔曰："弗及，不践其难。"季子曰："食焉，不辟其难。"子羔遂出。子路入，及门，公孙敢门焉，曰："无入为也。"季子曰："是公孙，求利焉而逃其难。由不然，利其禄，必救其患。"有使者出，乃入。曰："大子焉用孔悝？虽杀之，必或继之。"且曰："大子无勇，若燔台，半，必舍孔叔。"大子闻之，惧，下石乞、盂黡敌子路，以戈击之，断缨。子路曰："君子死，冠不免。"结缨而死。孔子闻卫乱，曰："嗟乎！柴也其来乎？由也其死矣。"

春，蒯聩归卫，立卫庄公，出公辄奔鲁。

▶在鲁。子路死。孔文子死。

七十三岁，前479年，敬王四十一年，哀公十六年

夏四月己丑，孔丘卒。公诔之曰："旻天不吊，不慭遗一老。俾屏余一人以在位，茕茕余在疚。呜呼哀哉！尼父。无自律。"子赣曰："君其不没于鲁乎！夫子之言曰：'礼失则昏，名失则愆。'失志为昏，失所为愆。生不能用，死而诔之，非礼也。称一人，非名也。君两失之。"（孔子病，子贡请见。孔子方负杖逍遥于门，曰："赐，汝来何其晚也？"孔子因叹，歌曰："太山坏乎！梁柱摧乎！哲人萎乎！"因以涕下。谓子贡曰："天下无道久矣，莫能宗予。夏人殡于东阶，周人于西阶，殷人两柱闲。昨暮予梦坐奠两柱之闲，予始殷人也。"后七日卒。——《史记·孔子世家》）

▶在鲁，卒。

三、《论语》源流概貌

春秋晚期至战国初期

　　班固《汉书·艺文志》：弟子各有所记。夫子既卒，门人相与辑而论篡。郑玄：仲弓、子游、子夏等所撰定。柳宗元《论语辨》：盖乐正子春、子思之徒与为之尔……曾氏之徒也。

　　《论语》（该名称最早见于《礼记·坊记》《孔子家语·弟子解》，亦见司马迁《史记·仲尼弟子列传》、王充《论衡·正说》）。

汉初

　　齐论、鲁论。汉兴，有齐、鲁之说。传《齐论》者，昌邑中尉王吉、少府宋畸、御史大夫贡禹、尚书令五鹿充宗、胶东庸生，唯王阳名家。传《鲁论语》者，常山都尉龚奋、长信少府夏侯胜、承相韦贤、鲁扶卿、前将军萧望之、安昌侯张禹，皆名家。张氏最后而行于世。

　　《汉书·艺文志》：《论语》古二十一篇。出孔子壁中，两《子张》。《齐》二十二篇。多《问王》《知道》。《鲁》二十篇，《传》十九篇。《齐说》二十九篇。《鲁夏侯说》二十一篇。《鲁安昌侯说》二十一篇。《鲁王骏说》二十篇。《燕传说》三卷。《议奏》十八篇。石渠论。《孔子家语》二十七卷。《孔子三朝》七篇。《孔子徒人图法》二卷。凡《论语》十二家，二百二十九篇。

汉文帝时期

汉文帝

　　置博士（孝文皇帝欲广游学之路，《论语》《孝经》《孟子》《尔雅》

皆置博士。）

赵岐《孟子题辞》，亦见《汉书·儒林传》《汉书·楚元王传》。

汉景帝时期

鲁恭王

古《论语》。

坏孔子宅壁而得。

汉武帝时期

汉武帝

置五经博士，废《论语》博士。

王国维《汉魏博士考》：是汉人就学，首学书法，其业成者得试为吏，此一级也。进则授《尔雅》《孝经》《论语》。

汉武帝时期

孔安国

《论语训解》。

王肃《孔子家语后序》：天汉后，鲁恭王坏夫子故宅，得壁中诗书，悉归于子国。子国乃考论古今文字，撰众师之义，为《古文论语训解》十一篇。

前 51 年

汉宣帝

《石渠议奏》有关《论语》者十八篇。

班固《汉书·艺文志》。

成元之间

王尊

治《尚书》《论语》，能通大义。

班固《汉书·王尊传》。

西汉末

张禹

《张侯论》。

何晏《论语集解·序》：安昌侯张禹本受鲁论，兼讲齐说，善者从之，号曰《张侯论》，为世所贵。包氏周氏章句出焉。（周氏章句亡，周氏何人，不可考，马国翰等以为是周生烈。）

东汉初

《论语谶》。

《白虎通》已引用《论语谶》，盖出自王莽新朝或东汉初期。《论语谶》亦称《论语纬》，《隋书·经籍志》《旧唐书·经籍志》《新唐书·艺文志》均著录《论语纬》。

东汉初（光武晚年至明帝初年）

包咸

《论语章句》。

《后汉书·儒林传》：少为诸生，受业长安，师事博士右师细君，习《鲁诗》《论语》，……又为其章句。《论语章句》亡，今有清人马国翰《论语包氏章句》两卷。

汉顺帝

马融

《论语训说》。

何晏《论语集解·序》：《古论》惟博士孔安国为之训说，而世不传，至顺帝时，南郡太守马融亦为之训说。（亡，有清人马国翰辑《论语马氏训说》。)

汉中前期

刘辅

《论语传》。

《后汉书·光武十王列传》：好经书，善说《京氏易》《孝经》《论语》传及图谶，作《五经论》。

汉晚期

郑玄

《论语注》。

《隋书·经籍志》：《论语》十卷，郑玄注。梁有《古文论语》十卷，郑玄注。……《论语》九卷，郑玄注。《新唐书·艺文志》：《论语》郑玄注十卷，又注《论语释义》一卷，《论语篇目弟子》一卷。

魏晋南北朝

《论语》十卷，郑玄注。梁有《古文论语》十卷，郑玄注；又王肃、虞翻、谯周等注《论语》各十卷。亡。《论语》九卷，郑玄注，晋散骑常侍虞喜赞。《集解论语》十卷，何晏集。《集注论语》六卷，晋八卷，晋太保卫瓘注。梁有《论语补阙》二卷，宋明帝补卫瓘阙，亡。《论语集义》八卷，晋尚书左中兵郎崔豹集。梁十卷。《论语》十卷，晋著作郎李充注。《集解论语》十卷，晋廷尉孙绰解。梁有盈氏及孟整注《论语》各十卷，亡。《集解论语》十卷，晋兖州别驾江熙解。《论语》七卷，卢氏注。梁有晋国子博士梁觊、益州刺史袁乔、尹毅、司徒左长史张凭及阳惠明、宋新安太守孔澄之、齐员外郎虞遻及许容、曹思文注，释僧智略解，梁太史叔明集解，陶弘景集注《论语》各十卷；又《论语音》二卷，徐邈等撰。亡。《论语难郑》一卷，梁有《古论语义注谱》一卷，徐氏撰；《论语隐义注》三卷，《论语义注》三卷。亡。《论语难郑》一卷。《论语标指》

一卷，司马氏撰。《论语杂问》一卷。《论语孔子弟子目录》一卷，郑玄撰。《论语体略》二卷，晋太傅主簿郭象撰。《论语旨序》三卷，晋卫尉缪播撰。《论语释疑》三卷，王弼撰。《论语释》一卷，张凭撰。《论语释疑》十卷，晋尚书郎栾肇撰。梁有《论语释驳》三卷，王肃撰；《论语驳序》二卷，栾肇撰；《论语隐》一卷，郭象撰；《论语藏集解》一卷，应琛撰；《论语释》一卷，曹毗撰；《论语君子无所争》一卷，庾亮撰；《论语释》一卷，李充撰；《论语释》一卷，庾翼撰；《论语义》一卷，王濛撰；又蔡系《论语释》一卷，张隐《论语释》一卷，郄原《通郑》一卷，王氏《修郑错》一卷，姜处道《论释》一卷。亡。《论语别义》十卷，范畴撰。梁有《论语疏》八卷，宋司空法曹张略等撰；《新书对张论》十卷，虞喜撰。《论语义疏》十卷，褚仲都撰。《论语义疏》十卷，皇侃撰。《论语述义》十卷，刘炫撰。《论语义疏》八卷。《论语讲疏文句义》五卷，徐孝克撰，残缺。《论语义疏》二卷，张冲撰。梁有《论语义注图》十二卷，亡。《孔丛》七卷，陈胜博士孔鲋撰。梁有《孔志》十卷，梁太尉参军刘被撰，亡。《孔子家语》二十一卷王肃解。梁有《当家语》二卷，魏博士张融撰，亡。《孔子正言》二十卷，梁武帝撰。《论语》者，孔子弟子所录。孔子既叙六经，讲于洙、泗之上，门徒三千，达者七十。其与夫子应答，及私相讲肄，言合于道，或书之于绅，或事之无厌。仲尼既没，遂缉而论之，谓之《论语》。汉初，有齐、鲁之说。其齐人传者二十二篇，鲁人传者二十篇。齐则昌邑中尉王吉、少府宗畸、御史大夫贡禹、尚书令五鹿充宗、胶东庸生。鲁则常山都尉龚奋、长信少府夏侯胜、韦丞相节侯父子、鲁扶卿、前将军萧望之、安昌侯张禹，并名其学。张禹本授《鲁论》，晚讲《齐论》，后遂合而考之，删其烦惑。除去《齐论·问王》《知道》二篇，从《鲁论》二十篇为定，号《张侯论》，当世重之。周氏、包氏为之章句，马融又为之训。又有古《论语》，与《古文尚书》同出，章句烦省，与《鲁论》不异，唯分《子张》为二篇，故有二十一篇。孔安国为之传。汉末，郑玄以《张侯论》为本，参考《齐论》、古《论》而为之注。魏司空陈群、太常王肃、博士周生烈，皆为义说。吏部尚书何晏又为集解。是后诸儒多为之注，《齐论》遂亡。古《论》先无师说，梁、陈之时，唯郑玄、何晏立于国学，而郑氏甚微。周、齐，郑学独立。至隋，何、郑并行，郑氏盛于人间。其《孔丛》《家语》，并孔氏所传仲尼之旨。

　　《隋书·经籍志》。

隋

陆德明

《论语音义》。

存于《经典释文》。

唐

　　《论语》十卷，何晏集解。又十卷，郑玄注，虞喜赞。又十卷，王肃注。又十卷，郑玄注。又十卷，宋明帝补卫瓘注。又十卷，李充注。又十卷，孙绰集解。又十卷，梁翙注。《论语集义》十卷，盈氏撰。《论语》九卷，孟厘注。《论语》十卷，袁乔注。又十卷，尹毅注。又十卷，江熙集解。又十卷，孙氏注。《次论语》五卷，王勃撰。《论语音》二卷，徐邈撰。《古论语义注谱》一卷，徐氏撰。《论语释义》十卷，郑玄注。《论语义》十卷，畅惠明撰。《论语义注隐》三卷。《论语篇目弟子》一卷，郑玄注。《论语释疑》二卷，王弼撰。《论语释》十卷，栾肇撰。《论语驳》二卷，栾肇撰。《论语大义解》十卷，崔豹撰。《论语旨序》二卷，缪播撰。《语体略》二卷，郭象撰。《论语杂义》十三卷。《论语剔义》十卷。《论语疏》十卷，皇侃撰。《论语述义》二十卷，戴诜撰。《论语章句》二十卷，刘炫撰。《论语疏》十五卷，贾公彦撰。《论语讲疏》十卷，褚仲都撰。《孔子家语》十卷，王肃注。《孔丛子》七卷，孔鲋撰。右六十三部，《孝经》二十七家，《论语》三十六家，凡三百八十七卷。《论语》郑玄《注》十卷，又注《论语释义》一卷，《论语篇目弟子》一卷。王弼《释疑》二卷。王肃注《论语》十卷，又注《孔子家语》十卷。李充注《论语》十卷。梁觊《注》十卷。孟厘《注》九卷。袁乔《注》十卷。尹毅《注》十卷。张氏《注》十卷。何晏《集解》十卷。孙绰《集解》十卷。盈氏《集义》十卷。江熙《集解》十卷。徐氏《古论语义注谱》一卷虞喜《赞郑玄论语注》十卷。畅惠明《义注》十卷。宋明帝补《卫瓛论语注》十卷。栾肇《论语释》十卷，又《驳》二卷。崔豹《大义解》十卷。缪播《旨序》二卷。郭象《体略》二卷。戴诜《述议》二十卷。刘炫《章句》二十卷。皇侃《疏》十卷。褚仲都《讲疏》十卷。《义注隐》三卷。《杂义》十三卷。《剔义》十卷。徐邈《音》二卷。《孔丛》七卷。王勃《次论语》十卷。贾公彦论《论语疏》十五卷。韩愈注《论语》十卷。张籍《论语注辨》二卷。右《论语》类三十家，三十七部，三百二十七卷。失姓名三家，韩愈以下不著录二家，十二卷。

《旧唐书·经籍志》《新唐书·艺文志》）。

宋

《论语》十卷何晏等集解。皇侃《论语疏》十卷。韩愈《笔解》二卷。陆德明《释文》一卷。马总《论语枢要》十卷。陈锐《论语品类》七卷，《论语井田图》一卷。邢昺《正义》十卷。周武《集解辨误》十卷。宋咸《增注》十卷。王令《注》十卷。纪𫗧《论语摘科辨解》十卷。王安石《通类》一卷。王雱《解》十卷。孔武仲《论语说》十卷。吕惠卿《论语义》十卷。蔡申《论语纂》十卷。苏轼《解》四卷。苏辙《论语拾遗》一卷。程颐《论语说》一卷。刘正容《重注论语》十卷。陈禾《论语传》十卷。晁说之《讲义》五卷。杨时《解》二卷。谢良佐《解》十卷。范祖禹《论语说》二十卷。游酢《杂解》一卷。龚原《论语解》一部卷亡。吕大临《解》十卷。尹焞《论语解》十卷，又《说》一卷。侯仲良《说》一卷。邹浩《解》十卷。叶梦得《释言》十卷。黄祖舜《解义》十卷。张九成《解》十卷。吴棫《续解》十卷，又《考异》一卷，《说例》一卷。喻樗《玉泉论语学》四卷。张栻《解》十卷。汤烈《集程氏说》二卷。倪思《论语义证》二十卷。叶隆古《解义》十卷。洪兴祖《论语说》十卷。史浩《口义》二十卷。薛季宣《论语小学》二卷。林栗《论语知新》十卷。朱熹《论语精义》十卷，又《集注》十卷，《集义》十卷，《或问》二十卷，《论语注义问答通释》十卷。郑汝《解义》十卷。张演《鲁论明微》十卷。《意原》十卷。钱文子《论语传赞》二十卷。王汝猷《论语归趣》二十卷。徐焕《论语赘言》二卷。曾几《论语义》二卷。陈仪之《讲义》二卷。姜得平《本旨》一卷。《论语指南》一卷黄祖舜、沈大廉、胡宏辨论。戴溪《石鼓答问》三卷。《东谷论语》一卷不知作者。陈耆卿《论语记蒙》六卷。《孔子家语》十卷魏王肃注。《论语玄义》十卷，《论语要义》十卷，《论语口义》十卷，《论语展掌疏》十卷，《论语阅义疏》十卷，《论语世谱》三卷，并不知作者。王居正《论语感发》十卷。毕良史《论语探古》二十卷。黄干《论语通释》十卷，又《论语意原》一卷。卞圜《论语大意》二十卷。高端叔《论语传》一卷。真德秀《论语集编》一十卷。魏了翁《论语要义》一十卷。右《论语》类七十三部，五百七十九卷。王居正《论语感发》以下不著录八部，八十二卷。

《宋史·艺文志》。

陈祥道

《重广陈用之真本入经论语全解》。

国家图书馆藏，十卷。

尹焞

《论语解》。

国家图书馆藏，不分卷。

元初

《续统典·卷十八》：凡考试，……用朱氏《章句集注》。

元

金履祥

《论语集注考证》。

许谦

《元史·儒林传》：读《四书章句集注》，有《丛说》二十卷。

陈栎

《论语口义》。

胡炳文

《论语通》。

李公凯

《附音傍训句解论语》。

国家图书馆藏，二卷。

明初

明成祖

《明史·选举志》：永乐间，颁《四书五经大全》，废注疏不用。

明

吕柟

《论语因问》。

陈士元

《论语类考》。

郝敬

《论语详解》。

国家图书馆藏，二卷。

李栻

《论语外篇》。

国家图书馆藏，十八卷。

周如砥

《论语讲义》。

国家图书馆藏，一卷。

周宗建

《论语商》。

国家图书馆藏，二卷。

刘宗周

《论语学案》。

清

　　毛奇龄《论语稽求篇》七卷。李光地《读论语札记》二卷。吕留良《论语讲义》四卷。李塨《论语传注》二卷。程廷祚《论语说》四卷。宋在诗《论语赞言》二卷。惠栋《论语古义》一卷。牛运震《论语随笔》十七卷。赵良犹《论语注参》二卷。阮元《论语论仁论》一卷。金鹗《乡党正义》一卷。刘逢禄《论语述何》二卷。宋翔凤《论语说义》十卷。刘开《论语补注》三卷。胡夤《明明子论语集解义疏》二十卷。王肇晋《论语经正录》二十卷。刘恭冕《何修注训论语述》一卷。桂文灿《论语皇疏考证》十卷。王恺运《论语训》二卷。刘光蕡《论语时习录》五卷。康有为《论语注》二十卷。吕炽《论语注疏考证》一卷。陆宗楷《论语注疏考证》一卷。潘衍桐《朱子论语集注训话考》二卷。陈浚《论语话解》十卷。崔纪《论语温知录》一卷。裴希纯《论语新目》二卷。潘德舆《论语权疑》一卷。刘宝楠《论语注》《论语注疏》。吴敏树《论语考异仃》八卷。丁椴五《校刻篆文论语考证》二卷。史梦兰《论语翼注骈枝》二卷。董增龄《论语雅言》二十卷。余萧客《论语钩成》一卷。

　　本部分资料据《柳宏：清代论语诊释史论（博士论文）》：清代《论语》研究著述丰富，各种文献记载约有1000种以上。当然，其中情况比较复杂，有些著作今天仍然存世，有些仅在有关文献中存目，其中以《论语》

或《论语》篇目命名者近200部，以《四书》命名者有600种之多。今从《四库全书》《续修四库全书》《皇清经解》《续皇清经解》《丛书集成》《论语集成》等文献中，收集到清代《论语》研究专著存书约50多部。（需要说明的是，本部分资料在征引时排除了与《清史稿·艺文志》重复部分。）

论语附记二卷，翁方纲撰。鲁论说三卷，程廷祚撰。论语补注三卷，刘开撰。论语骈枝一卷，刘台拱撰。论语后录五卷，钱坫撰。论语余说一卷，崔述撰。论语偶记一卷，方观旭撰。论语埃质三卷，江声撰。论语古训十卷，陈鳣撰。论语异文考证十卷，冯登府撰。论语补疏三卷，论语通释一卷，焦循撰。读论质疑一卷。石韫玉撰。论语说义十卷，宋翔凤撰。论语鲁读考一卷，徐养原撰。论语旁证二十卷，梁章钜撰。论语类考二十卷，陈士元撰。论语孔注辨伪二卷，沈涛撰。论语述何二卷，刘逢禄撰。论语古解十卷，梁廷枏撰。论语集注附考一卷，丁晏撰。论语正义二十卷，刘宝楠撰。论语古注集笺十卷、考一卷，潘维城撰。论语古注择从一卷，论语郑义一卷，何邵公论语义一卷，续论语骈枝一卷，俞樾撰。论语注二十卷，戴望撰。何休注训论语述一卷，刘恭冕撰。论语后案二十卷，黄式三撰。论语集解校补一卷，蒋曰豫撰。朱子论语集注训诂考二卷，潘衍桐撰。另，古论语十卷，齐论语一卷，汉孔安国论语训解十一卷，汉包咸论语章句二卷，汉周氏论语章句一卷，汉马融论语训说一卷，汉郑玄论语注十卷、论语孔子弟子目录一卷，魏陈群论语义说一卷，魏王朗论语说一卷，魏王肃论语义说一卷，魏周生烈论语义说一卷，魏王弼论语释疑一卷，晋谯周论语注一卷，晋卫瓘论语集注一卷，晋缪播论语旨序一卷，晋缪协论语说一卷，晋郭象论语体略一卷，晋栾肇论语释疑一卷，晋虞喜论语赞注一卷，晋庾翼论语释一卷，晋李充论语集注二卷，晋范甯论语注一卷，晋孙绰论语集解一卷，晋梁凯论语注释一卷，晋袁乔论语注一卷，晋江熙论语集解二卷，晋殷仲堪论语解释一卷，晋张凭论语注一卷，晋蔡谟论语注解一卷，宋颜延之论语说一卷，宋僧慧琳论语说一卷，齐沈骥士论语训注一卷，齐顾欢论语注一卷，梁武帝论语注一卷，梁太史叔明论语注一卷，梁褚仲都论语义疏一卷，不著时代沈峭论语说一卷，熊理论语说一卷，不著时代、撰人论语隐义注一卷。以上马国翰辑。逸论语一卷。赵在翰辑。逸语十卷。曹庭栋辑。

据《清史稿·艺文志》。另，该志还罗列了与孔子相关的著述：孔子年谱五卷，杨方晃撰。孔子年谱辑注一卷，江永撰，黄定宜辑注。孔子编年注五卷，胡培翚撰。至圣编年世纪二十四卷，李灼、黄晟同撰。先圣生卒年月考二卷，孔广牧撰。孔子世家考二卷，仲尼弟子列传考一卷，郑环撰。宗圣志十二卷，孔允植撰。阙里文献考一百卷，孔继汾撰。孔子世家补订一卷，孔门师弟年表一卷，孔孟年表一卷，林春溥撰。孔子编年四卷，狄子奇撰。

民国

曹延杰

《论语类纂》七卷。　　　　　　　1913 年出版。

罗振玉辑

《论语郑氏注残存卷》二一卷。　　1913 年出版。

朱士焕

《读论说略》。　　　　　　　　　1914 年出版。

唐文治

《论语新读本》二十卷。　　　　　1916 年出版。

刘名誉

《论语注解辨订二十一卷首一卷》。　1918 年出版。

徐天璋

《论语实测》二十卷。　　　　　　1919/1924 年出版。

俞平伯讲，孔思礼记

《论语笔记》。　　　　　　　　　稿本，民国年间出版。

堪上野人

《论语阐微二卷》。　　　　　　　民国年间出版。

周于庭

《论语新语》上下卷。　　　　　　民国年间出版。

钱穆

《论语文解》。　　　　　　　　　1918 年出版。

张文林

《论语分类》二十六卷。　　　　　1918 年出版。

张元济等辑

《论语》十卷。　　　　　　　　　1919 年出版。

方铸

《论语传》四卷。　　　　　　　　1920/1922 年出版。

姚永朴

《论语述义》十卷。　　　　　　　1920 年出版。

廖平

《论语汇解凡例》一卷。　　　　　1921 年出版。
《论语纬》。　　　　　　　　　　1922 年出版。

许珏

《论语要略》。　　　　　　　　　1922 年出版。

唐文治

《论语大义定本》二十卷。　　　　　　1924 年出版。

齐树楷

《论语大义二十卷前一卷后案一卷》。　1924 年出版。

宋育仁

《论语学而里仁说例一卷附卢愁撰
论语新注一卷》。　　　　　　　　　　1924 年出版。

姚永朴

《论语解注合编》十一卷。　　　　　　1924 年出版。

辜天佑

《论语平议》二十卷。　　　　　　　　1925 年出版。

世界书局编译所

《论语读本》。　　　　　　　　　　　1925/1948 年出版。

钱穆

《论语要略》。　　　　　　　　　　　1925/1926/1933 年出版。

熊理

《论语管窥》六章。　　　　　　　　　1926 年出版。

张兆瑢、沈元起

《白话论语读本》。　　　　　　　　　1928/1935/1936/1947 年出版。

欧阳渐

《论语十一篇》。　　　　　　　　　　1931 年出版。

周学照

《论语分类讲诵》。   1931/1941 年出版。

章太炎

《论语骈枝》一卷。   1933 年出版。

余家菊

《论语通解》。   1933/1944/1947 年出版。

郑浩

《论语集注述要》十卷。   1933 年出版。

杏红馆主

《论语铎声》。   1934 年出版。

杨树达

《论语古义》。   1934 年出版。

贾丰臻选注

《论语》。   1935 年出版。

叶德辉

《天文本单经论语校勘记》一卷。   1935 年出版。

赵贞信

《论语辨》三篇。   1935 年出版。

王缁尘讲述，董文校订

《论语读本》。   1936 年出版。

陈汉章

《论语征知录》一卷。　　　　　　1936 年出版。

陈幼璞

《节本论语》（二册）。　　　　　　1937 年出版。

陈公璞选注

《论语》。　　　　　　　　　　　　1937 年出版。

杜任之

《孔子论语新体系》。　　　　　　　1937 年出版。

温裕民

《论语研究》。　　　　　　　　　　1938 年出版。

王恩洋

《论语疏义》。　　　　　　　　　　1938/1947 年出版。

王向荣

《论语要义》。　　　　　　　　　　1939/1948 年出版。

洪业、聂崇岐等

《论语引得》。　　　　　　　　　　1940 年出版。

陈训止

《论语时训》不分卷。　　　　　　　1940 年出版。

周学照

《论语分类讲诵》。　　　　　　　　1941 年出版。

欧阳渐

《论语课合刊》。　　　　　　　　1943 年出版。

王向荣

《论语二十讲》。　　　　　　　　1943 年出版。

徐英

《论语会笺》。　　　　　　　　　1943 年出版。

程树德

《论语集释》。　　　　　　　　　1943 年出版。

章太炎

《广论语骈枝》一卷。　　　　　　1944 年出版。

袁定安编著

《论语与做人》。　　　　　　　　1945 年出版。

石永懋

《论语正》九卷。　　　　　　　　1946 年出版。

赵正平编辑

《半部论语与政治》。　　　　　　1947 年出版。

张鼎

《春晖楼论语说遗》。　　　　　　1948 年出版。

徐英

《论语会笺修订本》。　　　　　　1948 年出版。

注：民国部分资料摘编自《刘斌：民国论语学研究（博士论文）》，民国出版的清人
　　著作未摘。

四、先秦典籍重要语词使用频率对照表

	《易》24207字	《尚书》25800字	《诗经》39234字	《道德经》5284字	《论语》15900字	《孟子》38125字	《墨子》76516字	《荀子》89571字	《韩非子》106131字	《庄子》78647字
学	1	7	9	4	65	33	57	90	101	39
君子	127	8	186	2	108	77	115	285	34	36
德	78	224	71	44	40	39	36	106	114	189
仁	10	5	2	8	108	149	115	127	86	98
礼	9	18	10	5	75	66	24	327	77	47
义	39	22	3	5	24	101	292	308	127	106
忠	1	7	0	2	18	8	41	70	87	23
孝	1	9	18	2	19	29	49	47	29	19
敬	8	66	22	0	29	44	26	88	22	13
信	23	11	22	15	38	29	52	102	144	40
民	41	276	102	34	49	207	334	225	491	108
天	215	278	170	92	49	292	932	572	360	658
天下	68	18	1	61	23	172	516	343	248	270
王天下	0	0	0	0	0	2	10	0	8	1
性	6	5	3	0	2	39	3	119	19	84
命	33	273	87	34	24	53	123	66	28	82

注：各典籍因版本不一，字数难以准确计算，此处所标，仅为大概。

图书在版编目（CIP）数据

论语释义 / 李瑾著 .—北京：作家出版社，2022.9
ISBN 978-7-5212-1972-2

Ⅰ.①论…　Ⅱ.①李…　Ⅲ.①儒家 ②《论语》—注释 ③《论语》—译文　Ⅳ.① B222.2

中国版本图书馆 CIP 数据核字（2022）第 130939 号

论语释义

作　　者：李　瑾
责任编辑：省登宇　周李立
装帧设计：琥珀视觉
出版发行：作家出版社有限公司
社　　址：北京农展馆南里 10 号　　　邮　　编：100125
电话传真：86-10-65067186（发行中心及邮购部）
　　　　　86-10-65004079（总编室）
E-mail:zuojia @ zuojia.net.cn
http://www.ZUOJIACHUBANSHE.com
印　　刷：北京盛通印刷股份有限公司
成品尺寸：160×230
字　　数：540 千
印　　张：40
版　　次：2022 年 9 月第 1 版
印　　次：2022 年 9 月第 1 次印刷
ISBN 978-7-5212-1972-2
定　　价：68.00 元